Zeitschrift für Deutsches Alterthum

Neue Folge Dritter Band

Anatiposi

Moriz Haupt

Zeitschrift für Deutsches Alterthum

Neue Folge Dritter Band

Unveränderter Nachdruck der Originalausgabe von 1872.

1. Auflage 2023 | ISBN: 978-3-38201-010-2

Anatiposi Verlag ist ein Imprint der Outlook Verlagsgesellschaft mbH.

Verlag: Outlook Verlag GmbH, Zeilweg 44, 60439 Frankfurt, Deutschland
Vertretungsberechtigt: E. Roepke, Zeilweg 44, 60439 Frankfurt, Deutschland
Druck: Books on Demand GmbH, In de Tarpen 42, 22848 Norderstedt, Deutschland

ZEITSCHRIFT

FÜR

DEUTSCHES ALTERTHUM

HERAUSGEGEBEN

VON

MORIZ HAUPT.

NEUE FOLGE. DRITTER BAND.

BERLIN

WEIDMANNSCHE BUCHHANDLUNG.

1872.

DIE DEUTSCHEN VIRGILGLOSSEN.

Seit Graffs erfolgreichen arbeiten hat die gelehrte welt den altdeutschen glossen eine im ganzen geringe beachtung geschenkt. wenn es auch nicht an zahlreichen neuen und werthvollen publicationen fehlte, so beschränkten sich dieselben doch meist auf genaue abdrücke und nur in seltenen fällen fügten die herausgeber spärliche verbefserungsvorschläge oder erläuternde bemerkungen bei: der lexicalische und sprachliche gewinn erschien als die hauptsache. die folge dieses einseitigen interesses war dafs die veröffentlichungen, denen ich im übrigen ihren grofsen nutzen gar nicht absprechen will, einen theil ihrer brauchbarkeit dadurch einbüfsten, dafs in den vocabularen die nicht deutsch glossierten wörter fortgelafsen zu werden pflegten. wird also eine eingehende sachliche und kritische behandlung beabsichtigt, so ist eine erneute prüfung der hs. das erste erfordernis. es verdienen aber die glossen eben so gut wie jeder andere rest unseres alterthums eine allseitig umfafsende und methodische bearbeitung, welche auf manche seiten der deutschen vergangenheit helleres licht werfen wird. allerdings müfsen alle fäden, welche sich darbieten, nach kräften weiter gesponnen, alle feinen bezüge verfolgt, die ganze untersuchung im zusammenhange geführt werden. bis jetzt liegen nur anfänge dazu in WGrimms und Holtzmanns arbeiten vor, denen sich der folgende aufsatz, trotz seiner zahlreichen mängel, anreihen möge.

I. DAS SECHSTE SCHLETTSTÄDTER VOCABULAR.

Wackernagel in dieser zeitschrift band V. *p.* 327—338. *er hat richtig erkannt, dafs der gröste theil des vocabulars sich auf Virgil* bezieht, eine ordnung desselben aber nicht versucht. es kommt zunächst darauf an, das princip zu finden, nach dem die glossen hier auf einander folgen. schon eine flüchtige durchsicht belehrt, daſs, wenn auch die lateinischen worte den buchstaben gemäſs vertheilt sind, innerhalb der einzelnen buchstabencomplexe jedoch alphabetische aufeinanderfolge nicht stattfindet. vielmehr haben die glossen einer jeden reihe sich diejenige stellung bewahrt, welche sie im Virgiltexte einnahmen. dieser umstand gewährt uns die möglichkeit, das geschäft der ordnung mit einiger sicherheit zu unternehmen. wir gelangen dabei zu dem resultate, daſs die jetzige faſsung des vocabulars eine Virgilhs. voraussetzt, welche mindestens die Bucolica, das erste und vierte buch der Georgica nebst einigen Servianischen noten enthielt. die dort mit deutschen glossen versehenen worte wurden ihres zusammenhangs enthoben und hintereinander als glossar, wie deren nicht wenige auf uns gekommen sind, aufgezeichnet. das dritte stadium war dann die alphabetische ordnung in ihrer uns jetzt beschäftigenden gestalt. da die erörterte regel auch bei den übrigen vocabularen der Schlettstädter hs. anwendung findet, so ist der schluſs erlaubt daſs die herstellung der alphabetischen reihenfolge erst von dem herrührt, welchem wir das ganze sammelwerk verdanken. jene von mir angenommene mittelstufe läſst sich freilich nicht streng erweisen, sie erklärt aber beſser sowohl die spätere alphabetische anordnung als auch die nicht ganz seltenen fälle, in welchen die ursprüngliche folge gestört ist.

Genauer habe ich das fünfundzwanzigste Schlettstädter glossar geprüft und gebe hier das resultat, um theils meine bisherigen aufstellungen zu sichern, theils einen neuen gesichtspunkt für die beurtheilung der ganzen Schlettstädter sammlung zu gewinnen. wir haben es dort mit glossen zur cura pastoralis des Gregor zu thun, die bis zu einem gewissen grade derartig mit einem vocabular zur gleichen schrift, welches bei Braun, notitia de codicibus ms. II. p. 122 ff. aus einer Augsburger hs. abgedruckt und von Graff mit A bezeichnet ist, stimmen, daſs beide nothwendig derselben quelle entsprungen sein müſsen. doch kann das Schlettstädter aus dem erwähnten nicht abgeschrieben oder vielmehr geordnet sein, weil es einerseits worte enthält, die in A sich nicht finden, andererseits in viel fehlerfreierer gestalt als jenes uns erhalten ist. die gemeinsame quelle muſs die glossierte hs. selbst, kein aus ihr hergestelltes vocabular gewesen sein. diese annahme fordert der fehler in A 232:

intentat raphsungo, *wo das Schl. glossar* (18) *richtig bietet:* animadversio raphsungo. *beide glossen gehören nämlich zu admon.* XII *des dritten buches:* super illos propheta Sophonias vim divinae animadversionis intentat. *demnach rühren die gemeinsamen fehler aus der hs. selbst her. ich habe dabei vornehmlich die stelle:* deiectus unwerdira *A* 269, *Schl. gl.* 90 *im auge. sie bezieht sich auf buch* III, *admon.* XVIII: quid itaque elatione deiectius. *den comparativ setzt auch die deutsche übersetzung voraus: wir müfsen also schliefsen, dafs schon in der hs. die glossen nicht original waren, sondern in sie aus einer andern eingetragen sind.*

Ich füge nebenbei, damit dies niemanden irren möge, die bemerkung an, dafs sowohl in diesem Schl. glossare wie im sechsten hier und da das lateinische wort nicht in der dem texte des schriftstellers entsprechenden form, sondern im nom. aufgeführt ist. das deutsche erhält dann entweder ebenfalls diesen casus oder bleibt in der ursprünglichen form.

A hat an denselben stellen, wie Schl. gl. 25 *den nom. acc. pl. adj. masc. auf* a, *auch zeigt es stets* uo *(nur zweimal* u, *einmal* o*) entsprechend dem Schl. glossar. dadurch fällt Weinholds ansicht (alam. gramm. p.* 108*), dafs* uo *in die Schlettstädter gl. erst durch die jüngern abschreiber gekommen sei. überhaupt darf die einwürkung derselben nur sehr gering angeschlagen werden, wie man dies aus der vergleichung beider denkmäler, die uns das recht giebt, auch auf das verhältnis bei den übrigen Schl. vocabularen einen schlufs zu ziehen, deutlich ersieht. ist demnach der lautbestand ziemlich intakt geblieben, so würde sich als zeit der entstehung des Virgilglossars etwa das ende des neunten und der anfang des zehnten jahrhunderts ergeben. schwieriger ist die frage nach dem ort. Weinhold behandelt die ganze Schlettstädter masse als elsäfsisch; dies mag für die letzte redaction richtig sein. geht man aber auf die ursprüngliche gestalt zurück, so ist gar kein grund vorhanden, alle einzelnen stücke dieser sammlung von vorne herein derselben gegend zuzuschreiben. dafs dialektische verschiedenheiten da sind, zeigt ja schon der nom. pl. des adj. masc. auf* e *im vierten glossar, sowie das stellenweise hervortretende* ua. *doch kann die ganze frage erst dann erfolgreich erwogen werden, wenn eine kritische sichtung der Schl. gl. vorangegangen ist. daher lafse ich diesen punkt vorläufig auf sich beruhen und mache nur auf die häufige übereinstimmung mit den Tg. Virgilgl. aufmerksam. da dieselbe für die* *untersuchung von wichtigkeit sein könnte, so habe ich die gleichlautenden stellen durch cursiven druck ausgezeichnet.*

Nicht alle glossen des sechsten vocabulars jedoch sind den Bucolicis und dem ersten und vierten buche der Georgica entnommen. es bleiben nämlich mehr als sechzig worte übrig, die zum grösten theile gar nicht bei Virgil vorkommen. sie befinden sich meist am ende der einzelnen alphabetischen reihen. dafs sie éinem schriftsteller angehören, ist mir zweifelhaft, ich vermuthe eher, dafs sie aus randbemerkungen der Virgilhs. herrühren. viele davon kommen bei Servius vor, dessen stellen ich in den anmerkungen gebe, viele in isidorischen glossaren. doch auch hier wäre, selbst wenn ich sie sämmtlich aus ein und derselben schrift nachzuweisen vermöchte, volle gewisheit deshalb nicht zu erreichen, weil die lateinischen, nicht deutsch glossierten worte von Wackernagel fortgelafsen sind.

Was schliefslich meine ausgabe anbetrifft, so bleibt mir nur zu bemerken, dafs ich kein bedenken getragen habe, da ein getreuer abdruck bereits vorliegt, fehler im texte zu verbefsern; in den anmerkungen gebe ich übrigens davon rechenschaft. mit eckigen klammern sind die von mir gemachten zusätze bezeichnet, mit runden die schon in der hs. vorfindlichen. beide haben den zweck, die gewählte deutsche übersetzung aus dem zusammenhange zu erklären, daher Wackernagel p. 319 *unrecht thut, wenn er von 'zufällig mit herausgegriffenen worten' spricht. dieser vorwurf möchte nur bei drei oder vier glossen begründet sein. die im sprachschatze nicht belegten worte habe ich mit einem sternchen versehen.*

BUCOL. I.

1. patule spritantiu. 440.
„ ? recubans scêronde. 540.
„ fagus puocha. 209.
2. tenui cleinimo. 615.
5 „ meditaris liudost. 374.
„ avenâ habirhalme. 1.
4. lentus muozziker. 334.
9. errare weidinon. 176.
12. usque adeo so ferro. 663.
10 „ turbantur zirstoubit werdent. 616.
14. corilus hasil. 68.
14. modo middont. 375.
15. spes gregis fasil. 543.
„ conixa kiwerfintiu. 69.
21. depellere zuotriben. 146. 15
23. componere widirmezzon. 70.
25. viburna sumirlata. 662.
27. libertas candidior sichuroro frihalsi. 71.
29. longopost ferroaftir des. 335.
49. non temptabunt nirwertint. 617.
50. vicini kiburl. 664. 20
„ contagia rudun, hudun.* 72.

52. frigus chuoli. 211.
„ captabis chiusist. 73.
„ opacum scateloma. 421.
54. depasta [sępes] piweidinoter.* 147.
„ salicti salahun. 544.
55. levi susurro lindemo dozzo. 336.
56. frondator loubare.* 212.
57. palumbes hekitubin. 443.
58. aerià [ulmo] hohimo. 2.
„ ulmus elmo. 665.
59. ? aequor fel. 3.
60. destituent pikebint. 148.
61. pererratis irfarinen. 442.
63. (illius) vultus minna. 276.
„ labatur sliffe. 337.
65. rapidum [Oaxen] drata. 517.
68. pauperis [tuguri] armilichero. 444.
„ tugurium hutte. 618.
„ congestum zisamine kitrakiniz. 74.
„ culmen first. 75.
70. novalia niulente. 409.
73. insere impito. 277.
75. post hac hinnan frammertes. 447.
„ proiectus nidirkilazziner. 446.
76. procul darbi. 445.
78. cytisum cepphin. 76.
„ [non] carpetis ni grimmint. 77.
80. mitia riffiu. 376.
81. castaneae molles kiscelito cestinnun. 378.

BUCOL. II.

1. ardebat minnota. 4.
2. delitias zartun. 149.
4. incondita unkilimflichiu. 278.
5. iactabat witwerffota. 279.
8. nunc etiam nohnu. 177.
9. lacertos *ekidehsun*. (ł miusi in brachio.) 338.
10. rapido estu heizzero hizzo. 518.
11. allia klobilouch. 5.
„ serpillum felt*chenule*. 545.
„ herbas wrze. 264.
13. cycadis fukilili (haimili). 78.
15. fastidia weokisami.* 210.
18. ligustra phaffilinga. 339.
„ vaccinia heidebere. 666.
19. despectus unwerder. 150.
22. lac novum *piost*. 340.
26. placidum [mare] stillez. 448.
27. [non] metuam ni intsizzo. 379.
29. humilis casas nidiro heirberg. 266.
30. conpelle trib. 79.
33. instituit lerta. 281.
34. triuisse ribin. 619.
36. compacta zisamine kiuuoctiu. 80.
43. abducere inlocchon.* 6.
46. calathis ceinnun. 81.
47. papaver mago. 450.
48. anetum *tille*. 7.
49. casià wihpoumo. 82.
50. luteola calta rotiz cleo. 341.
51. cana mala grawa epphila. 83.
53. pruna flumo. 451.
57. certes kilest. 84.
59. perditus firtano. 452.

66. iugo sleiffun. 282.
72. viminibus ir widon. 668.
„ detexere flehten. 151.
„ iuncus piniz. 283.
73. fastidit intuerdet. 213.

BUCOL. III.

4. veretur furihtit. 669.
6. subducitur inzokin wirdit. 546.
7. partius mezzigor. 453.
8. transversum in duerich. 620.
18. excipere uzzirskepphin.* 179.
„ licisca pracchin. 342.
20. coge samino. 85.
„ carecta sahirahe. 86.
„ latebas loscatost. 343.
26. vincta picleiptiu. 671.
28. ? uterque eowedir. 707.
29. experiamur iruinden. 178.
30. ad mulctram ci melecchubilin. 8.
31. depono wetton.* 152.
33. iniusta noverca ungnadikiu stiefmuoter. 284.
36. insanire tobon ł spilon. 285.
„ pocula scenkiuaz. 454.
37. fagina puochchiniu. 214.
„ celatum kigrabinez. 87.
39. hederâ ebhowe. 267.
„ chorimbos drubin. 88.
41. radio kerto. 519.
45. ansas hanthabun. 9.
52. quin age nube rehto. 507.
54. repone firnim. 520.
64. (malo) petit uuarif. 377.
66. meus ignis min minna. 380.
67. Delia diana ł chebis. 153.
69. congessere nestoton. 89.
82. depulsis (hedis) intuenetin. 154.
87. cornu petat stechche. 90.
92. fraga erdpere. 215.
96. reice dana trip. 521.
97. lavabo wasg^eo ł insago. 345.
98. preceperit firuahit. 455.
102. herent lerchint.* 268.
103. fascinat firzoubirota. 217.
108. componere kistillin. 91.

BUCOL. IV.

14. irrita unbideribiu. 287.
17. pacatum [orbem] fridisama. 456.
19. errantes (hedere) spritantiu. 180.
20. ridenti (achanto) pluoentemo. 522.
21. distenta ubera drozinta utir. 155.
25. vulgô ubiral. 670.
39. feret (omnia) pirit. 422.
40. rastra egidun. 523.
„ falcem rebimezzires. 216.
42. mentiri trukinon. 381.
45. sandix vueit. 547.
46. fusis spinnilon. 219.
47. Parcę scepfarun.* 457.
49. incrementum ûowahst. 288.
51. tractus maris farte. 621.
61. fastidia pltunga.* 220.

BUCOL. V.

2. inflare plasin. 280.
5. Zephyrus sunduuint. 708.
„ motantibus wekkinten. 382.
6. (sive) potius þæz ist. 548.
7. sparsit pispritat* ł coronat. 549.

7. ? labrusca wildiu reba. 373.
150 17. saliunca reotachil. 550.
„ rosetum rosigartin. 524.
26. libavit trang. 346.
30. thiasos bachi gartleoth.* 623.
„ inducere in burig prinkin. 290.
155 31. lentas hastas zaha scafta. 347.
„ intexere irnemen. 289.
39. carduus *distil*. 92.
„ paliurus *hagan*. 441.
40. inducite vmbe biceohint. 291.
160 42. tumulus lé. 624.
50. quocunque modo zi suelichero wis. 508.
„ tibi vicissim inkakin dir. 673.
56. miratur lobot. 383.
61. otia firro. 423.
165 63. intonsi unkiriutta. 292.
70. ante focum fore demo fiure. 10.
71. fundam scencho. 221.
„ calathis stoufflilinen. 93.
77. thimus pinebluome, binesuga. 625.
170 79. vota opphir. 672.
80. damnabis ingeiltist. 156.
88. pedum stap. 458.
90. paribus nodis kilichen chnorcin.* 459.

BUCOL. VI.

4. vellit zuigta ł want. 674.
175 5. deductum carmen kilanctiz sang. 157.
13. pergite pierides purigint (uarint) musę. 460.
15. inflatum cicheb'itez.* 293.
16. serta houbitpant. 551.
17. gravis chantharus mihiler chobf. 254.
19. luserat pitroug. 349. 180
22. sanguineis moris roten *mórberigin*. 552.
„ timpora dunwengi. 526.
27. in numerum after cilun. 294.
„ Faunos scratin. 222.
28. ludere spilon. 350. 185
„ rigidus stariche. 525.
33. liquidi ignis lutirero lufte. 348.
35. discludere kiuzzon. 158.
38. submotis ûfirpuriten. 553.
39. surgere (silvę) vvahsin. 554. 190
51. in lèvi fronte in slehtimo ende. 296. 351.
„ quesisset greiffoti. 509.
54. (ilice) sub nigra untir scatelomero. 556.
„ ilex eich. 295.
63. alnos erlun. 11. 195
66. assurrexerit inkekin hufstonte. 12.
71. ornus linboum. 424.
75. latrantibus monstris pellinten egison. 352.
„ inguina after din lanchon. 297.

BUCOL. VII.

1. argutà wola hellintero ł rospontero.* 13. 200
2. in unum cisamine. 299.
5. ? paros kilicha. 449.
„ ? respondere inchedin. 542.
10. cessare kituellin. 94.
12. pretexit pidecchit. 461. 205
„ arundine rorahe. 15.

13. examina suarima. 181.
17. seria kiuuori. 557.
„ ludo spile. 344.
210 24. arguta fistula wola hellindiu suegila. 16.
25. crescentem (poetam) dihinten. 95.
26. ilia inadri. 298.
27. [ultra] placitum mez. 462.
29. setosi apri purstikis ebires. 559.
215 30. ramosa astilohtiu. 526.
„ vivacis langlibes. 675.
31. si proprium hoc fuerit ubi daz ci dancho wisit. 560.
32. puniceo rotimo. 463.
„ evincta piuankiniu. 183.
220 „ coturno kiscuohi. 96.
33. sinum lactis charuol milichi. 558.
„ liba phephirceltin. 353.
36. [si] suppleverit irfullit. 561.
38. cygnis elbizzin. 97.
225 „ (hederâ) albâ westiniskemo.* 17.
42. ruscus *huliso*. 527.
„ algâ merigrase. 18.
44. iuvenci flumen* ł steora. 300.
47. solstitium scato. 562.
230 49. focus fiur. 218.
„ teda pechsceide.* 627.
50. postes turistuodil. 464.
53. stant iuniperi fol sint wecchiltra. 563.
56. (flumina) sicca irsuinina. 564.
235 57. aret (ager) hartat. 19.
„ vitio aeris fone heizzi. 677.
„ moriens (herba) irwerdinte. 384.
58. pampineas [umbras] rebilicha. 465.
60. Juppiter plurimus michil luft. 467.
66. populus (arbor) *albar*. 466. 240
„ abies tanna. 20.
68. fraxinus *asc*. 223.

BUCOL. VIII.

3. linces luhsa. 354.
4. requierunt ravvetvn. 528.
7. legis iruerist. 355. 245
13. serpere chresin. 565.
16. tereti sinuellimo. 628.
17. nascere irrin ł ufgan. 410.
„ age princh. wolga. 21.
19. (dum) queror clagota. 159. 250
29. incide spizzo. 301.
34. supercilium vbirpravvi. 566.
37. roscida [mala] towiga.* 529.
41. vt vidi (hic temporis) so iohc kisach. 678.
„ vt perii (hic qualitatis) wco ih dich minnota. 679. 255
„ abstulit zo imi kinam. 22.
43. cotibus steinin. 98.
45. edunt kiparin. 184.
52. ultro sinis danchis. 680.
54. electra fleod. 185. 260
59. speculâ de fona obinantiki. 160.
64. effer uztrag. 182.
„ vittâ nestilon. 676.
65. adole prenne. 24.
66. evertere picherin. 186. 265
74. licia harloua. 356.
75. effigies pilide. 187.
„ impare ungrade. 302.
77. nodis chnophin. 411.

270 82. bitumen erdlim. 67.
91. exuuie kiroube. 188.
92. pignora phant. 468.
95. venena eitirwrze.* 681.
97. se condere kilazzin. 567.
275 99. alió andirswara.* 25.
109. parcite pikebent . 469.

BUCOL. IX.

2. ? vivi froa. 667.
3. veriti sumus wir forihton. 683.
5. fors kipurida. 224.
280 6. vertat bichome. 682.
10. servasse kiuuinnen. 568.
14. incidere (lites) undirfahin. 303.
15. cornix chra. 99.
24. potum age zi trenchin trip. 470.
285 „ inter agendum vntir demo tribenne. 304.
25. occursare kekinen. 425.
27. superet ci leibi uuerde. 570.
30. taxos twin. 629.
36. strepere gakicen.* 572.
290 „ anser gans. 26.
„ olores elbizze. 426.
41. fundit flores pirit pluomin. 225.
„ (antro) imminet vbertriffit. 27.
42. texunt flehtint. 630.
295 43. feriant pliuuen. 226.
49. apricis sumirluomen.* 29.
51. (omnia) fert (ętas) firfuorit. 427.
52. condere kichurtin.* 100.
56. causando chosonte. 101.
57. tibi stratum dir kiebinotin. 631. 300
„ silet stillet. 569.
58. ceciderunt kistillaton. 102.
„ murmuris dozzis. 387.
59. hinc adeo hinnan kiwisso. 265.
64. ledet (minus via) pisuarat. 358. 305
65. fasce puscillun.* 227.
„ levabo kilihto. 357.

BUCOL. X.

4. labère untirfarest. 359.
7. sime'e chrumbinaso. 573.
19. oppilio scafhirte. 430. 310
„ subulci sueinari. 574.
20. uvidus *drozanter*. 684.
27. ebuli *atachis*. 189.
„ minio miniin.* 386.
34. ? olim noh wenno. 429. 315
36. maturę [uvę] riffes. 665.
„ vinitor winzuirl. 685.
41. serta mihi pluomo mir. 575.
49. glacies aspera wassiu his. 30.
53. incidere ana*kirizzen*.* 305. 320
56. venabor iakon. 686.
59. torquere skeozzin. 632.
60. furoris minna. 228.
67. nec versemus noch keroien.* 412.
„ liber saph. 360. 325
71. fiscellam churbilin. 230.
75. gravis unkimacher. 257.

GEORG. I.

2. vertere arton. 687.
3. habendo ci ceohinne. 269.

330 4. (apibus) parcis *argen*. 471.
11. pedem spuot. 472.
12. frementem equum flimmintez* ros. 232.
13. tridens gêr. 633.
15. dumeta dornach. 161.
335 „ iuvenca chalba. 306.
25. concilia kisemino. 103.
31. gener eidim. 256.
34. ardens lohocint. 31.
38. Helisios campos sunnofeld. 271.
340 41. (ignaros) vię redo. 688.
43. canis grawen. 104.
44. liquitur smilcit. 361.
45. depresso (aratro) inkistozzinimo. 23.
46. ingemere peillon*, luogin. 307.
345 52. habitus wielichi. 270.
53. ferat pere. 231.
„ regio *celga*. 530.
58. calips arze. 105.
59. castoria luppo. 106.
350 60. continuo sar in anikenne. 107.
62. vacuum in orbem in wita werlt. 690.
63. ergo age *wolga pidiu*. 190.
65. invertunt falgent. 309.
66. maturis solibus heizzen takin. 390.
355 68. tenuis sulcus untieffiu furch. 635.
71. tonsas novales pisnitiniu niulente. 637.
„ cessare *kirestin* ł kilekin. 108.
72. ? situ *kilikido*. 555.
73. flava farra falauu chorn. 233.
74. siliqua quassante *chlaffontero chevun*. 510. 360
76. calamos halm. 109.
„ silua sonans wald chlaffonde. 576.
80. saturare [fimo] kitungin. 577.
„ fimo pingui kirozzatimo, feizzitomo miste. 475.
81. [per] effetos irporinen. 191. 365
82. requiescunt kilegant. 532.
89. pluris vias scruntissun. 476.
„ ceca spiramenta tokina atinzuhti. 110.
94. multum adeo filo kiwisso. 391.
„ rastrum howa, recho. 531. 370
„ inertes (glebas) unbiderbo. 310.
95. crates hurde. 111.
97. proscisso equore kiarnimo uelde. 477.
„ (quę) suscitat vfvventit.* 511.
98. in obliquum in tuerihi. 311. 375
105. ruit spreittit ł zirwirphit. 534.
108. supercilio fona obtinantiki. 578.
„ clivosi tramitis ůohaldero suohi. 112.
109. elicit vzprinkit. 194.
112. luxuriem geili. 362. 380
„ depascit frezit. 162.
115. pręsertim ci allero mæist. 478.
„ amnis abundans irkeozzintiu aba. 14.

116. exit uzgat. 192.
117. tepido humore lawero fuhti. 638.
120. grues kraniche. 259.
„ fibris wrzzon (ł adera). 229.
124. graui ueterno suarero traki ł zakeheite. 260.
125. [nulli] subigebant neorin. 579.
127. in medium in kimeinun. 313.
128. (nullo) poscente artintomo. 415.
135. excuderet vzerplue* ł scurifti. 193.
138. Pliadas sibinstirn. 479.
139. fallere pitrekin. 234.
„ visco mit leime. 689.
141. latum amnem preita aha. 363.
„ fundâ mit trahto.* 235.
143. rigor herti. 533.
144. cuneis wegkin. 113.
„ fissile spalthlichez.* 236.
148. glandes eichillun. 255.
149. Dodona forst. 163.
150. mox sciero. 388.
151. ésset frazze. 195.
„ rubigo militou ł rot. 535.
153. lappę *cleddun*. 364.
„ tribuli hiuffiltrun. 640.
„ nitentia culta niulente. 416.
154. lolium ratin. 365.
155. insectabere moltist. 315.
157. falce getisarne. 237.
160. arma kiziug. 32.
164. tribula *flekil*. 641.
„ traha *slito*. 636.

164. iniquo (pondere) unebinero. 316.
165. virgea (celei) kerta ł uasa. 691.
166. arbutee crates widino hurde. 33.
„ vuannus *vuanna*. 692.
167. provisa kiuunniniu. 480.
169. dometur kiscaffot werde. 164.
170. in burim in fluokis hobit. 317.
„ aratrum fluok. 34.
171. temo *grintel*. 639.
„ protentus firdeniter. 481.
173. tilia iugo levis *linda* lihtiu ci iohche. 642.
174. stiua keizza. 580.
„ currus imos *aftinantikiu redir*. 319.
175. explorat irspehot. 196.
178. cylindro wellepoumo. 114.
179. vertenda manu ci kiuuelline. 694.
„ creta tenaci zahimo *leime*. 643.
181. inludunt taront. 318.
182. horrea mittocha.* 272.
183. talpa *scero*. 634.
184. bufo *creta*. 64.
186. curgulio engirling.* 115.
189. si superant vbi mir werdint. 581.
194. amurcâ *olitruosino*. 35.
195. siliquis, folliculis ł cheuon. 582.
196. properata maderent festinata suiztin. 483.
197. spectata pisewiniu. 583.

200. subigit vfstozzit.* 584.
201. in preceps in *thiuffi.* 312.
„ prono amni *dratero* aha. 484.
„ alveus *runs.* 36.
207. ostrifer *scaletrager.* 431.
209. medium orbem mitten himel. 389.
211. usque sub extremum vnze umbe din iunkistin. 695.
213. et iam dudum vnte iu *sar.* 198.
225. Maie sibinstirnes. 392.
233. zona *stricha.* 709.
234. torridum heizzez. 644.
239. obliquus ordo kineictiu antraita. 433.
240. Ripheas nordlichiu. 537.
247. intempesta finstriu. 314.
250. oriens takisterne. 432.
254. infidum undikriuez. 308.
255. armatas kiwarnotiu. 37.
„ classes scefmenigi. 116.
256. tempestiuam [pinum] *citigen.* 645.
261. maturare kifrummen. 393.
„ procudit spizcit.* 473.
262. lintres skephili. 366.
264. vallos phala. 693.
„ furcas bicornes kartkabila zuihurno.* 238.
266. facilis fiscina lihtiu *chasibora.* 239.
267. torrete derrent. 646.
269. fas (deorum) evvo. 240.
270. religio virra. 536.
272. fluvio salubri rinnintero aho. 586.
273. agitator *tribare.* 38.
275. incusum perforatum irnominen. 320.
276. alio ordine zi andirero wis. 39.
277. Orcus duris. 428.
278. Heumenides *hazzisa.* 273.
279. creat *kipar.* 117.
283. extructos montes *kihvvirta* berige. 199.
„ deiecit cirwarf. 165.
296. trepidi aeni wallintes chezziles. 647.
298. tortas (fruges) kidartiu. 648.
302. genialis (hiemps) lustlicher. 361.
303. presse (carine) kiladiniu. 487.
304. puppibus *stiuron.* 486.
305 ? quernus eich. 512.
„ stringere *scutten* ł sniden. 585.
306. cruenta (myrta) rotfaruua. 118.
307. pedica *walzi.* 485.
308. auritos lepores michilora* hasin. 40.
309. stuppea uerbera auurchina wipphila. 587.
„ funde slingun. 241.
310. nix alta tiuffer sneo. 41.
„ trudunt *bistozzint.* 649.
313. vigilanda ci arbeitinne. 697.
318. concurrere cisamine farin. 119.
„ prelia tunste. .482.
320. expulsam cirstoupten. 200.
„ eruerent vzirwalztin. 202.
321. stipulas *pletir.* 588.
322. agmen kiwel. 42.

500 323. feda (tempestas) unwatlich. 242.
326. diluit *zirflôzzit*. 166.
„ (flumina) crescunt irkeozzint. 120.
327. spirantibus deozzinten. 590.
328. nimbus tunst. 414.
505 334. plangunt deozzint. 474.
337. ignis cęli skimo himiles. 321.
„ Cyllenius erret mercurius fare. 121.
340. sub casum *vmbe* ente. 589.
341. mollissima vina lindista (glata) wina. 394.
510 345. felix (hostia) zuhtig. 243.
349. tortâ quercu *kiwntinero* eiche. 650.
350. motus tumunga* ł kiparida. 395.
„ incompositos unkilimphlicha. 323.
352. agentes frigora prinkinta frost. 43.
515 353. menstrua (luna) manothlicher. 396.
354. caderent kisezzatin.* 122.
356. (ventis) surgentibus puriginten. 592.
357. agitata kiwekita. 44.
„ tumescere purilon* ł it^{h}abon.* 653.
520 359. increbrescere wahsin. 324.
361. mergi tuchara. 397.
364. ardea heikira. 45.
367. a tergo aftirwartis. 46.
369. conludere flocchizcin. 123.
525 370. borea nordhalba. 65.
376. suspiciens vfcapphante. 593.
376. captauit ci iro ziuhit. 124.
377. arguta hirundo zuizzirondiu sualuua. 47.
„ lacus *sewa*. 367.
381. agmine magno michilm chutte. 48. 530
382. (coruorum) exercitus kisemine. 203.
384. rimantur *snabilont ł grubilont*. 538.
387. gestire mendin. 262.
389. spatiatur *sparcibeinoth*. 594.
390. carpentes *ceisinte*. 125. 535
„ pensa *wicchiliu*. 488.
391. testa ardens dâchsciribine.* 49.
392. scintillare *raskizcin*. 595.
„ fungus charza. 244.
393. soles scunnunscima. 596.
395. acies obtunsa bitunkilter *scimo*. 434. 540
397. tenuia vellera cleino scappare. 651.
398. pandunt cir*spreitint*. 490.
403. noctua *vwila*. 417.
404. liquidus (aer) hetirero. 368. 545
405. penas dat duldit. 489.
406. secat (pennis) sceidit. 598.
407. stridore ruzzode.* 600.
408. insequitur iagot. 322.
411. cubilibus altis hohen nestin. 50. 550
413. strepitant rospont.* 601.
„ ? iuvat lustit. 286.
„ imbribus actis *irlitinen* reginen. 51.
419. rara *dunniu*. 539.
420. species weolichi. 599. 555

422. concentus sang. 126.
426. capiere pesuichin wirdist. 127.
430. suffuderit umbipreitit.* 602.
431. aurea phebe goldfaruver mano. 52.
560 440. surgentibus (astris) irsci-ninten. 603.
441. [ubi] uariauerit kiuehit. 696.
443. suspecti pi*wanta*. 604.
„ urget anastozzit. 698.
447. croceum cubile rotiz *pette*. 128.
565 449. salit *screcchot*. 606.
452. errare wipphon.* 197.
457. conuellere lôsin. 129.
463. quid cogitet waz machoge. 513.
471. Cyclopum riseo. 130.
570 472. undantem loukicinten ł douminten. 700.
477. simulachra kilihnusside. 609.

GEORG. IV.

335. hiali glasis. 274.
„ fucata [vellera] kiuarita. 245.
337. effuse [caesariem] sprei-tindo. 204.
575 338. flaua falaua. 247.
348. devolvunt [fusis pensa] ceo-sun. 167.
„ impulit *stungta*. 325.
376. tonsis uillis mit bi*scrotinen zaton*. 654.
„ mantelia hanttvahilla. 398.
580 379. cape nim. 131.
„ charchesia skenchiuaz. 133.
384. ? reluxit irbluhita. 541.
386. vates uuizzigo. 699.
387. ceruleus plauaruer. 132.
388. bipedum zviuozzero.* 66. 585
„ metitur iruerit. 399.
396. secundet kirihte. 607.
399. tende kifrume. 655.
405. eludent pitrekint. 207.
409. excidet inslupphit. 205. 590
411. contende ziuch ł *dene*. 134.
413. ? tegeret pitacte. 652.
416. compositis kitemperoten. 135.
420. depressis (nautis) iruun-ninen. 168.
„ statio stedi. 605. 595
426. hauserat anakikeong. 275.
„ siccis irsuininen. 608.
434. acuunt cennint. 53.
437. componere kirugilon.* 136.
438. manicis hantdruhin. 400. 600
442. pellacia luki. 492.
448. lassis (rebus) fana cirgan-ginen. 370.
„ quesitum ci kisuochinne. 514.
„ oracula antwrte. 435.
453. luis dultist. 369. 605
„ commissa missitate. 137.
459. [chorus] aequalis kileib-lichiz.* 54.
466. fauces inuerte. 246.
469. mansuescere gnaden. 401.
470. Erebi hello. 201. 610
473. agit stoubit. 55.
478. (tarda) palus segâth.* 656.
479. coercet pidvinkit. 138.
485. superas ad auras hera ci werilte. 56.
486. ponê daranach. 493. 615

495. condit piteta. 139.
„ natantia (lumina) truobantiu. 419.
497. palme hente. 491.
500. prensantem *grauffonten*. 494.
620 505. Stigiâ cimbâ hellilichemo sceffe. 610.
„ nabat flôz. 418.
509. agentem tribinten. 57.
511. queritur clagot. 515.
512. inplumes unkifedero.* 326.
625 517. viduata pilostiu. 701.
518. Ditis *durisis*. 169.
520. orgia vhtibita.* 436.
522. marmoreâ [cervice] froniskemo. 403.
524. volveret uualzti. 702.
528. (quaque) dedit inblumfta.* 516. 630
532. agitabat zoch. 58.
541. iugulis er din prustin. 328.
„ dimittere nidersenchan. 171.
544. inferias oppher ł orgia. 327.
548. facessit kifrumita. 248. 635
552. mittit kifrumita. 404.
553. monstrum wntir. 405.
555. stridere vzruzzon.* 611.
„ effervere *vzstredin*. 206.
557. confluere cisamine suerimen.* 140. 640
560. volentes per [populos] after willigen. 495.
561. dat iura sazt êwa. 172.
„ affectat kimachota. 59.

Somit bleiben folgende glossen übrig:

Altus ceohint. 28.
645 allego i. instruo ł fasto kisago. 60.
ablego i. insagen. 61.
aolo holon. 62.
afronemoc grece unde infrunitus i. scamelôser. 63.
Colo siho. 141.
650 colum siha. 142.
culpo piciho. 143.
cacumino firston.* 144.
calcius scuoho. 145.
Dicturio chutilon. 170.
655 decurio dingon. 173.
dapifer truhtsaizo. 174.
diversor loufon. 175.
Enervatus vel eviratus creftiloser. 208.
Filix farn. 249.
660 fartio stonchon. 250.
fictilis hauen. 251.
fucus treno. 252.
frigidaria sulza. 253.
Glis, gliris mûs. 258.
gestus kiparide. 263. 665
Insimulo te ziho dih. 329.
infatuor ernarren. 330.
incurso zuopiccho.* 331.
infundibulum anagiez.* 332.
incus anaboz. 333. 670
Linistinum uestimentum linwarfinez.* 371.
lutumo. latine. heimburgo. quem uicini eligunt ut uice comitis ł tribuni iudicet. 372.
Murium sulza. 402.
merges tafphri. 406.
murena lamphrida. 407. 675
motoria vvaga quod semper in motu est. 408.

Nonnulli wol manige. 413.
nitedula glimo a nitendo. 420.
Ordior wirfo. 437.
680 obliquo sciliho. 438.
oscito keinon. 439.
Pinso stamphon (ł knito). 496.
prurio mich iukchit. 497.
plagarius (ł wadiler) plagarum inflictor non plage unius. 498.
685 prerogatiua mêrhe* ł fordirunga. 499.
privilegium fordirewa* ł suntriki. 500.
pedo pedonis vxrz. 501.
pinso i. fruges confringo ł knito. 502.
pede temptin lîso. 503.
690 pitisso frequenter bibo ł psiwizo.* 504.
palla lachin. 505.
pedes, pedestris fendo. 506.
Sculpo scroto. 571.
sinuo puosimo.* 591.
scalpo grabo. 597. 695
sirma chanarita.* 612.
sacrificus ophirari. 613.
scena umbra ł louba. 614.
Tuber fungus swam. 622.
tuber athach ł swam. 657. 700
tenuo dunno.* 658.
textrina tunc. 659.
tetero kiwirseron. 660.
tussis huosto. 661.
Vador purigon. 703. 705
veredus i. equus pharafrid. 704.
viridarium herbalare. 705.
vter einuuedir. 706.

II. DAS VIERTE SCHLETTSTÄDTER VOCABULAR.

Wackernagel in dieser zeitschrift band V *p.* 325 *ff. nach seiner bemerkung p.* 319 *umfafst das glossar worte, die sich 'in einem commentare, der dem gange des autors folgt' finden. dazu stimmt die notiz p.* 315, *welche besagt, dafs die glossen theils in, theils über dem texte stånden. der jetzigen anordnung jedoch kann ein fortlaufender commentar nicht zu grunde liegen. sehe ich nåmlich von den ersten worten ab, die unterzubringen mir entweder nicht gelungen ist oder bei denen eine bestimmte reihenfolge nicht zu erkennen war, so bieten sich, mit kleinen unregelmåfsigkeiten, folgende gruppen:* 1) 9–15; 2) 16—32; 3) 33—44; 4) 45—52; 5) 53—69; 6) 70—95; 7) 96—101, *deren keine über das siebente buch der Aeneis hinausgeht. eine vergleichung der hs. mufs lehren, ob wir hier Servianische stücke oder eine blumenlese aus Virgil mit eingestreuten scholien vor uns haben. da somit eine ordnung der einzelnen worte nicht gewagt werden darf, so glaube ich auf den abdruck verzichten zu können und begnüge mich, in den anmerkungen die nöthigen nachweisungen aus Virgil oder Servius zu geben.*

III. DIE PARISER GLOSSEN.

Kaiserliche bibliothek zu Paris, codex latinus 9344, *früher supplément latin* 683, *pergament,* 11. *jahrhundert, folio. die hs. beginnt mit Buc.* V. 28: 'interitum montesque' *und enthält aufser den werken Virgils von blatt* 191 *an noch* 'Prisciani in XII principalibus versibus Aeneidos tractatus.' *deutsche glossen finden sich zu den Bucolicis, Georgicis und Aeneis* I—X; *sie sind im anfange übergeschrieben, nachher meist am rande verzeichnet. die abschrift rührt von WFröhner her, der sie später an Simrock überliefs. durch den letztgenannten kam sie an Müllenhoff und dieser betraute mich, nachdem die hs. von EMartin neu verglichen war, mit der herausgabe. mein freund Joseph Herz in Paris hatte die güte, einige stellen nochmals einzusehen, und so habe ich die glossen in meiner dissertation: de glossis quibusdam Vergilianis, Berolini* 1869 *veröffentlicht. aus derselben wiederhole ich hier das wesentliche und beginne bei dem hohen sprachlichen interesse dieses denkmals mit einer darstellung der laut- und flexionsverhältnisse.*

1) *Consonanten.*

a) *Die dentalen.*

D *im an- und inlaute = strengahd.* t; *= strengahd.* d *in*: dingstat 237, dunnk 335, erdructa 756; leider 12, egidun 84, uuida 190, fladun 224, xxgblxxfkdxn 232, bodema 233, gffkdfmp 236, nkdfrf 258, fledrpmusin 321, uukdfrahtende 351, xxkdrpdb 381, gelegida 425, nidiriu 460, neuueder 551, niderlegit 560, edili 580, stadalon 627, trado 673, uueidespiezi 886.

T *im anlaute = a) strengahd.* t *und zwar* 1) *in der verbindung* tr: trbh 46, heritrunbun 242, ungetriuuuo 375, misstruuuen 376, getragit 401, troistanne 471, untreua 579, heritrumba 624, trado 673. 2) *im worte* tuckhl 875. *b) strengahd.* d: 1) *in der verbindung* tw: intuueri 530 (*hs.* inuu'eri). 2) *tn:* takkes 557, tutisscomo 729. c) *strengahd.* z: tfsamene 141, adhumtuitti 696. *d) lateinisch* t *oder* th *in worten, die dieser sprache entlehnt sind:* tuscanischen

420, tupfteine 517, torson 677, tepidun 835. *im inlaute* = *a*) *strengahd.* t: clafetun 554, unbuualeta 671, tutisscomo 729, rotes 766, gebadheter 783, erspietun 822. *b*) *lat.* t: cameratun 216, Etisa 909. *ferner wird* t *in den labial- und gutturalverbindungen gebraucht, ausgenommen* genupdan 846, uubrpda 889; furkscrkhdb 924, *vgl.* 742 *anm. das* hd *in* behdikamera 612 *scheint für* dh *zu stehen, welches dann ebenso wie das gleich zu erwähnende* th *an die stelle von* tt *getreten wäre. in der verbindung mit* z *findet sich dreimal ein* t: sturzta 336, binazta 691, uuaztun 707; *zweimal ein* d: genazda 692, gerizda 888. *strengahd.* nt *wird durch* nt *und* nd, *strengahd.* nd *durch* nd *gegeben; über* nth *in* xxfknthvn 235 *vgl. die anm.* rd = *strengahd.* rt *und* rd, *letzteres in* uuerdan 825 *sowie in* uuirdit[h] 899, *wenn bei diesem das übergeschriebene* h *nicht zum* d *gezogen werden mufs.* rt *begegnet nur in* mirtel 155. *ld* = *strengahd.* lt *und* ld.

TH *im anlaute* = *strengahd.* d, *ausgenommen* thrusana 134, *worüber Graff* V. 546 *zu vergleichen. ebenso verhält es sich mit inlautendem* th, *soweit dies nicht* = tt (clethun 5, 290, cletha 102). *nicht selten ist die schreibung* th *für* ht. *dieselbe scheint auch statt zu finden in* betherquomon 933, *wenn man dort nämlich das* e *streicht und* btherquomon = atherquomon *d. h.* ahterquomon *liest. doppeltes* th *zeigt sich in* miththunt 563; *ganz ähnlich Isidor* X[b] 5: fethdhahha.

DH, *identisch mit* th, *kommt an folgenden stellen vor:* dhuo 563, gedhingi 939; xxfgfscfkdhb 221, bodhomo 489, sperdherende 524, adhumtuitti 696, gebadheter 783, ungequidheda 832.

Z *und* ZZ *nach kurzen silben ohne unterschied, z. b.* fernpzfnfrb 9 und farnozcenes 147, samefrezenna 596 *und* umbefrezzan 600; *dafür auch* sz: maszeldra 380. z *an der stelle von* s: adochez 62; *das umgekehrte,* s *für* z, *tritt ein in* runson 679, runsoda 680.

Im auslaute begegnet stets t. *nur folgende ausnahmen habe ich notiert:* manuth 161; stirnilpd 303, norduuint 331, thegonod 776, herdstat 935. *aufserdem findet sich* t *für* z *in* gretuuardun 559. *unorganisch zugefügt ist es in* uuagxnt 911.

Ich schliefse diesen abschnitt mit angabe der fälle, in welchen die dentalen verdoppelt auftreten. tt *bemerke ich in* osenbritta 90, sittiruurz 297, bettibrede 369, huttun 461, ouarscri'ttit 682, *wenn da nicht* ouarscreccit *zu lesen ist. über ein anderes* tt *wird bei be-*

sprechung der gutturalen gehandelt werden. td *zeigt sich an folgenden stellen:* plkbfktdkn 240, pletda 507, blet^h^dun 652 (*vgl. anm. zu* 507), erhrotdenemo 861. *entsprechend dieser verbindung kommt auch* pb *vor, welches ich hier voraus nehme, nämlich in* gflxpbpn 942 (*vgl. auch anm. zu* 72). dd *durch contraction entstanden zeigt* uzsnudda 836.

b) *Die labialen.*

B *im an- und inlaute = strengahd.* p. *oft steht dafür auch* v(u), *wenigstens im inlaute; im anlaute habe ich es nur einmal gefunden:* geuolana 537. *man kann dazu vergleichen Wiesbad. gl.* (*in dieser zeitschrift* VI.) *no.* 259: uersbotde. *das umgekehrte,* b *für* v, *erscheint in* uuebal 428. *ferner ist* b = *latein.* p *in* biron 199, 200, 289; = pf *in* brimun (?) 188. *vgl. Graff* III. 366/7.

P *im an- und inlaute = strengahd.* ph, f; = ff *in* gpppn 248; = p *in* pletda 507, uuarpoloda 547; = *lat.* p *in* tepidun 835. *in verbindung mit dentalen begegnet es in* uuarpta 550, uubrpda 889 (*in* genupdan 846 *ist* p *wohl* = pf), *daneben tritt auch* b (erstoubten 734) *und* f (furftun 705, uuarfta 863) *auf.*

F *und* V *an- und inlautend* = 1) *strengahd.* f; 2) *strengahd.* p: zpfrxngb 38, uuarfoloda 442, halfu 853.

PH *im inlaute* = 1) *strengahd.* f: houphon 752, striphahten 795; 2) pf: sukphxn 676; 3) *latein.* p: piepho 903.

Im auslaute nur p *und* f, *nie* b. *es entspricht* p 1) *strengahd.* p: drkp 50, gfdrkp 330, selpuua 344, sueristap 718; 2) *strengahd.* f: uuarp 43, 429, sap 730; 3) *strengahd.* pf: dop 674; f *dagegen* 1) *strengahd.* f; 2) *strengahd.* p: cprf 68, halfdieres 753, selfscoz 915, *vgl. anm. zu* 406. *einmal, in* tupfteine 517, *findet sich* pf; *da aber vor* t *das* s *fehlt, so ist wohl zu lesen:* tupsteine.

PP = 1) *strengahd.* pp: uueppes 149, uurppi 325, uueppe 874; 2) *strengahd.* pf: eppe 16, eppele 153. ff *kommt vor in:* laffa 507; luffenon 79, hieffuldrun 291, claffende 640.

c) *Die gutturalen.*

G *im anlaute* = 1) *strengahd.* k; 2) *strengahd.* j: gedun 105, zuigarle 439, gar 440, gegazet 497. *im inlaute* = 1) *strengahd.* k; 2) *strengahd.* h: foraga 817. *ausgeworfen ist es in* geneian 17 (*ebenso gl. Lips.* 340), zuigarie 439. *diese erscheinung wird durch die annahme einer schwächung des* g *in* j *begreiflich. im auslaute ist* g = 1) *strengahd.* k: dingstat 237, thu'ng 519, snuriheling 724, urspring 739, xxkggodes 790, uzdruog 872; 2) *strengahd.* h: fulgdun 450 (*vgl. anm. zu* 399).

K *im anlaute = strengahd.* ch. *abgeworfen ist es in* rinnun 249 (*vgl. Anno* 168 lâfterin *für* klâfterin), *wahrscheinlich auch in* genupdan 846, *wenn dieses von* knupfjan *abzuleiten ist. für* q *findet sich* k *in* conola 407, 408, *während sich sonst* q *behauptet hat. im inlaute entspricht* k *ebenfalls dem strengahd.* ch *sowohl hinter den liquiden* (lankon 19, ualkon 166, birka 195, zestarceon 301, steincan 370, gfxxlkidf 399, enkil 457) *als auch zwischen vocalen:* sxmfrlkcon 56, uuikiline (?) 763. *ferner findet sich diese tenuis vor* t *in den praeteritalformen schwacher verba, deren wurzeln auf* cch *ausgehen:* zucte 581, erdructa 756, uuitheruuacta 819; *einmal steht dafür auch* h: furkscrkhdb 924. *sonst habe ich* k *für* cch *nur in* lokin 544 *bemerkt. dem lateinischen* c *entspricht* k *in* furcon 513, bucula 416. *der gen. pl. des letztgenannten wortes lautet jedoch* buckelene 712, *wobei an die lat. form* buccula *zu denken ist. im auslaute vertritt* k 1) *sowohl das organische als das aus* cch (queclichi 295, spec 706, brustroc 715, 767, boc 759) *entstandene strengahd.* k; 2) *strengahd.* h: eic 231, sprachuson 309.

H *anlautend = strengahd.* h; *unorganisch vorgeschlagen in:* huuuillon (?) 36, hissun 282, hahorn 313, herzagede 803; *abgeworfen ist es in* geolade 764. *im inlaute =* 1) *strengahd.* h; 2) *strengahd.* ch: eihk 14, reho 119, perrihe 503; *unorganisch in* heihl 384, bihseze 896, *wo es vielleicht nur auf einem schreibfehler beruht. einmal steht* w *für* h: zeuuon 553. *ausgestofsen ist* h *in:* gfscxf 23, gescuin 187, biale 393, leidezoa 446, hoi 529, erspietun 822, hoin 928. *dieselbe erscheinung, mit dem unterschiede, dafs auch der vorhergehende vocal unterdrückt ist, treffen wir an folgenden stellen:* fora 211, spreithi (*für* spreithahi) 217, lozonti 390, gemalida 936. *hinter* r *fehlt* h *in:* thueri 417, inuu'eri 530. *ich füge hier an, was sonst über die ausstofsung des* h *zu bemerken ist. es fällt am schlufse vor* s *und* t *aus:* uasuualco 39, natgala 180; *im inlaute dagegen assimiliert es sich diesen beiden consonanten und so entstehen die verbindungen* ss, tt: lancfasso 374, 905; reitritton 504, adhumtuitti 696, reitrhittihl 837 (*lies:* reitrittil; *der fehler zeugt noch von dem streite des* ht *und* tt). *beispiele dieses* tt *bieten die denkmäler von Müllenhoff und Scherer p.* 539, *denen sich noch hinzufügen läfst:* fluittiger *profluga Bonn. gl. bei Hoffmann, ahd. gl. p.* 21, 11, slatte *oratio aurea* (*z. f. d. a.* XIV. 556), hatt *Schl. gl.* 8, 20. *im auslaute ist* h *zweimal abgeworfen:* hogecimbri 367, uuitherzo 841, *sonst erhält es sich an jener stelle und entspricht* 1) *dem strengahd.* h; 2) *dem strengahd.* k: drbh 45, trbh 46.

CH *im anlaute* = *strengahd.* ch. *die beispiele sind folgende:* chelorpn 245, chust 246, chelesuht 300, cherunga 740, chkfn 818, chnehtheit 827, uuegecheron 848, chfrdb 920. *ebenso verhält es sich mit dem inlautenden* ch (kh *geschrieben in* uurcilikho 558, uuinterlikhen 727), *nur dafs dieses daneben auch für strengahd.* k *gesetzt ist:* azichun 265, burchklinga 533, uuenichun (*hs.* uueinchun) 922. *ich erwähne noch folgende für strengahd.* ch *vorkommende schreibungen:* gch: gfuukgchxn 884 (*vgl. Keron. gl. bei Weinhold, alam. gramm. p.* 188: thagchio); hch: brohche 698, gelahchoda 838. *im auslaute ist* ch = 1) *strengahd.* h: ferach 672; sich 821; 2) *strengahd.* c: speldich 97, gezuch 108, genuch 693; 3) *strengahd.* c *aus* cch: ruch 605; 4) *strengahd.* f, *ndd.* k: duchstein 208 (*vgl.* 121 *anm.*). hc *findet sich auch einmal für strengahd.* c: uuahc 686.

S *mit dem gutturallaute verbunden erscheint als* 1) sc; 2) ssc: fleissces (*hs.* fleiscses) 349, uuesscenodon 575, gabinisscimo 701, tutisscomo 729; 3) sg: thresginga 128, disge 659, heimisgemo 797; 4) sch: tuscanischen 420; 5) ss: frosse 174. *unorganisches* sc *für einfaches* s *bietet* sclxun 294.

CC = 1) *strengahd.* cc, *Otfrid, Tatian* gg: uuekke°n 96, bruccb 247: *dafür auch* cch: rucchibein 255; 2) *strengahd.* cch: stfccpn 1, brakko 48 (*freilich ist dies wort schwerlich deutschen ursprungs und es fragt sich, ob man auf reime wie:* leitbracken: zwacken *mhd. wb.* I. 232ᵃ *und* gezwicken: gestricken *Parzival* 155, 25 *viel gewicht legen darf*), uuiccun 78, uuiccon 139, bakket 145, strikke 156, framgeruckit 278, ufscricco 409, kinnibaccum 413, stakkillun 718, uzerloccun 722, roccon 736, stoccon 757, loccon 791 (*hs.* lorcon). *daneben kommt auch* cch *vor:* docchun 223, stucche 887. 3) nk: takkes 557. *vergleichen läfst sich* gg *für* ng *im Rolandsliede p.* 262, 1 *und* 13 (maggen), *welches WGrimm wohl mit unrecht für eine reminiscenz an griechisch* γγ *erklärt, sowie* aggun *Schl. gl.* 4, 94. 4) ch: wickilin (?) 869.

d) *Die liquiden und spiranten.*

Es ist die verbindung mb, *wofür auch* nb *sich findet, mit ausnahme des wortes* bistümulot 793 *gewahrt.* nn *für* nm *begegnet in* genanno 852, *auch steht es für einfaches* n *hervorgerufen durch consonantumlaut, selbst nach langem vocale:* gihonnit 623. *vor* f *habe ich* n *nur in* ranfte 400 *bemerkt.* nl *für* ll: scenlenden 569 *scheint fehlerhaft. ausgeworfen ist* n *in* zuogiegun (*vgl. bihtebuoch p.* 81 *und Leyser, pred.* 18, 25: giegen; *denkmäler von Müllenhoff und Scherer p*1.58, 47: arstuat; 185, 12: nintphiec, 211, 36: phiegin, 211, 38: inphiegen) 802, etgagan (*vgl. Rolandslied p.* 118, 6 A: etsazen iz thie haithene) 921. *nach niederdeutscher weise wird* r *versetzt:* fledrpmusin 321, *ebenso* l: splider 310 (*vgl. Bartsch zu Berth. v. Holle p.* LVII). *hinter kurzen vocalen treffen wir nicht selten auf verdoppeltes* l: huuuillon 36, spillestede 220, vuigilla 799. *für fehlerhaft sehe ich an, wenn in* haftra 267 l *vor* f *ausgelafsen ist; ebenso verhält es sich mit* gfrtb 291 *für* gfrstb. *einfaches* s *für doppeltes begegnet in* mksiburi 919; *der umgekehrte fall findet statt in* hasselin 226. — *folgt auf* w *noch* u, *so sind zur darstellung des lautes zwei oder drei* u *verwandt; dagegen wird diese spirans hinter* s *meist durch einfaches* u *bezeichnet. dieselbe erscheinung findet sich auch an andern stellen:* ualoubrkx 251, milua 323, bazzoua 353, *sogar im anlaute:* uac^h^aldra 31, uintbrant 99, muluerf 123. *ausgefallen ist* w *im inlaute von* cruocuaren 491, untreua 579, zuiuaren 754.

2) *Vocale.*

Kurz A *ist nicht umgelautet worden in:* hasselin 226, fornantigenu 389, 395, gransin 506, gesamini 590, gransi 665, gesarauui 714, uuntdragili 768, *ferner in den wörtern auf* ari, *wo ich* e *nur in folgenden fällen angetroffen habe:* duchera 163, spareuuere 181, lugeneri 897. *denn dafs dies* e *kurz ist, beweist die form* hileichemachiri 657. *aufserdem erwähne ich das* a, *welches nach niederdeutschem brauche* (*gramm.* I^{3}. 254) *für gebrochenes* e *eintritt:* alpantbein 70, uuaruo 697.

Lang A *erleidet durch den umlaut bei dem worte* cesekar 24 *einbufse* (*vgl. auch anm. zu* 1). *ich schliefse hier an, was ich sonst über umlaut und brechung zu sagen habe. lang* u *wird umgelautet zu* iu: fiuli 212, geliuru 619. *auch von dem umlaute des kurzen* u *finden sich spuren. so ist* stirnilpd 303 *zu erklären. dies wort ist zwar anderweitig nicht zu belegen, aber wir haben* sturni *und* stornên *und können nach analogie z. b. von* mitti, mittil, mittilôd(i) *die reihe* sturni, sturnil, sturnilôd *aufstellen. war hier der umlaut mit* i *bezeichnet, so wird er es in* adhumtuitti 696 *mit* ui. *ändert man endlich* uurppi 325 *in* uuippi, *so ist dies das dritte beispiel, doch kein sicheres, da eben so leicht* uueppi *geschrieben werden kann. umgelautetes langes* o *wird zu* oi: troistanne 471. *ein sehr merkwürdiger umlaut liegt in* xzfrxxfllkn 275 *vor, einer form, die ich wenigstens nur von* wallan *abzuleiten weifs.*

Die brechung. sie tritt ein in fällen, wo die oberdeutsche sprache sie nicht kennt: hbrlpf 42, harlouk 148, curbezberon 200, sperdherende 524, ouar 682, brohche 698; *dagegen fehlt sie in formen, die in Oberdeutschland stets von ihr angegriffen werden:* uirheih (?) 192, xxgblxxfkdxn 232, fugbl 260 (*vgl. anm. zu* 89), iz 689, erspietun 822, stigun 823 (*daneben* stfgxn 882).

Lang E = 1) î: ersteuoda 414. *vgl. dazu Bartsch Berth. v. Holle p.* XLIX, *wenn auch das von ihm an erster stelle gegebene beispiel aus dem Crane v.* 30: gezêhen *dort nicht von* gezîhen, *sondern von* geziehen *abzuleiten ist.* 2) ei: regero 167, behezun 690, stfnin 916; 3) ie: gretuuardun 559.

Kurz I *tritt ein* 1) *für tonloses* e, *z. b.* scellinde 183, gespanninemo 566, stinchindun 630 *usw.* 2) *für umgelautetes* e: bisingon 29, uuindilmeri 444, ungequidheda 832.

Lang I = 1) ei: uzfimondan 451 (*vgl. Bartsch zu Berth. v. Holle p.* LII); 2) ê: irista 870 (*vgl. Rolandslied p.* 304, 26 P: des winigin man; *auch jetzt noch im Aachener dialekte Frommann, mundarten* II. 546); 3) ie: inginc 21, scizan 65, kine 433, gemidider 548.

Kurz O *zeigt sich* 1) *für* a *vor einer liquida*: woluo 327; 2) *für tonloses* e: tutisscomo 729, gomischi 741 (*vgl. anm. zu* 611).

Lang O = 1) ou: zpfrxngb 38, houit 110, lpxxn 219. *vgl. anm. zu* 683. 2) iu: gerodede 76. *vgl. Bartsch zu Berth. v. Holle p.* LIII. 3) uo: drosno'n 618 (?) *vgl. ags.* drôsen.

Kurz U *ist hier zu verzeichnen, in so fern es zweimal in der partikel* un *d. h.* in, ent *vorkommt:* unniuzu 610, unsliuzun 702.

Lang U = 1) iu: undfrstxrit 13, spruzent 28, gezuch 108, hpuukscxrxn 280, ruzzungen 411, ruzzunga 474, hulon 634, tutisscomo 729; 2) uo: gfscxf 23, pluges 110, 116, bucha 118, thrusana (?) 134, gescuin 187, fru 201, brudan 455, uudunga 477, ceuuron 574, grunispeht 667, genuch 693, snuriheling 724, slkngersnuri 890. *vgl. anm. zu* 685.

Von den diphthongen nenne ich zuerst EI; *es entspricht* 1) *dem* ie: beueingen 520; 2) *einem umgelauteten* e: steincan 370, gkzekntb 567.

EO *in* zestarceon 301 *scheint nur anzudeuten, dafs der schreiber zwischen den verbis* starcen *und* starcon *geschwankt hat.*

EU *begegnet in* untreua 579; *vielleicht ist auch* 754 zuiuaren *in* zuiuareu *zu ändern. an beiden orten ist ein* w *ausgestofsen.*

IU *erscheint, aufser in* spriu 169, *nur wenn* i *oder* u *folgen.* io *kommt viermal vor:* hiofaldrun 103, riotgras 266, griozon 495, thkpzfnt 937. *sonst steht immer* ie *resp.* î. ie *für* î *bietet sich zweimal dar:* lkfmf 94, piepho 903.

UO (*nie* ua) *ist zuweilen durch* ü *gegeben:* rûze 30, ungenûri 426, grûzzit 487. *aufserdem vertritt es* ô: dhuo 563, xpxxkst 816.

Zwischen liquida und muta ist der stammvokal in zwei fällen wiederholt worden und zwar zwischen m (*wofür dann* n *eintritt*) *und* b: cbnbxpn 262 *und zwischen* r *und* g: beiberegun 716.

Zum schlufse führe ich einige beispiele der vocalassimilation an: edili 580, gesamini 590, ungeuuizini 785, gesithili 792; aldasta 583.

3) *Nominalflexion.*

1. *starke declination der masculina: gen. sg.* es; *dat. sg.* e; *nom. acc. pl.* 1) a; 2) e: strikke 156, frosse 174; 3) i: uueidespiezi 886; *gen. pl. kommt nur einmal vor:* zorno 484. *dat. pl.* 1) on; 2) un: rkmgxn 263, sclxun 293, tepidun 835; 3) en: spizzen 225; 4) in: ringin 385, lokin 546, scrikkin (?) 556, blasbalgin (*gehört hierher, wie der nom. pl.* blasbalga 762 *ergiebt*) 769.

2. *st. declination: nom. sg.* i, *einmal* e: spareuuere 181.

3. *st. declination: es findet sich nur der acc. sg.* frithu 438.

4. *st. declination: gen. sg.* pluges 110, 116; *dat. sg.* brohche 698; *nom. pl.* gransi 665; *acc. pl.* hxrstk 794; eppele 153, disge 659; *dat. pl.* gransin 506.

Feminina. 1. *st. declination: dat. sg.* 1) u; 2) o: haluo 551; *dat. pl.* 1) un: gedun (?) 105, runsun 806; 2) on: bonon (?) 137; 3) en: ruzzungen 411; *acc. pl.* a: uuisa 55, siha 209, lozunga 418, gelegida 425, uudunga 477, *wenn an diesen stellen nicht nom. sg. vorliegen.*

2. *st. declination: i erhält sich; der dat. pl. lautet auf* in *aus:* hoin, festin 928.

4. *st. declination: gen. sg.* i: gilusti 434, *dat. sg. ebenso*: eichi 14, 849, slkngersnuri 890; *nom. acc. pl.* 1) i; 2) e: hurde 85; *dat. pl.* 1) in; 2) en: thinosteden 238.

Neutra: 1. *st. declination: vier beispiele des nom. acc. pl. auf* er *kommen vor:* locher 82, eiier 175, holer 424, bleder 475; *dat. pl.* dierlegeron 430, legerun 627, *dagegen* frhxspn 280, sprachuson 309.

2. *st. declination: nom. acc. sg.* 1) i; 2) e: denne 120, 152, olebere 154, thunuuenge 859. *dative können sein:* gfscxf 23, uueppe 874. *nom. pl.* i; *acc. pl.* e. *das* ie *in* bibircie 71 *deutet wohl schwanken zwischen* i *und* e *an und geht nicht auf das alte* iu *zurück. dat. pl.* 1) in; 2) en: beren 63; 3) un: inuuerdun 656. *neutra mit angefügtem* n *finden sich folgende:* curbelin 67, sumbrinon 737, wikiline 763, wickilin 869.

Starke adjectiva und participia. mascul. nom. sg. er; *gen.* es; *dat.* 1) emo; 2) emu (?), *wenigstens scheint diese form aus* fornantigenu 389 *herzustellen zu sein, wie* fornantigemo *aus* fornantigeno 395; 3) imo: gabinisscimo 701, sineuuellimo 719, geuiledimo 765; 4) omo: tutisscomo 729; 5) em: dusinem 252; *acc. sg.* 1) an; 2) en: scenlenden 569; *nom. acc. pl.* e, *einmal* i: frbmhaldi 257; *dat. pl.* en. *femin. nom. sg.* iu (*in* zuiuaren 754 *vielleicht auch* eu); *dat. sg.* 1) era: fernpzfnfrb 9, ruzzendera 565; 2) eru: thunneru 940; 3) ero, *oder vielmehr, mit ausstofsung des* e, ro: uasthabendro 770; *acc. sg.* a: snella 453, geuolana 537, ungequidheda 832, *wenn an diesen stellen nicht nom. der schwachen flexion anzunehmen ist. nom. pl.* e: zunede 114, gescunte 584, *denn* hellandf 20 *und* ceinsende 177 *können auch die unflektierten participialformen sein. acc. pl.* 1) e: gerodede 76, *wo freilich auch das neutrum angesetzt werden kann, indem man* niulenti *ergänzt;* gegrauene 526 *scil.* geba; 2) o: ungetriuuo 375 *scil.* geba; 3) a: gemalida 936. *neutr. nom. sg.* az: ungentagaz 377, lizzelaz 573; *nom. pl.* 1) iu: rodkx, brxnkx 250, valoubrkx 251, gebundeniu 842, rinnindiu 866; 2) u: ciuscu 894, unciuscu 895; 3) e: geherstide 745, heuuge 775; 4) a: gkzekntb 567, samofrezenna (?) 596.

Von der 2. *st. adjectivdeklination finde ich die unflektierten formen:* druoui 620, reini 621, engi 851.

Schwache declination. ich fafse substantiva und adjectiva zu-

sammen. masculina: nom. sg. 1) o; 2) e: scolle 75, kine 433, *wenn bei letzterem kein misverständnis der lateinischen form* taedae *anzunehmen ist;* 3) i: uuntdragili 768. *gen. dat. sg.* en: uuinreuen 214, tuscanischen 420, heren 805; sxkbpgfn 234, grauen 358. *acc. sg.* ón: magon 478, betherquomon 933. *nom. pl.* 1) on; 2) un: gretuuardun 559; *dat. pl.* 1) on; 2) en: lantuouen 658; 3) un: kinnibaccun (*hs.* kinnibaccum) 413, uuildun 661. *acc. pl.* 1) on; 2) un: strimun, stramulun 168, fladun 224, erlechendun (*scil.* munda) 509; 3) en: zagen 804.

Feminina: nom. sg. 1) a; 2) e: hulese (?) 77, bescelede (?) 215, ungeuuande 617; 3) i: iuui 210. *gen. sg.* 1) un; 2) on: sunnon 15, luffenon 79. *dat. sg.* 1) un; 2) on: binesugon 6. *acc. sg.* 1) un: iungerun 892; 2) on: uuiccon 139. *nom. pl.* 1) un; 2) on: huuuillon 36, iuuon 210, angesezon 304. *gen. pl.* ene: buckelene 712 (hagazvssun 412 *ist wohl nom. pl.*). *dat. pl.* 1) on; 2) un: rinnun 249, stfgxn 882. *acc. pl.* 1) un; 2) on: lankon 19, furcon 513, zeuuon 553.

Ob udra 532 *nom. sg. neutr. oder dat. sg. masc. ist, wage ich nicht zu entscheiden. sonst kommen folgende schwache neutra vor:* oren 858; thunnun 516, unbestunbelodun (?) 910.

Ich füge hier ein verzeichnis der substantiva hinzu, die sonst 1) *nie* 2) *selten schwach flektiert sich finden.* 1) *masc.:* kine (?), 433, bodhomo 489. *fem.:* clefelun 106, inquedungun 244, drosno'n 618, behezun 690, beiberegun 716, 788, stakkillun 718, uuardun 808. 2) *masc.:* regero 167, cbnbxpn 262. *fem.:* binesugon 6 (*Zwetl. gl. bei Hoffmann, ahd. gl. p.* 41, 8: *thymo* pinosugun) huuuillon 36 (*vom mhd. wb.* I. 758[b] *zwar schwach angesetzt, aber starke formen finden sich bei Graff* I. 522), uuiccun 78, 139, segun 95, hiofaldrun 103, 291 (*vgl. Schl. gl.* 4, 70: *arbuta* biufiltrun, 6, 640: *tribuli* hiuffildrun), garuon 179, iuuon 210 (*Berliner Virgilgl.* 91: *taxi* iuuan, *Schl. gl.* 6, 629: *taxos* iwin), xxgblxxfkdxn 232 *und* 235 *anm.* (*vgl. Trierer psalmen* 99, 4: scaf weiden siner *oves pascuae eius*) hpuukscxrxn 280, sblxxn 296, sumerladun 405, 644, 721, helligruouun 435, huttun 461, segalgerdun 606, zangun 770, stigun 823, stfgxn 882, scindelun 883.

Von pronominibus begegnen: mir 21, se 330; iz 689, themo 847.

Die adverbien enden: 1) *auf* o; 2) *auf* i: queclichi 295; 3) *auf* a. sama[h]afta 423.

Schliefslich erwähne ich die bildungen inga: thresginga 128, uuendinga 161, *und* (n)issi: bkxxntnkssi 69.

4) *Verbalflexion.*

Die starken verba: 1. *p. sg. praes.* 1) u; 2) o: ufscricco 409; 3) un: unsliuzun 702. 3. *p. sg.* 1) it; 2) et: uuitganget 176. *dieselbe person des verbum substantivum erscheint* 693: ist. 3. *p. pl.* 1) ent; 2) en: bizen 59. *diese apocope ist nach WGrimm z. grafen Rudolf p.* 8 *und zu Athis p.* 361 *nur mitteldeutsch.* 3. *p. pl. praet.* 1) un; 2) on: auenamon 2, ceuuron 574. *vom conjunctive kann ich die formen anführen:* uzbluuue 92, hiuue 649; beueingen 520, *vom imp. sg.:* drbh 45, trbh 46, drkp 50, gfdrkp 330; *imp. pl.:* bakket 145, malet 146; sciezzent 876. *der infinitiv zeigt gewöhnlich* an, *einmal* in: xzfrxxfllkn 275. *das part. praes. endet auf* 1) andi, 2) endi; 3) indi; *das part. praet. unflektiert auf* an; *flektiert* 1) *auf* en; 2) *auf* an: beuanganan 576; 3) *auf* in: gespanninemo 566; 4) *auf* on: erquemoner 467. *zu erwähnen sind noch die beiden part. praet.* erquemoner 467 *und* berechene 592. *bei* queman *kommt in dieser form* e *für* o *häufig vor, worüber man Graff nachsehen mag; auch sonst schwanken zuweilen* e *und* o; *z. b. in den hs. ABCD der klage v.* 970 *steht* gezemen.

Die schwachen verba. 1. *p. sg. praes. der* i-*klasse zeigt bei langen stämmen:* 1) u: eruuerdu 378, geliuru 619; 2) iu: kembiu 684; 3) on: bisingon 29; *bei kurzen* iu: besueriu 830, 932; *dieselbe form der o-klasse lautet* un: meldun 379, uzerloccun 722, *vgl. anm. zu* 72. *in der e-klasse endet sie* 1) *auf* on (?): rfrpn 287; 2) *auf* en: misstruuuen 376. 3. *p. sg. praes.* 1. *conj.* 1) it; 2) et: uzsuizzet 81, hfrdft 276, zeiget 481; 2. *conj.* ot; 3. *conj.* et: anahaldet 54. 3. *p. pl.* 1. *conj.* ent; 2. *conj.* 1) ont: screccont 681; 2) ent: ruzent 22. 1. *p. sg. praet. erscheint nur einmal in der* 1. *conj.* genazda 692; 3. *p.* 1. *conj.* ruomida 546, benazta 691; 2. *conj.* 1) oda; 2) eda: underbrordeda 465, iageda 525. *ob* uzsnudda 836 *zur ersten oder zweiten conj. gehört, weifs ich nicht.* 3. *conj.* erbaldeda (?) 366, irsuarzeda 410. 1. *p. pl. in der* 1. *conj.* gfsbkdxn 3; 3. *p. pl.* 1. *conj. bei langsilbigen* dun, *sonst* idun, edun (uegedun 705); 2. *conj.* 1) odun; 2) edun: clafetun 554, scidedun 689, erspietun 822; 3. *conj.* idun: gruidun 404. *part. praet.* 1. *conj. unflektiert:* 1) it; 2) et: eruuarmet 860; 3) t. geuuort 801, gebouut 899; *flektiert hat es den bindevokal:* 1) e; 2) i: gemidider 548; 3) a: geolade 764. 2. *conj. unflektiert* ot, *flektiert* 1) o: unbestunbelodun 910; 2) e: gescidedemo 632; 3) u: anagebrorduder 522. *nur einmal erscheint ein part. ohne* ge: zunede 114. *vom conjunctiv praes. bemerke ich die form:* carro 264, *vom imperativ:* genendi 761; gegazet 497. *der infinitiv der* 1. *und* 3. *conj.* (uueran 203) *lautet* an, *der der* 2. on. *flektiert finde ich ihn in der* 1. *conj. an folgenden stellen:* gemestanne 259, troistanne 471. *part. praes.* 1. *conj. nur* trhasindi 253; 2. *conj.* endi *und* ondi *z. b.* smierondi 354, ruzondi 454 *neben* smkfrendk 925 *und* ruzzenden 502; 3. *conj.* endi.

Auf blatt 42 derselben hs. ist eine reihe baum-, pflanzen- und thiernamen eingetragen, von denen hr. dr. Michelant zu Paris so freundlich war, mir eine genaue abschrift zu besorgen. ich gebe auch bei diesen eine kurze darstellung der lautverhältnisse.

D *im an- und inlaute* = *str. ahd.* t; = *str. ahd.* d *in:* dorn LXXXIV; wida LXXII. *die verbindung* nd *entspricht sowohl str. ahd.* nt *als* nd. *wegen* uurendo XXXI *verweise ich auf die anmerkung.* ld = *str. ahd.* lt.

T *an- und inlautend* = 1) *lat.* t: turtulduba XIV; 2) *str. ahd.* z: auarata LXIV, *da in Oberdeutschland diese pflanze* ebereiza *heifst, wie Graff* III. 865 *anführt. da er einen beleg nicht beigebracht hat, so gebe ich einen solchen aus Sumerlaten* 53, 4: *abrotanum* ebereize. lt *findet sich in* pifultra XXXVIII. *unorganisch ist* t *am schlufse des wortes* huon *angefügt:* wazzerhunt XXI, hunt XLV, rephount XLVI. tt *begegnet in* otter XCVIII.

TH = *str. ahd.* d: flethermus XXVII, pethemo LXVII.

Z *nach kurzen silben einfach* (nezila LXVIII, mazaldra XC) *und doppelt* (wazzerhunt XXI).

B = 1) *str. ahd.* p; 2) *lat.* p: bireboum LXXIX. *im inlaute steht dafür auch* u, *einmal* w: curuuiz LVII.

F = *str. ahd.* f; *dafür* ph *in* gripho XLIII, griph CVI; ph *für str. ahd.* ff: aphin CVIII.

P *im anlaute* = 1) *lat.* p; 2) *str. ahd.* f: pifultra XXXVIII; *im inlaute* = 1) *lat.* p: papilu LI; 2) *lat.* b: lupistekila LVIII; 3) *str. ahd.* pf: wideopa XI. *im auslaute* = 1) *str. ahd.* p: rephount XLVI; 2) *str. ahd.* f: mulwerp CXV.

PP = 1) *str. ahd.* pf: sneppa XVIII; 2) *lat.* p: cappo XXXVII; *aufserdem erscheint es in* cappa XLVIII.

G = 1) *str. ahd.* k; 2) *str. ahd.* h: wigo XXIII.

K *im an- und inlaute* = 1) *str. ahd.* ch; 2) q: cappa XLVIII, conala LIII. *im auslaute* = 1) *str. ahd.* h: gok VI, strok XII, hauok XXVI, hruok XLIX, lok LXV; 2) *str. ahd.* c *für* cch: steinbuc XXX, buc CI; 3) huc XIX.

CH = 1) *str. ahd.* ch: duchere XVI; 2) *str. ahd.* h: eich LXIV, rech XCIX; 3) *str. ahd.* k: rechenbocho CXVII; 4) *für die str. ahd. labialaspirata:* huchela XX, duchestein CXX.

H = 1) *str. ahd.* h; *vor* r *zweimal erhalten:* urhrint XXXIV, hruok XLIX; *einmal abgeworfen:* natram XXII. *im anlaute ist es vorgeschlagen:* huc (?) XIX, huchela (?) XX, haspa LXXXIII; *abgeworfen:* wideopa XI, *im inlaute:* aorn LXXIV; *vor* t: natgala XV, natram XXII, watala XXXII; *vor* l *mit gleichzeitiger unterdrückung des vorhergehenden vokals:* scelo CIII, elo CIV.

CC = *str. ahd.* cc: mucca CXXI.

W *ausgestofsen in* po XVII (*vgl. gl. Jun. D. p.* 267: pau); *vor* r *erhalten:* uurendo XXXI.

R *versetzt:* strok XII, andron LIX.

Zu erwähnen ist noch die verbindung sp = *str. ahd.* fs: wespa XL. *vgl. gl. Jun. D. p.* 269: *crecopulus* wespe; *gl. zum summarium Heinrici German.* IX. p. 20, 28ᵇ: *vespe* wespen, *gl. Lips.* 762: uespias = *str. ahd.* refsjan.

Die vocale. brechung fehlt: steinbuc XXX, kiruela LXIII, buc CI. a *für gebrochenes* e: krasso LVI; â *für* ê: drano XXXIX (*vgl. gramm.* I.³ 389). ê = 1) *str. ahd.* ei: wegebreda L; 2) *str. ahd.* â: bremon LXXVII; ô = 1) ou: gok VI, po XVII, lok LXV, hunthobido CIX; 2) uo: uuermoda LXVI. û = uo: wazzerhunt XXI, hunt XLV. ou = uo: rephount XLVI.

Flektiert kommt vor: ahorna LXXXV; bremon LXXVII. heimelo (*vgl. gramm.* III. 666 *fg.*) CXIII *begegnet sonst nicht schwach.*

Dafs diese Virgilglossen dem fränkischen dialekte angehören, zeigt der consonantenstand; da nirgends ua *für* uo *erscheint, ist das südfränkische idiom ausgeschlofsen. nach Würzburg-Fulda die entstehung des denkmals zu setzen, verbietet das verhältnis der consonanten, besonders der dentalen. aber auch an Mainz und Trier dürfen wir nicht denken. denn der erstere ort kennt* t *für* z *gar nicht, der letztere nur in* 'that' (*Müllenhoff denkmäler p.* XVI). *in unserem denkmale dagegen ist* t *gesichert durch die schreibung* gr&uuardun 559, *welche uns zwingt, auch die beiden andern* t *für* z *als richtig anzuerkennen. wir gerathen also nach Niederfranken und auf dieses weisen auch häufig die vocale.*

Nun könnte jemand die erwähnten ndd. elemente durch die annahme erklären wollen, dafs unsere glossen aus einer ndd. hs. abgeschrieben seien. ich behaupte das gegentheil: die vorlage war eine oberdeutsche und zwar eine, die von den erhaltenen Virgilglossen am meisten mit den Tegernseern übereinstimmte. diejenigen worte nämlich, welche an derselben stelle sowohl in den Tegernseer als in den Pariser glossen gleich lauten, bilden ungefähr ein achtel des letztgenannten denkmals. ich habe dieselben daher durch cursiven druck kenntlich gemacht. zwar findet sich ch *für str. ahd.* ch *auch in md. hs., z. b. in der Strafsburger hs. des Rolandsliedes* (*Grimm p.* XVI), *in den gl. zu Heinr. summ. Germ.* IX; *ist es aber nicht merkwürdig, dafs von den acht vorher erwähnten fällen, in denen diese aspirata in den Pariser gl. begegnet, vier auch in den Tegernseern vorkommen? dafs aber oberdeutsche gl. zuerst ins ndd. und von da aus in den dialekt unseres denkmals umgesetzt seien, dies wird niemand im ernste behaupten wollen.*

Freilich läfst sich nicht leugnen, dafs eine reihe von worten sich zeigt, welche, weil dem ndd. eigenthümlich, einer oberdeutschen quelle nicht entnommen sein können. rühren diese also aus einer ndd. hs. her und sind sie ein wenig der hochdeutschen sprache angepasst oder repräsentieren sie den dialekt, dem die Pariser gl. in ihrer jetzigen gestalt angehören? zur entscheidung dieser frage hilft das soeben besprochene blatt 42, *welches ich wegen des zweimal vor* r *erhaltenen, einmal weggeworfenen* h *der zweiten hälfte des neunten jahrhunderts zuschreibe. wir haben gar keinen grund, dasselbe nicht für ein original zu halten, noch es einer andern gegend als die vorliegende fafsung der Virgilglossen zuzutheilen. denn dafs* t *für* z *nur einmal, in den Virgilgl. dreimal vorkommt, beweist nur, dafs es in beiden sehr selten ist: auch bleibt zu berücksichtigen, dafs der umfang der Virgilgl. achtmal so grofs wie der des blattes* 42 *ist. wenn ferner* th *für* d *auf diesem zweimal, sehr häufig dagegen in den Virgilgl. begegnet, so ist zu bedenken, dafs dergleichen wesentlich von der gewohnheit des schreibers abhängt. so findet sich ja* th *noch in denkmälern des zwölften jahrhunderts, z. b. in der Strafsburger hs.*

des Rolandsliedes, in Wiggerts psalmeninterlinearversion vor, zu einer zeit, wo es sonst völlig aufser gebrauch gekommen war. da ferner eine anzahl formen beiden stücken, den Virgilglossen und dem blatte 42, *gemeinsam sind, so trage ich kein bedenken zur feststellung ihres entstehungsortes sie nebeneinander zu rathe zu ziehen. als sächsisch, theilweise auch niederrheinisch charakterisieren sich auf bl.* 42 â *für* ê, ê *für* â, *besonders aber* w *vor* r *in* uurendo; *hierher ziehen läfst sich vielleicht auch der acc. pl.* gabulas *in den Virgilgl.* 143, *den ich vorher bei der darstellung der flexionen übergangen habe. im sächs. dialekte ist dies wort zwar nicht nachweisbar, aber im ags.* (*Bosworth* 27 p) *und im and.* (gafl) *ist es ein st. masc. erster declination. auf den Niederrhein deutet folgendes:* 1) ss *für* sc, *zwar auch im* 12. *und* 13. *jahrhundert alamannisch Weinh. p.* 156 *aber fränkisch nur gegen den Niederrhein hin: Wiesbad. gl.* 229 romesse; *Wernher v. Niederrhein p.* 19, 21 galileisse, 46, 8 hebreissen; *Lacomblet, archiv* I, 1 (1832) *p.* 334 visserie (*aus Trier*); *Lachmann, drei bruchst.* II, 66 visse; *gl. Jun. D. p.* 268 drossela; *Elisabeth* (*ed. Rieger* 1868) *v.* 2727 dissegader; *viele beispiele bietet schliefslich die allegorie 'Salomônis hûs' bei Adrian, mittheilungen p.* 417 *ff.* 2) ei *für umgelautetes* e. *vgl. gramm.* I.[3] 185, *WGrimm zu Konrads Silvester p.* IV. 3) ei *für* ie, *welches JGrimm* (*gramm.* I.[3] 262) *nicht richtig allein dem Gottfrid Hagen zuschreibt. denn nicht wenige beispiele davon bietet das fragment des Karlmeinet bei Lachmann, drei bruchst.* III; *ferner haben die Xantener gl.* 132 gemeidan, *die gl. zu Heinrici summ. Germ.* IX p. 21, 38[b] eiffaltra. *allgemeiner ndd. sind vielleicht folgende erscheinungen:* 1) w *für* h *zwischen vocalen:* zeuuon 553. *diese form ist nach Schmeller B. wb.* IV. 239 *nicht nur schweizerisch, sondern auch mittelrheinisch. sonst finde ich* uluwen *Ruther* 4262, *Gottfr. Hagen* 920 (*im reime*), *vgl. Bartsch, Karlmainet p.* 342, *aber auch* duwete *Reineke Vos ed. Hoffm.* 3722, 6500. 2) ch *für* g *im inlaute: Ruther* 1728: clache, *Wiesb. gl.* 248: ocha, *vgl. Bartsch herz. Ernst p.* V; *daneben in dem thüringischen* (*Bartsch Berth. v. Holle p.* XXXVI) *grafen Rudolf p.* δ[b] 23: burchere. *ich mache endlich noch auf zwei dem holländischen sich nähernde formen aufmerksam* (*anm. zu* 66, 285).

Der ursprung beider denkmäler ist also in einer gegend zu suchen, die von niederrheinischen und sächsischen einflüfsen berührt wurde. doch hindert uns das überwiegende z, *zu weit nach norden zu gehen. auch scheidet sich der dialekt unserer stücke wesentlich ab von dem des Herbort von Fritzlar, welcher* ht *für* ft *anwendet, eine erscheinung, die in den Virgilgl. höchstens einmal* (933) *sich zeigt, ferner auch* p *für* pf, ph *meidet. freilich kann dies letztere dem schreiber allein zur last fallen. so bleibt uns denn nur die gegend an der Lahn, das heutige Nafsau und Oberhessen, und dort werden wir beide denkmäler fixieren können. dorthin hat Müllenhoff* (*denkm. p.* XVI) *mit recht die Xantener gl. verwiesen; dahin werden auch die etwas jüngern gl. zu Heinrici summarium Germ.* IX. *p.* 13 *ff. gehören. in diesen tritt einmal* t *für* z *ein:* katta 10; *denn das andere von Rieger aufgeführte beispiel:* holduua, *steht nicht für* holtduua, *sondern für* holeduua. *dadurch erklärt sich auch, wie sie in die Darmstädter bibliothek gelangt sind. ein bestimmtes kloster kann ich allerdings leider nicht angeben, von dem sich mit sicherheit behaupten liefse, dafs in ihm die Virgilglossen geschrieben seien.*

Lag also eine oberdeutsche quelle vor, so fragt sich, wie der verfafser der uns überkommenen recension sich dazu verhielt. ich denke mir die sache so: irgend ein mönch hatte ein oberdeutsches original vor sich, das er ziemlich mechanisch abschrieb und in dem er nur die seinem ohre fremden worte mit ihm geläufigeren vertauschte. denn nehmen wir an, eine ganz neue bearbeitung oberdeutscher Virgilglossen habe stattgefunden, so müfsen wir zugeben, dafs auch von dieser nicht das original, sondern nur eine abschrift auf uns gekommen sei. ich übergehe die nicht seltenen schreibfehler, theile auch nicht Wackernagels im fünften bande dieser zeitschrift p. 320 *ausgesprochene ansicht, dafs die vereinigung mehrerer getrennter worte zu einem die thatsache der abschrift bewiese; vielmehr mache ich auf folgendes aufmerksam:* 1) *das wort* Gabinis scimo 701 *ist deutlich in zwei theile getrennt. derselbe fehler findet sich auch an einigen anderen stellen.* 2) *manche glossen kommen zweimal vor oder stehen fern von dem lateinischen worte, zu dem sie gehören.* 3) *die Servianische note zu Georg.* I. 59 *lautet in unserer hs.* (73): et gerunt partum. *dem entspricht aber nicht die deutsche glosse* uzuuerpent; *diese erfordert* egerunt *und dies bietet auch der text des Servius sonst.* 4) *das deutsche* mkthf.mksgfmp *steht bei Aen.* VIII. 681: ‘stans celsa in puppi, geminas cui tempora flammas Laeta vomunt, patriumque aperitur vertice sidus.’ *dazu passt aber weder die praeposition* mit, *noch auch* heimisk; *man würde dort eher* faderlih *erwarten. vortrefflich stimmt dagegen die glosse zum v.* 696: regina in mediis patrio vocat agmina sistro.

Alle diese schwierigkeiten verschwinden, wenn man die vorhin von mir geäufserte meinung annimmt, dafs eine oberdeutsche, selbst kaum fehlerfreie hs. abgeschrieben ist, und dabei sowohl neue versehen sich eingeschlichen haben, als auch viele worte hinzugefügt oder verändert sind. dazu kommt noch ein anderes. der Virgiltext der Pariser hs. bietet Georg. III. 86, *wie mir hr. Herz schreibt:* 'densa coma', *während am rande steht:* 'iuba manauua' (254). *zur erklärung dieses umstandes scheint mir nur folgendes auszureichen: keine vollständige Virgilhs. mit scholien und glossen wurde bei jener gelegenheit abgeschrieben, sondern es sind nur die glossen und scholien* (*diese können von jenen nicht getrennt werden, da viele glossen sich auf Servianische noten beziehen, ja in den text der scholien eingereiht sind*) *aus einem oberdeutschen exemplare in das vorliegende, das den Virgiltext allein enthielt, eingetragen. schliefslich noch dies: wenn ich bisher stets blofs von zwei exemplaren, dem oberdeutschen und unserm, gesprochen habe, so will ich damit keineswegs behaupten, dafs nicht zwischen beiden eine vermittlung durch mehr oder minder zahlreiche, nun verlorene denkmäler habe stattfinden können.*

Uebrigens mufs unsere hs. einmal in Rheims selbst oder in einem zu dieser stadt in beziehung stehenden kloster gewesen sein. auf blatt 42 *ist nämlich ein* 'epitaphium Gerberti papę de archipraesule Remensi Adalberone' († 5 *januar* 989) *zu lesen:*

'Contulerat natura potens quę summa putavit
ad meriti cumulum tibi, praesul Adalbero, cum te
praestantem cunctis mortalibus abstulit orbi
quinta dies fundentis aquas cum pondere rerum.'

dasselbe epigramm befand sich auch in der cathedralkirche zu Rheims, vgl. Marlot, histoire de la ville, cité et université de Reims, band III (*Reims* 1846) *p.* 64 *fg.: son corps* (*d'Adalbéron*) *fut inhumé en la cathédrale, et pour épitaphe on lisoit anciennement ces vers gravés sur une table de cuivre en lettres d'or. es folgen dann die citierten verse mit der abweichung, dafs v.* 1 *für* potens parens *gesetzt ist. da Gerbert papa genannt wird, so können sie vor* 999, *wo jener den römischen stuhl bestieg, nicht in die hs. gekommen sein. doch darf man nicht daraus schliefsen wollen, dafs er Gerbert, nicht Silvester heifst. der ursprüngliche name dieses pabstes erhielt sich sehr lange in Deutschland, spricht ja noch Walther* (33, 22) *von* 'einem zoubercære Gêrbrehte.'

Zur altersbestimmung der glossen nützt uns ebensowenig, wenn

Germania *durch* francia (184) *gegeben wird. man könnte darnach glauben, die entstehung unseres denkmals müfse in die zeit der Salischen kaiser fallen. abgesehen von* 'Germania franconö lant' *Diut.* II. 370, *spricht dagegen der modus Ottinc* 39: Francus instat, Parthus fugit, *der doch unter Otto* III *verfafst ist* (*Müllenhoff, denkm. p.* 314). *ferner helfen uns wenig die umlaute* ê *für* â, i, iu *für* u *und* û. *denn der umlaut* iu *für* u *kommt nach meiner, von Grimm gramm.* I.^{3} 343 *abweichenden meinung schon beim Isidor vor:* lyuzilun XI^{b} 17, XII^{a} 8, liuzeln XII^{a} 10. *überhaupt mufs das alter und die geschichte des umlauts aus den denkmälern bestimmt werden, nicht diese aus ihm. wir sind also allein auf die flexion angewiesen. da erinnere ich denn an folgende neben den älteren vorkommende jüngere formen: nom. pl. masc. der* 1. *st. decl. auf* e, i, *ebenso der nom. sg. schwacher masc.; nom. sg. fem. des schw. adj. auf* e, *nom. acc. pl. fem. starker adj. auf* e, *neutr. pl. starker adj. auf* e, a, *acc. pl. schwacher masc. auf* en. *hält man hierzu das schwanken in den vocalen der praeterita schwacher verba, so gelangt man für die entstehung der Virgilglossen zur annahme einer zeit, in der die sprache sich umbildete. eine solche war das elfte jahrhundert, in dessen erste hälfte ich unser denkmal setze.*

Endlich erwähne ich eine notiz, welche sich auf dem halbabgeschnittenen rande von blatt 95^{r} *befindet. sie zu enträthseln überlafse ich scharfsinnigeren:* Guogeris (*hr. dr. Michelant liest:* Uuageris) uuison. in dera nuessum heccun uuison. uuinie hundale. conc.

BUCOL. V.

31. lentas hastas ſfnfstfccpn.
34. tulerunt auenamon.
36. mandavimus [hordea sulcis] gfsbkdxn.*
39. carduus *thistal.*
„ paliurus clethun.
77. thymo binesugon.
88. pedum krxccb.

BUCOL. VI.

1. prima fxrksta.
17. attritâ fernpzfnfrb.
17. cantharus cbnnb.
22. moris mulberin.
47. ah leider.
53. fultus undfrstxrit.*
54. ilice slblteihk.*
60. stabula ad Gortynia sunnonstallon.
68. apio eppe.
71. deducere geneian.
„ ornos linbouma.
75. inguina lankon.
84. pulsae hellandf.

BUCOL. VII.

7. mihi deerraverat inginc mir.
13. resonant examina ruzent suarma.
32. cothurno gfscxf.
33. sinum lactis cesekar.
42. rusco *hulis.*
„ algâ merigrase.
47. solstitium hizzi.
48. turgent spruzent.
torreo b.s.ng::n.
50. fuligine *rûze.*
53. iuniperi uac[h]aldra.
„ castaneae kestene bouma.
66. abies danna.

BUCOL. VIII.

53. alnus erla.
54. electra gfsmflzi.
55. ululae huuuillon.
59. speculâ uuardu.
Hec egloga farmaceutria id est fbscknbtprka dicitur. id est zpfrxngb.
64. vitta uasuualco.*
65. verbenas isena.
68. carmina galdar.*
74. licia hbrlpf.
stamen uuarp.
82. bitumine harze.
101. fer drbh.
„ fer trbh.
104. carmina garsanc.
107. Hylax brakko.

BUCOL. IX.

8. clivo xphbldk.
24. age drkp.
25. ferit stichit.
36. strepere gbgkzpn.*
36. olores eluiz.
42. imminet anahaldet.
45. numeros uuisa.
49. apricis sxmfrlkcon.
56. caussando rethenondk.
58. [ventosi] ceciderunt [murmuris aurae] gfuukchxm.

BUCOL. X.

7. attondent bizen.
19. subulci sueina.
27. ebuli euoh.
„ ebuli *adochez.*
„ baccis beren.
39. vaccinia lor.bkri.
59. torquere scizan.
67. liber scorza.*
71. fiscellam curbelin.
fiscina cprf.

GEORG. I.

4. experientia bkxxntnkssi.
57. ebur alpantbein.
59. castorea bibircie.
castor. inde verbum castro . . . bun.
et gerunt partum uzuuerpent.
63. age *uuol*nu.
65. glebas scolle.
71. tonsas [novales] gerodede.
74. siliquâ hulese.
75. viciae *uuiccun.*
„ lupini *luffenon.*
80. fimo mist.
88. exsudat uzsuizzet.*
90. spiramenta locher.
93. Boreae nortuuint.
95. [vimineas] crates egidun.
„ crates hurde.

101. farra korna.
111. culmus halm.
112. depascit ezzet.
120. intuba galcruh.
90 intiba osenbritta.*
132. repressit gestilda.
135. excuderet uzbluuue.*
139. visco mistel.
,, visco lkfmf.
95 143. serrae segun.
144. cuneis uuekkên.
,, fissile speldich.
148. arbuta brust.*
151. robigo uintbrant.
100 ulcus angp.*
152. carduus thistil.
153. lappae *cletha*.
,, tribuli hiofaldrun.
154. lolium rado, radan.
105 155. rastris gedun.
156. sonitu clefelun.
157. falce snidemacese.
160. arma azznsi, gezuch.
162. vomis scar.
110 ,, robur aratri pluges houit.
164. tribula *flegila*.
,, traheae *slidon*.
165. supellex gkziugi.
166. arbuteae [crates] zunede.
115 ,, vannus *uuan*.*
170. burim pluges houuet.
173. tilia *linda*.
,, fagus *bucha*.
174. stiva recho, reho.
120 178. area denne.
,, cylindro duuostein, uuellesteine.*
181. mus spicemus, spizmus.
183. talpae muluuerf, muluerf.
184. bufo *creda*.
185. [quae plurima terrae] monstra [ferunt] *hamustro*. 125
186. curculio *angur*.
,, formica ameiza.
190. tritura thresginga.
,, tritura gethruse.
amigdalus hasal. 130
192. palea caf.*
193. medicare reinon.
194. nitro salzsteine.
,, amurca *olesthrusana*.
195. siliquis huleson. 135
207. fauces engk.
215. fabis bonon.
226. vanis avenis *uuilden haveron*.
227. viciam uuiccon.
233. zonae strimelon. 140
236. concretae tfsamene *gerunnan*.
264. exacuunt spizzent.*
,, furcas gabulas.
266. fiscina curuelin.
267. torrete bakket. 145
,, frangite [saxo] malet.
obtunsus farnozcenes.
285. licia *harlouk*.
,, telae *uueppes*.
294. pectine rauun. 150
296. aeni caldaru.
298. area denne.
306. lauri baccas eppele.
,, oleam olebere.
,, myrta mirtel.* 155
307. pedicas strikke.
309. verbera [fundae] snuori.
falx messoria sichila.
falx fenoria segesna.

60 348. maturis rifen.
353. menstrua Luna manuth-uuendiĝa.*
359. murmur thoz.
361. mergi duchera.
mergus duchari.
165 363. paludes struot.
" fulicae ualkon.
364. ardea regero, heigero, heigro.
367. tractus strimun, stramulun.
368. paleam spriu.
170 370. Boreae norostanuuint.
Eurus ostansuntuuint.
371. Zephyri uuestanuuint.
377. hirundo sualauua.
378. ranae frosse.
175 379. ova eiier.
389. spatiatur uuitganget.*
390. carpentes *ceinsende.*
395. obtusa zeinna.*
400. maniplos garuon.
180 403. noctua natgala.
404. Nisus spareuuere.
405. Scylla leuuerka.*
449. crepitans salit scellinde springit.
474. Germania francia.
185 481. proluit *uergoz.*

GEORG. II.

6. vindemia uuindema.*
8. cothurnis gescuin.
12. genestae brimun.
13. populus belizboum.*
190 " salicta uuida.
15. castaneae kestinun.
16. aesculus uirheih.
18. cerasis kirsboumon.

60. uva uuinberi.
66. Herculeae arbos coronae birka. 195
70. platani *ahorna.*
71. ornus *lintboum.*
87. surculus *snidelinc.*
88. Crustumiis piris bratbiron.*
" volemis curbezberon.* 200
95. preciae frut^{b}ruf^{u}on.*
96. cellis kelketron, kelleron.

. . . .

100. durare uueran.
113. taxi iuua.
129. verba galdar.* 205
180. calculus kisel.
189. filicem *uarn.*
214. tophus duchstein.
242. cola siha.
257. taxi iuuon; *iuui.* 210
picea *Evra.*
putredo fiuli.
264. fossor greuil.
333. pampinus uuinreuen blat.
358. rasae besceleде.* 215
361. tabulata cameratun.*
" tabulata spreithi.
379. cicatrix hilouuua.*
381. proscenia lpxxn.
" proscenia ludi spillestede. 220
382. compita xxfgfscfkdhb.
384. utres budericha.
389. oscilla *docchun.*
394. liba fladun.
396. veribus *spizzen.* 225
" colurnis hasselin.
407. putando besnithendo.
413. rusci hulisboum.*
417. extremos [antes] endi.
421. rastros hpxxxri. 230

aesculus slaheic.*
430. aviaria xxgblxxfkdxu.
445. carinas *bodema*: pars pro toto.
463. testudine *sxkbpgfn*.
235 471. lustra xxfknthvn.
497. conjurato gffkdfmp.*
502. forum *dingstat*.
508. rostris *thincsteden*.
518. proventu frbmxxpchbr.*
240 519. trapetis plkbfktdkn.*
530. certamina gi(il.*
539. classica heritrunbum.

GEORG. III.

25. aulaea umbehanga.
45. adsensu inquedungun.
245 53. palearia *chelorpn*.
72. delectus *chust*.
78. ponti brxccb.
80. terga gpppn.
81. toris rinnun.
250 82. spadices [equi] *rodkx*, brxnkx.
„ glauci [equi] valoubrkx.
83. gilvo *dusinem*.
85. fremens trhasindi.
86. juba manauua.
255 87. spina rucchibein.
104. carcere pfrrkchf.
107. proni *frbmhaldi*.
108. humiles nkdfrf.
124. distendere zegemestanne.*
260 146/7. est plurimus volitans kstmbnbcfugbl.
147. asilo *brfmp*; bremo.
166. circlos cbnbxpn.
168. torquibus rkmgxn.
173. instrepat carro.
175. vescas *azkchxn*. 265
ulva riotgras.
188. capistris *haftra*.
191. gradibus sonare gangan.
203. spumas aget uzffkmpt.
204. esseda *sbmbxch*. 270
205. farragine gfrtb.
222. urgentur gfstpzan xxfrthfnt.
230. cubili lfgfrf.
233. obnixus rkngbnder.
aestuat xzfrxxfllkn.* 275
256. fricat *rkbkt*, herdft.
299. podagras fuozsuth.
300. digressus framgeruckit.*
301. arbuta brust.*
321. foenilia hpuukscxrxn.* 280
338. acalanthida thistiluinco.
360. crustae hissun.
361. orbes rbt.
364. caedunt hpxxfnt.
366. stiria kichillb. 285
374. comminus gimacho.
rudo rfrpn.
376. specubus frhxspn.*
380. sorbis sperobiron.
385. lappae clfthxn. 290
„ tribuli hieffuldrun.
406. sero xxfzkchb.*
431. loquacibus crpndfn.*
437. exuviis sclxun.
442. ad vivum queclichi.* 295
450. unguine sblxxn.
451. elleboros marsithila,* sittiruurz.
456. omina *hfkl*.
473. gentem fbsbl.
497. tussis anhela *chelesuht*. 300
504. crudescere zestarceon.
507. singultu sich[2]nzugu.*

523. stupor stirnilpd.*
564. papulae angesezon.*

GEORG. IV.

46. fovent bruodent.
48. cancros creuiza.
63. melisphylla *biniuurz.*
74. spicula *angon.*
75. ad praetoria sprachuson.
89. prodigus *splider.*
131. verbenas isinun.
145. spinos iam pruna ferentes prūboum.
146. platanum hahorn.
162. gentis fbsflfs.
168. fucos *drenon.*
183. tiliam linda.
188. mussant *thiezent.*
201. Quirites rfktmbn.
224. arcessere *geuuinnan.*
243. stellio mol.
" blattis *fledrpmusin.*
245. crabro *hornoz.*
246. tineae milua.
247. aranea *spinna.*
" casses uurppi.
sarcitus geriuilot.
imbrex Woluo.
479. interfusa umbeuareniu.
482. Cerberus hfllklhxnt.

AEN. I.

70. age gfdrkpsf.
102. Aquilone norduuint.
107. estus efssb.
108. Notus muestanuuint.
110. Eurus ostanuuint.
111. brevia dxnnk.
116. volvitur in caput sturzta ubar houbit.
117. vertex uuerbo.
solutis zeergebenen.*
125. emissam uzferlazan.
138. illi erzagedemo.
145. tridenti gere.
" tridenti darde.
149. seditio gestridi.
167. vivo saxo selpuua senemo steine.
174. silicis flinses.
176. nutrimenta cinselunga.*
" fomite zumra.
177. arma azzesi.
215. ferinae uuildes fleiscses.
222. fata misseburi.
239. rependens uukdfrahtende.
240. fortuna missiburi.
247. Patavi bazzoua.
254. subridens smierondi.
323. maculosae fohes.
" lyncis luhses.
371. suspirans suftondi.
425. sulco grauen.
427. theatri thinchuses.
432. educunt suerement.*
433. nectare seime.
" cellas bicar.
435. fucos dremon.
449. cardo ango.
" stridebat carroda.
452. ausus erbaldeda.
466. Pergama hogecimbri.
693. amaracus lauandula.
698. sponda bettibrede.
704. adolere steincan.
727. funalia carz.
728. poposclt *elsept.*
739. proluit bfgpz.
740. crinitus lancfasso.

AEN. II.

36. suspecta ungetriuuuo.
suspicor misstruuuen.
39. incertum ungentagaz.*
55. foedare eruuerdu.
prodo meldun.
111. acernis *mazaldra*, maszeldra.
125. recusat xxkdrpdb.
134. ulva morigras.
156. sacrata thenlcidon.*
189. omen heihl.
203. orbibus ringin.
302. adsto zuostun,* zuostunt.*
symbolum zeichan.
440. testudine sciltuueri.*
468. primo in limine *fornantigenu.*
469. coruscus lozonti.
472. exuviis ursli.
474. micat le˜.
478. bipenni biale.
483. penetralia inhusi.
484. in limine primo fornantigeno.
491. ariete heia.*
493. primos eriston.
sub divo uzze.
515. praecipites gfxxlkidf.*
545. umbone *ranfte.*
604. hebetat getragit.*
625. ornum limboum.
627. usque nohtahime.
773. steterunt [comae] gruidun.*

AEN. III.

23. virgulta sumerladun.
43. stipite selsboum.
timbra, satureia ueltconola.
serpulum heimconola.*
176. corripio me e stratis ufscricco.
195. inhorruit [tenebris] irsuarzeda.*
226. clangoribus ruzzungen.*
252. Furiarum hagazvssun.
257. malis kinnibaccum.
260. diriguit ersteuoda.*
267. rudentes segalseil.
umbo bucula.*
289. transtris stuol. thueri.
323. sortitus lozunga.*
366. prodigium uoraceichan.
385. Ausonii tuscanischen.*
391. fetus uuuochar.
414. convulsa anageslagan.
416. protinus *sama*^{h}*afta.*
442. Averna holer.
451. situs *gelegida.*
453. dispendia *ungenůri.*
461. moneri gemanot uuesan.
483. subtemine uuebal.
stamen uuarp.
647. lustra dierlegeron.*
649. baccas lorberi.
671. fluctus aequare gegrundan.*

AEN. IV.

18. taedae kine.
23. [agnosco veteris vestigia] flammae *gilusti.*
26. Erebi helligruouun.
27. pudor reiui.
35. esto *uuolanu.*
56. pacem frithu.
biennes zuigarię.
bimatum zueigar.
capulus hilzi.

68. vagatur uuarfoloda.
71. pastor iagari.
129. Oceanum uuindilmeri.
445 odorissecus spurihunt.
odorissequa leideṣzoa.*
137. picto limbo gebrordemo soume.
148. fronde loube.
151. lustra *leger.*
450 155. glomerant f|ulgdun.*
158. spumantem uzfimondan.
159. fulvum rodan.
180. celerem snella.
185. stridens ruzondi.
455 193. fovere brudan.
202. sertis girigin.
talus enkil.
no, nas, nat suuimmu.
penates gesuasgoda.*
460 255. humilis nidiriu.
259. magalia huttun.
261. stellatus [ensis] *gesteinit.*
262. laena drenbil.
264. telas *uueppi.*
465 „ discreverat underbrordeda.*
266. uxorius *queneman.*
279. amens erquemoner.
sistere gestadan.
361. non sponte ungerno.
470 cautis stein.
393. lenire troistanne.
398. natat floz.
407. fervet streuot.
443. stridor ruzzunga.*
475 444. frondes bleder.
462. bubo *uuo.*
474. furias uudunga.
486. papaver magon.
487. carminibus galdron.*
491. ornos lintbouma. 480
498. monstrat zeiget.
505. secta gescidon.
562. Zephyros suntuuinda.
564. irarum zorno.
565. praecipitare zegehurscan. 485
567. fervere streuon.
concitat grůzzit.
580. ferit snfkt.
605. foros bodhomo.
612. preces fluocha. 490
700. croceis cruocuaren.
„ roscida douuaga.*
cantharus ehngest.

AEN. V.

7. ducunt ahtodun.
51. Syrtibus griozon. 495
cestus *coluo.*
71. favete *gegazet.*
77. carchesia kenninga.
87. notae strimolon.
128. apricis abren. 500
129. metam gicil.*
143. stridentibus ruzzenden.
145. carcere perrihe.
146. aurigae *reitritton.*
„ undantia lora uueinonde zugila. 505
158. frontibus gransin.
163. palmula pletda* ł plaffa.
187. aemula digiu.
200. arida erlechendun.*
„ ora munda. 510
204. procurrentibus *framscorrenten.*
206. obnixi anageslagenon.
208. trudes furcon.
„ cuspide smereberga.*

208. contos scaltbouma.*
212. prona thunnun.
214. pumice *tupfteine.*
221. brevibus thunnin.
226. urget thu'ng.
232. cepissent beueingen.
249. praecipuos furiston.
252. intextus anagebrorduder.*
257. custodes magezogun.
264. connixi sperd^nerende.
265. agebat *iageda.*
267. aspera [signis dona] gegrauene.
„ cymbia dranoseif.*
269. taeniis nestklon.
273. aggere hoi.
274. obliquum inuu'eri.
278. arduus heigoro.
285. ubere udra.
nobiles sunt nominatiores quam degeneres burchklinga.*
306. levato *gewurtemo.*
„ lucida glicende.
307. spicula darda.
„ caelatam geuolana.*
„ bipennis bihil.
313. balteus riemo.
„ tereti simmı. r er.
„ fibula la . leia.
„ gemma ringa.
340. consessum *gesitheli.*
352. villis lokin.
357. udo uueichemo.
373. [se] ferebat ruomida.
376. iactat uuarpoloda.
399. inductus gemidider.
405. insuto anagesiuuit.*
408. versat uuarpta.

416. necdum temporis geminis neuueder^haluo.
421. amictum drembel.
426. in digitos *z uuon.*
436. crepitant clafetun.
„ malae kinnibein.
442. adsultibus scrikkin.
446. ultro sinestakkes.
449. radicitus uurcilikho.*
468. fidi aequales gr&uuardun.
484. reponit niderlegit.
487. malum *mast.*
492. exit geuaz.
493. modo d^huomiththunt.
495. clarissime maristo.
502. stridente ruzzendera.
507. adducto [arcu] gespanninemo.
513. contenta [tela] gkzekntb.
520. contendit scpz.
521. sonantem scenlenden.
528. crinem [sidera ducunt] thunst.
544. malum mast.
546. custodem magezogo.
566. bicolor [equus] fizzelaz.*
580. discurrere ceuuron.
584. orbibus uuesscenodon.*
589. ancipitem beuanganan.
590. signa spor.
600. porro ferro.
604. fidem untreua.
621. genus edili.
632. rapti zucte.
640. ministrat anizit.
644. maxima natu aldasta.
659. actae [furore] gescunte.
662. immissis inlazenen.
„ habenis zugilon.

696. austris uuederon.
710. fortuna missiburi.
732. Averna unuunni.*
735. concilia gesamini.
742. complexibus zuouerdi.
743. sopitos [ignes] berechene.*
744. canae grauun.
„ penetralia inuuerdi.
745. farre corne.
752. ambesa samefrezenna.*
inertes erzagede.
753. rudentes segalseil.
curia thinchus.
785. exedisse umbefrezzan.*
793. actis gescunden.
794. foede honlicho.
807. [nec reperire] viam [atque evolvere posset in mare se Xanthus] runs.
818. effundit habenas inliez zugila.
830. [una omnes fecere] pedem ruch.
antemnae segalgerdun.
845. furare nim.
852. clavum stiernagal.

AEN. VI.

21. miserum! ahles.
22. urna lozuaz.
impostores theodisce bosichera.
61. iam tandem uuerist.
lectica behdikamera.
ideo interdum teudisce houbitbant dicitur philacterium modo phimbria vestimentorum perfusa modo clauata.
fungor niuzzu.
defungor unniuzzu.*
104. inopina ungeuuande.
fex drosno^{v}n.
defeco geliuru.
feculentus druoui.
castus reini.
incestus unreini.
150. incestat gihonnit.
167. lituo heritrumba.
171. personat erscalda.
173. exceptum eruarenan.
279. [in] stabula legerun, stadalon.
180. piceae forahun.
182. ornos limbouma.
olentes stinchindun.
205. viscum *mistil.*
214. secto gescidedemo.
hic formeus uuethil
257. ululare hulon.
ferrugo rost.
369. paludem struot.
397. adorti genandun.
414. rimosa zescrundan.
416. ulva merigras.
551. sonantia [saxa] *claffende.*
616. radiis speicohn.
644. choreas gartsanc.
659. volvitur geflozit uuart.
704. virgulta sumerladun.
800. ostia *gemundi.*
815. iactantior lobgeregero.*
incus anaboz.
incudo anahaf.*
881. foderet biuue.
„ calcaribus sporo.

AEN. VII.

vorago ubrsuelo.*
28. tonsae blet^{h}dun.*
31. verticibus uueruo pl. uueruon.
33. alveo rxnsx.
53. nubilis hibarigiu.
59. penetralibus inuuerdun.
leno hileichemachiri.*
63. colonis lanteîouen.
109. adorea liba brodinun* disge vel curninon* *flathon.*
111. solum bothum.
„ agrestibus uuildun.
144. diditur gemarit.
165. lacessunt benechidun* sih.
claustrum sloz.
186. rostra gransi.
188. trabeâ *drembile.*
189. Picus grunispeht.
308. [nil] inausum unbegunnenes.
319. Bellona uuigila.*
330. acuit anascunta.*
347. subdit unbuualeta.
351. animam ferbch.
352. taenia trado, *nestila.*
378. turbo *dop.*
380. exercent drkufnt.
„ habenâ sukphxn.*
390. thyrsos *torson.*
391. choros gartsanc.
417. rugis runson.
„ rugis arat runsodasibe.*
464. exsultant sc^{r}eccont.
465. exuberat ouarscri^{r}ttit.
466. vapor hom.
pecto kembiu.
490. patiens mannelamer.
516. lacus uuahc.
517. sulfureâ sueuendemo.*
torris brant.
525. decernunt *scidedun*iz.
541. promissi behezun.
542. imbuit binazta.
547. respersi genazda.
552. abunde est genuchist.
553. comminus gehando* h^{a}nt.
554. dedit geban.
568. spiracula adhumtuitti.
569. vorago uuaruo.
587. fragore brohche.
595. sacrilego meindadigemo.
612. trabeâ drembile.
„ Gabino Gabinis scimo.*
resero unsliuzun.
sera sloz.
serra sega.
626. tergent uegedun,* *furftun.*
627. arvina spec.
„ subigunt *uuaztun.*
adeps unslit.
628. signa guntfanon.
629. positis geslagenen.
„ incudibus anabozon.
633. umbonum buckelene.*
„ crates hurdi.
„ toracas gesarauui.
torax brustroc.
634. ocreas beiberegun.
637. tessera *heribouchun.*
664. dolones stakkillun, sueristap.
665. tereti sineuuellimo.
667. impexum unbestralit.*
677. virgulta sumerladun.
eliceo uzerloecun.*
687. liventis *blauues.*

690. pero snuriheling.*
693. resides erzageder.
699. cygni eluiza.
719. hibernis uuinterlikhen.
732. caetra litherin.
741. Teutonico tutisscomo.
742. subere *sap*.
nec acrimonia unsenfti.
indiges inburdiger.
754. cantu galdere.*
767. turbatis *erstoubten*.
801. palus struot.
805. colo *roccon*.
„ calathis *sunbrinon*.

AEN. VIII.

38. Laurenti lancbardun.
65. caput urspring.
95. flexus cherunga.*
105. senatus gomischi, erdom.
144. tentamenta tui pepigi ersuôda, geuuiniscafoda.*
paterna liniamenta gelichi, gelouethe.*
178. acerno *mazzaldrimo*.
180. tosta geherstide.
„ canistris zeinnon.
205. inausum ungenandan.*
237. nitens spirtherende.
239. impulit stiez.
248. rudentem luondan.
250. molaribus mulinsteinon.
260. in nodum in houphon zesamane.
267. semiferi halfdieres.
276. bicolor [populus] zuiuaren.*
285. Salii salzara* vel scriccara.*
289. eliserit erdructa.
315. truncis stoccon.
342. asylum fluhthus,* genathus.
caper boc.
354. aegida geizfel.
364. aude genendi.
403. animae blasbalga.
412. penso *uuikiline*.
418. exesa [antra] geolade.
426. polità [parte] *geuiledimo*.
430. rutili rotes.
435. aegida brustroc.
446. vulnificus uuntdragili.*
449. follibus blasbalgin.
453. tenaci forcipe uasthauendro* zangun.
489. fessi eru'erede.
493. hospitis uuirdes.
494. furiis zornon.
500. flos zieretha.
506. insignia heuugethinc.
516. militiam *thegonod*.
532. hospes *uuirt*.
553. pellis hut.
acrimonia unsenfti.
indiges inburdiger.
praecipuum mbrk, mari.
585. equitatus *girkt*.
589. perfusus [undà] gebadheter.
inscius ungeuuizener.*
inscitia ungeuuizini.*
596. ungula huof.
622. nubes regenbogo.
624. ocreas beinbergun.
„ recocto gesodenemo.
630. Mavortis xxkggodes.
634. mulcere lorcon.
636. consessu gesithili.
642. [Metium] in diversa [quadrigae distulerant] bi-

stūmulot.
657. dumos hxrstk.
660. virgatis striphahten.*
662. gaesa dardb.
681. patrium mkthfkm.sgfmp.
700. [saevit] medio in certamine [Mavors] bfdfnhbla.
703. Bellona vuigilla.*
704. intendebat spien.
710. ferri *geuuort uuerthan.*
722. incedunt zuogiegun.
724. discinctos herzagede.
inhabiles miliciȩ zagen.
729. parentis heren.

AEN. IX.

29. amnibus *runsun.*
31. alveo canele.
34. mole uuardun.
37. eia uuolnu, uuolnu.
40. fortuna missiburi.
43. ira zorn.
53. fremitu brahte.
56. turbidus zorneger.
58. ovili euuiste.
59. fremit [lupus] grinit.
„ caulas xpxxkst.
86. picea foraga.
taeda chkfn.
123. revocat uuitheruuacta.*
„ [revocatque] pedem [Tiberinus ab alto] *rxnsa.*
162. discurrunt cergabun* sich.
168. explorant erspietun, ersuohtun.
„ pontes stigun.
188. porro ferro, uuolno'.
229. admittier zuogelazan uuerdan.
238. fortunȧ stadu, ualgu, ernoste.
252. mores chnehtheit.
255. [immo ego vos, cui sola] salus [genitore reducto] gero.
257. penetralia inhusi.
258. obtestor besueriu.
263. talenta geuuagi.
286. in[que] salutatam ungequidheda.*
316. [inter] lora zugilon.
318. res stada.
323. tapetibus tepidun.
324. [toto] proflabat [pectore somnum] uzsnudda.*
328. aurigam reitrhittihl.
334. luserat gelahchoda.*
335. protenus samanhafto.
345. comminus gehafto.*
346. recepit uuitherzo.
350. religatos [equos] gebundeniu.
357. phaleras sadalgareidi.
„ bullis castun, bothemon.
358. cingula insigili.
363. [galeam cristis] decoram genupdan.
371. sublustri [noctis in umbra] in themo luzzilliehte.*
377. ad divortia uuege*cheron.**
379. ilice slateichi.*
graminosa grasagkx.
381. rara engi.
cognomen genanno.
383. regione hblfu.
386. stabula sueiga.
406. ad fastigia uirstboumon.*
407. turbare geirran.

graminosa grasagiu.
415. aure oren.
416. tempus thunuuenge.
417. tepefacta eruuarmet.
421. recluso [ense] erbrotdenemo.
432. collapsa gehaldit.
439. rotat *uuarfta.*
452. concursus zuoloufe.
462. rumoribus marin.
470. fluentia rinnindiu.
474. radii spk[illegible]lxn.
radius uuirdil.*
474. pensa uuickilin.
477. prima erst, irista.
482. copia stada.
485. produxi uzdruog.
„ pressi [oculos] bededa.
487. telâ uueppe.
peplo tuckhl.
491. figite sciezzent.
503. testudine sckltuufri.
504. vallum spkzzxn.
520. pinum dbrt.
522. vallum spkzzxn.
524. strages uuallb.
527. pontibus stfgxn.
534. tabulas sckndllxn.
536. [retro] residunt *gfuukgchxn.*
540. confixi eruuerdit.
550. venabula uueidespiezi.
566. fragmine stucche.
574. strinxerat ge*rizda.*
584. eglt uubrpda.
„ habenâ slkngersnuri.*
586. diffidit spielt.
590. minorem iungerun.
591. nuper niuuues.
592. digna ciuscu.
„ indigna unciuscu.
595. obsidione bihseze.
599. [fandi] fictor lugeneri.
605. rastris egidun.
606. teritur gebouut uuirdit[h].
612. choreis gartsangon.
613. manicas stuchun.
„ redimicula zieri.
615. tibia suegala, piepho.
626. cornu petat stickht.
635. crinitus lbncfasso.
662. intendunt spienun.
„ amenta *laza.*
671. patriis heimelichen.
677. Athesim etisa.
678. intonsa unbestunbelodun.*
679. nutant *uuagxnt.*
695. cornus cxrnilbpxm.
698. pulmone lxngxn.
699. Meropem grxonspfht.
702. phalarica sflfscoz.
708. saxea pila stfnin*gfrxstk.*
„ recumbit gflkgkt.
717. copia stadb, frkst.
720. fortuna mksiburi.
„ agat chfrdb.
722. obnixus etgbgbnspkrthfrendfr.
727. inertia uueinchun.
729. sonuere scullun.
733. emicat furkscrkhdb.*
737. subridens smkfrendk.
744. versat uufrukt.

A EN. X.

6. sententia sethb.* reht.
12. arcibus hoin. festin.
caluus caleuuer.

930 21. tumidus muotgeiler.*
23. quin nobf.
46. obtestor bksuerku.
47. nepotem betherquomon.
58. dum *xnzxn*.
935 60. solum hfrdstat.
79. pactas gemalida.
96. fremebant thkpzfnt.
99. murmura thpz.
107. spem gidhingi.
122. rarâ thunneru. 940
„ coronâ scbru.
140. armare [veneno] gflxpbpn.
169. goryti bogenuoder.

BLATT 42.

Olor Eleuiz.
Parix meisa.
Peringellus Vinco.
Vultur Giro.
v. Merops ł Loaficus Gruonspeht.
Cuculus ł Psitacus Gok.
Cornicula Crecula.*
Pica Agalstra.
Cignus Eleinz.
x. Grus Crano.
Hupopa Wideopa.
Ciconia Strok.
hirundo Sualauua.
Passer.
Turtur turtulduba.
Caradion ł Laudula.
xv. Lucinula natgala.
Mergus duchere.
Pavo Po.
Phicedula Sneppa.
Strucio.
Filomela.
Bubo huc.
xx. Lucifuga huchela.
Onocrotalus Wazzerhunt.
Necticorax natram.
Passerarius Wigo.
Frodium doniclin.*
Frodum.
Capis Falco. xxv.
Accipiter hauok.
Vespertilio Flethermus.
Castor biuer.
Castoreum.
Merula ansia.
hibex steinbuc. xxx.
Betriscus uurendo.*
Coturnix Watala.
Ortigo meira.
Rinocerus vrhunt.
Ericius igil. xxxv.
Ardea heipo.
Gallinacius cappo.
Scarabeus.
Papilio Pifultra.
Fucus drano.
Vespa wespa. xl.
Crabro horneiza.
Turdus Stara.
Gripes Gripho.
Palumbus holeduba.
Pullus hunt. xlv.
Perdix Rephount.
Frondator sphet.
Capedo Cappa.
Graculus hruok.

Nomina Herbarum.

L. Plantago Wegebreda.
Mallia Papilu.
Anetum dilli.
Saturcia Scarabeia.*
Serpillum Conala.
LV. Scareia Scarabeia.*
Nastucium Crasso.
Cucurbita Curuuiz.
Libisticum lupistedila.
Marrubium Andron.
LX. Maratrum Fenekal.
Caulus Col.
Puleum Puler.
Cerfolium kiruela.
Abrotanum Auarata.*
LXV. Ceppe lok.
Absindium wermoda.
Pepones pethemo.
Urtica nezila.
Robur et quercus eich.
LXX. Fraxinus asc.
Alnus erla.
Salix wida.
Populus belzbovm.*
Platanus aorn.
LXXV. Corilus hasal̄.
Paliurus hagan.
Vepres Bremon.
Malus Afaldra.
Pirus bireboum.
LXXX. Abies Danna.
Viscus Mistil.
Carpenus Hagan.
Tremulus Haspa.
Dumus Dorn.
LXXXV. Sentes Ahorna.
Ornus Hor.*
Pitea foraha.
Ulmus melin.*
Cerasus kirsboum.
Tramasca mazaldra. XC.
Sambucus holender.
Fusarius Spiniliboum.
Sanguinarius hartrugulin.
Persicus Persihcboum.
Juglandis Nuzboum. XCV.
LePus Haso.
Castor bivor.
Lustrus otter.
Capreolus Rech.
Verris Ber. C.
Caper, capra buc.
Ibix Steinboc.
Onager Scelo.
Alx Elo.
Rinocerotes unicornis. CV.
Griphes Griph.
Linx Luhs.
Simia aphin.
Cenophalus hunthobido.
Iricius Igil. CX.
Istris.
Mustela Wisela.
Sorix Mus.
Grillio Heimelo.*
Scarabeus wibil.
Talpa mulwerp. CXV.
Aenum kezel.
Iris. iridis Rechenbocho.
Iris. iris Dee nomen.
Hiris. iris thronus dei.
Chilindrus vel Tophus Duche- CXX.
stein.
Sciniphes mucca.
Ventibrum vel vannus wan.*

IV. DIE TEGERNSEER GLOSSEN.

Clm. 18059 *aus Tegernsee, pergament,* 11. *jahrhundert, folio, enthält die werke Virgils und davor den commentar des Servius, aufserdem die bei Graff mit* Tg.2 *bezeichneten windnamen nebst anderen kleinen stücken. die deutschen glossen darin, welche über den ganzen Virgil sich erstrecken, gebe ich hier nach einer abschrift des herrn FKeinz. Graff hat dieselben im sprachschatze unter* VE, VG, VA *aufgeführt. um meine arbeit sogleich für besagtes werk nutzbar zu machen, werde ich die von Graff gar nicht citierten wörter mit einem sterne, diejenigen aber, bei denen er nach irgend einer seite hin abweicht, sei es dafs er ein falsches citat beibringt, sei es dafs er eine abweichende lesung bietet, mit einem kreuze kennzeichnen. vielleicht bin ich nach dieser richtung etwas zu consequent. die hs. kennt nämlich drei arten glossen:* 1) *vollständige worte* 2) *endungen* 3) *praepositionen, die bei der übersetzung lateinischer dative und ablative zu verwenden sind. ich habe nun auch die unter* 2 *und* 3 *namhaft gemachten kategorien regelmäfsig mit einem sterne versehen, obwohl ein wörterbuch dieselben entweder gar nicht oder doch nur einmal zusammenfafsend aufführen kann.*

Dafs die uns vorliegenden glossen abgeschrieben sind, würden schon die dem elften jahrhundert nicht mehr adaequaten alten formen der ersten p. pl. praes. und praeteriti. die indicative fargultumes (*denn das soll doch wohl die schreibung* fargultun mez *bedeuten, sodafs die jüngere form in die ältere corrigiert ist*) 315, arsuochemen 447, piuvindemes 486, frumitumes 1598, *die conjunctive* lazamen 2601, machomes 2829, scidomen 2946 *beweisen, besonders da sie neben den jüngsten darstellungen des gen. dat. sg. adj. fem., wie* kalter 180, gitouganer 804 *und neben worten vorkommen, in denen ich umlaut des* uo *zu erkennen glaube:* chuili 1, uipari 192. *zu demselben schlufse würden wir auch durch folgende von mir im abdrucke gebefserte fehler des lateinischen textes, bei denen die deutschen glossen die richtige lesart voraussetzen, geführt werden:* fletus *für* fetus 1320, substituit *für* substitit 1554, promitte *für* promite 1905, flammis *für* flammas 2095, accisi *für* accisis 2189, inaccessum *für* inaccessam 2423, candente *für* candentem 2949, incusus *für* incuses 2955. *doch nicht aus derselben hs. sind text und glossen abgeschrieben, sondern die letztern aus der hs., für welche sie original waren, in eine von ihr unabhängige eingetragen. dies ergiebt sich aus folgendem:* 1) *wenn in dem verse:* et canit extremos effectus vinitor antes *Georg.* II. 417 *über* effectus *die glosse* arlitana *steht, so wird dadurch die lesart* effectos *vorausgesetzt, welche in sehr vielen hs. sich findet; der vers lautete alsdann:* et canit effectos extremus *usw.* 2) *Aen.* VI. 62 *kommt in einem gebete des Aeneas an Apollo der vers vor:* hac Troiana tenus fuerit fortuna secuta, *d. h.: bis hierher und nicht weiter möge uns das trojanische unheil geleitet haben = hier möge es endlich aufhören; dazu passt aber nicht die deutsche glosse über* fuerit, *nämlich* uuas; *ihr mufs* fuerat *zu grunde gelegen haben. zwar finde ich diese lesart bei Ribbeck nicht angemerkt, doch beweist das nichts. denn a) giebt* fuerat *einen leidlichen sinn und kann daher leicht von jemandem eingeführt sein, der* fuerit *nicht verstand; b) bietet unsere hs. selbst eine reihe bei Ribbeck nicht verzeichneter varianten. ich erwähne davon:* hinc *für* hic *Georg.* III. 28, dum *für* cum *Georg.* III. 423, obduxerat *für* adduxerat *Georg.* III. 483, casum *für* occasum *Aen.* I. 238, fragosis *für* fragosus *Aen.* VII. 566, sublapsum *für* conlapsum *Aen.* VIII. 584, extinguere *für* exscindere *Aen.* IX. 135. transierunt *für* transierint *Aen.* I. 266 *kann blofser schreibfehler sein; metrisch unzuläfsig ist* exemat *für* exemit *Aen.* VI. 746. 3) *Aen.* VIII. 177 *liest unser text:* villosi pelle leonis *mit der glosse* zatohtemo *über dem ersten worte; wahrscheinlich ist daher das deutsche ursprünglich für* villoso, *welches der Bernensis* 184 *hat, bestimmt gewesen.* 4) *während sonst die partikel* que *regelmäfsig mit* joh, jouh *gegeben wird, finden wir Aen.* VIII. 187: que oda. *erklärlich wird dagegen diese übersetzung, wenn wir die variante* ve, *die dieselbe Berner hs. gewährt, voraussetzen.* 5) *auch zu* lautis (carinis) *Aen.* VIII. 361 *passt die glosse* uuiten *durchaus nicht; nichts würde aber zu erinnern sein, wenn* latis, *die lesart des Mediceus, an dieser stelle begegnete.* 6) *unser denkmal übersetzt Aen.* XII. 21 expendere *durch* gilengan. *verständlich ist jedoch diese version nur, wenn wir mit Graff* II. 230 *die variante* extendere *für diejenige gelten lafsen, nach der das deutsche wort gewählt ist.*

Ein unerheblicher gewinn für die zeitbestimmung unserer hs. läfst sich aus der im Servianischen commentare über Minerva *notierten glosse* (3078): herirantes frouua *ziehen.* Herirant *war nämlich abt von Tegernsee* 1042—46 (*Mon. Boi.* VI. *p.* 6). *leider sind für seine sowie für die nächstvorhergehende und folgende zeit unsere quellen ungemein unergiebig. ich stelle das wenige, was ich über ihn gefunden habe, hier zusammen. die historia S. Quirini regis et martyris bei Oefele, rerum Boicarum scriptores* II. *p.* 70[b] *besagt:* de Herrando XV. abbate. Herrandus abbas XV ex conventu electus per investituram regis Heinrici Udalrico successit. erat enim doctus, de litteris bene meritus et regi etiam notus. sed propter excessus vitae ac morum accusatus a rege deponitur, qui non multo post obiit, tertio nonas Maji anno MXLVI. sedit quatuor annis. *ähnlich lautet die entsprechende stelle des chronicon monasterii Tegernseeensis bei Pez, thes. anecd.* III. 3, *p.* 512: cui Herrandus de nostra congregatione successit per investituram regis. erat enim litteratus homo et regi notus. facta sunt haec anno domini millesimo quadragesimo secundo. annis quatuor decursis millesimo quadragesimo sexto Herrandus abbas pro excessibus suis impetitur, et a rege Hainrico depositus obiit postea tertio nonas Maji. *dafs er glocken nach Benediktbeuern schenkte, wird erwähnt Mon. Germ.* XI. 220, 31. *aus diesen spärlichen notizen ist alles geflofsen, was WHund (metrop. Salisb.* III. 392), *Günthner (geschichte der literarischen anstalten in Baiern) und Freyberg (geschichte von Tegernsee) über diesen abt vorbringen. der hauptpunkt, den die letzterwähnten historiker übereinstimmend mit den alten zeugnissen betonen, ist Herirants gelehrsamkeit. und dafs er in diesem betrachte auf der höhe seiner zeit stand, bezeugt ein von ihm an kaiser Heinrich* III. *gerichteter lateinischer brief, der in der sogenannten reimprosa abgefafst ist. man findet ihn bei Pez, thesaurus* VI. 1, *p.* 230. *ich möchte daher auch die bemerkung in unserer hs. auf seine gelehrte bildung deuten: die Minerva, die göttin der weisheit, ist seine gebieterin. freilich kann auch anderes gemeint sein, was wir bei der geringen kenntnis der einschlägigen verhältnisse nicht mehr zu errathen vermögen. doch kommt darauf auch nicht viel an. das für uns wesentliche ist zu erfahren, dafs im jahre* 1046 *spätestens der lateinische text der hs. vorlag; ob er damals schon glossiert war, wifsen wir freilich nicht. denn nach Herirants tode würde es niemandem eingefallen sein, diese worte zu schreiben, da bald darauf viel berühmtere äbte die leitung des klosters in die hand nahmen.*

Ich schliefse diese vorbemerkungen mit hinweis auf einen umstand, der für das richtige verständnis mancher in den glossen vor-

kommender formen von wichtigkeit ist. sehr häufig sind nämlich adj. nicht nach dem genus des lateinischen, sondern nach dem des zu ergänzenden deutschen wortes construiert. in solchen fällen habe ich, Graffs vorgange nachfolgend, das lateinische substantivum in eckigen klammern zugefügt. doch ist an mehreren stellen die auffindung der richtigen oder wenigstens passenden altdeutschen bezeichnung nicht ganz leicht und ich glaube nichts unnützes zu thun, wenn ich die schwierigern ergänzungen hier aufführe. astro 134 *f. vielleicht* liuhta; segetem 209 *m. vielleicht* weizi; *gleicherweise verlangt* seges *ein deutsches masc. in den Schl. gl.* 6, 200 = 496 *meiner zählung;* fibrae 309 *n.* innodli *oder ähnliches;* vellera 397 *m.* scapari; tigres 413 *n.* tigertier; glarea 454 *und öfter n.* sant; animum 510 *n.* muot (*da dies im ahd. ja oft neutrum ist*); fatum 645 *f.* wurt; pectus 707 *m.* puoc?; usus 751 *f.* geuuonheit; aether 763 *f.* luft; Rhodope 894 *m. scil.* perac; hedos 939 *n.* pochili; sanie 1030 *n.* eitar (*denn der nom. sg. ist an der stelle anzunehmen*); opulę 1049 *n.* muos (*so in den Hraban. gl. p.* 959[b]); ripa 1081 *m.* stat; flos 1228 *f.* pluoma?; flumina 1296 *m.* klingo, prunno; hiberna 1379 *m.* wintar; postes 1629 *n.* turistal (*dies wort führt Graff* V. 496 *unter den compositionen von* turi *auf,* VI. 676 *aber findet es sich nicht. wegen des genus verweise ich auf die analogen worte* kerzestal *usw. mhd. wb.* II. 2, 558[a]); ignem 1834 *f. vielleicht* louka (*Graff* II. 151); nomen 1984 *f.* ginemnida?; amictus 2038 *f.* wat; proles 2144 *n.* kunni; agmina 2155 *m.* diot?; currus 2204 *f.* reita; consilium 2335 *f.* gistungida, lera; larem 2502 *n.* fiur (*vgl. Hrab. gl. p.* 969[a]: laris ignis); alvo 2566 *f.* tiufi; ponderis 2888 *f.* waga.

BUCOL. II.

8. frigora chuili.
9. lacertos egidechsa.
11. serpillum qvenela.
22. lac nouum piost.
31. silvis fach.
48. aneti tilli.
50. uaccinia heidperi.

BUCOL. V.

39. carduus thistil.
„ paliurus hagan.

BUCOL. VI.

22. moris mòrbéri.

BUCOL. VII.

42. rusco lignum quod dicitur huliz.
48. palmite zuocko.
49. tedę fachala.
50. fuligine ruaz.
51. tantum souilo.
55. at auar.*

66. populus alpari.
68. fraxinus asc.

BUCOL. VIII.

29. incide sprizala.

BUCOL. IX.

14. quacumque mitett'uvelihera.†

BUCOL. X.

7. dum unzin.
.. attondent. pascuntur criment.'
11. nam uuanta.'
17. poeniteat rivue.
19. venit quam.
20. uuidus. pingvis drozenter.
27. ebuli atuh.
43. consumer'er uurti.'
50. condita uersu gimahotis.
53. incidere garizan.

GEORG. I

4. experientia chleini.
.. parvis argin.
12. frementem (equum) fnattontar.
13. tridenti chrouuil.÷
30. ultima entrosta.÷
34. contrahit risamin[illegible].
35. relinquit [illegible].
36. nam uuanta.
46. splendescere [illegible].
47. arari [illegible].
53. regio. plaga [illegible].
57. ebur [illegible].'
63. ergo age [illegible].
65. [illegible] sega.

71. cessare kirastan.
72. situ. ociositate gilegidu.
74. siliquâ hala. cheuua.
.. quassante chlaffantero.
75. vitiae uuichun. uogalchrut.
.. lupini luuinun.
76. sustuleris urihohes.
78. lethargus tualm.
79. sed suntar.
93. acrius hantigores.
96. nequiquam ingimeitun.
97. suscitat ruozit.
.. terga zurft.'
101. kilassini.
105. pinguis girozetes.'
.. harenę mistes.
107. exustus zuscter.
109. lévia hélen.
110. ciet. sonat gruozit.
114. deducit apaleitit.
123. movit (agros) rôozit.
128. poscente eiskentemo.
131. removit dana ginam.
142. trahit zoh.
146. egestas ràdai.
.. urgens duingentiv.÷
151. herreret uuasseti.
152. aspera sartin.
153. lappę chlettun.
.. nitentia clizenten.
154. infelix hartsalite.÷
.. auenae turd[illegible].
156. ter[illegible]bis [illegible] brattes.
.. opaci finstrin.
157. uocaueris [illegible].
162. inflexi [illegible].
163. plaustra carr[illegible].
164. tribula [illegible].
.. trabeae [illegible].

165. uilis [supellex] smahaz.
166. mystica pizeichantlichiu.
„ uannus uvanna.
167. repones gipergist.
171. stirpe† selpoum.
„ temo grintil.
172. dentalia moltpret.
173. tilia linta arbor.
„ fagus puaᵉha.
174. stiua rfostra.
„ currus redir.
„ torqueat chere.
„ imos aftanentigen.
175. explorat arsŏoche.
176. referre sagen.
177. neque piget noh ni pidruzzit.†
179. cretâ leime.
„ tenaci festemo.
180. nec subeant ni untaruaren.
„ puluere molte.
„ fatiscat scrintc.
181. pestes palauva.
182. domos holir.
„ horrea mûttun.
183. capti pisuichina.
„ talpae sceron.
184. bufo chreta.
185. ingentem mihhilum.
186. gurgulio amstra, angar.
192. nequiquam ingimeitun.
„ paleâ helua.
193. medicare tempron.
194. amurca olidrŏsa.
197. multo [labore] mihilero.
200. ruere queman.
202. remigiis feridin.
„ subigit uftripit.
„ forte odovuan.
203. praeceps tiuffi.
„ prono [amni] dratero.
„ alueus runst.
204. tam daz sama.
206. per aftar.
207. ostriferi [Abydi] scalatragun.
„ fauces giduinc.
208. ubi sosa.
211. intractabilis unhantlihes.
212. cereale chornlihaz.
213. dudum sar.
214. licet muoz ist.
218. auerso [astro] dana gicherton.
219. farra spelta.
222. gnosia [stella] gretigisco.
226. vanis avenis vuildun haparun.
233. zonę strichi.
„ corusco lohenzentemo.†
234. torrida prinnentiv.
236. ceruleę [zonę] plavue.†
„ concretę [zonę] girunnana.
237. aegris vuenigen.
238. secta [via] gimahoter.
239. verterit picherit.
240. ut alsosa.
241. consurgit gistᾱt.
244. flexu gipugida.
„ elabitur slichit.
245. in morem in̦ uvfs.
246. aequore in demo¯meri.
„ tingui ginezzat uverdan.*
247. intempesta unzitigiv.
249. aurora tagarota.
250. anhelis fnehanten.
256. tempestiuam [pinum] zitigan.
„ euertere feruverfan.

259. quando ettivuenna.
266. fiscina chasibora, chasichar.
268. etiam ouh.
269. fas urloup.
270. vetuit pivuerita.
271. moliri machun.
" uepres pramahi.
273. agitator tripari.
274. reuertens vuidarziohenter.
275. incusum giholeten.
" massam givuel.
278. hevmenides hazisa.†
" partu gipurti.
" nefando [partu] unmuozhaftigero.
279. creat gipar.
280. coniuratos geinente.†
281. imponere anau'ellan.
283. exstructos gihuofotun.
284. uitem repun.
285. telae vueppi.
" lycia harluvi.
286. fugę dero uarti. fluhti.
287. gelidà kalter.
" dedêre geliëzent.
289. leues pròdun.
292. inspicat sprizalot.
293. interea innides.
294. percurrit durih loiphit.
" percurrit zalot.
296. despumat uzfeimit.†
" louplines.*
297. rubicunda giriphetiv.
298. terit driskit. battat.
299. ignaua [hiems] unnuzer.
" colono uipari.
300. parto. proparato demo garivun.
303. pressę [carinę] piduġungau'v.
304. puppibus stivrun.
305. stringere, decutere zi scuttanne.
307. pedicas vualzun.
308. auritos die mihilorohtun.*
" sequi zi'aganna.
" dammas tammili.
309. torquentem vuintenten.
" uerbera villun.
310. glaciem rosun.
" trudunt stozent.
312. ubi sosa.*
314. inhorruit arstropolot.
315. turgent suellent.
319. quę diea.*
" grauidam [segetem] giladanen.
" imis innantigen.
320. turbine vuiuvinte.
321. hiemps ungivuitiri.
" leuem lihten.
" stipulas pletir.
" uolantes flogerezentiv.
322. etiam ouh.*
325. lęta sconon.
326. diluit ziflozit.
327. spirantibus vuagonten.
328. corusca [fulmina] lohezenta.
329. molitur machot.
337. orbes ringa.
339. sacra opfar.
340. sub umpi.
341. mollissima mammantigostun.
342. [tum somni dulces] sint.*
344. favos fladun.
345. hostia friskinhc.

347. clamore ruophe.
„ uocent halon.
349. tortâ givuntanero.
351. possimus megin.
„ discere pivindan.
352. agentis tripenta.
358. fragor prastod.
359. increbrescere araemizigen.
365. etiam ouh.*
373. uela segala.
374. nunquam obfuit nivuviht niterida.
377. arguta liutreistigiv.
„ lacus sea.
379. penetralibus ar¨tivphin.
„ extulit uzuuorit.
380. terens [iter] trettenti.
382. increpuit chradimit.
384. in stagnis in den seuvan.
„ rimantur azont, crupilunt, snapalont.
385. certatim iligo.
„ largos ginuhtsami.
386. currere lovfan.
389. spaciatur sperzipeinot.
390. carpentes ziesento.
„ pensa vuicchili, uulgo peisa.
391. hiemem ungivuitiri.
„ [cum] uiderent sehent.
392. scintillare raskezzan.
„ putres produn.
„ fungos taht.
395. nam vuanta.*
„ acies scimo.
397. per after.*
398. pandunt spreitant.
401. recedunt, recumbunt giuallent.
403. nequicquam ingimeitun.
403. noctua vuuila.
413. inter unter.*
„ actis hinaglitanen.
414. dulcis [nidos] livpiv.
415. quia daz.*
416. ingenium sin, vuizzi.
417. verum ubi suntar* sosa.*
419. rara fohol dunno.
„ relaxat inlazit.
421. agebat treip.
422. [concentus] daz.*
425. [ordine] after.*
426. hora, dies stunta.
434. nascentur rinnent.
435. exactum arlitanan.
„ carebunt darapunt.
438. quoque iouh.
„ exoriens arrinnenter.
441. ubi so.*
„ nascentem arrinnentan.
442. re[fugerit] uuidar.*
443. suspecti givuanta, givuissa.
„ urget duing&.
444. sinister apaher, upiler.
446. rumpent ǒzprehhent.
447. cubile petti.
448. mites riphun.
„ pampinus rep*plat.
449. salit screchot.
450. emenso armezanemo.
453. ceruleus [color] plavuiv.
454. maculę plechun. †
459. orbis ring.
464. cęcos tougana.
465. fraudem untrivua.
467. ferrugine, nigredine suarzi.
470. obsceni unreina.
473. liquefacta [saxa] zismalzta.
478. locutae sprachun.

479. infandum unmôozun.
„ sistunt stôntun.
481. proluit argoz.*
„ uertice runso.
484. extis inadrun.
„ minaces [fibrae] drolihiv.
486. resonare arlivtit vuesan.
489. ergo pidiv.*
491. superis ufuvartigen.
492. latos [campos] preiti.
498. indigetes innapuriun.
502. luimus fargultun mez.†
„ periuria meinsuveridi.
503. iam pridem sar.
„ regia phalanza.
504. curare pisorgen.
507. squalent unsuprant.
512. ut denni.*
513. in spacia in vuit*uiphi.
„ retinacula zigila.
514. auriga reitrihtil.
„ habenas prittila.

GEORG. II.

comas locha.
5. pampineo repalihemo.
12. ut iohso.
„ siler velarin.
„ lentę vueichun.
13. glaucâ fronde plavuemo.†
„ canentia grauventiu.
„ fronde loupe.
14. posito fonna* gisaztemo.
15. frondet loupet.
16. oracula zantuvrti.
17. silua stikla.
19. subicit uftôi
20. primum erist.
21. fruticum sprozis.

23. abscindens slizenter.
32. impune inginiuz.
34. corna quirnalperi.
35. quare agite uvol& pi dero racha.
„ generatim chunnilicho.
38. conserere pisezan.
„ uestire piuahan.
46. exorsa pigunstin.
51. frequenti [cultu] manacfaltero.
53. stirpibus † selpomin.
58. factura [arbos] tuon scolanter.
59. sucos sôa.
60. turpes unsupra.
„ racemos uochumila.
61. inpendendus ziarpiotenne.
64. solido alangemo.
68. uisura gisehan scolantiu.
69. inseritur gipelzot.
70. platani ahorn.
71. castaneę chîestigo.
„ ornus lîpoum.
73. inponere in zigisezanne.
„ oculos ougili.*
74. gemmę proz.
„ se trudunt uzprechent.
76. nodo chnodin.
„ huc dara.
77. libro saphe.
78. enodes unchnodochta.
79. finditur gispaltan.
„ in solidum in alangi.
„ feraces pirigo. perantun.
86. radii langescie.
87. surculus snitiline.
88. crustumiis speramesisa.
„ piris pecmarun.
„ molemis avahhiscan par'n.

90. carpit prichit.
92. habiles gimacho.
93. passo gisotanemo wine.
„ psithia diu repa.
„ lagaeos repa.
94. temptatura pedes pichorn scolontiu uŏazi.
„ olim noch'enna.
95. purpureę radoripho.
96. contende kilfdmon.†
97. amineę [vites] unrota.
100. fluere fliezzan.
102. bumasthe repa.
„ racemis drupun.
104. neque refert nipiderpit.
106. discere pivindan.
107. ubi sosa.*
115. gelonos gûdi.
119. frondentis giloupes.
121. ut [foli]is vuie var.*
„ tenuia [vellera] chleina.
123. sinus piugo.
„ aera summum uviphil.
124. iactu scuzza.
125. gens diot.
„ tarda laziu.
128. si quando suenna, sosa.
„ seuę sarfun.
137. [turbid]us [Hermus] az.*
141. non invertêre, arare ni* ierun.
142. horruit aregilsucheta.†
145. pellator uvigant.
„ [camp]o ar.*
„ arduus [equus] hohaz superbus.
147. flumine runsi.
148. duxere zugun.*
150. utilis nuzzer.
151. rapidae [tigres] raziu.
153. rapit ch'ipphit.
154. in spiram in*rinc.
157. labentia [flumina] rinnanto.
158. alluit fliuzit.
„ infra nidanan.
159. lacus sea.
160. benace kartse.
161. portus far.
172. inbellem unuvichlichen.
177. ingeniis sinnin.
179. primum zierist.
182. [indicio] za.*
185. frequens [campus] manacfaltas.
186. solemus pirun.*
189. filicem invisam leidsaman* farm.
„ pascit fuotit.
190. olim nohuuenne.
192. laticis lides.
„ pateris in scâlun.
193. inflauit plasit.
194. lancibus pahvueidun.
„ pandis preiten.
„ fumantia lavun.
„ exta intuoma.
195. -que iouh.*
197. petito gisuochi.
„ longinqua fernaliho.
198. infelix uuênaga.
„ amisit forlôs.
200. [liquidi fontes] dio.*
„ non deerunt nigipresten.†
203. fere uuola.
204. imitamur arsûochemen.
206. plaustra carra.*
207. deuexit apauuiorit.†
208. euertit riutit.

208. ignaua [nemora] unnuza.
209. imis nidanantigen.*
211. enituit arglicinot.
212. ieiuna [glarea] truchnas.†
213. casias uuiehpoum.
214. tofus tufstein.
silex tubstein.
„ scaber, asper sarfer.
215. aeque epan.
216. praebere arpietan.
„ latebras hólar.
218. remittit inlazit.
219. uestit pivva ih.*
220. scabie rivdi.
221. intexet flihtit.
„ uitibus repun.
222. experiere aruvindis.†
223. vomeris unci hovvua.
225. ora die enti.†
„ [uacuis] den.*
226. quo modo zivviliero vvis.
230. capies aruvelles.
231. in solido holanti.
233. si deerunt upa* gipstent.
235. superabit zi leippo† vvisit.
236. cunctantes tualonton.
237. expecta arsuochi.
238. autem auar.*
239. arando giarn vverdento.
244. eluctabitur uzdringit.
246. sapor gismacho.
247. tristia [ora] gizuo'hana.
„ torquebit vvintit.
248. quę vuilichiv.
„ hoc denique pacto zi derro vvis,* ivro* vvis.*
249. discimus piuvindemes.
„ haud unquam nio.
„ fatiscit scrintit.
250. in morem zi vvis.*
„ lentescit, coheret chlepɑ̃.
„ habendo vvesento.*
252. nimium ziuilo.
„ fertilis piringiu.
255. promtum garo.*
257. piceę, nigrę forahun.*
„ taxi iuva.
259. animaduersis farstantanen.
260. concidere gihovvon.
262. lętum sconiiaz.
266. [paretur] uvard.*
270. quo modo zi vuilihero vvis.
272. consuescere givuonan.
279. cohortes folch.
280. legio scara.
„ explicuit† vzpringit.
„ agmen gisemini.
282. horrida [proelia] egisliha.
285. non modo uti nals* daz* is* echrodo.
„ pascat fuótte.
„ inanem [animum] italaz.
287. vacuum itali.
289. vitem repun.
290. altius filotiufar.
291. uertice vviphile.
293. ergo pidiv.*
„ hiemes ungivvitiri.
295. durando dvruhvuesanto.
296. brachia zuoga.
297. sustinet inthabɑ̃.
298. cadentem [ad solem] zi se-dala gangentero.
„ neve uergant nihalden.
299. flagella vviphila.
303. excidit intrisit.
304. primum zerist.*
305. elapsus [ignis] ingipharnas.

308. involuit piuahit.
„ ruit uzvvirphit.
313. re[uirescere] ar.*
315. persuadeat spáne.
317. gibhe.*
319. satio sézi.
320. inuisa [avis] leídsamar.
321. rapidus [sol] draitta.†
324. poscunt eiscon.
328. canoris lutreisigen.
329. uenerem lust.
330. [trementibus] fonna.*
332. tuto sichiro.
334. actum gitripanan.
335. trudit uzstozit.
„ gemmas proz.
„ explicat uzpringit.
340. cum sóse.
341. extulit prahta.
345. indulgentia mãmontigi.
347. occule gipirach.
348. squalentis clizinonte.
„ conchas scalun.*
351. super opana.†
353. hiulca kinentun.
„ findit spaltit.
„ arua trâga.
355. bidentis mistgabala.
357. luctantes ringentun.†
358. leues slechtun.
„ calamos zeinna.
„ rasę kisneitotero.
360. eniti spirdran.
361. tabulata chamara.
362. dum unzi.*
„ ad[olescit] ar.*
„ frondibus lopun.
363. letus scônner.
364. agit tripit.
364. habenis zúgilun.
366. interque legendae iouh zuntarlesanne.
367. ubi sosa.*
368. comas vuiphila.
„ brachia zuoga.
„ tonde snid.
370. fluentes, nimium crescentes ziuilovvahsentun.*
372. frons anasûni.
„ [inprud]ens [frons laborum] taz.*
374. sequaces âhtalino.
375. illudunt tarunt.
379. admorso gipizanemo.
„ signata giprahtiu.
„ cicatrix masa.
381. ineunt ánauarent.
382. competa givvicki.
385. gens diot.*
387. horrenda leidlichiv.
„ corticibus cauatis a.* scemun.
388. uocant, laudant namont.
389. oscilla seilrís tochun ritascopha padast.
„ suspendunt haben.
390. hinc dárinach.
„ largo ginuhtsamemo.
392. egit umpitriphit.
393. ergo pidiv.*
„ rite zisite.
394. liba, libamina pheforceltvn.†
395. ductus cornu kizonaner pi* horne.
396. ueribus spiscen.
397. curandis zipisoragenne.
399. versis zuogicherten.
400. aeternum iomer.

400. leuandum zigilichtanna.
„ bidentibus hovvin.
401. in orbem in ringv.
403. olim sar.
405. acer chuoñer.
406. curuo dente hovun.
407. attondens snident.
„ fingit hasnot.
409. sarmenta spreid.
„ tecta dâh.
„ referto † fuòri.
410. postremus aftrosto.
„ ingruit ligit.
413. aspera scarfvn.
„ rusci hulises, hùlis.
414. harundo celn. †
417. effectus arlitana.
418. sollicitanda zirvochan"e.
421. tenaces fosta. †
422. cum sosa.*
„ heserunt pichlipun.
425. hoc indiv.*
„ nutritor, pro nutrito zuhto.
428. nituntur ilent.
430. auiaria fogalhus.*
431. taedas fachulun. chien.
440. uertice spi'ze.
444. hinc dannan.
„ radios speichun.
„ trunere draitvn.
„ timpana napa.
445. pandas pra'ita. †
„ carinas podama.
448. cornus chuirnilboû.
„ torquentur giv'ntan vverdant.
449. torno rasile giscapiih si dratu.
453. aluo in tvphu.
454. [quid] memorandum givuahantlihes.
457. cratere tunna.
461. si non doh nales.
463. testudine suibogin.
464. illusas [vestes] gispilotiv.
471. lustra legar.
481. quid ziu.*
484. precordia furihercida.*
485. rigui chûla.
487. bachata [Taygeta] gispiloter.
491. inexorabile [fatum] unarpetanliha.*
497. a coniurato [Histro] fona dero gipiheizotun. †
500. uolentia vuillig'v.
502. forum dincstat.
„ tabularia prieftabulun.*
503. sollicitant cruozant.
505. excidiis mit florinussidun.*
„ penates huscota.
508. attonitus giprutter.
„ rostris dincstetin.
„ plausus hantslagunga.
517. cerealis chirlics.
„ mergite tâphari.*
519. trapetis in olitorculun.
522. mitis [vindemia] ripher.
524. casta domus reinnaz hivuiski.
528. cratera scala.
„ coronant zierrant.
539. classica vvichorn.

GEORG. III.

6. cui vuemo.
7. humero'que iovh.*
8. acer sneller.
9. ora anasivni.

10. modo ecchrot.
11. uertice spize.
18. quadriiugos uioriochiga.
20. cestu cholpun.
21. tonsę [olivę] gisneitotes.
24. scena loupa.
„ ut uvie.
25. aulea láchan.
28. hinc darnahc.
34. spirantia atamontiv.
35. proles gipór.
„ dimissę † nidergisantero.
37. furias hazisa.
„ seuerum [amnem] sarpha.
39. non exsuperabile unupfarilihaz.
45. adsensu in gihellanussi.
47. famâ mit marido.
49. praemia lon.
53. a fonno.*
„ palearia chelor.
55. hirtę [aures] rị̌hiv.
56. maculis flechhun.
57. aspera sarphiv.
59. imâ [caudâ] mit aftanantigemo.
„ verrit cherit.
60. hymeneos leichod.
62. habilis [ętas] gimachaz.
63. dum unzi.*
64. solve mares in coniunctionem charala.
„ mitte la.*
71. sortire nivz.
72. delectus aruvélịta, chust. †
73. modo ecchrod.
74. impende arpivt.
76. altius hóhor.
„ reponit vvidarvvirfit.
79. vanos umpidarpa. †
80. obesa [terga] ueizta.
81. toris manun.*
„ animosum [pectus] michilmuoto.
82. spadices rotun.
„ glauci grauvin.
„ albis planchen.
83. gilvo tusingemo.
84. tremit slágezit.
85. voluit [ignem sub naribus] dràsot.
„ sub ar.*
86. iuba záto.
87. per lumbos after gophun.
88. vngula hůof.
93. pernix snello.
95. segnior [equus] unmagaz.
96. turpi unchůscemo.
„ ignosce inlaz.
99. quondam ofto.
100. furit uvotit.
„ ergo pidiv.*
101. artes siti.
102. dolor zorn.
105. haurit slehit.
106. pauor pipinvnga.
„ verbere torto givuntanero uillvn.
107. proni framahalda.
„ lora zvgila.
110. fuluę [harenę] falavues.
„ nimbus harenę stoupes † unst.
117. insultare screchon.
„ gressus gengi.
„ superbos frambart. †
„ glomerare samanon.
119. acrem snellan.

120. egerit tripi.
126. secant helgrasont.
128. ne referant ni sagan.
" ieiunia magari.
129. volentes die vulligun.†
130. concubitus gimisgida.
131. sollicitat gigrvozit.
" arcent tripent.
132. cursu louphe.
" quatiunt panout.
134. paleę helavun.
135. luxu lusti, gilluszidu.
" obtunsior [usus] vvidarpluanora.
136. ne oblimet ni * picleipe.
140. ducere neman.*
141. superare ubaruaran.
" acri hartero.
143. vacuis vviti.†
145. speluncę holir.
" procubet giligit.
147. asylo premo.
148. vocantes namonta.
149. acerba † eipro.
150. diffugiunt zistupen.
151. concussus [ęther] gitrophaniv.
152. monstro vvutre,* premo.*
153. pestem palo.
154. acrior hantagoro.
155. arcebis danatribes.*
156. recens orto [sole] niv"ines runnanero.
159. quos [vitulos] dei.*
" habendo zi † habenne.
162. [pascunt]ur ont.*
164. hortare anezi.
166. laxos vvita.
167. subnecte untarinuphi.
169. gradum gang.
172. nitens [axis] spirdrenta.
173. instrepat cherre.
" temo grintil.
175. uescas [frondes] azigiu.
" palustrem [ulvam] mosalichaz.
176. fetę zuhtigo.
179. turmas uuolchun.†
" feroces chuo^{n}nun.
183. rotam gementem cherrentes rades.
184. sonantis clafonta.
185. gaudere giuuonen.*
186. laudibus slihtungun.
" plausę [cervicis] gitollotes.
187. depulsus [equus] inspenitas.
188. [mollibus] den.*
" capistris halaphtran.†
192. uolumina givuntanussida.†
193. auras uvint.*
198. dum unzi.*
199. horrescunt uvivmidunt.
" sonorem doz.
200. urgent tripunt.
203. ore ar munde.
204. esseda sapoh.
206. ante domandum er demo zamme.
207. negabunt arzihent.
208. lupatis khamon.
209. industria giuuerida.
210. cęci [amoris] gitouganer.
" stimulos gistungida.
212. in sola in suntrigo.
" relegant gisuntront.
213. trans ubar.*
215. carpit nimit.*
" uidendo gisehan uvesanto.

216. nemorum loupes.*
217. illecebris lustin.
221. lauit nezit.*
222. obnixos ingaganstritiga.
223. gemitu pullode.
225. exulat ellentot.
230. pernix sneller.
231. hirsutis ruhen.
„ carice sarahi.
234. ictibus mit* slegin.†
236. mouet signa pullot.
„ prȩceps gaher.
237. uti—ut ioso—ioso.
240. at iasosa.
„ exȩstuat uzcesso undat feruꝺ.
241. uerticibus mit* vuerfun.
244. in furias in uuotunga.
250. ut uvie.`
„ tremor biba.
251. attulit pringit.
253. non retardant niğilezȩ̤sent.
254. torquentia [flumina] vvintanto.
255. ruit ilit.
256. prosubigit grepit.
„ fricat ripit.
259. procellis tunstin.
264. acre chuoni.
265. quid zivuiv.
271. ubi sosa.*
275. grauidȩ svangaro.
279. nascitur [auster] vvait.
280. hic dar.
283. herbas vvrzi.
284. inreparabile unvuidarvvantallih.
285. dum unzi.*
„ [circumuect]amur amore vverden* fonna† minnvn.
288. sperate vuanñꝺ.
„ hinc dannan.*
290. angustis smâhun.
293. orbita vuaganleisa.
295. edico gipivto.
297. filicum farmahi.
„ maniplis hantfol.
299. scabiem rvdvn.
„ turpis unchusci.
305. hȩ deso.
307. incocta [vellera] gisotana.
308. soboles gipor.
309. quam magis sovilo.*
312. setas harir.
„ comantis lochonta, zeisenta.
313. uelamina inpihelida.
314. pascuntur ezent.
„ summa vviphila.
315. horrentis sarapun.
„ rubos pramun.
318. ergo pidiv.*
„ uentos vngivvitiri.
319. quo fonna div.*
„ egestas zadal.*
320. uictum fiotar.
323. mittes frvmes.
324. cum mit.*
325. dum unzi.*
„ [dum] canent crᵃvven.
327. vbi sosa.*
328. cicadȩ heimo.
329. [ad] stagna gisigin.
330. ilignis eihinen.
332. sic ubi suarsoso.†
340. mapalia huttun.
343. tantum epanlih.
344. tectum dahc.*
346. non secus nales andres.
„ ac denne.

346. acer chuono.
347. cum denne.
„ carpit nimit.
348. expectatum gisihti.
„ agmine scaro.
350. torquens uuintenter.
„ ister tuonoua.
351. quaque ioh* dar* dar.*
„ porrecta [Rhodope] farstracter.
„ axem halpa.
353. aut — aut oda *— oda.*
355. assurgit ufarst&.
356. semper io.
„ semper io.
„ spirantes. adferentes planta.
357. haud umquam nionoltres.
„ discutit apascutit.
359. lauit nezit.
360. currenti flumine rinnentero aho.
„ crustę stuchi ł rosun.
361. sustinet inthapat.
362. hospita uuirtun.
363. dissiliunt zispringent.
364. indutę vestes anagilegi.
365. solidam in glatiem in alangas † is.
„ lacunę sêa.
366. styria issa.
„ inpexis ungistralten.
367. non ninguit ni sniuuit.
369. confertoque ioh* gihufotemo.
„ agmine gisemine.
370. molenoua michilis sneuues.†
„ exstant upartrefan.
371. inmissis anagilazanen.
372. agitant iagont.
373. trudentes stṙozenta.
374. rudentes luonta.
379. hic dâr.*
380. acidis sorbis mit suren pi°run.
„ imitantur pilident.
381. trioni uuagane.
382. effrena unzamiu, ungizoganiu.
„ tunditur ginuan uuirdit.
383. setis harun.
386. uillis, lanis zaton.
„ lege aruueli.
388. palato in* guomin.
389. reice aruuirf.
„ maculis flechun.
„ ne infuscet ni gisuarze.
395. ferat pringe.
396. et ioh.
397. referunt pringen.*
398. excretos [hędos] giuuahsaniu.
„ prohibent inspinnent.†
399. primaque [ora] ioh* fornantiga.
„ pręfigunt furistechent.
„ capistris iatin,* ferratis.
401. premunt duhent.
402. sub vmpi.*
„ exportant uzfuorent.
„ adit zouoüerit.
403. parco mezigemo.
„ reponunt gipergent.
404. postrema hintrosta.
405. acrem chuonnen.
„ molossum rudun.
406. sero chasi°uazzar.
408. a tergo after.
410. venabere iagos.†

410. dammas tamir.
411. pulsos gitripana.
412. latratu mit pellungun.
„ turbabis gistoupis.
„ agens iagonter.
415. agitare danatripen.
416. tactu inpiruorido.*
417. delituit loscheta.†
418. succedere untarlidan.
419. pestis acerba eibrer palo.
420. cape nim.
„ cape nim.
423. dum unzi.*
„ nexus chofa.
„ agmina gisemini.
427. maculosus flechoter.
„ grandibus grozen.
„ aluum muodar.
428. dum unzi.*
430. stagna gisig.
431. improbus unerer.*
„ loquacibus choslinen.
„ ingluuiem gitigi.
432. exhausta ascaphaniv,† ar-
dorretiu.
„ palus lacha.
„ dehiscunt scrintent.*
433. torquens uvintent̃.*
434. seuit sáruisot.
„ siti durri.
435. carpere neman.
437. exuuiis ursloufun.
lubrica [terga] vvanchala.
439. micat lecheezat.
„ trisulcis trispaltigen.
440. signa gipara.
442. persedit gisinchit.
444. hirsuti vvassa.*
„ secuerunt ristun.

446. in gurgite in* vvâge.
„ uillis zátun.
447. secundo [amni] rinnentero.
„ deflûit nidarflvizit.
449. spumas feima.
„ argenti qvechsilpar.
451. scillam sckella vvrz.†
„ graues hantago.
452. fortuna folleiz.
453. summum fornantigaz.
454. ulceris eizzes.
„ tegendo pidechet vuer-
dantero.
455. dum vnzi.*
456. omina heil.
457. dolor sverado.
458. depascitur izzit.†
„ febris ríto.
461. Gelonus gentes fatarū.
465. ignauivs lázzor.
469. serpant chresen.
470. turbo uvint.
472. estiua pharricha.
479. tempestas suht.
481. lacus seo.*
„ infecit uirvvarta.
482. ubi sosa.*
483. acta gitripaniv.
„ obduxerat zisamana gizoch.
484. liquor nezi.
485. minutatim e'nezzun.
486. hostia friskinch.
487. dum unzi.*
488. cunctantes tvalenten.
„ moribunda [hostia] stíripiger.
490. [ard]ent un.*
492. tinguntur ginezzit.
493. ieiunâ [sanie] trvchanaz.
494. hinc danna.*

495. dulcis livpvn.
„ animas férach.
497. tussis chélasvht.
1035 „ anhela fnehantiv.
501. morituris asterapen scholonten.
502. adtactu† inpirúorido.
„ tractanti hantalentemo.
507. singultu snophezungo.†
1040 508. aspera ruhiv.
509. latices lid.
516. [or]e ar.*
517. ciet grvozit.*
518. abiungens intvvetanter.
1045 521. uolutus [amnis] gipolotiv.
522. electro gloccinpare.
523. stupor stornvnga:
525. iuuant [labor aut benefacta] half.
527. repostę [epulę] giporganiv.
1050 528. [pascunt]ur un.*
533. ad donaria vvihhusun.
534. ergo pidiv.*
„ egre chumo.
„ rimantur ervpilont.
1055 536. contentâ [cervice] givagemo.
537. non explorat ni*spehot.
538. nec obambulat ni* umbigangarot.
„ acrior [cura] hantagora.
544. latebris holiron.
1060 545. attoniti giprvtta.
„ hydri vurmi.
549. cessere intvichint.
556. cateruatim volchiu.
557. cadauera potacha.
1065 559. uiscera inov*li.
561. illuuie fonna unreinnodo.
562. putres vvlun.
563. inuisos leidsamvn.
564. pabulę angvezzin.
566. sacer leidsamar. 1070

GEORG. IV.

1. protinus sar.
4. duces uuisun.
8. sedes sez.
„ statio sezi.
9. papula vveida. 1075
12. atterat ni*trete.
13. squalentia glizinonten.
14. meropes grvonspehta.
17. inmitibus untmammanten.
18. stagna gisig. 1080
23. uicina [ripa] naher.
„ [calori] dero.*
24. obuia [arbos] gaganvurter.
„ hospitiis gastvvisin.
26. transuersas dveroho.† 1085
28. [ad] aestiuum [solem] heizero.
29. praeceps gaher.*
31. serpilla feldchenula.
„ tymbrę chressin.
32. uiolaria violgartvn. 1090
33. [cauat]is ar.*
34. texta giflohtaniv.
35. aditus flou*ar, flougar.
36. liquęfacta zismalztiu.†
37. uis noth. 1095
38. certatim stritigo.
45. rimosa dio†scrutanun.
46. fouens strih*enf.†
49. pulsu slage.*
50. offensa vurpollaniv. 1100
„ imago pilide.
52. reclusit insparrit.

55. leues [apes] lihtiv.
„ hinc dannan.*
57. excudunt machont.
„ tenatia festiv.
58. [caue]is ar.*
62. petunt svohen.
63. melisphilla pinivvirz.
„ gramen gras.
64. tinnitus chlingilod.
„ cie grvozi.
66. more vvis.*
68. motu arpolgannvssidv.
70. licet mvoza ist.
72. fractos [sonitus] diozanta.
73. trepidȩ [apes] iligiv.
„ curruscant lohenzen.
74. spicula angvn.
„ aptant machon.
75. ad praetoria zi phalanza.
77. ubi sosa.*
79. orbem ring.
81. tantum epanuilo.†
„ nec pluit ni* risit.
84. usque adeo sovilo.
„ obnixi ingaganspirdarente.
„ hos desa.*
85. hos ena.
86. hi svslicha.
„ motus arpolganvssi.
88. uerum svntar.*
„ ubi sosa.*
89. prodigus spilder.
91. squalentibus glizinonten.
93. rutulis lohezten.
94. desidia zagaheiti.
95. ut ioso.
96. turpes unsubro.
97. cum sose* denne.*
„ [sicc]o ar.*
97. uiator uartman.
98. coruscant lohezent.
100. hinc danna.*
101. premes nimis.
„ tantum so.
102. domitura duopon scolontiv.
107. eripe ginim,* scrot.
„ quisquam az.*
108. uellere neman.
115. amicos frivn'licha.
116. ni iam nvba.*
117. proram prort.
119. biferi zvipiriges.
121. tortus givvntaner.
122. in uentrem in vvidi.
„ comantem springanten.
127. coricium cilicaisken.*
131. premens dvingent.
133. onerabat lvod.*
134. carpere neman.
135. etiam nohio.
137. comam [acanthi] vuiphil.
139. fȩtis zvhtigen.
140. cogere rennan.
„ pressis piduhten.
142. quot [pomis] so*managen.*
143. totidem iu.*
144. uersum zila.
147. exclusus guzoter.
149. age vvola.*
151. crepitantia clingilontvu.
152. pauere neritvn.
155. penates husgota.
157. experiuntur ariarent.
158. pacto [foedere] gidingo-tero.*
159. sȩpta piuengido.
160. lentum, planum clerapaz.†
„ gluten clep.

1180 161. tenaces festvn.
162. adultos gizogano.
163. fetus zvhti.
164. stipant dringint.
165. ad portas zen*flevgarun.†
1185 166. inque uicem ioh* untar*in.*
168. ignauum unnuzzaz.
„ fucos trenun.
172. tingunt nezent.†
173. gemit qvirit.
1190 177. urget dvinget.*
181. pascuntur uue'dinunt.†
185. ruunt ilent.
„ nusquam nioner.
188. mussant diozent.
1195 193. [aquant]ur vuerdent.*
201. quiritis duces, herostun.
202. sufficiunt machunt.
204. animam ferh.†
207. quam septima [aestas] denne* der sibanto.
1200 213. amisso floranemo.
„ fidem triva.
216. frequentes managa.
220. mentis sinnes.
223. hinc dannan.*
1205 224. arcessere gvvinnan.
228. si quando suensose.
229. haustu truncha.
231. cogunt samenont.
243. stelio olm.
1210 „ blattis fledarmusin.
244. fucus treno.
245. crabro hornuz.
247. laxos [casses] vuitu.
„ aranea spinna.
1215 253. carentum darbentero.
257. continuoq; gahafto.
„ sed aduna ma'dougarvn.
259. ignauę [apes] unnvziv.
261. ut quondam iosop[h]togipurit.
262. sollicitum gigrvoztez. 1220
263. ęstuat tumilot.
„ rapidus [ignis] drataz.
264. hic dar.*
266. [hortant]em en.*
269. defruta sivd.* 1225
„ passos arselchen.
272. herba vvrz.
274. aureus [flos] faravviu.
276. nexis givvntanen.
„ torquibus ringin. 1230
279. incoque sivd.
280. foribus flogarin.
282. stirpis gipores.
283. [inuenta] nussi.*
284. quoque [modo] iovh*zi* vueliero.* 1235
285. insincerus [cruor] unlutra.
291. in ora gimvndi.
294. iacit vuirfit.
296. [eligit]ur ist.*
„ -que imbrice ioch* mit scintlon. 1240
297. artis eigen.
298. obliquâ [luce] scelahemo.
299. bimâ [fronte] zuiiarigemo.
301. obstruitur aruvrigit vuirdit.
302. tunsa ginuoma. 1245
304. subiciunt untarvuerphan.†
„ fragmenta stuchi.
„ -que recentis ouch* niv-prochana.
307. garrula crevniv.
309. animalia vvihtir. 1250
310. trunca pestipalotiv.
„ stridentia diozantiv.

313. neruo [sagittae] sénvua.
„ pulsante tripentero.
316. experientia aruvntinussida.
317. tempe scátivui, scônisteti.
319. extremi [amnis] opanentigero.
325. quod† ziv.
326. honorem [vitae] givúori.
329. erue vzvuirf.
331. molire [bipennem] vvezzi.
337. cęsariem antarfahsa.
338. flaua falauahsa.
343. tandem duo*hitamvn.
345. dolos pisuvich.
„ furta hvor.
346. [diuum] dero.*
347. dum unzi.*
348. deuoluunt uzzugvn.
„ impulit gistvncta.
356. huic dero.*
359. qua dar.*
361. misit liez.
363. speluncis holivrn.
„ sonantis diozanta.
367. caput úrspringe.
369. saxosus stéinago.
373. pumice tuost'ine.
376. tonsis giscrotanen.
„ uillis zatun.
378. adolescunt prvnnvn.
389. patriam [Pallenen] die fartilihvn.
396. expediat girihte.
399. doli pisvicha.
404. correptum archriphten.
409. excidet inpfállit.
411. contende déni.†
„ tenacia festvn.
412. [donec] erit uverde.*
417. habilis [vigor] gimachiv.
419. sinus piugun.
420. deprensis pivanganen.
„ statio stedir ł lenti.†
421. obice mit*crintile.
427. faucibus stedin.†
„ tepefacta [flumina] gisotana.
432. uelut also.
„ olim ofto.
433. ubi sosa.*
434. balatibus plazungun.
445. petis eiscost.
449. tantum sovilo.*
450. intorsit gicherta.
453. lues firgiltist.
454. ob meritum pi scult.
455. suscitat machot.*
466. fauces engiñodi.
„ ditis durises.*
471. carentum darapentero.
476. rogis saccharun.
481. crinibus lochun.
482. tenuit stillo háb&a.
489. restitit gistuont.
499. diuersa danagicherta.
500. prensantem greiphouten.
504. moueret [voce] gigruozti.
508. euoluisse chuman.
509. mulcentem slihtenten.
„ agentem leitenten.
511. [fetus queritur] umpi.*
512. obseruans vvartenter.
„ [nid]o ar.*
„ detraxit ginam.
518. ditis durises.
521. discerptum ziprochanen.
522. reuvlsum apagiprochinaz.
528. torsit vverfota.

530. licet muoz'n.
532. agitabat leitta.
541. demitte niderlaz.
553. hic dar.*
554. [tot]o ar.*
555. stridere sûsvn.
„ efferuere uzstredan.
556. [trah]i uverdan.*
„ nubes dichi.
557. uuam drûpo.
„ de[mittere] nidar.*
561. affectat machot.
565. tegmine techi.

AEN. I.

8. numine lęso gitaretero gotheiti.
21. superbum, nobilem framparen.
22. uoluere arleccan.
37. mene ninumih.
45. turbine mit uvinte.
48. gero tuon.
„ numen gotheit.
81. cuspide stachullo.
104. prora prort.
110. alto tiuphi.
114. a uertice fona* fornor.*
115. in puppim in stivra.
„ ferit prah, sluoc.
117. torquet† cherta.
136. luetis fargeltet.
144. adnixus zuospirdranter.
145. detrudunt apaschieltun.
146. aperit affanoto.†
147. perlabitur sleih.
168. hic dar.*
174. excudit scurfta.
178. expediunt arlostun.
191. agens iagonť.*
197. mulcet trosta.
203. olim nohuvenne.
209. spem trost.
223. [ęther]e ar.*
235. fore uverdan.
238. casum missipuri.
240. fortuna scado.
242. [medi]is ar.*
245. per ora novem aftar niun gimundin.
251. infandum honlihc.†
252. prodimur farspildit uverden.
253. hic suslih.
254. subridens smilenter.
261. quando uvanta.
262. mouebo uffarscalto.*
266. terna [hiberna] drisca.
„ transierunt furivarent.
267. cognomen miltinamo.
269. uoluendis uvaraplihen.
272. hic dar.*
277. Romanos rûliuti.
282. gentem togatam sprahman.
292. cana altiu.*
310. conuexo piugin.
313. crispans wennenť.
316. threissa trachusca.*
„ fatigat [equos] rennit.
319. diffundere spriten.
330. felix ginadigiu.
335. dignor uvertliho.
342. fastigia hohi.
344. dilectus liuper.
348. furor uuotunga.
350. clam faringun.
353. inhumati unpigrapanes.
356. nudauit gioffanota.

1400 372. repetens uvidarzellanī.
390. reduces uvidarfartiga.
392. augurium heilisod.
395. turbabat stoupta.
400. ostia gimundi.
1405 404. uestis uuat.
412. amictu pivengida.
421. magalia huttvn.
422. strepitum praht.
,, strata [viarum] straza.
1410 425. concludere zi*piuahanne.
426. senatum hertuon.
427. hic dar.*
429. [rupib]us ar.*
430. qualis solih.
1415 431. adultos gizogana.
433. stipant dringen.
436. thimo pinasougin.
447. opulentum ehtagaz.
448. nexę gihap'ti.†
1420 449. stridebat char.
466. uti uviesa.*
467. hac hier.
468. hac hier.
,, cristatus gichāpoter.*
1425 470. prodita gofanetu.
475. impar ungilihar.*
,, congressus ingagangangenter.
476. heret hafteta.
478. inscribitur girizzan uvart.
1430 484. auro pi gold.
490. lunatis mànilihen.
500. [glomerant]ur ent.*
501. supereminet upartriphit.
502. temptant cruozent.
1435 512. dispulerat zitreip.
520. et coram data copia fandi unti*cantuvrti gigepan uvard ginuhtsami sp'echannes.
521. placido [pectore] māmuntero.
534. hic dara.*
535. cum duo.*
536. tulit prahta. 1440
,, procacibus frapalden. †
537. [per] inuia [saxa] unuuegasamen.
538. dispulit zitreip.
539. hoc dezi.*
541. primà in*uvornantigero. † 1445
551. subducere uzgizuohan.
552. aptare gimachon.*
559. fremebant prahtun.
562. secludite giuzot.
574. agetur gitan ist.* 1450
580. [erumpere nubem] ar.*
581. compellat gisprah.
599. egenos duriftiga.
606. genuere parun.
607. dum unzi.* 1455
634. horrentia [terga] egisslia. †
637. luxu lusti.
,, [splendid]a [domus] az.*
638. instruitur gimachot.
642. ducta gizoganiu. 1460
648. ferre zi pringanne.
,, [rigent]em [pàllam] az.*
649. uelamen hullun.
657. uersat † uvarpota.
659. dulci liupun. † 1465
672. hospicia gastuvissida.
673. dolis mit* pisuvichun.
,, cingere piuvahanne. †
676. accipe farnī.*
698. composuit gisazta.* 1470
702. expediunt arlostun.

702. tonsis giscrotanen.
704. struere machoonne.
„ adolere rouchan.
707. frequentes manacfalta.
711. pallam lachan.†
„ uelamen hullun.
712. infelix uvenagan.
„ pesti palauues.
„ deuota uvilligiu.
713. expleri arvullit uuerdan.
719. miserę iro.*
726. laquearibus himilezi.
728. hic dar.*
„ poposcit eisgota.
732. profectis givaranen.
735. fauentes helfent.†
736. libauit guzta.
737. libato giruortemo.*
„ summo tenus zoporost.
738. increpitans pisuerientiu.
740. proceres herrun.
„ crinitus mihilfahso.
745. quid zivuiv.
„ properent illen.
„ tingere nezan.
750. rogitans fragentiu.
753. age uuola.*
754. casus gipuri.

AEN. II.

patrię heimuoti.
1. intenti anadahtiga.
9. suadent spanent.
15. instar in*gilihnussi.*
16. intexunt influhtun.
17. uagatur uvadanota.†
29. tendebat heriperagato.†
34. seu oda.*
36. suspecta zuruuaro.
38. et temptare unti* zarsuohanne.
39. scinditur gisceidan uvard.
46. machina girusti.
47. desuper uon opani.
51. compagibus mit* gifuogidun.
52. contorsit giscoz.
61. fidens palder.
„ animi m'otes.
64. ruit ilta.
65. crimine untriuo.*
84. cassum darpenten.
87. incolumis canzer.
92. indignabar zurnta.
96. labes palo.
100. reuoluo redinon.
106. pauitans pipenter.
111. acerni acer mazaldra inde dicitur.
119. cucurrit liuf.
120. poscat eiscot.
121. hic dar.*
123. flagitat eiscota.
131. sacra ophar.
135. delitui lvsketa,† farholan uvas.
137. dulcis l'upun.
139. piabunt firgeltant.
140. quod dez.*
143. digna uvirdigiv.
145. arta pid'unganiu.
„ leuari gilihtit* uuesan.*
149. quo uuare.*
151. instructus giuarnet.
153. non violabile [numen] unaruuar'liha.
160. rependam firgilta.
174. emicuit sc'icta.

183. piaret gilutarti.
207. uolumine mit giuvntnussi.
1545 209. suffecti [oculos sanguine] giuarota.
214. depascitur az.
224. lapsu sliphe.
227. tremefacta arọquomanen.
228. insinuat ingipuosita sih.
1550 „ scelus dia* fratat.*
229. cuspide spioze.
235. stupea hanaphin'u.
237. fęta [machina] follas.†
242. substitit gistulta.
1555 243. inmemores unpiuvânta.
244. monstrum gitroc.
247. quibus uns.*
253. instructis giuvarneten.
256. extulerat uzprahta.
1560 259. [cau]o ar.*
„ promunt uzprahtun.
261. lapsi sliphenta.
266. socios chuntun.
275. iaculatus anasciozanter.
1565 279. compellare gisprehan.
„ expromere† furịpringan.
281. morę tuala.
282. ut vula.
286. moratur tualta.
1570 289. culmine firste.
296. penetralibus tuphun.
298. secreta gisuntrota.
300. ingruit analac.
301. fastigia die hoha.
1575 312. tubarum horno.
316. succurrit half.
317. elapsus enpharaner.
319. sacra dio uuihida.
323. summa [dies] oparosto.
1580 „ et ineluctabile unti* unuparuuntanlih*zit.
332. corusco plechentemo
333. stricta arzoganiu.
336. erynis pagalin.
337. quo dara.*
„ fremitus praht. 1585
348. [extrem]a tun.*
350. aditis inhusin.
351. quibus pi*den.*
353. una diu.*
357. siccis [faucibus] hungragen. 1590
„ per duruh.*
366. quondam etiam uvanta* ofta.†
373. feruntque giroufi.
382. circumfundimur pihapit uurtun* uvir.*
385. hic dar.* 1595
392. accommodat zuogipant.
396. [per] caecam [noctem] finstero.†
397. demittimus frumitun es.†
406. speciem dio* gisith.
410. obruimur [telis] pivuorfan 1600
uvrtun.
415. ceu ioso.
„ quondam ofto.*
416. confligunt ringent.
417. stridunt diozent.
418. fundo grunte† ente. 1605
420. agitauimus iagotun.
422. ora discordia missahellenta spraha.
425. procumbit lac.
429. pietas guoti.
435. grauior gidiganoro. 1610
440. testudine sciltfolche.†
442. nituntur spirdretun.
448. strictis arzoganan.

452. peruius [usus] duruhfartigu.
1615 459. in praecipiti in* uohaldi.
461. achaica grecisca.
462. circum† umpiturna.
„ summa fornahtigiu.
463. tabulata pretir.
1620 468. primo in* fornantigemo.
469. exultat spilita.
472. exuviis ursloufen.†
475. agitator tripil, reitil.
481. ore loche.
1625 482. apparet scein.
490. claustra sloz.
491. labat faz.*
„ ariete phetarare.†
492. emoti [postes] vzaruuegitiu.
1630 „ [cardin]e ar.*
496. moles grapun.
502. tanta so michil.
511. axe [ętheris] halpun.
520. istis suslichen.
1635 524. longeuum langlipen.
530. ut tandem sosa er duoa† hitamun.
„ euasit intfuor.
533. abstinuit ni*farpar.
544. repulsum uvidarpollanas.†
1640 545. umbone raute.
547. mea tristia facta mina zagabeit.
552. capulo tenus* hiltis.
588. cum duoa.*
596. ne ninu.
1645 601. culpatus der pisp*ochana.
604. ebetat pitunchlit.
623. considere gisamchan.
627. eruere nidaruverfan.

627. minatur uuagot.
629. supremum zi iungist. 1650
630. ruinam traxit archrachat.†
632. expedior arlosit* vuart.*
642. excidia flornussida.
„ captę giuvnnan.†
645. iactura giuvrlida. 1655
646. inutilis unpidarper.
647. demoror duello.
650. effusi gispreita.
657. excidit inslouphta.
666. [ut] cernam gisahi. 1660
675. expertus antchuniar.†
„ spem tróst.
685. excutere arrettan.
„ restringere lescan.
698. hic dar.* 1665
717. [bell]o ar.*
763. [incens]is ar.*
764. captiua giuvnnanniv.†

AEN. III.

23. uirgulta zeinin.
„ horrida [myrtus] wasser. 1670
30. coit zisamane ran.
32. insequor anagigiench.
36. secundarent girihtun.
53. fractae giuveihto.
55. fas triuva. 1675
66. cimbia napfa.
75. arcitenens pogotrago.
116. iuppiter vuetar.
123. uacare darapan.
125. iugis in * spuzun. 1680
127. concita horscun.
129. hortantur anartun.
132. optatę limpero.
136. conubiis hileichun.
140. animas ferah. 1685

150. extuleram pratha. †
151. insomnis slaflosar.
160. fugę farti.
180. ambiguam ziuv'alta.
1690 182. exercite gimuoto.
198. inuoluêre piuiengun.
200. excutimur girrit uvrtun.
202. palinurus stiuro.
208. uerrunt zugun.
1695 217. proluuies [ventris] scizzata.
225. lapsu fluga. †
230. clausi piuangana.
232. latebris holirun.
237. disponunt gilegitum.
1700 238. dilapsę naderslihento. †
241. foedare [ferro] aruvartan.
246. [pector]e ar.*
257. ambesas [mensas] 'frezana.
264. indicit [honores] gihiez.
1705 267. excussos [rudentes] arlóstiu.*
287. figo hiench.
290. uerrunt zugun.
297. cessisse zuogen.*
304. inanem [tumulum] italaz.
1710 327. enixę perinto.*
„ tulimus dultun.
329. transmisit giliez.*
332. excipit arfarta.
338. cessit gigienc.
1715 345. cum duo.
361. omina heio.
367. obscenam unchuscen.
„ quę [pericula] vuelihho.
369. hic dar.*
1720 377. hospita, ignota uinita.
„ lustres aruarest.
383. inuia [via] auvieger.*
390. ilicibus eichin.
392. ubera tilun.
„ nati farhir. 1725
401. meliboei [ducis] melibeiskin.
411. rarescent tunnent.
„ pelori, promontorium horn.
416. cum denne.*
„ protinus samanthafto. 1730
424. cohibet piduingit.
„ spelunca hol.
425. exertantem parûnten.
428. commissa zisamenegihaftiu. †
430. cessantem tvuallenten. 1735
440. mittêre gifrumi' vuirdist. †
442. auerna hella. †
446. seclusa gisuntrotiu.
449. impulit anagistozit.
„ turbauit† gistoupit. 1740
451. situs die* gilegida.
453. dispendia ungifuori.
464. secto gigrapaniu.
466. dodoneos epiretisca.*
„ lebetas chezila. 1745
467. consertam gihafta.
„ hamis rigin.*
„ trilicem driliha.
468. cristas capun.
469. sunt vuarun.* 1750
471. instruit giuvarnota.
483. picturatas [vestes] giprortotiu.
484. clamidem lachan.
499. obuia anavartigiu.
509. gremio in* parame. 1755
512. acta arlitaniu.*
519. e puppi a* stiuro. †
„ signum flachala.

520. pandimus spreittun.
1760 532. torquent chertun.
544. armisonę vuafanlutun.*
549. antemnarum segalpoumo.
550. graiugenum chriehporatio.†
„ suspecta zuruvariv.
1765 551. hinc danna.*
556. fractas [voces] diozentiv.†
558. nimirum gluvisso.
„ caribdis uvervo.*
561. rudentem [proram] ruzentan.
1770 562. contorsit cherta.
569. cyclopum riso.
575. uiscera [montis] stůchi.
577. fundo g'unte.*
579. insuper opanan.
1775 583. monstra egiso.
590. [macie] confecta [forma viri] gineiztaz.
593. illuuies unuuatilihi.
„ inmissa [barba] nidergilazsaner.
609. agitet muoti.
1780 617. cyclopis risen.
653. addixi suoquimeinta.*
670. affectare algithlan.
676. excitum gihalitas.
683. agit iagota.
1785 „ quocumque [illegible].
„ rudentes seil.
686. discrimine [illegible].
686. ni teneant [illegible].
[illegible]
1790 694. [illegible]
[illegible]
„ [illegible]
708. hic dar.*

714. hic dar.*
718. hic hier. 1795

AEN. IV.

1. dudum sar.*
14. quę bella uueliha deganheit.
„ exhausta arlitaniu, arlitana.*
18. pertesum pidrozan.
„ tedęque iouh* dero* minno. 1800
21. sparsos zistortun.
23. impulit gistôncta.
„ flammae lusti.
25. adigat gitripe.
33. praemia liuper.* 1805
35. esto uvolnu.*
40. [bello] zi.*
41. inhospita ungisuuasiu.
53. non tractabile unfarlih.
88. minę spizzun. 1810
104. dotales uuidâlihha.
114. excepit indeh.
120. grandine ungiuuitire.
121. alę dei girit.
127. hic suulih. 1815
128. annuit giiarta.†
130. port'is ar.*
131. uenabula uveidispiozza.†
135. mandit chou.*
139. fibula tragafindam. masca. 1820
146. fremunt prahtera.†
151. lustra leger.
152. ferę uvildo.
„ deiectę [illegible].
156. acri equo [illegible]. 1825
158. [illegible]
164. tecta [illegible].
166. pronuba [illegible].

170. famâ fonna unliumu^{n}te.
171. furtiuum [amorem] farholanliha.
178. irritata gigremitiu.
180. pernicibus snellen.
182. uigiles [oculi] uvachaliu.
200. uigilem [ignem] unarloscanun.
207. libat trinchit.*
208. torques sciuzist.
216. mitrâ huote.
217. rapto huore.
237. hic suslih.*
239. talaria nechala, sporun.
„ nectit spien.
261. stellatus [ensis] gisteintaz.
264. telas uveppi.
266. uxorius tu*quenoman.
294. ocius sar.*
297. excepit farnã.
302. triaterica orgia trinahtigun sang.
318. dulce liub.
319. mentem sin.*
322. pudorem reini.
330. capta pisuichaniu.
„ deserta firlazaniu.
362. dudum sar.*
368. reseruo gisparo.
371. quę anteferam uvelihiv* gisprachi.
„ quibus uvelihen.
380. refello ni* falsco.
385. [cum] seduxerit gisceidit.
387. manis helligot.
393. lenire gilihten.
398. carina podã.
399. frondentis [remos] giụ̈loupiu.
407. moras tuala.
439. tractabilis mammonter.
440. obstruit pis^{p}arpta.
441. annoso altemo.
442. alpini alpiscun.
462. bubo avis ûvo.
476. exigit gisuohta.
482. torquet inthapꝺ.
502. grauiora uvntarlihorun.
505. ilice eichinemo uvite.
506. intendit pivieng.
„ sertis mit* pluomon.
510. chaos gimischida.
511. tergeminam die* driualtun.
513. messę [herbae] gisnitaniu.
516. prereptus apagapizaner.*
„ amor uvarza.
518. recinctâ [veste] ungagurtemo.
547. ut merita es so* du* sculdigiu pist.*
583. uerrunt zugun.
593. navalibus scefcartun.
597. fides triụua.

AEN. V.

69. cestu plicholpun.
71. fauete giiaezꝺ.
110. tripodes drispissi.
116. acri snellemo.*
128. mergis scarua.
141. spumant ueimtun.
146. aurigę reitlihtiles.†
148. fremitu prahüt.
149. inclusa [litora] piuangana.
151. elabitur intfuor.
154. discrimine, spatio laza, untarsceitungo.*

155. superare uparfaran.
163. sine lâ.
„ palmula daz* ruodar.
166. diuersus danagacherter.
1900 170. radit scar.*
175. deturbat stiez.
177. clauum stuirruodar.†
180. resedit clepẞta.
187. ęmula flantlihiu.
1905 191. promite [vires] ersceinẞ.
193. sequatibus âhtlinun.
194. prima dei furstan.
195. ó uvola.
196. extremos aftrostun.
1910 204. in procurrentibus in scorrenten.
205. in murice in* spizze,* sk^h^esiu.
206. illisa [prora] anagislaganer.
208. trudes scaltịn.
„ cuspide stachullo.
1915 „ contos stanga.
209. expediunt arlostun.
210. sucressu frâspŏotigi.
214. pumice tufsteine.
217. radit sciuzit.
1920 228. studiis ilungun.
242. impulit stiez.
254. prępes horsco.
258. qui der.*
259. hamis ringun.
1925 „ lèvibus slehten.
265. agebat g^u^ota.*
267. cymbia na^p^pha.
271. ordine zilun.
276. tortus givuntannussida.†
1930 278. retentat lezit.
281. hostia gimundi.
286. certamine spile.
290. consessu gisidile.
„ exstructo gim^a^chotemo.
305. non donatus ungêreter.* 1935
306. leuato givurptemo.
310. faleris gisaltalscirren.†
316. limen die* marcha.
317. ultima uzrostun.
319. emicat scricta. 1940
326. elapsus furifaraner.
328. lêui [sanguine] in* slepragemo.
330. super opana.*
„ madefecerat ginazta.*
333. fimo miste. 1945
337. munere follusti.
338. fremitu prahte.
340. consessum gisidili.
343. fauor folleist.
358. fimo miste. 1950
360. refixum danaginomanan.
362. cursus loufa.
363. nunc duo.
„ presens mahtiger.
372. victorem der* nu* vuas* chempho. 1955
426. in digitos in* cêhun.
432. labant uva^r^chotvn.
487. malum mast.
493. modo sar.*
513. contenta gidenitiv.† 1960
546. inpubis ungipartun.
556. coronâ temo* ringe.
559. flexilis gipoganer.
„ obtorti givuntenes.
561. [equus] albam ostentans frontem plasas. 1965
582. tulere prahtun, fuortun.
585. impediunt zisamanahaftun.

593. impediunt zusamanemihaftun. †
598. rettulit auarta.*
1970 630. hospes uvirt.
642. conixa spirdrentiu.
„ coruscat uvenñeñta.
648. spiritus paldi.
654. ancipites zuivalten.
1975 „ malignis zornagen.
665. perfert sageta.
687. exosus leidezenter. †
692. dimitte † frumi.
694. more pilida.
1980 713. trade pivilih.
714. pertaesum est pidrozan ist.*
733. congressus meos mina*gagangenni.
758. forum dincstat.
768. non tolerabile [nomen] unfartraganḷlihiu.*
1985 778. uerrunt zugun.
779. exercita gigrŏoztu.
794. foede unchuscho.*
806. [cum] gemerent duzun.
807. euoluere uzarprechan.
1990 816. permulsit gitrosta.
842. [or]e ar.*
852. clauum ruodar.
855. quassat sprangta.
857. laxauerat inliez.

AEN. VI.

1995 3. dente chraft. †
5. pretexunt piviengun.
19. remigium [alarum] fluc.*
51. cessas gipis.*
62. fuerit vuas.*
2000 74. ne manda ni * pivilah.
78. [pector]e ar.*
80. fingit hasnota.
92. quas [gentes] vueliha.
„ non noh.*
106. quando vuanto.* 2005
116. orans pitenter.*
120. canoris lutreisigan.
150. incestat gunfrovuit.
165. accendere [cantu] zianazzana.
173. exceptum arfârten. 2010
181. trabes gipretta.
182. montibus ar.*
196. ne defice ni gisuihc.
205. uiscum mistil.
[viscus nascitur] de fimo turdelarum auiv̈ id est drôscha. 2015
209. crepitabant chlafotun.
„ brattea pleh.
211. cunctantem tualoten.
219. expediunt uzprahtun.
238. scrupea [spelunca] steinigaz. 2020
240. [atr]is ar.*
241. faucibus enginotin.
„ conuexa piugun.
244. inuergit anasuanh. †
245. summas fornantigiu. † 2025
„ carpens prechentiu.
„ saetas harint.*
251. sterilem [vaccam] gialta.
255. sub umpi.*
257. ululare gilon. 2030
269. uacuas vuitun.
270. malignâ [luce] tunchalemo.
271. ubi sosa.*
278. consanguineus gil"angêr. †
281. innexa gipuntiu. † 2035

291. strictam [aciem] arzoganaz.
300. inculta unpisehaniv.
301. sordidus [amictus] unsupra.
302. subigit uphtripit.
2040 306. defuncta hinagiuarana.
310. lapsa risantiv.
313. primi eristun.*
„ mittere frũman.
315. tristis cremizziger.
2045 316. arcet treip.
324. cuius degotespi.*
336. inuoluens pifahenter.
352. cepisse neạman.*
353. excussa [navis] aritaletaz, girtaz.
2050 360. capita [montis] spizza.
389. quid ziv.*
„ istic dar.*
390. noctis soporę suepilihero naht.*
412. deturbat stiez.*
2055 „ alueo in* runsi.
413. gemuit quar.
416. exponit uparsazta.
418. personat pillit.
422. resoluit nidirlegita.
2060 424. occupat piuiienc.
425. euadit intfuor.
430. damnati givuizaneta.
„ crimine inzihti.
433. discit pivindit.
2065 436. quam uvie† filo so.
471. quam denne.
„ silex flins.
474. respondet gihal.
481. fleti pirozana.
2070 488. discere gieischon.
493. frustratur trouc.
496. populata pistũpl&a.
513. ut sosa.*
514. [ut] egerimus arleittun.
517. chorum cart.* 2075
523. [tect]is ar.*
524. emouet ginam.*
527. famam unliumunt.
529. hortator anazari.
530. instaurate fargeltet. 2080
531. fare sage.
533. fatigat muoit.
535. vice uuesle.
537. traherent irleittin.
542. elisium [iter] sunnalihiu. 2085
551. sonantia [saxa] chlafenta.
554. stat storr&a.
559. hausit firnã.
563. insistere anagisteiphan.
568. quę uveliho. 2090
572. intentans trouventiv.
573. stridentes charrenta.
„ sacrę leidsamo.
576. hydra uvrm.
586. flammas plichi.* 2095
593. contorsit scoz.
597. porrigitur gistrechit vuas.
599. rimatur crupilota.
603. imminet opa vuisit.
605. maxima herosta. 2100
609. pulsatus fartripaner.
611. quę [maxima turba est] dero.*
613. ueriti furihtenta.
614. ne quere ni* sǒchi,* ni* suochi.
„ expectant dolonth. 2105
617. districti ziprottana.
621. auro pigold.*

622. leges uvâr.
,, precio miſto.
2110 627. percurrere arredinon.
629. susceptum hintarstantanaz.
630. [camin]is ar.*
631. fornice suipago.†
646. obloquitur liudota.
2115 ,, numeris ritmusen.
,, discrimina untarqueịtunga.
647. pectine zitarphinne.
653. gratia livpa.
659. amnis runsi.
2120 664. merendo giarnento.
665. cinguntur pivuangan.†
668. extantem upartrefanten.
676. sistam darapringo.
679. penitus fila.*
2125 681. recolens zellenter.
686. [gen]is ar.*
694. quam [metui] uueih.*
699. simul sar.*
705. letheum [amnem] agezilinun.
2130 ,, placidas [domos] stilliv.
718. [lęter]e es.*
727. agitat uvegit.
729. marmoreo epanemo.†
,, equore epanoti.
2135 731. noxia [corpora] suntiga.
732. hebetant tunclent.
737. excedunt infallant.
742. eluitur fargoltan uvirdit.
743. manes vuizzi.
2140 746. exemat gineme.†
748. rotam umpivart.
750. conuexa piugun.
760. purâ [hastâ] paremo.†
763. postuma [proles] uparlepaz.
2145 765. educet ziuhit.

768. reddet gauarit.
775. Inui pánuses.*
785. turrita gihufa'tiu.†
799. horrent furihtent.
800. gemini [Nili] runsigero. 2150
,, ostia gimundi.
803. placarit gistilti.
804. pampineis repalihen.
813. resides traga.
814. desueta [agmina] intvonata. 2155
815. iactantior gimeitoro.
831. instructus† giuvarnoten.
832. ne nein.
835. [man]u ar.*
846. cunctando tualonta. 2160
847. excudent zeinnent.
,, spirantia susontiu.
849. orabunt redinonth, pitten.
850. describent zeigont.
858. sistet gistatigot. 2165
,, eques reitman.
,, gallum uvestarluti.
861. formâ uvathlihi.
865. instar anauvani.
871. nimium potens zi*vilo* chreſtigiv. 2170
876. quondam ionaltres.
894. qua dar.*
898. [port]â ar.*

AEN. VII.

8. adspirant uvatun.
24. fugam fart.† 2175
30. fluvio runsi.
40. reuocabo redinon.
48. accipimus firneman.
60. comâ uuiphile.
103. premit firsuigeta. 2180
105. cum duo.*

109. liba flådun.
111. solum mensam, hero.
„ augent giluodun.
2185 113. penuria zadal.
114. uiolare prechan.
115. crusti stuchi.
119. pressit gisueigit.
125. accisis frazanen.†
2190 127. aggere grapin.*
129. [positur]a [fames] er.*
150. diuersi ziuvorfana.
153. oratores [centum] sprahmanno.
158. primas [sedes] fornantigen.
2195 159. pinnis spizen.
„ aggere grapin.
„ cingit pivieng.
164. lenta [spicula] uveicha.
165. contorquent scuzzun.
2200 „ ictu uvrphe.
172. horrendum egilih.*
173. hinc danna.*
174. curia sprahhus.
184. captiui [currus] giuvnnano.
2205 188. trabeâ trempile.
215. regione halpo.
222. quanta uvie.*
223. tempestas urliugi.
226. submouet cisceidit.
2210 228. diluvio urliuge.
„ tot uvole.*
231. indecores unera.*
232. [neque] abolescit† ni fartigilot.†
„ gracia huldi.
2215 235. fide triu'o.*
„ expertus arfindenter in* en uvas.*
241. repetit uvidarferit.
248. uestes uuat.
253. moratur uvonata.
255. profectum givaranen. 2220
258. occupet piuieęᷠgi.
262. opulentia ėhtiga.
265. ne exhorrescat ni* leideze.
267. mandata inpot.
277. instratos [alipedes] gisatalotiv. 2225
278. monilia in furipuogin.
279. mandunt chuvn.
281. [narib]us ar.*
282. dędala listiga.
283. creauit gimachota. 2230
289. bachino horne.
295. capi floran vverdan.
299. infesta arpolganiv.
303. conduntur gistedit sint.
„ alueo runsi. 2235
306. antiquam addalliha.
308. inausum [nil] ungitorranes.
309. quae ih.
310. [vinc]or uvirdo.*
311. usquam'est ionar*ist.* 2240
313. esto daz* si* nu* so.*
315. trahere gilengan.
316. exscindere giuverran.
319. pronuba himachara.*
320. cisseis ziseischa.* 2245
„ iugales [ignes] gihileihiv.
322. funestę [tedę] relihha.
324. luctificam uvoftentun, vuoft† machentun.†
332. operam folle'st.
„ infracta givuehta. 2250
336. uersare giuverran.
349. [inter] lėuia slehten.
„ lapsus slihenter.
350. adtactu inphuntnussidu.

2255 352. [ingens] der.*
„ tęnia nestila.
359. exulibus elilentun.
370. dissidet missihillit.
371. [si] repetatur gizalt uvirdit.
2260 372. patres fordrun.
374. penitus tiupho.
375. per[errat] ar.*
378. quondam ofto.*
„ turbo cholz ł urdrasil ł zuotripil ł tobf ł uviruil ł trennila ł zello.
2265 380. actus gitrapaner.†
„ habenâ mit rivmin.
381. supra dar* opana.
382. volubilebuxum cholzuvarplihun.
383. plagę die* slegi.
2270 384. agitur gimuot.
390. thyrsos torsum.†
393. agit muoita.†
396. hastas tamarun.
397. feruida zornagiv.
2275 399. [torquens] umpi.*
405. agit moita.
407. uertisse givuerran.
411. ardea heigaro.†
416. transformat firpilidota.
2280 „ aniles gravua.
417. rugis zugun.
418. innectit anapant.
421. fusos fargozana.†
424. abnegat arzihit.
2285 425. ingratis leiden.
440. effeta arschapaniọ̈.
443. tueri pisehan.
450. reppulit irstovita.
453. formidine plodi.
2290 462. sonore prastode.

463. virgea [flamma] spahhiner.
„ costis zargun.
„ undantis uvallantes.
464. uis noth.
466. nec capit ni* hap&. 2295
468. primis den* furistun.
469. finibus fonna* marchun.
470. uenire pringan.
472. exhortantur pih'eizzun.
478. cursu rennu"go.† 2300
483. praestanti frbmparemo.
484. ubere utrin.
485. parent hanctun.
487. imperiis z.*Ip·: t :·:n.
488. intexens flechtentiv. 2305
491. errabat uveidota.
493. uenantis iagontin.
494. commouere arruortun.
„ secundo [fluvio] rinnantero.*
495. leuaret gilihti. 2310
497. spicula scefti.
501. gemens [quadrupes] querantaz.
506. torre prante.
„ obusto zusctemo.
509. coactis ingislaganen.† 2315
510. scindebat chloup.
„ spirans fn ⋮ hanter.
„ immane xngkmfzkgp.'
513. canit pl.es.
514. intendit s ⋮· oht:* 2320
„ protinus samathafto.*
525. ancipiti zuiuvassemo.
„ decernunt scidotun.
526. seges dichi.
527. lacessita [aera sole] giflanztiu, piscinaniv. 2325
528. albescere g:ns:n.

529. altius hohora.
531. stridente ruzuntero.
541. promissi des*ciheizas.*
2330 566. urget piphahit.
„ utrimque iouvedarhalpun.
„ fragosis chlafonten.
583. ilicet sar.*
590. fremunt diozent.
2335 591. cęcum [consilium] unfruota.
594. frangimur giuveihit uverden.
„ procellà mit undanche.
595. sacrilego fartanemo. †
599. [spoli]or uvirdo.*
2340 610. robora sterichi.
615. conspirant p.h:zent.*
„ assensu inchqu&ani.
616. indicere gipiotan.
622. ferratos giisarnta.
2345 623. inexcita ungigruoztiu.
624. pedes fendo.
„ altis az.*
626. tergunt furptun.
627. aruinà spinte.
2350 „ subigunt uvâztun.*
631. turigerę dio turritragun.
633. umbonum rantpogono.
634. ducunt zugun.
636. cessit gigiench.
2355 „ requoquunt zigiranton. †
637. signum heripouchan.
653. lętior rihora, vukrdkgprb.
657. insigne zieri.
665. mucrone suertstapa.
2360 666. pedes fendo.*
„ torquens tragenter.
667. inpexum [tegumen] ungistralta.*
667. sętà hare.
669. innexus piuanganer.
675. centauri risi. 2365
687. liuentis plavues.
688. galeros huoti.
689. capiti demo* e.*
690. pero zuhalinc, pàsocha.
693. resides az / e/ t/.* 2370
694. retractat hantalota.
695. hi die.*
„ ęquos ri^eh^tgffrna.
696. hi die.*
707. instar gilihnussi. 2375
722. pulsu slagode.
725. rapit prahta.
730. aclydes giscoz.
731. flagello zoóme.
732. falcati [enses] gifalztiu. 2380
740. maliferę opaztragun.
741. torquere sciozan.
742. de subere fonna* saphe.
743. aeratę [peltę] giertiu.
751. super [galeam] opa demo. 2385
767. distractus ziprohcaner. †
„ turbatis zisto^u^pten.
770. indignatus zurnater. †
776. ubi dan.
780. effudere arfaltun. 2390
785. iubà zatun.
786. sustinet inthap&a.
„ [faucib]us ar.*
803. hos † super zuo za den.
805. colo rocho. 2395
„ calathis sumpri.
815. velet pifiengi.

AEN. VIII.

5. coniurat gipiheizota.*
7. cogunt samanotun.

2400 15. quid uvaz.*
25. laquearia himilezza.
39. ne absiste nigisuih.
45. ubera tilun.
50. expedias gifrũmes.
2405 62. flumine runsi.*
80. instruit giuvarnota.
118. egere iagotun.
143. fretus gitroster.
144. neque pepigi ni* gidingota.
2410 151. spectata arsuohtiu,* gipe'ztiv.
154. ut uuie.*
155. accipio farnimo.
160. uestibat pifenc.
172. quando uuenna.
2415 176. locat sazta.
177. uillosi zatohtemo.
178. solio acerno mazaltrinemo sezale.
181. laboratę cereris uuahes protes.
„ ministrant scanctun.
2420 187. superstitio uparuengida.
„ [ueterum]que oda.*
191. disiectę ziuuorfano.
195. inaccessam [speluncam] unzuofartigaz. †
203. hac hier.
2425 210. [caudâ] pi.*
213. moueret tripi.
215. [omn]e [nemus] er.*
220. dolor zorn.*
„ nodis masurun.
2430 223. ilicet sâr.*
226. quod [saxum] der.*
227. obice grintile.*
233. precisis scorrenten.
243. penitus ticcho.
245. superque iouh*opanan.* 2435
253. cecâ fi^ns^trero.
256. non tulit ni* fardulta.
260. complexus druchenter.
„ angit duang.
261. elisos spolchentun. 2440
276. cum duoa.*
280. deuexo inneigtemo.
284. oneratis giladanen.
285. Salii tûmara.
289. eliserit firenusita. 2445
290. disiecerit zivurfi.
293. nubigenas uuolcporanun.
314. indigenę hinna.
316. cultus pisehini.
317. componere gimachon. 2450
„ parto garauuemo.
326. decolor [aetas] ungilihaz.
329. [posuit] nider.*
334. ineluctabile unuparuvntanlih.
342. asylum fecta. 2455
344. panos lycei des liceiskin panos.
361. foro dinchuse.
„ lautis uuiten.
364. aude giturris.
374. dum unzi.* 2460
386. excidium floranussida.
391. [non secus] atque olim denne* ofto.*
392. rima scruntussa.
395. ex alto [causas petis] so ingirivno.
396. quo uvare.* 2465
402. [ferr]o ar.*
403. absiste stalgip.
404. indubitare zuiflon.

407. abactę arlitanero.
2470 408. cum sosa.*
409. tolerare [vitam] leitan.
„ colo rocho.
410. sopitos pirchbanun.
412. penso uuichiline.
2475 420. stridunt susen.
423. hoc tum dara*duoa.*
424. exercebant zouuitun.
426. iam parte politâ giu*gifiolotemo teile.*
429. imbris torti giridanes reganes.
2480 432. sequacibus ahtalinen.
436. polibant hasnotun.
441. usus duruphtiịst.
445. sortiti teilenta.
446. vulnificus [ensis] uuntun tuontaz.
2485 448. septenos sipunfalta.
„ [orbibus] den.*
449. impediunt zisamanehaftun.*
450. tingunt naztun.
451. gemit quar.
2490 460. pantherae terga crusina.
„ retorquens uuirdaruverfanter.
465. matutinus giziter.
470. quo dir.
481. florentem dihenta.
2495 500. quos ivuih.
516. militiam daegonod.
532. hospes uuirt.
534. missuram sentan scolonta.*
535. ingrueret analagi.
2500 538. quas [poenas] vuelihu.
542. sopitas gidrehanetun.
543. hesternum [larem] ėrtagigaz.
571. neque uiduasset nirstivfta.
577. quemuis [laborem] eina iouveliha.
584. sublapsum in ūmahti uverdanten. 2505
585. equitatus girit.
595. agmine scaro.
616. sub aduersâ untar gaganuuartọ̇ro. †
„ posuit leinta.
623. inardescit arscinit. 2510
625. non enarrabile unarrahintliha.
627. uatum uvizintuoma.
631. vbera tilun.
636. caveę r[i]ạnges.*
„ circensibus ri[o]gin. 2515
643. dictis in*gih[ei]zun.
650. uellere prebhan.
654. culmo stroe, scoupe, halme.
660. virgatis ingagártoten. †
661. alpina [gaesa] alpisca. 2520
662. scutis longis taratela.
664. lapsa [ancilia] quemana. †
665. extuderat arhůop.
666. pilentis vuaganun.
674. uerrebant chertunt. † 2525
690. conuvlsum aruvalz'en.
691. reuvlsas arlôsto.
694. [stuppe]a [flamma] er.*
707. uidebatur giseban uuard.
710. ferri giuuorit uueṣ[rd]an. 2530
711. corpore [maerentem Nilum] runsi.*
712. ueste aho.
722. ordine zilun.*
723. quam uarię so* missiliho.
724. discinctos ungigurtun. 2535

727. extremi entroston.
728. pontem pruccun.

AEN. IX.

26. uestis uuati.
29. septem sedatis amnibus sipun stillen rịsun. (vn)
2540 „ altus tiupho.†
31. alueo in *runso.
34. mole uueri.
38. condunt statotun.
40. fortuna nôt.
2545 42. aggere mit* krapin.
44. obiiciunt zuopitatun.
46. agmen heri.
49. [aure]a [galea] er.*
60. super umpi.
2550 71. feruidus iliger.
86. acernis mazaltrinen.
97. immo mer.
„ ubi sosa.*
105. adnuit gihiez.
2555 „ tremefecit giscutta.†
107. iniuria daz uuida'mo'ti.†
118. modo ziuuis.
122. turbatis gistoupten.
„ cunctatur tualota.
2560 123. reuocat gistulta.
„ pedem runs.
125. ultro darazuo.
135. extinguere zistoaran.
139. modo [nunc] noh.*
2565 141. morę tuala.
150. cęco [alvo] in*finst'ero.
163. [uino] demo.*
168. pontes hurdi.
„ propugnacula prustu'eri.
2570 170. uocarent gruoztin.
184. dudum sar.*
185. agitat mihi spenit mih.
188. procubuere giliccent.
204. quo dara.*
216. persequitur gifolg&. 2575
„ nec curat ni*ruahta.
220. statione uuarto.
222. animalia uuihtir.
227. adnixi linenta.
228. [camp]i es.* 2580
230. morę dero* tualo.
231. trepidos iliga.*
235. insidiis mi'spehungun.
269. excipiam uzgi.*
272. insuper his zuo za desen. 2585
280. tantum suedarsosa.*
284. excedentem danafaranta.
289. spem trost.*
318. uocat suohit.
321. uasta uuosto. 2590
324. exstructus gihufarter.
„ [tot]o ar.*
325. augur heilisari.†
327. temere unredahapta.
331. singultantem fnesgezentẽ. 2595
337. inpastus hungrager.
341. perfurit uvotta.
345. comminus samathafta.
348. refert [vina cum sanguine] touuita.
350. religatos [equos] gispannaniu. 2600
353. absistamus uuesanlazamen.
354. poenarum slahtono.
„ exhaustum gitan.*
363. habilem gimahen.*
366. instructa [legio] giuuarnotaz. 2605
„ moratur uuarapota.
367. responsa impot.

373. haud temere unredihapt.
377. [ad]diuorcia cherun.
2610 378. coronant pifiengun.
380. horrida [silva] uuasser.
389. perplexum [iter] giuuntana.
391. obseruata uuidarigiuuartetiu.
395. fraude [loci] fonna unchundi.
2615 417. [tepefact]a [hasta] er.*
419. quo dara.*
428. tantum zisolihemo.
„ nimium ungimeze.
429. adactus [ensis] angislaganas. †
2620 432. conlapsa [cervix] piuallaner.
434. lasso uueih^{b}emσ.
438. comminus samanthafto.
439. proturbant stiezun.
„ rotat uuarpta.
2625 441. aduerso ingaganchertemo.
445. non eximet ni* ginimit.
446. capitolii hohgizinpres.
466. duri ch^{o}unun.
474. [manib]us ar.*
2630 497. infractę giuueihto.
506. corona ring.
508. contis stangun.
516. contendere fehtan. †
525. ediderit gifrumiti.
2635 529. opum hilphono.
536. residunt intuichun.
538. fragore falle.
543. furtim faholanc. †
550. inicit anagituot.
2640 553. pedibus longe melior filo* gizeliro.
559. reuellit aprah.
561. pedibus chloun.
562. multis managen.
574. strinxerat rizta.
584. habenâ rivmin. 2645
585. liquefacto gigoz'anemo.*
592. relatu mit* sceltun.
594. ferebat ruōta.
597. qui uuiliha.
606. teritur ginozan uvirdit.* 2650
612. cordi zi herzin.
613. manicas zistellun.
„ mitrę gaphun.
615. biforem [cantum] zuifaltes.
619. neruo equino russinero senauvn. 2655
639. iure pi rehte.
662. amenta laạzị.
666. quam [multâ] mit*so.*
679. capita uuiphila.
„ nutant uuagun. 2660
684. posuere legitun.
687. pro[currere] fora.*
689. turbanti iagontemo.
693. agebat zuoprahta.
694. nothum zuitarn. 2665
702. falarica phetarari.
703. terga huti.
704. squamâ amaringe.
705. nec sustinuit n*inthap&a.
706. gemitum [dat tellus] tuni. 2670
„ intonat chlap^{h}da.
708. pila girusti.
710. inlisa anagislagana.
„ recumbit ligit.
715. stimulos acres chûoni. 2675
723. exclusos giuzota.
729. tremunt pip&un.
730. [clipe]o ar.*
735. nec cohibet ni*piuahit.

2680 741. intorquet scoz.
743. detorsit danacherta.
745. is solih.
758. egit treip.*
759. principio sar.*
2685 „ poplite chnioradin.
767. occupat pifienc.
770. unguere [tela] zilupponne.*
778. deinde hinnan.
782. ediderit gifrumit.
2690 797. uertit iagota.
803. subsistere inthapen.
806. fatiscunt prastun.
807. [capit]i ar.*
809. [tot]o ar.*
2695 810. respirare zigafnehanne.
811. aeger qhumich.

AEN. X.

8. abnueram uvirdrota.
29. uulnera leid.
30. demoror peitan.
2700 42. nil moueor ni muomih.
58. dum unzi.*
65. quisquam uuer.*
81. potes mahtost.
85. et [absit] iomer.*
2705 89. nos uuir.
97. adsensu gizūp^{h}ti.
98. fremunt diozent.*
99. prodentia [murmura] offanonta.
105. quando quidem uuanta* nu.*
2710 111. exorsa pigunsti.
161. affixus zuogahafter.
169. corithi pogascheidi.
173. expertos [belli iuvenes] anchundiga.†
181. uersicoloribus missauarauven.
188. insigne zierida. 2715
192. duxisse piziuhan.
196. minatur risota, uvagota.*
198. ciet leitta.
205. benaco gartse.
210. exterrens pru'tenter. 2720
251. conuexa piugun.
273. lugubre chlagal'ho.*
275. contristat pitunchilit.
279. esto uuese.
280. referto pringe.* 2725
291. inoffensum [mare] unuvidarpollanar.
296. statione stedi.*
302. inflicta [puppis] anagistozanas.
303. sustentata [puppis] gistuirtaz.
329. partim teilun. 2730
„ resultant uvidarpullun.
339. tenorem † ḍunst.
343. perstrinxit girizta.
348. [or]e ar.*
376. pontus uvahc. 2735
380. uellit uvalzta.
383. non occupat noh* ni* pischirāta.†
388. incestare givnụe^{r}ṇan.
395. micant spratalotou.†
414. [elatam in] iugulum slag. 2740
418. sacrarunt pimeintun.
420. [ferro, quod] missile libro uvrufliliaz uvennu.
451. coit giran.
453. comminus zisamane.
473. emittit uuarf. 2745
474. [vagin]à ar.*

477. strinxit rizta.*
478. prefixtum gista^r^ten.*
481. terga lihhi.
2750 493. paruo piluzigemo.
497. cesa foede unchuscho* arslaganiu.
499. potitus niozenter.
501. sublata [mens] ginomaner.
502. emptum gichuôfit † hapen.
2755 518. inferias opàhar.
525. talenta givuagi.
526. facti giuuorahtes.
527. infectique iouhungiuuorahtes. †
531. parce spare.
2760 „ commertia uuantalunga.
545. orbem ring.*
552. impedit stiez.
554. deturbat stiez.*
567. stringeret zugi.
2765 569. quin ecce nupaouh.
573. rapiunt ziprahun.
576. rotat vuarpta.*
586. proiecto farstra^e^ttemo.
588. inguen lanchun.
2770 589. moribundus stiripiger.
595. delapsus giuallaner.
597. uir gomo.
602. torrentis drates.
633. misit giliez.
2775 639. [sine] mente me^sin^ntem.
652. crepidine uohaldi.
664. cum unzi.*
669. quem vuielihen mih.
674. ima tiuphiv.
2780 692. prodit scorrêt.
710. substitit pilgipit.
„ infremuit līmit.
„ inhorruit giruspit.

719. profugus fartiger.
726. lauit a nazta. † 2785
733. obuius gaganuuerter.
765. ornum limboum.
772. missile vvrflihaz.
„ libro vuenno.*
783. linea terga sckilteslihhi. 2790
785. haud pertulit ni*durihprahta.
789. uolute uvalzotunt.
825. indole pi*anauvani.
„ dignum [quid] es.*
847. genitor ih.* 2795
849. alte tivpho.
887. vellere uzziohan.
„ congressus ingagangaanter.
892. cernuvs [quadrupes] nidersihtigas.
900. nec pepigit ni*gidingota. 2800

AEN. XI.

9. petitum [thoraca] duruhstozana.
10. perfossumque iouh*duruhstozan.
20. [ubi] annuerint † gilazent.
49. captus pisuichaner.
54. hi suslihc.* 2805
58. praesidium folleist.
64. feretrum para.
66. inumbrant pifiengun.
105. hosbitibus uvirtin.
123. vicissim daragagan. 2810
129. foedera uviniskefti.
133. pepigere gidingotun.
„ sequestrâ [pace] suntrigemo.
136. actas [pinos] givuassana.
141. que modo diu* mittun. 2815

177. quod [moror] daz* ih.*
211. ruebant rahhun.
218. decernere giskidun.
223. obumbrat piscirmta.
224. sustentat half.
254. suadetque iouh* spenit.
256. exhausta arlitaniu.
268. subsedit pisaz. †
288. cessatum est gitual.
290. rettulit vestigia giufslagota.*
297. morantur chlaphont. †
301. prȩfatus fora sprechentera. †
305. inportunum ungimachaz.
326. texamus machomes.
328. materies gizimpęri.
329. naualia schefteti. †
334. insignia zierida.
351. fugȩ fluhti.
359. cedat gilaze.
„ remittat int^h^laze. †
366. abi giloubidih.
402. premere piduingan.
407. scelus unchust.
408. absiste stalgip.
423. tempestas ungifuori.
426. rettulit pringit.
433. agens leitentiu.
436. adeo so filo.
437. quicquam iou'uiht.
441. secundus [ulli] aftroro.
450. [tot]is ar.*
454. mussant runeztun.
457. [consed]ere ent.*
458. loquacia chronlihun.
462 [alt]is ar.*
463. edice gipiut.
465. diffundite kischarot.
470. differt ufslagota.
471. multaque se incusat iouh* filo* sih inchunda.
480. deiecta [oculos] trurentiu.
481. uaporant rouhtun.
485. effunde felli.
491. prȩcipit furifieng.
493. potitus [equus] niozentaz.
494. in armenta [equarum] in stuota. †
496. fremit uueigot.
509. parem garauuo.
515. furta [belli] laga.
525. maligni [aditus] freissama.
529. [uoluere] nider.*
531. iniquis undichen.*
538. dulcedine minno.
546. milite girite.
547. abundans [Amasenus] giozentaz.
549. innare uparsuimman.
554. hvic temo.*
„ clausam pifangana.
561. [dixit] er.*
„ contortum [hastile] giuueniten. †
562. immittit uuarf.
569. exegit arleitta.
571. armentalis [equȩ] stuotlihero.
573. vestigia [pedum] staphun.
587. age frumidih.
„ quandoquidem uuanta*si.*
592. pariter gilihho.
599. fremit uvôita. †
604. ala girit.
609. substiterat inthapeta.
„ furentes [equos] peitentiu.
610. exhortantur scractun.

610. fundunt [tela] scuzzun.
616. acti [ponderis] gitripanero.
„ tormento giruste.
2890 619. reiciunt zirucke uurfun.
624. procurrens zesamana uuallenter.
625. ruit uerit.
„ superiacit ufuuirfit.
626. extremam [arenam] uzanentigaz.
2895 628. labente rinnentemo.
629. egere iagotun.*
„ uersos giflohta.
632. legit gichos.
635. uoluvntur uualgotun.
2900 638. arduus [sonipes] ufarleintaz.
640. excussus aparfaruvorfaner.†
645. tremit pipeta.
649. exerta inparotiu.
656. quaciens uvenentiv.
2905 671. suffuso gistruhotemo.
694. agitata giiagotemo.†
700. appennini dez† partun perages.
701. dum unzi.*
711. purâ [parmâ] paremo.
2910 715. vane du* zago.
719. cursu scriche.
723. euiscerat scurfit, chrimit.
730. alas girit.
731. [nomin]e [vocans] pi.*
2915 733. ignauia zagaheit.
735. quidue oda* ziuviv.*
737. indixit gichundit.
750. exit farmeid.*
752. hęsit chrĩmit.
2920 776. carbaseos chleina.
779. captiuo demo giuunninin.
794. uoti des* uuillin.
803. sub exertam untar*giparota.
„ papillam prust.
811. occiso arpizzanemo. 2925
819. purpureus [color] rotiu.
825. effuge far.
888. prępicites [fossas] tiuphun.
890. arietat ſt'eṛaz.
899. ingruere analiccan. 2930
905. [silu]â ar.*
912. pugnas fehtun.

AEN. XII.

6. mouet [arma leo] uuec'it.*
7. toros mana.
11. retractent uuidaron. 2935
12. pipigere gidingotun.*
16. refellam gifalscon, gistillon.
20. inpensius giuuaralihor.
21. expendere† gilengan.
26. hauri firnim. 2940
27. procorum truhctingo.
41. refutet uuidaro.
49. pacisci gidingon.
60. committere zisamaneziheftan.†
67. [si] violauerit giuuariuuit. 2945
79. dirimamus scidomen.
85. lacessunt tollotun.
86. pectunt straltun.
91. candentem [ensem] gluentaz.
„ tinxerat [ensem] harta. 2950
92. adnixä [hasta] zuolinenter.
95. frustrata pitriugantiu.
100. vibratos gireidda.

107. seuvs hantago.
146. ne incuses ninchunnis.
158. excute zistori.
184. conuenit gizimit.
209. brachia zuoga.*
211. inclusit pifienc.*
221. pubentesque iouh* giparta.
273. teritur ginoszan uuart.
274. fibula ringa.
282. decernere zigiscidande.
286. pulsatos fartripanun.
287. infrenant peiztun.
288. subiciunt uuraphun.
291. proterret farsterc.
294. trabali gipr&lihemo.
298. ambustum pizuscten.
„ torrem prant.
308. disicit zispielt.
338. quatit muota.
343. [imbrasid]es un.*
348. referens afarenter.
352. aspirat anagapicta.
„ affecit [alio praemio] gineizta.
364. sternacis struhlines.†
367. qua dar.*
373. citatorum gizalero.
„ detorsit danacherta.*
375. bilicem [loricam] zuuiliha.
379. procursu in* dero* farti.
386. nitentem spriuzenten.
387. harundine zeine.
389. latebras holer.
390. rescindant† scurftun.
400. immobilis uuolagihapanter.*
404. sollicitat uvenita.
417. labris pechinun.
425. properate pring&.
470. temone fonna* dihsila.
482. disiecta ziuuorafanun.
492. subsidens intnichenter.
495. diuersos [equos] danagichertiu.
502. in uicem untarin.*
520. conductâ gimi&ero.
530. actum [genus] gizaltaz.
546. hic hier.*
557. uestigans uasonter.
565. ne esto ni* uuese.
580. incusat stouuida.
582. [rump]i an.*
604. accepere fa^r^namun.
612. se incusat sih inchunda.
616. successu infrāfarti.
625. hac hier.
626. qua hierdar.
630. inferior aftroro.
644. nec refellam, ni*gifalscon.
646. usque adeone, nio* nu* so* filo.*
652. inplorans namonter.
675. instrauerat gidillota.
680. furere gispildan.†
686. proluit argiuzit.
687. in abruptum in stechali.
689. disiecta ziuuorfanun.
692. significat pouchenta.
695. luere zifargeltanne.
„ decernere zigiscidonne.
703. appenninus partun perg.
706. pulsabant stiezun.
„ ariete fedarari.
719. quis uuedarer.
722. gemitu fona* pullode.
725. lances pahuueiga.
739. suffecit uuerera.
740. futilis [glacies] unpidarapaz, gigozanlihaz.

751. canis iagahunt.
755. increpuit [malis] chlāmezit.
3030 762. excisurum zistoran scolanten.†
771. puro in* slehtemo.
772. impetus uurf.
773. lentâ in* uueihero.
" tenebat hafteta.
3035 775. sequi [telo] sciozan.
779. quos iuuih.
" fecere profanos aruuartun.
782. discludere induhan.
786. indignata zurnentiu.
3040 797. violari aruvartan.*
802. [ne] recursent† uuarapont.
815. contenderet spieni.
817. superisticio uparfengida.
822. [cum] component [pacem] gimachon.
3045 825. uertere givuantalon.
836. gista ....*.
844. demittere gineman.
845. dirę hazusi.
848. spiris ringin.
3050 851. si quando suennesosa.

853. armatam [felle veneni] giluppota.
859. incognita unarchantiu.
862. collecta giduunganiv.
870. solutos [crines] inpuntaniv.
871. foedans chrazzentiv.† 3055
877. superba gi'u'ltlihiu.
878. reponit firgiltit.
879. quo zivuiv.*
887. inlaz.*
" corruscat uuenita. 3060
889. retractas uvidarost.
891. contrahe gisamono.
898. discerneret giuntarscidota.
901. trepidâ illigero.
905. creuit giran. 3065
921. intorquet scoz.
" concita [saxa] gitripana.†
922. tormento giruste.
923. crepitus chlafod.
927. poblite chnioradun. 3070
930. humilis nidarer.
938. ne tende ni* strit.
944. insigne zieri.
946. hausit [oculis] archanta.
949. poenam girih. 3075

In dem vor dem Virgiltexte aufgezeichneten commentare des Servius finden sich folgende glossen:

Georg. I. 155. [*fol.* 17ᵃ] sarrieris houvest.

Aen. I. 282. [*fol.* 47ᵃ] togas autem etiam feminas habuisse untarûanth* / cicladum̄ et oralisco / ricini usus ostendit. Liñroch.*

Aen. III. 12. [*fol.* 66ᵇ] dii magni iuppiter, herirantes* frouwa* / minerva.

Clm. 6411. *Bucol.* I. 62. Ararim souva.*

Ein gleichzeitiges Virgilfragment zu München bietet, wie mir hr. Keinz schreibt, die glosse: aptant mahhoton.

V. MÜNCHENER UND WEIHENSTEPHANER GLOSSEN.

Ich stelle hier die glossen zweier hs., deren zweite aus der ersten abgeschrieben ist, nach einer von hrn. FKeinz veranstalteten collation zusammen. die eine hs. trägt in der Münchener bibliothek, wohin sie aus der alten churfürstlichen kam, die bezeichnung Clm. 305, *ist in folio und im* 11. *jahrhundert verfafst. die andere, Clm.* 21562, *ebenfalls in folio, stammt aus Weihenstephan. ihr alter ergiebt sich aus dem ersten blatte, auf dem abt Altunus abgebildet ist, wie er dem heiligen Stephan ein buch überreicht mit den worten:*

Hunc librum de me digneris sumere sancte,
Sis michi patronus, leve fac quod me premit onus.

Altunus war nach Mon. Boi. IX. 348 *von* 1182 *bis* 1197 *abt. die glossen dieser hs. hat Graff unter* VE2, VG2, VA2 *theilweise aufgeführt.*

Im übrigen bemerke ich nur den in beiden hs. bei dem worte picinen 13 *vorfindlichen umlaut.*

	Clm. 305.	Clm. 21562.
BUCOL. I.		
25. uiburna	sumerlattun.	sumerlattun.*
49. non temptabunt	nar uueriant.	nar uueriant.*
BUCOL. II.		
8. frigora	chuila.	chuila.
9. lacertos	egidechsun.	eidechsun.
11. serpillum	veltquenalin.	veltq*nalin.†
22. lac novum	piest.	
48. aneti	dilli.	dilli.*
50. calta	chle.	chle.
BUCOL. V.		
39. carduus	thistil.	
„ paliurus	hagan.	hagan.*
BUCOL. VII.		
65. fraxinus	asc.	asc.*
66. populus	albare.	albare.*
BUCOL. VIII.		
37. sepibus	picinen.	picinen.*

	Clm. 305.	Clm. 21562
BUCOL. IX.		
41. populus	albar.	albar.*
58. murmuris	doz.	
GEORG. I.		
73. farra	amar.	
74. siliquâ	cheuun.	cheuum.
„ quassante	chlaffanti.	chlafanti.
95. crates	hurdi.	hurdi.
126. limite	macsteine.	macsteine. †
139. uisco	mistil.	mistil.*
142. lina	zugenecci.	zugenezze.
170. burim	flŏgis hoibit.	flǒgis hoibit.
171. temo	grindil.	grindil.
„ protentus	gelancter.	gelancter.
173. tilia	linda arbor.	linda arbor.
„ fagus	pŏcha.	pv̊cha.
174. a tergo	afdan.*	afdan.*
179. creta	leim.	leim.*
181. mus	spizza.	spizza.
186. gurgulio	angari.	angari. †
200. retro sublapsa	hinderore gidigin.	hindrore* gidigin.*
255. deducere	anascaltan.	anascaltan.
256. tempestiuam	citigan.	citigan.
264. uallos	stichela.	stichela.
266. fiscina	chasibora, chasichar.	chasibora,* chasichar.*
fiscella	chorbili.	chorbili.
294. pectine	rain.	rain.*
296. despumat	feimit.	fe'mit.*
314. inhorruit	vuagita.	wagita.
361. mergi	tuchali.	tuchali.
363. fulicę	pelichons.	pelichon.
367. tractus	strimilon.	st'milin.
381. arcus	reganbŏgo.	reganbogo.*
390. pensa	vulgo peisa.	peisa.*
392. scintillare	gnaneiston.	gnaneisten.
512. carceribus	pherrih.	pherihc.

			Clm. 305.	Clm. 21562.
		GEORG. II.		
	12.	siler	uelarn.	uelarn.*
	66.	fraxinus	asc.	asch.*
50	69.	arbutus	vuildpoum.*	wildpoum.*
	70.	platani	horna.	horna.
	213.	casias	uuiehpoum.	uueb poū.*
	214.	tofus	tubstein.	tubstein.*
		GEORG. III.		
	406.	sero	chasiuuazar.	chaswazzir.*
		AEN. V.		
55	54.	struerem	rfksptk, mpchptk.	
	63.	hospes	vuirt.	
	66.	certamina	spkl.	
	87.	notae	strimilon.	strimilon.
	144.	certamine	spile.	spile.*
60	226.	urget	thanc.	
	307.	spicula	darta.	darta.*
	„	bipennem	bihal.	
	373.	ferebat	erbôt.	
	549.	cursus	spil.	spil.*
65	710.	fortuna	missevura.	missevura.†
		AEN. VI.		
	95.	audentior	baldero.	baldero.*
		AEN. VIII.		
	402.	electro	geslmelze.	
	596.	quadrupedante	trepizente.*	trepizente.*
		AEN. IX.		
	720.	fortuna	missevuri.	misse vuri.
		AEN. X.		
70	288.	brevibus	thuniun.	
	290.	uada	thunni.	
	336.	thoraca	brunna.	brunna.
		AEN. XI.		
	458.	rauci, canori	ressig.*	ressiḡ.*
	811.	occiso	erbizzenerio.	erbizzenerio.*
75	874.	laxos referunt	entspannent.	
	911.	flatus [equorum]	drasunga.	

AEN. XII.		Clm. 305.	Clm. 21562.
12.	ignavi	zagon.	
82.	frementis	drasontes.	drasontes.*
86.	comantia	manahte.	manaht.
120.	uerbenâ	isara.*	isara.*
130.	reclinant	leinant.	leinant.
211.	inclusit	besmideta.	besmidita.†
215.	lancibus	bachuueidon.	bachwaeidon.
274.	balteus	uezzil.	uezzil.
„	fibula	lebeleia, ringa.	lebeleia, ringa.*
301.	nidorem	sungulunga.*	sungu.*
322.	pressa	fersuiget.	fersvigſt.*
330.	proterit	tratda.	
336.	comitatus	gisindi.	gisindi.
352.	aspirat	anagapicta.	anagapicta.*
357.	extorquet	uzerwant.	uzerwant.†
364.	sternacis	felligen.	felligen.
375.	bilicem	fizza.	fizza.*
376.	degustat	rizta.	rizta.
385.	statuere	feruuardan.*	ferwardan.*
390.	penitus	tiefo.	tiefo.*
400.	retorto	widerworfenemo.	wirderworfenemo.
412.	dictamnum	wizuuurz.	
413.	caulem	stoch.	stoch.*
420.	longeuus	gedigeno.	gedigeno.
462.	vicissim	einherton.	einherton.*
463.	pulverulenta [terga]	bestobene.	bestobene.
469.	lora	zugila.	zugila.
470.	temone	thihsila.	thihsila.
477.	sonans	zuizerant.	zuizerant.†
495.	diuersos	danigecherte.	danigecherte.
520.	conductâ	gemietere.	
536.	torquet	scoz.	scoz.
651.	adversa ora [saucius]	vndardougun.	vndardougini.

VI. DIE BERLINER GLOSSEN.

Königliche bibliothek zu Berlin, ms. lat. in quart 215; *enthält die Bucolica mit ausnahme des stückes* III. 57 *bis* VI. 78, *sowie die Georgica und wird im* 11. *jahrhundert geschrieben sein, wenn schon der letzte theil des* 4. *buchs der Georgica jünger und später hinzugefügt ist. neben zahlreichen lateinischen glossen finden sich auch deutsche, welche Bethmann in dieser zeitschrift band* V *p.* 208 *fg. veröffentlicht hat; ich gebe sie hier nach eigener collation. sie sind von verschiedenen händen und verschiedenem alter, daher sich über ort und zeit ihrer entstehung schwer etwas genaueres sagen läfst. im allgemeinen scheint jedoch sowohl der consonantenstand als besonders das vorkommen des wortes* 'senno' *nach Alemannien zu weisen. auch* a *für* ei *in* suanne *und* hagir *belegt Weinhold p.* 35. *die häufige schwächung der endungen und das schwanken in den schlufsvocalen spricht für den ausgang des elften jahrhunderts. ich bemerke noch, dafs Bethmanns zählung sowie die angabe der blätter der hs. beigefügt sind.*

BUCOL. I.

25. viburna sumermaton. 1. [1b]
48. palus lache. 2. [2a].
53. limite marech. 3.
54. depasta usgesogen. 4. [2b]
55. susurro gesvverme.*
56. frondator spelt l boumfrosc.*
57. raucae haiser. 5.
„ cura ruche. 6.
60. nudos bare. 7.
67. post hernach. 8.
71. segetes sat. 9.
75. posthac hinnavvr. 10. [3a]
78. salices velvvin. 11.
„ carpetis abprechen. 12.
„ amaras bitir. 13.

BUCOL. II.

11. serpillum veltchonela. 14. [3b]
„ contundit samestochet.* 15
12. cicadis haimelin. 16.
18. ligustra winda. 17.
„ vaccinia heidbere. 18.
34. trivisse gebėrthan. 19. [4a]
47. papavera feltmagen. [4b]
50. vaccinia viol.*
53. cerea gelvvin. 20.
59. apros eber. 21.
64. lasciva gesaide. [5a]
petulca, cupida, libidinosa geszli*ide. 22.
65. voluptas vvolnusce.* 23.
68. modus masze. 24.

70. semiputata halbe agesnidden. 25.
71. usus gevvonhait.

BUCOL. III.

7. obicienda zegeginvverfen* sin. 28. [5^{b}]
post tergum ruegilin. 27.
19. proripit vvrstilt. 29.
20. post carecta undir dem crute. 30.
27. miserum iamirlichē. 31. [6^{a}]
36. pocula napfi. 32.
38. torno [superaddita vitis] gidrado. 33.
39. corymbos craphen. 34.
45. anssas habe. [6^{b}]
52. mora tval.*

BUCOL. VII.

50. fuligine mit ruozza. 35. [8^{b}]
58. invidit dac'rahz. 36.

BUCOL. X.

19. upilio senno.* [14^{b}]
„ subulci suanne.

GEORG. I.

142. lina zugenezze. [20^{a}]
148. arbuta hangenbere.*
163. plaustra redir. [20^{b}]
164. trahee sliten.
171. temo girintal. 37. [21^{a}]
173. tilia linta. 38.
178. cylindro uuelleolopche. 39.
183. talpae muelpho. 40.
194. nitro sulza. 41. [21^{b}]
210. hordea gersta. 42. [22^{a}]
215. fabis bone. 43.
215. medica uuicha. 44.
216. milio hirsa.
227. viciam uuichā. 45. [22^{b}]
228. lentis linse. 46.
264. furcas furcga. 47. [23^{b}]
266. fiscina casibora.
292. faces uacila. [24^{a}]
294. pectine raiga. 48.
296. aeni chezil. 49. [24^{b}]
321. stipulas uuiche. 50. [25^{a}]
349. tempora teniuuana. [26^{a}]
360. mergi tuchari.
363. fulice antte.
364. ardea hagir.
377. hirunda sualuua. 51. [26^{b}]
390. pensa uuichili. 52. [27^{a}]
392. scintillare loschizon. 53.
„ fungos thatch. 54.
404. Nisus spariuuari. 55. [27^{b}]
405. Scylla lericha. 56.
475. Alpes alpun. [29^{b}]

GEORG. II.

16. esculus uuildi heich. [31^{a}]
19. matris selpomes.
23. plantas scuzzilinga.* [31^{b}]
33. corna curniliperi.
70. platani ahorna. 57. [32^{b}]
71. ornus limpom. 58.
74. gemma pruzzilinga.* 59.
77. udo nazema. 60.
80. immittuntur ingestozan. 61. [33^{a}]
84. loto gaizpom. 62.
87. surculus scuziling.* 63.
88. Crustumiis piris sperthpirun. 64.
110. alni herilun. 65. [33^{b}]
111. orni limpome. 66.

113. taxi iuuan. 67.
163. sonat scillet. [35^{a}]
„ refuso aingestozemo.
95 164. tyrrenus [ęstus] thuscha-
nisga. 68.
335. gemmas proz. 69. [40^{a}]
348. concas i. cocleas musche-
lun.
361. tabulata camerata.* [40^{b}]
381. ludi spilstedi. 71. [41^{a}]
382. pagos dorf. 72. 100
„ competa geuvike. 73.
463. testudine suipago. [43^{a}]
479. tremor ertpiba. [43^{b}]

GEORG. IV.

345. dulcia furta huor. 74. [66^{b}]

VII. ANHANG.

Das in den gl. Jun. H. p. 387—391 incl. enthaltene stück mufs man wohl eher ein Servianisches als ein Virgilisches glossar nennen. so viel ich sehe, geht es auf sämmtliche bücher. doch begnüge ich mich, dasselbe hier der vollständigkeit wegen zu verzeichnen, ohne einen neuen abdruck zu veranstalten. denn wohin das original gekommen sei, welches nach Nyerups angabe eine im besitze des NHeinsius befindliche hs. des Servius war, habe ich bisher nicht ermitteln können. eine von hrn. dr. DuRieu auf der Leydener bibliothek freundlichst angestellte nachforschung blieb erfolglos. gerade aber bei diesem denkmale läfst sich schwer ohne den authentischen text etwas erreichen, da nur dieser auskunft über die art und weise des zusammenhangs der Servianischen glossen mit dem p. 392 beginnenden isidorischen vocabular und den den schlufs bildenden pflanzennamen geben kann. dafs die sprachlichen eigenthümlichkeiten des ganzen tief herunter gegen den Niederrhein hin weisen, bedarf kaum der erwähnung.

Es bleibt mir anzugeben übrig, dafs ich die von Graff mit Virg. G. 3 *bezeichneten glossen, die in der SG. hs.* 1394 *stehen sollen, bei Hattemer nicht gefunden habe. aus dieser hs. bringt der letztere nur eine beichtformel* (I. 325) *und drei glossen* (I. 423^{b}) *bei, von denen höchstens eine, nämlich* uiciae uuichi, *aus den Georgicis sein könnte* (I. 75). *zwei deutsche worte zum Servius führt endlich das letztgenannte werk* I. 423^{a} *auf.*

ANMERKUNGEN.

I.

1) spritan *findet sich einmal bei Graff* VI. 410 *unter* spreitan *aufgeführt. in unserm denkmale begegnet es noch* 130, 148. 10) *wahrscheinlich bot die hs.* turbamur *und der glossator las fälschlich* turbantur. 18) candidior *verbindet schon Servius mit* libertas. 21) *d. h.* kiburliches, *nicht wie Wackernagel will*, kiburliche. 22) hudun *kenne ich nicht.* 33) aequor *hat in dieser ecloge auch Servius zu v.* 48 *als glosse zu* palus; *an keiner stelle stimmt aber das deutsche wort, wenigstens wenn man es als verschrieben für* 'felt' *ansieht. passen würde es Buc.* IX. 57. 34) *hs.* destituerit. 38) *scil.* aha. 53) *bei Graff* V. 695 *nur stark flectiert.* 62) *die silbe* li *ist doppelt geschrieben.* 63) *vgl.* irwiegida *Graff* I. 728. 80) klê *als neutrum finde ich sonst nicht.* 94) *das wort hängt gewis mit dem bei Graff* VI. 457 *angeführten* uhtirscifta *zusammen, wenn man nämlich dort:* untirscifta interceptam *liest.* 99) *andere lesart für* iuncta. 103) *mhd. wb.* III. 776ᵃ. 114) *für* reponas, *wie* 71 compelle *für* compellere, *um den deutschen imperativ genauer auszudrücken.* 117) *Servius:* Deliam alii amicam priorem volunt, alii Dianam, quae est a Delo. 123) *für* insago *vgl. Servius:* purgabo omnes apud Caesarem. 124) *hs.* perceperit. 125) *doch wohl zu* lirk *und dem verb* lirke *mhd. wb.* I. 1005ᵃ. *dies passt auch, wenn man die bedeutung* 'lahm' *annimmt: sie schleppen sich kaum in ihren gliedern.* 129) *scil.* werilt. 132) *die beiden worte sind ursprünglich getrennte glossen gewesen:* drozinta *ist entsprechend dem deutschen worte masculinisch angesetzt,* utir *ist dann im nominativ sg. über* ubera *gestellt.* 135) *Virgiltext:* rastros; *zu vergleichen ist aber Serv. zu G.* I. 94: et hos rastros dicimus et haec rastra. 140) *mhd. wb.* II. 2, 70ᵇ *und* 71ᵇ. 153) *Serv:* thiasos, saltationes, choreas. 156) *hs.* interere. 165) *Serv:* intonsi, silvosi, incaedui. 171) *Serv:* cum deus praestare aliqua hominibus coeperis, obnoxios tibi eos facies ad vota solvenda .... vel damnabis, reos voti facies. 177) *die glosse ist mir ganz unverständlich. auch fällt das neutrum auf.* 193) *Serv:* nigra vel umbrosa. 196) *hs.* assurrexerint. 200) rospon *kommt noch einmal* 551 *vor.* 228) flumen *verstehe ich nicht.* 229) scato *scheint eher zum vorhergehenden* umbra *zu gehören.* 233) *Servius:* stant, plenae sunt. 234) *hier ist also nicht* aha, *sondern ein masc., etwa* klingo *zu ergänzen.* 235) *vgl. Schmeller, b. wb.* II. 241: *der hart, boden aus sand und kies bestehend und nur mit weniger trockenen und an sich unfruchtbaren dammerde überzogen.* 254) *mit Wackernagel* iohc *in* ihc *zu ändern, ist nicht unbedingt nöthig.* 255) *hs.* quantitatis. *vgl. Serv:* unum est temporis, aliud qualitatis. 261) *hs.* ubiaahtiki. 265) picherin *scheint* avertere *vorauszusetzen was auch im Virgil steht.* 268) *darnach ist Graff* II. 456 *zu ändern.* 273) *mhd. wb.* III. 829ᵃ. 275) *mhd. wb.* III. 829ᵃ. 281) *Servius:* servasse, recuperasse. 289) *Graff* IV. 142 *hat nur das compositum. das simplex findet sich an derselben stelle in den Pariser gl.* 52. *vgl. außerdem mhd. wb.* I. 457ᵃ, *gl. bei Mone anzeiger* VIII. p. 396: gracillare sicut gallina gahzen. 300) kiebiantiz? 305) *hs.* manus. laedet *ist eine nicht seltene variante.* 306) *zu Stalder* I. 247: bus, busch, buscheli,

büschi *adv. laut, wie man dem hornvieh und besonders den kälbern zuruft. davon* das buschi, buscheli, *kalb, vorzüglich von einem jahre; Schmid, schwäb. wb. p.* 87: busch *junges rind.* 309) simee *für* sime *im cod. Bern.* 184. 314) *Meregarte* 34; *German.* IX. 60 *wird dazu aus Reinfrid* 15ᵇ miuwe *angeführt.* 324) kêron *für* kêrjan *kenne ich sonst nicht.* 328) *Serv:* vertere, arare. 332) *nicht weiter nachweisbar, vgl. Grimm, d. wb.* III. 1798. 339) *vgl. Teg. gl.* 2085. 342) *hs.* liquatur. 344) *gehört es zu* bellan? 348) *aus Servius zu dieser stelle:* unde abusive dicitur chalybs ipsa materies. arze *aus* aruzzi. 353) *sonst findet sich nur* invertant. 364) *Wackernagel ändert* kidrozzatimo; *unnütz, denn in den Tegernseer gl.* 59 *wird* pinguis hareon *ebenso durch* girozetes mistes *gegeben. es gehört zu* rozjan *Graff* II. 560. *vgl. Stalder* II. 283, *Schmeller* III. 158, 175. 383) *hs.* omuis. 387) *Serv:* fibris autem abusive ait, quod radices intyborum hac atque illac decurrant, ut fibrae per jecur i. e. venae quaedam ac nervi .... alii herbas adserunt .... potest ergo hic fibris pro herbis accipi. 388) *Serv:* veternus, pigritia. 389) ucorin *ist aufzulösen in* ui carin *von* arjan; *dasselbe* eo *als reduplicationssilbe erscheint noch zweimal in unserm denkmale:* coesun 576 *von* zeisan, anakikeong *von* gangan 596. *dadurch erledigt sich Weinhold alam. gramm. p.* 329 *anm.* 1. 391) *von* artôn *abzuleiten, daher Wackernagels conjectur* aruntomo *abzuweisen ist.* 397) trahta *in dieser technischen bedeutung* = zugeuezze *sonst nicht nachgewiesen.* 410) *hs.* insertabere. 416) *Serv:* virgea suppellex i. e. vasa de vimine facta. 420) demetur, *daraus* domatur *im cod. Bern.* 165. 428) explorat *im Mediceus.* 432) inludunt *für* iniudunt *in mehreren hs. und im Serv.* 433) *gehört hierher Stalder* II. 225: mutâch, mutech, mutich, mutis *m.* = *mauke, heimlicher vorrath an geld, obst?* 436) *mhd. wb.* I. 45ᵇ. 439) folliculis *und im folgenden* festinata *sind aus Servius.* 452) *warum hier das neutrum angewandt worden, weiſs ich nicht.* 454) nordlichiu *sowie* kiwarnotiu 458 *sind fem. nom. sg.* 462) *Graff* VI. 367 *hat nur die composita; das simplex findet sich noch Par. gl.* 142, *Schl. gl.* 4, 79, *mhd. wb.* II, 2, 515ᵇ. 468) *Serv:* fas, divina iura. 478) deiecit *für* disiecit *beim Servius und im cod. Rom.* 479) *Serv:* trepidum, quia quod bullit, quasi tremere videtur. 481) *Serv:* genialis, voluptuosa. 484) eichin? 488) *Serv:* auritos, maiores habentes aures.

505) *Serv:* plangunt, resonant. 506) celi *für* celo *Serv. und mehrere hs.* 508) *Serv:* sub casum, circa finem. 509) *hs.* glaui, *verbeſsert von Wackernagel.* 516) *aus dieser stelle ist ein verb* sezzen *mit der bedeutung 'sich setzen' zu folgern.* 519) *das erste verb gehört zu* burjn *mhd.* bür, *welches nach dem d. wb.* II. 534 *in dialekten auch intransitiv vorkommt; von unserer formation ist ein beispiel* pürel suns, *mhd. wb.* I. 153ᵇ, *wohl auch durch die bedeutung 'anschwellen' zu erklären. das zweite wort ist mir unklar; sollte vielleicht an* iteruon *Graff* I. 151 *zu denken sein?* 525) *im Virgil steht:* boreae de parte *und zu diesem ganzen ausdrucke ist auch* nordhalba *zu ziehen. der erklärer faſste es nur zu* boreae *und bildete davon einen nomin.* borea. 532) *hs.* grukiont. 540) *im texte fehlt aus versehen der stern. vgl. mhd. wb.* II. 2, 131ᵃ. *Wackernagel:* snanun. 542) *doch wohl* sing. 559) *hs.* mas, *verbeſsert von Wackernagel.* 566) *mhd. wb.* III. 626ᵃ. 582) *zu Graff* III. 247. 592) *hs.* tegere. 597) *hs.* irnuinen, *verbeſsert von Wackernagel.* 599) *Graff* II. 440 *hat* rigilan; rugela, rügela *giebt Schmeller* III. 68/9, *der darüber nachzusehen ist.* 601) *andere*

lesart für fallacia. 602) *hs.* cirgaginen, *von Wackernagel gebefsert.* lassis *für* laxis *in vielen hs.* 607) *zu Graff* IV. 111). 612) *dies wort kenne ich nicht.* 617) *zu* truoben, *wovon beispiele bei Graff* V. 489 *fg. unter* truobjan; *vgl. mhd. wb.* III. 121ᵃ. 624) *mhd. wb.* III. 287ᵇ. 627) *vgl. Müllenhoffs denkm. p.* 282. 630) *vgl. Schmeller* I². *p.* 450 *und* 457. 633) *hs.* nidersecchau, *verbefsert von Wackernagel.* 640) *Par. gl.* 360; *K. v. Megenberg* 290, 21: alsô daz si swärmen (*fetus emittere*) wellent. *beidemal, wie hier, von den bienen gesagt.* 644) altus *in der bedeutung* nutritus, *die es hier haben mufs, kommt bei Serv. zu Aen.* I. 273 *vor. dabei findet der nicht seltene fehler einer verwechselung des actives und passivs statt.* 647) accio, *wie Wackernagel richtig schreibt, begegnet bei Serv. zu Aen.* VIII. 642, XI. 308 *und wohl öfter.* 649) *Serv. Georg.* II. 242. 650) *Georg* II. 242. 651) *sehr häufig bei Servius.* 653) *Serv. Aen.* I. 282, IV. 518. 659) *Georg* II. 189, III. 297. 661) *Serv. Buc.* II. 10; *eine stelle im letzten theile der Aeneis habe ich zu notieren versäumt.* 662) *mehrmals in den Georg. z. b.* IV. 168, *auch Aen* I. 435. 664) *Serv. zu Aen.* XII. 9. 665) *oft im Servius, wie Aen.* IV. 643, VII. 251, VIII. 288 *u. s. w. es kann auch dem im glossar ihm vorhergehenden* gestire *beigeschrieben gewesen sein.* 670) *einigemal in der Aeneis, auch Serv. zu Aen.* I. 174, II. 69. 671) *D. Cange* IV. 1242: '*Papias*: linostima vestis dicta, quod linum in stamine habeat. *gl. Sax. Aelfrici* [*p.* 68ᵇ *Sommer*] linostema linenvearp.' vestis linea *Serv. Aen.* VIII. 33; *eine lange anmerkung über leinene kleider Serv. Aen.* XII. 120. 672) *die* lucumones *erwähnt Servius Aen.* II. 278, V. 560, VIII. 65, 475, X. 202, XI. 9. 674) *Georg.* II. 517, *Serv. Aen.* XI. 532. 676) *Priscian.* 75, 9. 677) *auf jeder seite fast im Servius.* 678) nitela *Serv. zu Georg.* I. 181. 679) *die deutsche glosse zeigt, dafs* ordior *hier vom gewebe gebraucht ist. so in der vulgata Jes.* 25, 7; 30, 1; 38, 12. 680) *Aen.* V. 16. 681) *Serv. Aen.* X. 396. 682) *Serv. B.* VIII. 82, *Aen.* I. 179 *u. ö.* 683) *hs.* nikchit. 685) *composition von* mêr *und* ê(wa), *welches in compositen nach Graff* I. 510 *auch als* he *erscheint.* 689) *Serv. Aen.* IV. 9. 690) *Wackernagel* pîwizo. *es ist wohl* spiwizo (*welches nicht nur bairisch ist, wie mhd. wb.* II. 2, 514ᵃ *angiebt, sondern auch alamannisch vgl. Zimm. chron.* III. *p.* 89: ußspeuzet) *von* spiwan *abgeleitet zu schreiben. Diefenbach nämlich, glossarium latino-germanicum mediae et infimae aetatis Frankf. a. M.* 1857. *p.* 438ᶜ *hat die entsprechende lateinische glosse:* pitisare i. e. frequenter spuo ł bibo; *ebenso Lindenbrog. gl. p.* 1000 *Eckh:* pytisso, poto vel spuo. 691/2) *sehr häufig in der Aeneis.* 693) *Serv. Aen.* VI. 233. 694) *Georg.* III. 192, *Aen.* II. 207. *das wort belegt das mhd. wb.* I. 281ᵃ. 695) *Serv. Aen.* IV. 196. 696) *Diefenbach a. a. o. p.* 535ᵃ *denkt an* chanarcha licium. 697) *Serv. Aen.* I. 651. 698) *Georg.* III. 24, *Serv. Aen.* I. 164. 701) *Georg.* III. 129, *Serv. Aen.* V. 721. *oft* ex- *und* attenuo. 702) *Serv. Aen.* XI. 326. 704) *Georg.* III. 497. 707) *Wackernagel hält, wie sich p.* 324 *ergiebt,* herbalare *für deutsch; mir scheint es eine mlt. bildung von* herba *zu sein.*

II.

1) *ist es* gummi *Serv. Georg.* IV. 161? 2) *Georg.* II. 180. 5) *Georg.* II. 189. 6) *Aen.* I. 373; *ähnlich* annalium iaruuerto *Schl. gl.* 19, 1, *wo Wackernagel* iaruuerco *befsert.* 7) *Aen.* I. 433. 8) *Georg.* IV. 263? 9—11) *Serv. Buc.*

II. 52. 12) *Georg.* I. 305. 13) *Georg.* I. 514. 14) *Aen.* I. 706. 15) *Aen.* I. 731. 16) *Serv. Georg.* I. 59. 17) *Georg.* I. 74. 18) *Georg.* I. 126. 19) *Georg.* I. 164. 20) *Georg.* I. 166. 21) *Georg.* I. 166. 22) *Georg.* III. 417 *oder Aen.* II. 135. 23) *Aen.* II. 174. 24) *Aen.* III. 649. 25) *Aen.* III. 649. 26) *Aen.* IV. 18. 27) *Aen.* IV. 25. 28) *Serv. Aen.* IV. 35. 30) *Serv. Aen.* IV. 516. 31) *Aen.* V. 69. 32) *Aen.* VI. 417. 33) *Georg.* I. 179 *oder Servius Buc.* I. 66 creta alba terra dicitur? 34) *Georg.* I. 186. 35) *Georg.* I. 190. 36) *Georg.* I. 264. 37) *Georg.* I. 266. 38) *Georg.* I. 367. 39) *Georg.* I. 390. 40) *Georg.* I. 139 *oder* IV. 41? 41) *Georg.* III. 256? 42) *Aen.* I. 737. 43) *Aen.* VII. 411. 44) *Aen.* VII. 732. 45) *Aen.* I. 43. *Servius zu dieser stelle:* rates, abusive, naves: nam proprie rates sunt connexae invicem trabes. *dazu könnte das folgende* (46) kelichilih (*mhd. wb.* I. 973[b]) *allenfalls gehört haben, wenn man annimmt, dafs es* invicem *glossierte, von einem abschreiber aber auf das darüberstehende* abusive *bezogen wurde.* 47) *Aen.* I. 436. 48) *Aen.* I. 744. 49) *Aen.* II. 207. nach *übersetzt* pone. verte *scheint das praet. von* ich ver navigo *zu sein. dies im mhd. wb.* III. 251[a] *ohne beleg aufgeführte verb kann ich aus der Kehr.* 16051 *nachweisen:* sie ilden unde verten. 50) *Aen.* IV. 137. 51) *Aen.* IV. 239. 52) *Aen.* IV. 366. 53) *Buc.* I. 57. 54) *Buc.* II. 18. 55) *Buc.* III. 18. 56) *Buc.* VI. 16. 57) *Serv. Buc.* VII. 33. 58) *wahrscheinlich eine nebenglosse zu* setosi *Buc.* VII. 29. *vgl. Schl. gl.* 6 *an derselben stelle.* 59) *Serv. Buc.* VII. 42. 60) *Serv. Georg.* I. 403? 61) *Buc.* VII. 25 *oder* 38. 62) *Buc.* VIII. 54. 63) *Buc.* VIII. 55. 64) *Buc.* X. 27. 65) *Buc.* X. 19. senno *Stalder* II. 371. 66) *Georg.* III. 355. 67) *Georg.* III. 360. 68) *Georg.* III. 360. 69) *Georg.* III. 377. 70) *Georg.* I. 148. 71) *Georg.* I. 153. 72) *Georg.* I. 75. *l.* wikchun. 73) *Georg.* I. 75. 74) *Georg.* I. 172. 75) *Georg.* I. 174. 76) *Georg.* I. 178. 77) *gehört wohl zu* tritura *Georg.* I. 190. 78) *Serv. Georg.* II. 25? 79) *Georg.* I. 264. 80) *Georg.* I. 481. 81) *Georg.* II. 69. *dasselbe wort und an dieser stelle in den Münchner u. Wolfenb. Virgilgl.* 82) *Georg.* II. 70. 83) *Georg.* II. 71. 84) *Georg.* II. 113. 85) *Georg.* II. 134. 86) *Georg.* I. 390? 87) *Georg.* III. 172. 88) *Georg.* III. 173. 89) *Georg.* III. 297. 90) *Georg.* III. 451. *Nemnich, polyglottenlexicon der naturgeschichte, Hamburg* 1793—95 *p.* 1550 *führt* germer *als nieswurz auf, vgl. wörterbücher der naturgeschichte, Hamburg* 1798 *p.* 189. 91) *Georg.* III. 406. 92) *Georg.* IV. 31. 93) *Georg.* IV. 196. 94) *Georg.* IV. 237. 95) *Georg.* IV. 296. 96) *Georg.* II. 213. 97) *Georg.* II. 213. 98) *Servius Georg.* II. 214. 99) *Georg.* III. 82. 100) *Georg.* III. 82. 101) *Georg.* III. 83.

III.

1) *eine dem* l *sehr ähnliche form des* c *begegnet* 241. *verwenden wir diese an unserer stelle und ändern zugleich* n *in* h, *so erhalten wir:* cehe steccon. *ich vergleiche aus den Schl. gl.* 6, 347 zaha scafta, *welches dieselbe Virgilstelle glossiert.* 3) *mhd. wb.* II. 2, 25[b]. 13) *mhd. wb.* II. 2, 653[b]. 14) *in den gl. Jun. D. p.* 325 *Nyerup findet sich* ilex scaldeiche; *dasselbe wort in der form* sealteihi *ergiebt sich an unserer stelle, wenn wir die soeben erwähnte gestalt des* c *in rechnung ziehen. die gleiche glosse treffen wir in* slaheic 231; *denn* lt *für* h *ist kaum eine änderung zu nennen. in* slateihi 849 *jedoch ist* l *ausgefallen.* 15) *Serv.:* ad Cortynia, ubi fuerant aliquando solis armenta.

27) *Graff* IV. 1073 *ff. hat* hizza *und* heizi; hitti *steht in den ndd. psalmen* 18, 7. 29) *d. h.* bisingon; *am rande zu* torrida *v.* 48. 31) *d. h.* naehaldra. 38) *am rande zu v.* 62. *bei Servius nur folgendes zum ersten v. der ecl.*: apud Theocritum est una ecloga, quae appellatur φαρμακεύτρια. 39) *gl. zu Heinr. summ. Germ.* IX. *p.* 28, 95[b]: vitte walken; *hierher gehört auch* walchart *Servat.* 594. *beide wörter sind wohl von* walgen *abzuleiten.* 41) *nur diese bildung, die mehr der ags. u. and. form* (gealdor: galdr) *als der ahd.* (galstar) *entspricht, ist unserm denkmale gerecht. vgl.* 205, 479, 733. 43) *Serv. Buc.* VIII. 73: bene utitur liciis, quae ita stamen implicant. 47) *l.* gartsane, *vgl.* gartsangon 900. 58) *l.* gluukchxn. 64) *es ist mir zweifelhaft, ob der punkt zwischen* r *und* b *ein* i *bezeichnet, sodafs das ganze* loriberi *lautete.* 66) scorza, *ein ursprünglich mlt. wort* (*D. Cange* VI. 125[a]: scorza vox italica, cortex, Gallice écorce) *ist ins holländische aufgenommen* (*vgl. Hoffmann Hor. Belg.* VII. *p.* 8: scorse cortex, *p.* 14: schille of een scorse cortex, *p.* 19: draf *l* scortse siliqua) *wo es sich noch jetzt findet* (*Winkelmann, holländ. wb. p.* 280[a]: schors, *f. rinde, schaale*). 68) *randglosse zum vorhergehenden* fiscella. 72) *Serv. Georg.* I. 58: castores autem a castrando dicti sunt. virosa autem aut fortia aut certe venenata. nam licet sint multis remedio, tamen praegnantes eorum odore abiiciunt et egerunt partum. — *vor* bun *oder* hun *sind einige buchstaben erloschen. ich ergänze:* [lup]bun. *vgl. Reineke Vos ed. Hoffm.* 6815: ik hebbe en gelubbet, *Hor. Belg.* VII. *p.* 7: ghelubbet spado, lubben castrare. *wegen der form vgl.* 942. 81) *Graff* VI. 998 *bietet* uzsuizzida, *Konr. v. Megenberg* 272, 22: der switzet sein aigen pluot auz. 89) uugalerat? 90) *am rande zu v.* 126. *ich verstehe die glosse nicht.* 98) *ebenso* 279; *das wort ist wahrscheinlich im sinne von knospe verwandt. vgl. Grimm, d. wb.* II. 447. 100) *Serv. Georg.* I. 151: robigo est vitium obscoenae libidinis, quod ulcus vocatur. *für* ango *vgl.* 304 *anm.* 106) *bei Graff* IV. 557 *ist dies wort ein st. masc., ebenso in den gl. Jun. D. p.* 318: tubulus clepel. 107) *aus dem ursprünglichen* mazsahs *ist unsere form so gebildet, dafs* h *vor* s *ausfiel,* z *und* s *assimiliert und* a *in* e *geschwächt wurde.* 108) *l.* azzusi. 114) *vgl. Schl. gl.* 4, 21: arbatę crates zuunin nappha. 115) *bei Graff* I. 885 *nur* wanna; wan *auch* CXXII *und gl. Jun. D. p.* 282: ventilabrum wan. 121) *l.* duchstein *vgl.* CXX: cylindro uuellistain *Schl. gl.* 4, 76. 123) muwerf(o), muwerft, multwurf *Graff* I. 1040 *ff*; molwerp CXV, *Germ.* IX. 19, 11[b]. 129) *l.* gethrusc. 130) *Servius zu* 192: et hoc dicit: si in amygdali floribus folia semper abundaverint. 131) *mhd. wb.* I. 778[b]; *gl. Jun. D. p.* 281; *Mone, quellen* I. 302, 14: acus caf, 308, 280: paleae acus caff. 140) *Graff* VI. 753 *setzt nach* VG 2 strimili(u) *an; dasselbe ist aber nur eine geschwächte form von* strimilon, *welches Clm.* 395, *das original, bietet.* 147) *zu* obtusi *v.* 262. 151) *dies ist eine lateinische glosse. l.* caldarii (*D. Cange* II. 28[c]). 158/9) *zu* falcem *v.* 348. 161) wendung *finde ich erst bei Haltaus p.* 2076. 164) *am rande zu* 361. 165) *hierdurch bestätigt sich die bedeutung von* struot, *welche man schon lange vermuthet hatte. vgl. Müllenhoff denkm. p.* 473; *den flufsnamen* Unstruot *hat auf diesem wege schon Förstemann* (*namenbuch* II. 1458) *richtig erklärt.* 170) *l.* nortostanuuint. 171) *zu* Euri *v.* 371. 177) *l.* ceisende. 178) *verstehe ich nicht.* 182) *gl. Jun. D. p.* 268: laudula lewerca. *Bonner gl. bei Hoffm. ahd. gl. p.* 22, 37: luscinia lewerka. 186) *dieses wort setzt* uuindumemanoth *Graff* II. 797, *mhd. wb.* II.

I, 58ᵃ voraus. 189) Diut. II. 274: populus belit *l* albere; belzboum LXXIII; Nemnich, wörterbücher der naturgeschichte p. 53: belzboum populus; Frisch I. p. 89ᶜ vgl. die Kölner gl. in dieser zeitschrift XIV. p. 186, 6. 199) Nemnich a. a. o. p. 86: bratbiru a) eine plattgedrückte birn. b) eine abänderung der pfundbirn. Frommann, mundarten V. p. 64 gewährt aus der grafschaft Mark brâdbearen. 200) nach Nemnich p. 342 ist kürbifsbirn identisch mit pfundbirn. 201) d. i. fruthrunnen dasselbe compositum Germ. IX. p. 21, 30ᵇ: uriedruuen, wo ie den umlaut bezeichnet. 202) für das durch punkte getilgte kelketron vgl. Graff IV. 394, gl. Jun. D. p. 286: torcular kelkterre. 208) mhd. wb. II. 2, 616ᵇ, Wackernagel in dieser zschr. VII. 131; Admont. gl. in dieser zschr. III. 381ᵃ: duchistein; Mone, anzeiger III. p. 243, 224: cala duchstein. 210) iuuf am rande. 211—12) am rande zu 257 und 262. l. bira. 213) aufser zwei stellen bei Graff IV. 309, wo grebila durch polinctores (d. h. sepulturae curatores D. Cange V. 332; vgl. schon Serv. zu Aen. IX. 487) glossiert wird, erscheint das wort nur in der bedeutung paxillum. 215) mhd. wb. II. 2, 121ᵇ. 216) vgl. Berliner Virgilgl. zur selbigen stelle. 218) vielleicht von helan; doch weifs ich -onaa für -awa nicht zu erklären. 228) mhd. wb. I. 227ᵇ. 230) l. hpxxxa. 231) die glosse steht bei v. 426, aesculus kommt aber nur v. 291 vor. hr. dr. Michelant liest: castaneae vel scolos. 235) befser ist wohl in xxikthun zu ändern, als das wort von ûffiudan abzuleiten, schon weil uth in unserm denkmale weiter nicht sich zeigt. dies hinter ei, wie in eeinzende begegnende u könnte dialektisch sein; ein solches kommt im alam., wie Birlinger irgendwo in seiner 'alamannischen sprache' bemerkt, hin und wieder vor. 236) vgl. goth. ufaiþs. 240) heiti ist von heitjan, ags. hædan, asch. hêdian abzuleiten und muſs 'druck' bedeuten. 244) Graff IV. 649 gewährt das wort nur im musikalischen sinne; in unserm haben die Tegerns. Virgilgl. zu Aen. VII. 615 das nahe verwandte iuchquetani. 248) die Teg. gl. haben gophun zu lumbos v. 87. 252) Schl. gl. 4, 101: tusinemo. 253) l. thrasindi. 261) bremo am rande. 262) das holz, das man den schweinen um den hals thut, heifst kamp. Schmeller II. 300. vgl. mhd. wb. I. 783ᵇ. 263) l. rkngxa. 265) vgl. Wackernagel, Basler bischofs und dienstmannen recht p. 33 § 6, 2. 266) zu ulvam v. 175. 275) zu exaestuat v. 240. 285) isilla Graff I. 485; ihsilla Germ. IX. 24, 66; ihilla gl. Jun. H. p. 389; hichela Sumerl. 15, 57; von letzterem ist es nicht weit zu unserer form kichilla, die ich indessen nur niederländisch vorfinde: Hor. Belg. VII. p. 13: stiria kekel of dropel; p. 19: stiria een kikele. 288) l. frthxspu; gl. zu Sedulius in dieser zeitschr. V. 202ᵃ: terranea erdhus. 292) Brem. wb. V. 161 hat wattke, waddik serum lactis; gl. Jun. B. p. 285: ceru autem est wefzech (l. wetzech); aus der jetzigen sprache bietet wäske, molken HSchütz, das Siegerländer sprachidiom (programm von Siegen 1845). 293) bei Graff IV. 613 finde ich farchront. 294) hinter 1 ist vielleicht n ausgefallen oder u, wenn man die Jeroschinsche form slûf annehmen will. 295) mhd. wb. I. 893ᵃ, Hagens Germania II. p. 96 v. 111. 297) sollte der zweite theil dieses wortes mit sittir(wurz) zusammenhängen? 302) die Tg. gl. haben hier snophezunga. bei der grofsen zahl ähnlicher deutscher ausdrücke für singultus wage ich nicht hier eine entscheidung zu treffen. 304) gl. Jun. H. p. 406: pustula angseta: ags. gl. bei Mone, anzeiger VII. p. 147, 626: pustula angsetae; an derselben stelle geben die Amplon. gl. (Jahns archiv für philologie

XIII. *p.* 361. 178) *fehlerhaft:* pustula angreta. *der erste theil ist* ango (160), *womit auch* angweizza *componiert ist.* 326) *am rande zu v.* 249: sarcire ruinas. *doch scheint etwas fremdartiges hereingetragen zu sein: denn* rifiloa *bedeutet flachs kämmen,* sarcitus *aber erklärt D. Cange* VI. 68 *als* 'pannus, idem qui sarcilis'; *dies letztere führt Kehrein an (sammlung alt- und mitteldeutscher wörter aus lat. urkunden, Nordh.* 1863): sarcil grobes tuch. *so besagt denn wohl auch hier* sarcitus *nichts anderes, als ein gewand, dessen flachs gut gekämmt ist.* 327) *am rande zu v.* 296. *vgl. mhd. wb.* III. 665ª. 330) *d. h.* gedrip se. 338) *zu* laxis *v.* 122; *l.* zergebenen *vgl.* 821. *mhd. wb.* I. 506ᵇ; *Gudrun* 21, 4; *Pass. K.* 114, 54. 184, 86. 343) *bei Graff* VI. 749 *ist* gistriti *aus der daselbst citierten form* gistritin *anzusetzen.* 344) selpuna *verstehe ich so nicht. ich denke, das wort ist wie* 391, 392 *nicht ausgeschrieben und es mufs folgendermafsen ergänzt werden:* selpuna (ssenemo), se(l)uemo steine. selp *bezeichnet ja das, was ohne hinzutreten der kunst, von natur wird: so* selbseil *graf Rudolf p.* 23; *gl. zu Sedulius in dieser zeitschr.* V. 209—11: non nato (*scil.* musto; *bei der hochzeit von Cana*) selbunasaeme. 346) *Graff* V. 688 *hat nur* einselöd. 347) *l.* zuntra, *wie vielleicht schon die hs. selbst bietet.* 349) *l.* fleissces. 353) *Virgil meinte Patavium in Venetien, der glossator bezog es auf das ihm bekanntere an der Donau.* 355) *l.* fehes; *so vielleicht schon in der hs.* 363) *l.* drenou. 376) *am rande zu* suspecta *v.* 36. 377) unendig *Schmeller* I. 76. 379) *am rande zu* sub proditione *v.* 83. 380) *über die beziehung s. Tg. gl. z. d. st.* 382) *l.* merigras; *dies scheint auch die hs. zu bieten.* 383) *ist etwa* thenc- *oder* thisceidon *zu lesen? an die schw. flexion braucht man sich in diesen gl. nicht zu stofsen.* 384) *l.* heil. 386) zuostun *am rande, entweder für* zuostunt *oder für* zuostan. *vgl. Trierer ps.* 108, 30: adstitit zustunt. 387) *Serv. zu v.* 377: bene addidit fida, ut ostenderet symbolum. 388) *bei Graff* I. 930 *nur* scilltouerida. 391) *zu ergänzen nach den Tg. gl., welche* urslousun *haben.* 392) *auch dies wort kann nicht vollständig sein. es ist mit hülfe folgender formen herzustellen:* micat lecheezat *Teg. gl.* 988 (*vgl. anm.*), micat lechezta *Prud.* 1 (*Graff* II. 151), micat lechazzat *gl. zu Prudentius in dieser zschr.* X. 370. 396) *Schmeller* II. 128: die haien, die hai, der haien, die heye trusorium, fistuca, heien tundere; geheien iacere *Frommann mundarten* IV. 171; heye, heien *in etwas abweichender bedeutung bei Stalder* II. 31. 398) *Serv. zu v.* 512: nudoque sub axe, hoc est sub divo. 399) *dasselbe verb auch* 450; *ich leite es von* volc *ab; vgl. altn.* fylkja, *in schlachtordnung aufstellen Sigurdarkv.* II. 23. *in diesem sinne genommen passt das wort an unsern beiden stellen vorzüglich.* 401) *mhd. wb.* III. 80ᵇ *führt aus Mone, anzeiger* IV. 232 trægen lassare *an.* 403) *d. i.* nohtahanne *für* nohthanne. 404) *bei Graff* IV. 300 *nur die composita.* 406) *l.* selfboum. 407) *Serv. zu v.* 85: Thymbraeus Apollo dicitur ab agro Troiae vicino pleno Thymbrae, quae Satureia dicitur. *dazu ist das bei Servius nicht vorfindliche* serpulum *gesetzt.* heimconola *finde ich sonst nicht, häufig dagegen* gartconola. 410) *mhd. wb.* II. 2, 765ª. 411) *mhd. wb.* II. 1, 825ᵇ; *a. a. o.* 755ª *war die stelle noch nicht entdeckt.* 412) *vgl. Grimms mythologie p.* 992. 413) *l.* kinnibaccun. 414) *gehört wohl nicht zu* stif, stiven, *sondern zu* erstabe *Graff* VI. 613. *daher ist der stern und das oben p.* 23 *über die glosse gesagte zu tilgen.* 416) *zu v.* 286. *vgl. W. Grimms anm. zu den Wiesbad. gl.* 109. 418) *Diefenbach glossarium latino-germanicum p.* 543ᵃ *gewährt aus jüngern vocabularen* losung, lossung, lottung. 420) Tuskân *als land sehr häufig, z. b. Meregarto (Müllenh. denkm.) p.* 70, 3; *Kaiserchr.* 17119, *Eraclius* 1227, 4421 *u. s. w. unser adj. steht in den Berliner Virgilgl.* 95. 422) *Graff* VI. 765 *hat nur beispiele aus den Tg. gl.; ein weiteres gebe ich aus den gl. zu Sedulius (z. f. d. a.* V. 210): actis (securibus) anageslagenen. 426) *l.* ungenûri. 429) *Serv. zu v.* 483: subtegmine i. e. filo, quod intra stamen currit. 432) *mhd. wb.* I. 582ᵇ. 439—40) *Serv. zu v.* 57: bidentes autem dictae sunt quasi biennes, quia neque minores neque maiores licebat hostias dare. sunt etiam in ovibus duo eminentiores dentes inter octo, qui non nisi circa bimatum apparent. 441) capulus *findet sich im ganzen vierten buche bei Servius nur zu v.* 262: hic capulum aut vaginam, at in illis ferrum ..., vincto ad capulum: *üblicher ist* helza. *ob* hilze *gl. Jun. D. p.* 288, helzi *Schl. gl.* 39, 119 *zu* helza *oder* hilzi *gehören, wage ich nicht zu entscheiden.* 445—446) *Serv. zu v.* 131: odorisequum quod odorem sequitur. leidezoa *gebildet wie* leitihunt. 447) *l.* gebrordedemo, *vgl.* 465. 522. 457) *zu* talaria *v.* 239. 458) *Servius zu v.* 245: tranat, transvolat; ut (*Georg.* IV. 59): nare per aestatem liquidam suspexeris agmen. 459) penates *kommt in diesem buche nur v.* 21 *und* 598 *vor.* 468) *zu v.* 489. 470) *am rande zu* cautibus *v.* 366. 473) *derselbe ausdruck* 486. *der lateinische text erfordert die bedeutung: wimmeln, gedrängt voll sein, starren. man kann demnach eine stelle der Elisabeth (v.* 527) *vergleichen, welche Haupt zu Engelh.* 3048 *richtig erklärt hat:* manigen wêhen kursit, die von golde strebeten. *ihm tritt Rieger im glossar zur Elisabeth bei.* 477) *vgl. noch mythol. p.* 121, *z. f. d. a.* XII. 403. 482) gescidon *ist infinitiv.* 487) concitat *gehört vielleicht zu* fatigat *v.* 572 *oder zu* stimulat *v.* 576. 492) *mhd. wb.* III. 53ᵇ; *ältere beispiele sind: Schl. gl.* 6, 529: roscida towiga; *gl. zu Prudentius bei Eckhart, Fr. o.* II. *p.* 1003ᵃ: roscidus touuegun, rorulenta touuegen; *Innsbr. gl. bei Mone, anzeiger* VII. *p.* 598, 764: roscida towike. 493) cantarus *für* canterius *finde ich z. b. bei AMai, class. auct.* VI. 513ᵇ. *das deutsche wort ist natürlich* hengest *zu lesen. aber wohin die glosse gehört, weiſs ich nicht.* 496) *am rande zu v.* 69.

507) *dasselbe wort* 652 blet'dun. *ags. gl. bei Mone, quellen* I. 315ᵇ: palmula arbled; *Bosworth, dictionary p.* 9ᵃ *citiert* arblaed palmula remi *aus Älfrik.* 652 *scheint daher das übergeschriebene* h *falsch und aus einer verwechselung mit* plehta, pflihta *d. i.* prora *hervorgegangen zu sein. bei dem zweiten worte ist in der hs.* l *aus* p *corrigiert.* 508) *l.* iligin, *wie vielleicht schon die hs. hat.* 509) *mhd. wb.* I. 956ᵇ. 512) *die Tg. gl. haben* anagislaganer *bei* illisa. 514) *mir unbekannt.* 515) *mhd. wb.* I. 229ᵃ. 527) *etwa* dranestof *für* dranestouf? *freilich kann ich auch dieses wort nicht belegen.* 531) *der glossator hat* arduus *mit* ardea *verwechselt.* 533) *die anmerkung, am rande von v.* 302, *bezieht sich wohl auf die worte:* quos fama obscura recondit. *die deutsche glosse lese ich* burchilinga, *und leite sie von* burc *ab.* 534) *l.* geurſtemo. 537) *particip des verbs* bil, bal, bâlen, boln, *vgl. mhd. wb.* I. 117ᵃ *ff.* 540) *vielleicht* sineuuerualer (*Graff* IV. 1238). 541) *l.* lauilcia. 558) *Diefenbach p.* 482ᵃ: radicitus wurtzlich. 567) *Graff* V. 685; *Schl. gl.* 5, 33; *mhd. wb.* III. 870ᵇ. 573) *bei Graff* III. 426 *ist* fizzilfch, *ebenso Germ.* IX. *p.* 19, *h*: wizzeluech ros. *uncomponiert finde ich das adj.* fizzil *nicht; es*

gehört aber hierher der name Sintarfizzilo (*z. f. d. a.* I. 5; XII. 306). 575) *zu* uuescuuari auriga *Graff* I. 1082: weskinaro aurigarum *Schl. gl.* 25, 16, *wo Wackernagel thöricht* waginaro *ändert.* 589) *Graff* I. 883 *bietet* wunna, unwunna, wunni, *aber nicht* unwunni. 592) *mhd. wb.* II. 1, 589ᵃ, *Ezzos rist fundgr.* II. 129: die dar inne warto berohis; *zu Walther* 34, 35 (*p.* 162): sô dem ûwer ist berochen. *vgl. zu den Tg. gl.* 2473. 594) *bei Graff nur in der bedeutung 'eingeweide'.* 597) *zu tristes v.* 731? 599) *wohl zu* forum *v.* 758. 605) *zu* ruch *d. h.* ruc, *bewegung. ist ein verb wie* gàhun *zu ergänzen, da die ganze phrase* 'facere pedem', *nicht bloſs der technische ausdruck* pes *d. i. nach Servius* funis quo tenditur velum, *dadurch ausgedrückt zu werden scheint.* 606) *Serv. zu v.* 832: cornua, antemnarum extremitatem. 611) *l.* bosaichera, *wohl zu* supposta *v.* 24 *gehörig.* 612) *l.* nu erist. *vgl. Graff* II. 979. 613) *Serv. zu v.* 68: simulacra brevia, quae portabantur in lecticis. 614) *wohin diese anmerkung zu ziehen ist, weiſs ich nicht.* 615—18) *Serv. zu v.* 83: defuncte autem, liberate nam dicimus functos officio, qui officia debita compleruut. 618—20) *am rande zu v.* 141: fetus. 621—22) *beide gl. am rande zu v.* 150; *Serv. dazu:* incestat polluit et incestus est quaecunque pollutio. *daher scheint an dieser stelle* unreini *substantiv zu sein.* 630) *diese randglosse bezieht sich nach meiner meinung auf v.* 201: ad fauces grave olentis Averni. 633) *die Bonner gl. bei Hoffm. ahd. gl. p.* 25, 6 *bieten ebenso:* formeus uuethil. *das lateinische wort finde ich sonst nirgends, es scheint aber 'wedel' bedeuten zu sollen und könnte dann auf v.* 230: ramo felicis olivae *zu beziehen sein.* 635) *Serv. zu v.* 303: eum lugubrem esse hunc colorem ostendit dicens (*Georg.* I. 466): cum caput obscura nitidum ferrugine texit. 641) *l.* speichon. 646) *vgl.* lobogerni iactantia *Graff* IV. 236. 647—48) *zu* excudent *v.* 848. *doch verstehe ich* anahaf *nicht. an* anahae *von* hâhan *darf man nicht denken.* 649) *möglicherweise steht in der hs. selbst schon richtig* hinne. 651) *vielleicht eine note zu* verticibus *v.* 31. *Graff* VI. 874 *hat* suello *nur in dem sinne von* tuber, *vgl. auch* überswal *mhd. wb.* II. 2, 792. 657) *kann sich nur auf* nubilis *v.* 53 *beziehen. mhd. wb.* I. 960ᵃ *citiert Kehr.* 73ᵈ = 12166 *Maſsm.:* lane sult ir die hîleich nicht machen. *ähnlich* huormachære leno *mhd. wb.* II. 1, 17ᵃ. 658) *l.* lantuoues. *der circumflex bezeichnet nur den diphthong. Grimm z. Rolandsl. p.* V. 663) *mhd. wb.* II. 1, 327ᵇ. 664) *am rande zu v.* 185. 668) *der gen. hängt von* niht *ab.* 669) *Förstemann, namenbuch* I. 1293 *bringt den eigennamen* Wigilo *bei.* 671) *vielleicht* underdeta. 676) *vgl. mhd. wb.* II. 2, 787ᵃ; *ndd. glossar bei Hoffm. Horae Belg.* VII. 35ᵃ: sweppe vel geisel flagellum, *Bruns, altplattd. gedichte p.* 347; *auch Ziemann s. v. thut des wortes erwähnung, ohne aber belege zu geben.* 680) *l.* ruasoda sih, *wie schon die hs. haben kann.* 683) *l.* thum *d. h.* thuum. 684) *am rande von v.* 489. 685) *l.* mannehimer. *sonst hat dies wort, wie goth.* manags, manaseþs *nur ein* n; *dieser umstand spricht für das alter der composition.* 687) *es wird wohl in der hs.* sueue = leme *für* sueuelineme (*mhd. wb.* II. 2, 779ᵃ) *stehen.* 688) *zu* torre *v.* 506. 694) *wenn* h'nt *richtig ist, so soll es vielleicht die zweite hälfte von* comminus *erklären. das adj.* gehende *giebt mhd. wb.* I. 632ᵃ; *ags.* gehende prope *gramm.* III. 263. 696) *Schl. gl.* 6, 110: spiramenta atinzuhte. 702—4) *zu* reserat *v.* 613. 705) *für das erstere wort vgl. mhd. wb.* III. 288ᵇ, *d. wb.* III. 1412. 708) *wohl nebenglosse von* arvina *v.* 627. 715) *am rande zu* toracas

v. 633. 716) *l.* beinberegun. 718) *l.* suertstap, *womit die Tg. gl.* mucrone *übersetzen.* 722) *Serv. zu v.* 684: quidam dux magnus Sabinos de suis locis elicuit et habitare secum fecit saxosis in montibus. 724) *es ist, scheint mir, entsprechend den Tg. gl.* (znhalinc) *hier* saurizoheling *zu schreiben.* 728) *wil.* scilt. 731—32) *beide glossen kehren* 779—80 *wieder; nur ist an letzterm orte vor* acrimonia *richtiger* nec *fortgelaſsen. worauf sie sich aber an beiden stellen beziehen, ist mir unbekannt.* 740) *bei Graff* IV. 480 *findet sich das simplex nicht; Schmeller* II. 323 *hat nur die bedeutung 'schadenersatz'; das mhd. wb.* I. 799ᵃ *hat die hier angezeigte, aber ohne beleg.* 741) *schon vom schreiber selbst corrigiert in* herduom. 742 *das erste wort ist vielleicht:* ersuohda; *für das zweite vgl. Graff* I. 868, *gl. aus St. Peter bei Mone, anzeiger* V. *p.* 231: pactus mainiscaffender. 743) *Serv. zu v.* 153: paterna in eo lineamenta cognoscens. *mit* geloucthe *weiſs ich nichts anzufangen.* 744) *l.* mazzaldrinemo, *entsprechend den Tg. gl.* 747) *l.* ungeuundan. 748) *hs.* niteas, *am rande.* 751) *vgl.* mulenstein *Germ.* IX. *p.* 25, 72. *diese form auch bei Muskatblüt.* 755) *bei Graff* VI. 575 *nur* oberschreechare. 758) *mhd. wb.* I. 740ᵃ. 759) *Serv. zu v.* 343: sub monte Palatino est quaedam spelunca, in qua de capro luebatur .... nonnulli propter sterilitatem hoc sacrum dicunt a Romulo constitutum ideoque et puellae de loro capri caeduntur. 770) festhabig tenax *Graff* IV. 738; *Diefenbach p.* 577ᵇ: vasthaltende. *vgl. Parz.* 114, 14: unt bin ein habendiu zange minen zorn gein einem wibe. 771) eroue-rene (*Graff* I. 944)? 779—80) *vgl. zu* 731—32. indiges *kommt im achten buche gar nicht vor, aber* indigenae *v.* 314. 781) praecipuum *nur v.* 177. 784—85) inscius *v.* 627. *vgl. aber auch Serv. zu v.* 597: Agylla civitas est Tusciae ex conditore appellata, cui ex inscientia (*al.* exscitia) Romana aliud est inditum nomen. *mhd. wb.* III. 789ᵇ *und* 791ᵇ. 791) *l.* loccon. 795) *mhd. wb.* II. 2, 689ᵇ. 796) *zu Graff* V. 457 *ist zuzufügen: gl. zu Prudent.* (*z. f. d. a.* X. 371) pila tart; *Clm.* 305 *und* 21562 *zu Aen.* V. 307: spicula darta; *aus unserm denkmale* 342, 536, 879; *and.* daradr *Atlakv.* 4, 14, *Vigfus. p.* 277; *vgl. auſserdem d. wb.* II. 769. *JHVoss, der Georg.* II. 168 Volscosque verutos *mit 'dardenschwingende Volsker' übersetzt, hat das wort wohl aus Frisch.* 797) *d. h.* mit heimisgemo. 798) *ist etwa* hfdfahblp *d. h.* hôdenhalp *zu lesen?* 804) *Serv. zu v.* 724: aut discinctos dixit, inhabiles miliciae. 818) *zu v.* 109. 819) *mhd. wb.* III. 451ᵇ *hat* widerweckunge resuscitatio. 828) *dies scheint das schw. masc. vom adj.* ger *zu sein. der glossator würde dann das ganze so verstanden haben: der ich das allein begehrend bin, daſs mir der vater wiedergegeben wird.* 830) *vgl. mhd. wb.* II. 2, 452ᵃ. 837) *l.* reitristil. 838) *mhd. wb.* I. 923ᵃ. 840) *nur das adverb findet sich bei Graff* IV. 743. 850) *diese glosse und* 856 *gehen jedenfalls auf dasselbe; und da* 850 *am rande von v.* 382 *steht, so ist sie vielleicht zu* horrida *daselbst zu ziehen.* 852) *Serv. zu v.* 360: Romulus moriens nepoti suo cognomini haec reliquit. 854) *mhd. wb.* I. 229ᵇ; *Frommann, mundarten* IV. 295ᵇ: collus vierstpawn. 864) zuoleufl? 867) *l.* spkuailxn. 868) *zu* radii *v.* 476. *mhd wb.* III. 751ᵃ. 875) *l.* tuchkl. *zu* veste *v.* 488. 881) wal *meist neutrum, zuweilen aber auch masculinum. mhd. wb.* III. 466ᵃ *und* ᵇ. *hier könnte es auch fem. sein. mhd. wb.* III. 466ᵇ. 893) *mhd. wb.* II. 1, 387ᵇ. *bei Graff ist es* II. 1113 *aus* ninnus *Prud.* 1. *herzustellen.* 903) piepha? *vgl. gramm.* III. 468. 904) *l.* stiehkt. 907) *Graff setzt der Tg.*

gl. wegen, welche zu diesem verse lax bieten, das wort als neutrum an; ohne grund. ein weiterer beleg ist amento lazze z. f. d. a. X. 372. 917) im texte l. 710 und gflkgkt. 921) vgl. Tg. gl. 1127. 922) l. uueuichun. 927) hängt die erstere gl. mit seiit censet gl. Jun. C. p. 238 zusammen? die dentalen stimmen freilich nicht. 929) Serv. zu v. 18: Titianus et Calvus, qui themata omnia de Vergilio elicuerunt. 943) l. bogeunoder.

IV) schwach Germ. VI. 84 in der überschrift: gire. VII) Germ. IX. p. 20, 24: grackriehel. IX) l. eleuiz. XXIV) ich kenne weder das lat. noch das deutsche wort. XXIX) l. ausila oder amsla. XXX) hs. hiber. XXXI) D. Cange I. 693^a führt aus den A. SS. Jun. III. 356^a an: 'avicula perexigua, quae vitriscus appellatur'. dazu bemerkt Henschel: 'bitriscus fortassis contracte pro Bitoriscus, sed Bitorius Cangio aliisque est ardea. Papias: Bitriscus genus avis. bitorius Gl. Aelfrici, Saxonibus est werna'. ags. gl. bei Mone, quellen I. p. 314^b: bitorius wrænna. Bosworth p. 95a: wrenna parrax, regulus. vergleicht man nun: gl. Jun. D. p. 269: petriscus cunenglen; Diut. III. 292: pitrisculus kuningil; Mone, anzeiger VII. 596, 613: petrisculus chuniglin; Graff IV. 444: pitrisculus kuning, mhd. wb. I. 913^b: pitrisculus kuningil, so ergiebt sich, daſs uurendo den zaunkönig bezeichnet, der engl. ja heute noch wren heiſst. über andere lat. formen siehe Diefenbach p. 413^c. wrendo ist jedenfalls die ältere form; das nn ist später aus nd entstanden, wie das öfter im ndd. geschieht; so steht bei Eschenburg, denkm. p. 246 z. b. ingesinne für ingesinde. XXXIII) l. ortigometra. die deutsche bezeichnung fehlt. XXXIV) l. urhriut. XXXVI) heigro? XLI) gl. Jun. D. p. 269: vespa et crabro (sic) horneiz. als fem. finde ich es sonst nicht. XLVII) l. speht. LI) l. Papila. LIII) Graff VI. 540 hat nur scaraleia; Nemnich aber führt p. 497 sowohl scharbey salvia officinalis, als scharley an. LVIII) l. lupastekila. LXII) Pulei? Graff III. 332. nebenbei erwähne ich, daſs dies wort auch im buch v. g. sp. 8 als bolei vorkommt, wo der herausgeber fälschlich an bolle, eine art zwiebeln denkt. LXIV) sächs. gl. bei Mone, quellen I. 283^a: abrotanum auerute, gl. Jun. M. p. 406 = Sumerl. 65^a: abrotanum aueruthe, Mone, anzeiger IV. 239: abrotanum auerute. LXXVII) gl. Jun. D. p. 326: vepris breme; Diut. II. 274: breme vepres; Germ. IX. p. 21, 38^b: vepres bremen. LXXXVI) hor kenne ich nicht; sollte an ahorn zu denken sein? denn horna begegnet zu Georg. II. 70 im Clm. 305 und 21562; achor, ahor steht bei Diefenbach p. 140^c aus jüngern glossaren. LXXXVIII) bei Graff III. 119 melliboum, melboum. CXIX) die quelle dieser vorstellung scheint apocal. 4, 3 zu sein. bildliche darstellungen gottes, wie er auf dem regenbogen sitzt, findet man bei Didron, histoire de Dieu (Paris 1843) p. 117, 232, 246, 593. — ich bemerke noch, daſs die reihenfolge des lateinischen theils von LXIX—XCIV und CIII—CX dieselbe ist wie im cod. SG. 299 bei Hattemer I. 289 und 290.

IV.

20) von Graff IV. 1215 unter D. citiert = miscellaneen I. 225^b, wo wunderbarerweise vites für lites steht. 42) scil. bein. das wort selbst ist eine mischung von elafant und olpenta. 52) nebenglosse zu lethaeo somno. 58) diese glosse am rande; Graff II. 279 zieht sie zu farra; Serv. erläutert pulvere durch serenitate und dazu wird sie wohl gehören. 62) Graff IV. 854 weiſs das wort nicht

recht unterzubringen; zu levia *habe ich es auf eigene verantwortung gestellt, meine abschrift giebt es als über* murmur *befindlich an: die construction ist:* per levia saxa after halen steinen. 75) *vgl. German.* IV. 123. 188) *am rande von v.* 296. *ich ziehe es zu* trepidi, *indem ich ein adj.* loupalîn *annehme, gebildet wie* âhtalîn 574, 1906, 2480, strûchalîn 2977, pisuuîchalîn, zuivalîn, vorscalîn, slâfilîn *Grimm zu hymn.* II. 10, 1, zartilîn *Schl. gl.* 9, 15, huorilîn *Graff* IV. 1012; *rascheln und flüstern sagt man vom laube besonders gern aus, daher* läubeln *für klatschen,* läubli *für flittergold Stalder* II. *p.* 159/60. *so könnte auch hier der wallende, singende kefsel mit einem von* loup *abgeleiteten adj. bezeichnet sein.* 190) battat *ist mlt. D. Cange* I. 624[a]. 198) ôroht *mhd. wb.* II. 1, 442[b], *Ernst* 4018 *Hagen.* 272) *l.* foho *l* dunno. 296) *Graff* III. 757 *wohl richtiger* phlechun. 322) *Graff* I. 772. *eine leidliche erklärung weiſs ich nicht.* 326) *in Ovids tetrastichon.* 363) *mhd. wb.* II. 1, 453[a], *Trierer gl.* II. 6 *Hoffm.* 373) *Serv.:* olivae ita a longinquitate nominatae. 385) *das wort ist zu* preciae *zu ziehen, wozu Serv. bemerkt:* hae cito maturescunt. *also* rado (*Gr.* II. 1151) ripho *scil.* repun. *ebenso ags. in den gl. Älfrici p.* 68[a] (*ed. Sommer*): praecoque rædripe vinberige; praecoquus fructus rædripe wæstm. 386) *Graff* II. 118 coaequare (*dies ist eine nebenglosse zu* contende) kilihinou, *letzteres wahrscheinlich aus richtiger conjectur, da in der hs.* kilidmon *ganz deutlich sein soll.* 387) *Servius:* Amineum vinum dictum est, quasi sine minio, i. e. rubore, nam album est. 396) vuico ar? 405) *ebenso ist* 2869 *ein fluſsname als neutrum behandelt.* 407) *richtiger Graff* I. 104 aregislicheta. 457) *am rande zu v.* 214. 463) pivvahit *für* pivahit? 467) *das kreuz bedeutet hier, daſs Graff* I. 749, *wo er das wort zweifelnd unter* wintan *anführt, falsch citiert.* 473) *wie Graff* IV. 848 *bemerkt, steht dabei die (Servianische) glosse:* ne ager sit concavus. *sollte nun ein part. act. für pass. hier fälschlich verwandt sein?* 482) *Graff* V. 732. 484) *Gr.* IV. 1208 uuelichiu, *aber* 1210 uuilichiu. 485) ivro *verstehe ich nicht, ebensowenig* is 508.

525) *Graff* III. 564 *streicht* gi. 530) *am rande ohne verweisungszeichen; das wort kann ich nicht erklären.* 583) *das* a *bedeutet wohl* ar, *wie in* ascaphaniu 979, a stiuro 1757, anazta 2785, afarenter 2974, *vgl.* faholanc 2638. 593) *Graff* V. 605: kizoganer. 736) *Graff* III. 639 *beſser* frambare. 740) *Graff* IV. 334 *unter* gagrason, IV. 951 *unter* heim. *eine deutung weiſs ich nicht.* 743) *Gr.* I. 827 *beſser* uuilligun. 756) *ist von Graff* I. 770 *mit recht als nom. sg. aufgefaſst.* 861) *der lateinische text, welcher* comantes *als adj. in der bedeutung 'behaart' zu* saetas *setzt, ist hier vom glossator falsch verstanden. dieser nahm* comantes *als part. und* saetas *als davon abhängigen acc. daher die wahl des wortes* zeisan *und die masculinendungen.* 880) *Graff* IV. 982 *führt zu v.* 337 setis haron *an. doch findet sich dort nicht das lateinische wort. auch sonst kann ich die glosse nicht unterbringen.* 917) *das deutsche ist nur eine erklärung zu* nova, *zu ergänzen also:* laste (michiles sneuues). 924) *Graff* III. 206. *deutlich wird der sinn durch die von Schmeller* I. 191 *citierte nebenglosse:* sorbis i. e. potionibus. 943) *ist mir ganz dunkel.* 987) *in dem aus der parallelstelle Aen.* II. 473 *interpolierten verse:* lubrica convolvit sublato pectore terga.

1011) *Graff* III. 375 *unter* fatar; *es ist aber keine deutsche gl., sondern folgendermaſsen zu lesen:* gentes scltarū. *vgl. Servius:* populi Scytharum.

dafs a und ei leicht in dieser hs. zu verwechseln sind, zeigt Graffs lesung arcum für circum 1617. 1028) praeteritalendung. 1149) da von den bienen die rede ist, so hat hier das neutr. seinen platz. 1158) vgl. Serv. z. st. 1168) endung des neutr. d. h. so managiu scil. opaz. 1178) das unrichtige r ist stehen geblieben, das richtige geändert. 1195) etwa gitrenchit zu ergänzen 1234) d. i. [pifunt] nussi. 1248) vielleicht iouch. 1276) caput ist in den folgenden relativsatz: unde altus se erumpit Enipeus gezogen und so der dat. des deutschen wortes zu erklären. 1282) Graff III. 377 befsert: fatirlihun. 1446) Graff V. 622 schreibt: uzgizuchan. 1487) Graff IV. 921 befser helfenta.

1580) Graff I. 752 hat die tilgungspunkte nicht beachtet und daher auch zit V. 633 aufgeführt. 1593) es ist wohl ein verb wie nement zu ergänzen. 1598) Graff III. 397: frumitumes. 1611) Graff III. 495 liest fälschlich sciltfalche. 1642) diese form sieht sehr ndd. aus; wie sie hier construiert werden soll, weifs ich nicht anzugeben. 1669) zeinin gehört zu hastilibus. dafs hier die deutsche glosse dem unrechten worte beigefügt ist, drängt in verbindung mit den oben s. 51 angeführten momenten zur annahme einer abschrift. doch ist es leicht möglich, dafs verschiedene theile zu unterscheiden sind, wenn man nämlich einige sprachliche ungleichmäfsigkeiten wie ua (14, 383, 2576) neben uo, [ettauclih]era 20 neben sonstigem -ero, ferner den wechsel der praefixe ga und gi u. s. w. in rechnung zieht, und endlich berücksichtigt, dafs mehrere schreiber bei dem eintragen der glossen thätig gewesen sind. 1678) vgl. Servius: Juppiter aut aer. 1687) die stelle mufs der glossator, der in somnis als ein wort fafste, gänzlich misverstanden haben. 1688) vgl. Serv: fugae profectionis. 1716) schon Graff IV. 864 hat in heil geändert. 1720) dieses wort, welches Graff (I. 933) viel noth gemacht hat, ist nichts als das lateinische vicina aus der Servianischen note: hospita uicina. 1743) der glossator scheint hier freier übersetzt und gigrapaniu zu dona construiert zu haben; geschenke, schwer von golde und geschnitzt aus elfenbein. daher nehme ich die form nicht mit Graff als n. sg. f. (IV. 301), sondern als neutr. pl. 1744) Serv: Dodoneos i. e. Epiroticos. 1758) Serv: clarum signum i. e. faculam. 1763) Graff III. 143 befser criehporano. 1788) vgl. Graff V. 41. 1798) die erste form entspricht dem lat. bella, die zweite dem deutschen deganheit. 1805) ich erkläre diese bildung als einen allerdings sonst nicht belegten acc. pl. auf er von liup. 1879) vgl. Serv. zur stelle. 1891) Graff II. 418 richtiger reitrihtiles. 1926) d. i. g^{in}ota für iagota. 1965) plasas ist st. flektiertes adj. neutr. generis. 1974) ancipites scheint zu oculis dem sinne nach construiert: demnach wäre zuivalten dat. pl. 1979) Serv: sine more, sine exemplo. 1982) gagangengi? 1995) Graff IV. 596 befser chrafo. 1998) zu ergänzen: stal.

2015) aus Serv. zu v. 205. 2025) kann auch fornautigin lauten, wie Graff III. 629 hat. 2027) l. harir. 2034) et ist undeutlich und Graff II. 84 wird recht haben, wenn er gileganer liest. vgl. auch Graff II. 225. 2046) des gotes pi? 2061) was dies zeichen, das sonst er bedeutet, hier soll, ist mir nicht klar. 2124) es ist wohl tiufo zu ergänzen. 2127) uue für uuie finde ich auch in M. 29. 2139) Serv: manes i. e. supplicia quae sunt apud manes. 2143) dies ist wohl die bei Graff III. 152 citierte glosse: nudo paremo V. A. V. 760. 2147) ein gen., gebildet von dem gen. panos, der als nom. angesehen wurde. 2157) es kann auch, da u sehr undeutlich, givuarnoter in der hs. stehn. 2183)

Graff zieht das wort mit recht zu herd (IV. 969). 2194) acc. sing. masc.? 2212) nom. pl. zu dem in diesen gl. vorkommenden nom. sg. adj. unêrer (976). 2216) zu eu habe ich keinen stern gesetzt, weil ich es für das lat. eo halte. 2226) ist etwa faripuogin zu schreiben und in als dat. pl. d. h. den rossen zu fassen? 2265) das unrichtige a ist corrigiert. 2283) diese lesung ist angemefsener als Graffs (V. 609): farzogana. 2294) die hs. liest also aquae vis für aquai. 2298) sih ist zu ergänzen. 2304) Graff III. 79. 2306) Serv.: errabat, pascebatur. 2320) dies scheint suohta zu sein; ich verstehe aber dann nicht, wie es sich der bedeutung nach mit dem lateinischen worte vereinigt. 2325) gehört gilanztio zum st. v. linse, das mhd. wb. III. 342ᵇ angenommen wird? z für s begegnet auch 2967. anders wird das wort von Graff III. 362, 773 und Schmeller (I. 339) gedeutet. 2341) verstehe ich nicht. 2347) az scheint mir zum vorhergehenden arduus zu gehören und die neutralendung zu sein. teil würde dann, wie nicht selten, sächliches geschlecht haben. 2355) die form ist dadurch entstanden, dafs der glossator zuerst ziranton schreiben wollte, dann von neuem beginnend giranton verzeichnete. Graff thut daher recht daran, wenn er nur giranton aufweist. 2370) sollen vielleicht die drei striche nur die zahl der silben ausdrücken? es scheint mir sicher, dafs hier irgend eine geheimschrift beabsichtigt wurde. meinestheils rathe ich auf artageta (a für at vgl. zu 585) vgl. Pariser gl. 725. 2448) Graffs ansicht (IV. 761) ist entschieden zu verwerfen. der glossator hat wahrscheinlich nach Serv.: indigenae i. e. inde geniti übersetzt und inde mit hinna gegeben. 2455) fecta vermag ich nicht zu erklären. 2473) Graff vermuthet II. 371 pirohhanun (vgl. zu den Pariser gl. 592), daneben aber weniger gut pitrohhanun V. 501.

2521) ich halte Graffs V. 441 ausgesprochene meinung, dafs tarta tela, auf gaesa bezüglich, zu schreiben sei für richtig, besonders da die Pariser gl. 796 hierzu stimmen. 2572) mihi ist fälschlich von agitat abhängig gemacht; oder sollte irgend eine hs. me geboten haben? 2583) hier ist der glossator vom Servius abgewichen. denn der letztere construiert: qui patet insidiis, der erstere aber: insidiis conspeximus. 2584) d. h. uzgimimo. 2586) Serv.: alii ita putant: me nulla dies dissimilem arguet, sive quae est hodie fortuna permanserit, sive etiam laeta fuerit, i. e. nec si feliciter mihi, nec si infeliciter cesserit, dissimilis ero huic conatui: et melius legitur sine aspiratione, i. e. aut adversa. 2599) Graff V. 230 und 347. 2617) Graff II. 899 setzt ungimezze als adj. an; mir scheint befser tantum nimium und das deutsche zi solihemo ungimeze zusammenzufafsen, sodafs das letzte wort subst. ist. 2638) Graff IV. 842 richtig farholano. 2641) für apaprah. 2647) relatu hat der glossator fälschlich mit vociferans verbunden. 2675) Graff, welcher die glosse (IV. 448) nur zu acres zieht, nimmt natürlich chuoni als adj.; ich glaube aber, dafs sie substantivisch zu erklären ist und stütze mich dabei auf Serv. zu v. 720: illi sine dubio, quibus Mars inicerit audaciam. 2688) Serv.: quo deinde, scilicet de castris. 2699) Graff zieht (III. 65) das wort wohl mit recht zu peiton. vgl. Serv.: demoror, exspecto, sustineo. 2722) mhd. wb. I. 834ᵇ. 2732) Graff I. 363 lardet als lat. wort lopetom; dies mag eine randglosse sein. vgl. Serv.: tenorem, currendi modum i. e. eodem impetu fertur. 2775) mentem ist nur zur erläuterung des deutschen acc. hinzugefügt, welcher von einem aus tine zu entnehmenden âno abhängt. 2793) indole mochte der glossator nicht von dignum *abhängig, sondern ergänzte aus dem vorigen verse* pro, *wie die praeposition* pi *beweist.* 2799) *Graff* VI. 125 *ändert fälschlich in* nidersihtigar. 2817) *l.* prahhun. 2827) *das* a *gehört wohl nicht mehr zu dieser glosse; es könnte die lateinische präposition sein, die zu* solio *zugefügt wäre.* 2831) *Graff* VI. 642 *beſser* schefsteti. 2835) *das* h *kann zu dem deutschen worte in keiner beziehung stehn; es wird wahrscheinlich der vorhergehenden zeile zu vindicieren sein.* 2844) *soll die correctur* iuiht *ergeben?* 2874) *Graff* I. 756 *liest schlechter* giuuentten. *natürlich ist das wort nicht unter* wentjan, *sondern unter* hwennjan *aufzuführen.* 2906) giiagotemo *giebt an dieser stelle gar keinen sinn; das allein passende ist* giiagotiu, *wie Graff* I. 580 *hat.* 2929) *die form, aus der gebeſsert, ist wohl zu erklären aus dem alten* steraz, steroz, *worüber zu vgl. Müllenhoff in dieser zeitschr.* XII. 291. *ebenso muſs meiner ansicht nach* farstere 2967 *gedeutet werden.* 2951) *die silbe* us *über dem* a *der lat. endung soll zur erklärung des deutschen masculinums helfen.* 2977) struhtines *bei Graff* VI. 744 *ist nur druckfehler.*

3026) *schon von Graff* I. 941 *in* uuereta *corrigiert.* 3027) *Graff zieht* IV. 283 gigozanlihaz *zu dem über* futilis *in der vorigen zeile vorkommenden* Vulcania (arma); *dieser annahme steht aber der umstand entgegen, daſs der lat. text* arma ad Vulcania *bietet und demgemäſs die deutsche glosse in den dativ (scil.* ze) *würde gesetzt sein.* 3029) *vgl. Graff* IV. 1122, *wo nur* haeret hians *nicht als glosse zu bezeichnen gewesen wäre.* 3040) *hier liegt entweder ein fehler vor oder der glossator hat* violare *gelesen.* 3046) *da das wort ohne verweisungszeichen am rande von v.* 836 *steht, so wage ich keine ergänzung; gehörte es zu* subsidunt, *so könnte man an* gistullent *denken, wenn man Serv:* remanebunt, latebunt *dabei zu rathe zieht.* 3059) *am rande bei v.* 887. *bezieht sich das wort auf* condidit *im v.* 886, *so müste* inliez *geschrieben werden.* 3077) *für* untaruanth *vgl.* badewant *mhd. wb.* III. 683ᵃ; *bei D. Cange* IV. 719 *finde ich nur* orale *als kopftuch.*

V.

2) *l.* naruuertant. 28) *vgl. alts.* aftan, *ags.* äftan. 31) *bei Graff* I. 350 *fehlt wohl nur die bezeichnung* VG 2. 55) *l.* mbchptk. 60) *l.* thuanc. 68) *zu* draban *mhd. wb.* I. 388ᵃ. 73) *ist es* reisig, *welches sonst nur in der composition* lûtreisig (*Graff* II. 543) *begegnet?* 74) *l.* erbizzenemo. 80) *die drei bildungen* isarna (*Graff* I. 491), isana *oder* isena (*Pariser gl.* 40) *und unsere hier,* isara *entsprechen den drei namen des metalls:* isarn, isan, isar. 86) *mhd. wb.* II. 2, 299ᵇ *gewährt das verb* sungeln. 93) fizza *gehört zur zweiten hälfte des lat. wortes.* 95) *es scheint hier nur* verwartan *in der bedeutung von: für etwas sorgen (mhd. wb.* III. 532ᵃ) *zu passen.* 109) *Graff setzt, da er Clm.* 305 *noch nicht kannte, dies wort fälschlich unter* tougau (V. 376). *ich erkläre es als:* under diu ougun *scil.* verwundet. *vgl. mhd. wb.* III. 824ᵃ: wunden wen in den nabel. *über diese construction spricht auch JGrimm kl. schr.* I. 320 *fg.* — *Graff* IV. 370 *citiert ferner aus diesen glossen:* siliquis cheuun.

VI.

5) *mhd. wb.* II. 2, 763[b]. 7) *das* r *hat noch einen haken an seinem obern ende; sollte daher* haisen *zu lesen sein?* 21) *gehört die glosse etwa zu* bart? 23) *mhd. wb.* III. 325[a]. 26) *dies wort ist undeutlich und mir unverständlich; das folgende, am rande, gehört aber ebenfalls zum Virgilischen* lasciva *und ist von* sceron *Graff* VI. 534 *abzuleiten.* 30) *l.* abgesenidden. *für die composition vgl.* halbetôt *Reinfrid p.* 47 *Goedeke.* 32) sint *für* sun? 33) *am rande durch verweisungszeichen auf* transversa *v.* 8. *bezogen. es fragt sich, ob* ruegilin *nur* tergum *glossiert und dann deminutiv von* rucki *ist, oder ob eine entstellung von* ruckilingun *darin zu erkennen sein möchte.* 39) *das von Bethmann noch aufgeführte* vuas *ist lateinisch.* 40) *die hier erforderliche bedeutung bietet das mhd. wb.* I. 601[b], *noch nicht Graff* IV. 737. 41) *mhd. wb.* III. 160[b]. 42) *die drei ersten buchstaben sind fast ganz verwischt und ich will für meine lesung nicht einstehen. der zweite theil des wortes könnte von* rechan *abgeleitet werden, wenn man* z *nur für graphisch von* c *verschieden (wie in* geszh'ide) *auffaſst. dann hätten wir* rahe *für* rach. *doch dem sinne ist auch dann noch nicht genug gethan.* 47) *Nemnich p.* 227 *gewährt bildungen wie* hangelbirke, hangelbirn *u. s. w. vgl. auch* hengel *mhd. wb.* I. 612[b]. 52) *gemeint ist* welleploche. 59) *also* uuichan, *vgl.* iuuan 92. 73) *das* s *ist falsch.* 74) *wie sehr häufig* th *für* ht *geschrieben wird, so finden wir hier* tch *für* cht. 80) *mhd. wb.* II. 2, 176[a]. 94) *die lesung der drei ersten buchstaben ist unsicher. — Bethmann führt auſserdem noch unter* 26 iunco vvlgo *und unter* 70 tonde sneide *auf. beides sind aber lateinische worte; das erstere* (*B.* II. 72) *ist eine glosse, welche durch die in den Buc. der hs. consequent durchgeführte allegorische erklärung der ländlichen personen und verhältnisse veranlaſst worden; das zweite ist vom herausgeber für* incide (*G.* II. 368) *verlesen.*

Berlin, december 1869. ELIAS STEINMEYER.

ZUM VOCABULARIUS SANCTI GALLI UND DEN GLOSSAE KERONIS.

Bisher scheint die zuverläſsigkeit von Hattemers ausgabe der althochdeutschen sprachschätze St. Gallens noch von niemand in zweifel gezogen worden zu sein. wie schlecht es aber mit dieser vom herausgeber so entschieden betonten treue steht, mögen die folgenden collationen des vocabularius Sancti Galli und der keronischen glossen zeigen, welche ich auf einer behufs neuer vergleichung des Tatian unternommenen reise nach St. Gallen anzufertigen gelegenheit hatte. vorausschicken muſs ich dabei die bemerkung, daſs Hattemers facsi-

miles durchaus nicht genügen, um ein richtiges bild der einzelnen handschriften zu gewähren, sowie dafs die letzten blätter des voc. St. Galli durch anwendung von reagentien jetzt so sehr verdorben sind, dafs ihre lesung nur mit äufserster schwierigkeit möglich ist.

I. Vocabularius St. Galli[1]. *p.* 181 *(der hs.) z.* 2. laup.* 19. fr:st *(mit : bezeichne ich einen ausradierten buchstaben).* — 183, 3. glôt.* 12. zuisillochti.* — 184, 16. uuintscuffla, *das erste* f *durchstrichen**. — 187, 13. hu̇uida.* — 188, 15. rôter.* — 189, 4. durchgôt* *(über diese* ô *s. Hatt.* I, 8). 13. haupit; *ebensogut kann man* haubit *lesen, indem ein* b *und ein* p *in einander geschrieben sind.** — 191, 16. tuten*. — 192, 2. umpilico; *die letzten* 4 *buchstaben sind durchstrichen und darüber ist, wie es scheint von erster hand* culo *geschrieben.** 20. tellax* *trotz der anmerkung.* — 194, 7. ęsti*. 8. urtrui.* 11. arcustic.* — 195, 11. chädilla.* 15. süihhit.* 17. irdisc; *das* c *ist aus* g *corrigiert.** — 196, 6. zit.* — 200, 14. süin.*

II. Glossæ Keronis. *Hatt. p.* 139ᵃ *z.* 15. *lies* analazcente.* — 139ᵇ, 3. tunchlo, *das* h *nachgetragen.** 6. farlaitit.* — 140ᵃ, 2. capintanti; *aufserdem* ca *auf rasur von erster hand.* 32. cotchundlih, *das erste* h *nachgetragen.** — 140ᵇ, 18. conpetens.* 35. humor; *die abkürzung (der letzte zug des* m *nach rechts verlängert und senkrecht durchstrichen) hat in den* glossæ Keronis *ganz allgemeine geltung, wenn sie auch vorzugsweise für* us *steht.** — 141ᵃ, 23. *zwischen* adstipulatus *und* camalichot *fehlen die worte* cafoacandi. adiunctus.* — 141ᵇ, 4. arsoüarre.* 10. crudilitas.* 16. atˢ (*nicht* aut!)* 34. clara.* — 143ᵃ, 14. cadhuing.* 23. *hinter* refuga *sind die worte* arflohan altergatio *ausradiert.* 24. altergacio.* 33. alligotor. roächari.* — 143ᵇ, 22. pi|gezendi; *das* ge *nachgetragen.* 23. consequitur *steht zweimal.** 27. cakaruuui.* 32. aliquandiu.* — 144ᵇ, 31. mitmemo.* — 146ᵃ, 6. scauuuont.* 24. crauis.* — 146ᵇ, 3. mo:ri. 7. and::hra; *der erste der beiden getilgten buchstaben war* r. 15. qhuad.* 19. zôcant.* 27. farthroscän.* — 147ᵃ, 6. sublimia.* 7. çruuep.*. 35. ainualtemu.* — 147ᵇ, 8. qhäd.* 9. qhuidit.* 18. uuidaruuert *verbefsert aus* undh-.* 24. arzucche.* nemanambit *verbefsert aus* nemanbit.* 28. zouuuilon. — 148ᵃ,

[1] *eine vergleichung der auf hiesiger kön. bibliothek* (*ms. germ.* 4⁰. 629) *aufbewahrten abschriften Lachmanns ergab an den mit sternchen bezeichneten stellen dieselben abweichungen von Hattemers texte. Steinmeyer.*

20. ar:uirrit. 30. zoauu:rbithu. — 148b. 11. pidharlih*or*. 14. *hinter* zoasouuam *fehlt die glosse* Natabat. Souuam.* 23. framahha.* 27. hquelando.* 36. zoahqhemane. — 149a, 1. zoahangane.* 3. zoacam.* 4. ingā.* 5. incchoo; *das zweite* o *von zweiter hand?** 15. tecum.* 29. q:od. — 149b, 1. cothazattan *corrigiert aus* -am. 3. foruuorphan.* 17. zimprot.* 26. adsum:::t. 31. suntaruuinda; *das* i *auf rasur.* — 151a. 10. khunni. 21. himilicu.* — 151b, 14. inpugnacione.* 15. abrizum.* 29. reualacio.* — 152a, 16. st:arc; r *ausradiert.* — 153a, 15. baccum.* 32. bella*. *das übergeschriebene* a *von zweiter hand.* 33. inimicicia; *das zweite* i *unter der zeile nachgetragen.* 34. pika:an. — 153b, 13. uuinit. 21. firmi:dandi. 30. hd* scaffo ę hd* conditor; *die beiden* hd (*d. h.* hic deest) *beziehen sich natürlich auf die umstellung der worte* scaffo *und* conditor. — 154a, 3. eddo*. 23. kinozsamot.* 36. conliga::te; ga *ausradiert.* — 155a, 9. *eher* irskithan* *als* irskidian. 13. tests cundeo.* — 155b, 34. lutumhoro.* — 156a, 1. anthezza.* 27. sclit.* — 156b, 6 *ff. könnte man ebensogut* uuertlih,* uuerthunga,* uuertlihoston* *lesen; es kommen zwar sonst verschlungene* rt *in der hs. nicht vor, aber es ist doch ein deutlicher unterschied zwischen diesen* rt *und den gewöhnlichen* st, *z. b. in* uuertlihoston, *wahrzunehmen.* 12. dultidaco.* 17. celsa*. 31. uana umpi *auf rasur von erster hand.* — 157a, 33. uestiparn.* — 157b, 12. cenubium — kisamanunga *sind am rande von erster hand nachgetragen.* 21. chataplum.* — 158a, 7. kimahchondi; *über dem* di *steht* ti.* 23. conflectus.* — 158b, 2. lanpuuuo". 10. euidentur.* 19. irtrokhe:net; t *ausradiert.* 24. c:ulpat. — 160a, 23. oparostòn.* 25. charkella. 36. scauuonti.* — 160b, 5. kisigibd.* 7. spelndor. — 161a, 9. syphus*; *der linke schenkel des* y *ist oben zu einem kreifse zusammengekrümmt.* 31. uuorfindi. — 162a. 3. coinquinatòr.* 15. zisliffan* (*deutlich so*). 22. kitoat.* 24. kis:critant; t *ausradiert.* 31. curtiinam.* — 162b, 27. forlazzit; *das erste* z *durch rasur halb getilgt.* — 163a, 14. kientomes.* 20. ps:eudo. 27. pihandi.* 31. drizog.* 34. grekiskun.* — 163b. 4. flega.* — 164a, 14. kiuuiso.* 28. kileiddit. — 164b, 34. aaz.* — 165a, 17. kiscei:it. 30. keintun:::ca. 35. doctrinę.* — 165b, 35. ziseithu. — 166b, 8. decrepitus n kiproh.* 11. urmot. — 167a, 26. dificiunt.* 29. disinire.* 30. irfleohhan.* 33. de-

mentibus. — 167b, 15. ziolitlosit[1]). 32. distituetur[2]). — 169a, 4. emiga piunebet. 7. irslinfpi:t; n *ausradiert*. 14. eminus.* 33. principium. — 169b, 18. thuruhstantentem.* — 170a, 7. kithuin.* 25. farinkun.* — 170b, 19. attinuatus.* — 171a, 2. irmalzen *corrigiert aus* -an. 18. zauhit.* 25. kiuftit *verbefsert aus* -ut. — 171b, 3. einmari (*nicht abgekürzt; das a ist wie sehr gewöhnlich auf das r aufgesetzt; dasselbe gilt von den anmerkungen zu s.* 158* *und* 181.* 31. freisa.* 35. ubirikant.* — 172a, 25. thannan. — 172b, 34. argentumm; silpar.* 36. incoctum.* — 173a, 14. kahorit. 32. izzoht.* — 173b, 19. kounntheo. 28. ahsleoa. 34. firunizi.* — 174a, 20. ius::t *ausradiert*. — 175a, 2. smeke.* 35. fanitu. — 175b, 3. sulla.* 9. fal li: fal *von erster hand nachgetragen*. 24. oparondi.* 29. selesta. — 176a, 4. folzuht.* 13. uperandi. — 176b, 17. uacebat unthalod *auf rasur*. 20. meritas. — 177b, 10. fiducia.* 21. fremit feinut. 29. pizzont.* — 178a, 15. unkiuurteke.* 22. roadia.* 23. kilihlita.* 28. palliho.* — 178b, 29. hinfa:tlih. — 180a, 1. siccamJna.* 21. finit endi *vom rubricator geschrieben*. 32. hAusta; h *nachgetragen*. — 180b, 3. kirumo.* 12. scepandi.* 29. uuarmi; *das* a *ist aus einem andern buchstaben gemacht, wie es scheint, aus* u. — 181b, 30. -scinit *auf rasur*. — 182a, 8. kikhuthit.* 14. sakem; *der erste strich des* m *ist getilgt*. — 183a, 24. irri:hhitha. 25. meri.* 26. daz ist erist ist; *das erste* ist *halb ausradiert*. — 183b, 31. tranchu.* — 184a, 15. inercia.* 17. *es bleibt doch nichts übrig als* libtlih* *zu lesen*. 21. pizuhit. 23. anahnekendi.* 27. peminit.* 32. insuperpire.* — 185b, 16. pitulonti.* — 186a, 11. ntnodit *sicher*. 14. edi.* 29. sohhit.* — 186b, 26. :::iu; iam *ausradiert*. 29. statimit *vom zweiten strich des* m *an auf rasur*. — 187a, 11. inuilant. 18. deduc:nt. — 187b, 10. feJhhanum (*deutlich so*). 12. pizkiuzzit.* 18. anastephit.* — 188a, 5. ioh. ioh.* 9. kl.* 19. bluttaret.* — 188b, 13. lihhenta.* — 189a, 1. kiskeita.* 9. kherzion.* 18. ahtnefsi.* 19. circumuenciones.* — 190b, 32. zi nuuuihti ki:::uuorfan; tan *ausradiert*. — 191a, 11. rub. çipse. — 191b, 2. maurius. 9. marsubiu. — 192a, 9. su.* 10. marticus marcus.* 27. libtas.* — 192b, 1. kique:tan. 4. uuostu. 10. sonulihhes.* 12. roheo.* 23. contentus.* 28. *wahrscheinlicher* hervsto. — 193a, 1. kiteporod.* 23. mitesin. 29. suuazzi.* —

[1]) zisolit L. [2]) distituetor L.

194^a, 20. manom.* — 194^b, 11. krist. — 195^a, 6. proelio.* 9. prossus (?). 27. *zu anfang der s. 203 der hs. ist eine zeile frei gelafsen.* 35. nisam.* — 195^b, 10. neoht; e *aus* i *gemacht.* — 196^a, 17. niunē. — 197^a, 1. plurim.* 18. ähho.* 22. neirpehumes *scheint in* ligpr. *corrigiert zu sein.* — 197^b, 1. nocturnus *wie oben* 140^b, 18. *abgekürzt.** 2. corb;.* 34. opfar.* — 199^a, 1. olera.* 2. olor'. 10. finies.* — 199^b, 16. inpedimtis.* — 200^a, 20. gregum.* — 200^b, 3. nuskilahhan *wie* 140^b, 18.* 8. uuidi.* 28. barabula.* — 201^a, 29. puplicanus *wie* 140^b, 18.* — 201^b, 4. knetkiperandi.* 5. puerum, *abgekürzt wie* 140^b, 18;* *vgl. z. b. ebenso* nimirum 202^b, 27. 17. etō. 8. kiporan; *das zweite* c *des* a (cc) *ist zu einem* o *zusammengeflofsen.* 18. pihilippus.* 28. *am untern rande von s. 228 der hs. steht* in dno. — 202^b, 1. queastuarii.* 38. sūmodicū.* — 203^b, 10. quorumdam.* 13. foī. 21. huuelihheru mahdi; heru *auf rasur für* mahdi. — 204^a, 7. täket.* 10. kibrortora.* — 204^b, 6. reciuu.* 14. kiflūdic.* — 205^a, 17. reliqa.* 36. rēte.* — 206^a, 17. säri.* 31. defmifid.* 32. deindic:auit; j *ausradiert.* — 206^b, 4. propositi probarac[4]. 7. qi*. — 207^a, 13. unpipitan.* 37. secta;* *der zweite strich des* a *war nach rechts verlängert, diese fortsetzung aber ist durch zwei puncte getilgt.* — 207^b, 30. sinelencium.* — 208^a, 5. expremit. 13. i:magnē. 30. sopires. — 208^b, 14. kimahit.* 19. solemni.* 34. *das zweite* solum *abgekürzt wie* 140^b, 18. — 209^a, 19. arporo.* — 209^b, 29. suscepit.* — 210^a, 6. scōrum *wie* 140^b, 18.* 28. spectālum.* — 210^b, 4. scopsleuon* (*oder* scopsteumi). — 211^a, 9. spannus *wie* 140^b, 18.* 18. titillat (*sic!*)[5]. — 211^b, 9. istat' ē nūm[6]. 24. salus *wie* 140^b, 18.* — 26. āgnus (*wie* 140^b, 18) ustia. 27. subprimis *wie* 140^b, 18.* — 212^a, 12. hęgepugi.* 19. p;tremū.* 31. kifinit. — 212^b, 10. unhreini.* 17. foraghtendi.* — 213^a, 14. triduuin. 17. ditanda,* *corrigiert aus* ditama (*ebenso z. b.* 214^a, 18. firndmit *aus* firmmit). — 213^b, 2. suozitha; s *aus* z *verbefsert.* 15. tym:phanis; p *ausradiert.* 16. cūtriarus *wie* 140^b, 18. 19. ∂dem.* 33. st'ilhhi. — 214^a, 1. uuizzii thero[7]. 11. edhōmil.* 17. firnenti.* — 215^a, 6. zuifalt.* 11. unus *wie* 140^b, 18.* 12. punto.* 33. ullulatio. — 215^b, 9. ueinerat. 17. uectūlia. 28. laupet. zent, nt *verschlungen; vgl. Ra.* laubazzent *und das* nt *der gl. K. auf Hatte-*

[4]) probarta L. [5]) trellad L. [6]) istat ē su'm L. [7]) uuizzi athero L.

mers *facsimile z. b. in* consummant, kinemant. — 216ᵃ, 17. firuuJhslit.* — 216ᵇ, 30. accharum *wie* 140ᵇ, 18.* — 217ᵃ, 1. utxi:it. — 217ᵇ, 12. iňkikund, 35. unius *wie* 140ᵇ, 18. — 218ᵇ, 9. uuihirmneus.

Alle verbefserungen u. dgl. fallen, wenn nicht ausdrücklich das gegentheil bemerkt ist, der ersten hand zu. wo in der hs. ein buchstabe durch einen oder mehrere puncte getilgt wird, habe ich dies überall nur durch einen punct angedeutet. von Hattemers angaben der seitenanfänge der hs. sind folgende zu berichtigen: p. 13 *beginnt mit* edho unchundi.* 17. fartribit.* 27. aboh.* 29. zoasouuam.* 30. zouueot.* 32. cothazatuan.* 33. hrinit.* 34. ilante.* 39. capilli.* 41. armilustrium.* 43. unkithinti.* 44. saxi candidi.* 46. scirmeo.* 50. fallazuht.* 53. ł summitas.* 54. pihauuuam.* 55. susceptus.* 56. scirmuuafan.* 58. in quei.* 61. confusa.* 64. unmezlihhem.* 67. siue arbores.* 69. cantale. 73. occiduntur.* 74. serui militum.* 75. prinnit.* 76. pihabet.* 79. prusten.* 83. kepant.* 87. prahton.* 91. edho sunteod.* 98. pilistinondi.* 100. herizohon.* 103. ufchunnit.* 107. ł repente.* 112. irpitit.* 116. perspicue.* 117. in anthareru.* 119. aperire.* 120. humerale.* 121. ra|chond.* 126. famulus.* 129. fon inn.* 133. ofto.* 134. repensatio.* 136. irmoade.* 137. teorlih|hosta.* 138. kidriuuidha.* 142. strenken.* 143. non aliter.* 147. khacrefdic.* 148. dei mei.* 149. ł pauper.* 154. edho suuelgari.* 160. firspentod.* 162. ana bart.* 164. chuuetan.* 170. in forn.* 173. irsuuelhan.* 175. firlazzit.* 177. irlosari.* 180. eune kepandi.* 189. manna quod.* 193. teil uuafannes.* 194. ł temptatio.* 197. kimundit.* 198. edho temparunka.* 199. mihhalitha.* 202. pifuntan.* 211. ni angustemes. 213. skiero.* 219. urpohhi.* 221. pitit.* 223. inreuocabilis.* 224. trauc.* 228. etho mit diu knehd.* 229. khnehtperan.* 231. frakunka.* 240. irhludit.* 243. felisa.* 244. edho akhara.* 246. edho suuuri.* 247. ki|zza.* 248. unpipitan.* 257. kiporaniu.* 260. kistriuni.* 261. feiisom.* 262. edho kiuuirkhitha.* 263. daz ift ein kant plates.* 265. anascauuunka.* 266. in anthra.* 268. pismizan.* 273. st'lihln.* 278. uuizinunc.* 279. uurzari.* 282. scuten.* 286. rehthari.*

Zum schlufs will ich noch bemerken, dafs auch die glossen der hs. 9., *welche ich wegen der kürze der mir zugemefsenen zeit nur flüchtig einsehen konnte, bei Hatt.* I. 232 *ff. sehr fehlerhaft wieder-*

gegeben sind; es fehlt z. b. s. 277. *die glosse:* Pilos in album mutatos colorem ut grint facit, s. 189. *mufs es heifsen* lebeleia, s. 273. slenchida, s. 276. nahtigalah, s. 295. steJnna *u. dgl.*

Leipzig. E. SIEVERS.

ÜBER DIE LIEDER HARTMANNS VON AUE.

Die lyrischen gedichte Hartmanns sind uns fast ausschliefslich durch die alten liederhandschriften überliefert, vollständig allein durch C mit 60 strophen; B giebt 28, A nur 10. und auch in der reihenfolge der einzelnen gedichte zeigt sich A vollkommen unabhängig von den beiden andern sammlungen. denn während diese von B C 1 bis B 28, C 32 mit einigen näher zu bezeichnenden abweichungen parallel laufen, erscheinen in A die zwei gedichte, welche diese handschrift mit der genannten reihe gemein hat, umgestellt und voran geht ihnen ein lied, welches C erst in seinem selbständigen theile, also nach C 32 bringt.

Betrachten wir erst die reihe BC. sie zeigt eine nath bei B 18, C 22, wo ein sechsstrophiges lied beginnt (MSF. 318 ff.), das seines stils wie seiner geringen beglaubigung wegen — E weist es Reinmar, m Walther zu — für unecht gehalten werden mufs. es mag auf der letzten seite des BC vorliegenden liederbuches eingetragen worden sein. bis dorthin zeigt die überlieferung folgende gestalt:

	B 1	C 1	MSF *205,1*)
	2	2	205,10
		3	206,10
		4	206,1
	3	5	*208,8
A 7	4	6	207,11
	5	7	207,35
10		8	208,32
8	6	9	207,23
9	9	10	208,20
		11	*205,19
	7	12	*209,5
	8	13	209,15

*) Mit einem stern sind die liedanfänge bezeichnet.

4	12	14	*206,19
5	11	15	206,29
6	10	16	207,1
	13	17	*209,25
	14	18	209,37
	15	19	210,11
	16	20	210,23
	17	21	*211,20

Die entstehung dieser ersten reihe kann man sich so vorstellen. die einzigen zwei unter diesen fünf liedern, welche in einem vom dichter beabsichtigten und ausgesprochenen zusammenhange stehen, sind 206,19 (drei strophen) und 207,11 (fünf strophen). *und wil ir iemer leben* schliefst die erste strophe von 206,19, *Ich sprach ich wolte ir iemer leben* beginnt 207,11. wir können es deshalb für keinen zufall ansehen, wenn die hs. A aus dieser ganzen reihe nur diese zwei gedichte und zwar in der natürlichen folge bietet, so dafs jenes auf welches das andre sich beruft, diesem vorangeht. 206,19 ist A 4. 5. 6., 207,11 A 7. 8. 9. 10. was in A vorhergeht 1. 2. 3. ist gleich C 42. 43. 44. davon später. die incidenz der zwei umstände der zusammengehörigkeit der erwähnten zwei gedichte und ihres isolierten vorkommens in A fordert zu dem versuche auf von hier aus die entstehung der reihen B 1—17. C 1—21 zu begreifen.

Zuerst von dem liede 207,11. es ist nothwendig voranzuschicken dafs Haupts anordnung der strophen dieses tons sich als die allein richtige nachweisen läfst. 207,11 ist deutlich genug als eingangsstrophe; die drei 207,35. 208,8. 208,20 sind in dieser folge durch innere bezüge zusammengehalten: 208,8 nimmt den gedanken der in den letzten vier versen der vorhergehenden strophe ausgesprochen worden, in negativer form auf, während 208,20 die jahre für dennoch unverloren erklärt, welche der dichter 208,13 zu beklagen schien. die stellung von 207,23 zwischen 207,11 und 207,35 kann nun nicht mehr zweifelhaft erscheinen, da man die strophe sonst an den schlufs versetzen müste, was des sinnes wegen nicht geht. 207,23 ist der dichter traurig, aber resigniert und will sich auf keine unedle weise rächen; das kann unmöglich mehr gesagt werden nach strophe 208,20, in welcher der wunsch nach versöhnung mit der geliebten, nach herstellung des früheren verhältnisses ausgesprochen worden war. 208,32 ist eine palinodie

die sich eigentlich nur auf die erste strophe des liedes bezieht und dadurch es glaublich macht dafs diese einmal eine abgesonderte existenz geführt habe.*) zu bezweifeln aber dafs die eingangsstrophe würklich mit den übrigen zu verbinden sei, ist kein grund. dafs der übergang des gedankens von der ersten auf die zweite strophe ein harter und durch keine conjunction gemilderter ist braucht nicht aufzufallen. vgl. z. b. das letzte gedicht des von Hausen 54,28, wo auf *ich enlars in niht gewern* unmittelbar folgt *Ich wil tuon den willen sîn.*

Die hs. A hat nun die zwei ersten strophen, dann die letzte und die palinodie: alles in richtiger ordnung, nur die zwei strophen 207,35. 208,8 fehlen. dies kann nicht die gestalt gewesen sein, in welcher die vorlage von BC das lied ihren beiden sprofsen vermittelte: denn diese vorlage hatte, wie B nachweist, die palinodie noch gar nicht und die schlufsstrophe 208,20, welche sie allerdings besefsen haben mag, war noch nicht als zu unserem liede gehörig erkannt worden, wie ebenfalls aus B ersichtlich, in welcher hs. 208,20 nach dem zweistrophigen liede 209,5. 209,15 folgt. und wie kaum zweifelhaft scheint, waren es die worte 208,20 *mir sint diu jâr vil unverlorn* in welchen der ordner einen bezug auf die erste strophe des liedes 209,5 zu finden glaubte, eine art palinodie, welche der strophe hier ihren unberechtigten platz anwiesen. Aufserdem muste auch schon in der vorlage von BC die erste strophe unsers gedichtes mit jenen beiden in A fehlenden umgeben worden sein und zwar in der ordnung dafs als erste strophe des gedichts nun 208,8 erschien; dann kam die würklich erste 207,11, dann nicht die zweite sondern 207,35. bevor die vorlage von BC diese der natürlichen ordnung zuwider laufende gestalt bekam,

*) man sieht dies auch aus den verschiedenen voraussetzungen der ersten und der strophe 208,20. in dieser wünschte er nur *wan müese ich ir als ê ze vrouwen jehen.* hier ist es also bereits so weit dafs die dame nicht mehr als seine *frowe* gilt oder gelten will, während in der ersten strophe der dichter erklärt seinen dienst aufgeben zu wollen. möglich aber ist immerhin und die überlieferung spricht dafür dafs der dichter die folgenden strophen bis 208,31 hinzugedichtet hat in der absicht die zu unumwundenen äufserungen der strophe 207,11 zu mildern, was allerdings beſser durch den vollständigen widerruf, die vereinzelte strophe 208,32 geschah. die stellung der strophen aber kann nur die sein dafs nach der absage 207,11 jene auch durch die hss. mit ihr verbundenen andern folgen die mit ihr in einem liede gestanden haben können, dann die vereinzelte palinodie.

muste die überlieferung, wenn wir nicht einen unerklärlichen zufall walten lafsen, nur die erste und zweite strophe des liedes geboten haben, denen dann, da nach ihnen kein raum frei war, die zwei folgenden an die seite geschrieben wurden. nach den dargelegten änderungen, welche die vorlage BC erlitt ist dann die ergänzende und ordnende hand von C zu bemerken, welche die palinodie einträgt, allerdings am unrechten platze nach 207,35, dafür aber die letzte strophe an den gebührenden ort stellt. also die überlieferung BC kannte ursprünglich nur die zwei ersten strophen des liedes 207,11, A kann immerhin die vier strophen aus seiner vorlage abgeschrieben haben.

Das zweite der beiden in rede stehenden lieder 206,19 (drei strophen), zeigt in der überlieferung zwei besonderheiten. einmal steht es nur in A am richtigen platze vor dem andern liede, während es in BC nach dem liede 209,5 folgt, ferner ist die strophenfolge in B die umgekehrte. beides erklärt sich aus demselben grunde. 206,19, das ursprünglich wie in A auch in einer mittelbaren vorlage von BC vor lied 207,11 gestanden, sollte in noch sichtbareren zusammenhang gebracht werden dadurch dafs sogleich auf *wil ir iemer leben* das *Ich sprach ich wolte ir iemer leben* folgte. diesen zweck erreichte man durch umsetzung der strophen. dieselbe erhielt sich in B, während C das rechte wieder herstellte. auch hier war A befser berathen. die umstellung aber hatte natürlich nur dann einen sinn, wenn das lied 207,11 würklich mit seiner ersten strophe *Ich sprach ich wolte ir iemer leben* anfängt. da dies in BC nicht mehr der fall ist, B aber noch die umstellung der strophen in 206,19 zeigt so ist anzunehmen dafs sie zu einer zeit vor sich gegangen, in der das lied 207,11 nur durch die ersten zwei strophen vertreten war und zu vermuthen dafs die lösung jenes zusammenhangs durch die der ersten strophe von 207,11 vorgesetzte andre 208,8 sowie das bestreben einen neuen zusammenhang herzustellen einen redactor von BC bewog das erste lied an das ende seiner sammlung nach B 9, C 13 zu setzen, zunächst noch in umgekehrter ordnung die dann C corrigierte.

Die fortsetzung der sammlung durch andre Hartmannsche lieder geht nun in BC von unserm liede an ihren ungestörten weg. an die stelle des von seinem platze vertriebenen 206,19 trat in BC ein anderes lied, das A nicht hat, 205,1 und zwar zunächst d. h. noch in der vorlage von BC nur mit den zwei ersten strophen.

und wir sehen auch gleich den grund dieser ersetzung. der schlufs der zweiten strophe dieses liedes bringt denselben gedanken, welcher auch in der bei BC der ersten des liedes 207,11 vorausgehenden strophe 208,8 ausgesprochen wird: *ob ich mit sinnen niht gedienen kan, dâ bin ich alterseine schuldec an* = *daz mir dâ nie gelanc, des habe ich selbe undanc: dûht ich sis wert, si hete mir gelônet baz.* der angewandte gesichtspunct wird noch empfohlen durch einen besondern vorgang in C. diese hs. giebt allein alle strophen des tones 205,1, aber nicht in der richtigen folge. die dritte strophe nämlich 205,19 nach 208,20, als ob sie zum ton 207,11 gehörte; die stelle ist erklärlich durch die nahe verwandtschaft der gedanken zwischen der strophe 205,19 und zweier, allerdings nicht der letzten des liedes 207,11, in denen sich auch der dichter selbst seiner geliebten gegenüber die schuld beimifst (207,35. 208,8). die vierte letzte strophe aber 206,1 und die selbständige 206,10 sind nicht in der natürlichen folge in C nach der ersten und zweiten strophe eingefügt, sondern umgekehrt. durch diese umkehrung wird wieder erreicht was durch die unveränderte stellung vielleicht verdunkelt worden wäre, eine deutliche verbindung durch wiederaufnahme desselben gedankens. es schliefst so das erste lied 205,1 mit *michn sleht niht anders wan mîn selbes swert* und darauf folgt die strophe 208,8 des liedes 207,5, deren verse wir oben gelesen haben: *daz mir dâ nie gelanc, des habe ich selbe undanc* u. s. w.

Es ist nun ersichtlich warum ich nicht mit Wilmanns (zschr. 14,150) wegen der stellung von B 9 von da ab einen nachtrag in der vorlage von BC vermuthe: weil sich in diesem falle wie in dem sehr ähnlichen C 11 ein zusammenhang des sinns mit dem vorausgehenden zeigte. von schreibern wurden strophen nachgetragen, sie kümmerten sich weder um melodie noch um metrum wie sie ja beides nicht darzustellen hatten, wenigstens nicht mehr in dieser zeit. einzelne gedanken konnten genügen um einer strophe, die nach ihrer überzeugung dem vorliegenden liede fehlte, den richtigen, oft aber auch einen falschen platz anzuweisen.

Betrachten wir nun was aus der besprochenen reihe sich für die beschaffenheit des zu grunde liegenden liebesverhältnisses schliefsen lafse. der dichter ist im dienst einer dame 208,1. 13. 25, sie ist seine *vrowe* 205,14. 19. 206,2. 209,5. 18. *vriunt* 209,18 ist nicht prägnant als 'geliebte' zu fafsen da es dem *vient* gegenüber steht. er klagt dafs sie ihm nicht lohne 207,23. 208,3. 22, dafs er *haz* für liebe finde 208,15, dafs ihm *nie gelanc* 208,16, dafs er *trôstes âne* ist 209,8, dafs während der ganzen zeit seines dienstes ihm die tage lang geworden 209,12. 207,4. etwas andres sagt auch das lied 205,1 nicht: seine beständigkeit bringe ihm wenig freude 205,5; die dame begehre seiner nicht 205,14; sein dienst gehe ihr nicht zu herzen 205,19, sie meide ihn 205,25. ja selbst der ausdruck 206,16 *mir hât ein wîp genâde widerseit* braucht nicht auf einen plötzlichen bruch hinzudeuten; so kann sich auch jemand ausdrücken, gegen den seine geliebte sich schon längere zeit spröde erweist. auch was der dichter über die ursache ihrer härte angiebt, sein *wandel* 205,12. 24. 206,3 und *unsin* 205,16, also seine fehler als anhaftende eigenschaften und seine thorheit, dann sein unwerth 206,8. 208,18 stimmt mit dieser auffafsung. wenn er würklich sich vergangen hätte durch untreue oder indiscretion und dabei wie hier das verhältnis doch fortzusetzen wünschte, so würde er sein verschulden wohl nicht zugeben und sich schwerlich so ausdrücken wie in den vv. 205,19. 23. 25 ff. 206,1 ff. 207,35 ff. an der letzten stelle spricht er sich ausdrücklich untreue ab, aber nicht in der form einer verantwortung gegen erhobenen vorwurf, sondern zur begründung des in der vorigen strophe ausgesprochenen gedankens, er werde trotz der härte seiner dame sich an ihr nicht rächen, sondern fortfahren an ihrem wohl und wehe herzlichen antheil zu nehmen. der tod des herrn mag dann hinzugekommen sein um dem dichter das verhältnis ganz zu verleiden und ihn zur kreuznahme zu bewegen. in den kreuzliedern zeigt er sich bekanntlich von der welt ganz losgelöst.

Eigenthümlich sind allen liebesliedern dieser reihe hindeutungen auf die lange dauer des verhältnisses: *von kinde* will er ihr gedient haben, von je her. der ausdruck 206,18 *sît der stunt deich ûfem stabe reit* zeigt, wie der dichter *von kinde* in derselben strophe 206,12 verstanden wifsen wollte. dafs dies aber nicht blofs für diese einzeln stehende strophe gilt, lehrt die erwägung dafs das ihr vorangehende lied 205,1, im gleichen metrum, beinahe dieselben gedanken und empfindungen zeigt wie das lied 207,11, welches wieder ausdrücklich einen gedanken des liedes 206,19 in derselben form aufnimmt. die allgemeinern ausdrücke 205,7 *langen wân*, 207,21 *vil gedienet*, 208,9 *ie manic jâr*, 208,32 *dâ her*, 206,26 *ie*, 207,4 *die swæren tage sint alze lanc* müfsen also auch in dem erwähnten sinne verstanden werden. die ebenfalls die länge des dienstes beklagende erste strophe des liedes 209,5 wird man deshalb nicht anders faſsen dürfen. wenn nun die voraussetzung eines von je her bestehenden liebesverhältnisses in allen liebesliedern einer durch die überlieferung angedeuteten reihe wiederkehrt, so muſs man versucht sein, andere lieder anderer gruppen, in denen etwa der ausdruck *von kinde* oder auch allgemeinere wieder vorkommen mit unsern in beziehung zu bringen.

Nach dem unechten, das auf die letzte seite des ersten liederbuches mag geschrieben worden sein, geben BC nunmehr zwei lieder gemeinschaftlich: 211,27 (drei strophen B 23. 24. 25, C 27. 28. 29) und 212,13 (drei strophen B 26. 27. 28, C 30. 31. 32). in dem ersten dieser lieder klagt sich der dichter der *unstæte* an, wodurch er ein *stætez wîp* verloren habe. *diu bôt mir alse schœnen gruoz daz sî mir erougte lieben wân* 211,38; als sie aber seinen wankelmuth erkannte, da entzog sie ihm ihre gnade. aber das gereicht ihm zum glücke, er ist nun *einer stæten undertân*, an der er seine beständigkeit beweisen will. hier fehlt der hinweis auf die kindheit und sehr auffällig wäre der gegensatz der gesinnung, wenn das hier gebrochene liebesverhältnis jenes aus der ersten reihe bekannte sein sollte. statt der schmerzlichen und reuigen resignation der gedichte 205,1. 207,11 ergiebt sich hier der dichter sehr gleichmüthig in sein schicksal, ja leitet noch daraus den vortheil ab, nun in einer neuen liebe sich als beständig erweisen zu können. aber auch der vorwurf der *unstæte*, den er sich ausdrücklich macht, passt nicht auf jenes uns bekannte liebesverhältnis. nichts gab dort anlaſs, an eine besondere einzelne vergehung der geliebten gegenüber zu denken. auch hat dort der tod seines herrn die trübe stimmung nach lösung des liebesverhältnisses festgehalten und gesteigert, während wir ihn hier unmittelbar vom verlust zu neuer liebeshoffnung sich bewegen sehen. er ist bereits einer andern dame unterthan.

Das zweite lied 212,13 ist eine mahnung des entfernten an die geliebte: 'sie möge ihm seine abwesenheit, deren ursache ihr ja bekannt sei, nicht bei seiner rückkehr entgelten laſsen. durch ungeduld beweise man seine liebe nicht; vielmehr möge sie die gebotene gelegenheit benutzen und ihre beständigkeit während seiner entfernung bewähren; auch wolle er, wenn sie ihn bei seiner rückkunft freundlich begrüſse, ihr um so eifriger dienen. aber freilich frauen solle man nur schmeicheleien sagen: da gehe es jenen schlimm, die zu getreu seien um zu lügen'. auch hier keine anspielung auf den langen bestand des liebesverhältnisses; die voraussetzung ist dafs das gute einvernehmen beider liebenden bedroht sei durch die lang andauernde abwesenheit des dichters, welche von der dame nicht so aufgefafst wird wie dieser es wünschte. was ist das für eine abwesenheit? ich glaube, an eine kreuzfahrt ist nicht zu denken. 212,18 *daz si vil wol wesse war umb ich si meit* und der gedanke 212,27 — wenn sie ihn bei der rückkunft nicht wie er im eingang fürchtet, schlecht, sondern gut empfängt, so wird er ihr das lohnen — wären unter der voraussetzung eines kreuzzuges sehr unpassend. aber 212,21 ff. ist dunkel. was soll das heifsen was die ersten drei verse zu sagen scheinen? 'es giebt niemanden, der seinen geliebten so häufig sieht dafs er nicht unwillkürlich an ihn denken müste, oder dafs er sich erwehren könnte an ihn zu denken. das ist kein zeichen von besonders tiefer liebesempfindung.' also man sollte meinen der häufige anblick der geliebten person werde schmerzliche sehnsucht in den kurzen zwischenräumen von einem besuche zum andern nicht aufkommen lafsen. nur schmerzliche sehnsucht; denn nur diese konnte ja häufiger besuch hintanhalten, nicht aber freundliche erinnerung oder treue, die ja vielmehr durch denselben genährt werden muste. dem ist aber nicht so, sagt der dichter, sondern die schmerzliche sehnsucht stellt sich dennoch ein. unwillkürlich ergänzt man von hier aus den gedanken: 'wenn du mich aber öfter sehen willst als du mich siehst und dies erreichst, so wirst du deiner quälenden gedanken in der zeit meiner abwesenheit doch nicht los. also bescheide dich u. s. w.' statt dessen lesen wir ohne variante 212,23 *daz erzeiget herzeclicher liebe niht.* man darf sich nicht verleiten lafsen etwa *phliht* zu conjicieren, denn der vers hat seine antithese in dem folgenden: *so ist unser sumelicher beiten alze (alse?) lanc daz ein wip ir stæte an uns erzeigen mac.* also sehnsucht ist kein zeichen wahrer liebe, wohl aber treue oder auch nur freundliche erinnerung bei langer abwesenheit des geliebten ein beweis der *stæte.* — der dichter mag durch das *sunder sinen danc,* welches mit der unwillkürlichkeit auch das verdienstlose der sehnsucht zu bezeichnen scheint, von seinem ursprünglichen gedanken abgelenkt worden sein. wenn wir uns denselben aber in seiner oben angenommenen gestalt reconstruieren, so leuchtet ein, wie sehr dann unsere stelle gegen die voraussetzung einer so lange dauernden abwesenheit als die eines kreuzzuges spricht; bei einer solchen konnte doch nur von der sehnsucht nach dem wiedersehen überhaupt die rede sein, nicht von dem wunsche nach häufigerem besuche. auch *unser sumelîcher* 212,24 geht nicht auf kampf- oder reisegenofsen. der dichter stellt nur sich mit den andern männern der gemeinsamkeit aller frauen gegenüber, die in dem *niemen* 212,21 liegt. das lied ist eine etwas ironische strafpredigt für die ungeduldige dame. die den ritter quält durch kaltsinn oder begünstigung andrer wenn er zu lange ausgeblieben. er mochte ein par meilen entfernt wohnen oder in der that zu längeren reisen veranlafst sein: jedesfalls wünscht er dafs sie in der seltenheit seiner besuche eine rücksicht für ihre interessen erblicke. dabei kann man aber einigen verdacht gegen die aufrichtigkeit seiner gesinnung nicht unterdrücken. vgl. besonders den ton der letzten strophe. — nichts bezieht sich also auch in diesem liede auf die liebe der ersten reihe: derart als herrn der situation haben wir dort den dichter nicht kennen gelernt. nehmen wir an, es gehöre das lied in eine frühere zeit jenes verhältnisses, dessen lösung uns in dem voranstehenden gedichte erzählt wurde. das empfiehlt sich auch durch die nachbarschaft der zwei lieder in den hss. und die am schlufse beider vorkommenden repetitionen und annominationen mit *stæte* und *gæhe*.

Wenn man die folgenden nur in C stehenden lieder übersieht — das einzige 214,34 bringt auch A — so scheinen die beiden kreuzlieder zu anfang und am ende ihnen eine gewisse selbständigkeit zu sichern als einer geschlofsenen reihe, einem liederbuche, dem dann noch je ein lied vorgesetzt oder am schlufse auf leer gebliebenen seiten oder auf einzelnen blättern angehängt werden konnte; doch mufs diese wahrscheinlichkeit einer stärkern weichen. nach dem kreuzlied 210,35, C 33. 34 folgt ein lied 212,37 C 35. 36. 37, in dem eine frau sich über ihren geliebten (*friunde* 213,3) beklagt, der zwar süfse worte zu sagen verstehe, aber falsch und treulos sei: andre frauen aber treffen befsere wahl. liest man das lied nach 212,13, von dem es in der hs. nur durch die zwei strophen des kreuzliedes getrennt ist, so erkennt man in ihm leicht die antwort der frau auf jene nicht sehr loyale ermahnung des ritters an seine ungeduldige und mistrauische geliebte. es ist sehr hübsch, wie sie auf die letzte strophe seines liedes, in der er so viel von seiner *stæte* und ungeschminkten aufrichtigkeit gesprochen, einfällt *Ob man mit lügen die sêle nert, sô weiz ich den* *der heilec ist, —: sin lip ist alse valschelôs sam daz mer der ünde.* wenn sie dann von seinen süfsen worten sagt dafs er ihrer so *wis* sei *daz man si möhte schriben* so passt das sehr gut auf den räsonnierenden vortrag und die schlufsannominationen des vorangehenden liedes *). auch in 212,37 ist liebe *von kinde* nicht vorausgesetzt, ja vielleicht ausgeschlofsen, wenn man 213,12 *der mir noch niemen guoter touc* auf liebesverhältnisse vor dem gegenwärtigen bezieht. diese ausschliefsung gälte dann, wenn 212,37 antwort auf 212,13 ist, auch für dieses und befestigte somit den schon angenommenen zusammenhang zwischen 212,13 und 211,27, jenem liede, aus dem wir erfahren dafs Hartmann durch untreue eine geliebte verloren, sich aber die sache nicht sehr zu herzen genommen habe. der verlust sowohl als die stimmung des dichters dabei scheint uns nach der analyse von 212,13. 212,37 sehr natürlich.

Aber weiter gehen die lieder dieses liebesverhältnisses, das wir das zweite nennen wollen nicht. gleich das folgende 213,29 C 38. 39 hat den verdächtigen ausdruck dafs der dichter die dame 'alle seine tage hindurch' gepriesen habe. wir können demnach eine in B nicht vollständig erhaltene reihe annehmen von drei liebesliedern 211,27. 212,13. 212,37, deren thatsächliche grundlage nicht die der ersten reihe sein kann. angehängt wäre diesen liedern ein kreuzlied 210,35 von gleichem metrum und gleicher gesinnung mit jenem der ersten reihe 209,25. dieses müste aber vielleicht nur durch falsche stellung des blattes an den vorletzten platz gerathen sein. die liebeslieder nun unserer zweiten kleinen sammlung handeln wie die der ersten von dem bruche eines liebesverhältnisses und wie dort finden wir auch hier zwei gedichte, die sich auf einander beziehen.

Es sind noch übrig die strophen C 38—60, 213,29 ff. wir werden an jedes einzelne lied die frage zu richten haben, ob seine voraussetzungen mit einem der zwei gefundenen liebesverhältnisse (I und II) stimmen, oder ob ein drittes anzunehmen sei.

213,29, C 38. 39 kann nicht auf II bezogen werden, da hier Hartmann seiner dame *friunt* 213,38 zu werden wünscht, was er

*) der muthwille, sich selbst aus dem munde einer betrogenen geliebten seine sünden ins gesicht zu sagen entspränge dann derselben übermüthigen stimmung, die in 212,13 den schalk hinter der maske des weisen, nur vielleicht zu aufrichtigen freundes hervorblicken liefs.

dort 213,3 ist; und dafs wir nicht etwa an eine frühere periode dieses verhältnisses denken, hindert der ausdruck 213,31 *der ich alle mine tage guotes jach und iemer gihe*, durch welchen unserem liede sein platz vielmehr bei I und zwar natürlich in einer periode zugewiesen würde, in der er noch nicht *friunt* war.

214,12. C 40. 41 ein abschiedslied an freunde und geliebte vor einer reise, aber keiner kreuzfahrt, zu der der ausdruck *ichn weiz ob si der sêle iht frumt* (= zweites büchl. 148) nicht passt. unmittelbar gewährt dies gedicht keine anknüpfung an I oder II. da aber beinahe der ganze gedankeninhalt der beiden strophen sich im zweiten büchlein wieder findet v. 121 ff. 145 ff., das zweite büchlein aber sonst dieselben voraussetzungen zeigt, wie das weiter unten folgende lied 216,1, so wird die bestimmung des letzterem zu grunde liegenden verhältnisses auch für 214,12 gelten.

214,34, C 42. 43, A 1. 2 kann jedenfalls nicht auf I bezogen werden, da die dame in ihrer antwort an den boten erklärt, den dichter selten gesehen zu haben, ihm ein *vil vremedez wîp* zu sein. nichts hindert aber an II zu denken. hier wäre also die anknüpfung jener beziehungen, deren bruch die drei lieder der zweiten reihe zum inhalte hatten. A und C geben nun noch eine strophe, die MSF. fehlt, A 3, C 44, Walther 123 E, s. lieder u. büchlein 17,13, Lachmann zu Walther 120,24. sie ist allerdings nicht mit den vorangehenden zu einem liede zu vereinigen, kann aber immerhin von Hartmann als selbständiges lied gedichtet sein. in der strophe MSF. 215,5, A 2, C 43, Walther 122 E haben wir die überaus artige, wenn auch ablehnende antwort der dame gehört. darauf bezüglich sagt der dichter in späterer zeit *Mîn êrste rede dies ie vernan* (dafs es die erste war, bezeugt 215,8. 10) *dienpfienc si deiz mich dûhte guot*, später aber sei sie erkaltet. die allein in E und s als Walthersch folgende weitere strophe *Swer giht daz minne sünde sî* u. s. w. ist durch nichts als eine sehr allgemeine ähnlichkeit des sinnes mit der unsrigen verbunden und rührt von einem dichter her, der wegen seines versschlufses *tet ich* weder Walther noch Hartmann sein kann. der grund aber, aus welchem Lachmann strophe A 3, C 44 Hartmann abzusprechen scheint, dafs Hartmann nur nach langem vocale m auf n reime, nicht auf kurzen, fällt weg durch Erec 3648 *gewan : benau.* wir gewännen also durch diese strophe wieder einen beitrag zu II*).

215,14. C 45. 46. 47 ist ein daktylischer jubel über erhörung. man braucht aber nicht an mehr zu denken als an seine aufnahme in den dienst. es gehört deutlich zu I (215,29 *sî was von kinde und muoz mê sîn mîn krône*); deshalb kann er natürlich immerhin den tag verherrlichen, an dem er sie zuerst gesehen 215,14. das scheiden 215,30 wird nicht auf eine bevorstehende reise zu deuten sein, sondern nur auf die trennung in den zwischenräumen seiner besuche; s. 215,22.

Darauf folgt 216,1 C 48. 49. 50. 51 ein monolog der dame, in dem sie erklärt gegen den willen ihrer verwandten die winternächte in den armen ihres geliebten sich verkürzen zu wollen, ein entschlufs ebenso schmeichelhaft für den dichter als die complimente auf seinen geist, die er sich durch die dame II sagen läfst. der deutliche bezug auf 215,14 erlaubt es wohl auch dieses lied und somit auch 214,12 I zuzuweisen; vgl. nämlich zweites büchlein 97. 157. 309. 314. 315. 363. 465. 576; s. oben über 214,12.

216,29, C 52. 53. 54, jenes trotzige lied, in welchem Hartmann sich von der hohen zur niedern minne wendet. er klagt er sei von einer hohen dame *twerhes* angesehen worden als er ihr seine liebe antrug. das passt weder auf II 215,5 noch auf I 215,22. wir werden eine dritte werbung Hartmanns zu constatieren haben, wenn wir sie nicht eine vierte nennen wollen im hinblick auf jene *stæte* 212,9, der er nach dem bruch mit II *undertân* zu sein erklärt. möglich aber doch dafs die hochmüthige abweisung, über die er in unserm liede klagt, ihm bei einer ersten annäherung an die erste oder jene dritte dame — an II ist nicht zu denken — zu theil geworden. doch scheint 216,29 von einem reifen manne gedichtet, nicht von einem jungen knappen, als den wir uns den bewerber des verhältnisses I in dessen erster zeit werden zu denken haben. davon unten.

217,14. C 55. 56. 57 folgt wieder der monolog einer dame; sie beklagt den verlust, ja wie es scheint den tod ihres geliebten: 217,19 *ich hân verloren einen man*, 217,23 *nû pflege sîn got der pfligt*

*) und zwar sind wir dann versucht die zweite strophe unsers liedes für jenen freundlichen *gruoz* zu halten, der dem dichter im beginn von II süfse hoffnungen erregt habe 211,38.

sîn baz dan ich; auch dafs gar nicht die rede ist von der möglichkeit eines widersehens, sie vielmehr bis zu ihrem tode sich nach ihm sehnen wird, spricht dafür dafs Hartmann — wie Heinrich von Morungen 139,29 — in weichmüthiger stimmung sich habe vorstellen wollen wie man nach seinem tode um ihn klagen werde. die dame wird wohl I sein, da wir in II nichts von einer abwesenheit auf lange dauernder gefährlicher reise wifsen. die dort allerdings auch vorausgesetzte abwesenheit 212,13 wird nur von der dame schmerzlich empfunden. dazu kommt noch dafs unser lied jenem auf I bezüglichen scheideliede 214,12 entspricht, vgl. die ausdrücke 214,33 *der guoten diu min schœne pflac* und 217,22 *dô ich sin pflac, dô frôite er mich: nu pflege sin got, der pfligt sin baz dan ich.* auch die anordnung in der hs. zeigt vielleicht noch eine spur der zusammengehörigkeit beider lieder. wenn wir das zusammengehörige liederpar 215,14 und 216,1 durch a, das andre 214,12 und 217,14 durch b, die übrigen gedichte aber, mögen sie auch I oder einer andern epoche angehören durch die fortlaufenden buchstaben c d e ... bezeichnen, so ergiebt die in C überlieferte ordnung die reihe: c $\overgroup{b\ d\ \overgroup{a\ a}\ e\ b}$ f. diese thatsache kann erklärt werden durch die annahme, es seien die zwei liederpare auf je zwei doppelblätter derart geschrieben worden dafs man, vielleicht um der abschrift gleich eine schützende decke zu geben, die äufseren seiten, also wenn man die blätter α und β nennt, α fol. 1^a und α fol. 2^b, ebenso β fol. 1^a und β fol. 2^b leer gelafsen und nur die je zwei innern seiten benutzt habe. hier müste die aufzeichnung so vor sich gegangen sein dafs das lied 215,14 die seite α fol. 1^b, das entsprechende 216,1 die seite α fol. 2^a gefüllt habe, und ebenso 214,12 auf β fol. 1^b, 217,14 auf β fol. 2^a zu stehen gekommen sei, nun habe man das doppelblatt α in β eingelegt. dadurch entstand ein halber quaternion, auf dem die zweite, vierte, fünfte und siebente seite beschrieben waren. auf die erste seite schrieb nun der sparsame besitzer das auch zu I gehörige lied 213,29, auf die dritte das werbelied 214,34 aus II, auf die sechste das trotzige lied 216,29, in welchem Hartmann alle damen verschwört, vielleicht zu einem dritten liebesverhältnis gehörig, auf die letzte achte seite endlich das kreuzlied 218,5, das also auch hier wie im ersten und zweiten liederbuch den schlufs machte. aber die willkürliche durch keine erfahrung unterstützte annahme dafs wie in unsern ausgaben lyrischer dichter lieder verschiedener ausdehnung von 24 und 28. von 22 und 30 versen auf je eine seite geschrieben worden seien, bleibt immer bedenklich. — gleichwohl mufs zugegeben werden dafs der als möglich angedeutete vorgang wohl dazu dienen könnte, uns die entstehung des zweiten liederbuches und der vereinigung der drei gedichte in A begreiflich zu machen. die vorlage von A konnte ein doppelblatt gewesen sein, auf dessen innern seiten links 206,19, rechts das darauf bezügliche 207,11 gestanden haben, die erste leer gebliebene aufsenseite wäre dann später zur aufzeichnung des II angehörigen werbeliedes benutzt worden. oder im zweiten liederbuch hätten sich ursprünglich die durch den inhalt verknüpften 212,13 und 212,37 so gegenüber gestanden: auf die aufsenseiten schrieb man später das lied 211,27, das den bruch des zweiten verhältnisses ankündigt und auf die vierte seite ein kreuzlied aus früherer zeit.

Kehren wir wieder zu unserer dritten reihe zurück, aus der wir noch das kreuzlied 218.5 zu betrachten haben. es ist in Franken nach dem tode Saladins (märz 1193) gedichtet und ganz von dem weltverachtenden geiste durchdrungen wie jene oben erwähnten 209,25. 210,35, die H. nach dem bruche seines ersten liebesverhältnisses gedichtet hatte. es mufs auch in jene zeit fallen, nur wie es scheint unmittelbar vor den aufbruch.

Die überlieferung der eben betrachteten reihe zeigt mithin dafs hier wie in den andern zwei liederbüchern von einem kern durch bezüge des inhalts verketteter lieder ausgegangen wurde, und zwar sahen wir immer liederpare; von da aus vergröfsert sich der bestand nach vorne, nach rückwärts oder durch einschübe: entweder werden lieder derselben epoche hinzugefügt. wie im ersten liederbuche. oder einer vorangehenden. wie im zweiten das kreuzlied 210,35, oder sowohl gleichzeitige lieder als solche, die auf spätere liebesverhältnisse sich beziehen, wie im dritten. denn diese reihe (C 38—60) enthält mit ausnahme von 214,34 mit der angehängten strophe und des kreuzliedes eine sammlung von gedichten, die eine frühere glücklichere epoche von Hartmanns erster liebe, deren zweite durch unser erstes liederbuch repräsentiert wird, zum gegenstand haben. vielleicht bildet die hier erwähnte reise (214,12) die scheidelinie der beiden epochen. es könnte auffallend scheinen dafs der dichter in der zweiten epoche sich beklagt 208,16 *daz mir dâ nie gelanc*, 208,34 *doch ez* (sein dienst) *mich wênic hât verván*, 209,12 seit er ihr unterthan wäre, sei ihm die zeit lang gewesen. aber wir wifsen auch über die natur des liebesverhältnisses in der ersten epoche nichts, das über einen freundlich angenommenen dienst, der den verwandten misfiel, hinausgienge. die beiden büchlein, von denen das erste wegen der jugend des verfafsers v. 1483, der zum ersten male liebt 1649, das zweite, in welchem er bereits als ritter erscheint 67. 70. 309, obwohl jung 597, wegen der erwähnten genauen bezüge in die erste epoche von I gehört, sagen nichts anderes. kaum darf man aus v. 660 des zweiten büchleins auf eine *hôhe âventiure* (vgl. Dietmar 40, 34) schliefsen. wifsen wir doch aus dem Gregor 617 dafs dem gereiften manne seine jugendleiden und freuden recht unbedeutend vorkamen. und an übertreibung wird er es in den liedern, zumal wo seine eitelkeit ins spiel kam, nicht haben fehlen lafsen.

Eine schwierigkeit hiebei will ich nicht verschweigen. während der dichter im ersten büchlein sagt (1643) *minne mich noch ie vermeit, si was mir unkunde,* erfahren wir aus dem zweiten (468) dafs kein besitz *von habe noch von minne* dem leichtblütigen dichter so sehr ans herz gewachsen gewesen dafs er dessen verlust nicht habe verschmerzen können. aber das sei so gewesen bis sie 'gnade an ihm begangen habe'. es könnte also immerhin Hartmann nach jener fruchtlosen jugendarbeit des ersten büchleins zerstreuungen bei andern schönen gesucht und wieder nun mit befserm erfolge zu seiner ersten liebe zurückgekehrt sein, hätte er doch nichts andres gethan als was er im zweiten büchlein v. 514 ff. sehr unbefangen erzählt. er wollte liebe durch liebe heilen und dachte wohl so liberal als der Johansdorfer 89,9.

Ob die trennung, welche das zweite büchlein voraussetzt, dieselbe ist, von welcher wir durch die zwei lieder 214,12. 217,14 erfahren? sie haben nur das gemein dafs sie nicht auf eine kreuzfahrt gehen und dafs die entfernung der liebenden eine weite ist. zweites büchlein 659 *driu lant* stimmt zu der todtenklage 217,14, obwohl wir sonst nichts von besondern gefahren der reise hören.

Das erste liebesverhältnis endet mit abkehr von der welt und der kreuznahme. das letzte kreuzlied scheint kurz vor dem aufbruch frühling 1197 gedichtet. ich fände es also gerathen, die beziehungen zur zweiten dame nach den kreuzzug zu verlegen, ebendahin auch was wir über dieses verhältnis hinaus von einem dritten oder niederer minne muthmafsen können.

Im dritten liederbuche müste also seit der ersten epoche der ersten liebe über die zweite und den kreuzzug hinaus die dritte, siebente und neunte seite leer geblieben sein. die erste seite wurde eher benutzt für das lied 213,29, das ja auch noch der ersten epoche von I angehört.

Es mufs zur bekräftigung meiner auffasung dienen, wenn der lebensgang Hartmanns, wie er sich mir aus seinen gedichten zu ergeben schien, kein singulärer war. wie er, wollen die erste geliebte *von kinde* oder von jeher verehrt haben kaiser Heinrich 4,23, der von Hausen 50,11, der Johannsdorfer 90,16, der Morunger 134,31. 136,11, Bernger 114,1. andere sagen offen dafs die dame nicht ihre erste geliebte sei: Meinloh 13,35 (wenn das lied nicht von der frau selbst ist), der von Adelnburg 148,1, Reinmar 174,27. 197,26. er war bei derselben geliebten erst glücklich, dann vielleicht höherer ansprüche wegen hatte er zu klagen; vgl. Veldeke 57,17. 66,30. 32, den von Rugge 102,12, den Morunger 134,30, Reinmar 172,12 (?). im ärger über die ungnade der geliebten nimmt er das kreuz; das hatte auch der von Hausen gethan, s. Müllenhoff zschr. 14,137.

Graz, 18. januar 1870. RICHARD HEINZEL.

ANTELAN.

1 Es was bei heldes zeiten
von mangem stolzen recken,
und wi grosz mort geschahe
von zagen heldes streiten
der wunder mer dan iz
wer nu well hören diz,
in stürmen und in schlagn:
hört man nit gerne sagn.

2 Durch manheit und durch sterke
küng Antelan von Schotten:
da lebt küng Artus here
mit stechen und turniren
so was ein wunderwerk
so hies ein cleines zwerk,
des hof was ausgepreit
in allen landen weit,

3 Mit ringen springen fechten
sein stossen werfen kempfen
spilen tanzen und singen,
und haben schöne frawen,
und rennen scharpfer glefn;
von küngen fürsten grefn,
wes ie der man begert,
des ward er alls gewert.

Überschrift: Das ist die ritterschaft kunig anteloy ausz schotten lant und wes ein czwerck und rant mit her parczefal und andern rittern an kunig artus hoff und stach si all ab und behiellt preis und er ob in allen.

2,2 kunig antheloy genant so hies. 2,3 künig. 3,1 scharpffen (n *mit neuerer dinte wie es scheint aus* r *gemacht*) gleuen. 3,2 *stein stossen?* Jänicke.

4 Da man solch abenteure zu hofe da fing an,
da kamen dise mere für künig Antelan.
der hof der ward geleget wol auf ein weites felt,
da sach man wun und freude und manig kostlich zelt.

5 Da stund pei disem schimpfe gar nah ein hoher perk,
dar kam geritten palde küng Antelan das zwerk.
es reit hin auf den perge und sach umb sich gar fast;
sein harnasch laucht gar schone, rech wie die sunn er glast.

6 Es war an seiner lenge neur dreier spannen lang.
sein harnasch und geschmeide an seinem leibe clang.
sein prünn was wunnigleiche mit golde wol durchgrabn,
mit pilden sam es lebte gar kostelich erhabn.

7 Sein schilt was demant preite, jaspis lag umb den raut:
der schilt ward nie verhawen von keines heldes hant.
sein peingewant was feste von rotem golde schwer,
sein schuch gar wol geziret als einem künig her.

8 Sein wapen laucht gen tale pis an des turnirs schrank.
'ich siz hie ritterleiche undr aller herren dank.'
das hort her Parzefale und reit zu im alein.
er sprach 'umb dise rede must du gefangen sein.'

9 Das zwerg sprach zu im palde 'schem dich, du grosser man,
ich han bei meinen tagen dir nie kein leit getan.'
der helt graif nach dem kleinen: wie bald er im enging!
er mocht in nit gesehen, dar umb er in nit fing.

10 Das zwerg sprach 'o du zage, du hast mein hie gefelt,
du solt von meiner hende hie nemen widergelt.
wolst mir mein harnasch nemen, du ungetrewer man,
mein künglich majestete die sez ich ee daran.'

11 Her Parzefal den kleinen fragt wie er wer genant.
'küng Antelan ich haisse, geporn aus Schotten lant.
mich han drei herzoginne gesant, das wis für war,
das ich in abenteure an disem hof erfar.'

4,2 authelan. 4,4 maug kestlich, *aber mit neuerer dinte, das ursprüngliche nicht mehr erkennbar* 5,2 künig anteloy. 5,4 *bl.* 155[b]. her glast. 7,1 demut preite. 8,2 under. 8,3 parczefe. 9,1 pald. 9,3 er] es. 9,4 in] es *beide mal.* 10,4 kuniglich. 11,2 kunig antheloy. 11,4 *bl.* 156[a].

12 [Doch forcht ich euch nit sere, ir edler Parzefal.
ir übergebt mich sere alhie in disem tal
und heischet mich gefangen als ein schedlichen man,
und hab euch all mein tage doch nie kein leit getan.]
13 Da sprach her Parzefale 'für war ich tu dir nicht.
pist du ein pot der frawen, dein sach du hie aus richt.
du solt auch sein gepetten auf meinen hof gar trat,
so wurt dein wol gepflegen mit aller hande rat.'
14 Da sprach das zwerg 'ich reite mit dir in disem tal.
seit das dein manhait werde erfochten hat den gral,
du solt mit mir hie stechen umb dise sarebat,
wan iz kein her auf erden kein pesser prünne hat.
15 Die ist von golde schwere und geit gar lichten schein.
das mich niemant mag sehen, das macht manch edler stein.
ich han ein gürtel kleine, zwelf mannes sterk darinn,
dar umb ich preis und ere an dir noch hie gewinn'.
16 [Cristallen sein mein sporen, guldein mein paingewant,
mein schilt ein demant teure, der ward auch nie zutrant;
mein wapenrock durchleget mit pernlein wol gestickt,
mein halsperg schilt und helme zu fechten ist geschickt.
17 Es macht mit künsten reiche die liebste frawe mein,
Zezilg ist si geheissen, ein edle künigein:
sie liebet mir im herzen für alle frawen clug.
selg sei des heldes leibe der ie die prünne trug.'
18 Da sprach her Parzefale 'helt, las doch sehen mich
dein harnasch und dein prünne, das ich müg loben dich.'
das zwerglein sprach 'gar gerne, mag es an schaden sein.'
'ja' sprach der küne degen 'du macht wol sicher sein.'
19 Da zoch es von der hende ein ringk von golde rot:
es stund in seiner prünne als in eim feure rot,
es glestet wunnigleichen von unden auf bis obn.
da sprach her Parzefale 'dein prünn ist wol zu lobn.']
20 Den helt verwundert sere ab seinem harnasch schön.
er sprach 'du pist ein engel, mit lob ich dich hie krön,

12,2 *'ihr unterschätzt mich'?* 14,3 dise] *am schlufse des wortes ein buchstabe durchstrichen.* 17,1 reich. 17,3 *bl.* 156b. 19,4 da *aus* daz *corr.* 20,1 ser.

kumst aus dem paradeise, wan es nit menschlich ist:
kein mensch macht solche wate, das du unsichtig pist.'

21 'Ja' sprach küng Antelane 'kein helt ich nit ausz nim,
und kem er aus der helle, ich ficht gar gern mit im.
in allen landen weite tar keiner mich bestan.
ich schendt euch fürbas alle, last ir mich so dar van.'

22 Her Parzefal sprach palde 'schweig, helt, red nit also.
du machst durch dein hoffarte noch heut werden unfro.
ich pin ir selber einer und wil dich hie bestan,
ee ich dich ungefochten lies hie ab disem plan.

23 Mocht ich dich newr gesehen, die sach die wurd bald schlecht,
welcher under uns beiden disen zum tode brecht.'
da er die wort mit zorne zu dem zwerglein gesprach,
das sach an im der kleine, pald er da zu im jach

24 'Leg an dein harnasch feste und streit selbs hie mit mir.
pring aus küng Artus hofe der pesten zwen mit dir.
ich pring euch hie zu schanden, und weren ewr noch drei.
wie wol ich pin ein zwerge, ich bin doch mutes frei.'

25 Her Parzefal der küne legt seinen harnasch an.
er pracht mit im zwen recken, Gawan und Galleman.
die hetten ie mit fechten getan das aller pest
und waru Artus dem künge die aller libsten gest.

26 Her Parzefal ruft laute 'wa pist, küng Antelan?
nu las mich dich an schawen, so wil ich dich bestan.'
'das tun ich also gerne' sprach Antelan der frei
'ir edlen herren palde, ich bstee euch alle drei.'

27 Er rant auf Parzefale und stach in auf die haid,
dar nach mit ritterschefte falt er die andern paid.
des nam die herren wunder und tet in also ant,
das si von disem zwerge waren so ser geschant.

28 Da sprach her Parzefale 'den preis hast du genumn.
was ich an Artus hofe der held ie han vernumn,
die zwang ich all aleine, das man mir lobes jach.
dein gleich in aller welte ich vor nie mer gesach.

21,1 kunig. 22,1 pald. 23,4 *bl.* 157ª. 24,2 kunig. 24,4 wil. 25,4 kunige. 26,1 kunig anthelan. 26,3 anteloy *oder* antelay. 26,4 padde. 27, 1 Es. 28,1 genum̃. 28,2 vernuen. 28,4 wellt.

29 Du solt pei uns beleiben hie an des künges hof,
da sol dir dinen gerne manch ritter unde grof.
durch dein manheit und sterke hast du gar hohen preis,
futer, michel gerete und meines heren speis.'

30 Des daucht sich gar gemeite das edel zwergelein.
es sprach 'mich sant da here drei edel herzogein.
ich pring in newe mere, als ich in dort verjach;
ich sag in von euch dreien, wie ich euch nider stach.

31 Ich wais kein manheit teure die ich hie hab gesehn,
als mir in manchem streite und sturm vor ist geschehn.
es mus mich rewen sere das ich her kumen pin,
das ich nit abenteure von euch sol sagen in,

32 Als si wol sein gewonet an mir zu aller zeit,
da ich in streit und stürmen schlug tiefe wunden weit.'
da mit pot es die hende den edlen fürsten frei,
die es het ab gestochen: si dankten im all drei.

33 Also sagt es die mere da heim den frawen do.
die waren seins gelückes und seiner manheit fro
und dankten im gar schone das es die tat vollent.
hie mit die abenteure genumen hat ein ent.

Das vorstehende gedicht ist aus Lienhart Scheubels heldenbuch (hs. des Wiener Piaristencollegiums, s. Dietrichs erste ausfahrt s. XVI) *entnommen, worin es bl.* 154 –157 *füllt: bl.* 154^a *ist leer, bl.* 154^b *zeigt in keineswegs gelungenem aquarell im vordergrund den zweikampf zwischen Parzival und Antelan, im mittelgrund die zelte des königs Artus; im hintergrunde Parzival den berg hinauf reitend, auf welchem Antelan hält.*

In ähnlicher weise mit titelvignette versehen ist Dietrichs erste ausfahrt (*bl.* 1^b) *und* der Nibelunger liet (*bl.* 279^b). *sie fehlt im Ortneit* (158^a) *Wolfdietrich* (182^a) *Lorengel* (486^a). *dagegen ist allen stücken der hs. gemein die verzierung der ersten seite und die farbig ausgeführte initiale.*

Jeder der genannten bestandtheile, auch der Antelan vermuthlich, existierten ursprünglich besonders, obgleich Ortnit und Wolfdietrich von vornherein bestimmt waren auf einander zu folgen, wie

29,1 kuniges. 29,3 sterck. 29,4 *bl.* 157^b. 30,2 da her. 31,2 mir *aus* ich *corr.* ist *aus* hau *corr.*

die subscription des Ortnit (181[b]) *lehrt:* disses ortneis ist drey hundert lied dornach stet wolffdieterich und gehort auf disses ticht. *überdies haben Ortnit Wolfdietrich und Nibelungen eine durchgehende alte paginierung von* 3 (*bl.* 161[a]) *bis* 335 (*bl.* 484, *auf dem auch noch zu den Nib. gehörigen bl.* 485 *fehlt die bezeichnung): an die stelle von* 1 *und* 2 *sind drei unpaginierte und im schriftcharakter abweichende blätter* (158—160) *getreten; desgleichen die drei ersten blätter des Wolfdietrich durch drei unpaginierte ersetzt; auch beim Lorengel die zwei ersten, wie es scheint, erneuert. man sieht dafs die einzelnen stücke selbständig gelesen und zerlesen wurden, selbst der Ortnit und Wolfdietrich, trotz der paginierung: dabei mögen die titelvignetten verloren gegangen sein, die abgenutzten vorderen blätter musten durch neue vertreten werden.*

Bei gegenwärtiger edition des Antelan habe ich mir erlaubt die schreibung der hs. etwas zu vereinfachen, die y *in* bey drey sey frey herczogynne gewynn, *die* tt *in* zeitten streitten weittes gemeitte, *die* ll *in* alls schillt pillden sellg helldes gefellt, *auch in* sollt fallt *und in* edell engell michell gurtell, *die* ck *in* schranck stercke wunderwerck czwerck, *die* ff *in* auff hoff rufft tieffe werffen czwelff scharpff kempffen *sind durchaus weggeschafft. wo ich* z *setze, gewährt die hs.* cz, *dagegen habe ich* z *wo es den* s-*laut widergiebt mit* s *vertauscht, so in* daz 9,1. 14,2. 15,2. 20,4. 28,3 *und in* waz, *mhd.* waz 28,2, *mhd.* was 2,1. 6,3. *den von mir durchgeführten umlaut des* o *und* u *bezeichnet die hs. nur selten, im versanfang setzt sie bald grofse bald kleine buchstaben. anderes was für die mundart, wenn auch nur des schreibers, charakteristisch erschien, wie aus- und abfall des* t *in* rech wie 5,4; wolst 10,3 *wurde beibehalten. noch bemerke ich dafs* a, e *und* o *in der hs. oft schwer zu unterscheiden sind.*

Wie sonst im einzelnen zu schreiben war, lehrten meist die strenggezählten, in beiden vershälften iambischen hildebrandstrophen: klingende caesur ist mehrfach durch unorganisch zugesetztes e *erreicht; versetzte betonung kommt fast nur in zweisilbigen wörtern vor, wie* 3,3 spilén tanzén; 22,2 werdén; 23,2 welchér disén; 23,3 zworgléin; 27,4 warén; 29,4 futér. *deshalb schrieb ich* 4,4 *nicht* kostélich *nach* 6,4, *sondern* manig *für* mang; *doch würde ebenso* gezelt *dem verse genügen, und auch* kostliches *wäre nicht unerlaubt, vergl.* 12,3 schedlichen. —

Rechtfertigung bedarf die annahme von interpolationen.

Str. 12 *ist als solche leicht kenntlich durch die sinnlose na-*

knüpfung mit Doch, *durch das ihrzen gegenüber sonst durchstehendem duzen, durch das häfsliche* sere:sere *in den caesuren der beiden ersten zeilen, durch die ärmliche wiederholung von* 12,3. 4 *aus* 8,4. 9,2. *was soll ferner die localangabe* alhie in disem tal *neben einem gedanken der gar nichts mit der localität zu thun hat? und die angabe ist überdies falsch, denn die beiden kämpfer befinden sich auf dem berge, dort hat Antelan halt gemacht* 5,3 *und zu ihm reitet Parzival* 8,3.

Die rede Antelans, die ihm der interpolator in den mund legt, klingt in diesem zusammenhange fast nach furcht, sonst ist aber umgekehrt Antelan der muthige, kampflustige und Parzival hat wo nicht furcht, so doch besorgnisse. der interpolator wünschte für Parzivals wort für war ich tu dir nicht *einen unmittelbaren anlafs der ganz überflüfsig ist: Parzivals versuch Antelan zu fangen, genügt.*

Die zweite längere interpolation, str. 16—19, *rührt offenbar von einem anderen, geschickteren verfafser her. er nahm anstofs daran dafs Parzival* 20,1 *sich über einen harnisch verwundert den er nicht sieht, und sucht diesem vermeintlichen übelstande abzuhelfen. er begabt den zwergkönig mit einem unsichtbar machenden ring (wie ihn Ortnit führt), durch dessen abziehen er dem Parzival* 19,1 *erscheint.*

Hierdurch geräth aber der interpolator in widerspruch mit anderen voraussetzungen des gedichts. die unsichtbarkeit kommt nach 15,2 *und* 20,4 *nicht von einem ringe, sondern von den edelsteinen der brünne Antelans. auf welche weise der zwerg gelegentlich sichtbar wird, läfst das echte lied im dunklen. das glänzen der brünne* (19,3, *vergl. Ortnit in vdHagens heldenbuch* 199,2. 200,3) *hängt* 5,4 *nicht vom abziehen eines ringes ab: man mufs sich Antelan auf dem berge sichtbar denken. plötzlich* 9,4 *wie Parzival ihn greifen will, verschwindet er und bleibt unsichtbar während des ganzen gespräches, auch unmittelbar vor dem kampfe nach* 23,1 *und* 26,1, *bis er zum kampfe selbst sich wieder zeigt* 26,3. *der interpolator aber versetzt sein ringmanöver mitten in den dialog und vergifst dann zu bemerken dafs Antelan den ring wieder ansteckte, so dafs man sehr erstaunt ist ihn* 23,1 *unsichtbar zu finden.*

Nach 11,3. 30,2. 33,1 *steht Antelan zu drei herzoginnen im verhältnis eines dienenden ritters: die interpolierte str.* 17 *möchte ihm eine besondere herzensdame beilegen, der er doch nothwendig am schlufs des kampfes als sieger gedenken müste. um diese dame einzuführen, wird die rüstung des zwergkönigs für ihr werk ausgegeben. aber sollte sie waffenschmiedearbeit verstanden haben?*

Zugleich ist die ökonomie des gedichtes völlig gesprengt. denn wie lose auch der zusammenhang oft sein mag, eine gewisse ökonomie ist nicht abzuleugnen. der eindruck des losen beruht auf mancherlei verschweigung, auf der schroffheit der übergänge, auf der kürze des vortrages, für welche die erste begegnung Parzivals und Antelans 8. 9 *und der kampf* 25—27 *die hauptsächlichsten beispiele bieten. weniger auf das knappste beschränkt erscheinen beschreibung und gespräch. beschrieben wird Artus hof* 2—4 *und der anzug Antelans* 5—7. *im gespräch sind wie billig die reden die dem eigentlichen kampfe vorausgehen* 10—24, *demnächst der schlufsdialog* 28—32 *am breitesten ausgeführt. überall aber wird doch zur sache gesprochen und nicht in den tag hinein geschwätzt. des zwerges drohung* 10 *nach dem mislingen von Parzivals angriff, Parzivals neugierige frage nach dem namen des wunderbaren, unsichtbar gewordenen gegners und dessen antwort* 11, *dann Parzivals freundliches einlenken* 13, *das Antelan zurückweist* 14: *alles ist in der ordnung und wird durch die situation selbst gefordert. der dichter hat aber die motivierung von Antelans unsichtbarkeit und unüberwindlichkeit bis hierher aufgeschoben; er konnte davon schon in der beschreibung des zwerges* 5—7 *reden; er verspart es und erzielt so den effect, in str.* 9,3. 4 *den hörer durch das plötzliche verschwinden Antelans zu überraschen. nun mufs er freilich die erklärung im dialog nachliefern, daher schon* 10,3 *der hinweis auf den harnisch, auf den jetzt* 14,3. 4 *und str.* 15 *Antelan zurückkommt.*

Was gehört aber nun zur sache? doch wohl nur die auskunft Antelans über harnisch und gürtel. darauf verstärkte wiederholung der motive von 13. 14: *staunen Parzivals der den kampf vermeiden zu wollen scheint und Antelans abermalige höhnische herausforderung zum kampf. nun bringt er ihn glücklich in zorn, Parzival hat nur bedenken wegen der unsichtbarkeit des gegners, aber er will kämpfen, holt sich nach des zwerges wunsch zwei streitgenofsen, und die sache geht vor sich.*

Was hat in diesem zusammenhange die langweilige selbstbeschreibung Antelans in str. 16, *welche grofsentheils nur wiederholt was wir schon aus* 7,1—3 *wifsen; und was hat damit die dame Cäcilie zu thun?*

Ich glaube, wir haben doppelte und dreifache ursache, auch die zweite ausscheidung vorzunehmen. man vermisst nichts. Parzival verwundert sich 20,1 *nicht über die schönheit des harnisches, wie der interpolator meint, sondern über dessen wunderbare kraft die ihm Antelan schildert.*

Als secundäre kennzeichen der unechtheit lafsen sich die unerlaubten rührenden reime sein : sein 18,3. 4; rot : rot 19, 1. 2 *anführen, während in der ersten strophe nur erlaubte wie* genumn : vernumn 28,1 ; vollent : ent 33,3 *gefunden werden, auch das* glestet *von* 19,3 *kommt in betracht gegenüber* glast *in* 5,4. —

Es ist nichts weniger als ein juwel der altdeutschen poesie, das ich mit dieser 'abenteure' von könig Antelan der allgemeinen kenntnis zugänglich mache: späte gesunkene dichtung, roh in der ausführung, nur in den motiven noch ein gewisses oberflächliches handwerksgeschick verrathend, in seiner willkürlichen erfindung eines der letzten producte absterbender spielmannsdichtung. doch möchte ich diese bezeichnung nur auf die gegenwärtige gestalt des liedes bezogen wifsen, die abgesehen von der jugend der sprache in ihrer ersten strophe den eingang des 'Nibelungerliedes' (*Germ.* 4,315) *voraussetzt. wie alt aber die erfindung sei, läfst sich genau nicht sagen. warum sollte sie nicht im vierzehnten ja schon zu ende des dreizehnten jahrhunderts möglich gewesen sein?*

Ein spielmann macht sich das vergnügen die gepriesensten Artushelden einem jener fabelwesen entgegen treten und unterliegen zu lafsen, mit denen sich die spielmannspoesie so gerne befafst: man denke nur an zwerg Alberich im Ortnit. in ähnlicher weise hat man Parzival und Gawan mit den figuren Neidharts im fastnachtsspiel zusammengebracht (Keller nr. 53*). unser spielmann war nicht sehr bewandert in den Artusromanen, er kannte nur das allbekannte, die namen Parzival und Gawan: den dritten Galleman scheint er selbst erfunden zu haben, oder liegt Walewan zum grunde, also ein doppelgänger Gawans? über die formen des namens s. Lachmann zu Iwein* 73. *so erscheint auch im Gawriel von Muntavel (German.* 6,395*) und bei Frauenlob* 248,5 Walbân *neben* Gâwein.

Über den helden unserer abenteure kann wohl kein zweifel obwalten. wenn die hs. ihn wiederholt Anteloi nennt, so stellt sie gewis nur eine ursprüngliche identität wieder her, welche durch den geringen unterschied zwischen den formen Anteloi und Antelan nicht zu ver-

wischen war. zugleich gewährt unsere überlieferung damit ein zeugnis für das fortleben des zwerges Anteloi auch neben Antelan.

Die form Antelois (: gewis) *bei Ulrich von Eschenbach, Wackernagel Basl. hss. s.* 29ᵇ *weist mit ihrem nominativ*-s *auf eine französische quelle. Ulrich dichtete zwischen* 1278 *und* 1284, *um dieselbe zeit spielt auch der Unverzagte auf den schwank an* (*Haupt zs.* 5,424) *und das mitteldeutsche gedicht das ihn eigens behandelt* (*altd. bl.* 1,250) *mag etwa in den sechziger jahren nach der quelle, welche Ulrich vorlag, bearbeitet sein. das grundmotiv ist dasselbe wie in unserm gedicht: ein zwergkönig der sich unsichtbar machen kann und es mit den höflingen dort Alexanders, hier könig Artus aufnimmt. dort ist er nach z.* 125 *könig* czu pryfse Pomosane, *hier* von Schotten. *wer ihn nach Schottland versetzte, dem war ohne zweifel Tirol und Fridebrant bekannt, so dafs man wohl am ehesten einen mitteldeutschen spielmann für den ersten urheber der erdichtung halten darf. und noch der vorliegende text hat vielleicht in derselben gegend seine gestalt bekommen, wenn anders auf den reim* grefen : gleven 3,2 *gegenüber* grof : hof 29,2 *etwas zu geben ist.*

Wien, 24. merz 1870. W. SCHERER.

SEGEN WIDER MOLKENZAUBER.

Auf dem rathhause zu Oldenburg, in der registratur des magistrats, befand sich noch vor etwa zwanzig jahren ein blatt papier, welches mit der jahreszahl 1553 *an der spitze die nachstehenden formeln in alter schrift enthielt. damals wurde von kundiger hand eine abschrift genommen, die ich hier wiedergebe, da sich das original trotz alles suchens nicht mehr hat auffinden lafsen. es waren die einzelnen formeln unabgetheilt alle wie ein einziges ganzes hinter einander geschrieben. ich habe sie der deutlichkeit wegen von einander getrennt, und die fehlende interpunktion hinzugefügt.*

Oldenburg im september 1869.

W. LEVERKUS.

1553.

Ick ſege[1]) dy Moliken In dem Namen des Vaders † vnde des ſzones † vnde des hilgen geiſtes †. Ick Szege dy moliken myt der ebbe mit der vloet, vnde mit dem hilgen Crutze dar godt an ſtundt[2]), myt dage vnde myt der nacht, vnde myt der hilligen Crafft, vnde mit den dren hylligen Namen † aglatetra[3]) grammata addonay, vnde myt den veer orden der werlt, van dem oſten van dem weſten, van dem Norden van dem ſuden, dat dar nyn vngeſcefft en ſy, Rouer noch touer, en[4]) mach van ghenen anderen vnhuren luden bauen der erden noch vnder der erden. †

Ick Szege dy moliken mit den hilligen viff wunden vnſes hern Jheſu Chriſt. Dat Molken hebbe ſynen rechten Noeth[5]), ſyne rechte frucht van der koyen, dar dat molken af ghenomen is. Dat moedt to gade gaen vnde wedder kamen, alſo warliken, alſe vnſse leue her jheſus criſtus heft entfangen de hillige dope in dem waren godes Namen amen. †

Ick beſwere di, du quade wiff, du molkentouerſche, dat du dessem huſze nicht enſchades, an bottere an keſen, an koygen an oſſen, an perden an ſcapen, an Swynen an weten, an Roggen an gerſten, an hauere an wycken, an brouwen[6]) noch in ghenichen anderen ſtucken, dar man dessem huſe mede ſchaden mach. Dat vorbede ick dy, du quade wiff, † by ſunte Peter, † by ſunte pawel, † by den veer ewangeliſten, vnde by den twolff apoſtelen vnde by allen godes hilligen, dath du dessen huſze nicht enſchadest.

[1]) segen *für* segenen *und* sege *für* segene. *Reineke Vos* v. 2708.

[2]) *vielmehr* ſtoet (= stôt) *und weiterhin statt* craft cracht.

[3]) *statt* agia tetra-. *mhd. wb.* 3,33ᵃ.

[4]) *vielleicht ist in der abschrift vor diesem wort eine zeile ausgefallen.*

[5]) l. nueth, utilitas. *brem. wb.* 3,249 *fg.*

[6]) brouwe *so viel als auf einmal gebraut wird, brem. wb.* 1,145. d. wb. 2,313. *ein frommes lied, welches sich in einer Oldenburger hdschr. aus dem anfange des* 16. *jhs. befindet, enthält folgende stelle:*

Wê den vruwen swarter werde,
De nu bruwen under der erde,
Vnde dat bêr vormengen!
Valsche dâde wert voriaget.
Godes gnade, de vns draget
Van allen bosen dwengen.

Dat vorbede ick di, du quade wiff, by den negen dogeden der mildicheit godes vnde by vnſen hern Jheſu Chriſt, vnde ock by den allerhilligeſten Namen de godt geven werdt, als Jheſus Criſtus Salvator, dat du dessem huſze nicht enſchadest. Dat vorbede ick dy, du quade wiff, by den haren vnde houede vnſzes heren jheſu criſti, du ſyst wiff offte man, du ſyst we du biſt. †

We desse Wordt hefft[7]) in ſynem huſze, den mach nymers Neyn molkentouerſche nenen Schaden dhoen an jeniger hande dingen.

† Sunte Peter ſtoppe dynen mundt, † ſunte Johannes ſtoppe dine oren, † ſunte jurgen bynde dyne hande, † ſunte Maria binde dine Voete, ſo dat du dessem huſze nicht ſchades. Dat vorbede ick dinen dermen vnde alle dynen lethmathen, lutken vnde groth. Dat ſy war in godes Namen Amen.

Dat ſchal men alle Jhare nyes leſen aver dat molken in dem huſze, vnde leſze desse viff ſalmen † Judica me domine † .... † Excipe me domine † Deus laudem meam † Qui vult ſalvus eſſe. † Jheſus maria anna † lucas † marcus † matheus † Johannes.

ÜBER DIE ABFASSUNGSZEIT DER BEIDEN DEUTSCHEN GEDICHTE VON HERZOG ERNST.

I.

Das gedicht von herzog Ernst, das v. d. Hagen in den deutschen ged. des mittelalters 1808 abdruckte und das wir wie Bartsch mit D bezeichnen, wurde von Docen im deutschen museum 2,254 dem Koberstein folgte, in die zeit von 1230—80 gesetzt; von Gödeke grundr. 1,74 und ebenso von Bartsch vorrede s. LVII. um 1300. daſs der dichter vieles aus Wolfram entlehnt, hatte Haupt zs. 7,260 gezeigt und mit einigen beispielen die sich sehr leicht vermehren laſsen belegt. Bartsch a. a. o. beruft sich für die zeit

[7]) *geschrieben um den segen* Alle jhare nyes *zu lesen oder lesen zu laſsen, nach dem schluſsabsatz.*

des dichters besonders auf die reimfreiheiten, die indessen wie unten gezeigt werden soll, kaum ein ganz sicheres urtheil über die zeit erlauben. ich will hier einen historischen nachweis geben durch den sich die zeit von D genauer wird bestimmen lafsen.

Bekanntlich erzählt D das letzte abenteuer das Ernst vor seiner ankunft in Jerusalem besteht viel ausführlicher als alle andern darstellungen. in B (d. i. das von Bartsch 1869 zuerst herausgegebene gedicht) 5333 bis 5666 ist die erzählung zwar breit ausgeführt, der inhalt aber dürftig. kaufleute aus Môrlande werden in das land Arimaspi verschlagen; von ihnen erfährt Ernst dafs der könig von Babylon dem könige von Môrland viel schaden thut und ihn vom christenthum abwendig machen will. Ernst bittet sie, ihm nach Jerusalem zu helfen und will ihnen gegen die heiden beistehen. sie fahren heimlich ab und kommen nach Môrland wo der könig Ernsten ehrenvoll empfängt. in der schlacht werden die heiden besiegt, der könig von Babylon von Ernst verwundet und gefangen. als er wieder geheilt ist, wird friede geschlofsen. Ernst denkt jetzt an seine fahrt nach Jerusalem, wird vom mohrenkönig reich beschenkt und dem könig von Babylon empfohlen, mit dem er nach Alexandria [1]) zieht. nach einem monat wird Ernst von dem könige beschenkt und nach Jerusalem geleitet.

In der lateinischen prosa (C), die im deutschen volksbuch (F) übersetzt ist, wird die besiegung des königs von Babylon mit wenig abweichung von B erzählt, s. Bartsch s. LIII. hier sind es *Mauri de ulteriori India* C zs. 7,233, 27, *die Moren von der verren India* F 280,5 die den herzog von den Arimaspen in ihr land führen.

[1]) Haupt 7,282 bemerkt dafs nur in B Alexandria genannt wird, sonst Babylon. unter Babylon ist aber das ägyptische zu verstehen, das deutlich von dem chaldäischen geschieden wird in der geographie des ma. (Zingerle in den sitzungsber. der phil.-hist. klasse der Wiener akad. 1865, bd. 50, 371 f.) v. 734 f. *in der lantmarke zil einhalp ist in daz lant gesat Babilonje, ein houbetstat, niht diu Babilonjâ, diu dâ lît in Kaldêâ, von der ich vor hân geseit.* nur Odo weist klar auf das asiatische Babylon hin 371[c] ecce *Semiramina* (l. *Semiramiam*) *Persas conducit ad urbem nona dies* und 372[a]

Dux patrum veterana videns insignia longis
Errat porticibus, circum nimis inclyta regum
Gesta legens, tua praecipue, cui maxima, magne,
Non satis orbis erat triplicis mensura potestas
Ecce deis quanta est fatis licentia tanta:
Extinxit mentem parvo brevis hora veneno.

dafs der verfafser Aethiopen versteht, zeigen seine eigenen worte: er nennt sie sowohl *Indi* 234,14. vgl. 238,29. 33 als auch *Aethiopes* 234,23. 25. auch die vorhin angeführte geographie des ma. setzt die Macrobier v. 233 in die *andern Indiâ* [1]).

Auch Odos lateinisches gedicht (E)[2]) bietet, abgesehen von einiger mythologischen und geographischen gelehrsamkeit, wenig abweichungen in der erzählung; s. v. d. Hagens einl. s. XV. Odo nennt den heiden *rex Persarum* oder *Chaldaeorum*, auch seinen namen *Amenor* 371ª. seine gegner heifsen *Mauri* oder *Aethiopes*, sie sagen zu Ernst 368ᶜ

Christi de virgine nati
Nos servi sumus et nobis est Ubia tellus,
Quam Meroen (*Mercen* im druck) *dixere senes,*

woraus Ernst ihre wohnsitze gleich weifs:

Dux cito foecundum divolvens pectus eandem
In Nili exortu terram reminiscitur, umbras
Numquam flectentem, veluti vicina Syene
In quam stans Phoebus directas proïcit ignes.

er fährt mit ihnen und als sie landen, 369ᵇ

Urbs fuit a laeva, Pharon dixere, sub illa
Rex terrae Melchus facturus pascha sereno
Instruxit festum cultu proceresque vocavit.

wie Odo zu dem namen Ubia für Meroe kommt, wenn es nicht verschrieben ist für Nubia, weifs ich nicht: es finden sich bei ihm wohl auch andere geographische willkürlichkeiten, wie die vorhin erwähnte versetzung des ägyptischen Babylons nach Asien die er vielleicht vornahm weil ihm das persische Babylon durch seine klassische bildung bekannter war.

In der ausführlichen darstellung von D 4337—5090 zeigt sich viel eigenthümliches, während der dichter sich sonst nur unerheb-

[1]) dafs auch drei Indien angenommen werden, zeigt mir dr. E. Steinmeyer in Grieshabers deutschen sprachdenkmalen 1842, s. 35 *di wisen herren — di sagint uns daz. daz dri indie sin. al wenent di lute daz nit wan eine si. di erste india ist gegen morlande. di andir gegen medis. vnde patris* (l. *partis*). *di dritte ist an der werlt ende. einhalb gel si das vinsternisse an. ander site daz wide mer.*

[2]) die zeit des erzbischofs Albrecht I. von Magdeburg, dem Odos gedicht gewidmet ist, bestimmt Bartsch s. LXV nach zschr. 7,265 auf 1206—33; er regierte aber von 1205 bis zum 15. oct. 1232, s. v. Mülverstedt, Magdeb. geschichtsblätter 1867. 2, 1,72.

liche abweichungen von den übrigen fafsungen erlaubt, s. Bartsch s. LXI. im einzelnen folgt der dichter von D hier wie überall sklavisch seinem vorbilde Wolfram; dafs er sich bei diesem kampf gegen die heiden gerade an den Willehalm hält, ist leicht begreiflich. für Ernsts riesen entlehnt er züge von Rennewart, die heiden sind wie bei Wolfram von ihren geliebten in den kampf gesandt 4676. 4707. 4768. 4798. Bartsch möchte s. LXIV die ganze darstellung dieser episode auf nachahmung Wolframs zurückführen, sogar die fürsten von Damasc und Hâlap sollen ihre existenz der einmaligen erwähnung dieser namen im Parz. 15,19 verdanken: das verbieten aber die nachweislichen historischen beziehungen die der dichter in seine darstellung verwebt.

Die kaufleute die den herzog aus dem lande der Arimaspen führen heifsen wie in den andern fafsungen *môren* 4357. 4408. 4457, *die swarzen man* 4449, *die swarzen koufman* 4524; das land aber in das sie ihn bringen sollen (nicht ihre heimat, wie in BCE) heifst *Ubiân* oder *Ubiâne* von der gleichnamigen residenz des königs 4550 f.

dô zugen sie gegen einer stat
diu grôzer richheite phlac.
dar obe ein hûs gebûwet lac,
grôzer kost niht âne:
daz hiez Ubiâne.
dar ûf sô was des landes wirt.

Ubia ist Armenien, das auch in Ludwigs kreuzfahrt so genannt wird: *uns kumet noch der prinze von Anthioch und künic Lewe der manliche, von Ubiâ der lobeliche* 604 f. *künec Leo von Ubiâ* 8154. der herausgeber ist zwar im geogr. register unsicher über den namen, aber Leo von Armenien ist in der geschichte der kreuzzüge bekannt genug, und Wilken der in der beilage zum vierten bande einen auszug des gedichtes gibt, hat s. 17 schon das richtige.

Als Ernst nach zweimonatlicher fahrt nach Ubia kommt, klagt ihm der könig 4614 f.

wie er verladen wære
von dem künege von Babilô
und von dem voit von Damascô
und von dem fürsten ûz Hâlap;
wie die striten umb daz grap
und mit gwalt in wolden twingen,

von kristen glouben bringen,
und daz si in kurzer zît
mit im haben wolden strît.

Ernst verspricht seinen beistand; in der schlacht siegen die christen und machen grofse beute, Ernst und Wetzel nehmen die fürsten von Babylon, Damascus und Halap gefangen 4871 f. nach zwölf wochen will sich der gefangene könig lösen mit seinen leuten; durch Ernstens vermittelung wird friede geschlofsen: der könig soll denen von Ubia helfen *ob ez alsô ergienge daz sie strites nôt bevienge von dem andern teil der heidenschaft* 4965. ferner müfsen die heiden geiseln geben *daz sie bî des küneges zite gegen der kristenheit ze strite, noch ir ze schaden solden komen* 4977; *ouch het ez Ernst alsô geschaft, swâ die kristen gleites bœten, daz siz âne miete tæten* 4986.

Wenn in BC der könig von Babylon als gegner der afrikanischen christen darum erscheint, weil die ägyptischen sultane die beständigen widersacher der christen in Palästina waren, so ist hier die geschichtliche beziehung noch deutlicher. die fürsten von Damascus und Halap werden 4615. 4699. 4810 genannt, aber nicht bei dem friedensschlufse; sie heifsen auch nicht könig wie der von Babylon, für dessen vasallen man sie halten mufs. in Halap und in Damascus finden wir wie auch in Hamah und Emessa muhammedanische fürsten die seit dem sultan Kamel unter ägyptischer hoheit standen. als 1260 Halap und viele andere städte von den Mongolen erobert wurden, Damascus und Hamah sich ihnen ohne widerstand unterwarfen, flohen diese muhammedanischen fürsten nach Ägypten zu Kotus, Wilken 7,411. der von Damascus wurde unterwegs an die Mongolen verrathen und von Hulaku getödtet. nachdem Hulakus feldherr Kethboga noch in demselben jahre von Kotus geschlagen war, wurden die ägyptischen statthalter in den syrischen städten wieder eingesetzt. nach Kotus ermordung wurde Bibars sultan der sowohl mit den christen in Palästina als auch mit den königen von Armenien wiederholt krieg führte. er schickte 1265 und 1266 seine heere nach Armenien (im j. 1266 war der fürst von Hamah der anführer, Wilken 7,493), 1277 zog er selbst dorthin und verwüstete das land, während Leo sich in die gebirge zurückzog, Wilken 7,617. über den weiteren verlauf des krieges berichtet Vahram, chronique du royaume Arménien de la Cilicie à l'époque des croisades, traduite sur l'original arménien par Sahag

Bedrosian, Paris 1864 s. 22 ayant pillé et saccagé notre pays, le sultan se retira avec son armée et Léon les poursuivit, les vainquit et revint joyeux dans son royaume avec un grand butin. Le sultan d'Égypte fit proposer à Léon, par un message, la paix et son amitié. — Bibars starb schon 1277; sein sohn wurde von Kalavun getödtet, der auch den gegensultan Malek al Kamel von Damascus überwand und so alleinherscher war. unter ihm wurden die kämpfe gegen die syrischen und armenischen christen fortgesetzt; Leo von Armenien muste 1285 einen sehr demüthigenden frieden schliefsen, dessen wortlaut Langlois, le trésor des chartes d'Arménie, Venise 1863, s. 217 gibt.

Auf den krieg von 1277 glaube ich, deutet Ernst D. man wird nicht dagegen einwenden dürfen dafs die gefangennahme des heidenkönigs der geschichte widerspreche: sie stand in der vorlage des dichters. für die theilnahme der fürsten von Damascus und Halap gerade an diesem kriegszuge habe ich kein bestimmtes zeugnis gefunden, man wird sie aber auch ohne ein solches voraussetzen dürfen nach den vorhin dargelegten verhältnissen. man würde also das gedicht in die zeit zwischen 1277 und 1285 setzen. zu dieser zeitbestimmung passen noch manche einzelheiten; doch ehe wir diese besprechen, ist die erzählung von dem friedensschlufse an noch weiter zu führen.

Der Babylonier bittet Ernst dafs er mit in sein land ziehe, und bietet ihm, da der herzog nach Jerusalem will, sein geleit dorthin an. sie ziehen von Ubia nach Babylon wo sie herlich empfangen werden. nach zwei monaten wird Ernst vom könig beschenkt und kommt von vier fürsten geleitet nach Jerusalem. hier schenkt er einen theil seiner wunder dem probste der tempelherren 5097 und kämpft tapfer gegen die heiden: *ûf der templeise marke hât er fride gemachet* 5112.

Hier stimmt der besuch bei dem besiegten könig und das geleit nach Jerusalem mit den anderen fafsungen, die zu verlafsen der umweg von Cilicien über Ägypten nach Jerusalem den dichter nicht bestimmen konnte. dafs die tempelherren so hervorgehoben werden (in C 242,37 klagen sie nur über die verwüstungen der heiden, in B 5684 wird nur erzählt dafs Ernst den tempel und die andern heiligen orte beschenkt), weist auf die letzte zeit der christlichen herschaft in Palästina. noch mehr das folgende. als Ernst von den mohrischen kaufleuten hört dafs sie nach Jerusalem mit ihrer ware wollen, fragt er sie 4387

'muget ir âne vâr
fridelîchen komen dar?'
si sprâchen daz si müesten geben
geleite, und daz si ir leben
ofte müesten wâgen.

sie erzählen ihm dann dafs der könig von Babylon, an macht überlegen 4414, wiederholt mit dem könig von Ubia krieg führt, 4400. 4421, und fahren fort 4427

ze dirre zît si fride hân.
er sprach 'haldent si den vast?'
'jâ si, hêrre', sprach der gast,
'swenn si den fride gesprechent,
über al (*ober ein* druck) *si des niht brechent.'*

die Armenier wie die christen in Palästina musten in der zweiten hälfte des 13. jahrhunderts oft verträge mit den Muhammedanern schliefsen, die sie so schlecht hielten dafs die beinahe mistrauische frage des herzogs berechtigt ist. die übermacht der Saracenen ergibt sich auch aus der oben angeführten friedensbedingung: sie sollen die christen umsonst geleiten. die andern heiden gegen die sie denen von Ubia beistehen sollen, werden die Seldschuken sein die nördlich von Cilicien herschten; an die Mongolen darf man nicht denken, da diese mit den Armeniern stets im besten einvernehmen standen und sie oft gegen die Saracenen unterstützten.

Dafs Jerusalem in den händen der christen ist, widerspricht allerdings der für D angenommenen zeit: aber dies erklärt sich ebenso wie oben die gefangennahme des heidnischen königs aus der vorlage die der dichter gerade an diesem wendepunkt der fabel gar nicht verlafsen konnte.

II.

Bartsch setzt s. XXXVI das gedicht B um das jahr 1190 und führt als beweis dafür s. XXXIII einzelne ausdrücke des gedichtes sowie die reime an. wir müfsen aber seinen beweis in beiden punkten für hinfällig halten. betrachten wir zunächst der reihe nach was er s. XXXIII und in den anm. als dem 12. und nicht dem 13. jahrhundert zugehörig aufzählt. *magen* das in B. fünfmal steht kommt im 13. jahrh. vor in der kindh. Jesu 78,59 und in der urst. 110,67 und im Lanz. 112. 1241 der doch wenig vor 1200 zu setzen ist, vielleicht nach 1200. *gerehten*, nur einmal in B, ist allerdings in gedichten des 12. jahrh. häufig gebraucht, aber im mhd. wb. 2, 1, 618 wird es auch aus S. Helbling nachgewiesen. *dietdegen* steht auch im Lanz. 2934 und in Dietrich und Wen. altd. bl. 1,339. über *künneschaft* s. mhd. wb. 1,912[b] und Wolfr. Wh. 41,18. *armuote* als n. soll sich hauptsächlich nur im 12. jahrh. finden, sagt Bartsch zu B 1884 und verweist auf das mhd. wb. 1,58: aber dort stehen nur drei beispiele aus dem 12. jahrh., bei weitem mehr aus dem 13. und zwar aus dem ende desselben; noch mehr nachweise hat Lexers handwb. 1,95. — das schwache *geben* soll nach Bartsch zu 255 fast nur noch im 12. jahrh. vorkommen; dafs es auch im 13. jahrh. gebraucht wird, zeigen aufser den im mhd. wb. 1,508 gegebenen stellen Lanz. 5724. altd. beisp. (zschr. 7) 4, 41. Dietr. flucht 5932. j. Tit. 883,2.

Mit befserem rechte wird sich von der sprache von B zeigen lafsen dafs der dichter unter dem einflufs der höfischen poesie steht. darauf führt gleich beim ersten lesen die art der darstellung die im ganzen glatt und gewandt ist, an vielen orten sehr wortreich und unbequem breit wird. so z. b. die rede des kaisers 1357—88 oder 1132—39

swaz er wider iuch getân hât,
daz wellen wir im helfen büezen,
unz wir iwern unmuot wol gesüezen
und iwern zorn gestillen,
gar nâch iwerm willen
iwer herzeleit verkêren
wol nâch des rîches êren,
nâch urteile und iur selbes kür.

oder 2906—11

da genas dô nieman inne
wan des küneges tohter von Indiâ.
diu behielt daz leben al eine dâ
(der andern einez niht genas,
swaz ir in dem schiffe was)
durch die schœne an ir lîbe.

unerträglich sind stellen wie 322—325

einn fürsten der im dar zuo tohte
er mit dem brieve sande
gên Beiern zuo dem lande,
der im ze boten wol gezam.

oder 3282 f.

sie vernimt ir sprâche niht,
sie kan ir sprâche niht verstân.

unbeholfene constructionen, die sich öfters finden, mögen zuweilen auf rechnung der schlechten überlieferung kommen; doch war der dichter nicht sonderlich geschickt. ganz im tone der schilderungen bei höfischen dichtern ist die beschreibung der burg in Grippia 2557—2644 gehalten, aus der einzelnes hernach zu erwähnen sein wird.

Bei der frage ob der dichter von B ganze verse aus höfischen gedichten in sein werk hinübergenommen habe, ist es klar dafs auf die übereinstimmung von wenig charakteristischen versen kein gewicht zu legen ist; vgl. deutsches heldenbuch 1866 1, XIII. es hat also nichts auf sich wenn z. b. Ernst B 1221 *des weiz got wol die wârheit* = Bit. 11925 ist, oder B 2525 *ez gê ze schaden oder ze fromen* = Parz. 157,2 = 263,8 und fast = Bit. 10339 wo *ergê* steht, oder B 1313 *daz dir got gebe leit* fast gleich Bit. 10622 (*im* statt *dir*). ich würde dies kaum erwähnen, wenn nicht zuweilen auf solche zufällige übereinstimmungen zu viel werth gelegt würde, wie z. b. Bartsch s. LVI ein par solcher häufig vorkommenden verse aus Ernst D anführt, allerdings mit dem bemerken die übereinstimmung sei wohl nur zufällig. Bartsch führt zwei stellen des Iwein an: aber die ähnlichkeit des gedankens in B 11. 12 und Iw. 2485 f. (Bartsch s. 126) ist eine zu entfernte, und auch das bild B 5217 f. *unde vielen von ir swære als ein boum* [*dâ*] *gevallen wære* (Bartsch s. 179) braucht nicht aus Iwein 5073 f. entlehnt zu sein, sondern wird sich öfter von fallenden riesen finden, wie es ja gleich Odos in der anm. citierte worte zeigen. so wird auch B 1125 *daz er âne schulde mangelt iuwerr hulde* nicht aus Iwein 5469 *miner frouwen hulde, der mangel ich ân schulde* entlehnt sein. — anders verhält es sich mit zwei stellen des Parzival: diese hat der dichter von B nachgeahmt. Bartsch führt zu 2597 *sie glasten als ein glüendiu gluot* Parz. 81,22 *er gleste als ein glüendic* (*gluonde* Ggg, *gluendiu* g) *gluot* an, will aber die entlehnung aus Wolfram nicht zugeben, die er selbst zu Mel. 5240 für drei stellen des Pleiers annahm. auch in der variation Mai 41,28 *die lûhten als ein glosendiu gluot* sieht man die reminiscenz aus Wolfram. ferner ist B 2879 *noch* (*doch* a) *wil ich iu baz betiuten von den seltsænen liuten* aus Parz. 242,1 *ich wil iu doch paz bediuten von disen jâmerbæren liuten* entlehnt. dafs der dichter von B Wolfram kannte und nachahmte, bekunden auch andere wendungen die das leicht erkennbare gepräge der Wolframischen manier deutlich zeigen. *an wirdekeit verzagt* B 12. Parz. 122,19. — *goldes diu fluot* 1765. Wolfram hat oft *fluot* in der bedeutung menge von heeren, s. gramm. 4,726 und mhd. wb. 3,356[b]. spätes ursprunges ist die unechte strophe Walthers 36,23 *dû flüetic fluot barmunge tugende und aller güete.* — *si ist aller bürge ein krône* 2790 stimmt genau zu Parz. 350,20 *aller ander bürge ein krône.* — *diu burc stuont gar unervorht: sie vorhte niemannes her* 2240 f. ist zu vergleichen mit Parz. 564,30 *für allen sturm niht ein ber gæb si* (die burg) *ze drîzic jâren, op man ir wolte vâren.* — zwei betten sind *an hôher kost vil unbetrogen* 2602. ich weifs nicht ob sich dieser ausdruck wörtlich im Wolfram findet; zu vergleichen ist Parz. 668,15 *dem gezelt was koste niht vermiten,* und 226,14 *diu burc an veste niht betrogen.* Ulrich von Türheim der im Tristan öfter Wolfram nachahmt, hat *ir lîp an schœne ist unbetrogen* 510,2. auch im Ernst D kommt *niht betrogen* so vor 81. 2398 und wird von Bartsch s. LV als entlehnung aus Wolfram bezeichnet. ähnlich sagt übrigens Hartmann im Erec 372 *samît — dem daz golt was unerlogen.* — *sie wâren des versûmet nieht, sie wærn geworht mit vollen* 2590 f. *des was sîn lîp versûmet nieht* Parz. 167,20. — *ir helse smal unde lanc ir beider swert vil wênic miten* 3628 f. und *sît sie diu nôt niht wolde miden* 4091 zeigen auch Wolframs art, vgl. Parz. 128,22. 134,30. 139,21. 29. 165,17. 175,18 u. ö. — *gehabten sich nâch freuden siten* 4209 vgl. Parz. 99,12 *gehabt iuch an der freuden vart* was Wirnt entlehnt *haben uns an der freuden vart* 208,29. *site* mit vorangestelltem genetiv ist bei Wolfram sehr beliebt, s. aufser mhd. wb. 2, 2,324 *nâch freuden siten* Parz. 793,30. 796,30. *mit jâmers siten* 795,1. *durch ellens site* 583,22. *zühte site gelich* 167,4. *minne site* 643,8; und gewis findet sich noch mehr. in B steht noch so *nâch koufes site* 5345. — die Wolfram eigenthümliche versicherung *für unbetrogen* (mhd. wb. 3,104[b]) findet sich wiederholt in B: *und sô gar für unbetrogen was gelobt übr alliu lant* 162. *dâ von vil hêrlichen schein manec edel stein für u.* 3045. *dienten im für u.* 3540. *der im sô gar für u. het behalten al sîn ère* 4758. zu vergleichen ist damit *für ungelogen*[1]) *sagen* 4123. *für u. wizzen* 4949: einen beleg dafür gewährt zwar die Eneit 252,21 *daz saget man vor ungelogen*, aber bei Wolfram ist es besonders beliebt, s. z. b. Parz. 5,18. (64,1 Ggg). 593,10. also wird man auch hier entlehnung von B aus Wolfram annehmen; ebenso wohl für den brief B 352, der sich sonst auch auf Veldeke zurückführen liefse, s. W. Grimm zu Athis s. 376. — B 244 heifst Ottegebe *ein wol berendiu winrebe*. *bernde* hat Wolfram wohl zuerst öfter so, s. mhd. wb. 1,139ª und Parz. 160,24. Tit. 96,1.

Was oben allgemein von der darstellung in B gesagt wurde, dafs sie höfische vorbilder voraussetze, läfst sich auch von der sprache zeigen. der dichter von B bedient sich oft solcher wendungen die erst durch die höfischen dichter aufnahme oder allgemeinere verbreitung fanden. manche davon finden sich auch in den Nib. und der Kudrun; aber das volksepos ist ja auch in seinem stil nicht frei von diesem einflufse, wie Lachmann über drei bruchstücke niederrh. ged. s. 160 bemerkt hat, und von der diction des volksepos gilt dasselbe. es versteht sich von selbst dafs es nicht leicht ist dies im einzelnen ohne jeglichen irrthum nachzuweisen; aber wenn auch einzelnes in der folgenden zusammenstellung sich schon bei älteren dichtern vorfinden solte, so wird doch das übrige die kraft des beweises beanspruchen dürfen; vielleicht läfst sich auch noch anderes nachtragen. als ausdrücke in B die bei den höfischen dichtern oft vorkommen, vorher aber sich kaum werden nachweisen lafsen, betrachte ich folgende: *einem holdez herze tragen* B 562. Parz. 307,10. 397,22. *holden willen tragen* B 635. Nib. (355,4). 1001,4. *holden muot tragen* Greg. 1288. vgl. B 588 *daz du dîns holden muotes nimmer entwîchest mir.* — *ze lobe stân* 631. Erec 647. 1588. 2914. 8557. Kindh. 88,59. Mai 11,37 vgl. B 42 *mit èren lobelichen stuonden alliu sîniu dinc.* — *mit jâmer überladen* 1510. *mit strîte überladen* 840. 5372. vgl. *die heiden sie dô werten dâ von sie wâren überladen* 3801. *überladen* kommt so öfter im Iwein vor, vgl. büchl. 2,732 *mit stæte üb.* Greg. 632 *von schaden üb.*; auch bei Wolfr. *swenn überlüede mich der strît* Wh. 51,23, und im Parz. wird sehr oft *verladen* vom streit und vom kummer gebraucht; das mhd. wb. 1,926ᵇ giebt zwar nur

[1]) *wâr und niht gelogen* B 3952. *vil ungelogen* 560, wofür Bartsch vielleicht richtig vorschlägt *für ungelogen*, findet sich auch bei andern dichtern.

ein par stellen. — *sie hâte gnædeclich entladen got der starken swære* 4296. *sô grôz laster unde schaden, des er sich nimmer kunde entladen* 1406. vgl. *möhte ich mich des wol entladen* 1218. *daz ich . . . miner swære wurde entladen* Hartm. büchl. 1,128. *die recken wurden ouch entladen unmuotes* Lanz. 1236. — *durch sîner zuht gebot* 1918. *durch ir zühte gebot* 2502. *durch miner z. g.* Parz. 330,1. *er was in leides gebote* Greg. 2435. — *mich betriege dan min sin* 2982. *mich entriege min sin* 3360 = Iw. 3812. *mich entriege (danne) min wân* Er. 557. Iw. 2595. Lanz. 1222. — *ein michel herzeleit überkomen* 3699. *swære üb.* Iw. 4772. *nôt üb.* Greg. 2005. — *daz sîn wer was sô (ze b) kranc* 3815. *iwer wer ist mir hie ze kranc* Erec 3832. *mit kranker wer* Ecke 119,5. *si wurden kranc an ir wer* Dietr. fl. 6604. *des starken Dietriches wer wart unmâzlichen kranc* Dietrich und Wen. 413. vgl. *dâ mite krenket sich min wer* Parz. 286,9. — die berufungen *nâch der âventiure sage* 3891 und *uns tuot diu âventiure bekant* 4813 sind bei den höfischen dichtern und ihren nachahmern sehr häufig, s. J. Grimm kl. schr. 1,86 und mhd. wb. 1,71ᵇ. in den Nib. findet sich *als uns diu âventiure giht* nur in C 2749, und ebenso in der klage hs. D nach vers 21. *uns seit diu âventiure kluoc* Ecke 79,4 *als uns diu âventiure seit* Goldemar 2,13 zeigt wie manches andere bei Albrecht von Kemenaten höfischen einflufs. s. DHB 5, XXIV. XL. — *gefügeles alsô vil, in solher mâze zil* 4962. *ir zuht stuont in der mâze zil* Wig. 236,25. vgl. B 4455 *in der selben mâze erkant.* — *über kurz od* (Bartsch *und*) *über lanc* 4879 = Erec 6295. *diu werlt stê kurz ode lanc* Iw. 605. — *die alden mit den jungen wâren freuden unverhert* 5273. *lobes unv.* Lanz. 5403. *der unverherte an libe und an êren* 3158. vgl. *die diet ez freuden herte* Parz. 493,7. *und mich alles des behert daz frôude geheizen mac* büchl. 1,392. *swâ ich im gedienen mac, deiswâr des ist er unbehert* Wig. 221,7. *der wirt des sô unbehert* Krone 1109. — *ich wil michs gên im begeben* 5935. *ich habe mich. herze, des begeben* büchl. 1,113. *die . . . sich schanden begebent* 2,708. *ich hete . . . mich des libes begeben* Iw. 667. — B 1121. 1245. 2493. 2501. 2524 begegnet *benamen*, das bekannte lieblingswort Hartmanns, das auch Gottfried und Wirnt sehr oft gebrauchen, Wolfram ziemlich selten. auch die stellen im Lanz. 4284. 4492. 5198 sowie Ecke 114,1. Eracl. 4614 werden nachahmung Hartmanns sein, wenn auch einmal *benamen* vor Hartmann sich findet, Eneit 232,26. — *ze flize geschâchzabelt und gevieret* 2222. *geschâzavelt genôte wiz unde rôte wârn die steine gevieret* Lanz. 4107. — *ein samit vierecke unde blâ* 2630. *ein samit vierecke, hôch unde wît* Parz. 563,2.

Noch sind zwei stellen zu erwähnen die zwar keinen zwingenden beweis gegen Bartschens zeitbestimmung von B liefern, die aber zu unserer annahme dafs B ins 13. jahrh. gehöre befser passen. 5294 f. heifst es von Ernst *da enphiengen wol den wigant beide man unde wîp: er was in liep als der lîp.* vom liebesverhältnis gesagt ist (*liep*) *sîn alsô der lîp* alt, aber kaum in der veränderten bedeutung wie es hier in B steht. — 3858 reimt *in snellen galeiden : leiden;* diese form statt *galîe* erscheint gereimt nur in zwei interpolierten strophen der Kudrun *galeide : beide* 490,3 und *galeide : ougenweide* (cäsur) 1073,1. die entsprechende lateinische form *galeida* belegt du Cange aus Albertus Aquensis, sie findet sich auch z. b. in den ann. Col. maximi MG. 17,790. 799. 813. 833 und in Arnolds chron. Slav. MG. 21,179; aber alle diese stellen geben keinen beweis dafür dafs diese form ins 12. jahrh. hinauf reiche.

Nach dem was sich uns über die sprache von B ergeben hat, wird das gedicht nicht früher zu setzen sein als etwa 1215 bis 1230. von Wolframs Parzival wird er nicht wie Wirnt nur einzelne bücher gekannt haben, sondern er hatte wohl das ganze gedicht vor sich.

Aber wie verhält es sich mit der metrik? Bartsch stellt s. XXXIII f. die reime von B zusammen und findet vieles was dem 12. jahrhundert angehört. aber man mufs in dieser beziehung vorsichtig sein, da die überlieferung der beiden hss. wie schon bemerkt sehr schlecht ist und besonders *b* an vielen stellen wo Bartsch nach *a* alterthümliche reime annimmt nicht nur in einzelnen worten abweicht, sondern in ganzen zeilen. auch *a* enthält wohl mehr eigenes machwerk des schreibers als Bartsch annimmt. einige male hat er den rohen reim in *a* entfernt, so *leben : genesen* 3931. *willen : innen* 2919. *versêrt : verzert* 1759, und fast immer die von *b*, z. b. anm. zu 195. 255. 2199. 2243. 2451. 4517 u. s. w. Bartsch will zuerst die reime geben 'die der zeit und der mundart des bearbeiters (B) nicht zukommen'; aber er führt in diesem abschnitt erstens selbst manche reime auf, die er für bairisch-österreichisch erklärt, und in betreff des bairisch-österreichischen ursprunges von B stimmt ja Bartsch mit Haupt überein [1]). zweitens

[1]) die durchaus nicht neue wahrnehmung s. XXXVI dafs *dürnitz* auch in Norddeutschland vorkomme als *dörns, dörnsse* und die daraus gezogene irrige folgerung dafs deshalb *dürnitz* keinen beweis gäbe für den bairischen ursprung von B, wäre befser weggeblieben.

sind einem bairischen dichter des 13. jahrhunderts (oder wie Bartsch annimmt, von 1190) auch *ô* statt *œ* (*nôten* plur.: *tôten* 3873). *a* für *o* (*du salt : gewalt* 385) *â* für *æ* (*swâr : lipnar* 2183) vollkommen gerecht, s. Weinhold, bair. gramm. §§ 6. 54, und ebenso das partic. *gesamenôt : nôt* 91.

Die unregelmäfsigen reime von B kommen zum theil auch in D vor, dessen zeit Bartsch doch gegen 1300 setzt: man mufs sich wundern dafs er die übereinstimmung nicht wahrgenommen hat. er führt s. XXXIV die reime *gerte : kêrte*, *werten : verkêrten* aus B ohne bemerkung auf, s. LVIII aber mehrfaches *er : êr* und *lêrte : verte* 1379 aus D mit den worten 'alle diese reime gehören einer jüngern zeit an, am frühesten scheinen sie in Baiern zu begegnen': s. Weinhold bair. gramm. § 48 und *nerte : kêrte* Parz. 603,11. *werte : êrte* 212,7. *kêrn : wern* 693,11. ferner sind s. XXXV *bort : gehôrt* B 4121. 4273. *hôrte : worten* 703 angeführt, dagegen s. LVIII aus D *wort : gehôrt* achtmal, *hôrte : worte* 535. *bekorten : hôrten* 3489. *orte : gehôrte* 3935 mit dem zusatz dafs man diese reime auf Mitteldeutschland zurückführen dürfe. ebenso werden die vielen rührenden reime aus B gesammelt 'die neben so vielem andern beweisen dafs der dichter vor die eigentlich höfische zeit fällt' s. XXXVI, während es von dem dichter von D, der ebenfalls den rührenden reim oft hat, s. LX heifst 'für ihn gelten die strengen gesetze der höfischen kunst nicht mehr, wie sie für den dichter von B noch nicht galten'. dafs B auslautendes *e* im reim abwirft, wird in der vorrede gar nicht erwähnt, nur in der anm. zu 5759 sind verkürzte dative angeführt, zu 1316 *die degen : wegen*, *die pilgerîn : sîn* wozu noch nachzutragen ist *der hôchgemuot : guot* 5292; vgl. auch verkürzte präterita im verse, anm. zu 4571. 5558 und andere apocopen zu 5360. dagegen liest man s. LIX 'die beginnende roheit seines zeitalters zeigt der dichter (von D) in dem häufigen abwerfen des *e* im reime', wozu man deutsches heldenbuch 1866 1, XLVII vergleiche.

Das resultat, welches die reime von B ergeben, ist also ein wesentlich anderes als bei Bartsch. nur sehr wenige reime bleiben von denen man annehmen darf dafs sie der bearbeiter (B) seiner mundart entgegen aus dem originale (A, d. i. das älteste md. gedicht von herzog Ernst) beibehielt dem er oft sehr genau folgt, wie Bartsch s. XXIX f. nachweist. im ganzen aber sind die reime von B durchaus so wie man sie in einem kunstlosen bairischen gedicht von 1215—30 erwarten kann. wie leicht Bartsch alterthümliche reime in B annimmt, zeigen auch s. XXXV *heiligen : nigen* 4429. *Erniste : liste* 5277. reime die dem ersten entsprechen hat auch die Krone *lebendigen : unverzigen* 7627 und sehr oft Otacker, z. b. *schuldigen : ligen* 397^b. 596^a. *trûrigen : verzigen* 471^a. 544^b. *leidigen : verswigen* 559^b. *listigen : ligen* 512^b. die von Bartsch übersehene übereinstimmung der reime von D [1]) und B, sowie die vergleichung mit den reimen anderer österreichisch-bairischer dichter zeigt dafs im allgemeinen aus reimfreiheiten sich mit mehr sicherheit auf den dialekt eines gedichtes als auf seine zeit schliefsen läfst.

Auch aus dem inneren bau der verse in B will Bartsch das alter des gedichtes beweisen. er macht wiederholt (z. b. zu 266. 1933. 3342) auf die längeren verse aufmerksam, in denen sich die kunst des 12. jahrh. zeige. namentlich sollen auch die verse mit drei- und sogar viersilbigem auftakt meist aus A unverändert aufgenommen sein: zu 5175. von den schweren auftakten die der herausgeber demzufolge getreu conserviert würden sich manche leicht beseitigen lafsen: so würde man in versen wie *beide armen unde rîchen* (s. zu 5558) einfach *beide* streichen und statt *also* (so, ohne circumflex, schreibt der herausgeber, s. zu 5686) vor der ersten hebung lieber *als* oder *sus* schreiben. aber was Bartsch sonst anführt, betonungen wie *die halsbérge*, *die ellénden*, *dáz loch*, zu 1637; *werlîche*, *grózlîche*, *wisheit*, *wirtschdft* zu 2008; *unfrö́*, *unschúlde* zu 4777; die bindung von dreisilbigen klingenden versen mit viersilbigen (zu 3242): alles dies weist auf entartung der kunst hin und ist wohl nicht dem dichter von B zuzutrauen, sondern mufs der schlechten überlieferung zugeschrieben werden die nicht gestattet, den text wie er im ersten drittel des 13. jahrh. verfafst wurde sicher herzustellen. stünde die überlieferung dem echten näher, so würden die senkungen wohl öfter fehlen als es in dem texte von Bartsch der fall ist; und die verse würden sich lesen lafsen ohne so häufige verschleifung, kürzung und unregelmäfsige betonung.

Berlin, im januar 1870. OSKAR JÄNICKE.

[1]) Bartsch giebt s. LVII f. ein nicht ganz vollständiges verzeichnis und bürdet dem dichter mit dem allerdings nicht viel staat zu machen ist einen roben reim *dz : was* 3329 mit unrecht auf; es heifst *vil gebeines sunder âz aldâ in den kielen was*.

EIN FRAGEBÜCHLEIN AUS DEM NEUNTEN JAHRHUNDERT.

Das folgende stück findet sich in einer Münchener sammelhandschrift des neunten jahrhunderts (Clm. 19417. einst Tegerns. S. 40. 3° auf s. 71ᵃ—74ᵃ) und ist nach einer abschrift mitgetheilt welche vor einigen jahren der bibliotheksassistent hr. F. Keinz für hrn. professor Müllenhoff genommen hat. die zahlreichen abkürzungen der hs. habe ich aufgelöst, im übrigen aber der wunderlichen latinität des schreibers nicht nahe treten mögen; denn wenn auch einiges schreibfehler sind, im ganzen wird der mann sein latein wohl so gesprochen haben, wie er es geschrieben hat; die spärlichen änderungen also, welche durch klammern bezeichnet in den text gesetzt sind, sollen diesen nicht emendieren, sondern nur sein verständnis erleichtern.

Als eigentliche rätsel können diese fragen noch kaum angesehen werden: sie sind nicht sowohl prüfungen des verstandes als des wifsens, und können ihren ursprung aus den gelehrten kreisen der geistlichen nicht verleugnen. aber an diese ernsten fragen der gelehrsamkeit lehnten sich im laufe der jahrhunderte scherz und

Es möge erlaubt sein hier noch einiges zu der bearbeitung der disputatio Pippini cum Albino (zschr. f. d. altert. n. f. II, 530 ff.) nachzutragen. für nr. 96 hat hr. dr. Steinmeyer die einfache auflösung 'kopfkissen' gefunden, und für nr. 97 erkannt, dafs wenn man statt I und XXX die griechischen zahlzeichen α und λ setzt, man die anfangsbuchstaben von Adam und Lazarus erhält. für die erklärung der worte: dic tamen primas literas nominum. I. IIII. I. XXX ist hiermit gewis der richtige weg gewiesen, wenn auch die zeichen zwischen I und XXX in ihrer beziehung auf Elias noch nicht klar sind. — ferner ist mir inzwischen noch eine italienische bearbeitung der responsa Secundi philosophi ad interrogata Adriani (s. a. o. s. 546) bekannt geworden, welche im cod. Riccard. 1930 (saec. XIV) dem gespräch zwischen Sidracco und Botozzo angehängt ist. A. Bartoli in il libro di Sidrach, testo inedito de secolo XIV; parte prima (Bologna 1868) meint s. XXVI der schreiber habe seine vorlage je näher dem ende um so mehr verkürzt, und schliefse 'col far cosa quasi originale'; er habe sich nicht enthalten können, einige der letzten capitel dieses buches mitzutheilen, welche in ihrer kürze allerliebst schienen. die fragen, welche er auf s. XXVI ff. abdruckt, entsprechen den nr. 2—5. 7. 10—12. 14. 15. 17. 18. 21. 22. 20. 24. 23. 25—33 jener responsa, wie sie im speculum historiale des Vincentius Bellovacensis zu finden sind.

witz an, und für die historische verfolgung der rätselliteratur sind diese fragebüchlein von erheblicher bedeutung (vgl. MSD s. 343).

Ähnliche sammlungen hat J.Kemble in 'the dialogue of Salomon and Saturnus' (London 1848) mitgetheilt: Salomon and Saturnus (SS) s. 178 ff., Adrian and Ritheus (AR) s. 198 ff., beide angelsächsisch; Adrian and Epictus (AE) s. 212 ff., lateinisch, the master of Oxfords catechism (Ox. Cat.) s. 216 ff. auch in Beda's collectanea und flores sind viele übereinstimmende fragen, und die sammlung der Schlettstädter hs. [1]), aus der Bethmann in Naumanns Serapeum 1845 s. 29 siebzehn fragen mitgetheilt hat, gehört gleichfalls hierher. der nachfolgenden am nächsten steht der Adrian und Epictus, der gleiche fragen zum theil in gleicher reihenfolge enthält. eine provenzalische bearbeitung dieses AE hat Bartsch in den denkmälern der provenzalischen litteratur s. 306—310 herausgegeben (MSD s. 343).

INTERROGATIONES [2]).

1 Quis est quod tangitur et non videtur? Anima hominis.

2 Quid est quod videtur et non tangitur? Cęlum.

3 Quid est aspectum parvissimum, tota[m] contegit terram et totam illuminat orbem? Sol.

4 Quis vivit dum seculum vicit? Helias et Enoc et Johannes.

5 Quis escam moliorum saxa conrumpit? Aqua.

6 Quis crescit et descrescit? Luna.

7 Quid est delectabile et odiosum? Nox.

8 Quid est quod ad [s. 71[b]] unum vadit et ad unum redit? Pluvia.

9 Quid est bonum et malum? Resurrectio, quando alii ad vitam alii ad poenam trahuntur.

10 Quid est vivit sepultus vivit et sepulchrum? Jonas in ventre coeti.

11 Quis tres horas fecit sol stare? Jesu Nave, successor Moysen, in pugna; mons autem in quo stabat Gabaon. et luna stetit in vale Elon.

[1]) Wie mir hr. prof. Müllenhoff mittheilt ist dieselbe neuerdings zu wiederholten malen, zuletzt von Martin gesucht aber nicht gefunden.

[2]) Am oberen rande des blattes steht noch von einer hand des 15. jahrh.: interrogationes varie et rare valde.

[12]Quales primi civitas facta fuit? Ninnivę.

[13]Qui eam edificavit? Nimo; ubi fuerunt c viginti milia hominum.

[14]Quod mansiones habet? Ut illa tota circis XII. una mansio triginta milia habet pedes.

[15]Quod genera sunt volicribus pinnatis? Quinquaginta IIII or. [fol. 72a]

[16]Quid videtur ire et numquam redire? Sol.

[17]Quid est quod uni placet et alteri displicit? Judicium.

[18]Quattuor vide[n]tur et investigantur? Viam aquile et viam colobri et viam (et) viri in aduliscentiam suam, et viam navis in medio mare.

[19]Tres sunt qui numquam satiantur: Infernum et terra, que non satiatur aqua et ignis qui numquam dicit sufficit; ita et cupiditas hominum insatiabilis est.

[20]Quis est mortuos et non est natus? Adam.

[21]Quod filios habuit ipse Adam? Triginta et triginta filias, excepto Cain et Habel.

[22]Quis primus obtulit holocaustum ex ipsis? Abel [fol. 72b] agnum protulit; pro eo occidit eum Cain.

[23]Quis tribus diebus et tribus noctibus oravit nec cęlum vidit nec terram tetigit? Jonas in ventre piscis.

[24]Quis sine fuste et gladio draconem interficit? Daniel.

[25]Cuius sepulchrum non est inventum in terra? Moysy.

[26]Quis asinas quaerendum [l. quaerendo] regnum invenit? Saul.

[27]Quis primus monasterium construxit? Ante adventum Elias et Eliseos et post adventum Paulus heremita et Antonius abba.

[28]In quo monte(m) numquam pluit usque in hodiernum diem? In Gelboe.

[29]Quis eum male dixit? David rex.

[30]Quis cum cane locu[fol. 73a]tus fuit? Sanctus Petrus; et

[31]Quis cum asina locutus fuit? Belaam, propheta gentiles.

[32]Quot provintię sunt terrę? Duodecem.

[33]Quod genera sunt serpentium? Triginta IIII or.

[34]Quis upserpentem? Corcotrillo.

[35]Quod genera sunt piscium? Triginta sex.

18. Die negation fehlt.

36 Qui illorum nomina posuit? Adam.

37 Quo ordine vel pro qua re servi facti sunt? De Cham, qui de verecundia patris sui risit.

38 Quis fuit bis natus et semel mortuus? Lazarus.

39 Quis Christus vidit et dormiet? Sanctus Johannis.

40 Ubi Adam accepit baptismum? In monte Calvariç, ubi dominus Jesus Christus cruci fixus est, de eius sanguine.

41 Quis dedit quod non habebat et recepit quod dederat? Sanctus Johannes [fol. 73b] baptismum et Eva lac.

42 Qui aviam suam virginem violavit? Abel terra[m].

43 Qui antea tectum fecit quam sol[um]? Dominus celus (l. celos) antequam terram.

44 Qui cum domino crucifixi sunt? Ad dextris Joatras et Cammatras a sinistris.

45 Quantas sortes fecerunt milites de veste domini? Quattuor, unicuique militum parte una; stolam non divisam, et calciamenta non invenerunt.

46 Qui mortuos (l. mortuus) mortuum suscitavit? Eliseus in Galgalis in suo sepulchro.

47 Qui sunt nati et non sunt mortui? Helias et Enoc et Johannes evangelista.

48 Cui prius per baptismuḿ beneti data est piscio.

49 Qui primum bestias mulsit. Sanctus Mamis.

50 Qui vidit [dormi]ens [fol. 74a] scala[m] posita[m] contra cęlum, cuius altitudo tangens caelum? Sanctus Jacob.

51 Quis cum filias suas peccavit? Loth.

52 Quis sine fuste et gladio leonem interficit? Samson.

1. Richtiger scheint in AE 38 zu derselben frage als auflösung *anima* gegeben zu sein; den *wind* fühlt man ohne ihn zu sehen. in Bedas flores (Bedae opera Basileae 1563. III) heifst es aber s. 650: Dic mihi quae est illa res quae coelum totamque terram replevit, silvas et surculos confringit, omniaque fundamenta concutit: *sed nec oculis videri aut manibus tangi potest*. und das nahe verwandte rätsel Aldelms de vento beginnt mit passenderem ausdruck: cernere me nulli possunt nec *prendere* palmis.

50. dormiens *ergänzt von Jaffé*.

2. AE 39 mit der auflösung nubes vel coelum.

3. In AE folgt auf die beiden vorhergehenden rätsel Quid est sol? splendor diei, eine frage die auch in der altercatio Hadriani et Epicteti und in der disputatio Pippini cum Albino begegnet s. zschr. f. d. altert. n. f. 2,536. der vorstehenden ähnlicher ist AR 9 'Saga me hú mycel seó sunne sý. Ic đe secge, heó is mǽre đonne eorđe, for đam đe heó biđ on ǽlcum lande hát.

4. Woher Johannes kommt weiſs ich nicht; in AE 71 heiſst es nur Quis pugnaturus est in consummacione seculi cum Antichristo? — Enoch et Elias. die annahme daſs Enoch und Elias mit dem Antichrist kämpfen und erst von ihm sollen getödtet werden, findet sich auch in dem evangelium Nicodemi c. 25 (Fabricius codex apocryphus novi test. Hamb. 1819. 1,291. 2,477). vgl. 47. der glaube, daſs Johannes nicht gestorben sei, entstand schon früh aus Christi worten: 'So ich will, daſs er bleibe biſs ich komme, was gehet es dich an' (Ev. Joh. 21, 22). vgl. Fabricius a. o. s. 533. 590.

5. Weiſs ich nicht zu emendieren; die mühlsteine scheinen gemeint.

6. Der AE 43 hat anstatt dieses rätsels Quid est luna? Splendor in tenebris et doctrina malorum. vgl. disp. Pipp. cum Alb. nr. 51.

7. = AE 41. nah verwandt sind nr. 9. 17.

8. Unverständlich, wie AE 42: Quid est ab uno vadit, et ad unum redit und im provenzalischen AE 40 Cal cauza va ad una et ad autra torna? respos: plueja. etwa ab uno vadit et ad unum redit. vgl. Symposius de pluvia: Et sinus effudit qui me prius ipse recepit, und Jul. Scaliger, poemata (in bibliopolio Commeliniano 1600) 1,513 de aqua: A me ipsa ad me ipsam egredior remeoque.

9. s. 7 und 17.

10. Dieses rätsel über Jonas begegnet in den von Kemble mitgetheilten englischen Fragebüchern nicht; aber manche deutsche rätsel erinnern daran; z. b.:

> Begraben lag ein Mann gar tief,
> Das Grab mit ihm herummer lief:
> Gleichwohl im Himmel noch auf Erd
> Weder er noch Sarck gefunden ward

Sphinx Heidfeldii s. 1202 und ebenso in dem angenehmen zeitvertreib lustiger gesellschaften (Frankfurt und Leipzig 1772) nr. 270. vgl. ebend. nr. 139. 265. und in Scaligers rätsel (1,515), welches auch unter die Joannis Lauterbachii poetae nobilis et lauro coronati aenigmata (e collegio Paltheniano 1601) s. 17 aufgenommen ist: Sum nondum dira confectus morte sepultus . . . meque capit vivus, meque vehit tumulus. vgl. nr. 22.

11. Quis tres horas solem in celo fecit stare? — Josue minister Moysi, in pugna AE 44. Saga me, hwa dyde ðæt sunne stód áne tíd dæges? Ic ðe secge, Josue hit gedyde in Moyses gefeohte; seó dún hátte Gabaon, ðe heó on stód AR 42. s. Josua 10,12 dixitque coram eis: Sol contra Gabaon ne movearis et luna contra vallem Ajalon (*Αἰλών*). die dreistündige frist wird in der Bibel nicht erwähnt; auch nicht im provenzalischen AE.

12. AE 24 hat nur: Quae civitas primum facta est? Niniven; Beda in den flores s. 652: Quis primus princeps factus est? Ninus filius Beli. — Quae prima civitas? Ninive. — Quis eam aedificavit? Ninus. SS 25. Saga me hwylc man átimbrode ærust ceastre? Ic ðe secge, Knos hátte and was Ninivem seó burh; and wǽron ðærin gemanna hund twelftig ðusenda and XX ðusenda; and Hierusalem seó burh heó wæs ǽrest æfter ðam Noes flód getimbrod. — *Nimo* im text soll offenbar *Ninos* sein; Ninus, Belos sohn, erscheint als gründer Ninives z. b. auch bei Augustin de civitate dei, nicht aber in der bibel, wo es (Genes. 10,11) nach der vulgata heifst: 'de terra illa egressus est Assur et aedificavit Niniven'. — Ninus ist identisch mit dem Nemrod, dem sohne des Cusch oder *Χοῦς* — daraus erklärt sich wohl Knos in dem angelsächsischen rätsel — der ein gewaltiger jäger war vor dem herrn et coepit esse potens in terra. — die einwohnerzahl der stadt ist im Jonas (4,11) angegeben: et ego non parcam Nineve civitati magnae in qua sunt plus quam centum viginti milia hominum. die angabe des lateinischen fragebüchleins stimmt dazu, im angelsächsischen ist *and XX ðusenda* ungehöriger zusatz. — die bestimmung des umkreifses auf 12 tagereisen findet in der bibel keine bestätigung. bei Jonas (3,4) heifst es: civitas magna itinere trium dierum.

15. Vierundfünfzig vogelarten haben auch SS 51, Ox. Cat. s. 219 und der provenzalische AE nr. 33. Beda flores s. 652 hat nur siebenunddreifsig, AR 33 *tvá and fíftig*, AE 36 quinquaginta XX. aus der bibel stammen diese angaben nicht. vgl. 33.

17. SS 49 Saga me, hwæt is ðæt óðrum lícige and óðrum mislícige? Ic ðe secge, ðæt is dóm. — Ox. Cat. s. 219 Which thinge is it that som loveth and som hateth? That is jugement. vgl.

Müllenhoff Scherer, Denkmäler s. 370. — dieselbe frage aber mit der auflösung *vita* in Bedas flores s. 653; wohl unter anlehnung an die altercatio Hadriani et Epicteti (quid est vita? Beatorum laetitia, miserorum moestitia), mit welcher auch die in den flores vorhergehenden fragen stimmen. s. zschr. f. d. altert. n. f. 2, 531. 549 f.

18. Proverbia 30,18 Tria sunt difficilia mihi et quartum penitus ignoro: viam aquilae in coelo, viam colubri super petram, viam navis in medio mari et viam viri in adolescentia. — in den englischen büchern findet sich diese frage nicht, wohl aber die folgende, die also den anlafs gegeben haben mag auch diese einzuschieben. in deutschen rätseln und gedichten ist diese stelle der proverbia häufig benutzt; so von Freidank 128.6 Des wien vluc, des schiffes vluz, des slangen sluf, des donres schuz, wie gerâten sûln diu jungen kint, der strâze uns alle vremde sint; von Bruder Wernher MSH 2,230[b], in der tochter Sion (Diutisca 3.7) s. W. Grimm Freidank s. LXXIV und 375. Friedreich, geschichte des rätsels s. 156 fol. zu vergleichen ist auch ein rätsel Sebastian Scheffers (Reusner aenigmatographia s. 328 f.):

Dic mihi, tunc quovis sapiente valentior esto,
  Omnia qui cerebro te retinere putas.
Sub Jove sunt aquilae vestigia quanta volantis?
  Rupe colubrorum sunt ubi signa pedum?
Semina quae medio dum currit in aequore nauta?
  Quis iuvenum scortis ad loca foeda gradus.

die abweichung in dem letzten punkt beruht auf dem hebräischen text.

19. Die grundlage bildet eine stelle in den proverbia 30,15. 16: Tria sunt insaturabilia, et quartum, quod nunquam dicit 'sufficit': infernus, et os vulvae, et terra, quae non satiatur aqua: ignis vero nunquam dicit 'sufficit'. sie findet sich wörtlich in Bedas flores (s. 648), versificiert in einer handschriftlichen sprichwörtersammlung des Trinity College (Kemble s. 196):

Quatuor, ut fantur, sunt quae nunquam satiantur;
ignis et os vulvae, pelagus, ba atrique vorago

und deutsch in dem Rätersch Büchlin (Strafsburg 1562): Raht, was ist nit zu erfüllen: vier ding die hell. der frauen bauch, die erd mit wasser und das fewr. — die obenstehende fafsung entfernt sich von dem text der bibel, dadurch dafs in ihr für das os vulvae die cupiditas hominum eingetreten ist; gerade wie im SS 50: Saga me, hwæt syndon da IIII thing đe næfre fulle næron ne næfre ne beođ? Ic đe secge, án is eorđe, óđer is fýr, thridde is hell, feorđe is se gitsienda man woruldo welena; und im Ox. Cat. s. 219 which be the IIII thingis that never was full nor never shalbe? The first is erth, the second is fire, the thirde is hell, the fourth is a covitous man. auf die umgestaltung hat vielleicht Prov. 27,20 eingewirkt: Ut sepulcrum et perditio non satiantur, ita oculi hominis non satiantur. auch Freidank (69,5) schliefst sich der Vulgata nicht an — absichtlich, meint Grimm s. CXVIII, 'um den anstand nicht zu verletzen' — wird aber unverständlich, weil er das vierte unersättliche ganz unbezeichnet läfst. im provenzalischen Adrian und Epictus werden überhaupt nur drei unersättliche dinge genannt: con foc et yfern. weniger eng schliefsen sich der bibelstelle an, aber doch immer deutlich auf sie zurückweisend, zwei verse im Welschen Gast 45 (diu helle und der arge man werdent nimmer sat), welche Grimm in der anmerkung citiert, eine stelle im Esop des Burkard Waldis (4, 93, 31):

Mit holtz lefst sich das Fewr nit stillen,
die Erd auch nit mit Wafser füllen,

ein rätsel des Hieronymus Arconatus (Reusner aenigm. s. 333):

Omnia cum possint expleri, tempore nullo
Expleri possunt, foemina, flamma, fretum

und eine travestie, von Kemble s. 196 mitgetheilt, welche die tria insatiabilia auf priester, mönche und die see deutet. auch in der vita Aesopi die Joachim Camerarius seiner lateinischen bearbeitung der aesopischen fabeln (2. ausg. Tübingen 1615) vorausgesandt hat, wird diese üble trias erwähnt (s. 16 f.). da es dem philosophen Xanthus nicht gelingt, seine schmollende gemahlin auszusöhnen, fordert er den sclaven Aesop auf, das wort zu ergreifen: „Tum Aesopus paulisper cunctatus, Graecum versiculum pronunciavit, in quo tres pestes rerum humanarum dicuntur esse θάλασσα καὶ πῦρ καὶ γυνή κακὰ τρία." in der griechischen vita Aesopi, die Westermann 1815 herausgegeben hat, fehlt diese stelle.

Das dreifsigste capitel der sprüche Salomonis war so beliebt, dafs es auch zu freierer nachbildung anlafs gegeben hat, so wenn in dem angenehmen zeitvertreib nr. 184 liebe, feuer, krätze, husten als vier dinge die nicht verborgen werden können zusammengestellt sind; oder wenn es in dem neuvermehrten Rath-Büchlein

(Rockenbüchlein, angeführt von Martin, le besant de dieu s. 124), heifst: Welche sind die vier ärgsten Haus Plagen? Drey Ding sind im Haus uberlegn: Der Rauch, ein bös weib und der Degn (l. Regn), Das vierdt beschwert es überaus Viel Kinder und kein Brod im Haus. — dieselben verse finden sich auch in der Sphinx Heidfeldii s. 542 zugleich mit lateinischer übersetzung oder original:

Sunt mala terna domus imber, mala foemina, fumus;
Quartum si mane surgunt pueri sine pane.

rauch, traufe und böses weib als die drei dinge, welche den mann aus dem hause treiben, sind schon von Guillaume le clerc de Normandie behandelt, der sein thema aus des papstes Innocenz III schrift de miseria humanae conditionis 4,18 schöpfte: Tria sunt enim quae non sinunt in domo permanere: fumus stillicidium et mala uxor (s. Martin a. o. s. XXXVII). schwerlich aber ist die zusammenstellung von Innocenz erfunden oder durch seine schrift allgemein bekannt geworden. auch in der stelle de incommodis senectutis, wo jene schrift des Innocenz Guillaumes quelle ist, (Martin s. XVII), ist er nicht erfinder. 'Si quis autem ad senectutem processerit', heifst es dort

statim cor eius affligitur et caput concutitur,
languet spiritus et foetet anhelitus,
facies rugatur et statura curvatur,
caligant oculi et vacillant articuli,
nares effluunt et crines defluunt,
tremit tactus et deperit actus,
dentes putrescunt et aures surdescunt.

vgl. Beda flores s. 652 'dum oculi caligant, auris graviter audit, capilli fluunt, facies in pallorem mutatur, dentes lapsi numero minuuntur, cutis arescit, flatus insuaviter odorat, pectus suffocatur, tussis cachinnat, genua trepidant, talos et pedes tumor inflat, et homo interior qui non senescit his omnibus aggravatur.

20. Ebenso ioca monachorum nr. 2. AE 11. Quis fuit mortuus et non fuit natus? Adam. vgl. disputatio Pippini cum Albino 97. — in complicierterer fafsung findet sich das rätsel in AR 28 Saga me hwylc man wære deád, and nære ácenned, and after đam wære eft bebiriged in his móder innode? und noch ausgeführter in Bedas flores s. 652 Dic mihi quis homo qui non natus est et mortuus est, atque in utero matris suae post mortem baptizatus est? Adam; ebenso in SS 15 und Ox. Cat. s. 217. — ein sehr

beliebter rätselstoff. in seiner einfachsten form findet er sich auch in dem Strafsburger rätselbuch: Wer gestorben und nit geboren sey? Adam und Eva; lateinisch von Lorichius (Reusner 272)

> Nondum natus eram, cum me mors abstulit atrox;
> Et me natatum mors capit ante diem.

noch bei Simrock 1,199. — die erde als Adams mutter gab zu der scherzhaften frage anlafs, wer auf seiner mutter holz gehauen habe, im Strafsburger rätselbuch, lateinisch von Lorichius (Reusn. s. 264), Simrock 2,181. — die mutter erde als Adams grab bei Lorichius (Reusner s. 264):

> Foemineo ex utere non est ille editus unquam,
> Pro tumulo gremium qui genetricis habet. — vgl. nr. 42.

21. Dieselbe frage in joca monachorum nr. 4, aber ohne dafs Bethmann die antwort mitgetheilt hätte. die zahl der kinder Adams wird in der bibel nicht angegeben; im liber de poenitentia Adami heifst es nach Cedrenus (Fabricius s. 17) *καὶ εἰς τὴν γῆν ἐξ ἧς ἐλήφθη ἀπῆλθε καταλείψας ἄρρενας υἱοὺς λγ´* (33) *καὶ θυγατέρας κγ´* (23); im SS'24 und Ox. Cat. s. 218 werden schlechtweg 30 söhne und ebenso viele töchter angegeben, im AE 14 aber wie in der obenstehenden frage Cain und Abel ausgenommen. im provenzalischen AE 13 heifst es 'XX filhs e trenta filhas et estiers Caym et Abbel e Seth'. in Bedas flores s. 652 erscheinen an erster stelle auch 30 söhne und 30 töchter, aber es wird hinzugefügt: Filiorum Adam computatio, ut alii dicunt, sexaginta duo: et filiarum computatio quinquaginta tres sunt. nach einer deutschen vorrede zur Genesis (Fabricius s. 45) versammelte Adam, da er sein stündlein kommen fühlte alle seine kinder um sich 'der warn an Weib und an kind funfftzehen Tausend.' — es hätte einiges interesse zu wifsen, woher diese angaben stammen und wie weit sie verbreitet waren: falsch sind sie alle; denn nach des Dresdner pastor Hilscher sorgsamer rechnung (Fabr. 65 ff.) belief sich die zahl der kinder Adams auf 365, seiner enkel auf 425616.

22. AE 15. Bedae flores s. 647.

23. AE 51 vgl. oben nr. 10 und Simrock 1,59. Müllenhoff in Wolfs zschr. 3,16. Rufswurm ebend. 3,347 nr. 30.

24. Daniel tödtete den drachen mit pechpillen nach dem apokryphen buch vom drachen zu Babel. in den englischen fragebüchern begegnet diese frage nicht.

25. Joca monachorum nr. 7. AE 35. s. Deuteron. 34, 6. — anders gewandt ist die frage in SS 44 Saga me hwǽr is Moyses byrgen dæs cyninges? Jc de secge, heó is be dám húse de Fegor hátte, and nân man nis de hig wíte ǽr dám myclan dóme. ebenso in Ox. Cat. s. 219.

26. 1 Samuel. 9. Die frage begegnet in den englischen fragebüchern nicht.

27. SS 53. Saga me, hwylc man ǽrost mynster getimbrode? Jc de secge, Elias and Eliseus da witegan, and æfter fulluhte Paulus and Antonius, da ǽrestan ancran. in AE 25 heifst es nur: Quis primum monasterium constituit? Paulus heremita et Antonius abba. der provenzalische text ist entstellt. — als der heilige Antonius schon lange jahre in der einöde lebte, kam einestages ein landmann Paulus zu ihm, sein leben zu theilen. der ehebruch seiner jungen schönen frau hatte ihn dazu veranlafst. Antonius weist ihn anfangs zurück, weil ein sechzigjähriger zu alt sei, um sich an die strapazen des einsiedlerlebens zu gewöhnen: die übermenschlichen proben aber die Paulus von seiner enthaltsamkeit ablegt, lafsen bald den Antonius einen würdigen gefährten in ihm erblicken. s. AA. SS. Bolland. Januar III s. 511. die geschichte dieser heiligen war beliebt s. Potthast bibl. hist. 842. — Über Elias und Elisa s. 1 Kön. 19, 19 f. 2 Kön. 2, 1 ff. Fabricius, cod. pseudepigr. vet. test. 1076.

28. 29. die erste frage ebenso in AE 26. — In dem klageliede über den tod Sauls sagt David (2 Samuel 1,21) O montes Gilbohae, ne ros neve pluvia decidat super vos.

30. SS 34 Saga me hwylc man ǽrest wǽre wid hund sprecende? Jc de secge, Scs. Petrus. — tunc Symon ut ait sanctus Marcellus ivit ad domum Marcelli discipuli eius, legavitque maximum canem ad ostium domus eius dicens: nunc videbo si Petrus qui ad te venire consuevit ingredi poterit. post paululum venit Petrus et facto signo crucis canem solvit. canis autem omnibus aliis blandus solum Symonem persequebatur: quem apprehendens eum ad terram subtus se deiecit et eum strangulare volebat. accurrens autem Petrus cani clamavit ne ei noceret. et canis quidem corpus eius non laesit, sed vestes adeo laceravit, ut ille nudus positus remaneret (Aurea legenda Sanctorum compilata per fratrem Jacobum de Voragine. Lugduni 1509 fol. LXXIII. von Kemble s. 196 nach einer englischen übersetzung citiert). die legenda aurea berufen sich auf den Marcellus; aber in dem wesentlich abweichenden bericht

des Pseudo-Marcellus (de actibus SS. Petri et Pauli Fabricius 2,640 f.) beschwört Petrus die hunde durch die hostie.

31. AE 27. Quis cum asina locutus est? Balam. — s. Numeri 22, 28. Bileam, Septuaginta *Βαλαάμ*, Josephus *Βάλαμος*. vgl. joca monachorum nr. 10 Qua lingua locuta est asina cumBalam? Grega.

32. AE 28. Quot sunt provincie terre? centum viginti duo. Bedae flores s. 652 Quot sunt provinciae? centum et triginta.

33—35. Die Worte quis upserpentem weifs ich nicht zu deuten. — AE 29 Quot sunt genera serpentum? XXIV. nach dem provenzalischen AE nur XXIII. — AR 34. 35. Saga me hwæt næddercynna sí on eorđan. Jc đe secge, feower and thrittig. Saga me hwæt fisccynna sí on wætere. Jc đe secge, six and thrittig. — Bedas flores s. 652 quot genera serpentum? triginta sex (vielleicht ist triginta quatuor. quot genera piscium ausgefallen). — SS 52. Saga me, hú fela is fisccynna on wætere? Jc đe secge, VI and XX. — Ox. Cat. s. 219 How many of birdis been there, and how many of fishes? LIIII of fowles, and XXXVI of fishes. in den joca monachorum nr. 11—13 werden 64 fisch-, 54 vogel- und 22 säugethierarten angegeben. vgl. oben nr. 15. in andrer weise werden diese fragen im Sydrach beantwortet s. Kemble 210 f. — woher die angaben stammen, weifs ich nicht. die weite verbreitung dieser schulfragen wird am besten dargethan durch die scherzfragen, die sich an ihnen gebildet: Rot. Wie vil sindt vögel in unsern landen das mon vogel nent? Sechsthalber vogel, das ist ein krametsvögel, ein halbvogel wirt under den krametsvögell verkaufft und ist doch kein krametsvogel, ein antfogell, ein Eyfsvogell, ein Brachvogell und der speyvogell der fleugt uber sie all. — Ein frag. Wie vill fisch in unsern landen bekant sein. Antwort. fünfthalber. Stockfisch, Rheinfisch, Magenfisch, Walfisch und Plateyfslein nenen etlich halbfisch (Strafsburger rätselbuch). der erleichternde zusatz zum ersten, '*das mon vogel nent*', sollte eigentlich wohl fehlen.

36. AE 30. Quis ipsis nomina inposuit? Adam. — AR 36. Saga me hwa gesceópe ealra fisca nama.n Jc đe secge, Ada mse æresta man. — Genesis 2,19; nach Js. de la Peyrere hat er sie auch aufgeschrieben und registriert.

37. AE 31. Unde sunt servi? de Cam. — Genesis 9,25.

38. Umgekehrt *bis mortuus et semel natus*. so Bedae flor. s. 652. — Disput. Pipp. c. Alb. 97. — Simrock 2,131 u. s. w. — Evang. Johannis c. 11.

39. Mir unverständlich; vielleicht gab der zu nr. 4 erwähnte glaube, Johannes sei nicht gestorben, sondern schlafe in seinem grabe bis zur rückkehr Christi, zu der frage anlafs.

40. Als Adam im sterben lag, sandte er seinen sohn Seth zu den pforten des paradieses, dafs er gott bitte ihm das haupt zu salben. aber der erzengel Michael antwortete: noli in lacrimis deum orare et deprecari propter oleum misericordiae ligni, ut perungas patrem tuum Adam pro dolore capitis eius, quia nullo modo poteris accipere nisi in novissimis diebus et temporibus, nisi quando completi fuerint quinque millia et quingenti anni. tunc veniet super terram amantissimus dei filius u. s. w. Evang. Nicodemi c. 29 (Fabric. 1,278). dafs das blut Christi die taufe vertreten habe, die zur seligkeit unerläfslich schien (Fabric. 1,294), wird hier freilich nicht gesagt; die taufe Adams aber erwähnen die zu nr. 20 angeführten stellen.

41. AE 61 Quis dedit quod non accepit? Eva lac. — Joca monachorum nr. 15 qui femina dedit quod non accepit? Eva lac. — das rätsel von Johannes dem täufer ist sehr häufig. Strafsburger rätselbuch:

Es begert der Herr vom knecht
umb das göttliche recht
das er im zu geben thet
das er selbs nicht het,
das dan her knecht thet.

lateinisch von Lorichius (Reusner 266) und Reusner (267). — aber was soll der zusatz *et recepit quod dederat?* der auf Johannes bezogen werden mufs, denn auf Eva passt er gar nicht. die worte im evang. Matth. 3, 14 harmonieren damit sehr wenig. aber auch Johannes gehörte zu den seelen, die Christus aus der unterwelt befreite, muste also irgend wo getauft sein. s. zu nr. 40. — die frage über Eva gab zu scherzhaften rätseln anlafs:

Ingenuae iuvenis connubia virginis ambit
Illa suo sponso talia verba refert:
Si quod non habeo poteris praebere roganti,
Quod nec habes in te, tu nec habere potes,
Accipe daque fidem sit et haec tibi dextera testis,
Annuo iam dudum polliceorque thorum.

Lorichius (Reusner 170) s. zschr. f. d. altert. n. f. 1,495.

42. = Joca monachorum nr. 3. Demaundes joyous 47 (Kemble s. 290): What was he that was begoten or his fader, and borne or his moder, and had the mayden hede of his beldame? That was Abell. — Strafsburger rätselbuch: Es war nie geborn von weybes leip, und leyt begraben in seiner mûtter leip, und nam sein von seiner altmûtter den magthum. — andere stellen, nach denen Abel seiner jungfräulichen grofsmutter das magdthum nimmt bei Kemble s. 295 f. vgl. Acta apostolorum Abdiae adscripta lib. 8 cap. 7. 8 (Fabricius 1,677): Par enim fuit, ut qui filium virginis vicerat, a filio virginis vinceretur. tunc rex ei Polymius: Et quomodo, inquit, dixisti primam hanc esse virginem, ex qua natus est homo cum deo? Apostolus respondit: Ago deo gratias, quia sollicite audis; primus inquam homo Adam dictus est, qui de terra factus est. terra autem illa de qua factus est, virgo fuit; quia nec sanguine humano polluta fuerat, nec ad sepulturam alicuius mortui a quoquam erat aperta. s. Fabric. anm.

44. AE 34. Quot sunt qui cum eo crucifixi sunt? Duo latrones, Jonathas et Gomatras. — Bedae flor. s. 650 Dic mihi nomina duorum latronum, qui cum Jesu simul crucifixi sunt. — Matha et Joca. Matha credidit, Joca negevit vitam, mortem elegit. — die namen Joatras und Cammatras, Jonathas und Gomatras sind gewis identisch. wenn ihnen auch Joca und Matha entspricht, so ist doch die ordnung nicht gleich; denn der gläubige schächer hieng zur rechten. ob sonst die namen noch vorkommen ist mir unbekannt. im Evang. infantiae (Fabric. 1,186) erscheinen an ihrer statt Titus und Dumachus, im Evangel. Nicodemi (Fabric. 1,258) und auch sonst Dimas und Gestas. s. Fabric. 1,186 anm. 2,472.

45. AE 33. Quanti vel quot milites diviserunt vestimenta Christi? Quatuor. — AR 37. Saga me, hú fela wæs đæra cempena đe Cristes hrægel dǽldon? Jc đe secge, seofon heora wǽron. — die oben stehende antwort polemisiert offenbar gegen die annahme von sieben kriegsknechten.

46. 2 Könige 13,21. — verwandt ist die frage in Bedas flores s. 652: Quis primus mortuum suscitavit? Helias. Ubi eum suscitavit? In Galgala. 1 Könige 17, 18 ff.

47. vgl. nr. 4. — AE 18. Quis fuit natus et non fuit mortuus? Enoch et Elyas. — Bedae flores s. 647. Qui sunt nati et non sunt mortui? Enoch et Elias. ebenso joca monachorum nr.

9. — ob die unverständlichen worte *cui prius per baptismum beneti data est piscio* relativsatz zu Johannes, oder eine selbständige frage sind, weifs ich nicht.

49. Consentiunt antiqua martyrologia Adonis, Usuardi, Rabani et Notkeri etc. in quibus sancti *Mamantis* aut, prout loquuntur, *Mammetis* sive *Mametis* martyrium sub imperatore Aureliano contigisse refertur ad diem XVII mensis Augusti. AA. SS. Bolland. Aug. III. s. 425. er war ein hoch angesehener heiliger, im osten und westen, den selbst die wilden thiere, welchen er preis gegeben wurde, nicht anzurühren wagten:

Mitis domans imitia
illisque promens gaudia
vivebat inter bestias;
quo cive gaudent angeli u. s. w. Walafried Strabus.

50. Genes. 28,12.

51. Gen. 19,30. auf solches verwandtschaftsverhältnis passt das epitaphium, welches Reusner s. 353 mittheilt:

Wunder über Wunder
Hier ligt begraben under
Mein Vatter und dein Vatter,
Und unser beider Kinder Vatter,
Mein Mann und dein Mann
Und unser beider Mutter Mann,
Und ist doch nur ein Mann.

s. auch Friedreich, geschichte des rätsels s. 99.

52. AE 67. Quis leonem sine gladio et fuste interfecit? Samson. — s. Judic. 14,6.

W. WILMANNS.

BESSERUNGEN UND NACHTRÄGE.

s. 33. *z.* 35 *l.* nichts *für* nicht.

s. 53. *z.* 12 *l.* 414 *für* 413.

s. 108. *z.* 42. struot *und zwar als fem. im meister Altswert s.* 226: wie grulich was die strut und auch des meres freis.

s. 136. *z.* 1. *da* gewan *nur conjectur Bechs für* bekam *ist, so bleibt das bedenken wegen des reimes* m : n *bestehen.*

s. 140. *z.* 37. stein stossen *aufser der im mhd. wb.* II. 2, 663[a] *aus Suchenwirt angeführten stelle auch bei Altswert s.* 89, 245.

LORENGEL.

1 Ich tu euch abenteur bekant
wie künig Etzel zoch aus Heun in cristenlant.
grosz wunder solt ir hie vernemen schone
was wunders da ein glock erwarb,
dar umb ein edler graf in einem kampfe starb.
grosz ungemach kam von der glocken done,
dar von küng Artus ser erschrack und manig ritter here,
der dan in Frankenreich erhal
und allem folk cleglichen in die oren schal.
ritter und knecht die stunden freuden lere.

2 Fürbasz mügt ir wol nemen war.
ein edle lantgrefin kam für den künig dar,
mit ir wol hundert ritter oder mere
als man noch wol geschriben fint.
von Aldenburg der edlen herzoginne kint
die kam gen Frankenreich in hoher ere.
bei künig Artus das geschach in hohem lob und preise.
da hort man den von Eschenbach
und Joram man auch bei den frauen sitzen sach.
Clingsor sprach 'singet fürbasz, meister weise'.

3 Wan got erlöset wen er wil.
fürwar seiner genaden der ist also vil.
hört was got wunders tet mit einer schellen,
die was gemacht mit listen clug,
die Isilie an eim paternoster trug.
vor künig Artus hort man sie laut hellen.
der aller dinge hat gewalt der schuf ir helles clingen.
wol hundert rast hort man den dosz.

sant Brandanus der schreib dar von vil wunder grosz.
vernemet mich so wil ich fürbasz singen.

4 Es sasz ein herzog in Prafant
dem waren undertenig pürg und weite lant.
den gund der tot mit seinen [486b] kreften zwingen,
er kam in an den fürsten her.
mit seiner ritterschaft kund er sich nit erwer,
mit reichem schatz mocht er auch nie gedingen.
der herzog het ein tochter fein die was noch unberaten.
das gund er al den seinen clagn
'ach got dasz ich sie nit versach bei meinen tagn'.
sie sprach 'fater, es reuet euch zu spate'.

5 Der edel herzog aus Prafant
der het ein ritter der was Friderich genant
von Dunramunt als ich euch hie bedeute.
der fürst an seinem ende lag,
graf Friderich nach seinem tod des landes pflag.
sein her befal im lant und auch die leute,
er sprach 'du edler Friderich, nu bis dar zu behende,
lasz dir mein kint befolen sein,
du werder helt, erzeig an ir die treue dein.'
so rett der fürst vor seinem letsten ende.

6 Da sprach der ritter hochgeporn
'solt ich dar umb verdienen aller fürsten zorn
so musz mein manheit durch die lant hin streichen.
er sei graf oder dinestman
mit ritterlichem streit tar ich si wol bestan,
si müssen allsant meinem zorn entweichen.
auch wil ich sein ein schirmeschilt der keuschen junckfrau reine.
durch iren willen leid ich not,
mit meinem schwert so hau ich tiefe wunden rot.
gnediger her, in treuen ich das meine.'

7 Da sprach der herzog tugentleich
'du tust mit dein geperden als her Ditereich
dem nie kein helt auf erden mocht geleichen.
vil wunders man noch von im seit,
in stürmen und in streiten sei er nie verzeit,
durch reine frauen facht er ritterleichen.
ich pit dich, lieber diener mein, lasz deine treu anschauen.

kein wandel ich nie an dir fant.
alls das ich han befil ich dir, leut undė lant.
pit got für mich und unser libe frauen. [487a]
8 Der edel fürste lobesam
der tet als ie den weisen fürsten wol an zam.
er nam sein tochter bei ir weissen hende,
er sach si permiglichen an,
er sprach 'mein kint, al deiner treuen ich dich man
seit ich musz von dir hin aus dem ellende.
ich wil dir einen falken lan, den halt in deiner hute
gar fleissig weil er hat das lebn.
dar mit macht du wol preis erwerben, merk mich ebn.
auch pit für mich Maria die vil gute.
9 Ein schell er an dem peine treit,
die ist gemacht von clarem gold, du schöne meit.
die halt alzeit in deiner hut aleine.
die schell solt du auch bei dir tragn
wan du zu kirchen gest und wilt dein sünd erclagn.
und pit für mich got und sein muter reine,
ruf an das heilig kreutz so her dar an got ward gemessen,
und man in seiner wunden rot
dasz er uns fristen well vor ewiglicher not
und seines zornes gen uns well vergessen.'
10 Die meit in grossem leide was.
ir tugent was durchkleret als ein spigelglas.
si was geporn ein edle herzoginnę.
ir muter die was vor verfarn.
der tot wolt iren fater da nit lenger sparn.
graf Friderich warb umb ir edle minne.
die juncfrau sprach 'merk Friderich, du retst mir an mein ere.
als Lucifer treib übermut
durch hoffart viel er aus dem tron in helle glut.'
so rett die herzogin mit grosser schwere.
11 Fürbasz wil ich euch machen kunt,
hört, wie der selb graf Friderich von Dunramunt
der edlen maget leides vil erdachte.
er sprach si an da umb die e.
das tet der hochgepornen herzogin gar we.
für den römischen keiser er das brachte.

da gunt die edel maget [487b] gut nach hohem preise ringen.
der keiser fürsten vil besant
dasz man der herzogin ein urteil tet bekant,
ob man ir mocht im reich ein kempfer dingen.

12 In Prafant und in Engellant,
in beiden landen si da keinen kempfer fant
der sichs mit Friderich torst unterwinden.
die maget het ein dinestman
als man noch sagt, der was geheissen Sondelban.
er sprach 'bei got mügt ir genad wol finden,
den rufet, edle iuncfrau, an und auch sein muter reine,
und mant got seiner wunden rot
dasz er euch helfen well aus diser grossen not,
wan er euch wol gehelfen mag aleine.

13 Die iuncfrau in das münster trat,
andechtiglich si got umb einen kempfer pat.
si sprach 'hilf mir, du himelischer herre,
durch dein heilige namen drei,
kum mir zu hilf und mach mich meiner sorgen frei.
ein schwacher graf der spricht mir an mein ere.
ich wolt kiesen lieber den tot e ich den grafen neme.
er ist ein ungetreuer man,
mit seinem adel er mir nit geleichen kan,
wan er sein gleich an mich gar wol bekeme.'

14 Da si got also tief ermant
gar pald got hort ir pet und ir sein hilfe sant,
erparmt sich über dise meit zu stunden.
selbs laute sich die glocke gar.
vor leid so rauft die maget aus ir gelbes har.
sie sprach 'erlös mich, her, durch dein fünf wunden.'
ein ritter ir got aus erwelt der für si kempfen solde.
ein grosse clag si da an fing,
vil heisser zeher da aus iren augen ging.
da clang auch laut die schell von clarem golde. [488a]

ein blatt fehlt

22 Si dinten got tag unde nacht,
gar lobelich ward der gots dinst von in vollbracht.
si gingen für den gral in hohen eren.
die edlen musten pesen tragn

zu pusz. da horet man ein jemerliches clagn.
der glocken don tet in all freud verkeren.
'hilf uns, Maria, reine meit, tu unser nit vergessen,
erfreu uns schir, du maget her,
des pit wir dich durch deines liben kindes er.
der glocken don hat uns schwerlich besessen.'

23 Nu hört wie es dar nach erging,
ein helt hiesz Key, wie es der selbig da an fing.
der was ein stum und pot got wird und ere.
sein andacht da die glocken zwang
die im erschrockenlich in seinen oren clang.
er ward reden und sprach 'folgt meiner lere.
her Parzefal der hat ein kint, ein keusche maget reine.
Isilia ist si genant.
ir tugent und ir wirdikeit ist weit erkant,
got hört ir pet für uns all gar gemeine.

24 Durch got solt ir mit mir hin gan
zu Zedlamar, das edel tirlein woll wir han
und wollen das got zu eim opfer bringen.
das tirlein schuf die gotes kraft,
mit gnad und heilikeit so ist das tir behaft.
das opfer wir so mag uns wol gelingen.
das tir auf rotem golde stat, tu ich euch fürbasz kunde.
das tir kein ander narung hat,
es speist der schmak der von dem claren golde gat
und der atem aus seiner muter munde.'

25 Nu höret fürbasz abenteur.
ir clag nam schir ein end, got tet in hilf und steur.
nu hört was da her Key fürbasz gedachte.
er sprach 'nu folget mir zuhant.
die edlen all kleid man in einen fleydigant,
als in Joram von Tellenbrunn her brachte.'
das kleit ob aller wirde schwebt als ich euch wil bedeuten.
dar inn ward got gar tief gemant
dasz er sein gotlich hilf und gnad in gab und sant.
da nam gar schir ein end der glocken leuten.

26 Die künigin sprach zu der frist
'her Key, ich wen dasz gotes engel in dir ist
und hat den pösen geist von dir gezwungen.

was du hast in deim sinn erdacht
hast du mit gotes kraft vor uns zu worten bracht.
von dir wirt noch gesaget und gesungen.
der engel hat den pösen geist mit kraft von dir getriben,
grosz wunder ist an dir geschehn.
kein wort hort nie kein mensch vor von dir ie gejehn.
die gnade gots ist ganz in dir bekliben.' [488b]

27 Küng Artus und die fürsten sein
traten gar züchtiglich hin für die künigein
und fragten si was Keye het gesprochen.
die küngin tugentlichen sprach
'her künig, merkt das grosse wunder das geschach.
Kei was ein stum, sein red hat für gebrochen.'
der künig lisz vil reiche wat da an die kinder messen.
si wurden ziret lobeleich,
si dinten all dem grales engel in dem reich.
des wil ir got auch nimmer mer vergessen.

28 Da was vil edler fürsten kint
geziret lobelich recht als die engel sint
die got selber mit eren hat gespeiset.
si wolten in das münster gan.
her Parzefal der edel hiesz si stille stan,
er sprach 'ir wert noch anders underweiset.
man sol uns vor ein ampt vollbring ein prister in dem sale,
so kumt geflogn ein taub so rein
und bringt ein reine oblat auf den altarstein.
so ge wir in das münster mit dem grale.'

29 Her Parzefal ins münster trat
mit dreien fürsten kinden die er mit im pat.
die paten alle got aus herzen grunde
'der ewig got der uns erschuf
der woll erhören gnediglich den unsern ruf.'
da kam ein taub von himel zu der stunde,
si bracht ein brief. den nam zuhant ein keusche maget reine.
als bald die meit den brief an sach
gar tugentlich di süsz da zu in allen sprach
'hört, grosse wunder find ich hie aleine.

30 Den brif sent uns die gotes kraft.
nu tret her zu, her küng, mit aller ritterschaft,

vernemt mein red. mir ward nie mer so leide.
nu merkt von wan uns kumt der schal,
dar umb das ganz küngreich betrübt ist über al.
das leit wend uns got und sein muter beide.
got hat uns her gesant den brief von himel zu den stunden.'
den brief nam selber in die hant
die künigin, brach in auf vor in allen sant.
sie sprach 'her küng, hört, den brief hab ich funden. [489a]
31 Ein edle fürstin weit erkant
die leit grosz not, ein herzogin dort in Prafant.
vernemt die clag der edlen herzoginne.
ein graf, der ist ir dinestman,
der irem fater lange zeit was undertan,
der spricht si an, des sein betrübt ir sinne.
er spricht si an wol umb die e dort vor dem keiser reiche.
ir lant hat er bezwungen gar
pis auf zwen held, die dienen noch der maget clar.
dort in Prafant fint man nit sein geleiche.
32 Vor dem römischen keiser zart
hat man ein urteil tan der magt von hoher art.
ein kempfer musz si han die erentreiche
der disen grafen tür bestan.
in allem land si keinen kempfer finden kan,
si weisz kein helt der dem grafen geleiche.
des ist ir herz umbfangen ser mit jamer und mit leide.
der soltu, her, ein kempfer gebn,
den pesten helt aus disem reich, das merket ebn.
auf disen tag musz er von hinnen scheiden.
33 Das wil haben der ewig got.
dar nach richt euch, her küng, dasz man ir helf aus not.
tut ir des nit so würd uns freud gar teure.
das merkt, ir fürsten all geleich,
den pesten ritter welt aus euch in disem reich.
das hellt uns für des grales schrift geheure.
wann das geschicht so nimt ein end des wilden dondres schalle
der uns kumt von der glocken dosz.'
der don gar grausamlich auf gen den lüften schosz,
in Prafant lauten sich die glocken alle.
34 Und da die herschaft das vernam

dar nach der tag mit seinem lichten glaste kam.
ein ritter sprach 'merkt künig, edler herre,
ir solt auswelen einen man,
den pesten an dem hof so ir in müget han.
dar zu zwingt uns der glocken don vil sere.'
der fremden mer freut sich da fast manch stolzer ritter milde.
iglicher sprach 'das ist uns ebn,
dar zu sei [489b] wir bereit nach preis und er zu strebn.'
sie sprachen ir gepet vor gotes pilde.

35 Des grales schrift man in da seit,
wie dasz in Prafant wer ein hochgeporne meit,
von hoher purt ein edle herzoginne,
die het ein graf, irs fater man,
gar kempflich umb die e schwerlich gesprochen an.
'der send wir einen kempfer zu gewinne,
den pesten ritter den wir han bei unsern hosten eiden,
pei uns den aller pesten degn.
wann das geschicht so ist der glocken don gelegn.
auf disen tag musz er von hinnen scheiden.'

36 Da sprach küng Artus wandels frei
'verleih mir got dasz ich ir kempfer selber sei.
mit schild und sper kan ich nach preise ringen.
ich han die kraft wol zu dem sper,
mit meiner ritterschaft ich das gar wol bewer.
mit gotes hilf mag ich es wol volbringen.
zu hochgelopter ritterschaft ist mir der leip gelenke.
kum ich gen Prafant in das lant
von meiner kraft würt im sein schilt und helm zutrant.
auf dise reis kein helt für mich gedenke.'

37 Da sprach her Parzefal der degn
'mein hat der grales engel noch pis her gepflegn
wo ich ie was in stürmen und in streiten.
was schild ie ward gen mir getragn
dar under alle held wurden von mir erschlagn.
des get mein lop durch manig reich so weiten.
dort über mer in heidenschaft hab ich vil streits gepauet
und auch in der Persider lant.
auf ritterschaf man da nit mein geleich mer fant.
ich pitt euch dasz ir mir des kampfs getrauet.'

38 Her Paldewein ein fürst so weis
der sprach 'ich han erfochten mangen hohen preis.
des fert mein herz in freud und hoher milde.
keins streits auf erd mich nie verdrosz.
von meinem schwert das feur auf gen den luften schosz
dasz man mich gleichet einem leben wilde.
auch [490a] ist mir vil zu handen kumn die grossen stürm so herte,
mit streit ich mangen helt bezwang.
das schuf mein kraft dasz mir in stürmen wol gelang,
in manchem sturm hat mich mein hant ernerte.'

39 Lewan ein junger ritter sprach
'mir tut gar we der herzoginne ungemach.'
der fürst wand vor dem küng dar umb sein hende
'ich pitt euch, edler künig reich,
schickt mich da hin zu hilf der maget minigleich,
so nimt ir grosse not gar schir ein ende.
tut es durch aller ritter er und aller frauen güte.
ich wil da hin auf dise fart,
von mir so würt der graf dort lenger nit gespart.
ich tröst der edlen fürstin ir gemüte.'

40 Da sprach Iban der küne helt
'mir tut gar ant dasz man mich nit hat ausderwelt.
sol ich nit dar, vil senfter wolt ich sterben,
die reis wil ich nit lassen sein.
ich hilf ir wol aus not der edlen herzogein.
darumb helft mir all umb ein urlaup werben.
ich machet mangen satel plosz zu Turnau in der auen
da ich ein künig selbs erschlug,
da in sein ros auch tot zu seiner burg ein trug.
den klaget ser die ritter und die frauen.'

41 Da sprach der herzog Mügelein
'her künig, rüst mich auf die fart, mag es gesein.
des pitt ich all herren an disem ringe
dasz si mir gönnen diser fart.
für not so ward kein ritter nie so wol bewart.
den grafen ich mit meiner hant dort zwinge.
ich han bewert mein ritterschaft dort an dem küng Ortanne,
da ich vil harter stürme pflag,

da manger ritter tot von meinen henden lag.
man furt si tot von mir die werden manne.'

42 Her Gabin sprach 'was hulf mich dan
dasz man in Spangerlant mich gleicht eim leben schan·
da mich die küngin selbs zu streit gund pitten?
mit zweien risen ich da facht
gar [490b] ritterlich zwen tag und auch ein ganze nacht.
im lant het vor niemant mit in gestriten.
den ein ich da zu tode schlug, dem andern tife wunden.'
da sprach der edel fürst so zart
'ich pitt euch, her, dasz ir mich schicket auf die fart,
ich schlag den grafen tot in kurzen stunden.'

43 Her Walman sprach 'ich bin gar alt:
doch weisz ich bei euch kein so kün und auch so palt
(euer keiner denk dasz ich in ark das meine)
gen dem ich wolt mit streit verzagen.
das merkt, ir herren, keinem wolt ich nicht vertragen
an dem iungen Lorengel hie alleine.
der legt eins mals sein harnasch an in ritterlichem schalle,
da manig helt aus freiem mut
sprang zu dem zil als noch manch werder ritter tut:
er sprang zwelf schuch weit für die plossen alle.

44 Mein munt im hohes lobes gicht,
doch taug er vor der jugent zu dem kampfe nicht.
man darf wol guter held zu solcher ferte.
nu schickt mich dar mit meiner wer.
ich han zwelf jar gestriten vor dem keiser her
dasz ich das felt behilt alein und werte.
ich pitt euch, edler künig reich, dasz ir das wolt bedenken.
die warheit ich euch allen sag:
ein gutes wafen ich an meiner seiten trag,
das kan ich wol durch herte helme schwenken.'

45 Her Wenzel dem tet ant und zorn
dasz man in nit het zu eim kempfer auserkorn.
er sprach 'das tut mein er und manheit krenken.
ich wil da hin und pin bereit.
wer es dem küng und allen seinen recken leit,
auf dise reis darf niemant für mich denken.'
ein iuncfrau in da straft und sprach 'eur zorn möcht uns verliesen

grosz er und unser wirdikeit.
uns hat des grales schrift auch hie fürwar geseit,
küng Artus der sol selbs ein kempfer kiesen.'
46 Ein edler fürste hiesz Joram,
der rett als einem [491a] künen degen wol an zam.
der gleichet mit manheit wol dem Pernere.
gewapnet auf sein ros er sasz,
gar hoher ritterschefte er sich da vermasz
und paret freischlich sam ein wilder pere,
liesz im ein gürtel tragen dar, den pand er umb sein seiten'
der gab im sterk und mannes kraft,
dar zu kund er gar wol mit werder ritterschaft.
sein herz ie topt nach stürmen und nach streiten.
47 Der iung Lorengel kam auch dar,
mit im fürsten und herren gar ein grosse schar,
da si funden frauen und meget reine.
da In sein schwestor ane sach
gar tugentlich si da zu irem bruder sprach
'owe der not' und ward gar heisse weine.
man fragt die maget tugentlich was ir geschehen were.
si sprach 'mich reut und jamert ser,
sol ich mein edlen pruder sehen nimmermer.
der sol der kempfer sein. owe der schwere.'
48 Sein muter, Parzefales weip,
di sprach 'traut sun, bewar dir got dein jungen leip.'
si umbefing den helt mit iren armen.
vil liplich er geküsset wart
an seinen rosenfarben munt, der het kein part.
ir grosses leit gund man und weip erparmen.
Lorengel dem ein ende gab, sein mut was im geringe.
er ruft seim kamrer zu im dar.
die fürsten namen sein mit ganzem fleisse war.
sein ros und harnasch hiesz er im her bringe.
49 Man bracht im zeuges wol die wal.
da wapnet in selber sein fater Parzefal.
sein herz vor leid als ie kein zunder prante.
man bracht im schilt und helme gut.
das tet ein stolzer degen, der was hochgemut,
der hiesz Neithart und was aus Ungerlante.

sein ros was stolz, an massen gut, das man im da nach furte,
sein kraft und sterk in nie betrog.
es was so schnell dasz sein mut in die lüfte flog
und doch die erd mit seinen füssen rurte. [491b]

50 Er sprach 'küng, edler herre mein,
mein herz urlaup begert von euch, mag es gesein.'
er neigt dem küng, gesegnet si all gleiche,
er sprach 'got woll eur, muter, pflegn.
mein edlen fater den befil ich gotes segn
und all die pleiben hie in Frankenreiche.'
dar mit schid hin der degen gut nach preis und reichem solde.
sein muter cleglich im nach sach,
si ward kraftlos. vor allem folke das geschach.
si must in faren lan als es got wolde.

51 Er neigt sich gen der künigein.
da sprach aus freiem mut der edel ritter fein
'bewar euch got, ir werden ritter alle.'
er umbefing die schwester sein,
er sprach 'bewar dich got, du schönes megetein,
pitt got für mich, ich far dahin mit schalle.'
da bei was manig edels weip, die weinten all geleiche
umb des jungen Lorengels fart.
im wunschet glück und heil manch schöne iuncfrau zart,
si paten got für in andechtigleiche.

52 Von dannen schied der hochgeporn,
wan got selber het in zu kempfer auserkorn
dasz er solt fechten für die herzoginne.
sein ros was stolz und dar bei stark,
es was wol wert des claren goldes hundert mark.
das schenket im die edel küniginne.
sein schwert das was an massen gut, gemacht mit sinnen reiche,
es laucht und gab vil lichten schein.
er furt gar ritterlich das reiche wapen sein.
kein helt mocht in den zeiten im geleiche.

53 Küng Artus und die fürsten sein
gaben im das geleit dem stolzen ritter fein.
der helt was kün, seins mutes unverdrossen.
gar pald er nach dem zaum da greif,
gar ritterlich so trat er in den stegereif.

ein wilder schwan kam her gen im geflossen
der furt mit im ein schif so gut, von got het er die lere.
der fürst sprach zu dem diner sein
'ker wider heim wol mit dem guten folen mein,
ich far mit disem schwan wo er hin kere.' [492a]

54 Der Lorengel was schon bereit.
gar schnell der helt da in das schif loblichen schreit.
ein guten schilt furt er in seinen armen.
der fater und die muter sein
di liden umb den jungen fürsten schwere pein.
ir beider jamer mocht got wol erparmen.
auch bracht man im zwo pulgen gut mit speis und edlem weine.
er sprach 'zu got hab ich mich pflicht;
durch den ich far der lest mich ungespeiset nicht.'
hin fur der fürst und auch der fogel seine.

55 Ein kleines wasser in da trug
pis an das mer. da leid ellend der ritter clug.
hin triben in die trünnen gein den lüften.
er fur bis an den fünften tag
dasz der vil edel fürst gemaches nie gepflag.
er sach nit mer mit reicher speise güften.
der schwan fing bald ein fischlein trat, verschland es da aleine.
der edel fürst sprach tugentlich
'mein traut gefert, den fisch hast du verzert an mich,
den solst du han geteilt mit mir gemeine.'

56 Fürbasz wil ich euch wunder sagn.
der schwan stisz in das mer da wider seinen kragn
nach seiner speis. merkt was ich dar mit meine.
iedoch kein fisch er da nit fing,
ein schöne oblat von dem himel rohe ging,
die fing der fogel lauter und auch reine.
er pots dem edlen fürsten dar, des lop stund hochgepreiset.
die brach der helt mit seiner hant,
er gab die oblat halp dem schwan die in got sant.
wo ward ie mensch und fogel basz gespeiset?

57 Er danket got mit inikeit,
wann gotes hilf die was im alle zeit bereit.
der schwan der gab im freud und hohe wunne.
der fürst sprach 'schwan, ich danke dir

der lieb und treu die du hast hie erzeigt an mir.
mir ward nie basz dort ob der tafelrunne.
ich wolt gern, wer es gotes will, dasz du mir solst zusprechen.
ob mir das gund die gotes kraft
so wolt ich [492b] mit dir haben gut geselleschaft.
sust musz vil freud und wort an uns geprechen.'

58 Got grosse wunder worcht durch in.
der schwan sprach 'her, wolt ir nu wissen wer ich bin,
ich bin ein engel und sol euch geleiten.
ich für euch zu einer stat zu,
dar inn solt ir beleiben, helt, bis morgen fru.
so solt ir euch fürbasz zu kampf bereiten.
ich bring euch da der grafe ist, das merket hie besunder.'
da sprach der fürst hoch eren wert
'nu hör ich alles das mein junges herz begert,
wan ich erfur vor nie so grosse wunder.'

59 Der schwan aus süsser stimme sang
dasz es dem ritter liplich in sein oren trang.
sein süsz gesank den fürsten schlafen lerte.
des engels stim was lobeleich,
des ward erfreut der edel fürst kün unde reich.
dar mit der helt gen Antorf schnell zukerte.
da stund ein purger auf dem land, der het in bald ersehen,
bei im sein weip und ir genosz.
si sahen wie der helt her auf dem wasser flosz.
der purger sprach 'wunder wil hie geschehen.'

60 Nu höret, was dem held geschach
da in der schwan hin bracht dasz er die leute sach.
dar von hört fürbasz hofeliche mere.
der purger was weis und clug,
sein sin und mut in zu dem edlen fürsten trug,
er sprach 'seit wilkum, fürst und edler herre,
ich wil euch helfen an das lant, ir edler degen reiche.
nu piet mir, helt, eur werde hant.
mich dunkt, ir seit ein edler küng aus heidenlant.
ich sach kein wapen nie so lobeleiche.'

61 Lorengel aus dem schiffe sprang.
sein edler schwan sich wider auf den se hin schwang.
sein scheiden bracht dem edlen fürsten schwere,

er sach dem schwan gar senlich nach.
der purger da zu seiner libsten frauen sprach
'hört, frau, das sein gar wunderliche mere.'
sein schilt der fürst da selber trug, das schwert in seiner hende.
der purger zu dem her[493a]ren sprach
'ir edler fürst, ir habt geliten ungemach,
al euren kumer ich euch wider wende.'

62 Er nam des heldes gute war.
sein harnasch laucht und gleisz von edlem golde clar,
der was gemacht mit meisterlichen listen.
der purger einen knecht hin sant
dasz er bald brecht das aller kosperlichst gewant.
das bracht man dem herren in kurzen fristen.
der purger sprach 'ir edler her, ir solt euch freuden nieten.
gebt mir eur schwert, traut herre mein,
durch aller ritter er (ir mügt wol sicher sein),
des wir euch, edler her, in treuen pitten.'

63 Das schwert gab im der kün weigant.
da ward dem fürsten grosse er bekant.
vil manig schöne frau gen im her gingen.
si hetten sich geziret fast,
si eilten all zu sehen den vil edlen gast.
gar lobelich si da den helt enpfingen.
manch schöne maget vor im stund in gold und clarer seiden,
die waren hübsch und minigleich.
da lebt mit in in wunn und er der fürst so reich,
sein iunges herz gund allen unmut meiden.

64 Der purger sprach 'ich pit euch fast
dasz ir seit heint bei mir selber wirt unde gast,
ob euch das, edler fürst, nit wolt verschmahen.
was ich vermag und gutes han
das sol euch, edler her, sein willig undertan.
mein armen dinst solt ir von mir enpfahen.'
der purger schuf im gut gemach mit trinken und mit essen
in einem kosperlichen sal,
der was gezirt mit gold und seiden über al.
also was ider man zu tisch gesessen.

65 Die tafeln waren schon bereit,
gedeckt, vil weisses prot und speis dar auf geleit,

manch schöns trinkfasz mit gold und edlem steine.
der wirt des fürsten nit vergasz,
legt im wider sein füsz seiden und materasz.
er sasz bei in loblich der degen reine.
zwen [493b] spilman traten für in dar und machten süsz gedöne.
der purger het ein tochter fein
die pot dem edlen fürsten selbs den claren wein;
si dint zu tisch die edel maget schöne.

66 Si sprach 'her, habt kein unmut nit.
in diser stat da sitzt mit haus ein edle dit,
di sein all undertan der herzoginne.
si tragen preis und hohen mut,
auch sein si alle zeit vor schanden wol behut.
die bring ich, her, für euch mit clugem sinne.
die Waldemar sein si genant, geporn in disem reiche.
in Prafant und in Engellant
dar innen sein die edlen herren wol bekant.
in disem land fint man nit irn geleiche.'

67 Der purger der ging selber dar
da er die edlen herren fand auch alle gar,
fand si auf einem plan in reichem schalle,
bei in vil manges fürsten kint,
vil iunger held die rittermessig sint.
die stunden auf gen disem purger alle.
da kam vil manig stolzer man die im engegen gingen.
vil reiche speis trug man auch mit.
aus fremden landen kam in her der selbig sit.
gar schon si da den Callebrant empfingen.

68 Man pat in sitzen da zuhant.
er sprach 'ir edlen herren, merkt mich alle sant.
ich hoff dasz uns grosz heil und selde nahen.
ir solt euch rüsten all gar schon.
ich bit euch all zu haus (das ir nit wollet lan),
ein edlen gast den helfend mir enpfahen.
sein helm leucht als ein spigelglas, gemacht zu ritterscheften,
sein brün und schwert ist auserwelt,
er ist von edler art der wunderküne helt.
auf im so mag kein schwert auch nit geheften.'

69 Her Waldemar den purger fragt
'nu sag mir bald mer, ist der degen unverzagt?
was herren mag er sein du mir bedeute.
wie ist er in das lant her kumen?
hast du von seinem adel vor icht mer vernumen?
wo dinen im die lant und auch die leute?
fürt er mit im icht ritterschaft von dinern und von schenken?
ob mir der helt peut seinen grusz,
dasz ich mich gen eim schwachen held nit neigen musz,
dasz es mir nit tu meine er bekrenken.'

70 Der purger sprach 'ich sag euch wol,
er ist von hoher art, [494a] sein herz ist tugent vol.
auf erd sach ich nie schöner mannes pilde.
was Sampson sterke ie gewan,
iedoch so wolt ich liber sein als diser man.
den fürsten bracht zu land ein schwan, was wilde.
ich ging spaziren an das mer nach meinem trank und speise
(die recht warheit wil ich euch sagn):
ein schöner schwan das schif selbs furt an seinem kragn,
mag wol ein engel sein in fogels weise.

71 Ich schuf dem held vil gut gemach.
mein, meiner zeit kein gast ich lieber nie gesach.
ir fint in dort in wird und reicher hute.
ich weisz nit, ob der ritter her
das lant behalten woll mit ritterlicher wer.
ich tröst mich dises gasts in meinem mute.
got hat in selbs gesendet her zu trost uns allen gleiche.
ein schwan in her zu lande bracht.
ich hoff, uns helf aus not der helt mit gotes macht.
kein helt geparet nie so ritterleiche.'

72 Da sprach her Waldemar der degn
'ich und manch stolzer ritter hetten uns verwegn,
wir müsten alle weichen aus dem lande.
wol auf, ir ritter und ir weip
und ziret mit der pesten wat den euren leip.
wir wollen all da hin mit Calebrande.
zu dinst dem fürsten hochgeporn last tugent an euch spehen.
stet im sein mut nach lob und preis,
er sich gen uns erzeigt in adelares weis.

das han ich vor von fürsten wol gesehen.'
73 Si riten frolich durch die stat,
mit in die pest gemein und auch der ganze rat.
si kamen zu dem edlen fürsten gangen
her Waldemar und seine kint,
di mit der herzogin waren betrübet sint.
von schönen frauen ward er wol enpfangen.
die herschaft und die frauen gut kam im zu dinst gemeine.
und da si für in ka[494b]men dar
(wan er in allen wol gefiel der fürst so klar)
si freuten sich, ir unmut der was kleine.
74 Her Waldemar den fürsten fragt
'nu sagt uns hie, ir edler ritter unverzagt,
habt ir ein edlen fürsten ie erkante?
der fürst der tafelrunne pflag,
dar ob kein helt mit schanden nit gesitzen mag,
einer musz sein an laster und an schande.
da wont ein edler fürste gut an alles wandels lere.
mich dunket wol in meiner acht,
euch hab eins meisters hant loblich nach im gemacht.
her Parzefal nent man den ritter here.
75 Er ist geporn aus Frankenreich,
an künig Artus hof fint man nit sein geleich.
nach dem seit ir gepildet adeleiche.
dem selben edlen fürsten rein
dem bracht ein engel einen kosperlichen stein
von got her ab aus dem ewigen reiche.
er hat vom stein wes er begert, helt er sich dar mit rechte.
der stein der hat von got grosz kraft
und wil neur sein bei hochgelopter ritterschaft
und kumt auch nimermer aus dem geschlechte.
76 Merkt, her, ich han mit gotes kraft
wol hundert jar gepflegen werder ritterschaft.
von meiner hant leit tot manch ritter feine.
nu graet mir mein har und part.
ich sach den jamer und die grossen herefart,
da künig Etzel zoch pis an den Reine,
zoch mechtiglich in Spangerlant (das was auf in geerbet)
und auch durch Frankenreich furt an.

dasz si den zins nit brachten im gen Indian
darumb wolt der die welt ganz han verderbet.
77 Fürbasz bescheid ich euch der mer.
was ich von meiner jugent han gehört bis her,
sach ich auf erden nie so grosses morden
als ich euch, edler fürst, hie sag.
vor Cölen wert der streit wol zwen und zwenzig tag
da die eilf tausent meid erschlagen worden,
da niemant sicher mocht gesein vor tifen todes wunden.
zu streit sich niemant da verbark.
der streit was auf dem Rein in [495a] schiffen also stark
und auf dem land die held in nöten stunden.'
78 Her Lorengel gund fürbasz fragn,
er sprach 'vil edler Waldemar, du solt mir sagn
wie mechtig zog küng Etzel in der rache?'
da sprach zu im her Waldemar
'er het die cristenheit wol halp bezwungen gar,
er furt von manheit zwu und zwenzig sprache.
im kam Tulant her über mer mit einem her so breite.
hets Parzefal nit widerwant
(der furt zu hilf den hosten gral in seiner hant),
er het verderbt die ganzen cristenheite.
79 Hört fürbasz, edler herre mein.
ein edler graf der sasz zu Kölen an dem Rein.
den wolten die von Cöln ganz han bezwungen.
dar durch fing sich der jamer an.
er wolt in irem land sein her und haubetman.
den haben si gewaltiglich verdrungen,
sie schlugen im ein pruder tot und vil der ritter here.
der graf das clüglich an in rach.
hört, edler her, was abenteure da geschach.
er bracht ir lant und leut in grosse schwere.'
80 Lorengel fraget in fürbasz
'sag, Waldemar, war umb tet diser grafe das
dasz er die stat mit rach also verderbet?'
da sprach her Waldemar zuhant
'er wolt ein fogt zu Köln und herre sein genant,
und sprach es wer mit recht auf in geerbet.
er kam von den von Cöln in not, man schwecht im sein gerichte

si sprach 'so trau ich got, er helf mir aus der schwer,
seit mir got hat den ritter her gesendet.'
da sprach zu ir her Waldemar
'legt an eur peste wat und nemt des fürsten war.
von seiner hant würd euer leit gewendet.
zirt euch und all eur iuncfraun fein mit gold und auch mit seiden,
all grafen, ritter unde knecht:
dasz wir den helt enpfahen wol das dunkt mich recht.
der helt hilft uns aus not und grossem leiden.'

115 Die fürstin sprach 'sag Waldemar,
wie kam er her zu land der stolze ritter clar?'
her Waldemar sprach zu der herzoginne
'er kumt gar bald und ist bewart.
von wann er ist das weisz ich nit und auch sein fart.
empfaht in schon und pfleget cluger sinne.
wir wollen im bis an das mer engegen ziehen trate
und nemen war wie er her fert
pis dasz er kumt zu land. got hat in euch beschert.
ir edle maget, folget meinem rate.'

116 Sie kamen dar in kurzer frist
und zugen im engegen gar an argen list
mit seitenspil, mit harpfen und mit geigen,
mit pfeifen und mit lobgesang.
manch süsser don vor im da lobelich erclang.
der hofmeister gund im hoflichen neigen.
da sach man manchen roten munt her leuchten aus dem golde.
si hielten still da an dem mer.
her Waldemar sprach 'secht, dort kumt der ritter her,
in bringt ein schwan als man in wünschen solde.

117 Lorengel schir zu lande kam
mit seinem edlen schwan, der fürste lobesam.
her Waldemar enpfing in tugentleiche.
das folk neigt sich gen im mit schall.
her Lorengel sprang aus dem schif und gruszt si all.
der schwan verschwant vor in allen geleiche.
der helt trat gen der herzogin (nu höret [196b] fremde wunder),
mit im her Waldemar der helt.

mit essen und mit trinken manchem ritter her,
dar bei ein jeder helt mag frölich bleiben.
Lorengel paret adelich und nam das wasser palde
gar züchtiglich der ritter zart.
her Waldemar sprach 'sitzt, her fürst von hoher art;
ich preis eur tugent die ist manigfalde.'

134 Dar mit man für den fürsten trug
vil edler speis und wein, des gab man im genug.
zu tisch dint im manch stolzer ritter clare
und manig schönes megetein.
nit fer von im sasz auch zu tisch die herzogein
und sach den held gar adelich geparen.
wann si den werden helt an sach so freut sich ir gemüte,
wann er was iunk und wol gestalt.
sein tugent, er unt manheit die was manigfalt,
wann er pflag mit in allen ritters güte. [498a]

135 Des gleichen auch die herzogein.
ir roter munt der leuchtet als der licht rubein,
recht sam ein ros durch süssen tau her gleisset
in irer ersten blüt so rein.
ir zenlein waren weisz und clar als helfenbein,
das ir durch iren roten munt schon weisset.
ir wenglein waren licht und clar, gar adelich geziret,
dar aus ein schöne röte bran.
si was auch milt und erentreich die wol getan,
in aller tugent ir herz iubeliret.

136 Nu höret meins gesanges schal.
mit schönen frauen ward besetzt der weite sal,
die alle mit dem edlen fürsten assen.
da pflag man hübscher kurzweil vil
mit süssem singen und mit mangem seitenspil
zu lob und er all den die bei im sassen.
trumeten, pfeifen mangerlei vor dem fürsten erclange
zu lob und er dem ritter clar,
dem edlen Lorengel. da sprach her Waldemar
'mein her, laszt euch die zeit nit wesen lange.'

137 Das wert bis man zu hofe gasz.
dar nach ward wol erfreuet alles das da was.
die tisch die wurden da entplösset alle.

si sprach 'so trau ich got, er helf mir aus der schwer,
seit mir got hat den ritter her gesendet.'
da sprach zu ir her Waldemar
'legt an eur peste wat und nemt des fürsten war.
von seiner hant würd euer leit gewendet.
zirt euch und all eur iuncfraun fein mit gold und auch mit seiden,
all grafen, ritter unde knecht:
dasz wir den helt enpfahen wol das dunkt mich recht.
der helt hilft uns aus not und grossem leiden.'

115 Die fürstin sprach 'sag Waldemar,
wie kam er her zu land der stolze ritter clar?'
her Waldemar sprach zu der herzoginne
'er kumt gar bald und ist bewart.
von wann er ist das weisz ich nit und auch sein fart.
empfaht in schon und pfleget cluger sinne.
wir wollen im bis an das mer engegen ziehen trate
und nemen war wie er her fert
pis dasz er kumt zu land. got hat in euch beschert.
ir edle maget, folget meinem rate.'

116 Sie kamen dar in kurzer frist
und zugen im engegen gar an argen list
mit seitenspil, mit harpfen und mit geigen,
mit pfeifen und mit lobgesang.
manch süsser don vor im da lobelich erclang.
der hofmeister gund im hoflichen neigen.
da sach man manchen roten munt her leuchten aus dem golde.
si hielten still da an dem mer.
her Waldemar sprach 'secht, dort kumt der ritter her,
in bringt ein schwan als man in wünschen solde.

117 Lorengel schir zu lande kam
mit seinem edlen schwan, der fürste lobesam.
her Waldemar enpfing in tugentleiche.
das folk neigt sich gen im mit schall.
her Lorengel sprang aus dem schif und gruszt si all.
der schwan verschwant vor in allen geleiche.
der helt trat gen der herzogin (nu höret [496b] fremde wunder),
mit im her Waldemar der helt.

die herzogin trat für den fürsten auserwelt,
si vil für in auf ire knie besunder.

118 Lorengel sach si liplich an,
er sprach 'du edler Waldemar, heisz si aufstan.
mit treuem dinst ich nimer von ir weiche.
was si begert zwar das sol sein.
ich hilf ir aus der not, wil es der schepfer mein,
erlös ir lant und leut und dises reiche.
dar umb hat mich got her gesant ir und dem land zu troste.'
her Waldemar trat zu ir dar,
er hiesz si bald aufstan und nam ir eben war.
er sprach 'gnad, frau, ir werdet schir erloste.'

119 Nu höret fürbasz abenteur.
ir euglein clar, ir roter munt bran als ein feur,
dar aus liesz si gar vil der süssen worte.
dar mit gruszt si den ritter fein,
si sprach 'mein trost, ir solt mir gotwilkumen sein.
mein leit und unmut habt ir mir zustorte.'
dar mit pot si gar tugentlich dem gast ir weisse hende.
in sein genad ergab sie sich.
si sprach 'ich gib euch lant und leut und dar zu mich,
das sol euch dienen bis an euer ende.'

120 Er sprach 'got dank euch, juncfrau zart.
durch got und euren willen leist ich dise fart
und auch zu dinste allen werden frauen.'
er sprach zu ir gar tugentleich
'schöne juncfrau, ich bin her kumen in dis reich
euch und dem land zu trost, das solt ir schauen.'
die herzogin sprach 'edler her, merkt eben was ich meine.
ich han zwen treue dinestman,
die heissen Waldemar und sein euch undertan.
zu aller zeit si sein ganz frum und reine.

121 Dar zu grafen und freien gut
die ich noch han die halten euch, her, wol in hut,
sie dienen euch und mir zu allen seiten.'
zu Waldemar die fürstin sprach
'nu für den helt mit dir und schaff im gut gemach,
ir solt im dien an alles widerstreiten.'
er furt in in sein herberg trat. vil herren im nach drungen,

im folget nach weib unde man.
si furten in ein sal den edlen fürsten schan.
vor im trumeten, pfeifen laut erclungen
122 Dasz es weit in der stat erhal.
die herren riten im zu hofe über al.
her Lorengel ward schon von in enpfangen,
von mangem schönen megetein
und mangem ritter, dinten all der herzogein.
der Waldemar sprach 'her, habt kein verlangen.'
der fürst sein harnasch da ab zoch, den sie von im enpfingen.
sunder die frauen auserkorn
si sprachen 'got sant uns den fürsten hochgeporn.'
vernemet mich, so wil ich fürbasz singen.
123 Die edel fürstin aus Prafant
die legt an sich geschmeid und kosperlich gewant
als ie ir fater pflag zu hohen festen.
das was samat und rotes golt,
gar wol gezirt als noch ein [497a] fürstin haben solt.
die wat was wol geziret nach dem pesten.
ein mantel, was von samat gut, bracht man dem ritter clare.
in het ein keiser wol an tragn.
dar aus laucht manger stein mit clarem golt beschlagn.
das bracht im dar ein ritterliche schare.
124 Ein schöne gürtel man her trug,
beschlagen wol mit rotem gold und pernlein clug,
dar zwischen manig edler stein so reiche.
ein guldin halspant man im bracht
als einem fürsten zam, was kosperlich gemacht.
das laucht von gold und stein gar wunnigleiche.
ein peck mit gold man im für trug, mit pilden wol durchhauen.
dar inn lag pernlein und rubein.
das schankt si da dem gast die edel herzogein.
im puten er die ritter und die frauen.
125 Der fürst legt an das gut gewant.
die herzogin iren hofmeister zu im sant.
der viel zu fusz dem fürsten erentreiche,
er sprach 'nu merkt, her degen zart,
die kleinet schenket euch mein frau von hoher art,
ein herzogin in Prafant lobeleiche,

die alzeit hoher eren pfligt. lat euch das nit verschmahen.
si wil euch gern sein undertan,
ir leib und gut, lant unde leut, was si mag han.
durch si solt ir die reichen schenk enpfahen.'

126 Da nu die schenk also geschach,
er danket ser der landes frauen unde sprach
'got sei der edlen keuschen maget lone,
got halt in hut ir zucht und er.'
er sprach 'durch der juncfrauen willen kam ich her,
got zal euch dise schenk in seinem trone.
ich wil, juncfrau, eur diner sein, mit schild und sper thurniren.
und was eim ritter zimet wol
das wil ich enden gern durch euch, wo ich nu sol.
in kampfes ring wil ich noch iubeliren.'

127 Da sprach die fürstin hochgeporn
'mein fater het mir einen formunt auserkorn,
der het sein treu schentlich an mir gebrochen
und spricht mir zu, her, umb die e
vor dem römischen keiser dort, das tut mir we.
ich trau got wol, es werd an im gerochen.
dar zu hat er genumen mir mein land und auch mein leute.
dort vor dem keiser das geschach
dasz man mir und dem grafen da ein urteil sprach
dasz ich ein kempfer haben sol noch heute.

128 Vernemet, edler her, mein clag.
ein kempfer musz ich kan auf den morgigen tag.
in weiten landen kund ich keinen finden
pis euch got selbe hat her gesant.
mein land und leut nemt, edler her, ganz in eur hant.
des tut euch hie und mein auch underwinden
und helft mir armen fürstin hie kempfen durch gotes willen.
des pitt ich euch durch gotes er
dasz ir mir helft aus not mit ritterlicher wer:
so mügt ir mir den meinen kumer stillen.

129 Hört, edler fürst, vernempt mich basz.
der graf der brach sein treu an mir, ich trag im hasz.
an meinem fater ist er treulos worden [497b]
(das keinem frumen ritter zimt,
dar umb es mangen edlen herren wunder nimt).

es stet nit wol dem ritterlichen orden
wann ein gut helt sein treue bricht und helt sein treu nit stete.
das claget von im weib und man,
all die mir ie mit dinste waren undertan,
die ganz gemein und mein getreue rete.

130 Da Lorengel die clag vernam
da tet es we dem edlen fürsten lobesam.
ir clag erparmt in ser aus herzen grunde.
er sprach 'iuncfraulein hochgeporn,
seid ir mich habt zu einem kempfer auserkorn
ich hilf euch treulich hie in kurzer stunde.
und het er aller risen sterk und auch Sampsones krefte,
wil got mit hilf mir bei gestan,
so sag ich euch, es musz im an sein leben gan,
ich zwing den helt mit werder ritterschefte.'

131 Dar mit der clage ward geschwign.
die Waldemar dem fürsten züchtiglichen nign.
dar nach hiesz man die tisch gar schon bereiten.
si wurden wol bedeckt all gleich.
das werde hofgesind was alles freuden reich.
man trug da für (und wolt nit lenger beiten)
manch kosper tuch gar wol gezirt mit gold und licht gesteine,
dar an manch tir entworfen schon,
dar auf gewürkt manch merwunder und wilder man:
es was gemachet lauter unde reine.

132 Dar auf sazt man wein unde prot
und vil der kosperlichen speis als man gepot.
das schuf der fürstin kellner alles dare.
der fürst ward leides wol ergetzt.
vil kleinet reich wurden auf die tafeln gesetzt,
dar ein schenkt man den edlen wein so clare.
die tisch die wurden wol gezirt mit prot und gutem weine.
zwen jüngling het her Waldemar,
die puten dem edlen fürsten das wasser dar
und neigten schon dem stolzen ritter feine.

133 Da sprach her Waldemar der alt
'ir edler degen, nemet dises wasser balt,
wir wollen hie ein andre kurzweil treiben.'
die herzogin pot in grosz er

mit essen und mit trinken manchem ritter her,
dar bei ein jeder helt mag frölich bleiben.
Lorengel paret adelich und nam das wasser palde
gar züchtiglich der ritter zart.
her Waldemar sprach 'sitzt, her fürst von hoher art;
ich preis eur tugent die ist manigfalde.'

134 Dar mit man für den fürsten trug
vil edler speis und wein, des gab man im genug.
zu tisch dint im manch stolzer ritter clare
und manig schönes megetein.
nit fer von im sasz auch zu tisch die herzogein
und sach den held gar adelich geparen.
wann si den werden helt an sach so freut sich ir gemüte,
wann er was iunk und wol gestalt.
sein tugent, er unt manheit die was manigfalt,
wann er pflag mit in allen ritters güte. [498a]

135 Des gleichen auch die herzogein.
ir roter munt der leuchtet als der licht rubein,
recht sam ein ros durch süssen tau her gleisset
in irer ersten blüt so rein.
ir zenlein waren weisz und clar als helfenbein,
das ir durch iren roten munt schon weisset.
ir wenglein waren licht und clar, gar adelich geziret,
dar aus ein schöne röte bran.
si was auch milt und erentreich die wol getan,
in aller tugent ir herz iubeliret.

136 Nu höret meins gesanges schal.
mit schönen frauen ward besetzt der weite sal,
die alle mit dem edlen fürsten assen.
da pflag man hübscher kurzweil vil
mit süssem singen und mit mangem seitenspil
zu lob und er all den die bei im sassen.
trumeten, pfeifen mangerlei vor dem fürsten erclange
zu lob und er dem ritter clar,
dem edlen Lorengel. da sprach her Waldemar
'mein her, laszt euch die zeit nit wesen lange.'

137 Das wert bis man zu hofe gasz.
dar nach ward wol erfreuet alles das da was.
die tisch die wurden da entplösset alle.

da trug man bald das wasser dar
und gosz es im auf seine hend dem fürsten clar.
dar nach treib man vil kurzweil da mit schalle
dort vor der edlen herzogin und vor den schönen frauen.
Lorengel sprach 'ach hilfreich got,
verleih uns gnad dasz ich vollend das dein gepot
und ste mir bei: ich tu dir wol getrauen.'

138 Dar nach die mer gar weit erhal,
dasz man es kundet fürsten, herren über al
die allesant da hin gen hofe kamen.
der küng aus Polant kam auch dar,
mit im ein herzog reich mit einer grossen schar,
der was aus dem land Purgunden mit namen.
der römisch keiser kam da hin mit grossem hofgesinde,
bracht mit im mangen stolzen helt,
die sahen gern den fremden ritter auserwelt.
zu disem kampf kam manger muter kinde.

139 Fürbasz wil ich euch machen kunt
wie auch dar kam graf Friderich von Dundramunt
für die herschaft in ritterlicher wete.
in eines grimmen leben mut
kam er hin an des keisers hof der degen gut
mit seinen dienern die er bei im hete.
er furt mit im vil guter held, die stolzen ritter feine,
die im all waren undertan.
der keiser grusset in mit süssen worten schon,
er sprach 'got dank euch, edler herre meine.' [498b]

140 Die küchen wurden wol beschlagn.
die herschaft in der stat an manchem ende lagn.
ir herberg was bestellet lobeleiche,
wein, brot und speis in allen gar.
dar mit ruft ider her seim hofgesinde dar.
trumeten und pusaumen clank was reiche.
der keiser da den grafen lud dasz er mit im solt essen
der maiestat zu wirdikeit.
er sprach 'gnediger her, das ist euch unverseit,
ich tu es gern und han mich des vermessen.'

141 Das wasser man den herren gosz.
dar mit der keiser sasz zu tisch uud sein genosz

und auch graf Friderich mit seinem rate.
der keiser satzt in neben sich,
er sprach zu im 'du edler graf, bescheid du mich
wie stets umb dich und deinen widertate?'
er sprach 'gnediger keiser her, ich kans euch nit gesagen.
mich dunkt und hab also vernumen
wie dasz die herzogin kein kempfer künn bekumen.
das tut mir zorn und wil das immer clagen.'

142 Dar bei sasz manger fürste gut.
da dienet in zu tisch manch ritter hochgemut.
man trug in für gar kosperliche speise,
man schenkt in ein den claren wein.
man schickt ein poten für den keiser und die sein
und zu graf Friderich dem ritter weise.
der pot sagt wie der herzogin ein kempfer kumen were,
für not ein auserwelter degn,
des herz wer ganzer manheit vol und gar erwegn.
die herren horten all gern dise mere.

143 Da man zu hof die red vernam,
da sprach der keiser zu dem grafen lobesam
'sag, Friderich, wer ist der ritter feine?
ist er von adel hochgeporn
dasz in die herzogin zu kampf hat auserkorn?
was landes herren mag diser helt seine?
aus welchem reich er kumen sei das wolt wir wissen gerne.'
da sprach der grafe tugenthaft
'her keiser, ich weisz nicht von seiner ritterschaft,
von wann er kumt aus fremden landen ferne.'

144 Zu hof hub sich ein grosser schal.
dar mit het man zu hof da gessen über al.
die tisch die wurden allesant enplösset,
das wasser satzt man auf die tisch.
das nam manch edler fürst, es was noch kalt und frisch.
dar nach ward das wasser bald hin geflösset.
der graf sprach 'edler keiser gut, den helt wil ich besehen.
ist er ein ritter auserwelt,
zu nöten auserkorn (das selb mir wol gefelt)
so sol im wird und er von mir geschehen.' [499a]

145 Da sprach der edel keiser her

'ich sech den helt gar gern. nu sag uns von im mer,
von welchem adel diser helt sei kumen.'
der graf sant hin gar schnell und trat
zwelf pukel gut, sam ers kund finden in der stat,
mit gutem wein dem gast zu er und frumen,
wann er was milt und erentreich, sein gleich lebt nit auf erde.
het er die ein sach nit getan
kein laster ich von im sust me vernumen han.
sein treu brach er mit laster und geferde.

146 Graf Friderich erzeigen wolt
sein milt und gütikeit. manch ritter was im holt.
er kam selbs zu her Lorengel gegangen,
mit im kam manig stolzer helt.
sein wein und schenk was also lobelich bestelt.
von Waldemar ward er gar schon empfangen
und auch die andern ritter all die mit dem grafen gingen.
er dankt in allen tugentleich.
nu höret wie von Dundramunt graf Fridereich
den edlen gast er und die sein enpfingen.

147 'Seit mir gotwilkum, herre mein.
nu saget mir, was landes herren ir mügt sein.
das west ich gern ob es euch nit verdrüsse.
dasz ich möcht euer wirdikeit
enpieten zucht und er dar zu wer ich bereit.'
so sprach der graf zu im mit worten süsse.
her Lorengel dankt tugentleich dem held an alls geferde,
er sprach 'got dank euch, ritter fein,
und Maria, wollen all zeit eur pfleger sein.'
der graf sach gern sein adelich geperde.

148 Also ir beider grusz erging
da in graf Friderich gar lobelich enpfing.
fürbasz hört von in hofeliche mere.
die schenk man für den fürsten trug.
die rufet aus ein edler ritter kün und clug.
er sprach 'ir hochgeporner fürst und herre,
das schenket euch ein werder helt, ein her in disem lande,
der ist graf Fridereich genant
von Dundramunt, für not ein wunderkün weigant.
nemt das für gut, des pitt wir euch all sande.'

149 Lorengel dankt im tugentleich
der schenk die im zu eren tet graf Fridereich.
er tet im wider er und referenze.
da schankt man in den claren wein. [499b]
des grafen diener einer was ein ritter fein,
er gund hoflich dem fürsten das credenzen.
er pot dem fürsten dar den wein und neigt im züchtigleichen.
her Lorengel trank und fing an.
der ritter da enpfing das von dem fürsten schan
und pots seim herren grafen Fridereichen.

150 Man schankt den wein und den reinfal.
das hofgesind trank alles in dem weiten sal.
da was vil freud und wunn gar manigfalde.
der wirtschaft pflag die herzogein.
graf Friderich sprach zu dem gast 'traut herre mein,
habt guten mut dasz sein got selber walde
und laszt euch sein die weil nit lank: uns kumt vil fremder geste.
da wert ir hören abenteur
was ider helt ie tet in stürmen ungeheur.'
iglicher sagt das pest das er dann weste.

151 Da sprach der alte Waldemar
'nu hört, ir herren, nemet meiner rede war.
ich hab getan vil mangen sturm so herte
da ich gar manchen helm zubrach.
ja, her, durch werder frauen willen das geschach.
durch die so reit ich manig wilds geferte.
recht als ein ritter billich sol hab ich gefürt mein leben.
ich sucht die stürme manigfalt.
ir edler fürst, so bin ich nu der jar zu alt
dasz ich nit mer nach preis und er mag streben.

152 Das pringt mir leit und schwere pein.
mir tut gar we das ungemach der herzogein
dasz si manch zeit kein kempfer nie mocht finden
wie weit si hilf sucht durch die lant,
pis euch got selber uns zu hilf hat her gesant.
dasz ir euch, her, des kampfs solt underwinden
des freu ich mich; der ewig got wol euch vor im behüte.'
der graf sach streng den ritter an,
in müet die red die Waldemar da het getan

dasz im da ganz verschwand sein mild und güte.
153 Da sprach der graf aus grossem neit
'ich han mein tag getan vil mangen herten streit
dasz man mich lobt in allen landen weite.
welcher sich wider mich ie setzt
der ward von meiner hant bis in den tod geletzt.
wo ich mit helden noch ie kam zu streite
(die ich allsant alein bezwang, erschlug si ritterleiche)
kein helt mir nie gesiget an.
ich wil in gern anschauen der mich tür bestan
mit kampf hie für die herzogin so reiche.'
154 Lorengel sprach der hochgeporn
'graf Friderich, solt ich verdinen euren zorn
so bin ich doch durch disen kampf her kumen
zu hilf der edlen herzogein.
ich sag euch wol dasz ich wil hie ir kempfer sein
mit schild und sper. ir nemt sein keinen frumen.
ich kempf mit euch als [500a] ich vor han vil mangen man bestanden.
etlicher taucht sich kün als ir
die all ir ende namen gar in streit von mir:
das han ich wol bewert in mangen landen.'
155 Da nu die red von in geschach
her Waldemar im pret zwen held dort spilen sach,
zwen junge ritter, waren lobeleiche.
das pretspil er in beiden nam
und trug es hin als einem weisen ritter zam
und legt es für den grafen Fridereiche.
der graf sprach 'her, in disem pret woll wir hie kurzweil treiben'
(der graf dar mit den fürsten ert):
'welcher e dreu gewinn dem sei der sig beschert.
so würt sein lop gebreist von man und weiben.'
156 Lorengel sprach 'das tu ich gern,
der dreier spil im pret wil ich euch wol gewern.
nu spilen wir des kurzen, merkt mich eben.'
graf Fridrich sprach 'her, das sol sein:
welcher die minsten augen werf, traut herre mein,
der sol die ersten gab gar pillich geben.'
und da der wurf von in geschach her Lorengel der reine

gewan die spil all dreu zuhant.
das tet graf Friderich in seinem herzen ant.
der fürst sprach zu dem grafen da aleine

157 'Nu nemt der abenteur hie war.
ich hab euch die dreu spil hie angewunnen gar
mit meisterschaft.' der graf begund sich rimpfen.
dar mit die sonn barg iren schein.
graf Friderich nam urlaup von dem ritter fein
mit worten schnell. vergangen was sein schimpfen.
dar mit so schied der helt hin dan der manchen preis bejaget,
mit im sein ritter und sein knecht,
kam an des keisers hof, sein sach die was nit schlecht.
er was betrüpt und was doch unverzaget.

158 Sein herz leid heimlich ungemach.
der keiser in enpfing und zu dem grafen sprach
'du edler graf, sag uns hie offenleiche
wie dir gefalle diser helt
und den die herzogin zu trost hat auserwelt.
wie ist er von person der erentreiche?
sag, wie der man hab ein gestalt durch all dein güt und tugent.
der graf da zu dem keiser sprach
'so ritterlichen helt ich vor nie mer gesach,
doch taug er zu dem kampf nit wol vor jugent. [500^b]

159 Mir hat gelobt der ritter fein
er woll der edlen herzoginne kempfer sein,
mit schild und sper nach preise ringen.
gar ritterlich stet sein geperd.
her, ich gelaub dasz sein geleich nit leb auf erd.'
dar mit tet man da für die herren bringen
vil edler speis, wein unde prot tet man zu tische tragen.
dar nach vil manig kün weigant
zu tisch da sassen mit dem keiser alle sant.
nach tisch die herren irer rug da pflagen.

160 Ir sollet mich vernemen basz.
der edel Lorengel in hohen freuden sasz,
er sach vor im vil cluger abenteure.
grosz er det man dem fürsten gut
mit edler speis und wein. der helt was wol gemut.
sein hilf die kam dem ganzen land zu steure.

her Waldemar sprach 'edler her, nu last euch nit verlangen.'
da man das abentmal volbracht
vil hübscher kurzweil man da vor dem fürsten macht.
die herzogin kam selbs zu im gegangen.

161 Si gruszt in tugentlich und schon
'sagt uns, ir edler fürst, wann ir wolt schlafen gan,
so sol man euch zu eurem pette weisen
da ir wol seit an sorge gar.
wann ir, her, wolt so nemt zu euch her Waldemar,
der dint euch gern der alt frum ritter greisen.
der sol euch, her, gar wol bewarn wann ir mügt nimer sitzen.'
er sprach 'ir edle herzogin,
gebt uns urlaup. an mein gemach stet mir mein sin.'
der fürst schied da von ir mit clugen witzen.

162 Mit im ging da her Waldemar.
er furt den fürsten in ein kemenaten dar
die was gezirt mit gold und mit gesteine,
dar in gemalt manch cluges pild
von glanzer farb, vil manges tirlein zam und wild.
da stund ein pett von gold und seiden reine.
die herzogin ging selbs mit im und furt in bei der hende
zu einem pett, was wol gezirt,
mit edlem samet schon verdeckt und gemosirt.
die fürstin schied von im an missewende.

163 Sie neigt dem held gar adeleich.
auch neigt sich schon gen ir der edel fürst so reich.
da lag der helt bis an den lichten morgen,
pis dasz der lichte tag her brach.
die kamrer kamen bald zu im in sein gemach,
ritter und knecht dinten im unverborgen.
der edel fürst legt an sein kleit und trat hin in den sale
da er fand inn die herzogein.
si stund gen im bald auf, umbfing den ritter fein.
er dankt ir schon der ritter von dem grale. [501a]

164 Hört fürbasz dise abenteur.
der edel fürst der het bei im zwen ritter teur
die sant er schnell zu grafen Fridereichen
dasz er zu im kem auf der fart.
das tet der graf. da sprach zu im der keiser zart

'ich pit dich, edler graf gar tugentleiche,
ir sollet heut mit disem gast ein sper vor uns zubrechen
durch mich und durch die herzogein.
das reiten solt du mit im tun, mag es gesein.
tut im das kunt was er dar zu woll sprechen.'

165 Da sprach der graf von Dunramunt
'ja, edler her, das tun ich gern, mach im das kunt.
es ist mein will, ich tet nie ding so gerne.
mag ich, ich trenn im seinen schilt
mit einem sper umb dise herzogin so milt.
wer er als kün als Diterich von Perne,
iedoch wil ich den helt bestan mit ritterlichem reiten.
dar nach in einer kurzen wal
beste ich in mit kampf, wer seiner vir zu mal.
er musz mit mir hie kempfen und auch streiten.

166 Und wer er noch so hochgeporn
ich schlag in tot, sein iunger leip der ist verlorn,
ich kempf mit im nach ritters art und rechte.
so würt vollendet diser streit.'
der keiser sprach 'ja, edler graf, es dunkt mich zeit.
nu schick zu im die ritter und die knechte.'
der graf der sant im bald und schnell zwen edel ritter here.
die potschaft pald geendet wart.
die ritter kamen beide zu dem fürsten zart.
her Waldemar der det in wird und ere.

167 Sie traten für die herzogein.
die edel magt enpfing gar schon die ritter fein.
sie neigten ir und irem hofgesinde.
si kamen für Lorengel dar.
der ein der sprach 'fürst, edler her, nu nemet war
was euch enpeut graf Fridrich der geschwinde.
der hat uns her zu euch gesant und lest euch dar bei grüssen.
er spricht durch aller frauen er
woll er mit euch zuprechen, edler her, ein sper
seid frauen manchem man sein kumer püssen.

168 Dar nach wil er in kurzer frist
mit euch kempfen als mit recht geurteilet ist.
dar zu solt ir euch, edler her, bereiten.'
her Lorengel sprach tugentleich

'des sol er sein gewert. und gult es alle reich,
ich hilf der herzogin und wil nit beiten.
dar umb so bin ich kumen her das solt ir im [501b] pald sagen.'
die ritter urlaup namen trat
und sagten das dem grafen an der selben stat
dasz er es ritterlich mit im wolt wagen.

169 Also die potschaft nam ein ent.
die edel herzogin nach einem prister sent
dasz er ir solt ein ampt loblichen singen
zu lob und er der trinitat.
mit irem hofgesind si da zu kirchen trat.
si sprach 'mein got, lasz uns nit misselingen.'
her Lorengel der kam auch dar mit mangem ritter werden.
si paten got all zu der stunt
'ewiger got, tu uns dein gnad und hilfe kunt,
erzeig uns dein barmherzikeit auf erden.'

170 Das ampt sang man gar lobeleich.
her Lorengel ruft an got selbs in seinem reich,
des gleichen auch die edel herzoginne.
die ruft got und sein muter an
dasz er ir und dem held mit hilf wolt bei gestan.
'hilf mir aus not, himlische keiserinne,
erwirb uns, reine magt, den sig, hilf der gerechtikeite,
ich pitt dich, reine maget her.
hilf, süsser Jesu Crist, durch deiner marter er
der an dem kreuz erlost die cristenheite.'

171 Vil manig ampt man sang und las.
dar bei manch edler fürst in gotes dinst da was.
keiser und küng die all dar waren kumen
si dinten got mit ganzem fleisz
und sagten got in seinem thron er, lob und preis.
manch andechtiges pet ward da vernumen.
da nu das ampt was gar volbracht da gab man in den segen.
si trunken sant Johannes minn.
dar nach ging idermann zu seiner herberg hin.
her Lorengel liesz da nit underwegen,

172 Er kam mit einer grossen schar
gen hof. mit im so ging die herzogin so klar.
grosz lop und preis der fürstin ward verjehen.

der kellner schuf was si gepot,
was zu dem tische höret, wein und auch das prot.
ir gleich in miltikeit ward nie gesehen.
die tisch waren gespeiset wol da die herschaft solt sitzen,
als es die fürstin haben wolt.
si speiset iunk und alt und gab auch reichen solt.
ir hof was wol bestellt mit clugen witzen.
173 Dar nach als man zu hofe gasz,
man pot den herren wasser dar die weil man sasz.
dar mit die tisch all wurden abgedecket.
her Waldemar sprach 'edler her,
euch pitt mit fleisz mein frau die herzogin so ser
dasz ir wolt sein frölich und unerschrecket.'
her Lorengel sprach 'das sol sein, ich freu mich diser mere,
ich hilf aus not der herzogein,
für si wil ich kempfen, solt es mein ende sein.
mein manheit ich mit gotes hilf bewere.
174 Nu reichet mir mein prünne her
und meinen guten helm, mein schilt und auch mein sper
und ein gut ros, ich wil den grafen strafen. [502a]
auch tragt mir her mein sturmgewant
und wapnet mich' — so sprach der wunderkün weigant —
'und bringet mir gar bald mein gutes wafen.'
der helt verwapnet sich zuhant in seinem harnasch feste.
die fürstin im auf den helm pant
ein guldein heftlein, dar aus laucht ein licht jachant
der auf seim helm gar wunniglich hergleste.
175 Die landes frau selbs wapnet in.
der edel Waldemar ging in den marstal hin,
er sprach 'marsteller, merk mich, traut geselle,
bereit uns hie dem edlen gast
das peste ros das du in disem marstal hast,
ein starkes ros das laufen müg gar schnelle.
rüst das als zu dem kampf gehört und solt das wol verdecken.'
das ros ward pald gesatelt schon,
der fürst was wol bereit und was verwapnet schon,
kam auf den plan mit mangem guten recken.
176 Die schrank die waren wol bestalt.
das schuf der rat und auch der herzogin gewalt.

dar ein sprengt pald der graf mit reicher were.
die mer man da zu hof vernam,
wie in dem schrank dort hielt der graf so lobesam.
bei im hielt manig stolzer ritter here.
der römisch keiser kam auch dar, mit im ein künig reiche
aus Polant und manch fürst so wert.
man sach auch in dem schrank vil manig stolzes pfert.
das kam für den Lorengel schnelligleiche.

177 Wie es nu ging merkt hie fürbasz.
ein weiter plan lag da der wol bestellet was.
die schrank die wurden all gar wol besetzet,
dar auf sasz guter wepner vil
mit harnasch und mit wer als hört zu solchem spil.
die warten dasz da niemant würd geletzet
da von den rossen über al und von dem hofgesinde.
die stat het man auch wol in hut,
dar inn die purger hetten mangen wepner gut.
vernempt fürbasz von disem kampf geschwinde.

178 Her Lorengel was auch bereit.
die herzogin wunst im gelück und selikeit.
man bracht im ein gut ros, lief schnelligleiche.
der helt pald in den satel sprank.
das ros mocht in nit tragen, was im vil zu krank.
doch sasz dar auf der edel fürst so reiche.
da was vil ritter unde knecht die mit dem herren riten.
vor im trumeten vil erklang.
bei im reit Waldemar den grosse sorge zwang.
das ros was im zu schwach zu kampfes siten. [502b]

179 Vor im so reit ein iunger helt
der furt im vor das sper dem ritter auserwelt.
sie riten durch die stat mit grossem schalle.
die schrank pald wurden aufgetan,
die edlen fürsten wurden all dar ein gelan.
trumeten und pusaumen laut erhalle.
da sach man manig stolzes pfert laufen nach lob und preise.
das ros Lorengels was zu schwach,
es trug in kaum. manch guter ritter das wol sach.
da sprach zu im ein edler ritter weise,

180 — Das was der alt her Waldemar —

er sprach 'das ros ist euch zu schwach red ich fürwar.'
des antwurt im her Lorengel gar palde
'nu bringt mir her in kurzer frist
ein ros das mich getragen müg und pesser ist.
das ros taug nit dar auf ich vor euch halde.'
die red kom pald dem keiser für der het ein ros, was stolze.
kein pessers kund man finden ie.
des grafen ros doch pesser was, das merket hie.
das lief so schnell als von der sen der polze.

181 Des keisers ros im gleichet nicht.
da man es bracht dem Lorengel was es entwicht,
was im zu schwach und mocht in nit getragen.
das wundert manchen werden man.
graf Friderich wolt auch kein ander ros nit han
dann sein gut pfert. das gund Lorengel clagen.
dar umb die edel herzogin betrübet wart von herzen,
si rufet an den reichen got,
si sprach 'Maria, reine meit, hilf mir aus not,
erlös mich heut von jamer und von schmerzen.'

182 Getröst ward da die herzogein
von got. der sant Lorengel da den folen sein.
der lief von einem perg her ab geschwinde.
da sprach Lorengel offenbar
'dort kumt mein ros, secht wunder, edler Waldemar.'
'zieht mir das her' sprach er mit worten linde.
her Waldemar eilt pald da hin da er dem ros gund nahen.
das ros das was verdecket wol,
gesatelt schon als es ein kempfer reiten sol.
das ros stund still und liesz sich gerne fahen.

183 All welt des grosse wunder nam,
die herren all. dasz da das ros aleine kam
das wundert manig mensch da also sere.
her Waldemar der kam zuhant
und zoch das ros dort her dem wunderkün weigant.
dar auf sasz schnell der edel fürst so here.
nu höret fürbass abentour als ich euch hie bedeute. [503a]
grosz folk kam zu dem kampfe dar
dort auf den plan und in die heuser, nemet war.
an allen orten was es foller leute.

184 Grosz wunder da das folk vernam.
jeder man fragen gund von wann das ros her kam.
niemant kund wissen wer es bracht da here.
niemant west umb die rechten mer
dan Lorengel alein. dem bracht man schilt und sper.
er sprach 'mein ritterschaft ich heut bewere.'
die sper die masz man da zuhant, die waren scharpf und herte.
von Dundramunt graf Friderich
der reit die ban fast auf und ab, bewaret sich.
man raumt den plan, sich hub ein schwinds geferte.
185 Si ritten auf einander dar,
si neigten ire sper. des nam manch ritter war.
ir keiner wolt dem andern da nit weichen,
si waren grimmiglich gemut.
ir beider ros di waren schnell und dar zu gut.
der graf mocht dem Lorengel nit geleichen.
der fürst stach da den grafen ab, traf in als er sein gerte
dasz er must fallen auf den plan.
er lag gestrecket vor dem wunderkünen man.
des grafen schand und laster sich da merte.
186 Da ward erfreut die herzogein.
das sach der keiser wol und manig ritter fein
wie da der graf so schentlich was gefallen.
das was im vor nie mer geschehn.
vil manig schöne frau den fal auch het gesehn
dasz der graf siglos was. sich hub ein schallen.
der graf sprang wider auf zuhant in zorniglichem grimme.
sein schilt fast bald der kün weigant,
ging in die schrank da er den seinen kempfer fant
und ruft in an mit kreftiglicher stimme
187 'Helt, euch sol widersaget sein.
seid ir mit mir wolt kempfen für die herzogein
des wart ich hie und ste in kampfes ringe.
ich forder euch, ir werder man.
für disen fal müszt ir mir euer leben lan,
dar zu ich euch mit meiner hant bezwinge.'
das horten frauen unde man, die herschaft algemeine.
da sprach der alte Waldemar
'vil edler fürst, hebt euch hin an den grafen dar.'

'das tu ich gern' sprach Lorengel der reine.

188 Der helt von seinem ros ab trat.
die edel herzogin got treulich für in pat.
er trat hin in den kreisz gar ritterleichen.
den schilt zuckt für sich der weigant,
er fragt den grafen bald und sprach 'sag mir zuhant,
helt, wil dein zorn noch hie nit von dir weichen?'
der graf wolt da dem fürsten gut kein red noch antwort geben.
her Lorengel fast bald sein sper,
des gleich tet auch der graf. in was zu kampfe ger.
der graf sprach 'her, merkt meine wort gar eben: [503b]

189 Ich sag euch, wunderküner man,
wolt ir mit kampf der herzogin euch nemen an
mit meinem schwert schlag ich euch tiefe wunden.
dar umb sei euch hie widerseit.'
Lorengel sprach 'das tun ich gern, ich bin bereit.'
der graf schosz mit seim sper auf in zu stunden,
schosz nach dem held in grimmikeit. der helt gund im entwenken
mit einem ritterlichen trit.
Lorengel zuckt sein sper und saumt sich lenger nit,
er schosz es auf den grafen in den plenken

190 Dem grafen durch sein guten schilt
dasz es gar laut erhal da auf dem grafen milt.
dar nach die held beid zu den schwerten grifen.
si fachten beide ritterlich.
her Lorengel den grafen da treib hinder sich.
sein schwert was gut und was gar scharf geschlifen.
der graf schlug auf den fürsten dar, des weret sich der degen.
in seinen schilt die schleg er fing.
vil mangen harten schlag der helt von im enpfing
dasz er sich schir des leibes het verwegen.

191 Der fürst bewert sein ritterschaft.
er schluog auf den grafen mit starker heldes kraft.
die schleg hort man gar weit in allen enden,
man hort es in der ganzen stat.
her Lorengel den grafen macht mit schlegen mat,
die gotes kraft half im sein kumer wenden.
er schlug den grafen helenthaft oft nider zu der erden.

auf sprang der graf mit grossem neit,
er fast sein schwert. erst hub sich gar ein grosser streit.
si hetten beid vil ritterlich geperden.
192 Der keiser sprach 'bei unser kron,
in diser not so weich noch nie der küne man,
von keinem schlag sach ich den helt nie wenken.
er ficht gar wol und ritterleich.
fürwar sigt er wol an dem grafen Fridereich.
nach ritterlicher kunst kan er sich lenken.
der graf mag im nit lang vor stan vor seinen schlegen schwere.'
sein swert fast bald der kün weigant,
er schlug dem grafen wunden tief durch helmes pant.
das rote blut flosz von dem grafen sere.
193 Manch wund im der Lorengel schriet
durch prün und helm als im sein werde manheit riet.
des grafen plut gund im sein harnasch röten.
der graf der was erzürnet gar
und schlug mit grossem zorn hin auf den fürsten dar.
das half in nit, er stunt in grossen nöten.
es half in nit wie kün er was, sein man het er da funden.
den Lorengel versert er nie
als klein als umb ein har, das müet den grafen ie.
er was versert mit mancher tifen wunden. [504a]
194 Lorengel auf den grafen schlug
dasz er da vor im lag. des lacht der ritter clug.
der graf sprach 'edler her, nemt mich gefangen
und gnadet an dem leben mir.
den sig habt ir gewunnen nach der fürstin gir.'
'nein,' sprach der fürst, 'es ist umb dich ergangen.'
der graf sprach 'her, durch all eur er nu lasset mich genesen.'
Lorengel sprach 'es mag nit sein,
du hast dein treu gebrochen an der herzogein,
dar um must du des todes eigen wesen.'
195 Der graf sprach 'edler ritter fein,
durch got und alle weip frist mir das leben mein,
durch die fürsten und aller ritter ere.'
der helt gund wol bedenken sich,
er sprach 'hast du gepeicht das lasz, helt, wissen mich.'
der graf sprach 'nein, ir junger ritter here.'

Lorengel sprach 'hast ware reu und wilt dein sünd erclagen?'
er sprach 'ja, her' und ruft got an
'ich peichtet gern mein sünd, möcht ich ein prister han.'
der fürst lisz bald nach einem prister fragen.

196 Man bracht im einen prister dar.
dem grafen zoch man ab sein lichten harnasch clar.
er det ein ganze peicht vor dem folk allen.
dar nach Lorengel pald hin sant
nach dem henker dasz man in köpfet da zuhant.
er must sterben, den tot het er verfallen.
'dar umb dasz er brach seinen eit und auch sein ritters treue,
ward treulos an der herzogein
und an dem land, das gilt im heut das leben sein,
er musz sterben.' der fürstin freud ward neue.

197 Ein man sein er bewaren sol,
das stet dem adel und der ritterschefte wol.
der nachrichter kam zu den herren beden.
da aus der stat schickt man in dar.
und da der graf sein beicht getet da nam sein war
der züchtiger, gund mit Lorengel reden.
er sprach 'schlag im das haubet ab, dem gib gar pald ein ende.'
der richter sprach 'her, das sol sein,'
da er sein peicht getet, nam im das leben sein.
secht, also starb der edel graf ellende.

198 Also der graf ein ende nam.
der keiser sprach 'dank hab der fürst so lobesam,
sein werde ritterschaft ich imer breise.'
si traten von den rossen gar.
der keiser, künig, ander fürsten gingen dar,
enpfingen schon den jungen ritter weise.
her Lorengel in danket schon mit hofelichen worten.
her Waldemar der kam zuhant,
dem edlen fürsten er sein lichten helm ab pant.
da tet man auf die schrank an allen orten.

199 Sein ros bracht man im mit gewalt.
das tet her Waldemar der [504b] treue ritter alt.
dar auf sasz bald Lorengel der vil here.
nu solt ir hören hie fürbasz.
die herzogin auch von dem kampf heim kumen was,

die sach wol wis im kampf ergangen were.
sie legt an sich das rote golt und ir iuncfrauen alle.
Lorengel aus dem schrank da reit
da hin gen hof. man gab dem held gar gut geleit.
keiser und küng reit alls mit im in schalle.

200 Sie kamen all gen hof da hin
dem held zu dinst. her Lorengel der danket in.
wie es da nam ein end wil ich euch sagen.
die edlen herren alle gar
die schieden hin iglicher in sein herberg dar
hin in die stat wo si zu herberg lagen.
nu höret wie die herzogin Lorengel schon enpfinge
den iren kempfer lobeleich.
si sprach 'der euren er pfleg got von himelreich,
der halt in hut euch, stolzer jungelinge.'

201 Er danket ser der fürstin zart.
im dint ritter und knecht, er was von hoher art.
loblich gewant tet man dem held her tragen.
der fürst entwapnet sich zuhant
und legt an sich das aller kosperlichst gewant.
den grafen horet man gar lützel clagen,
da in der stat und auf dem land het man sein bald vergessen.
die herzogin in freuden was
und auch ir hofgesind seins unmuts gar vergasz.
des fürsten lob ward da vil hoch gemessen.

202 Es wurden poten ausgesant
zu fürsten und zu herren weit in fremde lant.
ein grossen hof liesz man gar weit ausschreien,
vir wochen gar an underlasz
da man pflag ritterschaft. das pest man trank und asz.
dar kam vil fürsten, grafen, ritter, freien,
die kamen zu bejagen da grosz lop, preis und auch ere,
zu diser hochzeit lobeleich.
gar milter gab pflag da die herzogin so reich.
vernemet fürbasz hofeliche mere

203 Als ich euch künd in meim gesang.
in Prafant ward volbracht ein loblicher kirchgang.
dar bei was manig edler fürst so here.
ein selge e ward da gemacht.

ein hochwirdiger pischof dise e volbracht.
er gab si zamen beid in gotes ere.
si dinten beide got mit fleisz und seiner muter werden.
erst ward ir beider freude ganz.
sich hub stechen, thurniren und manch schöner tanz.
der helt dint got die weil er lebt auf erden.

204 Da hub sich freud und kurzweil vil.
man hort trumeten, pfeifen und manch seitenspil
dasz es so schon erhal an mangen enden.
man gab in allen speis genug,
essen und trinken jeder man nach seinem fug.
als ungemach gund man dem [505a] fürsten wenden.
auch tet man er der ganzen stat, den armen und den reichen.
da hub man mange kurzweil an
mit ste*ch*en und thurniren. manig werder man
vil manig sper brach*en* da ritterleichen.

205 Das weret wol vir wochen gar
der selbig hof al*s uns be*fint die schrift fürwar
da manig man pflag freud*e und kurz*weile.
also die hochzeit ende nam.
dar nach i*glicher man* wider zu land heim kam.
si namen urlaup a*lle fro und geile*,
si schieden von dem fürsten gut und von der *frauen clare.*
die dankten beide in mit fleisz.
die edlen ge*st in sagten ere, lob* und preis,
sie zugen hin als dises liet hel*lt zware.*

206 Iglicher zoch heim in sein lant.
hört *mich nu fürbasz. Loren*gel der kün weigant
nam ein das *aller peste herz*ogthume.
das lant regirt er loblich *gar*
mit weisem sinne. er beschirmet manig jar
sein lant, *er wuchs an eren und an* rume.
die lant versach er also wol *des lopten in die frauen.*
er straft die ungerechtikeit
als *einem frumen fürsten zimpt.* weit unde preit
so mochten si wol *seiner macht getrauen.*

207 Ir fürsten gut nu merket ebn.
*hie mit so wolte ich euch a*llen beispil gebn.
hüet euch dasz ir n*it brechet eure eide*

als diser graf von Dundramunt.
dem *wart durch sein untreu* ein schentlichs ende kunt
als die h*istori euch hat wol bescheiden.*
eur grosse macht nimt bald ein end *dar an solt ir gedenk*en.
got störet, pauet und zubricht.
darumb rüempt euch eur macht und eures gutes nicht
so gent eur *weg zu got, woll euch gnad* schenken.

Überschrift **Hie heben an die lieder von her lorengell in dem schwarzen don clingsors. der lieder sein zwei hundert und VII lider**

1 = *Rückert* 26 7 kunig

2 = *R* 30

3 = *R* 32

5 = *R* 34 *K* 1 *die abweichungen von R sind folgende* 1 ain edel h. v. Prafant 2 ritter tugentlich genant 3 von Durremunt alz ich uch hie betüte 4 der herr an sinem tode l. 5 sinſs lebens was nit mere wann ein halben tag 6 bevalch guot *fehlt* 7 sprach sprach vil l. F. nu laſs 8 sit 9 als daz ich han zumal in *für* gar ze 10 der tochter myn pflig schon vor diner f.

10 = *R* 33 *K* 2 1 in hohen eren 2 an allen wandel luter 3 und waz daby ein edel h. 4 i. m. was enweg g. 5 d. t. wolt yren vatter auch nit lenger sparn 6 grafe warp da 7 daz uwer herr myn lieber vatter w. 8 d. hot ubermût 9 vil er auch selber 10 w. brachte der maget h. s.

11, 6 sie *für* er = *R* 35 *K* 3 1 ir herren laſst euch m. k. 2 w. daz d. s. F. v. Dorremunt 3 k. gar vil zu leyd erdachte 4 e. sprach sie an s. h. ym ee 5 im *fehlt* der edln edeln reine maget w. 6 m. k. sie es fur den keser b. 7 m. schreib im gein der maget vyn daz zû eim rechten bringen 8 hin vor den k. 9 da wart der zarten meyd alda zu recht herkant 10 i. solt e. k. in einem kreysse d.

12, 5 = sant Albân? = *R* 36 *K* 4 2 noch in F. m. nirgen k. k. f. 3 d. die maget dorch m. da vorstunde 4 die juncfraw hett ein c. 5 alz es die sch. noch saget der hiess A. 6 j. ir solt es got erkunden 7 m. knieent vor d. a. bettent r. 8 selber 9 nein laut d. t. gen uber uwer wangen r. 10 sin hilffe lat uch nymer k. e.

13, 6 schmacher spricht *fehlt ich laſse die entsprechende str. aus K* (5) *hier folgen:*

Die junckfraw in daz monster trat.
ach herre got wie mynniclichen sie in in bat
'gnad lieber schopfer, aller welt ein herre,
durch dine hochsten namen dry
mach mich von minen sorgen unde engsten fry.
ein swacher greffe spricht mir an myn ere.
vil lieber wolt ich sterben tot wan daz ich in doch neme.
der selbe ungetruwe man
wie hat er mir so rechte vil zu leyd getan
und er doch sins genossen wol bekeme.

14, 4 läuten glocken *die strophe ist an die stelle getreten von K 6 = R 37* 1 e. v. der hett s. verslagen 2 ü. uff einen wilden kranch g. 3 d. v. er sich d. l. sin g. 4 er was an einer claen l. 5 da in die edel junckfraw in die h. n. 6 ein schell von rotem gold sie ym ab l. 7 daz wasser ir zun augen ufs ging von grund ufs h. st. 8 da rorte sie die sch. 9 by wylen r. sie ufs auch ir vil gelwes

Für die folgenden 7 der Wiener hs. fehlenden strophen gebe ich die vergleichung von K mit R

K 7 = *R* 38 1 der c. 2 an einem tag hub sich der selben g. 3 in duure wys ging d. d. w. clufte 4 d. ton dahin g. Fr. g. 5 da von ir h. richer freuden vil e. 6 al von dem tone. 7 kung Artus und die syn erfuren f. m. 8 sie musten der meyd ein k. 9 ald glocken ymmer mer in sorgen l. 10 wer es recht

K 8 = *R* 39 1 kung A. diz *fehlt* 2 syt daz der selbe Fryderich s. t. brach 3 von Dorremunt an dyser meyde r. 4 dez selben 5 er mocht fur fursten wol in hohen eren st. 6 sin gut ist a. 7 in lobten frauwen unde man w. kund sich sin genossen 8 wan er het zucht und rechte scham 9 umb eines hares breit het er nie wandel sam 10 missetag gelassen

K 9 = *R* 31 1 dryen Else Prauandes pf. 2 wo sie ruffend alleyn an yrm gebette l. 3 ein schelle sie zu lobe gote h. 4 hort wann sie dann daz ang. 5 und ir daz a. 6 ludet 7 kung Artus und die sinen worden ser getaubet 8 sie mussen der meyd ein kempfen geben 9 ald von der glocken ymmer mer in sorgen leben 10 wer daz dem ist nach frag

K 10 = *R* 40 1 sol ich es uch alz machen k. 2 wie daz Dorremunt 3 den wurm erslug Stockalm in der Sweden lande 4 er sucht in d. 5 tutschem riche 6 kein herr der turst in stryttes nie erlangen 7 waz dem lande warn die hilten 8 sunder ir zwene tutsche man 9 so alz ich uch wol b. 10 die liep n. l. nie kund v. i. gtringen

K 11 = *R* 41 *lautet so:*

Kung Artus der sprach wandels eyn
'wir haben got erzornet wie daz mog gesin.
von einer glocken wirt uns vreude ture.
der ton ist komen in den gral.
da von herschrack sich Kaẏ und her Partzefal.
dar zu gyt in die schrift die swert zu sture
wir sollen zwentzig priester wert schon under die crone stellen,
gen mit den yanen vor den grall.
hab wir icht selden, got der tůts uns offenbar
ob er zu besserung von uns icht welle.'

K 12 = *R* 42 1 hort wie daz ane wart geleit. 2 wie schon ein i. p. w. alda 3 zu eym 4 d. wysen getagen 5 kung A. můst selber 6 al gein dem g. vor in d. 7 als giengens gein dem můster hin ir l. s. gote s. 9 hilffet nit da von d. g. swygen m. 10 dez clagen alten u.

K 13 = *R* 43 2 geschen unserer herren ungemach 3 ist *fehlt* gesyuret 4 wir sollen by ein ander stee 5 gee 6 got unser ungemach nit mynret 7 al für daz clare bilde daz nach Marien ist gerichten 8 da soll wir weinen unde clagen 9 waz nu der selben glocken ton wel hie bejagen 10 ob got uns ungereite wolle lichten

22 = *R* 45 *K* 14 1 als es 2 es w. mit 4 edeln musten b. 5 daz sach man

liechte wang m. rotten m. 6 tet der herren leyt in herczen s. 7 edel kungynne jung du hast d. h. vermessen 8 du hast d. 9 so erefticlich geleget an alle w. 10 doch hat sie auch dez v. s. b.

23, 3 *vorher* der trat fur *durchgestrichen* = *R* 46 *K* 15 1 horent die es der kung anving 2 do *fehlt* kunigynne 3 trat hin zu er gunde r. 5 din *fehlt* in allen dorch 6 do *fehlt* er sprach 7 Esilg Parc valpar mit den sol man versuchen 8 Benedige Lantz leres k. 9 her Gawins t. vil here 10 die sint s. k. daz ir g. wil gerůchen

24 = *R* 44 *K* 16 1 g. und wolt i. m. uns 2 ein zydemar tier sollen 3 Lisine die s. kindelinne 4 daz d. starcke g. 5 dazs *fehlt* yres wirt sie t. 6 d. n. sie dann ein kelbelin gewynnet 7 von dem golde al zu der nas i. 8 daz tier sich keyne nare h. 9 dan der geschmack d. 10 achtam ufs sinr m. m.

25 = *R* 47 *K* 18 1 her Key begund daz v. j. 2 er sprach man sol die kinder kalken lassen t. 3 sie worden fro daz er sin ie g. 4 kunigynne sprach zu hant 5 man sol die kinder kl. 6 Jonant von dem Dilbrun man b. 7 der stein swebt alz uch m. 8 w. uch nit sicherheit g. 9 s. weifs ich wol daz gottz můter nit mag l. 10 daz sie

26, 9 nie gejehn = *K* 17:

'Ach got got wer gabe dir den list.
ich wene daz der engel by dir erwachet ist
und hat den bösen geist von dir gedrungen.
was du ie gutes hast gedacht
wenig und daz din munt zu lichte ie hat bracht
daz wirt von dir gesaget und gesungen.
der engel hat den bosen geist in falken wys verbrewet.
du ret bofer und redest golt
ufs dem kupfer. dar umb sint dir die meinster holt.
wer hat dirs uff die zungen din gesewet?'

27, 1 kunig 4 kunigin 6 *vor* ein *ist* s *durchstrichen* = *R* 48 *K* 19 1 der kunig und die fursten schin 2 drunge ir mit grefsen notten vor die k. 3 sie f. w. d. helt 4 die kunigynne gunde sagen 5 dem *bis* al *fehlt* muste wol b. 6 sprach also n. h. er vor g. 7 d. k. der liefs riche w. a. den drin k. 9 alz es Sebin irn l. kinden b. erdacht

Es folgt in K als zwanzigste strophe die folgende:

Felicia Sebinen kint
zu irn gespielen sprach 'es ist noch alz ein wint
wie daz er sie gecleit mit richer spehen. (*l.* ir sit)
dry gurtel die wil ich uch geben,
welch auge sie an sehe dar nach die herczen streben.
ydoch liefs ich sie mentschen nie gesehen.
ein yglich gurtel steyne hat und ist wol in der güte
(daz lafset uch nit wesen zorn)
von einem bösen worte würden sie verlorn
die wyle sie weren geben hochgemüte.'

28, 7 vollbring ἀπὸ κοινοῦ *als infin. und sodann als conj.* = *R* 49 *K* 21 1 die maget r. 2 gab irn gespielen gurtel nu sint s. g. 3 den engeln die g. selber 5 der wyse horre h. 6 es wirt a. b. albie bewyset 7 die messe die da singen sol der pr. vor d. g. 8 und wan d. t. 9 blôzen *fehlt* 10 gen.

29, 2 kinder

30, 2 kunig 5 kunigreich 10 kunig

31, 1 fürstin *aus* fürste *corrigiert, dahinter* was *durchstrichen. daher ist fälschlich* edler *in der hs. stehen geblieben* 9 nach

33, 2 kunig

34 = *R* 50 *K* 22 1 mit siner sonnen 2 alz nu der tafelrunden man die m. 3 gewann die massonye p. 4 kempfen 5 den er nit wegers in der massenye h. 6 dar zu zwinckt sie ein schal und n. 7 gingen vor d. g. sie t. 8 d. gunden uff in lufte s. 9 sie sprachen wir woln uch alz vil der freuden g. 10 sie s. von d.

35 = *R* 51 *K* 23 2 wie daz i. P. wer e. luter r. 3 d. hett d. w. gunst und g. 4 ein graff irs v. man 5 kreftlich zu unrecht zu der ee gesprochen an 6 A. sol der e. k. g. 7 alz er in u. d. dem 8 daz sie haben ein turen tegen 9 wan schellen 10 an d.

36, 1 kunig = *R* 52 *K* 24 1 küng A. der was w. 2 er s. got h. so lafs mich selber k. 3 wan ich kan m. 4 sus criftig 5 so kan myn hant den helme strick wol b. 6 myn o. myn sper zu herten zu herten stryit wol zw. 7 so *fehlt* geleacken 8 so han ich s. zu d. 9 wirt ym syn h. wol zurtrant 10 niemant darff fur mich uff die reyfs gedenchen

37 = *R* 53 *K* 25 2 d. g. e. h. m. n. byfs h. 3 wo ich ie kam in sturm o. 4 wer 5 der wart von mir g. oder tot geslagen 6 daz noch in manchen 7 in h. j. dez mers wo ich es han durchpuet 8 u. auch Persien 9 uff r. mynen gelichen nit enfant 10 bit daz i. dez k.

38, 7 kumen *in K* 31 *lautet die str. folgendermafsen:*

Ain edel ritter, hiefs markys
von Purril sprach 'ich han herworben mangen pris
(da von myn hercze swebt in hoher milde)
daz mich des swertes nie verdrofs,
und wann daz blût von helmen in die luften schofs
daz man es kos vor eines trachen wilde.
waz mir der held ie wyder für al uff der selben ferten
die slug ich tot mit myner hant
daz mir an myner ritterschaft nie mysselang.
und solt ichs tun ich wolt den kampf beherten.'

39, 3 kunig *K* 30 *lautet so:*

Ein junger ritter hiefs Lebant
der sich der herzogynnen jamers underwant.
vor dem kunige falt er sine hende
'kung Artus, edler kunig rich
nu einer bett gewer du, edler herre, mich.
daz du mich zu einem botten dare sende.
tu es dorch werde ritterschaft, durch aller frauwen gûte,
und sendent ir mich uff die fart
von myner hant so wirt sin leben nit gespart,
ich bring der herzogynnen hochgemûte.'

40, 6 mit = *K* 33

Iban der rede ser befilt
daz man in nit von erste zu dem kampff erwelt.
er sprach 'von grossem zorne mocht ich sterben.
kem ich dann uff die fart da hin
vor war so wer genesen dedel herzogyn,
der mir die laub wolt an den kunig herwerben.
ja sach man mangen sygelos vor Coran in der auwe
da ich den kunig selber slug,
da in daz rosse toten zu der burg intrůg.
daz claget manig ritter unde frauwe.'

41, 7 kunig

42, 3 kunigin 8 sprach da s *in* sprach *aus* d *corrigiert* = *R* 54 *K* 27 1 her G. mich d. 2 mich yspan hiesse l. u. ein m. 3 n. in sturme wyten 4 by einem tag u. einer n. 5 starken *fehlt* r. ich da zwene kempfe f. 6 die k. bestrytten 9 s. rattet all heryn u. sent 10 juncfraw uberwunden

43 = *R* 55 *K* 28 1 dunck uch a. 2 in alles landen ritter nit so b. 3 darff duncken in icht 4 der mich mit strytte solte jagen 5 dem ich doch eines hares breit icht wolt v. 6 dann her Lorengel 7 sin h. hür an sich zu schimpff in einem s. 8 als da die 9 da sprang er zu dem stein als m. n. gerne t. 10 zwolff schohe fur

44, 1 mut 3 waman = *R* 56 *K* 29 1 ym grosser 2 taugt 3 bestanden zu solcher 4 i. zuh mich zu den swerten s. 5 mit hohen kungen han ich wol zwolf stryt g. 6 d. man mit m. h. herwerte 7 o edler kunig hochgeborn wilt du d. 8 s. daz i. dirs vorbasser s. 9 min gutes swert daz ich in myner s. t. 10 daz hant *fehlt* sencken

45, 5, 10 kunig = *R* 57 *K* 26 1 hern Lanczlin wart die rede z. 2 d. man in zersten zu dem kampf nit het e. 5 aller 6 ross er ym dar 7 Eselig z. den f. s. der helt wil uns v. 9 f. so h schrifte mir g. 10 i. můſs d. k. uſs allen f. k.

46, 3 gleicht = *R* 58 *K* 32 1 die jungen fursten trungen z. 2 und wolten sehen waz die a. wolten t. 3 Jarant der tuchte sich gar ein Bernere 4 wie schier er uff sin ross gesass 5 ir keiner nie s. ellend gemass 6 ein yglicher vil gerne k. were 7 ein g. l. e. s. da den gurt er 8 zwolliff 9 er sprach dar zu s. 10 w. taugt nu b. zu solchem s.

47 = *R* 59 *K* 34 1 Lorengel der 2 mit ym der jungen fursten ein vil michel s. 3 er quam n. 5 von jamer ir d. w. uss den augen uss b. 6 und gunde da gar ynniclichen w. 7 al *fehlt* fursten sin die f. w. ir w. 8 s. s. daz iamer tut mir we 9 s. i. myn lieben b. sehen n. me' 10 der ist d. k. d. g. s. mir d. m.

48 = *R* 60 *K* 35 2 s. lieber son und auch vil reiner z. l. 3 s. nam den helt und ving i. in i. a. 4 wie d. e. da g. 5 a. s. rotten m. der 6 daz j. einen heyden mocht herbarmen 7 der red er sch. gab der m. was ym geringe 8 da r. er k. 9 mang edelknab nam s. da m. 10 ross unde h. h. er ym dar br.

49 = *R* 61 *K* 36 1 man bracht ym h. s. wal 2 dar in da w. i. sin vatter P. 3 sin h. von j. 4 man b. i. einen guten s. 5 e. knecht wart zu i. u. d. selben v. 6 d. selbe h. Diether uſs Ungerlande 7 man bracht ym ein ross d. w. gut ein kneht es ym her v. 8 ich wen ob es sin sterck betrog

9 man seit *fehlt* von s. oben in die lufte 10 wie doch die fufse an die erden r.

50, 1, 3 kunig = *R* 62 *K* 37 1 do—er *fehlen* kung Artus edler furste w. 2 m. h. eins u. hie an dich begert 3 v. und ir stolten d. 5 und miner lieben swester stee d. h. s. 6 ir frau gotz gnad sol uch nit verwegen 7 ir nemet m. mit flifse w. 8 der red s. m. ser e. 9 unkreftig v. d. tafelrunden l. 10 sie kumert nit daz kint farn war es w.

53, 1 kunig 9 *vor* mein *ist* sein *ausgestrichen* = *R* 63 *K* 38 1 der kunig und die massenyn 2 mit dem Lorengel gingen zu dem rosse sin 3 des j. v. het sie n. v. 4 daz ross er mit dem zaum begreif 5 v. da saczet an d. s. 6 da kam e. 7 d. furt e. s. an sinem krag als in g. het g. 8 er s. da zu dem knechte s. 9 pflig mir dez rosses wol und zuch es wyder yn 10 mit dem v. w. i. hin war e.

54, 6 go = *R* 64 *K* 39 1 Lorengel da nit langer beit 2 gewappent wol er in dez swanes schiffe schreit 3 ein guten schilt den trug er an dem armen 4 der vatter und die swester sin 5 die hetten beyde sament also grosse pin 6 es mochte einen herten stein herbarmen 7 z. baralin bot man ym dar m. 8 i. han zu wandern pflicht 9 lesst 10 d. furste m. d. vogel s.

55, 3 *das wort ist sehr undeutlich und könnte auch* trennen *gelesen werden. läfst es sich auch mit* trinnen *und* trân *zusammenbringen so scheint es doch hier nur an stelle einer unverständlichen verschreibung von* ünde *wie eine solche in K vorliegt (doch vgl.* lunden bulle *Diefenbach gl.* 84b) *getreten zu sein* in den 7 *hinter* trat *ist* und *durchstrichen* = *R* 65 *K* 40 1 e. clein w. i. dannen t. 2 hin u. die see d. leyt e. 3 da in d. lunden slugen in die lufte 4 da er kam an dem dryt tag 5 d. m. der kannen m. dem w. nit me pflag 7 s. e. v. geving er in der geile 8 tugentrich 9 bist du nu myn gesell so tust mir nirgent glich 10 vischlin mitte t.

56 = *R* 66 *K* 41 1 snabel u. krag 2 al i. den wag u. m. ob ichs rechte sag 4 ich kan nit wyssen rechte wie 5 daz ein schon oblate ym zu dem munde gie 6 die ving der vogel t. 7 mit dem schnabel er sie schon zu d. fursten hende w. 8 enpfing der furst in tugend g. 9 a. sie h. d. vogel d. 10 wa w. furst oder v.

59, 6 Antorf *ist Antwerpen. diese form findet sich sowohl in Oestreich als in Niederdeutschland. aus ersterem gebiete giebt u. a. einen beleg eine urkunde von* 1569 *bei Riedel, supplem. s.* 183, *aus letzterem zahlreiche der jüngst erschienene band* 1 *der recesse der hansetage s.* 95, 101, 137, 138, 178, *obwohl daselbst auch die form* Antwerpen *sich findet (Riedel A* 15, 304). *im bairischen und nürnbergischen gebiete habe ich dagegen die form* Antorf *nicht bemerkt, sondern nur* Antwerb *und* Antwerff (*Nürnb. chron.* 1, 223, 9. 100, 1). *den ursprung der bildung möchte ich auf das lateinische* Andoverpia *zurückführen; für Niederdeutschland kann freilich auch* Antworpe (*recesse* 1, 176) *zu grunde liegen*

60, 9 kunig 62, 1 gute *ist von mir zugefügt*

70, 5 als *mufs hier die bedeutung 'ganz und gar, immer' haben* 71, 2 will *man die oben durch die interpunktion angedeutete verbale auffafsung des* mein *nicht gelten lafsen so ist dittographie anzunehmen und etwa in* bei *zu ändern* 72, 9 uns sich g 74, 7 wandel 77, 2 hant 9 was *ist nachgetragen* 78, 3 kunig 7 *hinter* mer *ist* und *ausgestrichen* wut e. h.

82, 7 erden 9 kunigs 10 *vor* werde *ist* reine *durchstrichen* 83, 9 achte 84, 2 kuniges 86, 3 kunig

113, 3 merk 7 der *fehlt* fraue 114, 7 iuncfrau 116, 9 secht, frau d. 117, 2 seinem *aus* seinen *corrigiert* 3 tugentleichen 118, 7 gesant *fehlt*

122, 4 mangen 5 manigem 6 *'empfindet keine langeweile' vgl.* 160, 7 10 vermet 124, 6 wunnigleichen 127, 9 da man 129, 10 getreuer *oder sollte das sonst nur componiert vorkommende* ræte *hier anzunehmen sein? es müste sich dann auf Waldemar beziehen*

133, 8 der der 134, 1 mit *fehlt* 137, 8 ach *fehlt* 138, 4 kunig

142, 10 horten *fehlt* 146, 8 er *aus* Lore *corrigiert*

153, 3 da 159, 5 auf erd nit leb 10 *vor* nach *ist* d *durchstrichen*

161, 1 tugenlich 7 *vor* euch *ist* h *ausgestrichen* 164, 3 er *fehlt* 165, 2 mach *scil.* ich 167, 10 sen

170, 2 ruf 8 pitt dich *ist dem durchstrichenen* trau dir *übergeschrieben* 171, 3 kunig 174, 8 den helm auf 176, 7 romischer 10 schnelligeiche 177, 2 *in* plan *ist* l *correktur von* a, *dahinter ist* was *durchstrichen* 178, 3 schnelligleichen

184, 2 fraget 185, 7 *das* s *in* stach *ist aus* d *corrigiert* 189, 7 im gr. gud 10 gein? *doch vgl. str.* 55, 3 *wo* in *im sinne von* gein *sich ebenfalls findet und letzteres vielleicht mit unrecht von mir in den text gesetzt ist*

194, 7 alle 196, 7 *bis* 10 sterben *lafsen sich nicht wohl anders auffafsen denn als rede Lorengels an den henker* 199, 10 kunig

202, 2 hern 204, 6*ff von blatt* 505 *ist rechts ein stück abgerifsen. durch meine cursiv gedruckten ausfüllungen habe ich das verlorene wenigstens dem sinne nach zu ergänzen versucht* 10 *zum plural nach* manig *vgl.* 63, 3. 67, 7. 159, 8*f* 207, 10 got *ἀπὸ κοινοῦ*

Das hier veröffentlichte gedicht bildet den schlufs der von Stark in 'Dietrichs ausfahrt' s. XVI *und von Scherer in diesem bande s.* 144*f näher beschriebenen hs. des Wiener piaristencollegiums und füllt in derselben die blätter* 486 *bis* 505 *der jetzigen (falschen) zählung. diese hangen teils zu zweien zusammen teils sind sie aneinander geklebt; ein lagenverhältnis findet nicht statt. die einzelnen verse sind nur durch doppelte oder einfache striche abgeteilt, die strophen dagegen abgesetzt und von alter hand numeriert sodafs über die anzahl der in folge des ausfalls von im ganzen vier blättern fehlenden ein zweifel nicht obwalten kann. in hinsicht der schreibung bin ich den von Scherer a. a. o. aufgestellten regeln gefolgt; über meine sonstigen abweichungen von der hs. geben die anmerkungen auskunft. wie hier und da zu interpungieren sei darüber können verschiedene meinungen bestehen: die durchführung einer ganz genauen interpunction bereitet deshalb schwierigkeiten, weil die sprache des gedichts sich aufs nächste berührt mit der laxen ausdrucksweise des täglichen lebens welche weit* *mehr durch unmittelbare ideenassociationen als durch die strengen regeln der logik bestimmt zu werden pflegt.*

Der wert des Lorengel und damit sein anrecht auf veröffentlichung liegt nicht in seinen poetischen schönheiten: vilmehr ist das gedicht breit, phrasenhaft und recht langweilig. vom philologischen standpunkte aus jedoch betrachtet dürfte es nach zwei seiten hin interesse erwecken. einmal lehrt eine eingeschobene erzählung auf die ich unten zurückkommen werde eine verbindung der gralsage mit der Ursulalegende kennen, andererseits bietet der Lorengel reichliches material für das studium der umarbeitungen denen man im spätern mittelalter ältere werke unterzog. denn daraus wie man beim umarbeiten verfuhr, was man verwarf was beibehielt läfst sich über den geschmack jener zeiten ein genaueres urteil gewinnen als aus ihren originalprodukten. noch fehlt es nur allzusehr dafür an zugänglichem material: wie viel ist nicht seit hundert jahren über meistersänger und ihre poesie geschrieben und gesprochen ohne dafs doch ihre epoche gründlich erkannt worden wäre! erst wenn die quellen reicher fliefsen kann diesem mangel an dem unsere literaturgeschichte krankt abgeholfen werden.

Zur erkenntnis der mittelglieder die zwischen dem Lohengrin und unserm gedichte lagen trägt bei das stück eines Lorengeltextes welches die K(olmarer) liederhandschrift enthält (vgl. Bartsch, Kolmarer meisterlieder s. 71, Germania 7, 274). die abweichungen desselben von R(ückerts ausgabe) habe ich in den anmerkungen nach einer mir von herrn bibliothekssecretair FKeinz in München besorgten abschrift mitgeteilt. K geht auf denselben bereits interpolierten text des Lohengrin zurück der der W(iener) bearbeitung vorlag und wenn jene demselben im wortlaute getreuer folgt so hat diese die reihenfolge der strophen befser bewahrt. aufserdem haben beide selbständige interpolationen aufzuweisen. ich gehe nun zur betrachtung des einzelnen über. K und W setzen beide die umstellung von R 33. 34 voraus, eine umstellung zu der man als zu dem leichtesten mittel gegriffen hatte um dem anscheinend schlechten zusammenhange dieser strophen aufzuhelfen. jetzt konnte aber R 34 W 5 K 1 nicht mehr anheben mit der herzoge *denn von ihm war nunmehr noch gar nicht die rede gewesen. K und W änderten daher, aber auf verschiedene weise: erstere hs. setzte nur* ein *an der stelle von* der, *die letztere fügte davor eine neue strophe ein welche bei vergleichung mit der folgenden sich durch den mangel jeglichen eigentümlichen inhalts, dann durch die fade bemerkung der jungfrau z.* 10 *als interpolation zu erkennen giebt. die einschiebung von W* 5, 7 *bis* 7, 6 *hat wohl nur den zweck die treulosigkeit des grafen einerseits schärfer hervorzuheben andererseits durch die vermehrung der reden der handlung einen dramatischen charakter zu verleihen. W* 8. 9 *verlangen eine ausführlichere auseinandersetzung. die strophe R* 37 *welche erzählt wie die herzogin von Brabant zu der wundersamen schelle gelangt ist in K ziemlich unverändert geblieben, in W* 14 *dagegen bis auf zwei verse gänzlich umgestaltet. hinter W* 14 *fehlen* 7 *str. an der entsprechenden stelle bietet R* 6 *str., K dagegen* (7—13) *ebenfalls* 7. *unter den letzteren befindet sich eine, die neunte, welche an ihrem orte völlig sinnlos ist. war dieselbe einmal aus dem zusammenhange dem sie im Lohengrin als str.* 31 *angehörte herausgerifsen und in die umgebung gebracht in der wir ihr in K begegnen so konnte ihr nur ein platz vor K* 7 = *R* 38 *angewiesen worden sein. dafs sie dann in K verstellt wurde erklärt sich leicht aus der nachläfsigkeit des schreibers der auch sonst die reihenfolge der strophen willkürlich verändert. ihrem ursprünglichen zusammenhange war sie aber höchst wahrscheinlich schon in der K und W gemeinsamen grundlage entfremdet. K und W wollen das gedicht seines charakters als teil des sängerkrieges und erzählung Wolframs entkleiden. K verfolgt dies ziel ganz consequent und beginnt demgemäfs erst mit R* 34 (33), *W conserviert noch einige der vorhergehenden strophen. sollten diejenigen strophen mit in die erzählung hineingenommen werden welche vor str.* 33 *des Lohengrin einige beziehungen auf die geschichte Lohengrins enthielten, die dabei aber die erwähnung des streits zwischen Klingsor und Wolfram vermieden, so konnten nur R* 26. 31. 32 *in betracht kommen. die erste von diesen bietet W als eingangsstr. ich komme nachher noch einmal auf sie zurück. dann folgt allerdings als zweite R* 30. *in ihrer jetzigen fafsung, wo sie von einer landgräfin die an Artus hof kommt, von Wolfram, Joram und Klingsor ebendaselbst berichtet hat sie gar keinen zusammenhang weder mit dem vorhergehenden noch mit dem folgenden: interessant wäre es zu wifsen was ein leser des* 15. *jahrhunderts sich bei ihr gedacht hat. doch erklären läfst sie sich vielleicht. die vorletzte zeile in R lautet* als man Hôranden vor der künegîn Hilden sach. *das verständnis von anspielungen auf die heldensage war damals wohl nicht mehr überall zu hause. dazu kam dafs für* Hôrant Orant (*vgl. Kolm. meisterl.* 28, 24) *oder* Oram *in der vorlage stehen mochte. wie nahe lag es da nicht an den* Jorant, Joram *der nachher unter den Artusrittern genannt wird zu denken. somit war eine beziehung auf das Lohengrinabenteuer in dieser strophe gefunden, sie muste also auch eingereiht werden, natürlich umgeändert. als dritte str. endlich finden wir R 32. hätte nun R 31 noch an seiner ursprünglichen stelle gestanden, so würde sie gewis auch in W eingereiht sein; denn einmal läfst W sonst keine strophe von R aus, andererseits würde R 32 durch die vorhergehende str. 31 stütze und verständnis gewonnen haben und man kann doch auch dem verschrobensten überarbeiter kaum zutrauen dafs er mutwillig unsinn zu tage fördert. wir können daher annehmen dafs die str. K 7 bis 13 den 7 in W fehlenden strophen 15 bis 21 entsprochen haben werden, dafs also auch von dem falken und seiner schelle in diesen nicht weiter die rede gewesen ist. erwähnt muste er aber werden und da W 14 aus irgend welchen gründen umgeändert worden war, so schob man die strophen 8 und 9 ein, deren reime gröstenteils sich als aus R 37 und 36 gestohlen zeigen. zugleich erreichte man so eine weitere vermehrung der reden, welche allerorts in dem gedichte erstrebt wurde. beiläufig mache ich noch auf die in jeder der str. 7 bis 9 widerholte ermahnung Maria anzuflehen aufmerksam, eine ermahnung welche sich auch in der R 36 entsprechenden zwölften str. vorfindet.*

11, 6 *habe ich geändert da abgesehen von ihrer albernheit diese auffafsung der in str. 127 vorgetragenen widerspricht. warum der schlufs von R 47 in W 25 umgearbeitet wurde sodafs nun ein widerspruch mit W 33 stattfindet vermag ich nicht zu erklären. die str. K 20 welche eingeschoben war um das verteilen der gürtel in der folgenden zu motivieren, hat, wie man aus dem reime der beiden ersten zeilen von W 28 schliefsen kann auch dieser hs. vorgelegen, wurde aber von ihr widerum mit der folgenden zusammengearbeitet. den anlafs zur einfügung von W 29 bis 33 gab einmal eine derartige verderbnis von R 50 wie sie in K 22, 2 vorliegt und wie sie W 34, 1 voraussetzt, andererseits das bestreben über die R 40 W 28 erwähnte taube von der in R weiter nicht die rede ist nähere auskunft zu geben. für diese ganze parthie sind reime und einzelne ausdrücke vielfach aus R 50. 51 W 34. 35 entnommen. die folge der interpolation aber war dafs in str. 35 dasselbe noch einmal vorgetragen wird was bereits in str. 31 erzählt ist. doch änderte W 35 wenigstens den anfang von R 51 der situation entsprechend ab. die vier strophen 38 bis 41 von denen drei W mit K gemeinsam sind führen 3 mir gänzlich unbekannte Artusritter und einen ebenfalls sonst nicht nachweisbaren kampf Iweins vor. alle vier haben keinen andern zweck als das bild der um die ehre der aussendung wetteifernden ritter noch etwas bunter zu machen.* 51. 52 *stören den fortschritt der erzählung und bieten nichts neues aufser der im hinblick auf str.* 49 *unwahrscheinlichen notiz dafs Lorengels ros ein geschenk der königin sei: sonst betteln sie ihren inhalt aus den vorhergehenden strophen zusammen und sollen wohl nur den abschied noch weiter ausmalen.*

K schliefst mit R 66. *soweit stimmt auch W mit dem Lohengrin, von da an weicht sie gänzlich von diesem ab. zwar entspricht der gang der handlung im grofsen und ganzen wohl dem Lohengrin, auch kann man hier und da einflufs einzelner strophen und namen desselben wahrnehmen und wird darum schwer entscheiden können ob eine ganz andere fortsetzung des gedichtes als die uns erhaltene die vorlage gebildet habe — denn von der erwähnten stelle des Lohengrin ungefähr an vermutete Lachmann einen anderen verfafser —, aber eine gänzliche umarbeitung desselben mufs zu grunde liegen. darauf führt auch die angabe von K das ganze gedicht von Lorengel umfafse* 400 *strophen. für den ganzen inhalt des Lohengrin in der gestalt in der wir ihn besitzen ist diese zahl, zumal wenn man berücksichtigt dafs wie in dem erhaltenen teile so auch in dem verlorenen interpolationen werden hinzugetreten sein, weitaus zu gering, für den kampf allein zu grofs.*

Den inhalt des nächstfolgenden abschnitts will ich zunächst kurz angeben. nachdem Lorengel durch die hülfe des schwans wunderbar gespeist ist und dieser sich ihm als engel und von himmel ihm auserkornen geleiter zu erkennen gegeben hat gelangt er nach Antwerpen. ein am ufer stehender bürger namens Calebrand empfängt ihn und bittet ihn nach dem verschwinden des schwans zu gaste. er wird aufs beste bewirtet und von des bürgers eigener tochter bedient. um dem fremden standesgemäfse unterhaltung zu verschaffen schlägt dieselbe vor zwei in der stadt wohnende edle ritter, Waldemar genannt herbeizurufen. Calebrand holt sie. kaum angelangt ergreift der eine Waldemar das wort und erkundigt sich bei Lorengel ob er vielleicht den Parzefal kenne: er sehe diesem sehr ähnlich. doch er läfst Lorengel gar keine zeit zur antwort. denn ad vocem Parzefal und gral fällt ihm sogleich eine geschichte ein und er beeilt sich dieselbe mitzuteilen. diese scheint Lorengels interesse in hohem grade zu erwecken da er durch eingeworfene fragen sich bemüht über einzelne punkte genaueren aufschlufs zu erhalten. die geschichte ist folgende. in Köln versuchte ein graf sich gewaltsam der herschaft zu bemächtigen. doch der anschlag mislang, sein bruder und zwölf seiner ritter wurden dabei erschlagen und der graf selber entkam nur mit mühe auf sein schlofs. nun sann er auf rache. er liefs sich deshalb 32 *hufeisen aus gold verfertigen, und mit diesen seine rosse beschlagen. so ausgerüstet ritt er zu könig Etzel nach Heunenland. kaum erblickte dort des königs hofschmid den ungewohnten schmuck an den hufen der rosse so beraubte er sie desselben. die diener des grafen nahmen zwar auf seinen befehl diese unbild schweigend hin, aber zwischen dem schmid und seinen knechten kam es bald über der teilung der beute zu streit und handgemenge. der lärm drang bis zu Etzels ohren. der könig erkundigte sich nach der ursache und erfuhr in folge dessen die anwesenheit des grafen. sofort liefs er ihn zu sich bescheiden. eine lücke in der hs. entzieht uns hier den schlufs der erzählung. aus den andeutungen im vorhergehenden will ich jedoch versuchen das fehlende zu ergänzen. der graf hatte seinen plan auf Etzels habgier gebaut und er täuschte sich in seiner berechnung nicht. denn der könig schickte schleunigst boten aus um die länder des westens aufzufordern ihm tribut (nach Indien* 76, 9) *zu bringen. als diesem ansinnen keine folge geleistet wurde brach er mit heeresmacht auf um auf gewaltsame weise seinen zweck zu erreichen. von jenseits des meeres durch Tulant unterstützt unterwarf er die hälfte der christenheit und zog bis nach Frankreich und Spanien. die erwähnung des letzteren landes ist vielleicht eine reminiscenz an die sage von Walther von Spanien, natürlich nach der fränkischen fafsung die ja auch die östreichische ist* (zs. 12, 274). *zum härtesten kampfe kam es aber vor Köln. dort währte der streit dem auch Waldemar beiwohnte* 22 *tage zu wafser und zu lande. bei dieser gelegenheit kamen die* 11000 *jungfrauen um. endlich setzte Parzefal der mit dem gral zu hilfe eilte Etzels wüten ein ziel.*

Die lücke erreicht ihr ende mit str. 112. *dort treffen wir auf folgende situation. Waldemar meldet der herzogin von Brabant, ein ritter der wahrscheinlich den kampf für sie bestehen wolle nahe sich dem lande auf einem wilden schwane. er ermahnt sie sich zu schmücken und den fremden gast am ufer zu empfangen. die herzogin befolgt diesen rath, man zieht unter musik an den strand und Lorengel landet. dies ist höchst auffällig. Lorengel scheint also nachdem Waldemar seine erzählung beendet hatte und vielleicht von demselben aufgefordert seinen schwan noch einmal bestiegen zu haben, auf diesem ein stück ins meer hinausgefahren und dann wieder zurückgekehrt zu sein, offenbar zu keinem anderen zwecke als damit auch die herzogin gelegenheit fände sein wunderbares schiff in augenschein zu nehmen und sich von der göttlichen mission des ihr zu hilfe eilenden kämpfers zu überzeugen. nun war aber zu Lorengels grofsem leidwesen der schwan bereits in str. 61, 2f verschwunden und nur ein neues wunder konnte ihn wider zur stelle bringen. wie abgeschmackt ist ferner die art und weise in der Waldemar mit seiner erzählung herausplatzt. dafs er dabei seiner ersten frage die doch implicite auch eine erkundigung nach Lorengels herkunft enthielt vergafs kann zurückgehen auf eine reminiscenz an die pointe des Lohengrin. denn Lohengrin knüpft ja sein bleiben an die bedingung dafs seine gemahlin ihn nie über seinen namen und stand ausforsche. später noch einmal wird in unserm gedichte eine direkte frage nach Lorengels namen todgeschwiegen. das unangemefsene der situation besteht aber vor allem darin dafs Waldemar seine geschichte dem Lorengel erzählen mufs, dem sohne eben jenes Parzefal der in derselben eine hauptrolle spielte und von dem doch aller wahrscheinlichkeit nach Lorengel sie oft genug wird vernommen haben. Lorengel jedoch stellt sich als kenne er sie nicht und tut seine wifsbegierde durch seine fragen kund. nun, das ganze hat eben nichts mit dem Lorengel zu schaffen und ist ein einschub welcher ein ganz fernstehendes gedicht in den zusammenhang hineinziehen sollte. auch im einzelnen finden sich differenzen mit dem vorhergehenden. besonders ist die auffafsung des grals in diesem einschube eine von der des Lohengrin ganz verschiedene. in dem letztgenannten gedichte befindet sich derselbe an Artus hofe und in seinem besitze, hier gehört er dem Parzefal dem er durch einen engel von gott gesandt worden war. nachdem die ganze partie in den Lorengel hineingetragen war wurde im eingange des gedichts (str. 1) eine notiz darüber angebracht. in der eile liefs man z. 4 das wörtchen* da *stehen. dieses aber hatte nur einen sinn wenn in den beiden ersten zeilen etwas ähnliches stand wie in denen der entsprechenden str. 26 des Lohengrin. ehe der einschub geschah wird die situation die gewesen sein dafs man Lorengel vom strande aus erblickte, Waldemar sein herannahen meldete und man ihm dann ans ufer entgegen zog, ganz ähnlich wie im Lohengrin. diesem gedichte gehört auch Waldemar an, nur lautet dort sein name Gundemar und ist er abt. zwar geht durch den ganzen Lorengel (vgl. 31, 9. 66, 7. 131, 2) die annahme von 2 Waldemars und auch K 10 befindet sich damit in übereinstimmung: aber man sieht deutlich dafs dieses eine spätere unterstellung ist. denn nur der eine redet und handelt, der andere wird weite strecken hindurch gar nicht erwähnt bis endlich seiner wider einmal gedacht wird. man könnte noch die frage aufwerfen warum der interpolator seiner geschichte nicht einen angemefseneren platz angewiesen habe sodafs wenigstens der anstofs welchen die doppelte ankunft Lorengels bereitet uns erspart geblieben wäre, warum er also beispielsweise sie nicht in die beschreibung der mahlzeit* 131 *ff eingeflochten hat bei der ja der unterhaltungsstoff dermafsen gebricht dafs Lorengel ausdrücklich* (136, 10) *aufgefordert werden mufs sich nicht zu langweilen. hierauf weifs ich eine befriedigende antwort nicht zu erteilen. vielleicht lagen aber schon strophen vor welche zur interpolation gerade an dieser stelle anlafs gaben. so scheint mir das* sint *in str.* 73, 5 *welches in jenem zusammenhange nur die ungewöhnliche bedeutung 'seither' haben kann zu derselben nur in folge einer überarbeitung gelangt zu sein. ich möchte glauben dafs es ursprünglich verbum war und dafs das wort* waren *erst später hineingeschoben ist. auch leiden einzelne str. wie* 70 *f an einer entsetzlichen breite und die der eigentlichen erzählung vorausgehenden* 76 *ff sind so ungeschickt dargestellt dafs man wohl schliefsen darf sie seien nur aus dem inhalte des uns jetzt fehlenden stückes zusammengebettelt. die geschichte selbst aber str.* 79 *ff beruhte wohl auf einem ältern gedichte und ihr eingang war für ein solches recht passend. den kern derselben bildete die Ursulalegende welche von Sigebertus Gemblacensis (s. Schade, die sage von der h. Ursula s.* 64) *an bis auf die neuesten apologeten (AASS m. Okt. tom.* IX. *Kefsel, S. Ursula und ihre gesellschaft Köln* 1863) *hinab häufig mit Etzel in verbindung gesetzt worden ist. dafs sie auch in Oestreich verbreitet war dafür sprechen die von Kefsel a. a. o. s.* 206 *ff und* 220 *ff mitgeteilten niederschriften in mss. des klosters Lambach. aber eine verbindung der legende mit der gralsage ist sonst völlig unbekannt und selbst das motiv der goldenen hufeisen habe ich in märchen und sagen vergeblich gesucht.*

Der weitere inhalt des Lorengel ist höchst einförmig: die hauptbeschäftigung der auftretenden personen besteht in efsen und trinken und darin leisten sie allerdings recht respectables. aber auch die beschreibung dieser scenen bewegt sich in stehenden redensarten. str. 120 *widerholt nur was bereits vorher gesagt ist. auch stimmt der wortlaut von z.* 6 *auf eine sehr verdächtige weise mit* 118, 7. *es ist mir aber wahrscheinlicher dafs str.* 118 *die interpolierte ist. denn bei dieser kann man einen grund finden der ihre einschiebung veran-*

lafste. es erschien nämlich unpassend wenn die herzogin sich vor Lorengel auf die knie warf und dann nicht gesagt wurde dafs sie wider aufstand. diesem mangel suchte der interpolator abzuhelfen, aber er verräth sich durch sein ungeschick. denn er läfst nicht wie es natürlich war Lorengel die herzogin aufheben, sondern Lorengel mufs sich erst an Waldemar deshalb wenden sodafs dieser die rolle eines ceremonienmeisters spielt. in der folgenden breiten aufzählung der geschenke hält es schwer das ursprüngliche zu erkennen: nur str. 125, *welche mehrere ihrer reime aus* 120 *borgt läfst sich als zusatz ausscheiden. ebenso nachher str.* 128. 129. *sie bieten gar nichts neues sondern variieren nur, zum teil mit denselben redewendungen das vorangehende. den anstofs zu ihrer einfügung mag vielleicht das* heute *in der letzten zeile von str.* 127 *gegeben haben, indem dem interpolator einfiel dafs der kampf erst am folgenden tage stattfände. daher schrieb er auch in* 128, 2 morgigen tag. 131 *bis* 136 *bieten eine langweilige beschreibung des efsens. unter diesen enthalten* 132. 133 *nichts anderes als* 134 *f. auch einzelne ausdrücke haben sie mit diesen gemeinsam. man vergleiche* 133, 7 paret adelich *mit* 134, 6; 133, 10 tugent manigfalde *mit* 134, 9. *was ist endlich mit der* ander kurzweil 133, 3 *gemeint? sicherlich das efsen, aber vorher war doch noch nichts kurzweiliges vorgekommen da die dem Lorengel vorgetragene klage der herzogin schwerlich auf dies praedicat anspruch erheben dürfte. passend ist zwar der stofsseufzer Lorengels an seiner stelle* 137, 8 *ff keineswegs, er soll aber vielleicht eine art abschnitt in der erzählung bilden da mit* 138 *ein neues bild sich entrollt. das gleichzeitige mahl beim kaiser ist der gegenstand desselben. keiner weifs bisher von der ankunft Lorengels: daher die frage des kaisers an graf Friedrich str.*141, *dessen antwort und die einführung eines boten der die nachricht von Lorengels anwesenheit überbringt* (142). *damit steht aber in widerspruch str.* 138. *auch sonst ist sie schlecht und giebt nur dann einiges verständnis wenn man die praeterita plusquamperfektisch fafst. ob sie völlig auszuscheiden sei bleibt allerdings zweifelhaft: möglich wäre es. jedenfalls hat der überarbeiter sich stark an ihr versündigt. in der folgenden strophe wird graf Friedrich eingeführt; er kommt zum kaiser, begrüfst ihn und wird dann zu tische geladen. doch diese momente der handlung folgen nicht hintereinander, sondern dazwischen stehen* (140, 1—6) *einige verse in denen wie es scheint gesagt werden soll dafs es mittagszeit war und dafs in allen teilen der stadt wo die fremden sich einquartiert hatten opulente mahlzeiten eingenommen* *wurden. diese notiz ist mindestens recht überflüfsig. einen ganz angemefsenen zusammenhang gewinnen wir dagegen wenn wir* 140, 7*ff gleich auf* 139, 6 *folgen lafsen. in str.* 143 *brennt der kaiser vor verlangen den namen des fremden zu erfahren und trägt dem grafen als dieser in str.* 145 *sich aufmacht um den ankömmling zu begrüfsen besonders auf sich nach Lorengels herkunft zu erkundigen. dieser weisung folgt der graf, erhält aber, worauf ich schon oben aufmerksam zu machen gelegenheit hatte keine antwort, sondern wird mit complimenten abgespeist. auch sonst tritt noch in dieser decade das ungeschick hervor die handlung in ihrer logischen entwickelung darzustellen. unerträglich wird das gerede aber str.* 155*ff. was heifst da* habt guten mut dasz sein got selber walde? *ist das eine hindeutung auf den folgenden kampf? ferner in der folgenden zeile* uns kumt vil fremder geste. *damit sind wohl die ritter gemeint die zu dem erwarteten kampfesschauspiel zusammengeströmt sind. die folgende str. soll dann anscheinend eine art erläuterung zu der letzten zeile von* 150 — *von der es übrigens zweifelhaft ist ob sie noch zur rede Friedrichs gehört oder nicht — bilden. statt jedoch irgend eine abenteuer von sich zum besten zu geben lenkt Waldemar das gespräch gleich wider auf den bevorstehenden kampf. noch unmotivierter freilich ist wie den grafen diese bemerkung so arg in harnisch bringt* dasz im da ganz verschwand sein mild und güte (152, 10). *er scheint ganz zu vergefsen dafs er vorher* (141, 10) *seinem unmut darüber ausdruck gegeben hat dafs die herzogin keinen kämpfer bekommen könne. es gewinnt fast den anschein als wolle er hier seinem gegner durch renommagen den kampf verleiden. doch dann bleibt ihm Lorengel nichts schuldig: der erzählt str.* 154 *fabelhafte dinge von seinen heldentaten, während doch sonst vorausgesetzt wird dafs er bisher noch nicht gekämpft habe und Walman seine tüchtigkeit nur aus seinem weiten sprunge str.* 42 *gefolgert hatte. das folgende brettspiel scheint einer art gottesurteil über den ausgang des kampfes gleich kommen zu sollen. aus diesem netze von widersprüchen können wir uns so ziemlich befreien wenn wir* 151 *bis* 154 *für interpoliert ansehen.* 159, 4. 5 *widersprechen streng genommen den beiden letzten zeilen der vorhergehenden str. auch sonst ist* 159 *inhaltsleer und enthält nur die ziemlich selbstverständliche versicherung dafs die herren wider zu abend speisten.* 161, 10 *verabschiedet sich die fürstin von Lorengel,* 162 *geht sie aber trotzdem mit um sich davon zu überzeugen ob ihrem gaste auch gut gebettet sei und* 163 *verabschiedet sie sich noch-*

mals. man könnte 162, 3 bis 163, 2 für spätern zusatz halten, gemacht damit auch eine beschreibung des bettes platz fände. mehrfache anstöfse bietet das folgende. unrichtig sind erstlich die worte 164, 5 das tet der graf: vielmehr kommt er nicht sogleich auf den kampfplatz sondern schickt auf wunsch des kaisers zwei boten die Lorengel auffordern sollen vor dem wirklichen kampfe mit ihm ein sper zu brechen. ferner der doppelte wechsel zwischen ir und du. in der anrede herrscht sonst im Lorengel grofse consequenz: aufser unserer stelle finden sich abweichungen nur 32, 8 wo ich vielleicht hätte ändern können, und dann 180, 4. 182, 5f. weiter der reim wal für weil. endlich die breite mit der graf Friedrich seiner zuversicht auf einen günstigen erfolg ausdruck verleiht. der nachherige kampf besteht darin dafs die beiden gegner zu ros auf einander losstürmen und ihre spere zerbrechen, wobei der graf zur erde fällt. er erhebt sich wider und greift zum schwerte. Lorengel tut das gleiche, mufs aber natürlich zu diesem behufe vom pferde steigen. dies ist nichts anders als der gewöhnliche hergang in jedem ritterlichen zweikampfe und ganz ebenso schildert ihn auch der Lohengrin. nun scheint der überarbeiter — und damit befand er sich wahrscheinlich im einklange mit den auffafsungen seiner zeit — diese beiden zusammengehörigen momente eines und desselben kampfes für zwei von einander unabhängige handlungen gehalten zu haben und erachtete es demgemäfs für nötig den sperwechsel im beginne des streites als eine nicht selbstverständliche zutat vorher ankündigen zu lafsen. die str. 164 bis 168 können ganz gut fehlen. 169 schliefst sich sogar befser an 163 an, nur mufs die erste zeile anders gelautet haben, etwa also der grusz nam hie ein ent. 170 führt weiter aus was schon 169 gesagt ist und ist völlig entbehrlich. 175, 1 widerspricht 174, 7. ferner ist der rührende reim in z. 8f. anstöfsig, ebenso z. 10. denn erst 179, 3 reitet Lorengel auf den kampfplatz. 176 setzt sich aus einzelnen ausdrücken der folgenden str. zusammen. man vergleiche 176, 1 mit 177, 2. 3, den reim 176, 7. 10 mit 178, 3. 6, 176, 9 mit 179, 7. streichen wir str. 175 so fällt zwar der anstofs weg welchen wir an z. 178, 3 nehmen müfsen in der das ros aufgeführt wird als wäre noch gar nicht von ihm die rede gewesen, aber trotzdem bleibt die str. recht schlecht. zweimal wird gesagt dafs Lorengels ros nicht kampftüchtig sei, zweimal wird wider abgebrochen um von der musik unter deren klang die gesellschaft die stadt verläfst zu reden, bis endlich str. 179, 9 noch einmal das pferd vorgenommen wird. auch die ausdrucksweise *von* 178, 5. 10 *ähnelt sehr der von* 179, 8*f. diese unangemefsenheiten verschwinden wenn wir* 178, 3 *bis* 179, 2 *als interpoliert betrachten.* 183 *besagt nichts anderes als* 184 *und hat einen sehr matten schlufs. die reime von* 1. 2. 3. 6 *sind der folgenden str. entnommen. vgl. auch die erwähnung des* plans *am ende beider str. die frage Lorengels an den grafen* 188, 5*f. ist höchst albern. der graf will auf sie anfänglich keine antwort geben, aber er besinnt sich bald eines befsern und renommiert nun stark* 189, 1*ff. dasselbe hatte er schon* 187 *getan wie er auch dort bereits dem herzog* widerseit *hatte was er hier* 189, 4 *nochmals ausführt. vergleicht man ferner* 187, 10 *mit* 189, 5 *so ist wohl kein zweifel dafs die beiden str.* 187. 188 *später eingefügt sind. freilich mufs eingeräumt werden dafs* das tun ich gern 189, 5 *nicht ganz geschickt ist, da seine beziehung nur in* 189, 2 *liegen kann und diese zeile doch etwas ferne steht. die beiden ersten zeilen von* 192 *befafsen den gleichen inhalt wie die drei ersten von* 193. *erstere str. wird auszuscheiden sein zumal ihre reime zum teil aus* 189 *entlehnt sind. str.* 197 *endlich ist eine höchst ungeschickt stilisierte ausführung der vorhergehenden str., welche letztere bereits einen angemefsenen abschlufs gewährte.*

So haben wir den ganzen inhalt des Lorengel durchmefsen. das gedicht besteht demnach aus dem anfange des Lohengrin in der fafsung, welche ihm die meistersänger gegeben, aus einer sonst nicht mehr vorhandenen fortsetzung desselben, die ebenfalls durch die hände von bearbeitern gieng und erhebliche zusätze aufzuweisen hat und endlich einer zwischen diese beiden stücke ganz roh eingeschobenen und wahrscheinlich einem besonderen gedichte entnommenen erzählung, deren kern die legende von den elftausend jungfrauen bildete. aus der betrachtung des ersten teils ergab sich dafs die strophen welche inhalt oder reime aus ihrer umgebung entnahmen jüngern ursprungs waren, zugleich aber sahen wir auch wieweit die umarbeitung zuweilen sich von dem ursprünglichen entfernte. jenes ergebnis bin ich für den zweiten teil zu verwerten bestrebt gewesen ohne wie ich hoffe den vorwurf allzu grofser kühnheit zu verdienen. durch die ausscheidungen welche ich vornahm wollte ich die vorlage wenigstens ihrem inhalte nach reconstruieren. doch verhehle ich mir nicht dafs auch dies resultat nur ein teilweises sein kann. denn einerseits mag noch manches interpolation sein was wir jetzt nicht mehr als solche zu erweisen vermögen, so z. b. dafs Lorengels ros als der kampf ausbricht angetrabt kommt; andererseits ist zu erwägen dafs wir es ja nicht nur mit erweiterungen sondern mit einer völligen umarbeitung und zwar mit einer von der schlimmsten art, die nämlich die reime beibehält und in den körper der strophen einen andern inhalt giefst zu tun haben. und gerade nach der letzterwähnten richtung hin scheint der schreiber der Wiener hs. tätig gewesen zu sein. ich schliefse das hauptsächlich aus dem in str. 23, 3 *durchstrichenen* der trat fur *welches noch ziemlich dem wortlaute von R* 46, 3 *entspricht, im vergleich zu dem an seine stelle gesetzten* der was ein stum.

Schliefslich verzeichne ich für den namen Lorengel *der wahrscheinlich aus der form* Loherengrin *durch die umbildungen* Lorengrin, Lorenglin *hindurch entstanden ist zwei belege welche zugleich zeugnisse für unser gedicht geben. sie finden sich beide in den Kolmarer meisterliedern, der erste s.* 249, 106*ff*

sie spricht ich sî ir gar ein gast
ich bringe ir denne den adamast
den dâ Lôrengel ûf im truoc
dô er ein kempfe was der herzoginne

vgl. Lorengel 174, 9. *der andere s.* 396, 24

und wær zwelf schuoch vor den Lôrengel hin gesprungen

vgl. Lorengel 43, 10 *K* 28, 10. *in beiden fällen bietet der Lohengrin nichts entsprechendes. einen ferneren beleg für den namen weist mir Jänicke aus dem Friedrich von Schwaben in der Diutiska* 2, 65 *nach. doch läfst sich aus den dort angeführten worten* wie Laurengel sein vechten masz *nicht ersehen, ob der verfafser den Lohengrin oder die spätere fortsetzung benutzte. vielleicht wird die versprochene ausgabe näheres über diesen punkt ergeben können. als familienname soll Lorengel noch heutigen tages in Leipzig vorkommen.*

Berlin, den 7 *januar* 1871.

ELIAS STEINMEYER.

WEIBERZAUBER
VON WALTHER VON GRIVEN.

Ich hœr diu wîp dicke sagen,
grôze nôt ein ander klagen,
waz in ir man ze leide tuo.
dâ kan ich guote liste zuo.
die wurden zuo Pârîs erdâht;
von dannen sint si her brâht:
diu wîp bezoubernt dâ ir man,
als ich si hie wol lêren kan.
si machent von krûte ein stüppe;
daz ist guot zuo dem lüppe.
swelch wîp ir man daz zezzen gît,
diu behabt an im ir strît.
daz êrste krût ist dêmuot
(daz ist ze dem zouberliste guot),
daz ander wîplîch güete,
daz dritte ein senfte gemüete:
wil si diu driu krût zesamen lesen,
sô mac si mit ir manne genesen.
daz vierde krût sint süeziu wort
(diu sint ze dem zouberliste ein hort),
daz fünfte güetlîch gebære:
ob iz halt niht von herzen wære,
sô hât daz krût doch die kraft
deiz den zouber machet sigehaft.
daz sehste krût deist kiuscher muot,
swie vil si des ze dem lüppe tuot;
daz sibende in heimlîche balt:
ir man sî junc oder alt,
wil si im daz krût ze niezen geben,
sô muoz er mit ir vil wol leben.
daz ahte krût, zocke er iht

Die hs. Ditz ist wie die wip ir man Mit zovber gewunnen han 3. zv, *îmmer fur* ze 7. bezovberten 12. iren 18. wol genesen 24. daz iz 25. daz ist 31. zeche hin niht *Neidh. s.* 198 ez sol ein man mit fremden frouwen niht ze vil gezecken

mit fremden wîben, obez geschiht,
tuo sam si sîn niht geloube,
unz si in der site toube.
daz niunde krût ist blûkheit:
dâ mit ist der zouber bereit.
swelch wîp nâch mînem râte tuot,
diu twinget hertes mannes muot.
ist aber daz er sich ir erwert,
sô wirt er der wîsen lobes behert:
volgent si mîner lêre,
so behaltent si ir êre.
Walther von Griven ræt in daz:
der wîser sî der râte in baz.

32. ob iz   35. bosheit, *aber os soll ausgekratzt sein*   39. ir mit vbel erwert

Aus der Heidelberger hs. 341 *bl.* 219 (*nicht* 119). *wie Wackernagel gesch. der d. litt. s.* 218 *darauf gekommen ist dieses gedicht unter die novellen zu setzen weifs ich nicht.* Griven, *jetzt* Griffen, *ist ein markt in Kärnten; über ihm lag die burg Griven. unter den herren von Griven die in urkunden genannt werden habe ich keinen Walther gefunden.*

H.

ÄHRENLESE.

1. Graf Rudolf γ 10 *er bat daz* er virnuwe. *wolde zer werlt sinen pris.* nicht zu *virnuwe* ist *nuwe* zu ergänzen, sondern zu *itenuwe.* die zeile hat dann das mafs der vorhergehenden *deme greuen vffe sine truwe* und es ist nicht nôthig mit Wilh. Grimm *deme greuen* in *ime* zu verwandeln. — G 14 *her virlos sine arbeit.* der sinn verlangt *verkôs.*

2. Walther 48, 11 *der sî ouch bî den liuten swære.* Tit. 3981, 4 *die swæren bî den liuten die müezen von dem blî vil wunden lîden.* aus dieser redensart ist ein scherzhafter name gebildet den der verfaser des Titurels erfunden oder entlehnt hat, wie er den von Müllenhoff aus der mythologie verwiesenen dieb Âgez von Reinmar von Zweter borgte: 2362, 4 *ob ich alle benande, sô sunge ich meister Swærebîes wîse.* die von Hahn roh herausgegebene hs. hat sinnlos *swere bi des.*

3. Wolfram Wilh. 185, 17 *des richs gebot unt de urteil tet kunt, ein sac unt ein seil wærn schiere ûf gebunden.* Jacob Grimm Rechtsalt. s. 699 denkt zweifelnd an bestrafung feige dem aufgebote sich entziehender krieger. im Mhd. wb. 2, 2, 2 ist dies ausgeschrieben, aber verschwiegen dafs Grimm selbst hinzusetzt 'oder enthalten die worte gar keine strafdrohung, sondern das blofse symbol des heeraufbruchs?' er hätte nur nicht symbol sagen sollen. die sprichwörtliche redensart meint schnellen aufbruch ohne vieles gepäck. Ulrich von Türheim Wilh. 225ᵃ *ich füere daz ich haben mac. ez ist ein seil unde ein sac schiere ûf gebunden. doch bin ichs unerwunden, ichn füere des golds von Arabi daz wir beliben zadels fri.*

4. Johann von Viktring 6, 2 (Böhmer 1, 440) *Cyleya — qui locus olim Arturi regis tempore dicitur in exercitiis militaribus claruisse.* damit niemand an eine volkssage oder an ein verlorenes gedicht denke erinnere ich an Parz. 498, 21.

5. Ulrich von Liechtenstein 601, 9 *ir füllet iuch mit willen an. iur keiniu ist sô wol getân, si leg an sich alsôlhiu kleit diu iu ze tragen solten leit sin und diu iu missestânt.* 603, 1 *ir jeht wir frowen uns fluen an dâ mit daz wir niht schône hân mit kleiden nu als ê den lîp.* für *füllet* und *fluen* ist dieselbe verbefserung nöthig und kaum eine andere zu finden als *fûlet* und *fûlen.* dem *zieren* ist *fûlen,* verderben und häfslich machen, entgegengesetzt in der Strafsburger Litanei 66, *du zieres unde fûles.* nachweisen kann ich *sich an fûlen* nicht, aber der sinn ist deutlich. *anfäulen* in eigentlicher bedeutung belegt Grimm D. wb. 1, 328.

6. Im fünften bande dieser zeitschrift habe ich aus Enenkels Weltchronik eine erzählung herausgegeben in der (s. 273) *von Antfurt her Friderich,* ein ritter kaiser Friedrich des 1n, die hauptperson ist. *von antfüerte* hat die Leipziger hs., *von auchenfürt* die Münchener und die Heidelberger. jenes ist das richtigere: denn in einer urkunde k. Friedrich des 1n, Gelnhausen id. apr. 1180, bei Lacomblet 1, 332, steht unter den zeugen *Fridericus de Anfurde.*

7. Heidelberger hs. 326 in Schmellers Laber s. 149, weimarische hs. in Hagens MS. 3, 433ᵃ

waz frumt der tac den blinden
od lieht daz liehte brinnet?
und waz touc golt ze vinden
dem tôren der sich niht ûf golt versinnet?
waz sol dem zagen ein schœnez wip genœme?

17*

swenn si sich reht bedenket,
ir ist ein ungefüeg liht widerzœme.

dies ist dem Tugendhaften schreiber abgeborgt, MS. 2, 102ᵇ

waz frumt liehter schîn den blinden?
waz touc tôren golt ze vinden
der ûf golt niht muotes hât?
guotes wîbes hulde,
goldes übergulde,
daz (l. *diu*) *enzimt dekeinem zagen:*
niemer müeze er si bejagen.

8. *Heinze Heinzlîn Heinzelmann Hinzelmann* hat Jacob Grimm Myth. s. 471 als namen von geistern nachgewiesen. hierher gehört auch wohl was Schmeller 2, 220 über *Hainzel* und *Haïnzel spilen* giebt, vor allem aber Suchenwirt 29, 44 *ich bin behender vil wen Hainz der underm huot wol gaukeln kan.* gaukler mögen bei ihren kunststücken einen dienstbaren geist Heinz angerufen haben. *Kunz hinterm ofen* (Müllenhoff Denkm. s. 433) wird ebenso zu erklären sein.

9. Renner 1158 *smeicher loter bregler sint des tiufels swegler, die tumbe herrn alsô betoubent daz si der êren in geloubent und der tugent diu nie wart wâr. sprœch einer wir heten guldîn hâr und nœm sich an er woltz bewœren, doch solt wir wizzen wer wir wœren.* Haug verwendet eine sprichwörtliche bezeichnung des unglaublichen. so läfst Johann von Freiberg im Rädlein 223 ein mädchen auf eine versicherung ungläubig antworten *ist daz wâr, sô sint guldîn mîniu hâr.* anders gewendet ist die redensart am schlufse des Osterspiels Fundgr. 2, 336 *wir wellen zu dem grabe gan; Jesus der wil uf erstan. ist das war, ist das war, so sint golden unser har.* hier wird gemeint 'ist das wahr, so geschieht ein grofses wunder.'

Renner 11400 *etswenne wurfzabel ich daz spil ouch nenne. daz vant ein riter, hiez Âlêô, vor Troie.* Isidorus Orig. 18, 60 *alea, id est ludus tabulae, inventa a Graecis in otio Troiano a quodam milite Alea nomine, a quo et ars nomen accepit.*

10. In Kellers Erzählungen aus altd. handschriften s. 104 ff. steht *ain spruch von dreyen gesellen die in ain statt kamen und wie sy wein prot und visch daselbs zu wegen brachten:* der schlufs giebt die kaum glaubhafte versicherung *daz es zu Costenz ist geschechen.* die gaunerstreiche durch die wein und fische zu wege gebracht werden sind dieselben die La repeue de Villon et de ses compai-

gnons erzählt, Œuvres de François Villon, par P. L. Jacob, bibliophile, s. 259. ein alter schwank ist, wie manches andere, auf Villon übertragen.

11. Helbling 4, 239 — *von der Tuonowe an den Schetsch. den markgrâf wær vil lundernetsch, gieng ie nâch dem willen sîn.* es wird zu schreiben sein *der markgrâf wær vil kundernetsch.* ich weifs *kundernetsch* in seinem zweiten bestandtheile nicht zu erklären, finde aber *Waltherus dictus Kundernetsch* in dem Calendarium des stiftes zu Öhringen in Wibels Codex dipl. Hohenlohicus s. 137. in einem liede bei der Hätzlerin s. 69ª steht *kaudernetsch.*

12. In einem unechten Neidhartsliede MSH. 3, 237ª steht *sage mir wâ si sî, guldîner hûfe.* der liebkosende ausdruck kommt auch als beiname vor, *Perchtoldus dictus Guldeinhauffe* in einer urkunde vom jahre 1268 in Frasts Stiftungenbuch des Cistercienserklosters Zwetl s. 468 (Link Ann. 1, 386ª). *schatzhaufen* als liebkosung hat Schmeller 3, 420.

13. Aus Hartliebs Buch aller verboten kunst cap. 88 giebt Jacob Grimm im anhange der Mythologie s. LXIV eine stelle über wahrsagen aus einem *schönen glanzen pulierten swert.* ein zwei jahrhunderte älteres zeugniss gewährt Konrads Trojanischer krieg 27410: Kalchas erkennt dafs Achilles als jungfrau verkleidet bei dem könige Lykomedes ist, *den ellenrîchen jüngelinc den liez er unvermeldet niht, als der in eime swerte siht die sache die man hât verstoln.*

14. Im guten Gerhard ist zu schreiben 1575 *in ander* 2091 *næhne uns* 2555 *ob iemen bezzer denne er sî* 2856 *sî* 2944 *sælden* 3447 *und ouch dem* 4021 *habe lant krôn unde lîp* 4339 *ebenhiuze* 4536 *was êrste* 4764 *diu in dâ geschach* 4820 *mit jâmer jâmer sch.* 5766 *ir kurzewîle in fr.* 5823 *zuo* 5847 *hôchzîte* 6031 *zem* 6071 *was jâmer* 6084 *dem.....künege* 6085 *gesworen* 6428 *gern immer* 6555 *bî iu möhte* 6586 *schieden* 6829 *mit schrift* 6892 *verrüemet* zu tilgen ist 4190. 5611 *künec*, 4910. 6478 *süezen*, 5802 *sînes*, 1825. 6121. 6298. 6501. 6616 *und*, 6664 *über.*

15. Isidorus Orig. 9, 2, 100 *Saxonum gens in Oceani litoribus et paludibus sita, virtute atque agilitate habilis. unde et appellata, quod sit durum et validissimum genus hominum et praestans ceteris piratis.* auf dem rande einer Wolfenbütteler hs. des 13n jh. ist hin-

zugeschrieben (in Ottos ausg. des Is. s. 293) *vel sicut alii volunt a magnis cultellis quos subtus sagos gestabant, quae vulgo sach vocantur, dum ad condictum placitumque cum Thuringis convenissent, quod communi consilio hii et illi laudaverant prô condicione pacis. atque cum hiisdem cultris Thuringorum multitudinem occiderunt terramque eorum hactenus possederunt.* offenbar nach der bekannten erzählung Widukinds von Corvei.

16. In der krone Heinrichs vom Türlein ist so vieles zu verbefsern, nicht blofs an der elenden ausgabe, sondern auch an der handschriftlichen überlieferung, dafs ein neuer abdruck gerechtfertigt wäre wenn das gedicht ihn verdiente. ein duzend berichtigungen will ich hier unterbringen. ergetzliches liest man 1376 ff. *ouch mohte wol von rehte gezemen mînem herren künec Artûs, dô sie kâmen, her Zephûs, daz er sînes küssens reht an ir stætem lîbe speht.* der unbekannte heilige Zephus ist s. 511 sorgfältig in das namenregister eingetragen. die Wiener hs. hat *si kam hem hus.* lies *dô si kam her in sîn hûs.* 6440 ff. *wan an der widerkêre erreichte in her Gâwein, daz ime von sînem swerte schein beidiu harnasch unde lîp.* 8242 f. *swie bî im lac manic stein, ir kraft von im einen schein.* in beiden stellen ist *schein* in *swein* zu verwandeln. 7235 f. *und ime an dem ende gît ein naht* (*nah* die Wiener hs.) *bitter riuwe.* lies *ein bitter nâchriuwe.* 11144. *jâ bin ich vermachet dir vil gar an mîn schulde.* lies *verswachet.* 13521 f. *du solt diu mære gar volleclîchen wizzen ê du noch sihest enbîzen.* lies *sist enbizzen.* 15055. *er sach daz er wolde sich versuochen dar an.* lies *jach.* 16095. *obe ich triuwe ie geswüere.* lies *iu* für *ich.* 17425 ff. *solt iu niht werden bekant beidiu bürge unde lant, wie sie geheizen wæren, so gelîche ez sich den mæren diu man sagt in schupels wis.* lies *burc — gelîchte — spels.* 18081. *mit einem swert melde.* lies *Melde.* s. 18309. 20613 f. *anders wart ime verzigen ze der ruowe sîn langez leben.* lies *ein* für *sîn.* 25412. *daz er ime durch roubes sach reit ûz disem hove nâch.* lies *schâch.*

17. Der schlufs von Konrads von Wirzburg erzählung von der minne hat sich nur in der im Liedersaale abgedruckten handschrift erhalten; die anderen schliefsen mit unechten versen. die echtheit jenes schlufses ergiebt sich aus dem ganzen tone und daraus dafs Konrad sich nach seiner gewohnheit nennt. allerdings ist der text arg verderbt, aber er läfst sich leidlich herstellen. die folgende fafsung macht keinen anspruch auf sicherheit in allem einzelnen,

wird aber im ganzen Konrads verse gefunden haben. die entstellte überlieferung aus dem Liedersaale 2, 374 ff. oder Müllenhoffs Altd. sprachproben s. 107 f. hier widerholen schien mir überflüſsig.

got welle, swaz ich dinges nime,
daz ich wider geben daz
müeze sanfter unde baz
dan ir vil reinez herze tete.
ich wæne daz an keiner stete
wart nie vergolten alsô gar
noch nimmer wirt: des nime ich war
an den liuten die nû sint;
wan nû der Minnen underbint
lît niht sô strengeclîchen an
daz beidiu frouwen unde man
zesamen iht gebunden sîn
daz si des grimmen tôdes pîn
nû durch ein ander lîden.
man slîzet ab der wîden
ein bast vil sterker mit der hant
dan iezuo si der minne bant
dâ nû liep bî liebe lît.
âne grimmes tôdes strît
werdent si gescheiden wol
die nû kumberlîche dol
durch ein ander wellent tragen.
frou Minne gît bî disen tagen
in selber alsô guoten kouf,
und wizzent daz si nie geslouf
ze tugentlicher diete
umb alsô swache miete
noch durch alsô kleinez guot
dô durch si manec edel muot
unz ûf den tôt versêret wart.
nû hât verkêret sich ir art
und ist sô kranc ir orden
daz si nû veile ist worden
den argen umbe ein kleinez guot.
dar umbe lützel iemen tuot
durch si nû deme lîbe wê.

man wil dar ûf niht ahten mê
und triutet daz vil kleine
daz sich algemeine
den liuten hât gemachet.
daz ist dâ von gewachet:
als ist ez um die minne.
gewünne si die sinne
daz si tiure würde,
zewâre, jâmers bürde
die geleiten vaster an
dan iezuo frouwen unde man,
ez würde nâch ir sô gestrîten
unde ein ander für gerîten
daz man ez gerne möhte sehen.
niht anders kan es iu verjehen
von Wirzeburc ich Kuonrât.
swer alsô reine sinne hât
daz er daz beste gerne tuot,
der sol diz mære in sînen muot
dar umbe setzen gerne
daz er dâ bî gelerne
die minne lûterlîchen tragen.
kein edel herze sol verzagen.

die noch folgenden zeilen *Da mit hat disz red ain end Das got die falschen hertzen schend* sind ein unechter zusatz: vergl. Lieders. 2, 531, 984. es können aber echte schlufsverse verloren sein.

18. Jacob Wenckers Collecta archivi et cancellariae iura (Strafsburg 1715) geben s. 147 einen sühnebrief Diemos von Bretheim vom jahre 1274 der unter anderen *hern Petern von Stauffenberg* nennt. das kann der Staufenberger sein an den sich die Melusinensage geheftet hat und der in dem wohl mehr als hundert jahre jüngeren gedichte Peterman heifst.

19. Heinrich von Freiberg im Tristan 1780 ff. *si zukten von der sîten daz in dar an gesegent was. getenget wart daz grüene gras und ouch die bluomen under în.* lies *getennet.* 3295 ff. *nû wart verbunden im sîn helm. er tengete gras und stoubte melm: hin reit er gein dem mortwal.* lies *tennete,* welche form bei diesem dichter kein bedenken hat. Parz. 73, 4 *dâ was grôz gedranc, hôhe fürhe sleht getennet, mit swerten vil gekemmet.* Otacker s. 269^b *daz von irm*

geverte daz velt wart sô herte, ze einem tenne gemachet. in Heinrichs zweiter stelle wird im Mhd. wb. 3, 30ª *er tengeltz gras* vermutet: aber *tengeln* ist hämmern oder was sich mit dem hämmern vergleichen läfst; von tritten kämpfender oder von rosseshufen wird niemand sagen dafs sie den boden hämmern. — 707 lies *innec-lîchen,* 737 *inneclich,* 1964 *blüender,* 3246 *nû dar* dreimahl, 3273 *zisel,* 4059 *ruoder.*

20. In der Guten frau ist zu schreiben 442 *ich rîte,* 506 *ez,* 1600 *dürftigen,* 2033 *geschaffen,* 2377 *diech,* 2436 *und listes,* 2539 *so istz als,* 2706 [*si sprach*] '*hêrre got,* 2716 [*si sprach*] *île.* mit 1551 ff. ist Jac. Grimms Reinhart 307, 451 ff. zu vergleichen.

21. Verbefserungen im Schwanritter. 118. *gespreit* 121. *in der* 293. *und ungeschriben.* vergl. Hartmann a. H. 1400. 434. *dâ mite* 460 ff. *daz er sîn gelt gæb und sîn lant swar in sîn wille trüege. ez was niht ungefüege* 495. *dâ von ruoch er sich ziehen* 848 ff. *sô daz îm keinez drunder ze strîte ein lützel tohte, wan ez sich niht enmohte enthalden sînem drucke. swenn er im ûf den rucke* u. s. w. die form *rucke* ist zu dulden; Roths *sîner drücke* taugt nichts. ärger noch als hier mit *swenn* und *wan* fehlt er 1092. unbegreiflich ist 356 sein *enhât* und falsch 396 f. seine interpunction. 874. *und was sîn kovertiure gebriten* 1100 *si wolten* 1207. *noch reiner triuwe iu niht gestê* 1224. *wer lieze ouch* 1242. *er hiez vür sich*

22. Dafs ich bei Gottfried von Neifen 52, 13 *gugen gagen* nicht hätte mit Wackernagel in *gigen gagen* verändern sollen lehrt die stelle Geilers bei Schmeller 2, 21, *gugen und gagen wie ein wagend ror.* im Mhd. wb. 1, 457ª ist *gigen gagen* falsch untergebracht: s. Schmid s. 214 f. unter *gagen, gignen, gigeln,* Tobler s. 211ª unter *gâgga,* Schmeller 2, 25 unter *gigkeln,* Lexer s. 106 unter *gâgern* und *gaiggern.* auch *gogen* wird hierher gehören: Tit. 3605 *vil manic zimier gogende sach man ûf den helmen.*

23. Im Mhd. wb. 3, 227ᵇ wird *slincvals* aus dem Wilhelm Ulrichs von Türheim s. 35ᵇ Casp. angeführt und mit recht bezweifelt. die stelle lautet *ir hâr was lanc val unde grôz daz* (l. *dâ'z*) *schein van den* (l. *der*) *crônen blôz. slincvals iz was und niht reit.* in der Heidelberger hs. 395 steht *slinchvech.* das rechte ist *slincvahs.* in der Stuttgarter hs. des lateinischen Apollonius Tyrius (Mafsmann Denkm. s. 11) ist der vers *non sum cincta comis et non sum compta capillis*

übersetzt *ine bin slincvahs* (geschrieben *slincfæsh*) *noh enhdn ûf gebunden minen vahs.*

24. Wilhelm Grimm in der einleitung zum Grafen Rudolf s. 13 legt die regellosen zeilen in den bruchstücken des alten Reinharts mit recht den abschreibern zur last. aber nicht aller verderbnisse hat er erwähnt und manche seiner vermutungen scheinen mir unrichtig. in den folgenden verbefserungen, die auch ganz geringfügiges nicht übergehen, ist was ihm gehört mit einem sterne bezeichnet. 594. *ern wisse weder was tac od naht* 602. *d'ougen* 606. 712. 886. 946. 1525. 1614. 1624. 1663. 1761. [*er sprach*]* 614. *vlorn* 618. *genomen den minen sin* 620. [*ubiliu*] 626. [*nu sehint*] 627 f. *ich bin diu Reinharten* (mit schwebender betonung wie 1725 und mehrmals *Îsengrin*) *gesach weiz got nie in drin tagen* 632. *gelideget* 638. *von eim* 641. [*selbe*] 647. *smacte* mit der umarbeitung 698 ff. '*wê*' *sprach Îsengrîn: 'wænet ir mit senftin daz pardîse besitzen?* 703. *sô* 704. [*tusint*] 719. *deist* 721. *woltent ir mit mir gân*' nach der umarbeitung 725. *leiten si* 730. *dar in* 731. *Îsengrin* 732. *hete* 734 *neizwer* 736. *bruodr* 746. *diech* 762. [*mere*].* 763. *furht* 785. *hern Îsengrin* 798. *fischer* 803. *umb in getân* 806. [*inzwei*] 813. *glete* 814. *eht* 834. *daz rou in sit* mit der umarbeitung 840. *im* 841. *deir* oder [*doh*] 859 *ûz* 864 f. *unverwænet was er komen über den tiefen sôt* mit Lachmann 868. [*rehte*] 869. *saher dar in* 873. *dez* 875. [*dar inne*] 881. [*diu*] mit der umarbeitung 908. *wie ists umbe dez* 910. *zer** 912. *zuo pardîse* 914. *siz* 915. *dûze* 926. *maneger* 933. *umben sôt* 934. *gunde* 946. [*gelobet*] 947. *wârliche* 956. *ez wær* 957. *daz pardîse* 959. 974. *müneche* 975. *huobens sich* 1524. *küneges* 1535 *diu baz* 1538. *honeges* 1549. *umb* 1550. *houpt* 1559. *gemelliche* mit der umarbeitung. 1563. *began* 1572. *deiz schal über daz lant* 1573. *swerz vernam* 1581. *wisen* 1587. *capelân.* so immer. 1589. [*daz bloch*] 1599. *guot herre* 1600. *iur* 1612. *clagete* 1615. *im* 1630. *im keinen* 1633. [*der hirz*]* mit der umarbeitung. 1637. *vür komen* 1643. *bi sim* nach der umarbeitung 1655. *ims* 1658. *dem* 1660. *übeln* 1662. *do* 1669. 1733.

künec 1670. [*sere*] mit der umarbeitung 1671. *al* 1682. *gibe* 1689. *ze dem hûse* 1690. [*ze*]*g.** 1697. [*da*] 1703. [*fuor uf und*] 1709. *ez wære* mit der umarbeitung 1762 f. *hât* nach *Brûn** 1769. *deist* 1775. [*Der kunic sprach*] in der umarbeitung ist zu schreiben 516 *dô quâmen schiere*, 992 *diu welt stêt.*

25. In Grimms Reinhart s. 309, 506 heifst es von einem bocke dessen hilfe dem verwundeten wolfe vorgespiegelt wird *er ist wîser denne meister Ôde.* Grimm zählt s. 372 mehrere gelehrte männer dieses namens auf. man wird aber nur an einen durch arzneikunst bekannten Odo denken dürfen. ich erinnere also daran dafs das gewöhnlich einem Macer Floridus beigelegte gedicht de viribus herbarum nach Choulant proleg. s. 4 in der Dresdener und wie es scheint in noch anderen handschriften als *Odonis Magdunensis opusculum de naturis herbarum* bezeichnet wird.

26. Das seltene *buchel*, fackel aus spänen, hat Müllenhoff in dieser zeitschrift 13, 575 aus Albers Tundalus und aus Herrants von Wildonie erzählung vom verkehrten wirte zum vorscheine gebracht. ein drittes beispiel ist aus Jansen des Enenkels weltchronik zu gewinnen. das Gesammtabenteuer (so ist der rohe wust aus misverständnisse der überschrift der Koloczaer hs. benamt) giebt 2, 524, 37 *der vünfte truog ain buechein her*, nach dem *puochein* der einen Münchener hs., aber sinnlos. aus der andern Münchener hs. wird *pukkelt* angeführt, aus der Heidelberger *einen pikkelt.* zu schreiben ist *ein buchel.* beispiele aus Beheims Buch von den Wienern hat Lexer im Mhd. handwörterbuche.

27. Wer in das wörterbuch einträgt '*iteniuwe* adj. wieder neu, ganz neu, verstärktes neu' der erschöpft den gebrauch dieses wortes nicht. aus der ursprünglichen bedeutung entwickelt sich die verstärkte 'immer wieder neu' und daraus die sich leicht ergebende 'immer wieder anders' oder 'veränderlich.' Ulrich von Liechtenstein 9, 1 *er was stæte, er was getriu, den friunden sleht, niht iteniu.* Ulrich von Türheim im Tristan 241 nach der echten lesart *ez schuof ir untriuwe. si ist gern iteniuwe: ir stæten friunt die alten der kan si niht behalten und behelt ouch niht die jungen. mit disen wandelungen lebete ie frou Minne.* das im Mhd. wb. fehlende substantivum *iteniuwe* braucht Konrad von Haslau im Jünglinge 327, *sûmen unde stæte iteniuwe, arcwân und afterriuwe.* ich habe dort vermutet dafs beständiges von neuem anfangen gemeint sei; aber befser versteht

man wohl 'säumen und begier nach neuem, veränderlichkeit.'

28. Bei Konrad von Haslau 9 war *lembrîn* sicher anzunehmen. Renner 18800 *vêch merdrîn hermîn eichurnîn sint kostbâr durch ir glanzes schîn, alein für frôst vil bezzer sîn fühsîn hesîn unde lemmerîn.* Speierer weberordnung vom j. 1298 in Mones Zeitschrift für die gesch. des Oberrheins 15, 279 *pannus dictus lemberîn.* Konstanzer zunftbuch 3. april 1386 in Mones Zeitschr. 9, 143 *von ainer lembrînen eln,* von einer elle lammwollenes tuches. Fastnachtspiele s. 618 *füchsepelg und lemmerein.* Konrads spruch *gebûwer unde herren kint, swâ die gelîcher tugende sint, dâ ist daz lembrîn worden bunt* meint 'da gilt baumwollenes tuch gleich kostbarem pelzwerke, grobes und geringes gleich feinem und edelem.' — 603 ist zu schreiben *sô menschiert dirre mit der nasen als er besûnen welle blâsen.* des Tanhausers hofzucht 61 *swer snûdet als ein wazzerdahs so er izzet,* womit aus dem Renner 376 *jener snûdet als ein dahs* zu vergleichen ist. der reim ist wie 413 *hasen : âsen* und 609 *er izzet als ein mâder und trinket als ein bader,* wô aufser dem von mir angemerkten Kellers Erzählungen aus altd. hss. 673, 19 zu vergleichen sind. — 982. *reht als dem affen im geschiht: swâ edele vogele hânt ir spil, daz ist des er niht enwil.* der affe gehört nicht unter die vögel. lies *ûfen* oder *ûven.* s. Schmeller 1, 31, Höfer 1, 48.

29. Im Amis 151 ff. hat Benecke nach der Riedegger hs. geschrieben *nu saget mir, wie verre (ir sît ein wîser herre) von der erde unz an den himel sî.' der pfaffe sprach 'ob ez sô bî, dar ruofet samfte ein man.* und gewiss ist willkürliche und schlechte änderung was statt des vorletzten verses die übrigen hss. Beneckes haben, *der rede laz ich evh niht vri. der pfaffe sprach iz ist so verre. von himel zu der erde.* aber *ob ez sô bî* ist unverständlich: sinn giebt *ez ist sô bî.* Iwein 7954 *daz ich iuch alsô bî vunden hân, des lobe ich got.* — 545 f. schreibe ich *marc. diu kost ist alsô starc,* 1402 *allen,* 1513 *niwan,* 1662 *harte sûr* (denn dies liegt in *dar zuo ze sûr*), 1880 *nie gesach,* 2086 *dêr.*

30. Ruland 210. 7 *dîn muoter truoc ein sâlege burde, got wile daz du geborn wurde.* Wilhelm Grimms vermutung schlägt fehl. es ist zu schreiben *guot wil was daz de geborn wurde.* Morolt 2 *ez was ein übeliu stunde dazs an die werlt wart geborn.*

294, 9 *'ich wil' sprach si 'rihten unt buozen swâ ich mich versinnet hân. ich hân ez unwizent getân.* Grimm s. 345 erklärt 'wo ich mich geirrt, gefehlt habe.' aber *sich versinnen* bedeutet dies niemahls. es mufs geschrieben werden *ich wil rihten unde buozen swâ ich mich versûmet hân.* 300, 18 hat die Pfälzer hs. wiederum *swâ ich mich versinnet hân,* aber die strafsburgische hatte das richtige. 309, 32 ist *swâ er sich versûmet hât* überliefert. bei Walther 110, 31, *si verirrent mich und versûment sich,* hat Lachmann das überlieferte *versinnent* gebefsert: die sich klüger dünkten als Lachmann haben sich, wie oftmahls, nicht *versunnen,* sondern *versûmet* oder *vergâhet.*

296, 12 *war hâstu Ruolanten getân? gun mir wider mîn man, dem du mich ze wîbe gâbe: wie gerne ich in sâhe.* lies *gimmir wider mînen man.* s. Ben. zum Iw. 1597.

In der anmerkung zu 240, 27 fragt Wilhelm Grimm 'was sind *stalboume?* vielleicht sterne?' dieselbe erklärung hatte Jacob Gramm. 2, 1009 gegeben, und daraus stammt Ziemanns (s. 423^b) ganze weisheit; neu oder anderswo abgeschrieben ist nur der zusatz 'bei Otfr. 5, 17, 58 heifst der himmelswagen' (vielmehr die zwei gestirne der beiden bären) *'ther wagono'* (*wagano*) *'gistelli.'* aber dieser zusatz ist thöricht: denn wenn von wagen *gestelle* üblich ist, so folgt daraus gar nichts für die erklärung von *stalboum.* in der Mythologie s. 686 sagt Jacob Grimm 'gl. trev. 22^b haben *stelbôm* hesperus, das ist stellbaum, die stange des vogelstellers? doch gilt Rol. 240, 27 'di urmâren *stalboume*' von den sternen überhaupt, und da allem gestirn stul und gestell beigelegt wird (s. 663), so darf man stelboum, stalboum mit diesem allgemeinen begrif verbinden.' s. 663 steht nichts was eine solche erlaubniss gäbe. im Ruland wird erzählt *dô Ruolant von der werlt verschiet von himel wart ein michel lieht. sâ nâch der wîle kom ein michel ertbibe, doner und himelzeichen in den zwein rîchen ze Karlingen und ze Ispânîâ. die winde huoben sich dâ, si zevalten die urmâren stalboume. daz liut ernerte sich kûme: si sâhen vil dicke die vorhtlichen himelblicke; der liehte sunne der erlasc.* wer dies liest der wird, wenn ihm nicht jene ahd. glosse zur unzeit einfällt, bei *stalboume* gewiss nicht an sterne denken. denn es ist ungeheuerlich und albern zu sagen dafs die winde die sterne zerfällten, während tadellos folgt dafs die sonne in dem ungewitter erlosch und 241, 3 *die turne zevielen.* wenn es dann 241, 5 heifst *die sternen offenten sich,* so kann dies nur bedeuten dafs sie in der finsterniss sichtbar wurden, *die sterne liezen sich sehen,* wie es der Stricker s. 89^a ausdrückt: wie können sie vorher zerfallen sein? der Stricker hat *stalboume* nicht als sterne gefafst: er sagt *dar nâch kom von winden bêde ein sturm unde ein dôz, daz sich die starken boume grôz des valles kûme erwerten*, und damit weicht er gewis von der meinung des alten gedichtes nicht ab. ich finde *stalboum* in Otackers chronik in zwei stellen die jeden gedanken an sterne ausschliefsen. s. 150ᵃ *an si dringen unde schieben sach man ir widerwinde. die hielten ouch sô swinde, nemet war unde goum, als dâ einen stalboum ein grôzer wint rüeret, den sîn kraft füeret iezuo her iezuo hin; alsô pruofte man an in hin und her widerwanc.* 301ᵃ — *daz in der Beier lande der wint zefuorte und zetrande mit sînem blâdem unde sûs manic grôzez hûs, daz man von des windes schüten sach zewerfen und zerüten. ouch sach man des goum daz manic starker stalboum von den winden zereiz in des selben landes kreiz.* was man jetzt *stallbaum* nennt, die dicke zwei pferde im stalle trennende stange, ist ohne zweifel nicht das alte *stalboum*, das einen starken waldbaum bezeichnet; wie aber in ihm *stal* zu fafsen ist weifs ich nicht mit einiger sicherheit anzugeben. ebenso verzichte ich auf erklärung der ahd. sternennamens *stelboum*. der erklärung wird sich vielleicht nähern wer folgende stellen sicher deutet. der Marner MS. 2, 166ᵇ *sîn sin kan alle sternen zeln, ir namen ir louf und alle ir maht, ir schîn und al ir reichen. er sitzet ûf den himelsteln: wie wiltu mensche mit 'dîm kranken sinne den erreichen?* Boppe MS. 2, 230ᵇ *ob im gelücke trüege unz an der himel steln und ob er kunde wizzen unde zeln des meres griez, die sternen gar besunder.* kaum gehört mit diesem *stel* zusammen *stelle* in Frauenlobs kreuzleich 2, 5 *sus dîn untirmic stelle von dir ungemachet wachet.* Ettmüller vermutet wohl richtig *vor dir* und erklärt *stelle* durch sternbild, mit verweisung auf jenes *ther wagano gistelli.* und von dem sterne der bei der geburt Christi erschien ist allerdings die rede, aber *stelle* scheint mir Frauenlob aus *stella* gebildet zu haben.

31. Verbefserungen in Albers Tundalus. 41, 51 *jenes* 42, 40. *kom* 73. [*im*] 43, 10. *welaht daz lant wuochers truoc.* n der Guten frau 913. 1063 *welaht jener wære.* 44, 3. *im* 45, 18. *dô daz* 46, 13. *enwesse* 47, 12. [*daz*] 49, 27. *wir hân an* 59. *diu kurze wîle* 79. Hahns *geinunde* ist so sicher dafs es in das wörterbuch gehört. 50, 34. *umberede.* dieses wort bedeutet nicht blofs umschweif und weitläufigkeit, sondern auch rede die um das wahre herumgeht und es auszusprechen

scheut: so im Flore 6303, wo es Sommer mit wahrscheinlichkeit gesetzt hat. *unrede* ist freilich ein wort, passt aber hier wenig. bei Albrecht von Johannsdorf 86, 12 hat C *unrede*, B das richtige *umberede*. derselbe fehler ist bei Rudolf dem schreiber MS. 2, 182ᵇ zu befsern, *dâ ich wânde vinden trôst dâ hân ich niht wan umberede vunden.* 52, 40 f. *balder: manicvalder* 53, 18. *lit.* vergl. 51, 56 ff. 66. etwa *des sites* 54, 17. etwa *sô iz durchgât diu gluot* 55, 39. *leidigen* 56, 8. etwa *ob eime gegeben wære* 20. *er schein* 27. *hâken* 32. *egelîche* 57, 75. [*icht*] 76. *iht* 60, 13. *si brâhten köphe guldîn* 62, 63. *der ist disiu heimuote*

32. Freidank 1, 7—10 hat Otacker 70ᵃ, im letzten verse *bûwet*.

122, 21 f. der Teichner von dem meinswern Wiener jahrb. 1 (1818) anz. s. 39 *stæch ieglich eit als ein dorn, ir würd sô vil niht gesworn.*

178, 2 ff. Wilhelm Grimm in der einleitung s. CII vergleicht aus dem Tristan Heinrichs von Freiberg 4845 ff. *wan manec dinc verdirbet des man niht erwirbet; daz nimmer verdürbe, der ez mit vlîze würbe.* damit stimmt in Kellers Erz. aus altd. hss. 134, 15 ff. *sîn blîbet ungeworben vil des man* [*doch*] *niht werben wil; daz doch niht gar verdürbe, der es etlich teil würbe.* hierin ist *ungeworben* elend; aber *verdorben* neben *blîbet* wäre auch ungeschickt. befser wird *unerworben* geschrieben.

Zu den in der zweiten ausgabe s. XII f. verzeichneten handschriften des deutschlateinischen textes kommt eine der Grazer universitätsbibliothek, 38/3, pap. 14. jh. 43 bll. in quart.

33. Gottfried von Strafsburg 3582 *nu, Tristan der begunde einen leich dô lâzen klingen in von der vil stolzen friundîn Grâlandes des schœnen.* Heinrich von Türlein 11564 in einer aufzählung von jammergeschichten *dô man Grâlanden sôt.* der von Gliers MS. 1, 44ᵃ *Gralant, den man gar versôt, wart nie grœzer nôt beschert.* Weinschwelg 332 *Grâlanden sluoc man unde sôt und gab in den vrowen zezzen, wan si sîn niht wolden vergezzen.* im Lai de Graelant kommt von diesem sieden nichts vor. Wolf über die lais s. 238 vermutet daher verwechselung mit Gurun, den Gottfried vorher (3524) nenne. aber Gottfried sagt nichts von dessen schicksale. dafs es ein deutsches gedicht von Gralant gab machen die anspielungen wahrscheinlich. dazu tritt dafs Gralant als beiname vorkommt: *Heinricus Gralant* in einer urkunde aus dem ende des 12n jh. MB. 7, 367.

34. Jacob Grimm bemerkte in diser zeitschrift 5, 74 dafs in einem 1685 gedruckten buche von den bösen weibern s. 75 der sächsischen gewohnheit gedacht werde die braut in ihren hochzeitlichen ehrentagen herr braut zu nennen. wenn er dafür hielt dafs dadurch sich vielleicht das *lieber brû* in dem bruchstücke von frau Treiben rechtfertigen lafse, so bin ich anderer meinung. aber für jene gewohnheit kann ich noch ein zeugniss anführen. Haltaus s. 1761 unter *stulfest* giebt folgende stelle aus Andreas Hollanders Spiegel guter und böser regenten s. 407, 'ob die Saxen, wann sie die braut in ihren hochzeittagen herr braut nennen, ihre tauglichkeit zum regiment hiemit wollen anzeigen, habe ich nicht, weil ich jung von ihnen gekommen, fragen können.'

35. Wattenbach in seinem Schriftwesen des mittelalters s. 344 hebt aus der Histoire littéraire de la France 23, 710 ff. hervor dafs in dem kataloge der von Richard von Fournival um die mitte des 13n jh. in Amiens begründeten bibliothek *Primat d'Orléans, auteur d'un poême sur la guerre de Troie* genannt werde und erinnert mit recht an das gedicht *Pergama flere volo,* das in der Wiener hs. 883 die überschrift hat *Exclamationes super muris Troianis editae per Primatem egregium versificatorem.* diese hs. verzeichnet Denis 2, 2310, eine zweite 2, 1352, Münchener hss. Schmeller Carm. Bur. s. 269, Pariser Du Méril Poés. pop. lat. s. 310. der primas von Orleans wird erwähnt in der Bataille des sept ars in Jubinals Rutebeuf 2, 430, *le primat d'Orliens et Ovide ramenoient en lor aide.*

Verse eines primas Hugo giebt das Spicilegium Solesmense 2, 295, *Distinctionum monasticarum lib* II '*unde Hugo cognomento Primas de quibusdam scholasticis ita iocatus est,*

filii burgensium, filii crumenae,
quos a scholis revocat cantus Philomenae,
non de lignis faciunt ignem, immo de carbone,
ideo ne viso fumo veniant tertiae personae.

tertias personas vocavit bidellos.' für *immo de* wird *sed* zu schreiben und *viso fumo* zu streichen sein.

2, 326. *Dist. mon. lib.* I '*castelli nomine magnum quid solet designari, ut patet ex his versibus Hugonis qui Primas cognominatus est,*

non peto castellum nec opes nec oves nec agellum,
sed peto mantellum vel equum vel equam vel asellum.

3, 472. *Dist. mon. lib.* II *cap.* 141 *unde Hugo Primas cognomine, quum in Anglia constitutus iocando versifice quereretur quod cerevisiam bibere cogeretur, interposuit ludis suis seria, dicens*

est labor hic esse, quum sit potare necesse
potum, de messe quam (quam nos?) consuevimus esse.
poto, sed invite: probo pocula gentis avitae,
vinum de vite, quia vitis ianua vitae.

36. Neidhart 40, 5 *alsô vreut den tumben guot geheize durch daz jâr.* wie durch die von mir angeführte stelle Freidanks wird das sprichwort erwiesen durch Wolfdietrich B 208, 1 *dô tete ich sam der tumbe und was der geheize frô.*

94, 11. zu den in der anmerkung und in dieser zeitschrift 13, 182 gegebenen beispielen des beinamens *Totzelære* kommen *Wernhardus Tozelarius* (1243) in Rieds Geschichte der grafen von Hohenburg s. 91, *Margaretha filia Ioannis Dotzler* im Calendarium des stiftes Öhringen bei Wibel Cod. dipl. Hohenl. s. 139. in Kärnten bedeutet nach Lexer s. 66 *totzln, tötzln* etwas unausgesetzt verlangen ohne sich abweisen zu laſsen und davon wird *der totzlar* gebildet: dadurch erklärt sich Neidharts *tozelære* genügend und dem zusammenhange angemeſsen und die von mir gewagte deutung zerfällt.

101, 13 mit der lesart *jâ bin ich in dîme geu manges snœden understreu* ist noch zu vergleichen Warnung 840 *die gebûren tæten ûf in und næmen in anz bettestrô.*

37. Daſs der Winsbeke oder, wie Haug von Trimberg ihn nennt, Windesbeke ein herr von Windsbach an der Rezat, im landgerichte Heilsbronn, war ist wohl richtig angenommen worden. *Hermannus de Windesbach* erscheint im j. 1228 in einer urkunde in Jägers Geschichte Frankenlands 3, 353, MB. 37, 225, im j. 1253 in der Matricula nobilium bei Jung Miscellanea 1, 7. der zeit nach kann er der dichter sein.

38. Parzival 2, 17 *valsch geselleclicher muot ist zem hellefiure guot, und ist hôher werdekeit ein hagel. sîn triuwe hât sô kurzen zagel, daz si den dritten biz niht galt, fuor si mit bremen in den walt.* zur erklärung des wunderlichen gleichnisses ist nichts taugliches vorgebracht worden als die stelle aus Fischarts Gargantua cap. 19 (s. 283 der ausg. von 1590) die Lachmann in seiner abhandlung über den eingang des Parzivals nach Meusebachs mittheilung anführt. woher Fischart nahm was er von dem beistande sagt den die frommen bremen den Rhizophagen gegen die löwen leisteten ist nicht schwer zu finden wenn man die bücher kennt aus denen er

seine mehr scheinbare als wirkliche gelehrsamkeit schöpfte; auch hat Meusebach später richtig auf Sebastian Münsters Cosmographei (Basel 1558) s. 1221 verwiesen. Münster nahm die erzählung aus Diodorus 3, 23, Diodorus aber und Strabo 16 s. 771 aus des Agatharchides fünftem buche vom Rothen meere, wie aus dem auszuge des Photius s. 452ᵃ Bekk. sich ergiebt. nach Agatharchides wohnen am Astaboras in Aethiopien Rhizophagen die von wurzeln leben die sie aus den sümpfen graben: sie leiden von löwen deren das land voll ist grofse noth; aber im heifsesten sommer werden die löwen von einer ungeheueren menge grofser mücken (*κώνωπες*) vertrieben. ähnlich ist was Ammianus Marcellinus 18, 7 von den mücken berichtet die den mesopotamischen sumpflöwen verderblich sind. Wolframs gleichnis wird durch jene erzählung der Agatharchides genügend erklärt: 'die treue des unstäten gesellen hält so wenig stand dafs sie in der gefahr den freund im stiche läfst: fuhr sie mit jenen bremen die gegen die löwen kämpfen in den wald, so erwiderte sie nicht den dritten bifs.' der *biz* ist der der feindlichen löwen, der ausdruck wie in der erzählung von dem üblen weibe 419 *si sluoc slege ungezalt; vil kûme ich ir den dritten galt*, 534 *sô gülte ich ir den dritten slac.* den *kurzen zagel* nach Parz. 297, 12 *noch scherpfer dan der bîn ir zagel*, zu erklären ist unmöglich: der ausdruck mufs ein sprichwörtlicher sein und das was bald zu ende ist bedeuten. im Mhd. wb. 3, 839ᵇ wird eine erklärung Beneckes widerholt die Lachmann anführt und durch die frage 'beifsen die bremen?' einleuchtend zurückweist. von einem abwehren der bremen kann überdies nicht die rede sein wenn, woran ich nicht zweifle, *mit bremen* in der dargelegten weise zu erklären ist. dafs das abendländische mittelalter aus dem werke der Agatharchides oder den auszügen daraus unmittelbar nichts kann empfangen haben ist sicher. ich habe vergebens eine vermittelung die jene erzählung verbreitet haben könnte gesucht: und doch mufs sie irgendwie verbreitet gewesen sein; denn wie wunderlich auch Wolfram redet, er rechnet auf verständniss.

39. Parzival 57, 15 ff. Lucianus *Πρὸς τὸν εἰπόντα Προμηθεὺς εἶ ἐν λόγοις* c. 4 *Πτολεμαῖος γοῦν ὁ Λάγου δύο καινὰ ἐς Αἴγυπτον ἄγων, κάμηλόν τε Βακτριανὴν παμμέλαιναν καὶ δίχρωμον ἄνδρωπον, ὡς τὸ μὲν ἡμίτομον αὐτοῦ ἀκριβῶς μέλαν εἶναι τὸ δ'ἕτερον ἐς ὑπερβολὴν λευκόν, ἐπ' ἴσης δὲ μεμερισμένον, ἐς τὸ θέατρον συναγαγὼν τοὺς Αἰγυπτίους*

ἐπεδείκνυτο αὐτοῖς ἄλλα τε πολλὰ θεάματα καὶ το τελευταῖον καὶ ταῦτα, τὸν κάμηλον καὶ τὸν ἡμίλευκον ἄνθρωπον, καὶ ᾤετο ἐκπλήξειν τῷ θεάματι u. s. w.

40. Parzival 146, 19 ff. irrig meint Jacob Grimm Rechtsalt. s. 192 diese stelle lehre den brauch durch ausgeschütteten wein sich des landes zu unterwinden. 147, 2 sagt Ither ausdrücklich dafs er den wein unabsichtlich vergofsen habe. als rechtssymbol ergiebt diese stelle das umkehren eines angebrannten *schoubes*, womit Grimm s. 196 aus französischer rechtsgewohnheit der saisie féodale das aufpflanzen eines *bâton garni de paille* zusammenhält, was, wie mir scheint, nicht verglichen werden kann. jenes symbol anzuwenden hatte Ither keine lust gehabt. er sagt scherzend *ob ich schoube umbe kêrte, sô wurde ruozec mir mîn vel:* in wahrheit hat er aus keckerem trotze den goldbecher von der tafel des königs Artus genommen; seinen rittern entbietet er nun höhnend sie sollen den becher holen. nicht einmahl das wegnehmen des bechers ist als ein übliches rechtssymbol hierdurch erwiesen.

41. Parzival 294, 21 *frou Minne, hie seht ir zuo: ich wæn manȝ iu ze laster tuo: wan ein gebûr spræche sân, mîme hêrrn sî diz getân. er klagt ouch, möhter sprechen. frou Minne, lât sich rechen den werden Wâleise: wan liez in iwer vreise unt iwer strenge unsüezer last, ich wæn sich werte dirre gast.* diese stelle ist wunderlich misverstanden worden. Wolfram sagt 'frau Minne, ich meine, euch geschieht es zum schimpfe dafs Parzival geschlagen wird. denn ein bauer ohne feineren sinn würde alsbald behaupten meinem herrn (dem Parzival) und nicht euch sei dies zugefügt. könnte er in seiner verzückung sprechen, so würde er auch klagen dafs er durch euch dies leide. gebt ihn frei und lafst ihn sich rächen.' mit *mîme hêrrn sî diz getân* habe ich zu Neidh. 77, 25 eine stelle aus Mai und Beaflor verglichen: Walthers *frowe Minne, daz sî iu getân* 40, 26 ist ebenso verstanden worden; aber Lachmanns erklärung stimmt befser zu dem folgenden.

42. Parzival 341, 23. *trippânierse* kann das französische *truppendiere* sein das bei Du Cange unter *trahere* (5) aus einer gerichtlichen schrift vom j. 1392 angeführt wird, *auquel mary sa femme dist moult despiteusement 'vostre truppendiere est venue et vous a demandé.'*

43. Walther 28, 31. den seltenen ausruf *al die werlt* (heutzutage *alle welt*) hat Heinrich vom Türlein 16289.

76, 14. Fischart Garg. cap. 8 *ich wolt dich in ein stroh sauffen.*

78, 3. Sainte Marherete (herausg. von Osw. Cockayne) s. 1 *hdligdstes.*

185, 34. Ulrich von Türheim Wilh. 117ᵃ *herzeberndiu sêr*, 123ᵇ *herzeberndiu leit.*

44. Zu Karajans Sprachdenkmalen. 25, 22. *die hant bot er ir* [*dare. er ge*]*reit zeuordirst an der schare.* 24. *da si fur in der* [*vare.*] vergl. 37, 3 *daz diu brovt da fuor in der uare.* 47, 5 f. vielleicht *in* [*secula*] *s*[*eclo*]*r*[*ui*]*n* 51, 17 f. *weinen unde suof*[*tod. da*] *ist helle wizze not.*

45. Ruther 916 *nu in kinne got an mir armen man.* darin liegt zunächst *nu erkenne sich got an mir armen man.* aber dies kann nicht das echte sein. Dieterich sucht Constantins hilfe: *durch gendde quam ich here gevaren: du salt din êre an mir bewaren.* es ist also zu schreiben *nu erkenn dich an mir armen man.* Parz. 12, 19 *der sich hete an im erkant, ê daz er wære dan gewant, mit deheiner slahte gûnste zil, den wart von im gedanket vil.* kurz vorher, 909 ff., hat Mafsmann drucken lafsen *thiederich gezoginliche stvnt. uor ime an den Rnten. her sprach kuninc man sagete mer ie* u. s. w. dabei stehen die sinnlosen fragen *kanten*? *ruten*? und s. 234 wird ein facsimile des räthselhaften wortes verheifsen. worauf jeder auch ohne den reim gerathen würde, *an den knien* (wie Iw. 5157 *unde stuont vrou Lûnete ûf ir knien an ir gebete*), das ist von Tieck in der hs. richtig gelesen worden und steht in der ersten ausgabe. diese erste ausgabe ist neben der zweiten unentbehrlich bis einmahl eine befsere zu stande kommt. möge die nicht leichte arbeit nicht der bank zufallen auf der ganze massen mittelalterlicher litteratur eilig ins haus geschlachtet werden.

46. Wackernagel in seinen Altfranzösischen liedern s. 198 bemerkt dafs die reciproca *sich underküssen*, *sich underminnen* und andere dieser art im althochdeutschen noch nicht vorkommen und erklärt sie für nachbildungen französischer ausdrücke. er konnte hinzusetzen dafs schon Jacob Grimm Gr. 2, 885 dasselbe ausgesprochen hat. unrichtig aber behauptet er dafs diese redeweise sich zuerst in der höfischen zeit der mittelhochdeutschen sprache finde. Ruland 172, 25 *mit swerten si sich untersluogen.* Ruther 1023 *sich herbergten Thiederiches man der porten alsô nâhe daz sie sich wol undersâgen.* nicht zuerst bei Heinrich von Veldeke kommt *sich underminnen* vor, sondern, wovon das Mhd. wb. nichts weifs,

schon im Vorauer Leben Jesu 278, 24 (= Fundgr. 1, 192, 41) steht *vil suoze si sich underminnent*. zumahl diese stelle macht die herleitung der redeweise aus dem französischen bedenklich. schon das ahd. *untar* hat auch die bedeutung eines vicissim oder mutuo und gewis konnte die sprache auch ohne einwirkung romanischer ausdrücke auf jene reciproca gerathen.

47. Jacob Grimm hat in der Mythologie s. 707 ausdrücke behandelt die auf die vorstellung führen dafs die sonne mit einem klange aufgehe. sehr deutlich ist diese vorstellung in der folgenden stelle aus Liutwins Adam und Eva, einem armseligen gedichte das sonst fast nichts merkwürdiges enthält und keinen abdruck verdient. bl. 6ª die mohren sind schwarz:

wâ von daz ist daz sage ich iu.
daz kumet niuwan von diu
daz sie vor hitze hânt kein frist
und daz daz lant sô hôch ist
daz ez der sunn sô nâhe lît
daz sie hœrent zaller zît
die sunne des morgens ûf gân,
als sie ir schîn hebet an,
mit einem sûse in der wîse
als himel und erde zsamen rîse.

48. Görlitzer Evangelien Fundgr. 1, 199, 45 *so chumt der jungiste tac als schir so ein brâze, der andern slahen mach.* s. 361ᵇ wird geändert *als schiere sô ein brâzelnder dunreslac*, so unwahrscheinlich als möglich. dennoch ist diese willkür in das Mhd. wb. 1, 234ª aufgenommen worden. der ältere text der Vorauer hs. hat 297, 8 *so chumt der iungiste tach. also sciere so ein braslach.* also ist in der Görlitzer umarbeitung gemeint *als schier ein brâ d'andern slahen mac*: denn so wird der vers leidlich.

49. Harmschar, zu Grimms Rechtsalt. s. 717. urkunde der grafen Ludwig und Gerhart von Rienekke, Oppenheim 17. jan. 1282, MB. 37, 544 — *und daz Heinrich Zengenagel, der den totslac tet, selbe zwelfte die mit im daran waren, und gebreche der, so sol er mit andern daz ir werden zwelefe unserme herren dem bischoffe und Engelboldes* (des getödteten) *kinden ze bezzerunge die harnschar an dem dinstage nach dem ostertage der nun kumt von Hocheim ze Wirzeburc vur daz munster tragen, ieder man nach synem rechte, und sol Heinrich Zengenagel nu von vasten uber ein jar ze Rome varn und*

sol da sin die sehs wochen vur sine und Engelboldes sunde. diese urkunde bezeugt unter anderen *Horant der vogel von Rienekke.*

50. Was Eulenspiegel s. 62 Lapp. von dem schmiedknecht und seinem gesellen sagt ergiebt sich aus dem Liedersaal 3, 205 als ein landläufiger unsauberer scherz.

H.

ELBEGAST.

Nach einer mittheilung des hrn. dr ABirlinger in Bonn liegen im fürstlich Fürstenbergischen archive zu Donaueschingen zwei hefte, geschrieben im j. 1727 *von dem schattenmüller Lanzenberger bei Bonndorf in der Baar, die eine menge besegnungen und zaubermittel enthalten. das zweite und dritte stück der mir vorliegenden abschriften,* Eine Bestellung: Maria in den garten trat *usw. und* Ein seegen über sein hab und guth zu sprechen: Es waren drei engel bei Maria *usw. sind ziemlich verwilderte varianten des in den schleswig-holsteinischen sagen s.* 517, 34 *und in der zs. für deutsche mythol.* 4, 130 *gedruckten diebsegens. ich finde sonst nicht viel beachtenswertes darunter. aber das vierte stück, ein diebsegen beginnt:*

Ich beschwöre dich bei maister Arbegast, der allen dieben ein maister war, der sei bundten und knipft und nimmermer aufgelöst bifs an den jüngsten tag. da soll dir so bandt sein als dem Judas war *usw. also ganz ähnlich wie der in dieser zs.* 13, 184 *wiederholte thüringische segen, und man kann demnach vermuten dafs es einmal einen gereimten diebsegen gegeben hat, in desen anfang die verse* (Ich beswer dich)

bî dînem meister Elbegast,
der aller diebe meister was

vorkamen.

13. 3. 71.

K. M.

WELCHE SEQUENZEN HAT NOTKER VERFASST?

Die bedeutung welche Notker Balbulus für die entwickelung der kirchenmusik und poesie gehabt hat ist allgemein anerkannt; aber man hat noch wenig gethan um die art und den umfang seiner tätigkeit genau abzugrenzen. unter den zahlreichen hymnen und sequenzen des mittelalters und namentlich auch der SGaller mönche die aus mancherlei handschriften gedruckt vorliegen, sind freilich auch Notkers sequenzen enthalten, ohne dafs aber ein gründlicher und erfolgreicher versuch gemacht wäre die werke dieses urhebers einer neuen poetischen gattung von denen seiner nachahmer zu sondern. Daniel im thesaurus hymnologicus (5, 37—41) und Schubiger in der sängerschule von SGallen (Einsiedeln und New York 1858 s. 45 ff.) haben im vorbeigehen die aufgabe zu lösen gesucht, sind aber zu so verschiedenen resultaten gekommen dafs hierin schon die aufforderung zu erneuter prüfung liegt. während Daniel nur 27 sequenzen für Notkers werk gelten lafsen will, glaubt Schubiger 60 ganz sicher, 18 wenigstens wahrscheinlich echte zusammen gebracht zu haben.

Wenn der unterzeichnete auf den folgenden blättern die untersuchung wider aufnimmt so tut er es ohne die wohltuende hoffnung die sache zum abschlufs zu bringen, aber in dem glauben sie zu fördern und mit dem wunsche, andere, denen sich gelegenheit bietet das handschriftliche material einzusehen, zu weitern mitteilungen anzuregen.

Kritische methode.

Es ist klar dafs Daniel und Schubiger zu so verschiedenen resultaten nur durch anwendung verschiedener kritischer principien gelangt sein können. beider standpunkt möge daher zunächst bezeichnet werden.

Daniel fafst (s. 40) den seinen in folgenden sätzen zusammen:

1. *Pezii codex et San-Gallensis no. 378 Notkeri sequentias authenticas continent, quibus accedunt spuriae alterutrius libri propriae. nulli sequentiae Notkeriana origo concedenda, quae non amborum codicum sit communis, duabus exceptis: Laudes concinat et Dominus in Sina, quae ipsa in Notkeri epistola commendantur.*

2. *Quo expeditius commodiusque cedunt sequentiae in festorum rationem, eo iustius authenticae habentur.*

3. *Nihil est quod persuadeat, Notkerum in aliquod festum, exceptis fortasse summis ecclesiae festivitatibus complures sequentias fecisse.*

4. *Authenticae sequentiae Notkerianae plerumque peculiares titulos habent, et musicos modos suos posterioris originis sequentiis commodavere. contraria ratione certissima suspicio movetur.*

Der erste artikel verkündet eine rohe, gewaltsame kritik, die gewis manches unechte ausscheiden, vielleicht aber noch mehr echtes abweisen wird. wer möchte mit dem satze dafs wo zwei handschriften von einander abweichen keine das echte enthält, ins allgemeine gehen, zumal angesichts einer überlieferung, die ihn gleich zwingt zwei ausnahmen einzuräumen? die andern drei aber, da sie durchaus nicht selbstverständlich sind, können möglicherweise resultat, nicht aber princip der kritik sein.

Schubiger (s. 44) hingegen verlangt dafs als Notkers eigentum angesehen werden:

1. alle sequenzen, welche Notker selbst oder schriftsteller nächster zeit als seine werke bezeichnen.

2. im allgemeinen die ältesten texte auf alle feste des jahres wo es schicklich und gebräuchlich war eine sequenz zu singen.

3. billigerweise auch die welche in den ältesten mit Notkers namen versehenen sammlungen vorkommen, insofern diesen die bestimmte angabe eines andern verfafsers nicht widerspricht.

Der erste satz ist unanfechtbar; die unsicherheit der beiden andern hat Schubiger selbst gefühlt und deshalb sein 'im allgemeinen' und 'billigerweise' hinzugefügt. für den zweiten ist doch zu bemerken dafs die ansicht, an welchen festen es schicklich sei sequenzen zu singen, nicht zu allen zeiten und an allen orten gleich gewesen ist; der dritte setzt die gewisheit voraus dafs die, welche die sequenzensammlungen veranstalteten, Notkers werke sammeln wollten, nicht etwa die sequenzen, welche in ihrer kirche alljährlich zur aufführung kamen oder kommen sollten. den charakter der alten sammlungen festzustellen mufs die erste aufgabe sein.

Sequenzensammlungen aus dem kloster SGallen und SEmmeram.

Die reihenfolge der sequenzen ist aus zwei alten sammlungen bekannt gemacht:

1. aus der hs. die Pez im kloster des h. Emmeram in Regensburg fand und nach der er im thes. anecd. 1, 18—42 acht und dreifsig sequenzen mit Notkers vorrede abdrucken liefs. mit dieser hs. stimmt überein eine Münchner die Daniel im thes. 2, 3—31 benutzte. die sammlung ist im folgenden mit P bezeichnet.

2. aus der SGaller hs. 378. die sequenzenanfänge hat, aber ziemlich ungenau, Daniel 5, 38 f. der reihe nach verzeichnet. die sammlung ist im folgenden mit G bezeichnet.

Die darstellung beider verzeichnisse mit hinzufügung der melodie und des festes dem jede sequenz angehört, scheint für die weitere untersuchung notwendig. sie wird aber auch von dieser abgesehen erwünscht sein, da man bisher in jedem einzelnen falle die notizen sich mühsam zusammenlesen muste.

Verzeichnis der sequenzen in der SGaller hs. 378.

	Anfang der sequenz	Melodie	Fest	P	Gm
1.	*Natus ante saecula dei filius*	*dies sanctificatus* (D. 5, 42)	*in nativitate dom.* 25 Dec.	3	1
2.	*Eia recolamus laudibus piis*	*eia turma* (D. 5, 41)	*in nativitate dom.* 25 Dec.	1	42
3.	*Hanc concordi famulatu colamus*	*concordia* (D. 5, 42)	*de s. Stephano* 26 Dec.	4	2
4.	*Christi domini militis*	*hypodiaconissa* (D. 5, 43)	*de s. Stephano* 26 Dec.		3
5.	*Joannes, Jesu Christo multum*	*romana* (D. 5, 43)	*de s. Joanne evang.* 27 Dec.	5	4
6.	*Laus tibi Christe, pat. o. n. deus*	*mirabilis*[1]	*de ss. innocentibus* 28 Dec.	6	41
7.	*Laus tibi Christe p. o. n., cui sapit*	*justus ut palma major* (D. 5, 45)	*de ss. innocentibus* 28 Dec.		5
8.	*Laus tibi Christe, qui humilis*	*te martyrum* (D. 5, 45)	*de ss. innocentibus* 28 Dec.		40
9.	*Gaude Maria, virgo dei genitrix*	*cignea* (D. 5, 45)	*in die circumcisionis* 1 Jan.		6
10.	*Festa Christi omnis christianitas*	*trinitas* (D. 5, 47)	*de epiphania* 6 Jan.	7	7
11.	*Cantemus cuncti melodum nunc*	*puella turbata* (D. 5, 47)	*in octava epiphaniae* 13 Jan.		38
12.	*Concentu parili hic te, Maria,*	*symphonia* (D. 5, 50)	*in purificatione b. M. v.* 2 Febr.	8	10
13.	*Virginis venerandae de numero*	*filia matris* (Sch. ex. 35)	*de una virgine*	35	9
14.	*Nostra tuba regatur fortissima*	*nostra tuba* (Sch. s. 45)	*in sabbato septuagesimae*		11
15.	*Laudes salvatori voce modulemur*	*frigdola* (D. 5, 51)	*in dominica paschatis* (D. 2, 13)	9	12
16.	*Pangamus creatori atque redemp.*	*mater*	*feria II paschatis* (D. 5, 52)	10	13
17.	*Is qui primus habitum mortalem*	*dominus regnavit decore*	*domin. II post pascha* (D. 5, 191. M. 1, 205)[2]		
18.	*Christe domine, laetifica*	*obtulerunt*	*feria III p. dom. sec. pasch.* (D. 5, 192)		14
19.	*Agni paschalis esu potuque*	*graeca*	*feria III paschae* (M. 1, 207)	11	15
20.	*Grates salvatori ac regi*	*duo tres*	*feria IV paschae* (D. 5, 53. M. 1, 212)	12	16

Anfang der sequenz	Melodie	Fest	P	Gm
21. *Laudes deo concinat orbis*	*organa*	*feria* V (VI) *paschae* (M. 1, 214)		17
22. *Carmen suo dilecto ecclesia*	*pascha*	*in sabbato in albis* (M. 1, 216)		18
23. *Haec est sancta sollemnitas*	*virgo plorans*	*in octava paschae* (M. 1, 219. D. 2, 55)		19
24. *Judicem nos inspicientem*	*deus judex justus* (D. 5, 63)	*in dom. post oct. paschae* (D. 5, 63)		20
25. *Laus tibi sit o fidelis deus*	*in te domine speravi* (D. 5, 63)	*in dom.* II *p. oct. paschae* (D. 5, 63)		21
26. *En regnator coelestium*	*qui timet dominum* (D. 5, 63)	*in dom.* III *p. oct. paschae* (D. 5, 63)		22
27. *Laeta mente canamus deo*	*exultate deo* (D. 5, 63)	*in dom.* IV *p. oct. paschae* (D. 5, 63)		23
28. *Summi triumphum regis*	*captiva* (D. 5, 65)	*de ascensione*	13	24
29. *Christus hunc diem iucundum*	*dominus in Syna* (D. 5, 65)	*in octava ascens.* (D. 2, 53)		25
30. *Summis conatibus nunc deo*	*symphonia* (D. 5, 65)	*de s. Desiderio* 23 Mai		10
31. *Sancti spiritus adsit nobis*	*occidentana* (D. 5, 69)	*in die pentecostes*	14	27
32. *Sancti baptistae, Christi*	*justus ut palma major* (D. 5, 74)	*de s. Joanne bapt.* 24 Juni	15	5
33. *Petre summe Christi pastor*	*concordia* (D. 5, 75)	*de ss. Petro et Paulo* 29 Juni	16	2
34. *Qui benedici cupitis huc*	*justus germinabit* (D. 5, 80)	*de s. Benedicto* 17 Juli		
35. *Rex regum domine noster*	*justus ut palma minor* (D. 5, 149)	*de doctoribus, de uno confessore* (D. 5, 148)	34	28
36. *Laurenti David magni martyr*	*romana* (Sch. s. 45)	*de s. Laurentio* 10 Aug.	18	4
3. *Congaudent angelorum chori*	*mater* (Sch. s. 45)	*de assumptione b. M. v.* 15 Aug.	19	13
38. *Summum praeconem Christi*	*captiva* (D. 5, 87)	*in decollatione s. Joannis* 29 Aug.		24
39. *Ecce sollemnis diei canamus*	*puella turbata* (D. 5, 88)	*in nativitate b. M. v.* 8 Sept.		38
40. *Sancti belli celebremus triump.*	*metensis minor* (D. 5, 92)	*de s. Mauritio* 22 Sept.		35
41. *Ibant pariter animis*	*hypodiaconissa* (D. 5, 93)	*de s. Mauritio* 22 Sept.		3

	Anfang der sequenz	Melodie	Fest	P	Gm
42.	*Magnum te Michaelem*	*graeca* (D. 5, 95)	*de s. Michaele* 29 Sept.	23	15
43.	*Christe sanctis unica spes*	*dies sanctificatus* (D. 5, 100)	*de s. Gallo* 16 Oct.		1
44.	*Dilecte deo Galle perenni*	*justus ut palma minor* (Sch. ex. 30)	*de s. Gallo* 16 Oct.	25	28
45.	*Psallat ecclesia mater illibata*	*laetatus sum* (D. 5, 101)	*in dedicat. ecclesiae*	22	31
46.	*Sollemnitatem huius devoti*	*fidicula* (Sch. s. 63)	*in dedicat. ecclesiae*		44
47.	*Omnes sancti seraphim*	*vox exultationis* (Sch. ex. 32)	*de omnibus sanctis* 1 Nov.	26	33
48.	*Sacerdotem Christi Martinum*	*beatus vir qui timet* (D. 5, 119)	*de s. Martino* 11 Nov.	27	34
49.	*Eia fratres cari festivitatem*	*eia turma* (D. 5, 120)	*de s. Othmaro* 16 Nov.		42
50.	*A solis occasu usque ad ex.*	*beatus vir qui suffert* (D. 5, 121)	*de s. Columbano* 21 Nov.	29	36
51.	*Deus in tua virtute s. Andreas*	*nimis honorati sunt* (Sch. s. 46)	*de s. Andrea* 30 Nov.	30	
52.	*Clare sanctorum senatus*	*aurea* (Sch. ex. 34)	*de apostolis*	31	37
53.	*Agone triumphali militum*	*vox exultationis* (Sch. s. 46)	*de martyribus*	32	33
54.	*Quid tu virgo mater ploras*	*virgo plorans* (D. 5, 147)	*de martyribus*	33	19
55.	*Prompta mente trinitati can.*		*de sancta trinitate*		

[1] Die sequenz steht in Branders sammlung aus der sie Schubiger ex. 38 abgedruckt hat, unter dem titel *Te martyrum*, weicht aber durchaus ab von der sequenz *Laus tibi Christe qui humilis homo*, welche in einer Einsiedler hs. (Schub. ex. 6) und in Branders sammlung (D. 5, 45) denselben titel führt. Schubiger s. 46 bezeichnet als melodie der ersteren *Te martyrum mirabilis*, und bemerkt s. 40 anm. 7 dafs die melodie *Mirabilis* auch unter dem namen *Te martyrum* vorkomme.

[2] Für die sonn- und festtage zwischen ostern und pfingsten stimmen die hss. in der verwendung der sequenzen nicht überein: nr. 17 *feria sexta in albis* D. 2, 55. — nr. 18 *feria* III *post pascha* M. 1, 211. — nr. 25 *in dominica post oct. pasch.* D. 2, 56. — nr. 26 *in dom. post ascens.* D. 2, 54. — nr. 27. *in dom. post oct. pasch.* D. 2, 56. — nr. 29 *in dom. infra octav. ascens.* D. 5, 65.

Verzeichnis der sequenzen in der SEmmeramer hs.

	Anfang der sequenz	Melodie	Fest	G	Gm
1.	*Eia recolamus laudibus piis digna*	*eia turma*	*in nativitate dom.* 25 Dec.	2	42
2.	*Grates nunc omnes reddamus*		*in nativitate dom.* 25 Dec.		
3.	*Natus ante saecula dei filius*	*dies sanctificatus*	*in nativitate dom.* 25 Dec.	1	1
4.	*Hanc concordi famulatu colamus*	*concordia*	*de s. Stephano* 26 Dec.	3	2
5.	*Joannes, Jesu Christo multum dilecte*	*romana*	*de s. Joanne evang.* 27 Dec.	5	4
6.	*Laus tibi Christe, patris opt. n. deus*	*mirabilis*	*de ss. innocentibus* 28 Dec.	6	41
7.	*Festa Christi omnis christianitas*	*trinitas*	*de epiphania* 6 Jan.	10	7
8.	*Concentu parili hic te, Maria*	*symphonia*	*in purificatione b. M. v.* 2 Febr.	12	10
9.	*Laudes salvatori voce modul.*	*frigdola*	*in dominica paschae*	15	12
10.	*Pangamus creatoris atque redempt.*	*mater*	*feria II paschae*	16	13
11.	*Agni paschalis esu potuque dignas*	*graeca*	*feria III paschae*	19	15
12.	*Grates salvatori ac regi Christo*	*duo tres*	*feria IV paschae*	20	16
13.	*Summi triumphum regis pros.*	*captiva*	*de ascensione*	28	24
14.	*Sancti spiritus adsit nobis gr.*	*occidentana*	*in die pentecostes*	31	27
15.	*Sancti baptistae, Christi praec.*	*justus ut palma major*	*de s. Joanne bapt.* 24 Juni	32	5
16.	*Petre, summi Christi pastor, et P.*	*concordia*	*de ss. Petro et Paulo* 29 Juni	33	2
17.	*Sancti merita Benedicti inclyta*	*occidentana* (D. 5, 79)	*de s. Benedicto* 17 Juli		27
18.	*Laurenti David magni martyr*	*romana*	*de s. Laurentio* 10 Aug.	36	4
19.	*Congaudent angelorum chori*	*romana*	*de assumptione b. M. v.* 15 Aug.	37	4
20.	*Stirpe Maria regia procreata*	*adducentur* (Sch. s. 45)	*de nativitate b. M. v.* 8 Sept.		29

	Anfang der sequenz	Melodie	Fest	G	Gm
21.	*Gaudens ecclesia hanc dieculam*	*symphonia* (D. 5, 310)	*de s. Emmeramo* 22 Sept.		10
22.	*Psallat ecclesia mater illibata*	*laetatus sum*	*in dedicatione ecclesiae*	45	31
23.	*Magnum te Michaelem habentem*	*graeca*	*de s. Michaele* 29 Sept.	42	15
24.	*Ad celebres rex coelice laudes*		*de s. Michaele* 29 Sept.		
25.	*O dilecte domino, Galle perenni*	*justus ut palma minor*	*de s. Gallo* 16 Oct.	44	28
26.	*Omnes sancti Seraphim, Cherub.*	*vox exultationis*	*de omnibus sanctis* 1 Nov.	47	33
27.	*Sacerdotem Christi Martinum*	*beatus vir qui timet*	*de s. Martino* 11 Nov.	48	34
28.	*Laude dignum sanctum canat*	*metensis minor* (D. 5, 120)	*de s. Othmaro* 16 Nov.		35
29.	*A solis occasu usque ad exortum*	*beatus vir qui suffert*	*de s. Columbano* 21 Nov.	50	36
30.	*Deus in tua virtute sanctus Andr.*	*nimis honorati sunt*	*de s. Andrea* 30 Nov.	51	
31.	*Clare sanctorum senatus apost.*	*aurea*	*de apostolis*	52	37
32.	*Agone triumphali militum regis*	*vox exultationis*	*de martyribus*	53	33
33.	*Quid tu virgo mater ploras, R.*	*virgo plorans*	*de martyribus*	54	19
34.	*Rex regum, deus noster colende*	*justus ut palma minor*	*de doctoribus, uno confessore*	35	28
35.	*Virginis venerandae de numero*	*filia matris*	*de una virgine*	13	9
36.	*Benedicta semper sancta sit trinit.*		*de s. trinitate*		
37.	*Alma cohors domini compangat*		*de s. trinitate*		
38.	*Exultemus in ista fratres sollem.*		*de s. Dionysio*		

Ein blick auf die reihe der festtage lehrt dafs beide sammlungen, zu praktischem zwecke angelegt, die sequenzen so auf einander folgen lafsen wie sie im laufe des kirchenjahres zur verwendung kamen. beide sammlungen stimmen daher in der folge der sequenzen die ihnen gemeinsam sind, überein. dafs die gesänge auf das kirchweihfest (G 45. 46. P 22) an verschiedener stelle stehen, ist eine notwendige abweichung da die handschriften aus verschiedenen klöstern stammen. leicht erklärt sich auch dafs zwei sequenzen *Rex regum deus noster colende* auf einen bekenner und *Virginis venerandae de numero* auf eine jungfrau in G 35. 13 mitten unter den andern, in P 34. 35 hingegen am ende stehen. so pflegen nämlich die sammlungen eingerichtet zu sein dafs auf die für bestimmte feste und heilige gedichteten gesänge die gemeinsamen auf die bekenner, märtyrer, jungfrauen, apostel usw. folgen. während also in G diese sequenzen an der stelle blieben, wo sie zuerst vorkamen, stellte sie der schreiber von P hinter die übrigen. die sequenz auf den heiligen Dionysius welche in P den schlufs bildet, mufs, weil ihre stellung der durchgehenden anordnung widerstreitet, als späterer zusatz angesehen werden. sie ist speciell für die Regensburger kirche bestimmt, und form und inhalt erweisen sie als ein jüngeres product (vgl. Daniel 5, 37).

Die Sanct-Galler melodiensammlung.

Neben den beiden besprochenen hss. ist von gröster bedeutung die SGaller hs. nr. 484 (im folgenden bezeichnet durch Gm) auf welche Schubiger s. 41 f. zuerst die aufmerksamkeit gelenkt hat. nach seinen angaben gehört sie wahrscheinlich noch dem 9 jahrh. an und soll von s. 258—295 die entwürfe der Notkerischen melodien, doch ohne den text enthalten. ob dieses merkwürdige document der originalentwurf zu den Notkerischen sequenzen sei, meint Schubiger, dürfte wohl kaum mehr entschieden werden, jedenfalls erscheine es als eine ehrwürdige copie desselben und sei schon darum von wichtigkeit, weil es die ansicht bekräftige dafs Notker zuerst den melodischen plan entworfen und erst dann den melodien die textworte angepasst habe. von den 50 Notkerischen melodien fehlten nur sechs: *Dominus regnavit*, *Justus germinavit*, *Nimis honorati sunt*, *Pretiosa est*, *Amoena* und *Virguncula clara*. — Die untersuchung wird ergeben wie weit diese ansichten für richtig gelten können.

Die namen der vierundvierzig melodien sind folgende: 1. *Dies sanctificatus.* 2. *Concordia.* 3. *Hypodiaconissa.* 4. *Romana.* 5. *Justus ut palma maior.* 6. *Cignea.* 7. *Trinitas.* 8. *Planctus sterilis.* 9. *Filia matris.* 10. *Symphonia.* 11. *Nostra tuba.* 12. *Frigdola.* 13. *Mater.* 14. *Obtulerunt.* 15. *Graeca.* 16. *Duo tres.* 17. *Organa.* 18. *Pascha.* 19. *Virgo plorans.* 20. *Deus judex justus.* 21. *In te domine speravi.* 22. *Qui timent.* 23. *Exultate deo.* 24. *Captiva.* 25. *Dominus in Sina in sancto.* 26. *Confitemini.* 27. *Occidentana.* 28. *Justus ut palma minor.* 29. *Adducentur.* 30. *Laudate dominum.* 31. *Laetatus sum.* 32. *Adorabo.* 33. *Vox exultationis.* 34. *Beatus vir qui timet.* 35. *Metensis minor.* 36. *Beatus vir qui suffert.* 37. *Aurea.* 38. *Puella turbata.* 39. *Metensis maior.* 40. *Te martyrum.* 41. *Mirabilis.* 42. *Eia turma.* 43. (ohne angabe des titels). 44. *Fidicula.*

Ein vergleichender blick auf die tabelle welche den inhalt der andern SGaller hs. darstellt, zeigt dafs die ersten siebenundzwanzig melodien in Gm nach demselben gesichtspunkt geordnet sind wie die sequenzen in G, d. h. nach der reihe der kirchlichen feste. für die sequenzen G 2. 6. 8. 11. 17 fehlen in diesem teile von Gm die entsprechenden melodien, für die melodien Gm 8. 26 fehlen in G die entsprechenden sequenzen; die melodien der sequenzen G 12. 13 stehen in Gm 10. 9 in umgekehrter ordnung[1], sonst herscht völlige übereinstimmung. — Dafs die melodie *Symphonia* für die sequenz G 30 an entsprechender stelle in Gm nicht steht, ist nur eine scheinbare abweichung; denn diese melodie kommt schon vorher bei einer andern sequenz G 12, Gm 10 vor, und wer nur die melodien ohne die texte sammelte, konnte keinen grund haben dieselbe melodie zweimal in seine sammlung zu schreiben.

Diesen letzten umstand mufs man im auge behalten, um ein ähnliches verhältnis auch zwischen G 32—54 und Gm 28—37 wahr zu nehmen. von den sequenzen G 32. 33. 36—38. 41—43. 54,

---

[1] Diese abweichung läfst sich vielleicht erklären. zu den in SGallen besonders geschätzten heiligen scheinen Agnes und Agathe gehört zu haben. sie allein von allen heiligen jungfrauen werden in Ratperts litanei (Canisius ed. Basn. 2, 3, 119) angerufen. der tag der heiligen Agnes ist der 21 januar, der der h. Agathe der 5 februar. in G steht die sequenz *De una virgine* unmittelbar nach der sequenz auf Mariae reinigung (2 februar), in Gm unmittelbar vor derselben. der sammler von Gm liefs sie schon am tage der heiligen Agnes, der von G erst am tage der heiligen Agathe singen.

welche nach melodien gehen, die schon vorher zur verwendung gekommen waren, darf man in Gm keine spur erwarten; für die sequenzen G 34. 39. 46. 49. 51 fehlen in diesem teile von Gm die entsprechenden melodien überhaupt. doch auch die reihe, welche übrig bleibt zeigt zu den melodien Gm 28—37 nicht so nahe beziehung, wie sie zwischen den ersten teilen hervortrat. nun hat aber P auf das geburtsfest der jungfrau Maria eine sequenz nach der melodie *Adducentur*, nicht wie G nach *Puella turbata*, und auf den heiligen Othmar eine sequenz nicht nach der melodie *Bia turma*, sondern nach *Metensis minor*. läfst man hier P an die stelle treten von G, so ergiebt sich folgende reihe von melodien: *Justus ut palma minor, Adducentur*, (*Metensis minor, Justus ut palma minor*) *Laetatus sum, Vox exultationis, Beatus vir qui timet, Metensis minor, Beatus vir qui suffert, Aurea, Vox exultationis* — welche, wenn man von den eingeklammerten namen absieht, genau mit Gm 28—37 übereinstimmt. Es ist also klar dafs auch Gm 28—37 nach den festen des kirchenjahres geordnet ist.

Nach der melodie Gm 36 geht die sequenz auf den heiligen Columban (21 november), nach der folgenden *Aurea* Gm 37 die auf die apostel; die auf die märtyrer (G 53. 54) wiederholen frühere melodien, mit der melodie *Aurea* ist also für eine sammlung die nur die noten enthält, der jahreskreifs geschlofsen.

Wie nun die sequenz P 38, weil sie aufserhalb der festfolge am schlufse der hss. steht als späterer nachtrag angesehen wurde, so müfsen consequenter weise auch die melodien Gm 38—44 als solche gelten, woraus aber nicht folgt dafs nicht auch die nächst vorhergehenden melodien schon nachträge sind. für Gm 37 scheint sich dies aus folgendem zu ergeben: es ist oben hervorgehoben dafs die sequenzen, welche auf gemeinsame feste gehen, am schlufs der sammlungen zu stehen pflegen, so in P *Rex regum deus noster colende* und *Virginis venerandae de numero*. da nun beide SGaller hss. übereinstimmend diese sequenzen mitten in die übrigen einschalten, so mufs der umstand dafs die vier letzten sequenzen in G (eine auf die apostel, zwei auf die märtyrer, eine auf die trinität) nicht in gleicher weise eingereiht sind, befremden. ihre stellung widerstreitet dem sonst bewahrten princip und mufs zu der annahme führen dafs sie ein nachtrag sind. derselbe schlufs gilt für die melodie *Aurea* Gm 37, nach der die erste von ihnen geht. vor der hand erscheint also Gm 1—36 als eine abgeschlofsene, nach der festfolge angelegte sammlung von melodien, zu der Gm 37—44 als ein späterer anhang trat.

Schlufsfolgerungen über das verhältnis der sammlungen G, Gm, P.

1. Wenn Gm 37—44 ein nachtrag ist, so kann keine sequenz nach einer der melodien *Aurea, Puella turbata, Metensis major, Te martyrum, Mirabilis, Eia turma*, nach der unbenannten dreiundvierzigsten und nach *Fidicula* in dem kanon von sequenzen enthalten gewesen sein, welcher der melodiensammlung Gm 1—36 entsprach; also nicht G 2 = P 1, G 6 = P 6, G 52 = P 31. G 8. 11. 39. 46. 49.

2. Da die sammlung Gm jede melodie nur einmal bringt, und zwar an der stelle, wo sie zum ersten mal gebraucht wurde, so können die sequenzen in G und P, welche eine vorangegangene melodie wiederholen, dem kanon Gm 1—36 möglicher weise entsprochen haben, nicht aber die, deren melodie in Gm erst später folgt; also wohl G 32 = P 15, G 33 = P 16, G 36 = P 18, G 37 = P 19, G 42 = P 23, G 44 = P 25, G 53 = P 32, G 54 = P 33; G 30. 38. 41. 43. P 17. 21 aber nicht G 40.

3. Daraus dafs die melodien Gm 37—44 einer abgeschlofsenen sammlung angehängt sind, folgt nicht dafs sie erst später bearbeitet sind; denn an sich kann etwas gleichaltriges oder selbst älteres später nachgetragen werden. aber gegenüber der tatsache dafs diese poesie, zu der Notker den grund legte, auch nach ihm in SGallen reichlich gepflegt wurde, ist es jedenfalls wahrscheinlicher dafs ein SGaller mönch der einen vollständigen kanon für das ganze jahr anlegte, alle melodien aufnahm, die zu seiner zeit in gebrauch waren, als dafs er eine auswahl traf, der später durch ihn selbst oder durch andere das anfänglich verschmähte wieder angehängt wurde. läfst man diese hypothese, die weitere bestätigung erfahren wird gelten, so folgt dafs alle sammlungen, die eine sequenz nach einer der melodien Gm 37—44 enthalten, jünger sind als der kanon Gm 1—36, also auch P und G.

4. Wenn Gm 1—36 die älteste von den drei sammlungen ist, so folgt dafs P der auszug eines SGaller sequentiariums ist; denn in P fehlt eine grofse zahl von sequenzen, welche Gm als die ältesten verbürgt.

5. Da G am geburtsfeste der heiligen jungfrau und am tage

des heiligen Othmar sequenzen nach den später aufgenommenen melodien *Puella turbata* und *Eia turma* bietet, P hingegen die des alten kanons *Adducentur* und *Metensis minor* festhält, so mufs die quelle von P in manchen punkten ursprünglicher gewesen sein als G.

6. Die sequenzen *Virginis venerandae de numero* (G 13) und *Rex regum deus noster colende* (G 35), welche in P an das ende der sammlung getreten sind, stehen in Gm wie in G unter den andern sequenzen, also ist die folge in G hier ursprünglicher als in P.

Ist Gm 1—36 eine sammlung der Notkerschen melodien?

Um die frage, ob Gm 1—36 eine sammlung Notkerscher melodien sei, zur entscheidung bringen zu können, müfsen zwei punkte erörtert werden:

1. findet sich in Gm 1—36 eine melodie, die nachweislich nicht von Notker verfafst ist?

Nach der melodie *Beatus vir qui suffert* (Gm 36) sind vier sequenzen bekannt[1]: eine auf den heil. Pirminius (3 november), eine auf den heil. Blasius (3 februar), eine auf den heil. Quirinus (30 märz), eine auf den heil. Columban (21 november). in Gm folgt die melodie auf *Metensis minor*, nach welcher die sequenz auf den heil. Othmar (16 november) gesungen wurde. aus der anordnung des kanons ergiebt sich dafs der verfafser desselben von den vier sequenzen nur die letzte vor augen gehabt haben kann, denn die tage der andern heiligen gehen dem des h. Othmar voran. da nun die sequenz auf den h. Columban *A solis occasu usque ad exortum* nach dem unverwerflichen zeugnis Ekkehards IV (Pertz M. 2. s. 117 f.) von Ekkehard I ist, so kann Gm 1—36 der Notkersche kanon nicht sein. es ist aber schon oben bemerkt dafs nichts zwingt den nachtrag zu Gm erst mit nr. 37 beginnen zu lafsen; weist man also Gm 36 auch schon demselben zu, so fällt der angriff auf die echtheit von Gm 1—35 hin, und für den nachtrag gewinnt man eine zeitliche bestimmung. für keine melodie in Gm 1—35 läfst sich nachweisen dafs Notker sie nicht bearbeitet habe.

[1] angeführt von Bartsch, die lateinischen sequenzen des mittelalters (Rostock 1868) s. 11.

2. findet sich in Gm 1—35 eine melodie, die nachweislich von Notker verfaſst ist, nicht?

a. In dem widmungsschreiben an den bischof Liutward von Vercelli (Daniel thes. hym. 5, 5 f.) erwähnt Notker selbst vier sequenzen: *Laudes domino concinat orbis ubique totus* (nach der melodie *Organa*), *Dominus in Sina*, *Psallat ecclesia*, *Mater illibata* (nach der melodie *Laetatus sum*).

b. Ekkehard IV erzählt in den casus SGalli (Pertz 2, 102) daſs der papst Adrian auf Karls des groſsen bitte zwei sänger, Petrus und Romanus, ins Frankenreich gesandt habe, um den entarteten kirchengesang nach römischem muster wieder herzustellen. nach dem zielpunkt ihrer reise, nach Metz, sei aber nur Petrus gelangt, Romanus sei unterwegs erkrankt, habe in SGallen aufnahme gefunden und dann dauernden aufenthalt genommen. '*fecerat quidem Petrus ibi jubilos ad sequentias, quas Metenses vocat, Romanus vero romane nobis et amoenae de suo jubilos modulaverat, quos quidem post Notker, quibus videmus, verbis ligabat; frigdorae autem et occidentanae, quas sic nominabat, jubilos, illis animatus aetiam ipse de suo excogitavit.*'[1] Romanus also setzte den mönchen von SGallen jubelläufe der *Romana* und *Amoena*, die Notker nachher mit den wohlbekannten texten versah; und durch sie angeregt erfand er später selbst die jubelläufe der *Occidentana* und *Frigdora*. so wird die stelle wohl erklärt werden müſsen. an sich könnte man *amœnae* und *romane* auch als adverbia nehmen: 'lieblich und nach römischer weise', aber sie als substantiva zu nehmen zwingt der umstand daſs wirklich nicht selten zwei melodien *Romana* und *Amoena* vorkommen. Letztere noch öfter als man bisher geglaubt hat. Schubiger führt s. 24 drei sequenzen, die nach ihr gehen an: *Carmen suo dilecto* auf den ersten samstag nach dem osterfeste, *Blandis vocibus* auf das fest der unschuldigen kinder (Morel lat. hym. s. 141), *Gaude semper serena* auf die heilige Margaretha; die erste hat er in zwei Einsiedler, die beiden andern in SGaller hss. gefunden. alle drei finden sich auch in Branders sammlung (Daniel 5, 45. 192. 65), die erste und dritte ohne angabe der melodie, die zweite aber unter dem titel *Pascha*. unter demselben titel wird

[1] So wird doch wohl zu interpungieren sein; bei Pertz und Wolf über lais, sequenzen und leiche s. 100 steht, mir unverständlich, hinter *modulaverat* und *jubilos* ein semikolon.

auch noch eine sequenz auf die h. Afra erwähnt (Daniel 5, 83; gedruckt bei Mone 3, 169). eine vergleichung, die allerdings durch die verkehrte texteintheilung bei Morel nicht erleichtert wird, zeigt dafs die sequenzen auf die h. Afra und die unschuldigen kinder sowohl unter sich als auch mit *Carmen suo dilecto* übereinstimmen, dafs also *Amoena* und *Pascha* nur verschiedene namen für dieselbe sache sind[1].

c. In den interlinearbemerkungen zu Ekkehards IV rythmen über den h. Othmar (Pertz 2, 56 v. 27—34) werden zweimal 50 sequenzen Notkers erwähnt und namentlich angeführt die weihnachtssequenz *Natus ante saecula* nach der melodie *Dies sanctificatus,* und zweimal die pfingstsequenz *Sancti spiritus adsit nobis gratia* nach der melodie *Occidentana.*

Diese zeugnisse, welche Schubiger gesammelt hat, erwähnen im ganzen neun melodien als von Notker bearbeitet; alle neun finden sich in Gm 1—35 (*Organa* 17, *Dominus in Sina* 25, *Mater* 13, *Laetatus sum* 31, *Romana* 4, *Occidentana* 27, *Frigdora* 12, *Dies sanctificatus* 1, *Amoena* = *Pascha* 18); also auch von dieser seite erwächst kein hindernis den kanon Gm 1—35 als Notkerisch anzusehen.

Dafs in dem nachtrag Gm 36—44 nicht auch noch Notkersche melodien enthalten seien, folgt aus dem angeführten mit notwendigkeit nicht. Notker widmete sein werk dem bischof Liutward von Vercelli im jahre 885 (Dümmler SGallische denkmäler s. 259); er starb 912. vorausgesetzt dafs Gm 1—35 die ursprüngliche sammlung repraesentiert, hatte er noch zeit und anlafs genug, das werk, welches so günstige aufnahme gefunden hatte, zu erweitern. dafür scheint das zeugnis eines mönches aus dem 11 jahrh., namens Godeschalk, zu sprechen, welcher berichtet (Schubiger s. 44 anm. 3): *Domnus Notkerus de apostolis: Clare sanctorum senatus apostolorum composuit, de assumptione sanctae Mariae: Congaudent angelorum fecit.* diese letzte sequenz geht nach der melodie *Aurea*, also nach einer, welche im anhang steht. aber Godeschalks zeugnis fällt nicht eben schwer ins gewicht. wie leicht konnte er, der kein SGaller mönch war, aber SGallen als die heimat, Notker als den vater der sequenzen kannte, alle sequenzen, die er

[1] Die vierte sequenz, auf die h. Margaretha ist noch nicht gedruckt, schwerlich wird sie sich der übereinstimmung mit den andern entziehen.

in seinem 'Notkerschen sequentiarium' fand für werke Notkers halten, während es nur der gröſsere teil war. da die erste sequenz des nachtrags von Ekkehard I ist, derselbe also nicht vor Ekkehards zeit angehängt sein kann, da ferner auch die letzte melodie *Fidicula* nach ausdrücklichem[1] zeugnisse nicht von Notker ist, und keine einzige der neun letzten melodien durch ein altes SGaller zeugnis namentlich dem Notker beigelegt wird, so mag man, so lange nicht neue beweise beigebracht werden, die sequenzen des anhangs lieber als werke andrer ansehen.

Verzeichnis der Notkerschen sequenzen.

Nachdem die untersuchung so weit gediehen ist, möge der versuch gewagt werden, einen kanon von sequenzen aufzustellen, wie er möglicher weise dem sammler von Gm 1—35 vorgelegen haben kann. derselbe muſs für jede der 35 melodien mindestens eine sequenz, kann aber noch eine unbestimmte anzahl von sequenzen enthalten haben, welche eine vorangehende melodie wiederholen. der versuch wird von den alten sammlungen P und G ausgehen müſsen, und in die folgende tabelle ist aus ihnen alles aufgenommen, was den im vorhergehenden begründeten forderungen nicht widerspricht.

[1] Der melodie *Fidicula* folgt nach Schubigers angabe (s. 63) die sequenz: *Solemnitatem hujus devoti filii* (G 46). Nach einer bemerkung in Branders sammlung (Daniel 5, 101) verfaſste den text derselben der dekan Waldram, der im anfang des 10 jahrh. lebte, die melodie ein pater Johannes.

	Anfang der Sequenz	Melodie	Fest	G	P
1.	*Natus ante saecula dei filius*	*deus sanctificatus*	*in nativitate domini* 25 Dec.	1	3
2.	*Hanc concordi famulatu colamus*	*concordia*	*de s. Stephano* 26 Dec.	3	4
[3.	*Christi domini militis*	*hypodiaconissa*	*de s. Stephano* 26 Dec.	4	
4.	*Joannes Jesu Christo multum*	*romana*	*de s. Joanne evangelista* 27 Dec.	5	5
5.	*Laus tibi Christe p. o. n. cui sapit*	*justus ut palma major*	*de ss. innocentibus* 28 Dec.	7	
6.	*Gaude Maria, virgo dei genitrix*	*cignea*	*in die circumcisionis* 1 Jan.	9	
7.	*Festa Christi omnis Christianitas*	*trinitas*	*de epiphania* 6 Jan.	10	7
8.	*Iste dies celebris constat*	*planctus sterilis*	*in octava epiphaniae*		
9.	*Virginis venerandae de numero*	*filia matris*	*de una virgine*	13	35
10.	*Concentu parili hic te Maria*	*symphonia*	*in purificatione b. M. v.* 2 Febr.	12	8
11.	*Nostra tuba regatur fortissima*	*nostra tuba*	*in sabbato septuagesimae*	14	
12.	*Laudes salvatori voce modulemur*	*frigdola*	*in dominica paschalis*	15	9
[13.	*Pangamus creatori atque redemptori*	*mater*	*feria* II *paschatis*	16	10]
14.	*Christe domine, laetifica*	*obtulerunt*	*feria* III *post dom. sec. pasch.*	18	
15.	*Agni paschalis esu*	*graeca*	*feria* III *paschae*	19	11
16.	*Grates salvatori ac regi*	*duo tres*	*feria* IV *paschae*	20	12
17.	*Laudes deo concinat orbis*	*organa*	*feria* V *paschae*	21	
18.	*Carmen suo dilecto ecclesia*	*pascha*	*in sabbato in albis*	22	
19.	*Haec est sancta sollemnitas*	*virgo plorans*	*in octava paschae*	23	
20.	*Judicem nos inspicientem*	*deus judex justus*	*in dom. post oct. paschae*	24	
21.	*Laus tibi sit o fidelis deus*	*in te domine speravi*	*in dom.* II *post oct. paschae*	25	
22.	*En regnator coelestium terren.*	*qui timet dominum*	*in dom.* III *post oct. paschae*	26	
23.	*Laeta mente canamus deo*	*exultate deo*	*in dom.* IV *post oct. paschae*	27	
24.	*Summi triumphum regis*	*captiva*	*de ascensione*	28	13

Anfang der sequenz	Melodie	Fest	G	P
25. *Christus hunc diem jucundum*	*dominus in Syna*	*in octava ascensionis*	29	
26. *O quam mira sunt deus*	*confitemini*	*in dominica post ascensionem*		
27. *Sancti spiritus adsit nobis*	*occidentana*	*in die pentecostes*	31	14
28. Sancti baptistae, Christi	justus ut palma major	de s. Joanne baptista 24 Juni	32	15
29. Petre summe Christi pastor	concordia	de ss. Petro et Paulo 29 Juni	33	16
[30. Sancti merita Benedicti inclyta	occidentana	de s. Benedicto 17 Juli		17]
31. *Rex regum domine noster*	*iustus ut palma minor*	*de dóctoribus, de uno confessore*	35	34
32. Laurenti David magni martyr	romana	de s. Laurentio 10 Aug.	36	18
33. Congaudent angelorum chori	mater	de assumptione b. M. v. 15 Aug.	37	19
34. *Stirpe Maria regia procreata*	*adducentur*	*de nativitate b. M. v.* 8 Sept.		20
[35. Gaudens ecclesia hanc dieculam	symphonia	de s. Emmeramo 22 Sept.		21]
36. Ibant pariter animis	hypodiaconissa	de s. Mauritio 22 Sept.	41	
37. *Angelorum ordo sacer*	*laudate dominum*	*de ss. angelis*		
[38. Magnum te Michaelem	graeca	de s. Michaele 29 Sept.	42	23]
[39. Christe sanctis unica spes	dies sanctificatus	de s. Gallo 16 Oct.	43	]
40. Dilecte deo Galle perenni	justus ut palma minor	de s. Gallo 16 Oct.	44	25
41. *Psallat ecclesia mater illibata*	*laetatus sum*	*in dedicatione ecclesiae*	45	22
42. *Tu civium deus conditor*	*adorabo*	*in dedicatione ecclesiae*		
43. *Omnes sancti seraphim*	*vox exultationis*	*de omnibus sanctis* 1 Nov.	47	26
44. *Sacerdotem Christi Martinum*	*beatus vir qui timet*	*de s. Martino* 11 Nov.	48	27
45. *Laude dignum sanctum canat*	*metensis minor*	*de s. Othmaro* 16 Nov.		28
[46. Agone triumphali militum	vox exultationis	de martyribus	53	32]
[47. Quid tu virgo mater ploras	virgo plorans	de martyribus	54	33]

Für vier melodien bieten P und G keinen sequenz, da aber die melodienfolge der festfolge entspricht, so ist es möglich für diese melodien die zugehörige sequenz zu bestimmen. nach der melodie *Planctus sterilis* sind zwei sequenzen bekannt: *Benedicto gratias deo* für die pfingstoctav (Mone 1, 256) und *Iste dies celebris constat* für die Epiphanienoctav (Mone 1, 81). nur die letztere kann dem sammler von Gm vorgelegen haben, als er die melodie an achter stelle, nach dem epiphanienfest, vor Mariae reinigung einschaltete. nach der melodie *Confitemini* ist nur eine sequenz bekannt: *O quam mira sunt deus tua portenta* auf den sonntag nach himmelfahrt (Schubiger ex. 22) oder für die octav von himmelfahrt (Mone 1, 233); ebenso nach *laudate dominum* nur eine sequenz auf die heiligen engel (angeführt von Schubiger s. 46) *Angelorum ordo sacer;* und nach *Adorabo* eine auf das kirchweihfest *Tu civium deus conditor* (Morel nr. 105). alle drei fügen sich in die ordnung der hs. und können daher für das ursprüngliche gehalten werden.

Dafs die so aufgestellte reihe von sequenzen, welche dem kanon Gm 1—35 nicht widerspricht, ihm würklich zu grunde liege, folgt aus der bisherigen untersuchung noch keineswegs. nicht geringe sicherheit bietet sie in den fällen, wo die ordnung der melodien, feste und sequenzen in G und P übereinstimmen. denn wollte man z. b. annehmen, dafs die weihnachtssequenz *Natus ante saecula* nach der melodie *Dies sanctificatus* dem sammler von Gm noch nicht vorgelegen habe, der doch jene melodie an die spitze seiner sammlung stellt, so würde man zu der zweiten annahme gezwungen dafs ein jüngerer dichter auf dasselbe fest nach derselben melodie eine neue sequenz gedichtet habe. dieser fall ist aber überhaupt selten eingetreten. bei den 50 melodien, zu denen Bartsch (die lateinischen sequenzen des mittelalters s. 7—17) die zugehörigen sequenzen zusammengestellt hat, kommt er nur zweimal vor, einmal bei *Hypodiaconissa*, nach welcher zwei sequenzen auf den h. Stephanus gehen, dann bei *Mater*, nach welcher zwei ostersequenzen gedichtet sind. diese erscheinung erklärt sich auch ganz natürlich. die, welche nach Notker sequenzen dichteten, wollten entweder festen, die er übergangen hatte, den schmuck der sequenzen verleihen, oder neue melodien an stelle der alten setzen; einen herschenden text durch einen andern gleichen inhalts zu ersetzen war weniger anlafs. Viel unbedeutendere sicherheit hingegen hat der kanon in dem falle, wo eine sequenz eine vorhergehende melodie wiederholt; denn für solche legt die alte melodiensammlung kein positives zeugnis ab und P und G haben manches aufgenommen was erwiesenermafsen andern dichtern gehört. alle solche sequenzen sind daher durch veränderten druck gekennzeichnet; die aber, welche sich weiterer betrachtung als unecht herausstellen in klammern eingeschlofsen.

Um aus der form der sequenzen ein kriterium für echtheit oder unechtheit zu gewinnen, wird man sich zunächst auf die 35 zu beschränken haben, welche durch die aufnahme ihrer melodie in Gm als die sichersten gelten dürfen. zwei von ihnen nr. 11. 37 sind soviel mir bekannt noch nicht gedruckt. unter den übrigen drei und dreifsig sind nur zwei nr. 3 und 13, deren versikel gereimt sind, und zwar so dafs ein reim durch die ganze sequenz geht; alle übrigen sind reimlos. dafs Notker den reim gekannt habe, und wenn er wollte auch anwenden konnte, unterliegt keinem zweifel; merkwürdig wäre aber wenn er ihn nur in zweien angewandt und durchgeführt, in den übrigen verschmäht hätte. nun sind diese beiden gereimten sequenzen gerade diejenigen, denen je noch eine andere nach derselben melodie auf dasselbe fest zur seite steht. sollten da nicht die beiden gereimten sequenzen als jüngerer ersatz angesehen werden müfsen? an stelle von nr. 3 würde dann ursprünglich die sequenz *Protomartyr domini Stephane*, an stelle von nr. 13 *Laudes Christo redempti voce modulemur supplici* gestanden haben. die erste ist leider noch ungedruckt; Daniel (5, 42) theilt aus Branders sammlung nur den anfang mit, aber nach Schubigers angabe (s. 46) soll sie schon in den ältesten sammlungen mit Notkers namen vorkommen. die andere findet sich bei Daniel 2, 178. Daniel giebt an dafs sie in vielen kirchen Deutschlands am zweiten osterfeiertage angewendet wurde, kennt sie aber nur aus gedruckten missalien und setzt sie s. 170 ins 14 oder 15 jahrh. ich sehe nicht dafs diese angabe irgend wie begründet ist, und bemerke nur dafs Schubiger (s. 46) sie aus alten hss. kennen will. sie ist reimlos und würde ganz wohl unter die übrigen passen. — Läfst man hiernach die reimlosigkeit als kriterium der Notkerschen sequenzen gelten, so müfsen aufser nr. 3 und 13 aus der zahl derer, die durch äufsere zeugnisse weniger beglaubigt sind, nr. 30. 38. 39 ausgeschieden werden.

Wieder einen schritt weiter kommt man durch die betrachtung der feste, an denen sequenzen gesungen wurden. der gröfsere teil derselben fällt in das *semestre domini*, die erste hälfte des kirchenjahres von weihnachten bis pfingsten, der kleinere in das *semestre ecclesiae.* — Der erste abschnitt der feste die sich auf Christus beziehen umfafst: das weihnachtsfest, seine octav, die sich im 6 jahrh. als *festum circumcisionis* gestaltete, das epiphanienfest und schliefst mit dem sabbat vor *septuagesima.* an diesem tage begann der osterfestkreifs, in dem lustbarkeiten und verkehr nach möglichkeit beschränkt blieben. kleriker und mönche fingen schon an diesem tage an zu fasten, hochzeiten fanden nicht statt und das halleluja der messe verstummte (Kurtz, lehrbuch der kirchengeschichte s. 156). in dieser zeit kamen sequenzen, die sich aus dem cantus hallelujaticus entwickelt hatten, nicht zur aufführung. im gegensatz zu dieser ernst-traurigen zeit hob mit dem osterfest die zeit der freude an, welche die ganze quinquagesimalzeit von ostern bis pfingsten erfüllte. schon Augustin bemerkte (Daniel cod. liturg. 1, 28) '*ut Alleluja per solos dies quinquaginta cantetur non usquequaque observatur. nam et in aliis diebus varie cantatur alibi atque alibi, ipsis autem diebus ubique.*' diese zeit war also auch vorzugsweise die der sequenzen. jeder tag der osterwoche bis zur *dominica in albis,* jeder sonntag zwischen ostern und pfingsten, das himmelfahrtsfest und seine octav wurden durch den gesang einer sequenz gefeiert, nicht aber die pfingstoctav; das trinitatisfest fand erst später eingang.

Von den festen auf die h. jungfrau haben Mariae reinigung oder lichtmess, Mariae himmelfahrt und geburt eigne sequenzen; nicht aber das *festum annunciationis* oder *incarnationis*, das in die septuagesimalzeit (25 märz) fällt.

Von der grofsen zahl der heiligen werden nur Stephanus, Johannes der evangelist, die unschuldigen kindlein, Johannes der täufer, Peter und Paul, Laurentius, Emmeram, Mauritius, Gallus, Martin und Othmar durch eigne sequenzen gefeiert; die auf den h. Benedict, auf den erzengel Michael und eine zweite auf den h. Gallus, sind an den innern reimen als jünger erkannt. dafs der h. Gallus, der stifter des klosters, und der h. Othmar, der erste abt in SGallen besonders verehrt wurden, ist natürlich; auch den h. Mauritius, der am fufse der alpen in Auganum (Mone 3, 440) den märtyrertod erlitt, zu feiern, lag den SGaller mönchen nicht fern[1]; doch die sequenz auf den h. Emmeram (nr. 35) ist schwerlich von Notker oder einem andern SGaller, sondern im kloster SEmmeram gedichtet, in dessen hs. sie überliefert ist. die übrigen: Stephanus, die beiden

[1] Doch hat die sequenz auf ihn an einigen stellen reime.

Johannes, Peter und Paul, Laurentius, Martin sind hochgeehrte heilige, deren feste schon früh ansehn und weite verbreitung genofsen.

Von den gemeinsamen sequenzen geht eine (nr. 9) auf die *virgines*, eine auf die *doctores* (nr. 31), eine auf die engel (nr. 37), zwei auf das kirchweihfest (41. 42), zwei auf die märtyrer (46. 47). die sequenz auf die *virgines* kam, wie oben vermuthet wurde, zuerst wohl am tage der h. Agnes zur aufführung; die auf die *doctores* steht in G zwischen einer sequenz Ekkehards auf den h. Benedict und der auf den h. Laurentius, kann also nicht vor den 17 juli, nicht nach dem 10 august gesungen sein; ich glaube am tage des h. Benedict selbst, dem erst Notkers nachfolger eine eigne, gereimte sequenz weihten. ebenso wurde das Michaelsfest, das 'die geltung eines collectivengelfestes zur feier der idee der triumphierenden kirche hatte' ursprünglich durch die gemeinsame sequenz auf alle engel gefeiert, die in P und G durch eine specielle, gereimte auf den erzengel verdrängt ist. da so die gemeinsamen sequenzen an der stelle in Gm eingereiht sind, wo sie zuerst vorkamen, so hat es geringe wahrscheinlichkeit dafs die beiden letzten auf die märtyrer, welche der melodie nach in dem alten kanon hätten enthalten sein können, zu ihm gehört haben.

Im ganzen also kommen von den in der tabelle aufgeführten sequenzen in abrechnung 3. 13. 30. 35. 38. 39. 46. 47, die beiden ersten aber nicht ohne ersatz, so dafs einundvierzig übrig bleiben. diese dürfen als der kern angesehen werden, aus dem sich im laufe der jahre die übrigen sammlungen entwickelten. von den ältern melodien wurden einige aufgegeben und durch moderne ersetzt, an die stelle mancher texte traten neue, der kreifs der feste, an denen sequenzen gesungen wurden, wuchs und für manche tage entstanden bald mehrere, zwischen denen nun die wahl freistand.

Die erweiterung des Notkerschen kanons in G.

Es ist nicht uninteressant die entwickelung von Gm zu G zu verfolgen. fünf alte Notkersche melodien sind aufgegeben: nr. 8. *Planctus sterilis*, nr. 26 *Confitemini*, nr. 34 *Adducentur*, nr. 37 *Laudate dominum*, nr. 42 *Adorabo*. nur die vorletzte ist durch eine andere Notkersche melodie, *Graeca*, mit einer sequenz auf den h. Michael verdrängt (G. 42), für die übrigen sind neue melodien eingetreten.

1. an stelle der melodie *Planctus sterilis*, die in der epiphanienoctav gesungen wurde, ist die sequenz *Cantemus cuncti melodum*

nunc alleluja nach der modernen melodie *Puella turbata*, im anhang Gm. 38, aufgenommen. alle versikel sind gereimt, da sie alle mit dem worte alleluja schliefsen. derselben beliebten melodie ist auch die alte *Adducentur* gewichen, und mit ihr eine reimlose sequenz auf den geburtstag der jungfrau Maria einer gereimten.

2. aus der zahl der melodien, die zwischen ostern und pfingsten gebraucht wurden, ist *Confitemini* (Gm 26) geschwunden, und statt dessen eine neue *Dominus regnavit decore* (G 17) eingetreten, die noch nicht einmal im anhang von Gm aufgenommen ist.

3. die zweite sequenz auf das kirchweihfest, nach der melodie *Adorabo*, hat einer andern platz gemacht (G 46), die Notkers jüngerer zeitgenofse Waldram nach der melodie *Fidicula* (im anhang Gm 44) eines pater Johannes dichtete. auch sie hat reime. — Aufser diesen drei neuen melodien, die zum ersatz älterer dienen, haben in G aber noch andere aufnahme gefunden:

4. die sehr beliebte melodie *Eia turma*, im anhang Gm 42. ihr folgen eine zweite sequenz auf das weihnachtsfest *Eia recolamus laudibus piis digna*, deren versikel in *a* reimen, und eine sequenz auf den h. Othmar an stelle der ältern nach *Metensis minor*.

5. *Mirabilis*, im anhang Gm 41; nach ihr ist eine neue in *e* gereimte sequenz auf das fest der unschuldigen kinder; auf dasselbe noch eine dritte nach der melodie

6. *Te martyrum*, im anhang Gm 40.

7. nach der melodie *Justus germinabit*, die im anhang Gm sich nicht findet, geht Ekkehards I[1] gereimte sequenz auf den h. Benedict, der im Notkerschen kanon nur durch eine gemeinsame *De doctoribus* gefeiert wurde.

8. nach der melodie *Beatus vir qui suffert* (anhang Gm 36) geht Ekkehards I sequenz auf den h. Columban.

9. *Nimis honorati sunt*, im anhang noch nicht aufgenommen, mit einer sequenz auf den h. Andreas.

10. *Aurea*, im anhang Gm 37, mit einer sequenz auf die h. apostel.

11. eine unbenannte melodie (etwa Gm 43) mit einer sequenz Ekkehards I auf die dreieinigkeit.

Hier finden sich von den neun melodien des anhangs sieben,

[1] Dafs die sequenzen G 34. 38. 50. 55 Ekkehards I werke sind, bezeugen Ekkehards IV cas. SGalli (Pertz, m. G. 2, 117).

vielleicht sogar acht wieder. fünf sequenzen die zu ihnen gehören sind gereimt, für drei lafsen sich aus SGaller zeugnissen andere verfafser als Notker nachweisen, während weder das eine noch das andere für eine der zu Gm 1—35 gehörigen sequenzen möglich war: so gewinnt die annahme dafs Gm 36—44 ein anhang und zwar ein anhang jüngerer zeit sei, neue bestätigung:

Von neuen festen sind aufgenommen der tag des h. Desiderius mit einer sequenz Ekkehards II, der tag der enthauptung Johannis, des h. Columban und des trinitatisfestes mit sequenzen Ekkehards I, und der tag des h. Andreas. aufserdem ist die zahl der sequenzen in G gewachsen, dadurch dafs noch eine zweite zu der schon vorhandenen hinzugekommen ist für das weihnachtsfest, den h. Benedict, Moriz, Gallus, eine zweite und dritte auf den tag der unschuldigen kindlein, der in SGallen besonders festlich begangen wurde, eine auf die apostel und zwei auf die märtyrer. kein neues fest von gröfserer bedeutung erscheint unter diesen nachträgen, so dafs auch von dieser seite sich kein bedenken gegen die richtigkeit der in der untersuchung angewandten principien erhebt.

Während die SGaller hs. fast durchaus eine erweiterung des alten kernes ist, hat die aus SEmmeram mehr aufgegeben als zugefügt; namentlich in der quinquagesimalzeit ist die zahl der sequenzen stark zusammen geschmolzen, von 16 auf 6. doch den inhalt dieser hs. in ähnlicher weise zu überschauen wie den von G scheint unnötig.

Eine angabe über die zahl der Notkerschen sequenzen.

Der leser der das buch kennt, welches hr. prof. Bartsch über die lateinischen sequenzen des mittelalters geschrieben hat, wird sich gewundert haben, warum ich die mühselige untersuchung angestellt habe, da doch Bartsch auf viel einfacherem wege zu einem reicheren resultat gelangt ist. Bartsch stellt nämlich s. 7—17 ein verzeichnis von 120 sequenzen zusammen nach den melodien geordnet, eine ganz dankenswerthe gabe, wenn auch hier und da schon aus den gedruckten sammlungen, die er selbst benutzte, der ergänzung fähig. zur einleitung dieses verzeichnisses sagt er: 'Ich gebe nun das verzeichnis der fünfzig von Notkers biographen Ekkehard erwähnten melodiennamen' und zum schlufs: 'Zu diesen kommt noch eine nicht von Ekkehard angeführte melodie *Vitellia*.' ich war überrascht durch diese angabe; nirgends sonst fand ich etwas von diesem aufserordentlich wichtigen verzeichnis erwähnt.

wo so viel steckt, meinte ich, mag noch manches andere stecken, liefs mir den Goldast geben und fing an die vita beati Notkeri durchzusehen. ich fand dort wohl in einer aus Ekkehards casus SGalli abgeschriebenen stelle Notkers sequenzen im allgemeinen erwähnt, die auf das pfingstfest, *Sancti spiritus assit nobis gratia* auch namentlich angeführt, aber nichts von erheblichkeit und von jenem verzeichnis keine spur.

Einige zeit nachher las ich in Schubigers buch über die sängerschule von SGallen auf s. 40 folgende anmerkung: 'Wenn Ekkehard die zahl der Notkerschen sequenzen wiederholt als fünfzig angiebt, so bezieht sich diese angabe auf die melodien.' Nun wurde mir der zusammenhang klar. hr. prof. Bartsch machte, da er flüchtig gelesen hatte, aus der angabe der zahl, von der Schubiger spricht, eine angabe der namen, und da er mit Schubigers ungenauem citat unzufrieden war, aus dem unbestimmten Ekkehard Notkers biographen Ekkehard. wer anders als der biograph soll auch solche dinge erwähnen[1]. die namen der funfzig melodien, die er dann bringt, sind natürlich nicht aus Ekkehard sondern aus Schubiger entlehnt; mit diesem also haben wir es weiter zu tun.

Schubiger giebt in der citierten anmerkung an, nach vergleich der hss. und der notation stelle sich die zahl der Notkerschen melodien auf 50 heraus; zu den 44 in Gm kämen noch folgende sechs: *Dominus regnavit*, *Justus germinavit*, *Nimis honorati sunt*, *Pretiosa est* und *Virguncula clara*. da nun Ekkehard — gemeint ist der vierte in jener oben angeführten stelle aus den rhythmen auf den h. Othmar — die zahl der Notkerschen sequenzen als fünfzig angebe, so ergebe sich aus der übereinstimmung dafs Ekkehard sich hier nicht auf die texte sondern auf die melodien beziehe und dafs

[1] Ähnliche probe seines scharfsinns legt hr. prof. Bartsch s. 29 ab. der schlufs der sequenz *Cantemus cuncti melodum*, meint er, bestehe bei Schub. ex. 9 nur aus zwei teilen; er werde aber wohl so zu schreiben sein:

Nunc omnes canite simul alleluja
Domino alleluja
Christo pneumatique alleluja

das wiederkehrende alleluja deute absätze an, und der grund für die dreiteilung des schlufssatzes liege darin, dafs in ihm das lob der dreieinigkeit gesungen werde. die feine bemerkung sieht jeder in unanfechtbarer weise bestätigt, der nicht, wie hr. prof. Bartsch, das umblättern vergifst. oben auf s. 12 steht bei Schubiger der vermisste dritte satz:

Laus trinitati aeternae alleluja a. a. a. a. a.

die angeführten melodien würklich von Notker bearbeitet seien. — Hat Schubiger unbefangen und aufmerksam die melodien in den ältesten hss. gezählt, oder hat ihn schon beim zählen der wunsch geleitet die zahl 50 herauszubringen? ich vermuthe dafs das letztere der fall ist, und hoffe schon bewiesen zu haben dafs wenn selbst sich unbefangenem zählen 50 melodien ergeben haben, diese doch nicht die melodien Notkers sein können.

Schubiger geht von der voraussetzung aus dafs die melodiensammlung Gm 1 — 44 eine sammlung Notkerscher melodien sei, vielleicht seine eigne hs. aber es ist gezeigt worden dafs unter ihnen eine melodie *Beatus vir qui suffert* vorkommt, nach der Ekkehard I eine sequenz verfafst hat, und dafs diese sequenz Ekkehards dem sammler von Gm vorgelegen haben mufs; ferner dafs nach ausdrücklicher angabe, an der zu zweifeln kein grund ist, die melodie *Fidicula* von einem pater Johannes gesetzt ist; dafs also die sammlung weder als Notkersches original, noch als eine abschrift desselben angesehen werden, noch aus dem 9 jahrh. sein kann. sodann ist bewiesen dafs die melodien *Amoena* und *Pascha*, die Schubiger und nach ihm hr. prof. Bartsch als verschieden anführen, identisch sind. genau dasselbe gilt von *Virguncula clara* und *Dominus in Sina*, deren übereinstimmung Schubiger und Bartsch nicht gemerkt haben, obgleich ersterer beide übereinstimmende melodien (ex. 37. 21) hat drucken lafsen. sollte also der beweis dafs der anhang Gm 36—44 Notkersche melodien nicht enthält, mislungen sein, so würde doch die zahl jener funfzig melodien, die Schubiger gesammelt hat, auf 46 herabsinken, und die merkwürdige übereinstimmung zwischen dem inhalt der hss. und Ekkehards angabe aufgehoben. mit dieser übereinstimmung schwindet aber auch der anlafs Ekkehards worte so zu verstehen, wie Schubiger will; und da Ekkehard an jener stelle zwei von den funfzig sequenzen namentlich anführt, aber nicht nach den melodiennamen, sondern nach den ersten textworten, so wird man sie an und für sich betrachtet, nur auf die zahl der texte beziehen dürfen.

Der so erklärten angabe Ekkehards würde das resultat meiner untersuchung nicht gerade widersprechen; denn die möglichkeit blieb offen, dafs Notker aufser den 41 angeführten sequenzen auch noch andere nach den melodien Gm 1 — 35 gedichtet habe, von denen freilich in G und P jede spur verschwunden sein müste. doch ich glaube man darf jener glosse überhaupt nicht grofses gewicht beilegen. als eine in runder zahl gegebene, ungefähre schätzung zwar möchte ich die angabe nicht ansehen; aber läfst sie sich nicht so erklären: Die alte SGaller hs. nr. 378 gehört noch ins 10 jahrh., Ekkehard IV lebte noch in der zweiten hälfte des 11 jahrh., wird also wohl diese hs. der 'Notkerschen' sequenzen als ein ehrwürdiges buch gekannt haben. sie enthält 55 sequenzen. vier davon kennt Ekkehard IV nach seiner angabe in den casus SGalli als werke Ekkehards I, eine fünfte als werk Ekkehards II. sollte sich ihm wohl die zahl 50 durch einfache subtraction ergeben haben?

Zum schlufs will ich noch einen punkt erwähnen, damit er nicht vergefsen scheint. auch die melodiennamen können verwendet werden, um die ältesten sequenzen zu bestimmen. ein grofser teil dieser titel nämlich ist von den anfangsworten der verse im graduale genommen die unmittelbar auf das alleluja folgten. hat man nun festgestellt, an welchem tage so ein vers gebraucht wurde, so ergiebt sich auch, welche melodie an diesem tage gebraucht wurde, und dafs von den sequenzen, welche nach dieser melodie gehen, diejenige die älteste ist, welche für diesen tag bestimmt war. von den 50 melodientiteln die Schubiger anführt, zählt er s. 40 ein und zwanzig auf, 'die in missalien des 9 und 10 jahrh. als die anfangsworte jener verse vorkommen, deren alleluja als intonation jener melodien gebraucht wurde', aber aller nähern angaben hat er sich leider enthalten. aus dem wenigen, was mir in dieser beziehung bekannt ist, läfst sich nicht viel schliefsen. selbst was mir anfangs ausgemacht schien, dafs manche titel aus den anfangsworten der sequenz genommen sind, ist mir wieder zweifelhaft geworden. für *Concordia* und *Symphonia* hatte Daniel 5, 42. 47 diese meinung schon ausgesprochen; mit demselben recht kann man sie für *Filia matris* (*Virginis venerandae de numero sapientum festa celebremus socii* Filiae matris *summi regis*), für *Virgo plorans* (*Quid tu* virgo *mater* ploras) und für *Nostra tuba* (Nostra tuba *regatur fortissima*) geltend machen, welche fünf titel Schub. s. 41 unter denen aufführt, deren ursprung uns verborgen sei: aber mufs denn hier der titel dem anfang der sequenz entlehnt sein? können nicht beide dieselbe quelle haben? auch die nahe liegende annahme dafs die sequenz, deren anfang mit dem titel übereinstimmt, die älteste sein müfse, erleidet einsprache. denn da sich gezeigt hat dafs manche melodien zwei titel führen, so kann ein jüngerer aus den anfangsworten einer jüngern, aber beliebtern sequenz entlehnter titel den ältern verdrängt haben. aus dem hinweis, den der titel *Virgo plorans* auf die anfangsworte der märtyrersequenz enthält, darf man daher nicht folgern dafs diese sequenz älter sei als die auf die osteroctav nach derselben melodie.

Berlin 1871. W. WILMANNS.

ÜBER VIRGINAL, DIETRICH UND SEINE GESELLEN, UND DIETRICHS ERSTE AUSFAHRT.

In der vorrede zu seiner ausgabe der Virginal (s. XLVII) hat Zupitza die schon früher ausgesprochene vermutung, dafs die Virginal von demselben dichter herrühre wie Goldemar, Sigenot und Ecke, ausführlicher erörtert und zu erweisen gesucht. das eigentlich entscheidende sei hier wie überall eine solche gleichheit der gesammten haltung der gedichte, eine solche identität des tones und stiles, zu deren erklärung die annahme, dafs eines etwa das vorbild der übrigen gewesen, nicht ausreichend sei. falls sie statt finde, genügten wenige äufsere stützen, ja im grunde schon die abwesenheit von etwas, was dagegen spreche. acht solcher stützen führt dann Zupitza an: die gleichmäfsige mischung des höfischen und volksmäfsigen, die übereinstimmung in der metrik, im dialekt, in einzelheiten des inhalts, den umstand dafs alle 'unbedingt' in dieselbe zeit gehören, alle einwirkung des Laurin zeigen, alle an unebenheiten und gedankenlosigkeiten leiden, und dafs Virginal und Sigenot sich auf den Ecke und wohl auch auf den Goldemar beziehen.

Diese gründe sind zwar nicht ganz bedeutungslos, aber doch keineswegs beweisend; und was den stil betrifft, so mutete mich beim lesen nicht eine solche gleichheit der gesammten haltung in den vier gedichten an, dafs ich die annahme desselben verfafsers für geboten erachtet hätte. je weiter ich las, um so unwahrscheinlicher wurde sie mir; jetzt hoffe ich, sie als unstatthaft erweisen zu können.

1. Virginal die fortsetzung eines ältern gedichtes.

Unter den metrischen eigentümlichkeiten der Virginal führt Zupitza (s. XVII) an, daſs der 3. 6. 8. 10 vers der strophe statt des klingenden ausgangs häufig stumpfen aber zweisilbigen schluſs haben. aus dem anfang des gedichtes giebt er die fälle vollständig an, aus den letzten beiden dritteln nur einige beispiele. der punkt ist aber interessant und umfänglichere beobachtung fruchtbar. ich habe im ganzen gedicht 257 reime gezählt, in denen ein zweisilbiges wort mit erster kurzer silbe den wert eines klingenden versschluſses hat; und zwar erscheint in den stammsilben dieser wörter die lautverbindung

ag 58mal: *sagen klagen* (*be*)*jagen nagen slagen zagen* (*ge*)*tragen tagen behaget kragen zagel nagel*
eg 10mal: *wegen* (*ge*)*pflegen legen degen slegen*
ig 5mal: *verzigen verswigen gesigen ligen*
üg 4mal: *hüge lüge müge tüge*
eb 12mal: *geben leben gestrebet*
ob 6mal: *kloben lobe obe*
ib 4mal: *geschriben beliben vertriben*
id 4mal: *nider sider wider*

ül 6mal: *müle hüle*
em 2mal: *schemen nemen*
om 12mal: (*ge*)*nomen komen vromen*
um 3mal: (*ge*)*vrumet kumet*
im 4mal: (*ge*)*zimet nimet stimet*
an 2mal: *grane bane*
ar 2mal: *gewaren bewaren*
er 8mal: *here weren* (*er*)*neren* (*en*)*beren geren*
ür 2mal: *küre spüre*
es 24mal: *lesen wesen genesen*
is 25mal: *risen* (*ge*)*prisen wisen*

eh 40mal: *spehen sehen* (*ge*)*schehen jehen*
it 20mal: (*ge*)*riten* (*ge*)*biten* (*ver*)*miten* (*ge*)*sniten durchbriten* (*ge*)*liten* (*ge*)*striten mite site*
ot 4mal: *boten erboten spote*

Der auslaut der stammsilbe in all diesen wörtern ist *h*, oder ein tönender consonant (media, liquida, das weiche *s*), oder *t*; daſs letzteres sich hier den medien anschliefst, hat möglicherweise in der aussprache des dichters seinen grund, der an 22 stellen d : t reimt (Zupitza s. XVI).

Die auffallende erscheinung findet in der nachläfsigkeit des dichters keine genügende erklärung. wenn ihm klingende und stumpfe reime für seinen strophenbau gleich gegolten hätten, würden auch einsilbige wörter an stelle der klingenden reime erscheinen; da er nur zweisilbige braucht, mufs in seiner sprache ein anlafs dazu gelegen haben.

Die neuhochdeutsche sprache hat überall, wo eine stammsilbe mit ursprünglich kurzem vocal auf einfachen consonanten ausgieng, dehnung dieses vocals oder schärfung des consonanten eintreten lafsen; diese verstärkung der stammsilbe mufs in der gegend und in der zeit da die Virginal gedichtet wurde, schon soweit vorgeschritten gewesen sein dafs der dichter zweisilbige wörter, die ursprünglich stumpfem reime gleichstanden, klingend verwenden konnte. wir haben es also nicht mit einer individuellen eigentümlichkeit des dichters, sondern mit einer eigentümlichkeit der sprache zu tun, die eine neue stufe in ihrer entwickelung bezeichnet; da nun diese eigentümlichkeit in Ecke, Sigenot und Goldemar noch nicht hervortritt, so ist es bedenklich, ohne äufseres zeugnis die Virginal demselben dichter wie jene beizulegen. als unmöglich freilich erscheint die annahme noch nicht; denn die geforderte entwickelung der sprache kann sich grade in der lebenszeit des dichters durchgesetzt haben, so dafs er sie in seinem jüngsten werke anerkennen durfte, während er in den älteren auf dem alten standpunkt beharrte.

Auch die sprache der Virginal steht noch nicht auf dem standpunkte des neuhochdeutschen. die wörter mit ursprünglich kurzer stammsilbe müfsen von denen mit ursprünglich langer stammsilbe quantitativ, vielleicht auch qualitativ noch geschieden gewesen sein. denn sie werden nicht nur als klingende, sondern auch noch als stumpfe ausgänge gebraucht, und sehr selten (nur fünfmal *wisen* : *prîsen* 843, 3. *gesniten* : *rîten* 968, 8. *biten* : *sîten* 984, 3. *beligen* : *verswigen* 1059, 3. *kumet* : *versûmet* 1078, 8) auf wörter mit ursprünglich langem vocal gereimt.

Die 257 stellen, in denen die modernen klingenden reime vorkommen, verteilen sich so auf das gedicht, dafs auf str. 1—250 sechs fallen, auf str. 251—500 vier und sechzig, auf str. 501—750 acht und sechzig, auf str. 751—1000 neun und siebzig, auf die letzten 97 strophen vierzig. das verhältnis zwischen den ersten 250 strophen und dem rest zeigt nicht sowohl ein allmähliches ermatten des dichters, eine wachsende nachläfsigkeit, die je länger je mehr zum nachgeben gegen den dialectischen gebrauch geführt hätte, es zeigt vielmehr ein plötzliches umspringen — selbst die sechs stellen werden durch die spätern ausführungen noch in wegfall kommen — und zwar nicht vom gebrauch eines metrischen schemas zu einem andern, sondern von einer stufe sprachlicher entwickelung auf die andere. während seiner arbeit also müste dem dichter die einsicht gekommen sein dafs er jetzt wörter wie *sagen* und *klagen* auch trochäisch verwenden dürfe. — Auch das ist möglich; aber doch sehr auffallend.

Zu weiterem nachdenken regt der inhalt an. die Virginal zerfällt in vier hauptteile: 1. Dietrich und Hildebrand tödten den heiden Orkise und seine genofsen, welche die königin Virginal hart bedrängen. 2. Hildebrand und Dietrich kämpfen mit drachen. Rentwin, der sohn des herzogs Helfrich, wird von Hildebrand aus den zähnen eines solchen ungeheuers befreit, und zieht mit seinem retter und Dietrich in Aron, der burg seines vaters, ein. während sie dort rasten, überbringt der zwerg Bibunc von der königin Virginal eine einladung. die helden versprechen ihr folge zu leisten. 3. sie machen sich auf den weg nach Jeraspunt zur Virginal. Dietrich reitet voran, verirrt sich und wird vom riesen Wicram gefangen nach Muter geführt, in die burg des herzogs Nitger. durch die liebe der Ibelin gelingt es ihm, Hildebrand von seiner gefangenschaft in kenntnis zu setzen. dieser zieht mit den Wülfingen, Witege und Heime, Dietleip von Steier und dem könig Imian von Ungarn herbei, die riesen Nitgers werden erschlagen und Dietrich befreit. 4. zug der helden zur Virginal. nach mancherlei kämpfen mit drachen und riesen kommen sie an und werden festlich empfangen. ein bote aus Bern veranlafst Dietrich zur heimkehr in sein reich.

Durch seinen inhalt der Virginal nah verwandt ist das gedicht Dietrich und seine gesellen im heldenbuch (v. d. Hagen und Primissers heldenbuch 2, 143 ff.). der inhalt der beiden ersten teile stimmt im wesentlichen überein, in den beiden andern aber weichen sie ganz von einander ab. bald nachdem Bibunc die burg Aron verlafsen hat, um der Virginal den bescheid auf ihre einladung zu bringen, kommt Libertein aus Palermo um mit Dietrich zu kämpfen.

Dietrich überwindet ihn und nimmt ihn zu seinem genoſsen an. alsdann treten Helfrich, Dietrich, Hildebrand und Libertein die reise zur Virginal an, werden aber unterwegs durch einen boten des heiden Janibus verführt, seine burg Orteneck zu besuchen. Janibus sucht die helden zu verderben, um seinen vater Orkise (Origreis str. 100. 116. vgl. str. 3) zu rächen. sie bestehen aber alle gefahren glücklich, befreien drei mädchen, die Orkise seiner zeit gefangen hatte, und kommen als sieger zur königin Virginal. Dietrich vermählt sich mit ihr und führt sie schlieſslich in seine hauptstadt Bern.

Also zwei gedichte haben wir, die anfangs im wesentlichen übereinstimmen, nachher aber grundverschieden sind. die botschaft Bibuncs an Dietrich und Hildebrand bildet die grenze. Bibuncs abschied aus der burg Aron erfolgt in der Virginal in str. 254. die gemeinsamkeit der beiden texte reicht also grade so weit, wie die ältere sprachform in der Virginal sich ausdehnt. was sich daraus ergiebt, ist doch wohl klar: die Virginal ist die fortsetzung eines ältern gedichtes oder gedichtteiles; das ältere werk erstreckt sich soweit wie die ältere sprachform, die fortsetzung beginnt, wo in plötzlicher fülle die modernen reime einbrechen.

2. Der erste teil der Virginal die überarbeitung eines ältern gedichtes.

Wenn in der Virginal ein älteres gedicht fortgesetzt ist, so liegt die vermutung nahe daſs der fortsetzer sich nicht jeder überarbeitung desselben enthalten habe. auch sie läſst sich erweisen.

Von einer hs. (B) die um hundert oder mehr jahr älter ist als die (h), welche Zupitza seiner ausgabe zu grunde legen muste, sind nur zerstreute bruchstücke erhalten, die alle dem ersten teile des gedichtes (str. 56—116) angehören. manche strophen, die h enthält, fehlen in dieser ältern handschrift, und Zupitza, der diesen bruchstücken überhaupt geringen glauben beimiſst (s. VIII f.), nimmt an allen diesen stellen eine lücke in B an. am ausführlichsten sucht er diese ansicht zu begründen für die vierzehn strophen h 79—92. fünf gründe führt er an: erstlich scheine es natürlicher daſs ein abschreiber bei einem so umfangreichen gedicht etwas auslaſse als zudichte; sodann hätten die vierzehn strophen ganz die haltung der übrigen, drittens komme eine ganz ähnliche situation im Ekkenlied vor, viertens erscheine, wenn die strophen fehlten, der name Orkise in str. 132 ganz überraschend, fünftens spreche der zusammenhang dafür. — Dem ersten grunde darf man wohl keine bedeutung beimefsen, der vierte kann einen gewissen schein auch nur für den haben, der den charakter dieser gedichte aus dem auge läfst. oft genug wird in ihnen ein name oder eine sache, als ob sie dem leser bekannt wäre, erwähnt, ohne dafs der dichter diese bekanntschaft vermittelt hat; und wer die Virginal für das werk eines dichters hält, der sollte am wenigsten eine unebenheit, die im verhältnis zu vielen andern verschwindend klein ist, urgieren. auf den ersten punkt, auf den zusammenhang, kommt es in erster linie und vorzugsweise an. vier heiden sehen Dietrich auf dem felde halten; den ersten, der auf ihn lossprengt, durchbohrt Dietrich mit seinem speer. str. 78 lautet dann:

Den schaft er ûzer ime brach.
vil balde er gegen im komen sach
vil starker heiden drîge:
die woltenn machen slebens ân.
dô wart durch vorhte niht gelân:
der edele schanden vrîge
ûf einen starken heiden stach.
er traf in da er sîn gerte:
daz sper ze kleinen sprîzen brach.
die zwêne er mit dem swerte
brâhte in angest unde in nôt.
alsus gesigte an in sîn hant.

wie viele sind jetzt todt? offenbar doch entweder alle vier, oder die beiden ersten, keinesfalls drei; und so heifst denn auch die letzte vershälfte in B

daz viere lâgen vor im tôt.

h hingegen hat

und lâgen drîge vor im tôt.

und fährt dann str. 79 fort: *'Der vierde leit ouch ungemach'*, war aber noch nicht ganz todt und knüpft ein gespräch an mit Dietrich, in dem er ihm rät zu entfliehen und Orkisen tod berichtet. die handlung steht während dessen still und der leser erfährt nichts von belang, was er nicht schon wüste. angenommen die vierzehn strophen in h wären echt und der letzte vers von str. 78 wäre in h in seiner ursprünglichen form überliefert, so mufs jeder zugeben dafs der dichter vorher sehr ungeschickt erzählt hat. denn da durch nichts angedeutet ist, dafs einer von den vier heiden ein andres geschick gehabt habe, als die andern drei, mufs man annehmen dafs alle vier todt sind. der zusammenhang der strophe führt auf die lesart der ältesten hs. B, man wird sie also für echt halten und die in h folgende episode für eine interpolation erklären müfsen. der hinweis auf eine ganz ähnliche situation im Eckenliede stützt diese ansicht eher, als dafs er sie umstöfst. zweifellos wird sie durch die beachtung der form. sechs stellen, in denen zweisilbige wörter mit erster kurzer silbe als klingende reime verwandt sind, finden sich, wie oben angegeben, auch in den ersten 250 strophen der Virginal. vier von diesen stellen kommen auf die in rede stehenden 14 strophen: *geriten gebiten* (80, 8), *schemen nemen* (88, 8).

Jetzt wird man geneigt sein B mit günstigern augen anzusehen und auch in den andern strophen, welche ihm fehlen, interpolationen zu vermuten. — Als Hildebrand mit dem mädchen das er aus der gewalt der heiden befreit hat, durch den wald reitet, hört er Dietrichs gewaltige schläge; um ihm rasche hilfe zu bringen, läfst er das mädchen absteigen (str. 100). sie fürchtet dafs Hildebrand der übermacht unterliegen wird (101), aber dieser verabschiedet sich und ruft ihr noch einige trostworte zu (102). dann sprengt er in den wald, hier und da aufhorchend, woher der schwertschlag ertönt (104). — Hier ist alles in ordnung; h aber hat zwischen 102 und 104 noch folgende strophe:

Her Hiltbrant von dem rosse saz.
er zôch ez ein wênic vürbaz:
er hafte ez zeinem aste.
an allen vieren erz besach
(in kurzer wîle daz beschach),
ob ime der îsen braste.
er gurt daz ros baz unde sprach
'got gebe gelücke uns beiden
unde entwende uns ungemach
von den ungetouften heiden.'
ûn stegereif in den satel er spranc.
'nu müeze iu got gelücke geben', sprach diu maget
dâ nâch unlanc.

Wie wunderlich wird die situation wieder durch diese strophe. also erst steigt das mädchen ab (101, 1—3), dann scheidet Hildebrand von ihr (102, 2), dann steigt er vom pferde, besieht alle vier füfse ob auch hufeisen daran sind, zieht den sattelgurt fester, und springt ohne steigbügel wieder hinauf. wo macht er denn das alles? von dem mädchen, sollte man meinen hàt er sich entfernt; aber doch ist sie da, und wünscht ihm *'dâ nâch unlanc'* noch eines heilesgrufs. wenn Hildebrand noch so viel an seinem pferde zu tun hat, warum steigt er nicht gleich mit dem mädchen ab, warum unterhält er sich mit ihr vom sattel herab, und warum nimmt er abschied ehe er davon reitet? — In B fehlt die strophe, h zeigt sich auch an dieser stelle als überarbeitet. ein zeugnis aus der form fehlt auch hier nicht; das praeteritum *braste* in v. 6 gehört einer jüngern stufe der sprachentwickelung an. es kommt gewis nicht, wie Zupitza in der anmerkung meint, von einem schwachen verbum *bresten* her, sondern ist das praeteritum des starken verbums, das durch formübertragung von der schwachen conjugation ein *e* empfangen hat. späterhin erreichte diese bildung grofse ausdehnung, sie findet sich aber schon bei Ulrich von Lichtenstein im frauendienst 95, 20 *seige* st. *seic;* 290, 29 *gabe* st. *gap;* 220, 15 *vande* st. *vant.*

Ferner ist B in den strophen 108—112 kürzer als h; an stelle der fünf strophen hat die alte hs. nur eine, die zusammengesetzt ist aus den ersten elf versen der str. 108, dem zwölften von str. 109, und einem dreizehnten eigner erfindung; aufserdem stehen die stollen der str. 108 in umgekehrter ordnung. der inhalt ist der folgende: als Dietrich im kampf mit den heiden in drohende gefahr gebracht ist, greift Hildebrand helfend ein (107). wie ein schiff durch die wilden fluten bricht, sprengt er auf seinem rosse Lewe ins gedränge und schlägt mit seinem schwert Vreise die funken aus den helmen (108). vier und zwanzig mann tödtet er, Dietrich die übrigen (109). so wurde der streit beendet. Hildebrand wünscht seinem herrn glück dafs er ihn so wohl bestanden; das seien âventiure; immer werde man ihn preisen dafs er so hohes lob um der frauen willen erworben habe (110). Dietrich aber ist unempfänglich für diese anerkennung. wenn das âventiure sei, solle man ihr billig aus dem wege gehen. Hildebrand und die frauen trachteten ihm nach dem leben; aus tiefen wunden ströme ihm das blut (111. 112). er bedaure, dem alten meister gefolgt zu sein, befser wäre er in Bern geblieben. höhnisch erwidert Hildebrand, er habe inzwischen schach gespielt und mit hübschen frauen getanzt (113)

'Entriuwen' sprach her Dieterich
'sô ist diu tagalt ungelich

gewesen zwischen uns beiden:
sô vihte ich disen ganzen tac,
daz ich von müede niht enmac,
mit ungetouften heiden.'
er sprach 'herre sô wol dan
mit mir zuo den vrouwen:
ir sulnt die wunden sehen lân
und si den schaden schouwen,
der iu ist worden durch si kunt.
dâ hœrent wîse meister zuo, und sulnt ir werden wol gesunt.'

nachdem der Berner den spott, der in den letzten worten liegt, zurückgewiesen und noch einmal seine üble laune zu erkennen gegeben hat, erklärt sich Hildebrand näher, und beide reiten dahin, wo das mädchen zurückgelafsen ist. — Es ist klar, dafs str. 108—110 nicht fehlen dürfen; dafs Hildebrand in den kampf eingreift, und dafs derselbe beendet wird, durfte und konnte nicht verschwiegen werden. die strophe in B erfüllt diesen zweck nicht. B ist also hier offenbar verstümmelt. und wenn dies der fall ist, so wird man auch str. 111. 112, die allenfalls entbehrlich sind, und str. 114, die ohne schädigung des zusammenhangs ausgelafsen werden kann, nicht beanstanden dürfen; weder form noch inhalt bietet in ihnen einen anstofs.

Durch die einräumung, dafs der text in B an dieser stelle das echte nicht bewahrt hat, wird der leser hoffentlich nicht zu der annahme verführt werden, dafs dadurch die ausführungen über str. 79—92. 103 an beweisender kraft verlören. denn nicht auf äufsere autorität der hs., sondern auf gründe, die aus inhalt und form des gedichtes gezogen waren, habe ich mich berufen, und es ist doch sehr wohl möglich, dafs eine hs. im allgemeinen den echten text bewahrt hat und doch an einigen stellen entstellt und verstümmelt ist. dafs der schreiber von B oder seiner quelle, mit willkürlicher absichtlichkeit das original geändert habe, folgt aus der besprochenen stelle nicht. im gegenteil, da er statt fünf strophen, die für den zusammenhang ganz unentbehrlich sind, eine einzige setzte, die nicht einmal dem nächsten bedürfnis genügt; da er in dieser einen strophe zwecklos drei verse umstellt, im schlufs zweck- und sinnlos einen vers aus str. 109 aufnimmt, und um das mafs der strophe zu füllen noch selbst einen vers zusetzte, so scheint es vielmehr dafs er in seiner vorlage eine lücke hatte, die er nicht nach einer hs. sondern nach unzulänglicher mündlicher angabe oder aus eignem untreuem gedächtnis ersetzte.

Die annahme, dafs h 79—92. 103 unecht, h 108—112. 114 hingegen echt sind, findet eine letzte willkommne bestätigung in der bearbeitung des heldenbuches. von den ersten fünfzehn strophen findet sich dort keine spur (vgl. str. 32. 37), die andern aber lafsen sich alle nachweisen (vgl. str. 38—40).

Dafs das alte gedicht, welches in der Virginal fortgesetzt ist, auch interpoliert wurde, ist gezeigt; ob und wo auch ohne das zeugnis der hs. B interpolationen zu erkennen sind, lafse ich unerörtert; nur eine stelle mufs ich noch erwähnen, damit sich der geführte beweis abrunde. eine stelle ist noch im ersten teil der Virginal übrig, wo ein zweisilbiges wort mit ursprünglich kurzer stammsilbe als klingender ausgang gebraucht wird. in dem reime *gesagen : klagen* trägt die achte strophe dieses kennzeichen des fortsetzers und interpolators.

Im eingang der Virginal schliefst sich die neunte strophe ihrem inhalte nach unmittelbar an die zweite. 'Ein beide reitet mit achtzig streitbaren mannen hinaus ins land, um preis und ehre zu erwerben (1). er kommt nach Tirol und bedrängt hart die königin. die kunde kam auch vor Dietrich und Hildebrand.

her Hiltebrant mit zühten sprach
'hât ir diu künegîn lîden,
wir müezen dulden ungemach
darumbe in herten strîten
vil snellicliche an dirre stunt:
mîn herre unde ich müezen dar: sô wirt uns âventiure kunt.'

str. 9 *Der alte meister Hiltebrant*
nam den jungen bî der hant
und vuorte in an ein ende.
er sprach 'vil lieber herre mîn,
wie lange welnt ir heime sîn?
ich sterbe odr ich erwende
vil griuwelîche grôze klage,
diu ist in iuwerm lande.
vernement reht waz ich iu sage:

wir hân sîn iemer schande,
daz man sus wüestet unser lant.
wol ûf, lânt uns rîten dar, sô wirt uns âventiure
erkant.'

Diese beiden strophen stehen im engsten zusammenhang; in der zweiten wird ausgeführt, was in der ersten beschlofsen war; in den schlufsworten beider strophen ist ihre nahe beziehung auf die natürlichste weise ausgedrückt. getrennt sind sie in dem gedicht zunächst durch vier strophen, in denen die glänzende rüstung des heiden beschrieben wird, und dann durch zwei, wo es heifst, der Berner habe inzwischen bei den frauen gesefsen. sie hätten ihn gefragt, ob er schon *âventiure* erlebt habe; und da ihm das ding noch völlig unbekannt gewesen, sei er schamrot zu seinem meister Hildebrand gegangen, um hülfe zu finden.

'*die vrouwen hânt gevrâget sêr*
mich nâch dingen, der ich niht weiz: daz lît mir
an dem herzen swær.'

Hier ist zunächst auffallend, dafs die waffenschilderung sich nicht an die erwähnung des heiden anschliefst, sondern den zusammenhang unterbrechend auf str. 2 folgt. Zupitza meint in folge dessen, dafs str. 2 hinter str. 6 zu setzen sei. möglich ist das; vielleicht aber ist die beschreibung, die ausführlicher noch einmal in str. 31—37 erfolgt, überhaupt nicht das werk des alten dichters. wie dem auch sei, in ordnung kommt die stelle weder dadurch, dafs man str. 3—6 für eine interpolation erklärt, noch dadurch dafs man sie umstellt. denn einen gröfsern anstofs bietet str. 8 und ihr verhältnis zur folgenden. wie aufserordentlich ungeschickt fragt doch Dietrich; er will wifsen was *âventiure* ist, und sagt nur, man habe ihn nach dingen gefragt, die er nicht kenne; das bekümmere ihn. und wie seltsam benimmt sich Hildebrand dem gegenüber. er fordert nicht seinen zögling auf sich etwas deutlicher auszudrücken, damit er ihn verstehen und in seinem herzeleid trösten könne; er tut vielmehr so, als habe er die klagenden worte gar nicht vernommen, und benutzt die gelegenheit, die ihm den Dietrich zu guter stunde in den weg führt, nur um seinen beschlufs auszuführen. deutlicher kann sich ein interpolator kaum zu erkennen geben. str. 8 mit *sagen* : *klagen* als klingendem reim ist unecht; mit ihr fällt str. 7. — Bestätigt wird die athetese dieser strophen wieder dadurch, dafs sie in der bearbeitung des heldenbuches fehlen. doch darf man in diesem falle der einstimmung von d kein all zu grofses gewicht beilegen, da im eingang die beiden gedichte stärkere differenzen zeigen.

3. Dietrichs erste ausfahrt die verbindung zweier gedichte.

In den vorstehenden auseinandersetzungen ist zu wiederholten malen auf die bearbeitung im heldenbuche bezug genommen, ohne dafs ein drittes umfangreicheres gedicht, das Starck unter dem titel Dietrichs erste ausfahrt aus einer hs. des 15 jh. herausgegeben hat, berücksichtigt wäre. die berechtigung eines solchen verfahrens mufs erst nachgewiesen werden; denn Zupitza meint (s. XII) schon die vergleichung der ersten strophe in d (d. h. der bearbeitung des heldenbuches), die fast wörtlich zu w (dem gedicht von Dietrichs erster ausfahrt) stimmt, während h (die Virginal) nichts entsprechendes hat, beweise, dafs die 408 strophen, aus denen nach ausdrücklicher angabe des bearbeiters die 130 in d ausgezogen sind, ihrerseits eine abkürzung der umarbeitung waren, die sich in w erhalten hat. verhielte sich die sache würklich so, dann dürfte man sich allerdings nicht mit umgehung von w auf das zeugnis von d beziehen; aber die verhältnisse liegen anders.

Im grofsen und ganzen stimmt w mit d überein, denn mit d hat es die abenteuer auf Orteneck und den schlufs gemeinsam; aber es hat aufserdem auch noch Dietrichs gefangenschaft in Muter: nach den kämpfen auf Orteneck nämlich reiten Dietrich und seine genofsen wieder nach Aron, ruhen dort vierzehn tage und treten dann die reise zur Virginal an, auf welcher Dietrich von Wicram gefangen wird. die fahrt von Aron zur Virginal und der empfang der gäste wird in w 495 ff. in völliger übereinstimmung mit h 308 ff. erzählt. auf die abenteuer in Orteneck, auf Dietrichs waffenbrüderschaft mit Libertein, auf die befreiung der drei jungfrauen, die Orkise einst gefangen hatte, auf den fang des riesen, auf all diese dinge, die doch in w unmittelbar voran gehen, findet keinerlei beziehung statt. Virginal läfst sich Helfrich und Portalape vorstellen (w 538. h 352), von Libertein ist keine rede, auch vom riesen nicht, und was mehr als auffallend ist, nicht einmal von den drei jungfrauen, die sie einst in die gefangenschaft gegeben hatte. in h ist natürlich von diesen dingen auch nicht die rede, denn die taten auf Orteneck werden dort nicht berichtet, in w aber bezeichnet dies plötzliche verschwinden aller erinnerungen an das vorangegangene nicht eine naht, nein einen offnen rifs. — Ebenso plötzlich aber noch viel seltsamer tauchen nun alle diese personen wieder auf, sobald in übereinstimmung mit h Dietrichs erlebnisse auf Muter und seine befreiung erzählt sind. in der gefangenschaft hatte Dietrich allein gesefsen. als es ihm jetzt endlich gelingt zur Virginal zu kommen, führt er ihr die drei jungfrauen zu, die er ein halbes jahr früher befreit hatte und die, wir wifsen nicht wo, während dessen verweilt haben. sie werden von der Virginal mit freuden empfangen und erzählen von Orteneck, aber von Muter wifsen sie nichts (774 — 776); auch der riese stellt sich ein (801) und herr Libertein (833). die personen hingegen, welche in der episode von Dietrichs gefangenschaft bedeutende rollen spielten, sind ganz von der bühne abgetreten. als Dietrich liebe zur Virginal spürt, beräth er sich (str. 833) mit Hildebrand, Helfrich, Rotwein und Libertein, also nur mit personen, mit denen er auf Orteneck gewesen war; von den Wülfingen, die ihn aus Muter erlöst hatten, keine spur; ja str. 840. 843 als er seine hochzeit feiern will, läfst er sie erst aus Lamparten herbeiholen.

Es dürfte unnütz sein auf den beweis einer sache, die so klar liegt, noch weitere mühe zu verwenden: Dietrichs gefangenschaft in Muter ist in w ein fremder, ganz roh eingeschobener bestandtheil, der aus h oder einer nahestehenden bearbeitung entlehnt ist. was nach seiner ausscheidung übrig bleibt, fügt sich wohl aneinander und stimmt im wesentlichen mit d überein. die quelle von d ist also nicht ein auszug von w gewesen, sondern w ist aus einer erweiterung und verschmelzung dieser oder einer nahverwandten quelle mit der Virginal hervorgegangen. dafs der bearbeiter willkürlich verfuhr und auch im einzelnen sein werk nicht befserte, sieht man leicht, wenn man die partie, für welche die Virginal quelle ist, mit h vergleicht (w 495 — 766. h 308 — 921). manche lästige wiederholung zwar ist in wegfall gekommen, aber der text so verwildert, dafs an eine reconstruction gar nicht zu denken ist.

4. Die quelle von Dietrich und seine gesellen.

h hat sich also als fortsetzung eines ältern gedichtes oder gedichtteiles ergeben, w als eine verschmelzung zweier gedichte, von denen das eine zur sippe von d, das andere zur sippe von h gehörte: es erübrigt noch zu untersuchen, ob die quelle von d ein einheitliches gedicht oder wie h ein fortgesetztes und überarbeitetes war. die untersuchung hat es mit einem ziemlich unzulänglichem material zu tun, mit dem dürftigen auszug im heldenbuch, in dem das original auf weniger als auf ein drittel seines umfangs zusammengeschrumpft ist, und mit der bearbeitung in w, die wie die vergleichung mit h lehrt, so willkürlich ist dafs sie auf die gedanken im einzelnen und auf die form keinen schlufs gestattet. aber so viel erkennt man doch, dafs das gedicht viel mehr innern zusammenhang und abrundung hatte als h. von den unebenheiten, welche man im ersten teile der Virginal wahrgenommen und verzeichnet hat, fallen die stärksten in d weg; namentlich auch der anstofs, welchen eine äufserung Hildebrands erregt (h 61): Dietrich würde seiner spotten, wenn er sähe, dafs er nicht einmal eines herr werden können, während er jenem befohlen habe, allein ganze rotten zu bestehen. in der Virginal wird von einem solchen ansinnen Hildebrands vorher gar nichts erwähnt; in d hingegen sagt er zu Dietrich als sie in die wilde kommen, bald werde der heide mit seinen achtzig gesellen kommen; er solle ihnen rechte totschläg geben und sich nicht kümmern lafsen, wenn er im kampfgewühl von ihm abgedrängt werde (d 10). auf diese stelle bezieht sich offenbar Hildebrand. das sieht nicht wie die ergänzung eines überarbeiters aus, der dem befremdenden eindruck einer spätern stelle begegnen wollte, sondern wie ein echtes glied des alten gedichtes, das der ungeschickte überarbeiter in h unbesonnen verwarf. — Der schlufs ist viel befriedigender als in h, und die verbindung der beiden hauptteile des gedichtes eine viel befsere. auf die heirat zwischen Dietrich und Virginal zielt die ganze anlage des gedichtes, die gefahren Dietrichs in Orteneck sind dadurch motiviert dafs dort ein sohn Orkises herrscht, der seinen vater rächen mufs, die beziehung auf das hauptthema auch in diesem teile festgehalten, dadurch dafs hier noch drei jungfrauen der Virginal befreit werden. — Nichts scheint gegen die annahme zu sprechen, dafs in der quelle von d ein altes einheitliches gedicht seinem wesentlichen inhalt nach bewahrt, nicht wie in h nur ein teil beibehalten und von einem jüngern dichter fortgesetzt wurde.

Nichts desto weniger glaube ich dafs auch schon in der quelle von d das alte gedicht im einzelnen stark überarbeitet und entstellt war, wie ja auch w 495—766 im ganzen h 308—921 folgt, im einzelnen aber weit von ihm abweicht. — Im anfang des gedichtes, wo der verfaſser des heldenbuches, wie die vergleichung mit w lehrt, wenig gekürzt hat, wird erzählt, ein alter böser heide Terevas habe einen sohn hinterlaſsen, der ganz in die fuſsstapfen des vaters getreten sei. achtzehen jahr alt sei er mit achtzig mann hinaus geritten, um raub, mord und brand zu begehen (str. 1. 2). die herzogin von Zertugein, eine heidnische zauberin, habe dem Terevas achtzig mann geschickt, damit er gegen die christen kämpfe (str. 3). — Es leuchtet ein, auch abgesehen von der verwirrung in den namen, wie ungeschickt sich die dritte strophe an die zweite schlieſst. in der zweiten reitet der heide schon mit seinen achtzig reitern aus, in der dritten erhält er sie erst und zwar von einer herzogin, die nachher nicht wieder erwähnt wird. in h ist von diesen drei strophen nur die zweite vorhanden, und sie ist glaube ich auch allein echt, d. h. dem ursprünglichen gedichte angehörig. die erste sollte die vorgeschichte des heiden angeben, die andere seine ausfahrt motivieren, das letztere namentlich ist übel gelungen [1].

[1] Interessant zu sehen ist, wie der bearbeiter von w, der zu anfang seine aufgabe zwei gedichte zu verschmelzen mit mehr eifer und sorgfalt verfolgte als nachher, sich diesen schwierigkeiten gegenüber verhielt. er änderte den eingang der dritten strophe und stellte sie vor die zweite. die herzogin von Zertugein (oder Arabin, wie sie bei ihm heiſst) zieht den jungen heiden auf und entsendet ihn, als er erwachsen, zum kampf gegen die christen. so hat er zusammenhang zwischen seiner ersten und zweiten strophe hergestellt; aber die zweite und dritte klaffen doch auseinander. nach diesen drei eingangsstrophen, die er aus der quelle d nahm, geht er auf h über und bringt die waffenschilderung (h 3—6 = w 4—7). dann kommt ein stück eigner erfindung, nach einer überleitenden strophe die geschichte der Virginal, wodurch sie sich Orkises feindschaft zuzog und des heidnischen hundes schreckliche bedrückung (8—24). — Hierauf kehrt der bearbeiter wieder zu seiner vorlage zurück. die nachricht kommt vor Hildebrand, und der beschlieſst mit Dietrich den heiden zu strafen. an diese strophe sollte sich, wie oben gezeigt gleich h 9 anschlieſsen; der bearbeiter wollte aber h 7. 8 nicht übergehen, und suchte nun den zusammenhang zwischen h 2 und h 7 so gut er konnte herzustellen. Hildebrand erzählt Dietrich, daſs ein junger mensch eine königin bedränge, und daſs es ihm zukomme ihr zu helfen (w 26). Dietrich aber, der an ernstem kampf noch nicht teil genommen, hat keine lust dazu; fechten, schirmen und turnieren zwar versteht er, auch mit frauen höfisch zu reden, an anderes aber kehrt er sich nicht (w 27). der kluge Hildebrand aber zweifelt nicht daſs es ihm noch gelingen werde, den jungen mann zum streit zu bringen. aufmerksam wartet er die gelegenheit ab (28). nun kommt: *'Einsmal der edel Berner sas'* usw. (w 29. 30 = 6. 7. 8). man muſs gestehen zwischen h 2 und 7 ist es dem überarbeiter gelungen eine erträgliche verbindung herzustellen; die ungeschickte verbindung zwischen h 8 und 9 hat er nicht zu ändern versucht. — So wucherte diese art von poesie in üppiger lebenskraft, aber oft ungenieſsbar.

Wie hier so giebt sich auch in der beschreibung von Dietrichs kampf gegen die heiden (d 32—35; w 135 ff.) die quelle von d als überarbeitung kund. in der ältesten gestalt liegt dieser kampf in der hs. B vor. weder dem bearbeiter von h, noch dem der quelle von d schien er die gehörige breite zu haben; jener legte vierzehn strophen ein, dieser berichtet sehr abweichend und viel detailierter.

Deutlicher noch als an diesen stellen tritt die interpolation d 20 (vgl. w 123 ff) zu tage. der heide, den Hildebrand erschlägt, hetzt die jungfrau mit hunden, die Hildebrand fängt und an einen baum bindet. nachher werden sie nicht wieder erwähnt. in h fehlt diese kleine episode, deren urbild wohl im Ekkenliede str. 162 ff. erhalten ist.

Die resultate der vorstehenden untersuchung sind kurz zusammengefafst folgende:

Ein altes gedicht erzählte den kampf Hildebrands und Dietrichs gegen den heiden Orkise und seine achtzig gesellen, ihre drachenkämpfe, ihren besuch auf Aron, die abenteuer auf Orteneck und Dietrichs verbindung mit Virginal.

Der erste teil dieses gedichtes wurde überarbeitet und fortgesetzt in der Virginal.

Das ganze gedicht wurde überarbeitet in der quelle von d.

Beide überarbeitungen wurden in ein gedicht verschmelzt, so dafs die zweite zu grunde gelegt wurde. dies gedicht ist w.

Aus der zweiten bearbeitung wurde im heldenbuch ein auszug gemacht.

Wenn ich nun zum schlufs zu der frage zurückkehre, von der ich ausgegangen war, ob der ungenannte dichter der Virginal derselbe sei wie der des Goldemar, Sigenot und Ekkenliedes, so erscheint sie jetzt als identisch mit der folgenden: darf man behaupten, dafs der vorausgesetzte dichter des Goldemar, Sigenot und Ekkenliedes eine ungeschickte überarbeitung und fortsetzung eines ältern gedichtes geliefert habe, die sich in gleicher weise von ihrer ältern vorlage und von jenen drei gedichten entfernt. — Bejahen wird sie niemand; vielleicht aber wird mancher annehmen dafs jenes ältere gedicht ihm zukomme.

WILMANNS.

ZEUGNISSE UND EXCURSE ZUR DEUTSCHEN HELDENSAGE.

(ZWEITE NACHLESE.)

Kurz nachdem die zweite ausgabe der heldensage erschienen war, erhielt prof. Müllenhoff noch aus dem nachlaſse Wilhelm Grimms eine anzahl von notizen zur heldensage. er übergab mir dieselben mit anderem material das er selbst gesammelt oder von andern erhalten hatte zur bearbeitung.

Aus dem Grimmschen nachlaſs stammen von den folgenden nummern 61,2. 65,2'. 71,2. 72. 76,3. 77,1. 79,1. 80,3. 81,1. 82,1. von Müllenhoff wurden mitgeteilt 61,4. 63,1. 2. 64,1. 2. 67. 70. 71,1. 81,4. 85,1. von Dümmler 61,3. 65,1. 69. von Birlinger 66,1.2. von Gödeke der schon in seinen elf büchern deutscher dichtung und im grundriſs 79,3.4. 82,2 angeführt hatte, erhielt ich 78. 81,2. 3. 82,4. 83. 84,4 und 85,2. die übrigen zeugnisse deren bekanntmachung nicht angegeben ist habe ich hinzugefügt.

LXI.

1. Zu X, 2 zs. 12,290. in einer urkunde vom j. 791 die Tardif, monuments historiques Paris 1866 s. 70 abdruckt begegnet ebenfalls Hildebrandus comes et filius suus *Nevelongus*.

2. Zu X, 2 (12,292). eine urkunde in Pistoja vom j. 812 (Fioravanti, memorie storiche della città di Pistoja, 1758, documenti p. 16.) erzählt daſs Ildepertus der abt des klosters SBartholomaei unter könig Pipin von Rothechildus vertrieben und ipso monasterio tunc datus fuisset in beneficio *Nebolugno genere Bavario*, daſs aber hernach die mönche reclamieren, weil non aliunde debet fieri ordinatione nisi de ipsa congregatione und prefato Nebolugno de eodem monasterio foris ejecerunt und ihren abt zurückrufen. — dieser Nebolugnus scheint ein laie gewesen zu sein; daſs klöster den äbten von laien damals öfter entriſsen wurden, zeigt Ölsner, jahrbücher des fränk. reichs unter Pipin s. 230.

3. Der *Nivelungus* (Nivelongus) comes von dem zs. 12,293 gehandelt ist erscheint auch in einer urkunde vom 10. april 868 unter den optimates gloriosissimi regis Karoli, s. Tardif, monuments historiques 1866 s. 130. 131.

4. Zu XIX, 4. ein gleich alter *Heribort* erscheint neben *Gelfradus* als zeuge in einer Weihenstephaner urkunde 1138—47 MB 9,397.

5. Mit zu den ältesten belegen für den namen Biterolf (vgl. XXIII, 1. XXXV,1) gehört *Pitterolf* um das jahr 1140, im urkundenbuch des landes ob der Ens 1,555. etwas jünger ist das. 1,398 Meinhardus *filius pitrolfi* um 1220.

Ein *Pittrolfshof* und ein *Synndramshof* werden im j. 1373 erwähnt, Brandl, urkundenbuch der familie Teufenbach 1867 s. 113.

Aus dem gültenbuch des Wiener Schottenklosters (quellen und forschungen zur vaterl. gesch. Wien 1849) hat JGrimm in den nachträgen zu der abhandlung über eine urkunde des 12. jahrh. (kl. schr. 2,356) aufser der Diemudis Staudfuchsinn die nr. XLIV angeführt ist, auch eine *Piterolfinne* s. 186ᵃ. angemerkt.

LXII.

Zu XXXIII. ein zweiter *Sarilo* begegnet in einer urkunde von Pavia vom j. 930, die Muratori antiq. Ital. 2,935 abdruckt. nach dem schlufs ex jussione suprascripto Sarilone comes palacii et judicum ammonicione scripsi verbefserte Muratori schon den eingang in eorum presentia *Enesariho* comes palacii zu *esset Sarilo*. das chronicon Farfense erwähnt mehrmals einen marchio Sarilo der später abt von Farfa war, s. Muratori scr. rer. Ital. 2, 2, 295. 303. 475. dieser ist sicher mit dem oben erwähnten comes palacii identisch.

LXIII.

1. Scheller, shigtbok der stad Brunswyk s. 278 führt unter den geschlechtern der stadt auch *Ylyas* an. in den urkunden wird der name bald *Ylyas* bald *Elias* geschrieben. vgl. XXIV zs. 12,354.

2. Scheller s. 280 hat auch *Memeringe*, und ein Hinrik *Membring* kommt im gedenkbuch 1,46. 2,86 um 1400 vor. andere nachweise des beinamens stehen XXVI, 7. merkwürdig ist hier aber die form desselben die sich den dänischen liedern vergleicht, HS nr. 144.

3. In den recessen der Hansetage 1,232 wird im j. 1363 ein *Tidericus uppem perde* erwähnt. es ist möglich dafs dieser beiname auf das reiterbild Dietrichs von Bern anspielt von dem die Thidrekssaga erzählt (XXI, 3. 4.) oder auch auf Dietrichs ende, s. XXI, 7.

LXIV.

1. Der XXVI, 1 nachgewiesene beiname Poymunt findet sich auch noch im vierzehnten jahrhundert: Vinc. Brandl, urkundenbuch der familie Teufenbach, Brünn 1867 s. 9 Heinrich *der Poymunt* a. 1343. s. 60 Dyetlein *dem Poymund* a. 1366. s. 112 Dietlein *des Peymund* a. 1373. s. 78 dez erbern chnechts Aelbeins *dez poymund* a. 1368.

2. Wegen der verwandtschaftlichen beziehungen bemerkenswert sind folgende namen des 14. jahrhunderts. urkundenbuch des landes ob der Ens 5,129 *brewnhaldten* jer Muemlein *Dietreichs des verner khündt* a. 1314 (aus einem vidimierten codex von 1632). 5,324 juncvrovn *Praunhilten hern Dietreichs* tochter *des Perner* a. 1322. — 5,573 Ulrich der chaufman vnd sein aidem *Dietrich Hildeprantz svn* a. 1330.

Oben XXVI, 9. XXXVIII sind solche willkürliche veränderungen der epischen verwandtschaft aus dem 14. jahrh. nachgewiesen, unter nr. XV auch schon aus älterer zeit.

LXV.

1. Ältere zeugnisse für die Harlunge im Breisgau, als das von Freige HS 151ʳ angeführte, bieten Beati Rhenani Selestad. rerum Germanicarum libri tres, 1531 herausgegeben, in der ausgabe Argentor. 1610, lib. II p. 177 *ab Harelo Harlingi*, quorum olim fuit Brisiacum, lib. III p. 281 olim montem Brisiacum *Harelungi* possidebant, und Seb. Münster, cosmographei 1544 s. cxlix *Harelungi* seind die Breifsgöwer.

Zu beachten ist in der ersten stelle die fingierte ableitung der Harlunge von Harelus.

2. Zu HS 38 anm. sind noch zwei Harlungeberge nachzutragen.

a) Mencken script. rer. germ. 3, 839 sagt dafs ein berg bei Leisnig, auf dem die ruinen einer burg sich finden, Harlungeberg heifse. dafs die genealogie der Pegauer annalen, zu der Mencken diese notiz macht, den Harlungeberg bei Brandenburg voraussetzt, ist HS nr. 35ᵇ gezeigt.

b) Otto IV baute im jahr 1204 bei Goslar eine burg, Arnold von Lübeck 6,5 (MG 21,217): rex autem Otto reversus ad sua, nondum dimisso exercitu, edificavit castrum firmissimum *Harlungenberch*. unde Goslarienses nimis afflicti sunt. könig Philipp erschien im nächsten frühjahr in Goslar um die burg zu erobern, aber es gelang ihm nicht: ann. Col. max. a. 1204 MG 17,818 und Abel, könig Philipp s. 178.

Die erzählung von dem bau der burg wiederholt Eikes chronik s. 81[b] Schöne, s. 450 Mafsmann: de koninc Otte voir ůyg weder inde buwede *Harlůngeberg*. aus ihm entlehnen sie wörtlich die chronik des Franciscanerlesemeisters Detmar 1,83, die Magdeburger schöppenchronik, ausg. von Janicke 127,1 (den Herlingeberch) und Fr. Closner, ausg. von Hegel 143,2.

Ein lateinisches gedicht von Heinrich Rosla über die zerstörung dieser burg hat Meibom script. rer. germ. 1,771 bekannt gemacht unter dem titel Herlingsberga, s. Lorenz Deutschlands geschichtsquellen s. 151.

LXVI.

1. Im statutenbuch von Schaffhausen, begonnen im j. 1385, wird bl. 73 die grenze eines bezirkes der montant am randen angegeben. es heifst darin von Hetzenhoven den Buochberg uff durch die schneschlaiffi biss uff den Buochberg vnd übern ruggen uff dem Buochberg biss uff Galga in den brunnen und usserm brunnen biss *Kremhilten weg* biss an das riet usw.

2. Dingrodel von Stetten (14. oder 15. jh.) im archiv zu Karlsruhe: ze Altinkon bi *Vasoltes guote* zem lewen ob *Vasoltes acker* nebent dem Zäringer. vgl. XXVI, 2. Mone im anz. 5,311 wies Vasolt aus dem 13. jahrhundert in Säckingen nach, meinte aber, der name finde sich im 14. 15. jahrh. nicht mehr im Badener oberlande.

3. Uhland Germ. 6,325 wies auf das Alzeier weistum hin, wo es heifst (Weist. 1,798) es hat auch herberg in diesem hof: Brandenburg, der *Volkerten*, der Gerharten, Draguzis vnd Lubrethis.

Andere ortsnamen die beziehung haben zur heldensage, s. bei WGrimm HS nr. 47 anm.

LXVII.

Alcuin sagt in einem briefe an den bischof Speratus (opp. ed, Froben 1, 1, 77)

Verba Dei legantur in sacerdotali convivio. Ibi decet lectorem audiri, non citharistam; *sermones patrum*, *non carmina gentilium. Quid enim Hinieldus cum Christo?* Angusta est domus, utrosque tenere non poterit. Non vult rex celestis cum paganis et perditis nominetenus regibus communionem habere, quia rex ille aeternus regnat in caelis; ille paganus perditus plangit in inferno.

Die cursiv gedruckten worte fehlen bei Froben, so dafs das folgende gar keinen sinn giebt. sie sind hier aus einer handschrift nach Jaffés mitteilung zugesetzt.

Hinieldus kann kaum ein anderer sein als *Ingeld* der fürst der Headobearden, Frodas sohn, von dem Beóv. 2020—2066. Vidsith 47—49. Saxo gramm. s. 283f. berichtet wird. es ergiebt sich aber aus der stelle Alcuins dafs Ingeld in der sage eine würdigere stellung gehabt haben mufs, als ihm die spärlichen nachrichten der angelsächsischen gedichte und Saxos erzählung anweisen.

LXVIII.

In Layamons Brut 2,463 wird von Arthur erzählt

þa dude he on his burne
ibroide of stele.
þe makede on *aluisc smid*
mit adelen his crafte,
þe wes ihaten *wygar* (wigar hs. b)
þe witege (wittye hs. b) wurhte.

die letzten vier zeilen fehlen im französischen texte, s. die anmerkung 3, 376.

Maddon nennt die vier verse 'a valuable addition to our scanty knowledge of the mythological lore introduced into England from Scandinavia'. ist auch kaum in dem namen des schmiedes eine entstellung von Wieland zu vermuten, so ist doch dieser zusatz des englischen bearbeiters bemerkenswert als parallele zur Wielandssage wie der HS nr. 8 in der anmerkung mitgeteilte.

LXIX.

1. Dietrichs haus in Rom erwähnen aufser den XXI, 1 angeführten chronisten noch Walram de unitate ecclesiae, herausgegeben von Hutten 1520 s. 52 Hildebrant... fugit in Traianium, quae scilicet munitio hactenus inexpugnabilis *dicta est vulgo domus Theodorici;* und Bernoldi chronicon a. 1084 (MG 5, 441) berichtet

dafs Robert Guiscard die geiseln der Römer aufhebt in castello sancti Angeli, *quod domum Theoderici dicunt.*

2. Zu XXI. 3. Campi, hist. eccles. di Piacenza 1, 468 teilt eine urkunde Karls III vom 5 juni 883 mit, actum in vico *Fontana Titerici.* später heifst dieser ort Fontana frigida, ann. Placent. a. 1242. 1244 MG 18, 486. 488; jetzt borgo di Fontana, zwischen Piacenza und Parma.

3. In Pavia gab es aufser dem LII, 2 erwähnten palast noch eine erinnerung an Dietrich. Muratori antiq. Ital. 2, 933 teilt eine urkunde von c. 908 mit, in deren eingang es heifst: dum . . . in civitate Papiae in sacro palatio, hubi domnus Berengarius rex preerat, in laubiam majorem ubi *sub Teuderico* dicitur, in iudicio resederet Ioannes venerabilis episcopus sancte Ticinensis ecclesie. man hat diese stelle auf die reiterstatue il Regisole gedeutet, über die GRobolini, notizie appartenenti alla storia della sua patria, Pavia 1823 ausführlich handelt. er erklärt sie 1, 189f. für ein römisches werk und vermutet dafs sie den Lucius Verus, den bruder Marc Aurels, darstelle; 2, 52 erkennt er darin Theodorich. erschöpfend behandelt das Regisol HGrimm, das reiterstandbild des Theodorich zu Aachen 1869 s. 63—79. die worte sub Teuderico bezeichnen nach Grimm s. 64 entweder die stelle des porticus wo eine statue Theodorichs stand, oder sie beziehen sich auf eine musivische darstellung desselben wie sie Agnellus (Muratori Script. 2, 123, abgedruckt bei Grimm s. 1) im jahr 839 in Pavia sah.

4. Ein musivisches werk das Dietrich darstellte erwähnt Procop de bello Goth. 1, 24 in Neapel. nach der lateinischen übersetzung hatte Mafsmann zs. 1, 375 diese stelle mitgeteilt; HGrimm aao. 79 zeigt dafs im original *εἰκὼν ἐκ ψηφίδων τινῶν ξυγκειμένη* steht und also nicht an eine statue gedacht werden kann wozu die übersetzung verleitet hatte.

LXX.

Die nachricht über den herzog Wilhelm von Angouleme, die HS nr. 28 aus dem 12 jahrhundert mitgeteilt wird, ist entlehnt aus Ademars historia 3, 28. (MG 4, 127) die in der ersten hälfte des elften jahrh. verfafst ist. hier heifst die stelle:

Willelmus denique Sector ferri, qui hoc cognomen indeptus est, quia commisso praelio cum Normannis et neutro cedenti postera die pacti causa cum rege eorum Storin solito conflictu deluctans ense corto *nomine* durissimo *quem Walander faber cuserat*, per media pectoris secuit simul cum torace una.

Die cursiv gedruckten worte stehen nur in einer Pariser hs. die interpoliert, sie gehören aber sicher in den text: der verfaßer der historia pontificum et comitum Engolismensium hatte sie schon vor sich. für *nomine* der Pariser hs. steht in der hist. pontific. *vel scorto*. da corto schwerlich der name des schwertes war, so vermute ich daß dieser name ausgefallen ist. die beiden worte *vel scorto* sind nur eine glosse zu *corto*, und man hat in ihnen nicht eine corruptel des schwertnamens zu suchen.

LXXI.

1. Zu Otto von Freisingen 5,3 (HS nr. 24. ZE XXX, 1) macht am rande eine hand des 12. jahrhunderts eine bemerkung die den widerspruch zwischen geschichte und sage ebenso lösen will wie Ekkehard von Aurach. die randnote heißt: nisi forte *alius Theodericus* fuerit *sub Attila* et item *alius sub Erminrico*, quos omnes vulgus Teutonicum pro uno computarit in cantilena.

2. Albert von Stade zum j. 460 (MG 16, 304) folgt dem Ekkehard von Aurach, setzt aber bei Theodoricum die worte zu *quem de Verona nuncupant*.

LXXII.

Zu XXVI, 6. über den charakter der Kriemhild findet sich eine bemerkung die dem gewöhnlichen urteil entgegentritt in Bertholds lateinischen predigten, Leipziger hs. 496, bl. 57ᵃ: hec (avaritia) est peior uxor vel contectalis inter omnes uxores vel mulieres que umquam fuerunt. peior quam iezabel. quam atalia. herodias venus diana semiramis. *dicitur quod crimhilt omnino mala fuerit. sed nichil est.*

LXXIII.

1. Der seltsamen nachricht über Etzels tod die HS nr. 129,1 aus der sächsischen chronik mitgeteilt ist ähnlich sagt Heinrich von Müglin (sitzungsber. der Wiener akad. 1867. bd. 55,464)

> konic Etzel der ertranc in sînem blûte,
> sint er ein blûtvergîzer was.

auch die kaiserchronik 424,25 hat diese nachricht

do geuŏgtes sich dar nach sciere
daz Ezzel retranch in sin selbes plute.

2. Die cronica de tempore creationis mundi, vor dem sächsischen weichbildrecht, ein dürftiger auszug aus Eike von Repgow, wie Schöne, die Repgauische chronik s. 14 zeigt, hat die stelle über Etzels schatz die HS nr. 48[b] mitgeteilt ist, auch aufgenommen, s. 33 der ausgabe von AvDaniels und FvGruben 1858: her vand ouch *den grossen schatz des koning Etzles*, der da manig jar vor begraben was. in der nebenstehenden recension s. 34 heifst es *Ezils der lange gevangen waz*, was auf einem misverständnis beruht.

LXXIV.

Zu HS nr. 134[b]. unter den juden des geistlichen spieles kommen auch vor (Germ. 3,275)

Staudenfues, Helmschrot und ir testes (?: moyses),
Israhel, Pessack vnd Johel,
Warrabas, *Wülffring* vnd her Feygel.

LXXV.

1. Was HS nr. 59,3 über Heinrich VII und seine söhne gesagt wird, bedarf mehrfacher berichtigung. Heinrich VII starb 1242 am 12 febr. in Martorano und wurde in Cosenza begraben; sein sohn Friedrich 1251, während das todesjahr des jüngeren, Heinrich, sich nicht feststellen läfst. s. Winkelmann, geschichte Friedrichs II s. 483.

Die groben irrtümer der genealogischen verse, die eigentlich zu bildern der einzelnen personen gehörten, hat WGrimm schon besprochen. wie weit aber hier ein zeugnis für die heldensage vorliegt, ist zweifelhaft. Rauchs text stimmt zu der hs. nr. 2782 der k. k. hofbibliothek und ist wol aus ihr genommen. zwei andere hss. aber, die WScherer für mich nachgesehen hat, nr. 2778 und die hs. von Enenkels fürstenbuch im k. k. archiv, lesen *wolf fridereich* statt *wolf dietreich*. vielleicht hat nur ein schreiber den ihm bekannten namen der heldensage für das ursprüngliche wolf fridereich gesetzt. der zusatz Wolf zu dem richtigen namen Friedrich liefse sich erklären nach der notiz in der Zimmerischen chronik 2,175: ein graf von Sulz gab seinem sohne zwei namen, Wolf und Herman 'ufser der ursach, so der jung ain reuterich mann werde, soll er Wolf haissen, wa nit, sölle im der nam Herman bleiben.'

2. Qualle als name von Wolfdietrichs schwert ist HS s. 234 zu streichen. im mhd. wb. 1,891 ist die stelle des gedruckten heldenbuches falsch citiert, sie heiſst bei Keller 547,33

Woldietrich den quallen
da in dem streite schanck,
er müste balde fallen
wem er gab den getranck.

die handschriften des gemeinen textes (Holtzmann str. 2024) haben auch die cäsur gereimt, twallen : vallen.

LXXVI.

1. Nach den neueren untersuchungen über die deutschen chroniken des 14. und 15. jahrhunderts laſsen sich die zeugnisse für die heldensage beſser übersehen. Hegel, die chroniken der deutschen städte 8,184 f. hat gezeigt wie vielfältig Königshofens chronik von den folgenden chronisten, zumal des südwestlichen Deutschlands, ausgeschrieben wurde. zunächst liegt eine solche entlehnung vor in der Klingenberger chronik (mitteilungen zur vaterländ. geschichte, herausg. vom histor. verein in SGallen 1,84. Hegel aao. 187 anm.), von der die Hüplysche chronik nur eine handschrift ist (s. Henne, die Klingenberger chronik 1861 s. X), so daſs HS nr. 130 gestrichen werden muſs. auch das älteste jahrbuch von Zürich, aus dem oben XXX, 1[c] eine stelle angeführt wird, ist nur eine hs. dieser Klingenberger chronik. nach Hennes ausgabe ist zu lesen *den wurmen* (bei Ettmüller *dem wurme*) und *gedeut* statt *gedenk*.

Ferner entlehnt die Kölner chronik und ihre ungedruckte vorlage, die sogenannte Agrippina vom j. 1472, wörtlich aus Königshofen, s. Hegel 189. Müllenhoff bemerkte schon zs. 12,373 unten daſs die späteren zeugnisse wichtig sind wegen der verringerten teilnahme an der heldensage: bezeichnend ist dafür in der Kölner chronik die art wie in der HS nr. 133 citierten stelle die worte Königshofens nr. 117,2 verkürzt werden. die stelle bl. 91[a] die oben XXX, 1[h] ausgehoben ist, entspricht Königshofens worten 381,1—4 dirre vorgenante Dieterich von Bern was 31 jor künig und herre zü Italia und zü Rome und wonete dicke zû Berne: *dovon gewan er den nammen von Berne*, wie doch er was us Ungern geborn us der Gothen geslehte.

Demnach ordnen sich die XXX, 1 c—h angeführten zeugnisse

so: c^1 und *h* gehen auf Königshofen zurück; Closener (*d*) und Johannes Rothe (*e*) auf Martin von Troppau. Steinhöwel (*g*) ist nicht eine übersetzung der flores temporum wie Lorenz Deutschlands geschichtsquellen s. 42 sagt, sondern ein dürftiger auszug, s. Hegel s. 191; die flores temporum aber gehen ebenfalls auf Martin von Troppau zurück. Martin berichtet nichts von sagen über Dietrich, wol aber haben die flores temporum (Eccard corp. hist. medii aevi 1,1591) nach der erzählung dafs Dietrich plötzlich gestorben und von Johannes und Symmachus in ollam Vulcani geworfen sei, wie gott offenbart habe, die worte: *multa de ipso cantantur quae a joculatoribus sunt conficta.* Steinhöwel knüpft diese worte unmittelbar an die nachricht von Dietrichs plötzlichem tode; die beiden andern angaben, XXI, 2. 7 fand er in den flores nicht vor. — die quelle der Basler chronik XXX, 1[f] weifs ich nicht anzugeben.

Zu dem zeugnis aus Eike von Repgow 1[a] sei noch bemerkt dafs es aus einer Heidelberger hs. (bei Mafsmann *h*) ohne Eikes namen auch HS s. 207 angeführt ist.

2. Bei Königshofen ist die erinnerung an Dietrich von Bern noch lebendig, das beweisen die gerade hier zahlreichen eigenen zusätze des chronisten zu seinen vorlagen. auf die HS nr. 117,2 und vorhin unter nr. 1 mitgeteilten stellen dieser art folgt noch 381,5—10:

Etliche leigen lobent disen Dieterich gar vaste, und hette doch einen bösen anevang und usgang, wan er was ein basthart und fürte ein unkristenlich Arrianen leben und starp ellendekliche als vor ist geseit. er betwang vil lant und lüte mit strite und mit ufsetzen sines volkes und *nüt mit sin selbes sterke*, also noch die herren von Lamparten oder andere böse herren dünt.

Über den letzten satz s. die bemerkung des chronisten 375,14 also nu herren die arm werdent, varent in Lamparten oder zů andern herren. unter den leien sind die deutschen dichter zu verstehen, denn die gelehrten chronisten tadeln alle Dietrich, indem sie ihren quellen folgen.

Noch zwei andere eigene bemerkungen giebt Königshofen über Dietrich. s. 378,15 der keyser (Zeno) hette Dietriche von Bern liep, wan er gar ein frummer hübescher knabe was und kunde sich also

[1] vgl. nr. XLVI wo die nachricht über Dietrichs drachenkämpfe aus einer überarbeitung der Klingenberger chronik mitgeteilt ist.

wol gelieben, das in der keyser wolte han gemaht sinen erben und nochkumen an dem riche. — s. 388,1 fügt er zu den worten: *sus* gesellete sich Narses zû der Lamparter künige genant Arbure (d. i. Alboin) der was dozûmole mit den Lampartern zû Ungern, die aus Martin von Troppau entlehnt sind, noch hinzu: wan die Gothen und die Hünen mit irme künige Dieteriche von Berne hettent die lüte zû Lamparten und zû Italia vertriben usser irme lande, das sû gein Ungern worent geflohen und wol 40 jar do wonetent e sû herwider heym koment.

Königshofen nennt Dietrich stets den könig der *Gothen und Hunen* die ihm für ein volk gelten; auch in der HS nr. 117, 2 angeführten stelle liest die vollständige hs. *dis volkes der Gothen und Hünen.* ebenso wird Attila könig der beiden völker genannt, zb. 375, 20. 377, 5 oder auch *der Gothen* künig 384, 15. die verwechselung beider völker ist also nicht, wie HS nr. 25 geschieht, auf die italische volkssage zu beschränken.

3. Eine deutsche chronik aus der zweiten hälfte des 15. jahrhunderts, ohne ort und jahr gedruckt[1], beginnend bl. 1 Disse hernach geschriben materien dauon dann diss büchlin sagt sind geteilt in siben cappittel und bl. 2 von Ninus und Trebeta erzählend, enthält einige stellen über Dietrich von Bern, die aus Königshofens hss. AB entnommen sind, aber eigentümlich wegen der wiederholten beziehung auf das singen und sagen der bauern.

a) bl. 25ᵃ (Kön. 376) item die wile *dietrich von bern von dem die puren singend und sagend* ein küng gewesen ist über ein teil diss volcks so will ich ettwas von im sagen.

b) bl. 26ᵃ (Kön. 380) Item *als die puren von im singend* wie er und *Hiltebrand* vil würm vnd trachen ertoten, vnd wie er mit *Ecken dem Risern* streit davon schribt kein Meister.

c) bl. 63ᵇ (Kön. bl. 114[1]) indem kam gen Rome Dietrich von Bern *von dem die puren singen*, vnd nachdem er küng vnd herre was zû Rome von des keisers wegen da richte er die sach vnd hiess Simachum babst beliben.

LXXVII.

1. Ein zeugnis für den Rosengarten, das auf den druck des

[1] Maßmann, Kaiserchronik 3, 516 anm. citiert diese chronik und sagt sie sei zu Augsburg gedruckt.

heldenbuchs zurückgehen wird, hat die Klagred eines jungen münchs über sein kutten (Gödeke grundrifs § 140, 6b) aus dem aufang des 16. jahrh.

drum wan man vch würt reformieren,
werdent sie (die bauern) dapffer zu uch schmieren
mit spiessen büchsen vnd helmbarten,
als beschach *zu wormbs im rosengarten.*

2. Ein älteres zeugnis aus der Mörin ist HS nr. 128 übersehen. die unter nr. 3 dort angeführte stelle lautet weiter

des dorfft ich wol gen brinhilt dort,
sye kann gar vil der scharpffen wort.
doch will ich tůn *als brinhild det*
da sie zů wurms den rossgarten het
und wil mich nit erschrecken lon.

3. Auch zwei andere zeugnisse aus der Mörin sind nachzutragen. bl. 46b man spricht *her Dieterich von bern*

der leb in wiester rumeney
vnd fecht allen tag mit würmen drey.

bl. 50a Eckart sagt, der dichter würde sich auf das geheifs der königin überall stellen:

wer es *das öde haufz zů bern*
darin *der berner* was zů haufz,
darab so nem er cleinen graufz.

gemeint ist das amphitheater, s. XXI, 2.

Wie in der vorletzten stelle, so wird auch in Etzels hofhaltung 132 Dietrich in die wüste Rumenei versetzt

dor auf (auf dem rosse) do muster reiden
in die wust Rumeney:
mit wurmen mus er streiden,
pis vns der jungstag wont pey.

aber erst in späterer zeit ist sie ein fabelland geworden, das der dichter der Mörin 46b in die gegend von Babylon setzt

ich sprach 'wer sie zů babylon
dort in der wüsten rumeney'.

früher, zur zeit der kreuzzüge wuste man befser bescheid. Romania bezeichnet einmal das land neben der Bulgarei, s. Neidhart 102, 24 *aldurch der Unger lant, nider durch die Bulgerie, her wider ûz und durch die Romanie.* Eraclius 4224 giebt auch eine gelehrte erklärung des namens: weil Constantin erde aus Rom nach Constantinopel bringen liefs und viele vornehme Römer dorthin versetzte, *von diu ist daz selbe lant Romanie genant.* aber auch ein teil von Kleinasien wird Romania genannt. dies ergiebt sich deutlich aus den chronisten von denen es genügt ein par stellen anzuführen. die continuatio Sanblas. zu Otto von Freising MG 20, 321 sagt: Fridericus . . . ingressusque cum exercitu Asiam prosperis successibus ad tempus incessit, omnibus ei in tota *Romania* pro voto parentibus. von derselben kreuzfahrt Friedrichs I. berichtet der codex Strahoviensis (fontes rerum Austr. I 5, 56): fuimus transpositi . . . de Europa in Asiam moxque *Romanie* partes tenere cepimus. Ipsa quoque que *nunc Romania* dicitur, pars uidelicet Asie minoris, quondam duabus distincta est prouinciis, *Frigia et Bithinia.* auch der Tanhäuser weifs von dieser Romania und ist nicht, wie Mafsmann, Eraclius s. 551 ihm vorwirft, verwirrt: MSH 2, 87^b

diu wîte Troie lanc,
diu wart gar âne ir danc
zerstœret, dâ muose sît diu Rumanîe sîn.

Davon unterschieden wird die *wüeste Romanîe*, welche die kreuzfahrer zwischen Iconium und Cilicien (Armenien) passieren musten. Arnold von Lübeck 1, 9 erzählt dafs Heinrich der löwe auf dem rückwege bei Torsult, saracenisch Tortun, landete, und fährt fort: profecti autem per triduum transierunt per terram desertam et inviam et inaquosam, terram horroris et vaste solitudinis, que *Rumenia deserta* dicitur. Et ita pervenerunt ad civitatem que juxta linguam Turcorum dicitur Rakilei, in nostra lingua Eraclia. von dort gelangen sie nach Axarat (heut Aktscha Schehr) wo der sultan von Iconium sie empfängt. Eraclia wird MG 21, 122 falsch erklärt 'hodie Erekli s. Eregli ad Halym fluvium': es ist wie der zusammenhang durchaus verlangt das heutige Eregli das ziemlich in der mitte zwischen Tarsus und Iconium, östlich von dem alten Derbe liegt.

Unrichtiges giebt Mafsmann, Eraclius 551 und Kaiserchr. 3, 988 weil er nur die europäische Romanie kennt; ganz falsch ist Mones meinung, heldens. 66, unter der wüsten Romanie sei die italische Romagna zu verstehen.

Dafs auch verwechslungen vorkommen, darf uns nicht wundern. wenn es kaiserchr. 510, 2 von den ersten kreuzfahrern heifst

durch ungeren si do uôren,
dannen durch pulgrie,
durch *di wôsten romenie.*
der haiden craft flôch
in di stat ze antihioch.

so wird man, weil Antiochia unmittelbar darauf folgt, lieber die richtige Romania deserta verstehen, als einen irrtum annehmen der übrigens auch auf rechnung des schreibers gesetzt werden könnte: in der Münchner hs. fehlt *wuosten.* — mit unrecht aber heifst in Hirzelins gedicht auf die schlacht von Göllheim (Liliencrons hist. volkslieder 1, 13) v. 25 die europäische Romania die wüste:

von der wüesten Romanie,
von Chärnten chom ein chrie
daz walt und perch zeinander schal,
mit gewalt den Rîn herab zetal.

Sicher scheint es mir auch dafs eine geographische verwirrung vorliegt im Wolfdietrich A: dem dichter schwebte die Romania deserta vor, wenn auch Wolfdietrich nur durch die europäische Romania kommen konnte auf seinem Wege von Lilienporte nach Lamparten. aber mit der geographie nehmen es die spielleute nicht so genau, zumal wenn sich die gelegenheit zu einer schilderung darbietet welche die zuhörer interessieren mufs. der dichter stellt die Romanie dar als unbewohnt 421, 1. 2, wo die löwen scharenweis gehen 422,3, wo Wolfdietrich die brünne abzieht und vom rosse steigen mufs 457—460, wo er und sein ros von hunger und durst ermatten 463,4. die ganze schilderung erinnert deutlich an Uhlands schwäbische kunde, die aus Nicetas Choniates 2, 7 (Wilken 4,122) geschöpft ist und die ihren schauplatz zwar nicht in der Romania deserta hat, aber in der asiatischen Romania, s. Riezler in den forschungen zur deutschen geschichte 10, 56 und ann. Col. max. zum j. 1190 MG 17,799 transito namque mari statim in montana venerunt atque in magna victus penuria Romaniam transierunt.

Nach den kreuzzügen, als sich die allgemeine bekanntschaft mit dem morgenlande verlor, wurde die wüste Romanie in eine fabelhafte ferne gerückt. die versetzung Dietrichs von Bern dorthin gehört wol erst dem 15. jahrhundert an.

Mone heldens. 66 und Mafsmann kaiserchr. 3, 988 citieren noch eine stelle Michael Beheims, Heidelberger hs. 312 bl. 204a

diu *wüeste Rument*,
dar tar ouch nieman bi
von würmen ungehiure.
dâ ist wilde âventiure
und freislich gestürme:
grifen tracken lintwürme,
manec freislich tier wilde.

Dietrich von Bern wird nicht genannt, aber die erwähnung der ungeheuer mit denen der held nach der Mörin und Etzels hofhaltung dort kämpfen mufs, enthält doch wol eine anspielung auf die jüngere sage von ihm.

LXXVIII.

Felix Hemmerlin (geb. 1389, gest. nach 1457) de consolatione inique suppressorum (opuscula, Basel 1497) bl. gg 2 erwähnt das ende Dietrichs nach Gregors dialogus; ausführlich spricht er über ihn im 14. capitel der schrift de nobilitate (o. o. u. j.) s. 48 Fuit *Theodoricus de Verona* vir mirae ferocitatis, staturae praecellentis, fortitudine corporis praeeminentis et tyrannus immensae crudelitatis, de quo taliter legitur in historia. es folgt Dietrichs geiselschaft, sein zug nach Italien und die besiegung Odoakers, dann heifst es: per totam Italiam regnavit et primum civitatem Veronensem cum castro et totum marchionatum ibidem possedit et in civitate *palatium mirae magnitudinis, quod hodie comparet, aedificavit.* Unde *vulgus* ipsum Theodoricum *de Verona* nominavit. Hic est Theodoricus, de quo legitur, qui tantis saepe rabido furore succensus et iracundiae fervoribus inflammatus flagrabat, ut ad instar prout legitur II. Reg. XXII. quod ascendit fumus de naribus ejus et ignis de ore ejus foravit et a facie ejus ignis est accensus et carbones sunt accensi ab eo. auch psalm 17 und Hiob 40 vom Leviathan werden citiert: quod ita intelligendum puto, prout legitur numeri XXVI, ubi dominus immisit in populum serpentes ignotos, qui secundum magistrum in historia dicebantur igniti, ut Salamandra, qui tactu venenoso inflammabant ad tumorem et ruborem igneum. Ita idem Theodoricus bellando calefactus flatu quos tetigit taliter inficit maleficiatos. nachdem Hemmerlin die stiere des Vulcan und den kretischen stier verglichen, sagt er: Hic est Theodoricus de Verona, qui *apud Wormacensem civitatem in rosario* inter athletas mundi fortior duella dirissima et monarchiam singularem cum quodam viro *Sifrido* nomine, mirae magnitudinis, fertur pepigisse. für Dietrichs arianismus und plötzlichen tod beruft sich Hemmerlin auf Gregors dialogus und Otto von Freisingen, und setzt noch hinzu Et est iste, de quo dicit fabularius Thuricensis: Theodoricus de Verona, *equo sedens, cum canibus venando cervum* vivus in infernum ingrediendo fugant.

Wer der zuletzt erwähnte fabularius ist, weifs ich nicht. über die nachricht selbst s. nr. XXI, 7. HS nr. 24.

LXXIX.

Die reformatoren sprechen wiederholt von der heldensage, zumal von Dietrich von Bern, mit geringschätzung.

1. Zu den zeugnissen aus Luthers schriften HS nr. 146. ZE XXX, 4 und LVI kommt noch eins: hauspostille, Wittenberg 1606 fol. 115a wenn man ein Merlin von *Dieterich von Bern* sagte, das kan man behalten, ob mans gleich nur einmal höret.

2. EJacobs, die ehemalige büchersammlung Ludwigs grafen zu Stolberg, 1868, s. 15 weist aus einer predigt Simon Hoffmanns (Erfurt 1523) folgende stelle nach: darumb solt jr altzeit mit dem wort gottes gespeiset werden, vnd so offt jr darein glaubet mit dem hertzen, esset ir blut vnd fleisch Christi. das konnen vnsere *alte hillebrent* nicht in jre blinde kopffe bringen.

3. Ain kurtzer begriff vnd innhalt der gantzen Bibel, in drew Lieder zů singen gestellt, durch Joachim Aberlin 1534. der verfafser sagt D iii rw. in dem vorwort zu den psalmen: Es darff sich auch niemands der lenge, als ob es vnmüglich zůbehalten, beschwern. Dann ob ainer schon die sum̃ des alten vñ newen Testaments für sich neme zůsingen, so ist sy nit allain nutzlicher vnd weger, sonder auch wol als kurtz vnd ring zů lernen als *der Berner, Ecken aufsfart, Hertzog ernst, der hürne Sewfrid,* auch als andere vnnütze, langwirige vnd haillofse lieder vnd maistergesang (der schandparen, ehrlosen vnd vnchristlichen, so ainer oberkait zůuerbieten wol anstünd, geschwigẽ) damit man nit allain die zeyt übel angelegt, sonder auch offt vnd dick bifs zů den blůtigen köpffen wider ainander gesungẽ hat.

4. JMathesius, vorrede zu Nic. Herman, die Hystorien von der Sindtflůdt. Wittemberg 1563. A 6b: Ich tadle der alten Meister Gesenge vnd Bergreyen auch nicht, denn ich hab viel alter schöner Geticht, darinn man gute vnd christliche Leut spüret, gesehen, als

das vom Pellican, von der Mühle vnd andere. Aber was lehret oder wen tröstet *der alte Hiltebrand* vnd *Rifs Sigenot?*

5. Eine ähnliche stelle aus späterer zeit weist Birlinger im anzeiger 1868 s. 264 aus JGretser und Conr. Vetter, Procession Buch Ingolstadt 1612 s. 7 nach: vnd ist freilich mehr daran gelegen dafs man sehe, was der gegenwärtig vnd bekannte Brauch leyde und erheische als von den alten Wörtern vnd *alten Hildebrandt* disputieren, welches sein zeit vnd mafs auch haben, aber da nicht vnd so nicht.

LXXX.

Wie die theologen so verwerfen auch die historiker des 16. jahrh. die heldensage (vgl. XXX, 2).

1. So sagt Seb. Münster in der cosmographie 1544 s. XCVI Verona, vff tütsch Bern, etlich nennen es *Dietrichs Bern*, dann der künig Dietrich hat es zům ersten gewonnen, vnd andere stett darufs kriegt. *Von disem Dietrich sagt man vil, dz doch in den warhafftigen historien kein grundt hat.*

2. Tschudi, Grundtliche vnd warhaffte beschreibung der vralten Alpischen Rhetie usw. Basel 1538, bl. 1 vw: Defshalb sölich historien, allein von vnnützen tröumen, alten tantmåren, glych wie vom *altenn Hilteprandt*, vnd derglychen, erdicht sind, inn sonnders so by vns Teütschen alle leer zum theyl erlöschen.

Während Münster die benennung Dietrichsbern für Verona nur beiläufig erwähnt, nennt Tschudi die stadt stets mit dem zusammengesetzten namen. im 16. jahrhundert ist er, wie es scheint, sonst ziemlich allgemein im gebrauch, s. die Welsch Gattung 1513 C 8a Montanus gartengesellschaft nr. 116 und die HS nr. 138. ZE XXX, 5 angeführten stellen.

3. Eine rationalistische erklärung der heldensage gibt S Franck, Germania 1539 bl. 56a Dieterich regiert wol vnd friedlich 32 jar. . . . daher seindt die lieder so man inn Teutsch vonn jm singt gemacht. die *Risen seindt die Barbari.* Dann Odoacer war ein Barbarus aufs Rügenn.

LXXXI.

Beweist schon die erwähnte opposition der theologen und historiker die fortdauernde beliebtheit der heldensage im 16. jahrhundert, so werden sich auch aus der litteratur dieser und der folgenden zeit noch zahlreiche anspielungen zu den in der HS und ZE XXX, 3—8 angegebenen zufügen lafsen. besonders beliebt waren Dietrich von Bern und der hörnerne Siegfried. auf jenen beziehen sich folgende stellen.

1. Ain schöner dialogus, Cůntz vnnd der Fritz (Gödeke grundr. §. 140, 1. Uhland schriften 2, 503) bl. 4a. aber ains waifs ich dz würt nit fålen, da alle die sich yetz frewen, vnd mainen sy haben den *Rifs sigenot* vnd *asprian* über wunden, werden nit lang freyd haben, dann ich sich vor meinen augen dz der engel gots dz schwert emplöst vnd inen den tod treüet die die warheit so ofenlich bestreiten.

2. Hans Sachs führt in einem liede, Eulenspiegel mit dem wirt (Gödekes ausgabe 107, 48) ein sprichwort aus der heldensage an:

also wart list mit list bezalt.
uns sagt ein sprichwort alt:
Eck an den Berner kam.
sie waren beidesan
mit schalkheuten besessen.

auch 34, 47 erwähnt er diesen spruch, in dem liede der abenteurer mit dem or:

der burgermeister sach sie alle beide an,
dacht 'der ein treibt gross triegerei,
der ander ist nit rein,
wol zwey verprante kinder:
Eck an den Berner kumen ist'.

3. Talitz von Liechtensee, kurtzweyliger Reyfsgespahn, Ulm 1655 (erste ausgabe 1645, s. Gödeke grundrifs s. 513, 5) s. 179: Du stellest dich sehr trotzig gegen mir, als ob ich nur ein Hewschreck, du aber *ein rechter Hildebrand* wärest.

4. Kurtzer Entwurff Eines anmuthigen Kinder-Ballets welches Durch LX Junge Knaben Theils mit Mutter-Pferden ihres Alters von IV. bifs in X. auch XII. Jahren In der Freyen Käyserl. Reichs-Stadt Nürnberg repräsentirt vnd vorgestellt wird. Sampt einem kurtzen Schäfer-Gespräch vnd andern lustigen Musicalischen Kurtzweiln angeordnet Von Einem Des Durchleuchtigst. Ertzhauses Österreich Weyl. zehenjährigen Bedienten J. M. L. Anno MDCLXIII. s. 10: Da meinen die Hoff-Riesen, sie seyn *übern Dietrich von Bern*, wanns ein solches Ding treffen, wanns aber zum kolben kömmt, da habens nicht Haasen-Füfs genug.

LXXXII.

1. In den Reimen Balthasars vom Buchel über das zimmerische wappen (Zimm. chron. 1,442) heifst es

ein bleckter leo der ain streitaxt hat,
recht als ob er schlagen wellt,
forchtsam als *Seifrid der heldt.*

Dafs man im 16. jahrhundert und später besonders den hörnernen Siegfried kannte, zeigen die folgenden stellen.

2. Brunonis Seidelii parœmiae 1589, bl. B 3

sunt qui amant dicteria Grylli
et qui Smosmannum cupiunt audire per annum
turpia dicentem, vel Svarmum spurca loquentem;
quique legunt pfaffi Calebergi facta vel affi;
his placet insanus Neidhart, *Laurin* quoque nanus;
Corneus Seufridus bonus et nonas per et idus.
Marcolf laudatur, Eulenspigelus amatur,
et quis non legit, quae frater Rauschius egit?

3. Theobald Hoeck (geb. 1573, gest. nach 1618) nennt im fünften kapitel seiner gedichtsammlung Schönes Blumenfeldt 1601 unter andern gedichten die damals beliebt waren

den Pfaffen am Kalnberge,
den *Hirnen Seyfrid mit seim kleinen Zwerge*,
den Markolphum alte,
den Eulenspiegel auch in solcher gstalte,
vnd die Centonouellen,
das Narrenschiff mit Schellen.

4. Noch im achtzehnten jahrhundert finden sich anspielungen auf das volksbuch vom hörnernen Siegfried, so in JGMüllers Siegfried von Lindenberg, und ThG von Hippel läfst in seinem lustspiel der mann nach der uhr oder der ordentliche mann 1765 im vierten auftritt Lisette sagen: Was für fehler kann wohl ein junger herr haben, der mademoiselle Wilhelmine liebet, der treugehorsamen Lisette manchen *gehörnten Siegfrieden* in die Hand drückt.

LXXXIII.

1. In dem meisterliede der Weimarer hs. fol. 419 steht als nr. 336 das lied von den drei starken kämpfern. die dritte strophe hat Gödeke in der Germania 15,201 mitgeteilt und besprochen; die erste über Dietrich lautet:

Drei starke kempfer ich beschreib.
der erst *Dietrich von Bern*,
der erlegt den *küng Fasolt*,
als er in wolt
mit arglisten zu decken.
auch *Rüsen* das ungefüg weib
kampf kunt im nit gnug weren.
den grossen *risen Sigenot*
schlug er zu tot
und auch den starken *Ecken*
darzu auch *den hürnen Seifrit*
erlegt er zu sein zeiten.
der alt Hillebrant auch verschid
durch *Berners* listigkeiten
drum er bis an jüngsten tag mufs
zu einer bufs
noch mit den würmen streiten.

Was der dichter von Dietrich sagt, läfst sich nicht auf eine einzige schriftliche quelle zurückführen, sondern stammt aus seiner bekanntschaft mit der sage die allerdings schon spätere entstellungen zeigt. aufser den gedichten Ecke und Sigenot (vgl. XXX, 3. 8. 9) kannte der dichter die vorrede des heldenbuches oder deren quellen: denn was er z. 11 von Siegfrieds tod erzählt, steht in der vorrede 7, 26 Keller; HS 301 wird dafür nur noch das zeugnis des Staricius angeführt der gewis das gedruckte heldenbuch benutzte. auch die etwas unbestimmte nachricht über Hildebrands tod z. 13 wird auf die vorrede 3, 29. 11, 15 zu beziehen sein. dafs Dietrich aber bis zum jüngsten tage mit würmen kämpfen mufs, (vgl. oben LXXVII, 3) und zwar zur bufse für Hildebrands tod, davon weifs die vorrede nichts.

2. Dieselbe hs. aus Weimar hat nr. 611 das erst bar von *Hueg Dietrich*, in der Kalberweis Hans Heyden. 1566, 20 jan. von Vogel gedichtet. der anfang lautet Es wardt ein buch funden vor manchem Jahr in einem kloster Tagemunden genant war. nr. 454 steht das ander bar von Hug Dietrich. In der härten steinweis M. Vogels 1566, 22 jan. beginnend: Hug Dietrich zu Bechung sprach.

Mehr als diese beiden bar hat die hs. nicht. wie der eingang des ersten zeigt, folgt der dichter dem gemeinen text (D) des Wolfdietrich. er behandelte aber nach der überschrift nur die werbung Hugdietrichs, die ja ein abgeschlofsenes ganzes bildet.

LXXXIV.

Zu den HS nr. 150 aus Fischarts schriften gegebenen zeugnissen kommen noch einige.

1. Nachtrab oder Nebelkräh, 1570 bl. 16a

wer wolt doch nicht allhie erzittern
vor diesen schwartzen Jesuitern.
die Münch die führen lange Spiesz,
ich glaub wol dasz es ser verdriesz
die Landsknecht vnd manch dollen Reuter,
weil sie die Munch vertringen leider,
der *hörnen Sewfried* gilt nicht mehr,
weil der *Münch Ilsän* kommet her.

2. Ernewerte Beschreibung der Wolgedenckwürdigen Alten vnd warhafften verwunderlichen Geschicht Vom Herren Petern von Stauffenberg usw., Strafsburg 1588, B 2

Oder wollen wir weiter traben
Vnd aufs dem Heldenbuch hülff haben,
Als die Treu Hülff *Zwerg Elberichs*
Sampt der *Rauch Els Wolff Dietherichs*?
Oder sollen wir Hülff erwarten
Von den Helden im *Rosengarten*,
Dem *Schruthan* vnd *Asperian*
Dem *Hörn Seifrid* vnd *Mönch Illzan*?
Oder aufs Artus Messenei
So die Tafelrund bsetzten frei?
Oder wollen wir wecken auff
Inn Venusberg den schläffrigen Hauff,
Den Tanhäuser vnd Sachssenheymer
Die doch darbei sind gute Reimer,
Die Denckwürdig alt Geschicht *(eine zeile fehlt)*
Sampt ires Treuen Eckarts Zwerg,
Der sie bei *Brisach* führt inn Berg?

3. In demselben gedicht B 5 wird ausgeführt wie schon die helden vor Troja des citherspiels kundig waren. auch Volker wird nicht vergefsen:

Der *Altzenfidler* konnt heut geigen
Vnd Morn im *Rosengart* sich zeygen,
Die Händ welche den Bogen zogen,
Zogen auch offt den Fidelbogen,

Vnd was doch keyns vom andern gschendt,
Eyn jedes gschah zu seinem End.

4. Auch im Gargantua finden sich noch ein par anspielungen: solt ein Kabiſsbauer in seim Kabiskopf nit besser verstehn, wann ich jhne nennt *Wolffharte*, *Hildebrand*, *Sigfrid*, Friderich, Gottrid, Winrich usw. ausg. von 1590 s. 203. — was? solt ich bei Mannlichen Leuten nicht angenemer werden, wann ich ein solchen Knebelbartfreſsigen Namen hette, der von gethön vnnd hall den Leuten aufszusprechen ein lust gibt, als Eisenbart, Kerle, *Hörebrand*. Hartdegen, Schartdegen, Degenwerd, Wildhelm, *Helmschrot*, Voland, Grimmwald, *Grimmhild*, Kibhelm, Künhelm, Fastkün, Eisenarm, *Hörwart*... s. 203. — aber das Baderisch und *Bechtungisch* messerwerfen, scharsach schieſen liefs er sant Velten haben s. 345. — und also die andere Hern Hauffschlag, Greuelhelm, *Helmschrot*, Kleingolt s. 532. — weil sie (Euryt und Cteat) aufs Sylberen Eyerschaln warn geschloffen, so werden sie heut gewifs aufs Stählinen *Nebelkappen* schliefen s. 383. — wiewol ich nichts auf die bergknappisch *nebelkappen* halt s. 477.

LXXXV.

1. ChrPhvonWaldenfels, selectae antiquitatis libri XII, Nürnberg 1677 handelt s. 374f. über Eckhart. nachdem er ihn mit Hector identificiert hat, fährt er fort:

Alius *Eckardus* redhibetur Zenonis et Augustuli christianorum imperatorum coaetaneus, *dux Brisgoviae et dominus Elsatiae*, qui in curatela consanguineorum suorum minorennium *Harlungorum* admirandam extremo vitae discrimine contulit fidelitatem. Unde et *Fidelis Eckardi* agnomen dignissime adeptus. Fabulosae vero recordationis ergo tale commentum ac si post mortem in conficto illo Monte Veneris vel Melibocco praesidens frivolos advenientes de damnoso accessu et frequentatione dissuaderet, conglutinatum. — s. 377 erwähnt er noch den aberglauben: hodierno quoque die superstitiosi nonnulli vocem improvisam quasi susurrantem audientes imaginantur *Treu Eckardi spiritum* eos revocare.

Die nachricht wird auf die vorrede des heldenbuchs zurückgehen, wo er ebenfalls 'aufs Elsas vnd prüfsgaw' heifst (3, 23 Keller) und die erwähnung seiner wache vor dem Venusberg ebenfalls durch *man sagt* 3, 26 und *man fermeint auch* 11, 25 von seiner tätigkeit als pfleger der Harlunge geschieden wird. das volk der

Harelungi als bewohner des Breisgaues hatten auch die gelehrten des 16. jahrhunderts für historisch genommen, s. oben LXV, 1.

2. Ein älteres zeugnis für den warnenden Eckart findet sich in dem gedicht die Welsch Gattung Strafsburg 1513 (Gödeke grundr. § 117, 20) bl. Jj[a]

ich warn euch als *der treu Eckart.*

Berlin, im juni 1871.

OSKAR JÄNICKE.

DIE FLORENTINER GLOSSEN.

[87a] Arrabo, arrabonis i. *phant* quasi arra bona que sponse datur. 1.
acinax, ferrea asta. i. *azger*. 2. *75*.
alnus *erla*. 3.
amurca [88a] fex olei. i. *drusina*. 4.
aucipula *clobo*. 5.
ascella *ôchesa* sub humeris. 6.
acitabulum aceti uas. *phanna* ciatus. *297*.
ansa *hantaba* ł hasta. 7.
arula, uas prunarum *glôtphâna*. 8.
alictum auis *eringre'z*. 9.
attacus. *hera* ł ut quidam *hunbel*. 10.
arctolus *satelboge*. 11. *471*.
argilla limus ł testa *mergil*. 12. *472*.
afforus *phirllo*.
andeda *brantreita*. 13. *474*.
alx genus bestie. i. *elaho*. 14. *473*.
ariola *hôba*. 15.
aquamanile *hantcar*. 16. *475*.
alcerto *haiger*. 17.
alenos *ellenbogo*. 18.
amiclum peplum fascia pectorale *hôbetôhc*. 19.
auripigmentum *orgement*.
acer *agena*. 20. [88b]
apsintium wormiti. 21.
acer *gundereba* ł *mazzilltira* arbor. 22. *477*.
anetum *tille*. 23.
apium *ephe*. 24.
allium *clobelôch*. 25.
ascolinium *asclôch*. 26.
acies acumen *wessin*. 27.
alapa *orslac*. 28.
aurugo species coloris. i. *gelivi*. 29.
aulicus *houetrut*. 30.
anco mismos incastratura. i. *nôt*. 31.
aspidiscus uncinus *craphio*. 32.
alec, allecis. i. *harinhc*. 33.
arvina. i. pinguedo. i. *unslit*. 34.
axidonum. i. *stôl*.
albugo *hôcsal*. 35.
andromena. i. *gazza*. 36. *478*. [89a]
anus uetula. ł alibi *ars*.
ascia *desehla* ł *barta*. 37. *479*.
aneta. *anit*. auis aquatica. 38.
auena *habero* ł *wilthabero*. 39.

14 *Graff* 3, 366 21 peplum *und* hôbetôhc *übergeschrieben* 24 wormiti *überg.* 25 arbor *überg.* 39 hôcsal *überg.*

axugia. *smero* 40.
allicito, inuito *spanon*. 41.
auricalcum. i. *mosc, orcal.*
artocrea *crapho*. *480.*
ara stabulum porcorum *stiga*. *481.*
aquarius *achari*. 42. *316.*
ascelle *sceidun*. 43. *317.*
aulea *umbehanc*. 44. *318.*
annuabile *halbisin*. *lachin*. 45.
amphibalum *man*.
alea *zaphil*. 46. *325.*
atriplex *mòlhta*. 47. *326.*
ancra saxa *senkelsten*. 48.
apparitor satelles. *diensman*. 49.
aviarium *fogelw;ida*. 50. *482.*
adolatura *parta*. 51.
allobrox gallus *burgendare*. 52.
adulator *losare*. 53. *483.*
allido. elido. hic *ceristozon*.
aurifrigium *goltborto*. 54. *484. 70.*
arpago tridens l fuscinula *craðal*. 55. *298.*
aurugo color in auro l *geleshut*. 56.
alopicia *grint*. 57.
ardea *heiger*. 58.
an;tra *mistil*. 59.
asserum *laddo*. 60. *486.*
aser̃ *haselŏrz*. 61.
anaglipha *manlicha*. 62. *487.*
arnica *wolfzeisila*. 63.
armentarius *cancilari* 64. *485.*
attenuatus [89ᵇ] *garmeter*. 65.
auricularius *raigebo*. 66. *324.*
assatura *spizprato*. 67.
arundo canna. i. *ror*. 68.
adulterina clavis *affętersluzel*. 69.
ap'fusus h' *washolanter*. 70.
arnoglossa *wegerich*. 71.
agaone subtilla h' *wormu..r...z*. 72.
agre l canape h' *hanif*. 73.
alumen l casaltro l spiptiria h' *bisten*. 74.
alosantus h' *wormiota*. 75.
apiorisu l butrarion heininfuoz.
agatia fructus arboris spinosi. i. *sleᵇa*. 76.
ansora *ringila*. 77.
amatilla acter h' *holantar*. 78.
albamenta rosarum *wizumunza*. 79.
auellane *nespila* fructus l arbor ipsius.
amarellus *amirzo*.
artagge *birchun*. 80.
avellana *slea*. 81. [90ᵃ]
Bursa pellis. i. *hut*. 82.
bothoma. urna. i. *embir*. 83. *299.*
botholicula *stouf*. 84.
balasium. imago. i. *bilde*. 85.
bootes. sidus. bubulcus. i. *oˢsinare*. [90ᵇ]
bubalus. i. *wisant*. 86.
bubo auis nocturna. i. *hvo*. 87.
braca femorale. i. *brôch*. 88.
bulla sperula aurea. i. *rinch*. 89. *488.*
bostar *rinderstal*. 90. *489.*
ballona. species piscis. i. *walira*. 91. *490.*

45 smero *überg.* 47 mosc *überg.* 54 mantil? 69 sustil? 82 or *ist ausradiert* 84 *vgl. Graff* 6, 688 92 *vgl. ss.* 9, 391, 25 99 *vor* o *ist* h *ausradiert.* sidus *überg.* 102 *nach* c *in* braca *rasur* 104 stal *ü* er

brancia guttur ł maxilla. i. *chela.* 92.

bastaban *bremo.* 93.

bitumen *ertlim*, gluten terre tenacissimum. 94. *491.*

bucula uacca iuuencula. i. *kalba.* 95. *492.*

buculare labium. i. *labil.* 96. *493.*

bipennis. *parta bial.* bis acuta. 97. *494.*

botrus *wintrubo.* 98. *495.*

butirum pinguedo lactis. i. *anco.* 99.

birrus, cottus fimbriatus *cozzo.* 100.

battudo *slegimeli.* 101.

baratrum uorago. i. *holberloch.* 102. *496.*

basis *staphalin* quicquid fundamento subicitur. 103.

bucca. os. *munt.* 104. *498.*

balbutio, bla[b]bizo *stanbilon.* 105. *499.*

botinus *lacha.* 106. *500.*

bombix *goteuueppewrm.* 107. *501.*

basterna. species uehicli. i. *sambôch.* 108. *508.*

balbus, blesus. *neselenter.* 109. *502.* [91[a]]

beluis. concauum. *label.* 110.

barbita *suegila.* 111.

bulla *blatera.* 112.

blesus *lisbinter.*

bracia *malz.* 113. *503.*

bancale. i. *banclachin.* 114. *504.*

bacinum. i. *becchin.* 115. *76.*

bulcio *bolz.* 116. *505.*

bachones. perna. i. *bacho.* 117.

bacina. i. *wegwitha.* 118.

brinna. i. *bundaz.* 119.

bacha *wahegelari.* 120.

brasicia. i. *wirz.* 121.

boletus *b[u]liz.* 122.

bratea. i. *plech.* 123.

brancus *dempho.* 124.

bruma. i. *rifo.* 125.

brionia. herba. i. *schitworz.* 126.

brucia *bechela.* 127.

batus *brenbrema.* 128.

butracion ł apiorisu *heininflioz.* 129.

basilica ł basilicon ł regia *madilger.* 130.

bicus lingua *spechtes zunga.* 131.

buris *fluggishôbit.* 132. *506.*

biduvium *kertare* ul *rebemezzer.* 133. *507.* [91[b]]

Cidarim. pilleus mitra *hôbe.*

cataplasmo. medicamina inligo. i. *faschon.* 134. *514.*

catharus. mundus. i. *reiner.*

contubernalis *hergesello.* 135. *512.*

cornus *erlizbovm.* 136.

cotanus *chutimbovm.* 137. *515.*

calpodia *last.* 138. *516.*

curicule. *wortherngil.* 138.

culucalus *wazirstelce* auis. 139. *517.*

cremium *spaha.* 140. *509.* [92[a]]

108 crtlim *überg.* 109 kalba *über* uacca 114 cozzo *überg.* 117 staphalin *überg.* 133 *vgl. Graff* 1, 677 134 *l.* hundaz 135 *vgl. Diefenbachs glossarium s.* 64[c] 144 *l.* heininfuoz 152 hergesello *überg.* 156 th *auf rasur*

cardiacus *herzesuhtiger*. cordis dolorem habens. 141.
160 caprea silvatica *steingez*. 142. *519*.
capra domestica *geiz*. 143.
castor fibur. i. *biber*. 144.
cuniculus *lorichi*. 145. *520*.
capreolus capreolus *rech*. 146. *521*.
165 ceculus *blindoslicho*. 147. *522*.
capedo species piscis. i. *alant*. 148.
conca. i. concula *muscula ł labil*. 149.
cancer *crebizo*.
capus *falco*. 150.
170 cuculus *gouhc*. 151.
carduelis *distilwizo*, *distiluinco*. 152.
caradrion *lericha*. 153.
coturnix perdix. i. *rephôn*. 154.
cicendula *cleno*. 155. *523*.
175 cornix *craia*. 156. *525*. [92b]
castor *ottir*. 157.
cautia *scribizuz*.
cauterium ł cauteriolum *cantari*. 158.
calvitium *calwa*. 159. *529*.
180 cervix. i. collum *hals*. 160.
cubitus *elin*. 161.
cartillago. molle os et sine medulla. *crostilla*. 162. *543*.
coste *rippe*. 163.
coxa & clunes *deich ł huffe*. 164. *571*.
185 cerebella *hirnereba*. 165. *511*.
celiffal tenar. 166.
calx calcaneum *fersina*. 167. *551*.
crus. tibia *sci^{u}nca*. 168. *552*.
coclea turris in qua per circuitum ascenditur *wendilisten*. 169. *553*.
camera *gewelbe*. 170. *554*. 190
crypta *cruft*. 171.
cementum *pflaster*. quo murus compingitur. 172.
calces *calc*. 173.
cementarius *murare*. 174.
curia *dinchus ł sprachus*. 175. *301*. 195
curialis *esago*. 176. *510*.
calips ferrum. i. *stal ł isan*. 177.
cauterium ferrum cum quo animalia uruntur. i. *bolz*. 178. *555*.
clavus *stiurnagel ł zuec*. 179. *556*.
clavis *sluzzil*. 180. *557*. 200
creagra. fuscinula *crewel*. 181. *558*.
circinus *rizza*. 182. *559*.
circus uł circulus ł cidus. i. *rinc*. 183.
carra ł carruca ł carpentum. plaustrum. i. *wagen*. 184. *561*.
carpentarius *holzwercman*. 185. 205
cuna ł cunula ł cunacubulum *waga ł la'geride*. 186. *560*.
cenaculum *môsgadem*. 187. [93a]
cartallum canistrum. i. *cratto*. *562*.
calathus *zeinna*. 188. *564*.
ciatus calix modicus. i. *stouf*. 189. 210
cratera *napf ł coph*. 190. *547*.
coclear *leffil*. 191. *563*.
caldarium ł caldariůlum *chezze*.

171 distilwizo *überg.* 179 o *zwischen* l *und* w *ausradiert* 213 *l.* chezzel

in quo calefit aqua. 192. *565.*
cantharus *napf* l *canneta*. 194. *548.*
celatura *heui* l *graft* sculptura. 193. *566.*
cyminum *cumi*. 195.
cucumis l cucurbita *curbiz*. 196.
cucumerarium *curbizgarto*. 197.
carectum *ried* l *saer*. 198. *567.*
cicuta *scherelinc*. potius herba quedam uenenata. 199.*568.*
cepa *louch*. 200.
cepe *phlanza*. 201. *569.*
cerefolium *cheruilla*. 202.
carduus *distil*. 203.
canniva *anif*. 204.
celidonia *schelliwrz*. 205.
colocasia *wildumunza*. 206.
casia uirga corticis robusti purpureis foliis *wihboum*. 207.
coliandrum *collindir*. 208.
caulis *choli*. 209.
cardamus *wildecresso*. 210.
crocus species floris. i. *crugo*. 211.
consitus plantatus *ginbitotir*. 212. *526.*
citta cortex. i. *rinda*. 213. *527.*
cippus *stoc* l *bloc*. 214.
cedrus *cedirboum*. 215.
cinus *criehboum*. 216. *528.*
carapenus *haginbucha*. 217.
corilus *hasil*. 218.
colurnus *hesiliner*. 219.
coccus *rotphellil*. 220.
coccinum *reizza*. color rubeus. 221. *530.*
cortina uelum. i. *umbihanc*. 222.
caliga *scôch* l *soc*. 223.
caligula *sochili*. 224.
ciange *hosun*. 225.
culix *mugga*. 226.
capulus *helza* l *anthaba*. 227. *532.*
cassidile. petra *muhsina casta*.
cos *wezzesten*. 228.
culter. i. cultellus *mezzer*. 229.
camites canti *felga* circa rotas. 230. *531.*
clivus *halda*. 231. *534.*
crepido *sticchili* l *hali*. 232. *550.*
controversia altercatio. i. *strit*. 233.
cardo *ange*. 234.
callis *phat* l *wec*. 235.
calles *swil*. cutis spissata. 236.
cetramentum *blacha*. 237. *533.*
colustrum *biest*. lac nouum post partum. 238. [93[b]]
constellatio *gistirne*. 239.
calcatorium torcular. i. *truta*. 240. *513.*
conpluvium *dachtrouf*. 241. *544.*
carbasus *segil*. 242.
colus *roccho* l *cunila*. 243. *545.*
colum *siha*. 244. *546.*
clava *colbo*. 245.
curtis *hof*. 246. *319.*
curtile *hofestat*. 247. *320.*
crispus *reider*. 248. *535.*
cômanipularis *hergesello*. 249.
colossus. i. *irminsvl* altissima columna. 250. *536.*
calceus l caliga *scôch*. 251.

219 *hinter* saer ach *ausradiert* 241 *beide worte über der zeile* 254 ceh *auf rasur* 265 *l.* cuncla 272 irminsvl *überg.*

cistella. capsella. i. *tasca*. 252. [94ᵃ]
clitella ciistella ł *meissa*.
bisentium *kalba*.
corrodo dilacero. i. *bignago*. 253.
clepo furor. i. *stilo*. 254.
catillo alienas domos more catilorum giro. i. *nascon*. 255.
clisco *creso*. 256.
cavillum cauillatio *hu* ł *spot*. 257.
coacuo. in acetum uerto, i. *isuren*.
consultatio *ratfragà*. 258.
collimito *anamarcho*. 259.
confuto *gekono*. 260. *537*.
confrigo *gerosto* ł *geherto*. 261. *539*.
conpilator aliena dicta suis miscens *zesamene plezzare*. 262. *540*.
conger *hasela*. 263.
capistrum *halftra*. quo equi capiuntur. 264. *549*.
capitium *hobitloch*. 265. *321*.
collarium *halstŏch*. uł circulus colli. 266.
ceruical *cussi* puluillus.
consistorium *dinchhus*. 267.
cauea. domuncula ubi auicule includuntur. i. *k .:uia*. *327*.
crista *camp*. 268. *538*.
ceruleus *carfo*. 269.
castorium medicamentum de castore *bibirworz*. 270. *542*.
causape mensale *ambetlachin*. 271. *322*.
calta species floris. i. *cle*. 272. [94ᵇ]
concionator *sprachari*. 273. *570*.
corbis ł cophinus *corb*. 274. *572*.
comedo glutio *vilifraz*. 275. *573*.
corinbus *trubo*. botrus. 276.
cylindrum *wellibloc*. 277. *574*.
cribellum *sibelin*. 278.
cinobatus *hundisberi*. 279.
citania h' *chotan*. i. mala cedonia. 280.
coropodium *chutina*. i. mala cedonia. 281.
coconidio *cilantes bere*. 282.
ceruisaria domus *pruhus*. 283. *323*.
calli formule ad faciendos calceos. i. *leist*. 284.
Discoforus discum ferens. i. *trutsaz*. *575*.
discriminalia muliebris capitis ornamenta que crines discernunt. *fasvvitta*. 285. *577*.
dāma ł dāmula *hintchalb*. *578*.
dextralia. late armille *bougun*. *576*.
deambulatra ubi deambulari potest. i. *genge*.
delicatus deliciose nutritus *zartilicher*. 286. *579*.
delfin *mersuin*.

276 *wenn man auch an ein verb* biso *das aus* pisitare *Diefenbach s.* 438ᵃ *zu entnehmen wäre, denken kann, so bleibt doch immer die frage wie die glosse in den buchstaben* c *kommt. es kann allerdings leicht das mit* o *beginnende wort, zu dem die glosse gehörte irrtümlich ausgelaſsen sein* 282 *l.* uertor, irsuren 288 basela *überg.* 308 chutina *überg.*

dumus. i. spina. i. *dorn*. *580*.
deditio *zurgift*. 287.
danubius p. n. fluuii. i. *tônouua*.
decipula. laqueus ł *ualla* ł *druh*. *583*.
dolabra ascia. i. *barta*. *584*.
decerniculum ornamentum uirginalis capitis ex auro. i. *underbant*. *585*. [95ª]
ductile. metallum *geslagenez*. 288. *587*.
dolo *snido*. i. *houuo*. 289. *586*.
desipio. male sapio. i. *tûbizo*.
depasco cūsumo *frizzo*. 290. *588*.
dehisco *scrindo*. i. *chino*. patesco. *589*.
diffido despero. i. *fercan*. 291. *590*.
depello *uzstozzo*. 292.
decedo discedo. locum do. i. *rumo*.
deriuo detraho ł deduco ł *rūso*.
dedo subdo trado. *irgibo*.
dentilia *restera*. dentes aratri. *680*.
deprauor. ris. *ih ferboson*. 293. *591*.
duciolus *zapfo*.
dictānum *wit* .∵*r* . . *z*.
deuocatio *sceltuga*. *592*.
dipsane *lochesuesini*. 294. *593*.
demolitus *zostorta*. 295.
detentio *anda*ʰ*t hunsabida*. 296.
dep̄po *siozo*.
dormitilla *fichuurz*. [95ᵇ]
dorsale *ruclacchen*. *594*.
dentix *walera*. 297. *595*.
Ecclesiastes. concionator. i. *sprahh*ᵉ*re*.
ephoebia lupanar *hovrus*.
electrum metallum auro clarius fulgens. i. *gesmelze*.
elleboron. ueratrum. i. *hemera*. *germdra*. [96ª]
enigma obscura sentencia. i. *ratisca*.
eucharistia bonum donum. i. *vvizzol*. *601*. [97ª]
extalis *grozdarm* ł *grozmago*. 298. *599*.
editio translatio. i. *an*∴ʳⁱ *stunge*ª. 299.
empticius *chûffscalch*. *603*.
emunctoria forcipes quibus adusta luminaria purgantur *cluft*. *604*.
examen *suarm* ł *ursôch*.
erugo. rubigo. i. *rost*.
eruca uermis in holere. i. *grasev*ᵉ*rm*. *601*.
ebor *helfent ben*. *596*.
elephans beluarum maximus *helfant*ʰ. *597*.
edera *ebach* ł *ebee*ʰ*ue*. *598*.
exᵉox species piscis. i. *lahs*. *606*.
ericius bestiola spinosa. *igil*.
extire posterior pars capitis. i. *noue*.
eburneus *helfe*ᶦ*ntbeininer*. *608*.
epeditio *heriuart*. i. preparatio belli. *607*.
eques ł equester *reitman*.

333 *ein verbum* runsjan *von* runsa *dem lat. gemäfs?* 339 *l.* sceltūga 342 hiuthabida? 343 *beide worte sind mir unverständlich. gehört hierher* sioza *zs.* 2, 5? 365 *Graff* 2, 1113

essedum species uehiculi. i. *sambôch*. [97[b]]

370 escarus genus piscis. i. *huso*. *609*.

episumen *zômose*. *610*.

emungo nares purgo. i. *snuto*. *611*.

exentero uentrem aperio. i. *scurffo*. 300. *613*.

excorio. corium aufero. i. *fillo*. *skindo*. 301. *612*.

375 extọ[u]bero. nodiosus fio. i. *maseren*. 302. *615*.

exploro inquiro. i. *spehon*. 303. *614*.

excutio uerbero. *bluio*. 304.

enula *alant*. 305. *616*.

erę'clea h' *reitachaltir*.

380 exungilogia ł sintice. h' *smeruua*. *617*.

exedontiton. i. cicer. h' *chicherra*.

erpillum *puleio*.

esculus *spboum*. *618*. [99[a]]

Fistula calamus ł *suegela*. *620*.

385 fascia ł *uuindinch*. 306.

furg'a *haggo* ł *zuisilla*. 307. *621*.

furcilla *gabala*. 308. *622*.

fuluum *rotez*. *eluuez*. *prunez*. 309.

feminale. ł femorale brache. i. *brôh*.

390 femen coẓ'a. i. *diech*.

fiscella. sportula. i. *curbele*. *629*.

fascis ł fasciclus *gebundeli*. *630*.

fibula i. cautenatio. i. *nuskil*. *631*.

forceps *zanga* quia fortiter capit.

395 fuscina. i. fuscinula *creul*. i. *crapho*. *632*.

falx *sihch̓ila*.

falx fenaria *segensa*. 310. *623*.

feniseca *madare*. 311. *624*.

fenum secans falcastrum *riutseginsa* ł *getisin*. 312. *625*.

fornix *suibogo*'ł signum uictorie. 400

furnus ł fornax *ouan* clibanus. 313. [99[b]]

fumarium *rouchhus*. *302*.

figulus *hauenare*. *633*.

flauus *faluer*. *634*.

feriae *fira* uacationes. *635*. 405

fenus questus uł usura ł *le[h]an*. *636*.

funda *slinga*. *637*.

fundibularius *slingare*. *638*.

fissilis *cluftiger*. 314. *639*.

ficetula *sneppha*. 410

fringellus *fingo*.

fucus api similis. i. *trenó*. 315. *640*.

ficones *socsoôha* *619*.

fagus *bôcha*.

fraxinus *asc*. 415

fusarius *spinnelbovm*. *641*.

fusus *spinnela*.

farnaicus cippus. i. *stoc*.

feniculum *fenechil*.

fenicium *fenich*. 420

fragum *erdbere*.

fungus *suam*.

fascinum ł fascinatio *zoub*'. *642*.

fideiussor cuius aliquid fide commendatur. i. *burgo*.

fertus. panis. i. *flado*. *643*. 425

flabrum ł flabellum uentus ł *uuadel*.

379 *sonst kann ich das wort nicht nachweisen* 413 *l.* socscôha

fenicium coccinum. i. *rezze.* 316. *645.*
fimbria *traro.* 317. *644.*
fidis corda. i. *seito.* *646.*
430 fundus predium *girunt* ł *boidun.* *648.* [100ᵃ]
fidicen fidibus canens *seitspilare.*
fimus *deisc* stercus boum. *626.*
fonalia *stuppe* lucernarum. i. *dahtte.*
flacceo arefio marceo. i. *wesinen.*
435 findo diuido v. *spalto.*
fascino *zouberon.*
frico *rosto. herto. ribo. gnito.* 318. *649.*
fetellus *calp.*
formellum *was leip.* *650.*
440 faux *guomo.* *651.*
furfarius *dorendral.* *662.*
faidius *fezel.* 319. *627.*
ferrum consertorium *dehsihisen.* *863.*
fulcrum *liniberga* ł *spriuzzida.* 320. *628.*
445 facitrecula *feztregela.* *864.*
flascones *flascôn.* *865.* [100ᵇ]
Git quoddam infirmum semen. v. *prothuurz.* *867.*
glis *risimus.* ł potius
gurgulio *engiring.* 321. *868.*
450 gummi gutta de arboribus fluens *fliet.* 322.
gene partes sub oculis *hufila.* *652.*
gingiue caro circa dentes. i. *bilarna.* 323. *653.*
giulla *slunt.* *654.*
gula *kela* ł commessatio. *869.*
gesticulatio. motus musicus *wishunga.* *870.* 455
graticula *rost.* ł *hurt.* *871.*
gippus *houerochter.* *872.*
globulus *clueli.* *873.*
gratiosus *henstiger.* 324. *874.*
gluten *lim.* 460
gremium. siccamen lignorum ł gramen nouum post sectionem. i. *amat.* ł sinus.
glarea *griez.* 325. *655.*
graculus *rôch.* 326. *656.*
grillus *heimo.*
giluo *musfaruuemo.* 327. *657.* 465
gladiolus *seuertella.*
genuinus dens. *kinnizan.*
gleba cespes durus. ł *scollo.* *661.*
galli sacerdotes dec. galli castrati *hain.* 328. *875.* [101ᵃ]
ganeo. gulosus. i. *file fraz.* 470
grus *cranich.* *662.*
glans *eichilla* ł *drôs.* *876.*
glandula *drôsili.*
ganmio *grino.*
grassor pugno bachor seuio. i. *dôbon.* *880.* 475
granarium *spichare.* *658.* *877.*
galleola *gebitta.* 329. *659.*
gener *eidem.*
glabrio *grint.* *878.*
gilisia *windisca.* 330. *660.* 480
geneceum *geneztunc.* 331. *879.*
Herodion auis ignota. i. *uu'lt falco.* [101ᵇ]
hydropicus *wazzirsuhtiger.* *881.*

430 *l.* boidim 455 wichunga?

humerus *sculterra* l *hacsila*. 332. *882*.
485 humerula *chippha*. 333. *883*.
habena *zuhil*. *884*.
hinnit. i. *weiot*. equus cum uocem emittit. 334. *885*.
hulcitum *hulst*. 335. *886*.
hyrundo *sualewa*.
490 hyrundo sanguisuga. i. *egila*.
hibix *steingez*. *887*.
haurifer *scaffo*. 336. *888*.
h'rniosus ponderosus. i. *holohter*. [102a]
hio *ginen* *889*.
495 hiena *illitise*.
Icho yos. sonus. l *galm*. [102b]
inuoluculum c̄uolutio uestium. v. *uuollôch*. *667*.
jecor *lebera*.
ilia *lancha*.
500 inguina pudenda corporis. i. *hegedrôsa*. 337. *670*.
inaures *orringa*. *663*.
interrasilis interlimatus. i. *under figilonter*. 338. *668*.
incastratura coniunctio tabularum. i. *nôt*. *669*.
inpetigo *citterllus*. *ruda*. *665*.
505 juniperus *uuecchelterboum*.
inclusus *closinare*. 339.
imbrex. tegula. *schindela* quia imbrem arcet.
jaculus anguis qui animalia transiacit. i. *lintwrm*.
janista ianitor. i. *turuuart*.
510 incaustum atramentum. i. *tincta*. *600*. [103a]
juridicus legisperitus. i. *esago*.
incus *aneboz*.
interula. interior tunica. i. *hemede*.
isca *zundira* fungus in arboribus. *666*.
Leuiathan interpretatur *dracho* 515 serpens. [103b]
libra decem (xii) uncie. i. *waga*.
librum humor sub cortice. i. *saf*.
larus auis. i. *musare*. *671*.
loaficus *grunsphet*.
lustrus aquatica bestiola. i. *ottar*. 520 340.
lumbricus *reginuurm*.
laudola *lericha*.
locusta. i. *heustafel*.
licisca *mistbella* l *brechin*. 341. *672*.
linter. canis. i. *uuinte*. 525
linx bestia quedam. i. *luhs*.
lacerta. i. *egidehsa*.
lacertus musculus brachii. i. *mus*.
lunbi. *lendi*.
lamia. quoddam monstrum mu- 530 lieri simile. i. *holzmûa*. 342. *673*.
lanugo. fructus maturus carduum l lana terre i. *mies*.
lathomius lapidum cesor. i. *steinmeizil*.
laquear *himileze*. 343. [104a]
laterculus *schindela* l *dilo*. *675*.
lima *figila*. *674*. 535
lineolus filum. i. *sinôr*.
lupatis frenis l *chamis*.
lacinia ora uestimenti. i. *suom*.

limbus. fascia in fine uestimenti. i. *suom* ł *borto*.
540 licium ^{h}*arlefa* ł *fizza*. 344.
lodix *weppe*. 345. *676*.
lumbare modica braga. i. *diehbrŏch*. *677*.
lena quedam uestis. i. *lilachin*.
lacerna uestis fimbriata. i. *chozzo*. 346.
545 lamina tenuatum metallum. i. *bleh*.
lagena uas fictile ł lapideum. i. *cruog* ł *lagella*.
lecitus uitreum uas. i. *ampulla*.
lubrum ł labrum ł labium *leff* ł *labil*. 347.
luter conca labrum. i. *labil*.
550 lappa ł lapatum ł *leticha* ł *cletto*.
lolium *ratin*. 348.
lubisticum *lubistechel*.
lens lentis genus quoddam leguminis. i. *linsi*.
lens gen,^{ltiv}us lendis *niz*.
555 luscinia auis. i. *nahtegila*. 349.
lepos lep$^{gen.}$oris *haso*.
limus strabus v. *scil hinter* ł *leim*.
lanipendium *wolleroc*^{h}*o*. *678*.
lateris *zegil*.
560 lenę° *uuibgerner* ł *hŏrmarch*. 350.
leuir *ceichir*. 351. [104^{b}]
ligo ferrum minus in aratro. v. *sech*. 352. *679*.
lexiua aqua cinere mixta. i. *lo..vga*.
lentiscus *melbŏm*.
565 lardare *fleishus*.

lisinna *lese*.
leuigatorium *lichstein*.
leuigo *ich lichon*.
leuir *gesuio*. 353.
linistipula *pozzo*. *681*. 570
lien *milze*.
lactaria *springa*. 355.
loculus ł feretrum *licc*^{h}*ar*. 354.
lacune *hulune*. 356. [105^{b}]
Micillus *hasilhoun*. 575
mirle *smirle*. auis.
minola *molta* uas pistorum.
mirica in deserto. i. *phrma*.
matardus bestia. *mardir*.
melones *piboz*. 580
melamium *morcrut*.
manstrugo *lachin*.
malachma. tis. *lachendom*.
mufidus panis *scimelgez proth*.
mutiulus *marchstein*. 585
mori *mulbere*.
murorum summitates *cinna*.
macilentus macer. i. *magerer*.
muru^{r}na species piscis. i. *lantfrida*. *683*.
mitra. capitis ornamentum. i. *hŏt*. 590
mentum *chinnebā*. 357.
medulla *marg*.
mamma ł mamilla. i. *tutta*. 358.
matrona *frūa*.
menbranum ł membranule. *uelleli*. 595
malus *affeltra* ł *afel*.
muscum *bisemo* ł *mies*. 359.
menta *munza*.

548 *l.* lefs 577 *vgl.* mina *Dięfenb. s.* 361^{c} *und* mülde *gl. Jun.* D 280 578 *l.* phrima

malua *papilla.*
600 millefolium *garua.*
malleus *hamer.*
malleator *hamerare.*
moneta *muniza.* 360.
modiolus *naba.* *684.*
605 mansus *hŏba ł hisaz.* 361. *685.*
magalis porcus castratus. i. *par*^{c}. 362. *686.*
mulsum dulce *lutertranc.*
man!bius *rŏbere.* [106^{a}]
mensale *tisclachen.*
610 mappa ł mappula *hantfano ł hantilla.* *687.*
merga *scarba.*
merulus ł merula. *amsilla.*
merops *grunspecht.*
murio *chazz*^{e}.
615 mustela quiasi mus longa. v. *wisila.*
migale quasi gulosus. i. *harmo.*
muscipula. laqueus. ł *falla.*
manipulus colligatura v. *garba.* *688.*
municipale gestum *geburlich gedinge.* *690.*
620 matricula publica ł epistola ł ecclesia. i. *tûm.*
matricularius *tuomphaffo.* *689.*
matta ł mat'ula *tacha.* *692.*
mantica pera *tasca ł malaha.* 363. *693.*
marceo langueo. i. *seruen.*
625 mingo. urinam facio. i. *seicho.*
mastico dentibus comminuo. i. *chuuo.*

mulgeo *milcho.* 364.
manticulor. fraudem facio. furor. i. *stilo.* [106^{b}]
maura *drŏs...wrz.*
molosum *ruden.* 630
mullus *sturo.*
melanurus *slio.*
mugil *barbo.* 365.
meditullium *scuolhus.* *691.*
mino. *tribo ł menno.* 366. 635
Nanus paruus homic'illus [107^{a}] i. *getuerc.* 367.
neuus macula ł *lebeto.* *696.*
nouacula cultellus acutissimus. i. *scaresahs.* *25.*
nucifraga *nuzbrehca.* *697.*
nucleus *nuzzecherno.* 640
noctua. nocturna auis. i. *uwila.* *698.*
nasturcium. herba quedam. i. *cresso.*
naulum precium nauigi. i. *ferisaz.* *699.*
naufraugus fracta naui bona sua perdens scc. nauticus. *sceflicher.* *700.*
nausia uomitus *unwiledo.* *701.* 645
nates *arsbelli.* 368.
nudius nunc die. III. *egesteren.* 369.
neo. filo. v. *fadimo.* 370. *702.*
neo. nato. i. *suimmo.*
nerua. *senua.* 650
nuc *nucboum.*
nisu *spariuare.* [107^{b}]
Opimachus *storich* auis contra

608 rŏbere *überg.* 619 municipale *über* gestum 623 tasca *überg.* 643 *l.* feriscaz 644 scc. nauticus *über* perdens 652 su *von* nisu *über* sp

serpentes pugnans quidam ciconiam putant.

ortigometra *horhun* coturnix de ortiga insula. 371. [108[a]]

655 onocrotalus auis delectans stagnis et paludibus. i. *hortubel*. 372.

orarium linteum quod ora mortuorum tegit ł stola. ł mappula. i. *hantfano*.

ora finis. i. *soum ł ort*.

olor cignus. i. *elbez*. 373.

obses. qui pro pace datur. v. *gisel*.

660 oc̣cree arma crurium. i. *benberga*. *703*.

offa. *balla*.

omentum membranum quod continet intestina. i. *budeming*. *704*. [108[b]]

operculum. coopertorium uasis. i. *lit*.

orifium *gesprinc*. *705*.

665 ostrum. coccus. i. *rotpẹhellöl*.

oscito. os aperio. i. *geuon*. *706*.

orix *hebirzan*. 374. *707*.

opimachus auis *otibero*. [109[a]]

Peripsma. quisquilie. quod de farre purgatur et proicitur. i. *spriur*. *708*.

670 petasum alatum calciamentum. i. *scrite scôha*. *709*. [109[b]]

porfirio. auis quedam. i. *isaro*.

phocas. bos marina. i. *selaha*. *710*.

problema. propositio. i. *ratisca*. *711*. [110[a]]

platanus arbor latis foliis. i. *ahorn*.

ptisana. far uł hordeum nondum cortice exutum. i. *fesa*. *712*. 675

pre;̣ or *bitil*.

palatus. *guimo ł hura*. *714*.

palus pali *stecho ł phal*.

paxillus clauis i. *nagil*.

pala *scuuẹlla*. *715*. 680

papilio eruca. ł uermis uolans. i. *fiualtera*.

parix *meisa*.

paliurus. herba spinosa. v. *hagin ł agẹ[i]lœia*.

papauer *mago*.

paredrus uilis equus. i. *parefret*. 376. *716*. 685

pardus bestia uaria et uelocissima. i. *leobart*. 375.

pabula *builla*.

patina ł patella. *phanna*. *717*.

palum bes *hegituba*. *718*.

panis lignum quo fila in telam portantur. [110[b]] i. *spôlo*. *719*. 690

palla. facitergium. i. *fehcetragela*. 377. *720*.

pauo auis pulchre uariatus. i. *phauo*. *721*.

palile. fenale. i. *heustadel*. *722*.

panitium *fenih*.

passus v. pedes. i. *scritmale*. 695

pepo pomum in terra c̣ạḍẹṇṣ [crescens]. i. *erdapfel ł pedima*. *723*.

perdix auis. *rebhŏn*.

pessulum *sloz*.

perfricus. *pluel*. *713*.

persịsicus *phersichboum*. 700

653 storich *überg.* 654 horhun *überg.* 691 h *durchgestrichen*

petrosilinum herba. *petirsil.*
pe*stinaca. *moraha.* 378.
per'a herba *bieza.* 379.
pediculus *lús.*
705 pellicanus *hisigomo.*
petigo prurigo *iuchido.*
penula. lacerne in modum cuculle. i. *cugilchozzo. 724.*
pedisequa. pedes matrone sequens. i. *kameruuib. 725.*
perna tergus suis. i. *bacho. 726.*
710 pecten quo capilli reguntur. i. *kamp.*
pectinatus ł pexus. *gilstra'ter.*
pituita caligo. ł flegma oculorum ł morbus capitis ł morbus gallinarum in lingua. i. *fiffiz.* 380.
pilleus. mitra. *hǒt.*
pila. offa. *balla.*
715 pilum ł pila lignum in quo milium et frumentum exuitur. i. *stanphf. 728.*
pitace'um modicum coriolum. i. sceda *plezzo.* 381. *727.*
pixis pixidis. *buhsa ł truha.*
picus *speht. hehera.*
pica *agastera.*
720 pinus *binboum.*
picea *foreha.*
pirus *birem*b*o*e.
pisa *areuuiz.*
pisalis domus que calefieri potest. i. *phiesal.*
725 pinso ferio ł premo ł *cnito.*
pistor panificus. i. *phistar.* [111a]
pons uia super aquam. i. *brǒcca.*
ponderosus cui humor uiscerum in uirilia labitur. i. *holohter. 729.*
poledrus iuenis equus. i. *folo. 730.*
porrum *ph'orro. 731.* 730
puls uilis cibus. i. *bri.*
pumen os gutturis quo cibus deuoratur. i. *sluntbein.*
pulmo *lunginna. 732.*
pobles *knierada. 733.*
pustula *bu;lla ł ancuue,'z.* 735
pultrinus *fulihi.*
pulix *floch.*
pupa simulacrum puellarum. i. *tocha. 734.*
pumex. petra cauernosa et leuis. i. *pum;z.*
puluillus *chussi.* 740
placenta panis tenuis cum oleo ł adipe et melle. i. *flado ł bergita.* 382. *735.*
plaustrum uehiculum cum rotis. i. *uuagan.* 383.
plantago *wegerich.*
plana ferrum quo planatur lignum. i. *scabo. 736.*
platoma lapis politus. i. *platta.* 745
pluteus tabula parietis. i. *dilo.* 384. *737.* [111b]
plumbum metallum de argento excocto. i. *bli.*
prostibulum lupanar. *hǒrhus.*
prinus *phlumboum.*
priuignus *stiufsun.* 750
possessio *eigan. 738.*
prestatio. tributum ł *lehin. 739.*

712 *das zweite* ł morbus *überg.* 719 *l.* agalstera 745 la *in* lapis *überg.*

prurigo uredo cutis. i. *iuchido.* 385. *740.*
plodapis *redestap. 743.*
755 propunctorium *stozisen. 746.*
palaster *slec.*
pensum *wiehel.* 386. *741.*
pedalis *weppegeit.* 387. *742.*
prefectus *purcrauo.* 388.
760 preses *grauo.* 389. *744.*
praturarius *wise heio.* 390.
phoca *brahs;ina.* 391. *745.*
plumatium *wantcussi.*
pet^{r}a limatica *slifistein. 747.*
765 polipodium *stei^{n}farn. 748.*
parafrasten *lugenare.*
popo *wurstrelinc. 749.*
panariolum *chrettili.* 392. *750.*
peniculum *wadil. 751.* [112^{a}]
770 pendines *binti* quod in tela mulierum pendet.
piscina *wiare.*
porfirio *isaro.*
Quisquilia frumenti purgamenta. i. *spruuir.* 393.
qualus. cophinus. i. *corp.*
775 quacara. auis in segete. v. *uu^{h}atila.* 394.
quercus *eich.*
quernus *eichiner.* [112^{b}]
Reumatica herba quedam. i. *cranichessnabel.*
racemus conglobatio uuarum ul *drubo.*
780 rana *frosc* ł *crota.*
ramnus. spina albi coloris. i. *ageleia.*
radii. ligna in rotis. i. *speicha. 752.*
rasorium *sarsahs.*
radix species herbe. i. *ratihc.*
raphanum *merratich.* [113^{a}] 785
rasa species uestis ł *uuslösa. 753.*
rastrum *houua. 754.*
rastellum *recho. 755.*
renunculus a renibus dim. i. *neiro* ł *leindebrato. 756.*
reticulum a rete dim. i. *nezzil* ł *hötili.* 790
recaluester. parum caluus. i. de^{w}-*caliuuer.*
regius morbus *gelesuth.*
remus *rödar.*
remiges *ferien. 757.*
reclinatorium *liniberga.* 795
refrico ad frigus redeo. ł itero ł *ribo* ł *gnito* ł *rosto.*
repagulum obiectio qua hostium clauditur. i. *spruzil.*
riscus *holandir* ł *sumbir.* 395. *758.*
rima *scrunt^{d}a* ł foramen inter compagines. 396. *759.*
ricinium acus ł *spinu^{la}.* 800
rincina ferramentum architectorum. i. *noil. 760.*
rumex *ruf.*
rubricata. pellis *losgiuut. 761.*
rostrum *snabel.*

755 z *aus* h   756 *l.* flec   758 *l.* weppegert   763 *l.* wanc-   783 *l.* scarsahs   786 anslŏfa? *an eine bildung mit* lôs *darf man wegen der gl.* flosa (*zs.* 3,476^{b}) *und* slusa (*Graff* 6,810) *die mir ebenfalls* slŏfa *zu sein scheinen, nicht denken*   791 *zuerst sollte* decaluaster *geschrieben werden*

805 rosmarinum. herba nymphea. i. *grensinc.*
rubeta rana terrestris nociua. i. *crota.*
rubigo *rost* ł quod in segete spicas inanes et rubeas facit. i. *militou.* *762.*
ruga *zucha.* 397. *764.*
rumino cibum in os de uentre reducens comedo. i. *itrucho.* *763.*
810 raucedo. obscuritas uocis. i. *heisee.* 398.
rugosus *zuchoter.* *765.*
rugelanda terra rugorum.
rotabulum *ouinuuisc.* 399.
roscinum *nŏhil.* 400.
815 ren *lendebrato.* 401. *766.* [114[b]]
Scena *louba* umbraculum ubi turpes ludi fiebant.
stigma signum uel figura in corpore. i. *anemale.*
stiria gutta ł stilla *isilla.* 402. *807.*
stelaba offa. [115[a]] i. *balla.*
820 stellabia *hepho.*
spago *drat.* [115[b]]
saxatilis *grundelo.*
satisfacio *gedancuuerchon* ł *fol. bŏzzo.* 403. *774.*
sagma filtrum ł *stŏl* ł *soum.* *775.*
825 sagum *filz* ł *hemetlachen.* *776.*
sacellum *betibura.* *777.*
sarcina ł sarcinula in qua portantur cibi et alia. i. *meisa* ł *ref.* 404. *778.*
sarcio *naio. besto. bŏzzo.* 405. *780.*
sartor *natare.* *781.*
sacerdos *euuarto.* *779.* 830
sandix *uueit.* 406.
sandiceus *uueitiner.* 407.
sarculum *getisen* [116[a]] ł *gertare* ł *houa.*
sace. i. *isinscuuela.*
sauma *soum.* *782.* 835
saumarios *soumari.* *783.*
salix *salih* ł *uida.*
sanguinarius arbor *hartrugil.* *784.*
sambucus *holantir.*
sabina *seuina.* 840
saccus *sac.*
saculus *sechil.*
sabona *seifa.* *771.*
sagellum criseum *lachin grauu[e]z.*
sarcile *tunihlachen.* *773.* 845
salsicia *uu[r]st.* 408.
satureia *chenila.* 409.
saliunca *reitgras.* *772.*
sellarius *satilros.*
sedatium *hasib.* 410. 850
semispacium quasi semispata. i. *sahs.* 411.
serpillum pulegium agreste. uł *u[e],ltchenila.*
septentrio *northalba* ł *nortuu[i],nt.*
simia *affin.* 855
simius *crumpnase.*
sistarcium *cuilla* ł *meissa.*
siligo *dinchil.* 412.
sigale *roggo.* 413. *792.*

816 louba *überg.* 818 stilla *überg.* 820 hopho? 824 *vor* soum filtrum *durchstrichen* 825 z *in* filz *aus* s 843 b *in* sabona *aus* v

similago [116b] *simila.*

860 siliqua species frugis l leguminis l *cheua* l *spruir.* 414. *793.*

sorex *grozzumus.*

socus ligo. i. *sec.* 415. *794.*

supercilium *uberbrauue* l superbia. *795.*

sublingium *racho.* *796.*

865 sure *uuadin.* *797.*

submentum *undarchinne.* *798.*

sugillatio. derisio. reprehensio suffocatio. i. *hôch* l *hosc.* 416.

sulphur *suebil* l *erdfiur.* 417.

subneruo. neruos abscido. i. *hâsino.* *799.*

870 subtemen *uueuel.*

susurro susurronis *runizare.*

sudes *stecchin.*

superhumeralis *humerare.*

sus *suin.* *800.*

875 sucula *sruli.* *801.*

subulcus pastor suium. i. *sueina*re.

suses magni canes. i. *susin.* 418.

subula *siula* l *alnsa.* 419. *786.*

subtalares *sustilare.*

880 sumen pinguedo in mammis scrofe. i. *spuniruns.* *787.*

suber cortex. i. *lost* l *rinnda.*

scalpo *iucho.*

scalpellum *scribmezer.*

scurra ioculator uerbosus. i. *skirno.* *788.*

885 scapula *scultirra.* *hasilla.*

scarabeus *uuibil.*

scabro *horniz.*

scateo *vvumo* l *crewelon.* 420.

scinifes *mugga.* *806.*

scirpus herba rotunda. i. *binix.* 890

scitum. decretum. mandatum. i. *ban.*

scoria. purgamentum ferri. *sindir.* *790.*

scrofa *su.*

scino *skina.*

scussorium. *rennila.* *churni.* 895 *791.*

scabies *iuchido* l *ruda.* *789.*

scabra aspera. *rubi uuessin.*

scitica l scotia. flagellum. quoddam. i. *geisila.*

scobs lignum quoddam quod terebrum de foramine eicit. i. *urbora.* 421. *785.*

scope *besimin.* 422. 900

splen *milzi.*

spata *suert.*

spatarius *suerttregil.*

sparis *sper.*

sparus *sper.* 905

sponsale *brutgeba.* *770.*

spartus canis uelox *uu*i*nt.* *802.*

spacus *drat.* *803.*

spelta *dinchil* l *fesa.* *804.*

speculum *uuarta* l *sp*i*egil.* *804.* 910

statera *uuaga.*

strucio. auis magna plumata sed non uolans. i. *strux.*

sternulus l sturnus. i. *stara.*

stellio anguis uenenosus similis lacerte. i. *mol.* 423.

sturio species piscis. i. *sturo.* 915

sthamen *warf.* *767.*

876 *von erster hand stand* suein 881 *l.* loft 897 *l.* rubi 898 s *in* scotia *überg.* 904 *der folgenden gl. überg.*

stuppa *auuurchi.*
stagnum *cin.*
struma *chelch croph. 805.* [117b]
920 stipes stipitis *stam.*
stirps genealogia ɫ *stam.*
stupeum colobium *uspunnin roc. 768.*
stiua *geyza.*
stabulum *stal.*
925 serices *side.*
spinga *mercaza.*
stilaphus *willidi.*
Taberne edicule plebeiorum parue *cramun.*
tabernarius caupo. *cramare.*
930 tabern¦o qui uinum uɫ aliud uendit. *tauernare.*
talpa *muuuerfo. 810.*
tapetum *depid. 811.* [118a]
terebrum ɫ terebellum *nabiger. 812.*
tramaratia *malzadra. 813.*
935 thorax militare munimentum. lorica. *brunna. 814.*
tibias crura *einkun. 815.*
ticio torris. lignum perustum. *brant.*
trifolium *cle.*
torno. nas. *draio.* [118b]
940 traha species uehiculi. *sli'do. 816.*
tribulus genus spinarum *hieffa.*
tridens creagra. fuscina. fuscinula *crôwil* cum tribus dentibus.
tricolanum *gartago. 818.*
trulla ferrum ad murum. *chella. 819.* [119a]
945 tela *uueppi.* 424.
toreuma *scafraida.* 425. *820.*
tortus *wit.* a uerbo torqueo. *821.*
tignus *sparro.*
tauanius *bremo. 823.*
tumba *hôfa. 822.* 950
tina *zuber. 824.*
tributa *diehbrato.*
tinso ih *sin'ton. 825.*
tussis *hôsto.*
tilia *linda. 826.* 955
typsinarium *stampf.*
tarmus *mado. 828.*
timalus *asc. 829.*
trama *weppigerti. 827.*
temo *dihsilla.* 426. *830.* 960
turdus auis *tr°hscela.* 427.
torrere *bachin.* 428. *831.* [119b]
Vallis locus humilis *dal.*
vallum munitio subsidium. *grabo.*
violentia *notnunf.* 965
ventilabrum uelabrum *wanna. 833.*
ventriculus umbilicus. *nabilo.*
vepres spinosa herba *brama.* [120a]
vertex cacumen capitis *sceidela.*
viaticus *wegewiso. 835.* 970
virago. mulier que virile implet officium. i. *friedila. 836.* [120b]
vliguo sordes limi. ɫ aque. *hulwa.* 429. *837.*
ulula auis nocturna a planctu dicta. i. *uuila.*
umbo media pars scutorum. i. cupula. ɫ hora clipei. *rant. 838.*
umbraculum *hûtta* ɫ *louba.* 430. 975 *839.*

unco morsus ab unco & dente incuruo. *uberzan. 840.*
vomer *waginso l scaro. 841.*
volema. species pomi. i. *winigeͥt. 842.*
vorax multum edax. *fraz.*
vortex. i. *werbo.*
vrina locium. *harn.* 431. *843.* [121a]
vrtica *heidernizila. 844.*
vrie^{do} *derrina. 845.*
vrie. dona uiri. i. *sunechlim. 846.*
viscus *mistil. 847.*
vlmus *ulmboum.*
vicetula. auis. i. *snepfa.*
varix *werra.* 432. *848.*
vatillum *kella.* 433. *849.*
variola *meisa.* 434. *850.*
verriculum *scoịp.* 435. *851.*
vuanga. *scora.* 436. *852.*
viltrum *uilz. 853.*
vibex *birca. 854.*
veru *spiz. 855.*
vicia *wicca. 856.*
vncinus *crapho. 857.*
verruce *warza. 858.*
vsia uermis porci *suinislus.*
veredarius *boto. 859.*
Xpā *kramp. 861.* [121b]
Zizania unchrût. 437. [122a]

DE FIDE CATHOLICA EIUSQUE MINISTRIS.

Stelio *satiluurm.* 438. *808.*
oriza *aruuizza.* 439. *306.*
columbar *chembil.* 440. *304.*
compes *graba.* 441. *305.*
spinx *spinnila. 809.*
fornix *swibogo. 809.*
scrobs *crǒwba.*
celox *chiel. 307.*
sinciput *nol.* 442. *308.*
incentiva *gigrôzzida.* 443. *309.*
stiria *issilla.*
spinx *unsuber.*
hostorium *swirbil.* 444. *300.*
centon. i. filtrum.
tirsus *thorso.*
persuasum habeo *guuis haben.* 445.
copadium *prato l zendrinc.* 446. *310.*
manus obseruatio diuina.
foetam *fasil. 314.*
pelignus *ch^{e}bisilinch. 315.*
textrina *tunch.* 447. *312.*
traiectịs *stech. 311.*
tạrinca *sarnagil.* 448. *313.*
scaturigo. i. profluxio.
uxorius uxori deditus. [123b]

INCIPIUNT GLOSE DE CANONE APOSTOLORUM. [126a]

Examen *suarm.* [127a]
conca *scala.*
conciliabola *tinchstede.*
armis stilo.
incus *aneboz.* [127b]

PSICHEMACHIA.

79. Glutinat. i. *chleipta.*
92. prostibulum *huor.* i. prostitutum ad libidines illicitas. 449.
„ manes *helligota.* 450.
94. vada *furte. 332.*
116. conto *mit stanno l cholbo.*

984 *gemeint sind wol glühwürmchen* 1001 *l.* kamp 1037 *l.* stango

117. hirsutas *ruhon*. *333*.
137. capulus *helzza*. *328*.
140. cassis *helm*. *329*.
141. tinnitum *scal*.
148. ebur. uaginam. i. *underhilze*. *334*.
151. missile *sperilin* a mittendo dicitur. *335*.
169. viua *guttin*.
180. villis *tocchin* l *zaton*. *336*.
„ armos *buoge*. *330*.
181. iubis *manon*. *331*.
187. nodum *chnopf*. *337*.
188. limbus *soum* l *borto*. *338*.
191. lupatis *chambrittiln*. *339*. [128^{a}]
193. habenis *^{h}alftron*. *340*.
195. faleratum. *gesatilotin*. l ornatum. *341*.
197. cuneum *gisemine*. *342*.
201. collega *gesello*.
213. sulcare *furen*. *343*.
„ nouales *náu*. *344*.
215. colonos *ôbin*. 451. *345*.
229. degener *unedele*.
236. tirones *sturlinga*. 452. *346*.
241. nugas *wiht*. 453. *347*.
254. temeraria *frauilin*.
293. fundali *sclinclichimo*. *349*.
298. exceptus *beuu^{a}nt*.
314. petulanter *getiloso*. i. instabiliter.
317. raucos *heisir*. 454.
324. stridula lancea *spiez*. i. *ruzenter*. 455. *350*.
325. amento *lazze*. 456.
328. illex persuasor l *spenare*. *351*.
335. brateolis *blechin*. *352*.
336. axem *wagin*.
337. radios *speichon*.
339. electri *gesmelzis*.
„ flexura *felga*. *353*.
343. ganearum *fre^{a}zzon*. *354*.
358. mitra *cuppha*. *355*.
„ cesariem *fahs*. 457. *356*.
362. verrat *cherit*. *357*.
363. serica *fellola*. *358*.
365. texuit *wab* l *wifta*. 458. *359*.
367. cantarus *scala*.
370. fulcra *gistule*.
„ toreumata tornatalia uasa l *scafreita*. *360*.
406. pendat luat. i. *eidoth*. 459. *361*.
414. vertigo *welbi* l *felga*. *362*.
426. offas *muos*.
435. sistro *suegelo*. 460. *363*.
440. peplo. pallio l *hullitôche*. *364*.
448. crinalis acus *risil*. l *spenula*. *365*.
449. fibula *nusca*.
„ flammeolum *mano*. *366*.
„ monile *gisteine*. *367*.
465. commenta *urdancha*. *368*.
466. eumenides dee. inferni. i. *helli*. *wi^{v}nna*. 461. *369*. *370*. [128^{b}]
526. monete *munizo*.
535. luiturus *eidonsculde*.
540. anathema *farwazin*. i. alienatio aliene rei. *371*.

1044 *l.* diua 1046 *l.* locchin 1061 *l.* frauiliu 1066 *l.* expertus 1075 *l.* cappha 1093 *Eckhard* (370 vvinna fulvis) *mischt den letzten teil dieser gl. zusammen mit einer lateinischen zu* fulvis *v.* 470 1095 sculdendo?

542. auite *anilich*. *372*.
560. anguinos crines *slanchlichin loccha*. 462.
566. erynis *hazis*. i. furia inferni. 463.
594. palpitat *zabilot*. 464. *373*.
597. ilia *lancha*. 465. *374*.
600. tinea *miluua*. *375*.
630. inficiatrix regatrix. i. *missimachara*.
632. discinditur *zirslizin uuirt*. *376*.
633. exfibulat *ingurta*. i. *incnufta*. *377*.
656. natatum *suūmoth*. 466.
658. plectrum *cịtṛị^{dr}fin*. 467.
689. sicham *mịhchil swert*. 468. *378*.
717. pilo *stampho*. *379*.
816. phalanges *scara* sạç^{a}.
871. conum *spiz*. ł curuatura.
872. concham *merischala*. *380*. [129^{a}]

Contra Symmachum II.

698. uocamus et mastrugas renones alio nomine que rustice crot^{a}ina uocatur. *381*.
839. laruas *scrato*.

Praefatio.

3. cardo *ango*. *382*.
8. ferulis *geisilon*. [129^{b}]

H. ad matutinum.

45. fenoris *lehins*.
73. cerula. nox. *plawa*. *383*.

H. ante cibum.

17. patêra *scala*. *384*.
26. camena *fifa*. *385*.
27. timpora *tuuenne*.
42. pedicis *dru^{h}un*.
„ maculis *necin*.
43. gluten *chlebe*. 469. *386*.
44. vimina *uuida*. *387*.
53. pampinum *rebiblat*. *388*.
55. bacca *bere*. *389*.
66. multra *milichfaz*. *391*.
70. calatum *chasichar*. *390*.
74. timo *piniuurz*. *392*.
82. fidibus *seiton*.
107. dedo *geichon*. *393*.
144. genialibus *mit geburtlichin*. 470. *394*.
148. discidium *zislizida*. 471. *395*.

H. post cibum.

21. spurcum *unsubirz*.

H. ad incensum lucernae.

14. facibus *facholon*. *396*.
17. testula *scirbi*. *397*.
20. teretem *siniuuelba*. *398*.
21. nectar *seim*. *399*.
92. axis *uuagin*.
146. trionibus *waginin*.
149. roscide *tŏgum*. *400*.

H. ante somnum.

140. prestigiator *zŏberar^{e}*.

H. jejunantium.

30. sirtium saxorum *santworfo*. *401*.
56. non usitatis *ungewonen*. *402*.
151. pullati *g^{i}swerzida*. *403*.
156. murices *fellola*. 472. *404*. [130^{a}]

H. omnis horae.

35. inlimis *anchleibist*.

1110 scara *von derselben hand übergeschrieben von der die punkte herrühren*

56. spurcamina *unsubirda.*
1150 59. qualus *chorb.* *405.*
H. ad exequias defuncti.
167. genitali *giburtlich.* 473.
H. in hon. martt. Calagurr.
55. bipennem *bial* quasi II pennas habentem.
56. catasta genus tormenti *ritebouma.* *406.*
Passio Vincentii.
131. renideo *uuidi(stincho.* 474.
1155 174. uncis *chaluuon.* *407.*
198. fuligo *ròz.* *408.*
230. cautera cauterium. i. *douil.* 475. *409.*
289. decursa *irlitena.*
366. aulea proprie *umbihanga.*
1160 446. murices *tubisteina.*
451. rudente *seile.* *410.*
„ carbaso *segile.* *411.*
457. sparteus *sac.* *412.*
492. fiscilla *churbili.* *413.*
1165 552. [stipitem] cippus *stoc.* *414.*
Passio Laurentii.
48. exauctor *irsouchare.* *415.*
55. referta *iruulta.*
farcimen *uuenist.* 476. *416.*
56. monete *muniza* eo quod moneat mentem [130[b]]
1170 190. rudera *arice.* *417.*
231. mancum *lamin* l curuum. *418.*
242. vola *fust.*
254. prurit *iuchit.* *419.*
255. scalpit *skapit.* *420.*
1175 258. struma *chros.*
264. morbo regio. i. *e ruma.* *421.*

282. mucculentus *rozzigen.* a mucca *roz.* *422.*
284. lippos *sosurògge.* 477. *423.*
318. (cauillo) mimico *uochilichro.* *424.*
„ [*gl. zu* mimico *oder zu* scurra 320] mimus *scirno.* 1180
446. curia *dinchus.*
480. pessulos *grindili.* [131[a]]
Passio Hippolyti.
111. prorumpunt *uzbrastin.*
124. multicolor fucus. i. *manichfaruuliche malice.*
150. scopulis *ronon.* 1185
166. fornice *crippa.*
186. speculum *speigil.*
201. umbonibus *ra[n]din.* *425.*
Passio Cypriani.
30. cesaries *fahs.*
XVIII. martt. Caesaraug.
101. palaestra *spilhus.* *426.* [131[b]] 1190
Passio Agnetis.
129. fornicem *huorhus.*
Passio Eulaliae.
130. persubiit *stiez.*
151. odorus *spratelende.* *428.*
151. jugulos *bruste.* *429.*
Passio Quirini.
67. vorticibus l verticibus *werbon.* *430.* 1195
Passio Cassiani.
17. edituus *sigiristo.* [132[a]]
59. pupugerat. i. *stiz.* *431.*
Passio Romani.
3. infantissimo *unchustlichistimo.* *432.*

1175 *l.* chrof

78. [ventilator] ventilo *uuaio.* *433.*
81. populare *liuthliches.*
156. esseda *sambuch.* *434.*
182. amasi uel amasiones. amasionum *friedelo.* 478. *435.* [132^{b}]
192. disco *bahuueiga* genus ludi qui super discum agebatur. 479. *436.*
221. cygnus *elbiz.* 480. *437.*
239. fusos *spinnilun.*
248. pulmo *lunginna.* 481.
280. tirso. i. trunco *l stango.* 482.
299. trulla *kella.* 483.
351. sacerdos *nunna.*
481. fidicule genus ferri subtilissimi quo incidebantur martyres. i. *geiselun.*
495. podagra pestis in artubus. i. *lidesuht.* 484. *438.*
489. papullas *buullun.* 485. *439.* [133^{a}]
918. abdomen *uue^{ni}st.*
1007. bubulus *wisit.*
1076. fragitida. i. *brecha.*
1126. dimensio *irlittida.* 486.

VIII. Kal. Jan.

39. mancipatam *kisalta.* 487. *440.*
76. miricis *gneste.*

H. epiphaniae.

116. pugio *stich.* *441.*

Apotheosis.

20. glauco *grauuel^{r}o.* *442.*
106. distendit *fi^{r}denitha.*
161. assesceret *kewoneti.*
187. cespes est terra avulsa cum herba [c̄h'ba] unde faciebant altaria. *443.* [133^{b}]
345. desuescas *intwones.*
353. similaginis *simelo.* *444.*
359. dellinit *chlinit.* *445.*
388. gelis *harpha l* mịsa *l* citara. *446.*
416. grunnitibus *grunnizoton.* i. propria uox porcorum. *447.*
473. uerbena herba. i. *isinina.*
481. pateram *scalun.*
499. sacellum *huorhus.*
573. pubertas *iugunth.* [134^{a}]
643. crepundia *spil.* *448.*
678. vligo *dunchili.* *449.*
652. marmore *st^{e}ede.* *450.*
762. rubore *rotemi.* 488.
835. sollers *wizzige.*
860. vola *flazza.* 489. *451.*
„ ungues *nagala.* *452.*
1049. remeabilis a re et meo compositum. i. *widirfarlichiz.*

Hamartigenia.

82. coniectare *ratiscon.* [134^{b}]
216. lolium *ratin.*
218. auena *habiro.* [*am rande*] auena *habur.*
228. brucus *keuir.* *453.*
260. leno *huormachare.* *454.*
271. [bacaṣ]uniones *mergriezum.*
297. [pulvere] muscus *pisamo.*
322. ganconis *des frazis.* *455.*
410. mento *chinne.* *456.*

1218 *wegen der ausstofsung des e der ersten silbe nehme ich an dafs das wort ins deutsche aufgenommen ist*

1250 sorbicio *uuarmôs. 457.* [135a]
796. ditibus *richlichin.*
807. vimina *w̧ida. 458.*
850. remensum *uuidirmezzin.*
873. setas vocat cilios quos nos tautones nominamus. *459.*

Contra Symmachum I. Praefatio.

1255 13. exponit *brahta.* 490.
24. sarmenta *scheita.* 491. *460.*
60. nasse *suuimmen.*
cicuta *se͑erilinc.*
Stiva *keizza.* 492. *461.*
1260 curta *hoph.* 493.
aratura [135b] *zelga.* 494. *462.*
iurnalis *iuch.*
mansis *kuoba.*
terra salica *selilant.* 495.
1265 Carminare *zeisin.* 496.
carzinare *zeisalon.* 497.
catax *hufalze. 464.*
peripectasma genus uestis. i. *chemis.*
de conca *scala.*
1270 occas *felgam. 463.*
area *beti.*

Aldhelmi aenigmata.

259, 9. famfaluca gr. bulla aquatica latine dicitur. *465.*
262, 6. luscina *nahtegela.* [136a]
269,10. scrabro *hornuz. 466.*
1275 „ 6. scinifes minime musce. i. *mizzun.*
266,15. sambucus *holdir.*
266,17. baca *beri.*
„ „ corimbos *trupilun.*
269,34. palmula extrema pars remi. i. *laffa* l manus aperta. *467.*
270,15. falera. ornamenta equorum. i. *sattilgescirre.* [136b] 1280
260,20. elleborus genus herbe que francice *alada* dicitur.
„ 27. vecos *uuaneuuizzer.*
„ 31. gippus *houir.*
271,11. larbula monstrum demor l *talamasga.*
„ 28. alga genus herbe *riethgras.* 1285
„ „ rannus. *bramma* l *agaleia. 468.*
272, 2. limax *sneco. 469.*
„ 3. cantarus *uuibil.*
caluis *caluen.* [137a]

Aldhelmi de laudibus virginum.

140,26. obrizum *smelzigolt. 84.* 1290
„ 34. glebula *scollo. 470.*
141, 2. unio *merigriez. 86.*
„ 5. bratea fila. *giuundine fadime.*
„ 20. crepundia *gisteini. 87.*
142, 1. lancibus. lanx pro trutina ponitur. i. *cramfo.* 1295
„ 2. bullis *pulca* l *casto.*
„ 5. salignis *salhin.*
„ 14. anthlia. curba. *galcraha. 88.*
„ 19. graculus *ruoch.*

1281 alada *ist mir unbekannt* 1282 *l.* vecors 1284 *l.* demon

1300 142,20. occas *suohun* ł *furhi*. *89.*
„ 24. venustas *fronisch*.
143,30. templis umbraculis. quod dicimus *lŏbun*.
„ 37. tumbe. *druchun* ł sepulcrum. *90.* [137b]
145,14. cunabula infancia. *uuagun*.
1305 „ 22. robor *eich*.
146, 3. offa *pizza*.
„ 4. massa ł *cliuua*.
„ 22. poplite *chiṇnieradin*.
crateolas *nartin*.
1310 volium *potacha* ł *putinna*. *91.*
tunnas *offeruaz*. *92.*
litt'eṇs. orient.
pollas *scaphun*.
147,17. paranimphus *prutepoto*. *93.*
1315 148,22. scenia. ludicrum. *spil*.
151,35. voti compos *uuilrvnio*.
152, 3. necromantia *hellirụ̊a*. *94.*
„ 21. culcitras *pette*.
„ 22. rugose *girunfan*.
1320 153, 2. ominịa *heilsunga*. *95.* [138a]
„ 27. propugnacula *uueri*. *96.*
„ 31. scrobs *furch* ł *uuaso*. *97.*
154, 5. ambrosia genus herbe. i. *hisịnina*.
155, 9. thurifico *roucho*.
1325 „ 10. in ueribus *in spizzin*. *98.*
157, 9. cotu *papunga*.
158, 7. titillantis. pungentis. i. *cuzelontis*. *99.*
161,30. clauḷcoma albugo. ł *giluh*.
162,31. extales. quod dicimus *grozdarma*.
„ 32. latrina *feldganch*. *100.* 1330
163,10. mandras. caulas *euuist*. *101.* [138b]
165,20. enixa *chintpa*.
„ 30. blesus *lispinter*.
„ „ balbus. balbuciens *stammilonter*.
166,13. sarmentorum. ramorum ł *snitelingon*. 1335
168,27. suras *uuadin*.
„ 36. brisa coria. *hût*.
171,11. pacta doc̣tata *geuuudemoth*.
172, 4. monotalmus. ł luscus. *einouge*.
173,32. glus *lim*. 1340
„ 33. calx *calch*.
174,30. in cuuas. *cuo̥fon*.
„ 36. licia restis. ł funis. *harluph*. *102.* [139a]
175,34. [*gl. zu* fuso] colus *chuncla*. *71.*
176,13. molosi *rudin*. *103.* 1345
„ 17. bachabatur uagabatur. ł *uuôtha*.
179,22. turtas *cuochun*. *104.*
„ 26. colustrum *piest*. *105.*
182,37. tranauit *suuam* ł uolauit.
188,34. muscipula laqueus ł *musfalla*. [139b] 1350

1312 *die glosse ist mir unverständlich; ich weifs nicht ob in* orient *etwas deutsches steckt und ob bei dem ersten worte an* litra *zu denken ist* 1326 *l.* fotu pauunga 1337 *l.* birsa

195,18. segmentata ł *stramiulahta. 107.*
197, 5. larba monstrum quod dicitur. *thalamascha. 77.*
198,13. rugis [sulcata] *girumfin.*
„ 25. vibix *sumerllatta.*
199,10. thermas *bad.*
Aldhelmi de VIII principalibus vitiis.
203,26. semispacium *sahs.*
204, 1. sparus *sp.*
205,14. scortatores *huorare.*
„ 23. extorris *urermerhites. 109.*
villosus *skecho. 110.*
stragulum *felachin. 111.*
211,16. climate parte ł *halbun.*
212,13. vellicat *slizit.*
„ 18. filix *farn.*
„ 36. in cubis *in cuofon.*
213, 1. in prelo *in demo blerare.*
„ 8. carbasa *segila.*
„ „ malis *mastpoūmin.* [140ᵃ]
„ 9. antennas nominamus *segilrôta. 112.*
214,17. capulus *helza* suncar.
simphona *dirna* dicitur.
Capucium *houbitsul. 114.*
collicium *halspein. 113.*
culicium *ispein.*
caudistrum *zagilbein. 115.*
ossa hominis sunt numero CCXVIIII vene. CCC.L.XII. dentes etc.
vacariça *suueiga.*
aries *ram.*
multo *uuidir. 63.*
agneș *chilbirra* ł *euue. 116.*
magalis *parch. 117.*
mulio *stuotare. 64.*
caballus *ros.*
saumarius *soumare. 62.*
ambulator *zeltir. 118.*
sellarius *satilros. 119.*
emissarius *reino. 65. 120.*
poledrus *folo. 121.*
pultrinus *fuli. 122.*
pulvini *huonchelu.*
palumbus *heigituba.*
culcitras *fedirbette.*
tomentum *heırcha. 123.*
capitale *houbitfuluue. 124.*
plumatium *fuluuili. 125.*
vestimentum ł indumentum ł clamis *geuuate. 128.*
cervical *halsare. 126.*
cetramentum *blacha. 127.*
linteamen *linuuat.*
lana cussim *lilachin. 129.*
coopertorium *ubertecheᶦ.*
tussia ł *hussa* unum sunt.
linteolos *fanūn. 135.*
lectisternium *bettistrou. 130.*
cuna *ludra. 66.*
ruga *zucha. 67.*

1359 uzermerhites? *zu* marka 1360 *l.* villolus 1366 *umdeutschung von* prelum? 1370 *wenn das wort deutsch ist so könnte man an* suuertcar *denken* 1393 *ich glaube dafs der corrector den unrichtigen buchstaben unterpunktiert hat und dafs* ziecha *zu lesen ist* 1400 *l.* lena *s. Sum.* 33, 65 *und vgl für* cussim *Diefenbach s.* 164ᶜ cussia cozzo 1402 *l.* zussa

ora ort.
tapetium *teppith. 131.*
conopeum *muggeneze. 132.*
1410 manutergia *tuuahilla. 133.*
rocchus *roch. 68.*
uberruchus *ubirruche. 69.*
mappula *tiehfano. 134.*
superduccio. *ubirzuc.*
1415 balteum *balz. 136.*
melotes ł pellicias *pelliza. 137.*
fasciolas *uuindinga. 138.*
calciarii *scuoha.*
fibula *nusca.*
1420 lunula *manili. 140.*
vuanti. et manices *hantscuoha. 82.*
strofium *orol ł chelatuoch. 141.*
finchones *finchun. 142.*
sagellum *lachin. 143.*
1425 lunula *nuscili* ł fibula. *139.*
capellum ł gale͘a ł thiara. *huot.*
institum. *binda ł nestilo. 144.*
tribrucna *teihbroch.*
pedules *uouztôcha. 145.*
1430 monile ornamenta mulieris *erdo uuindinga. 146.*
sarcile *fettide.*
camisile *hemitlachin. 147.*
ciangas *huosun.*
inaures [140[b]] *orringa.*
1435 preuenna *risil. 148.*
prelum ł peplum *tuoil. 149.*
subtemen *uueuil. 73. 150.*
liciatorium *mittuul. 151.*
pera cugilla ł *tascha. 85.*
birrus ł penula *ludo. 152.* 1440
bachones *bachin. 74.*
exungia *smerleip. 155.*
arvina *unsliht. 153.*
spatula *scultirra. 154.*
salsicia *uurst. 38.* 1445
inductilis *scublinc. 157.*
friskinga *frussing. 37.*
udra ł butyrum *ancsmero. 156.*
preuenna annona *fruonda. 158.*
pasta *teig. 159.* 1450
stipendium ł pastum *lipneri. 160.*
siligo ł spelta *dinchil.*
triticum *uueizze.*
far *amar. 161.*
bucella ł torta *snita. 162.* 1455
lagana *ges,t[e]in brôt. 163.*
surculos *snitilinga. 164.*
sigalum *roggo.*
brachium *malz. 165.*
furfur *crus ł clia. 166.* 1460
placenta *flado.*
panicium *fenich. 167.*
cicer *chicherra. 168.*
bissas taruillas *aruuize. 215.*
vitellum *tutirei. 169.* 1465
colóstrum *biest.*
amurca olei *truosina. 170.*
fermentum *theismo. 171.*
sera *chaseuuazzer. 172.*
fraga *eripere.* 1470
carica *figa. 173.*
castanea *chestinna. 174.*
sagena *segina. 175.*
amus *angil. 176.*

1423 *sollte der glossator durch die ähnlichkeit des lat. wortes, besonders in der hier vorliegenden form mit* n *bewogen irrtümlich den deutschen vogelnamen beigefügt haben?* 1456 *am rande von anderer hand* pasta teig *und darunter* amor uincit omnia 1460 s *aus* h 1470 *l.* ertpere

incus *aneboz. 177.*
malleus *slaga. 80.*
martellus *hamir. 81.*
forceps *zanga. 178.*
follis *balch. 179.*
lima *figila. 180.*
serra *sega. 181.*
forcipula *clufth. 182.*
Frutex *studa. 72.*
axis *pret* ł *schindala. 183.*
terra salica *selilanth. 36.*
[h]veremus *walt. 184.*
mansus *hôuba. 35.*
ascelli *clufth sceida.*
iuuera ł iurnales. *iuch·* ł *morgana. 78.*
astella *sceita. 216.*
tinnus *rauo. 185.*
lucanar *rouchhus. 186.*
culmen *first. 187.*
trabs *gebretto. 188.*
asseris ł tegula *lattun. 189.*
planca *dilo. 190.*
plancarum *dili.*
laterculum *scindala* ł *hiegil. 191.*
postes *tůrsule. 192.*
palus. li. *stecho.*
palus. dis *fenne. 193.*
sublimitaros *ubirtur. 194.*
tortoria. ł torta. *wit. 217.*
carpentarius *holzmeister. 195.*
tentorium *gizelt. 196.*
mulio *stoctar.*
iuba *manha. 197.*
caballi domiti *zami ros. 198.*
erpicarius *egidare. 199.*
sonipes, equus. *ros.*
equaritia *stuot. 200.*
cavallarius *me[a]riscalh. 201. 79.*
Genitor pater.
genitrix mater.
parens *fordiro. 1.*
auus *ano. 2.*
avia *ana. 3.*
proauus *altirano. 4.*
gemini *gezuuilinc. 218.*
amita *basa. 5.*
matertera *mouma. 6.*
vitricus *stuphater. 219.*
priuignus *stuphsun. 220.*
nouerca *stuphmuoter. 221.*
patruelis *fetirriu sun.*
priuigna *stuphtohter.*
maritus *charl. 222.*
coniugalis *gettin. 223.*
concubina ł pelex *chebisa. 7.*
emula *chella. 8.*
socer *sue[h]ir.*
socrus *su[i]gir.*
gener *eidim. 9.*
nurus *snora. 10.*
conlactaneus *spunnibrôdir. 11.*
nutritor ł pedagogus *magazogo. 12. 224.*
nutrix *amma. 225.*
familia *hûsche. 226.*
colonus *hurnich. 13.*
ancilla *diu. 14.*
libertini *frilaza. 202.*
contubernius *genoz. 203.*
patronus *muntherro. 15.*
conservus *geleibo. 16.*
dos *uuidimo. 17.*
cubicularius *chamare.*

1498 *l.* ziegil 1539 *Graff vermutet* 4, 1039 *mit wahrscheinlichkeit* burinch

cesarios *lancfahs.*
inbubes *granisprungir. 204.*
longeuus *alto.*
1550 decrepita *uraltir. 214.*
centurio ł tribunus *hunno. 18.*
decurio *tincman. 19.*
informis ł deformis *unscone.*
gallinarius *pollenar. 227.* [141ᵃ]
1555 thelonearius *zolnar. 228.*
binus. na. num. *zuuischer.*
obses *kisal. 205.*
superstes *ubirlippo.*
polimentarius *lichare. 20.*
1560 polimitor *lichstein. 21.*
scutarius *schiltare. 206.*
creditor *lehni herro. 229.*
fidejussor *purgo. 207.*
cementarius *murare. 208.*
1565 cementum *flaster.*
marchio *marcgrauo. 209.*
comes ł preses *grauo.*
lancea ł spiculum ł catapelta *sper. 230.*
asta *spiez.*
1570 astile *spiezstanga. 22.*
spata et romphea ł machera. *suuert.*
semispatium *sahs. 23.*
ocree *peinberga. 24.*
cuspis *stachilla. 26.*
1575 faretra *cochir.*
sagitta *strala. 27.*
pilus *phil.*
bipennis *piil.*
lituus ł cornu ł tuba. *horn.*
1580 pultio *polz.*

corda *seuua. 231.*
cestus *cholbo. 29.*
telum *scoz. 28.*
capulum *helza.*
umbo *rantpogo. 30.* 1585
lustrum *tiruuaida. 31.*
castor ł fibur. *bibir.*
luter *ottir.*
alx ł falx *eleho.*
capreolus *rech poc.* 1590
caper *steingeiz* ł ibix. *210.*
grillus ł grello *muchcimo. 211.*
dāma ł damula *damo.*
linx *luchs.*
corcodirillus *nics.* 1595
bubulus *uuisāt. 32.*
gurgulio *hamistro. 212.*
gripes *grifin.*
ruca *hundissatil. 213.*
scarabeus *wibil.* 1600
sanguisuga *egela. 233.*
vipera *natra.*
tinea *miluua.*
musio muriceps ł murigerulus *cazza. 33.*
papilio *fifoltra. 232.* 1605
zeno. zefano. *hunthoubito.* ł de gente cananea. *234.*
orcus *thuris.*
alea. *wrzabil. 235.*
pomilio *gittwerc.*
glandis *eichilla. 34.* 1610
glans ł glandalum *truos.*
ferunclus *angueizå.*
tuber ł struma. *chelich* ł *crof. 236.*
varix *urslach* ł *werna. 237.*

1564 *doch wol umdeutschung einer bildung von* pullus, pullinarius, *hünervogt; das* e *der letzten silbe fehlt wie es auch in der folgenden glosse ursprünglich fortgelassen war* 1578 piil *überg.* 1608 *l.* wrfzabil

615 morbus *suht. 240.*
febris *ritto. 238.*
sinteria *zu^{z}suht. 239.*
fundus *crunt.*
sabulum *sant. 243.*
620 glarea *griez. 242.*
carix *sahar. 241.*
scirpus *piniz.*
caredium *sahara. 244.*
scaber *tubist^{r}ịn.*
625 cratis *hurt.*
vimen *kerte.*
psiatium *matta. 245.*
hedera *hebeouue.*
muscus *mies. 246.*
630 graculus *ruoch.*
bubo *huuo. 247.*
fulix *pelic^{h}a. 248.*
mergus *scarba. 249.*
mergulus *tuchare. 250.*
635 fulica *anitchunach.*
herodius *poum falcho. 251.*
cignus ł olor *elbiz. 252.*
onocrotalus *horitubil. 253.*
ortigometra et coṇturnix *rephuon.*
1640 merola *amissaḷla. 254.*
strutio *struz.*
grus *granich. 255.*
turdus&sturisque sternula. *stara.*
256.
cuculus concuo.
1645 pellicanus *husigomo.*
turdella *drossila.*
luscinia & filomela *nachtegila.*
257.
vultur *kir.*
fice.. tula *snepfa. 259.*

fringellus *fincho. 258.* 1650
carduelis *distiluuincho.*
pauo *fauuo.*
caradrius ł laudula *lericha. 260.*
loaficus l merops *cruonspheto.*
opimacus contrarius serpentibus. 1655
i. *storich.* ł ciconia.
picus *speht. 263.*
pica agaza *agilstra. 262.*
parix *meisa. 261.*
costrux *uuiso.*
pastaban ł oester. *bremo. 264.* 1660
scrabro *hornuz. 265.*
nectar *seim.*
cicendula *glimo.* [141 b]
vespis ł cretobolus *uu^{e}ṣfa.*
atacus *^{h}umbil.* 1665
ulula. ł lucifuga *uuuila.*
cẹculus *blindoslicho. 266.*
cimex *uuantlus.*
rubeta pretta. *267.*
bufo *crota.* 1670
lumbricus *regunuurm.*
tarnus *mado. 51.*
testudo *scartefedero* ł *snecco. 50.*
biaculus *lintuurm.*
stelio *mol.* 1675
lacerta *egidehsa. 268.*
Timallus *ascho. 49.*
capedo *alant.* ł *munuïa. 269.*
anguilla *al.*
trusta *forina* ł *chamanch.* 1680
lutius *ḅ^{he}ạchid.*
tinca *slio. 270.*
murenula *lantfrida.*
esox *salmo.*
allec *harinch.* 1685

1644 *deutsch? oder* coccyx, cuccux? 1649 *in* ficetula *ist* p *ausradiert*
1657 *ob* agaza *deutsch ist weifs ich nicht* 1680 chamanch *kenne ich nicht*

Celum *himil.*
iris *reginbo^{go}um.*
arcturus *uuagin.*
pliadas ł planetas *sibinstirne.*
1690 pruina *rifo. 271.*
turbo. nis. *uu'ndisprut. 48. 272.*
turbo. onis. *kloz. 273.*
grando *agil.*
centrum *mittehi^{mil}.*
1695 oriens *ôstan. 274.*
occidens *uuestan. 275.*
meridies *sundan. 276.*
aquilo *nordan. 277.*
temporaneus *abintroto. 278.*
1700 tonitruus *donr.*
Tilia *linda.*
fagus *buocha.*
robur ł quercus *eich* ł ilex.
fraxinus *asc. 279.*
1705 alnus *erla. 47.*
salix *salaha. 46.*
populus fulmen *blich. albare. 45.*
plantanus *hahorn.*
corilus *hasil.*
1710 paliurus *hagin.*
vepris *brama. 44.*
malus *affiltra.*
tuscus *mistil.*
carapenus *hagin b''ocha. 43.*
1715 tremula *aspa. 42.*
dumus et sentes *dorna* ł spina.
rannum *adildorn.*
picea *forha.*
cipro *la'rbuom.*
1720 cedrus *cedirboū.*
farnaicus tribulus *hiuffiltra.*
casia. herba. cassia *uuichpo''m. 41.*
assolonium *aslonch.*
anetum *tille.*
tubura *ertnuz. 280.* 1725
petroselinum *federscelli. 281.*
lactucces. *latticha.*
sisimbrium. *sisimbrima. 40.*
papauer *mago. 282.*
satureia *schenila. 39.* 1730
acer *gundereba.*
millefolium *garuua.*
cicuta *scerelinch.*
celidantia ł celidonia *scehlleuurz.*
colocasia *uuildu munza.* 1735
fullo *watuurz.*
sandix *uueith.*
croceum *crôgo.*
peta *peizza.*
lingua canina. i. *ringila.* 1740
gladiola *uuat uurz.*
sclarega *scherilegia.*
pulegium *poleia.*
ambrosia *is'nina.*
nepeta *nepeta.* 1745
.brionia *scituurz.*
blandonia *wllina.*
peucidanum *hernuurz.*
concinnalis *scozuurz.*
riuola *cliba.* 1750
basilisca *madilger.*
assarus *hasiluurz.*
berula ł arteū. *puggo.*
ligustrum *uuinda.*
barba iouis *husuurz.* 1755
lupercicus ł humulus *hopho.*
pacina *uueguuuta.*
molosus *ro'do. 283.*
v''lter *uuint. 284.*

1707 *es steht* sulmen. *die glosse gehört in den vorigen abschnitt*
1754 *f die deutschen worte überg.*

1760 canina *zoha. 285.*
prinna ł canale. *hundaz. 286.*
hiena *helliunt. 287.* [142ª]
scrobs *gruoba. 288.*
vıı altus *crabo. 289.*
1765 plectrum ł sistrum *citerfin.*
latibulum ł latebra *hoil. 290.*
cacatergito ł pudusca *arscuuisch.*
furia *hazzis.*
gleba *scorfo.*
1770 flemen *masila.*
cicatrix *animale* ł *masa. 291.*
torris *prant.*
puteus *buzza. 61.*
offa *balla. 60.*
1775 spera ł trocus *sciba. 292.*
glis. glitis. *dedo. 57.*
glis. ris. *mus. 58.*
glis. glissis. *schineuuitto.* unde glisso. cis uerbum. i. fulgeo. *59.*
pus. us. quód est índeclinabile hoc est tabo ł uirus *gunt. 293. 56.*
theutisca ł theutonica *tutischa.* 1780
stercus *mist.*
coenum ł limus. *dôst. 294. 55.*
cementum *flastir. 54.*
pincerna ł pinator *scencho. 295.*
rima *scrunta* ł *nòth. 296.* 1785
veru *spiz.*
testudo *suuibogo.*
stipula ł festuca. *agana. 53.*
sulcus. *furch. vlògerin.* 498. *52.*

Im zweiten bande der commentarii de rebus Franciae orientalis *hatte Eckhard s.* 981 *ff eine reihe glossen* ex bibliotheca magni ducis Laurentiana *mitgeteilt. die hs. der sie entnommen waren, hielt man für verschollen nachdem Graff bei seiner anwesenheit in Italien acht tage vergeblich nach ihr geforscht hatte. doch war es ihm bei dieser gelegenheit gelungen, anderer deutscher glossen habhaft zu werden welche er in der Diutisca* 2, 231 *ff im auszuge veröffentlichte. als daher im verflofsenen jahre hr. dr OJänicke nach Florenz reiste, bat ich ihn beiden hss. noch einmal nachzuspüren und sie mir abzuschreiben. es ergab sich ihm das mir nicht ganz unerwartete resultat dafs beide sammlungen identisch sind. bei der eile mit der Graff arbeitete und arbeiten muste um trotz seines gebrochenen körpers den von staunenswertem fleifse zeugenden sprachschatz herzustellen darf man es ihm nicht zu grofsem vorwurfe anrechnen dafs er dies verhältnis nicht erkannte. denn die reihenfolge in der Eckhard seine glossen drucken liefs ist eine abnorme. um die art und weise zu zeigen wie er verfuhr und damit einen beitrag zur geschichte der deutschen philo-*

1763 vallus? 1769 *scheint eher eine verwechselung mit* glabor, glabra *(grind) zu sein, wozu auch die beiden folgenden gll. befser passen würden, als dafs an* scorsa *Gr.* 6,551 *zu denken ist* 1776 *l.* cledo *(Graff* 5,124*)*

logie zu geben, zugleich aber auch, um die aufsuchung der Eckhardschen glossen in dieser ausgabe zu erleichtern und zur controlle der letzteren lafse ich eine vergleichende tabelle beider folgen. ich bemerke dazu dafs 1) die nicht seltenen nur lateinischen glossen die Eckhard mit aufgenommen hat, mit einigen unten zu erwähnenden ausnahmen fortgelafsen worden sind und so die notiz 'lateinisch' in der tabelle zu erklären ist und dafs 2) einige ganz wenige deutsche worte in folge leicht entschuldbarer versehen von Jänicke übergangen sind; bei diesen steht 'fehlt'.

Eckhard	*diese ausgabe*	*Eckhard*	*diese ausgabe*
1—24	1515—1573	109—201	1359—1512
25	638	202—213	1541—1599
26—31	1574—1610	214	1550
35. 36	1487. 1485	215—217	1464—1503
37. 38	1447. 1445	218—296	1519—1785
39—51	1730—1672	297	7
52—61	1789—1773	298	65
62—64	1384—1379	299	96
65	1387	300	1015
66—69	1405—1412	301	195
70	64	302	402
71	1344	303	*fehlt*
72	1483	304—315	1004—1025
73. 74	1437. 1441	316—318	50—52
75	2	319. 320	269. 270
76	130	321—323	290—310
77	1352	324	76
78	1489	325. 326	55. 56
79	1512	327	294
80. 81	1476. 1477	328—331	1039—1047
82	1421	332. 333	1036. 1038
83	*fehlt*	334—347	1042—1060
84	1290	348	*fehlt*
85	1439	349—426	1062—1190
86—105	1292—1348	427	*lat.*
106	*lat.*	428—470	1193—1291
107	1351	471—475	12—18
108	*lat.*	476	*lat.*

Eckhard	*diese ausgabe*	*Eckhard*	*diese ausgabe*
477—496	25—116	619	413
497	*lat.*	620—622	384—387
498—508	118—148	623—625	397—399
509	158	626	432
510	196	627. 628	440. 442
511	185	629—632	391—395
512	152	633—646	403—429
513	262	647	*lat.*
514	150	648—651	430—440
515—517	154—157	652—654	451—454
518	*lat.*	655—660	462—480
519	160	661. 662	468—471
520—523	163—174	663	501
524	*lat.*	664	*lat.*
525	175	665. 666	504. 514
526—528	233—237	667	497
529	179	668. 669	502. 503
530—540	242—295	670	500
541	*lat.*	671—679	518—562
542	297	680	335
543	182	681	570
544—546	263—266	682	*lat.*
547	211	683—693	589—634
548	214	694	*lat.*
549	289	695	*fehlt*
550	254	696—766	637—815
551—569	187—222	767	916
570	300	768	922
571	184	769	*lat.*
572—580	301—319	770	906
581. 582	*lat.*	771—773	843—848
583—595	322—346	774—784	823—838
596—598	360—362	785	899
599	353	786—788	878—884
600	510	789—791	892—896
601	352	792—801	858—875
602	*lat.*	802—805	907—919
603—618	355—383	806	889

Eckhard	diese ausgabe	Eckhard	diese ausgabe
807	818	835—859	970—1000
808. 809	1003—1008	860	fehlt
810—816	931—940	861	1001
817	lat.	862—865	440—446
818—831	943—962	866	fehlt
832	lat.	867—874	447—459
833	966	875—889	469—494
834	lat.		

Man ersieht hieraus dafs Eckhard oder der von ihm mit der abschrift betraute seine arbeit gegen ende der hs. dort wo ein blaugemalter initialbuchstabe die aufmerksamkeit auf sich lenkte, begann und eine zeit lang fortführte, dann aber den schlufs des ganzen vornahm und denselben von hinten beginnend excerpierte. darauf schlug er eine anzahl blätter nach rückwärts und schrieb von dort an widerum eine reihe worte ab; und dies verfahren widerholte er noch einmal. dann aber begann er mit dem anfange der hs. und zog die glossen ungefähr bis zu dem punkte aus, wo er beim zweiten rückwärtsblättern angehoben hatte. schliefslich brachte er in einem nachtrage noch einige vorher ausgelafsene worte. man erkennt jedoch deutlich dafs die abschrift nicht einen regelrechten fortgang nahm sondern unter unaufhörlichem blättern geschah: so kam es dafs dies und jenes wort zweimal aufgeführt wurde. aufserdem scheinen endlich eine anzahl glossen die bei nochmaliger durchsicht der hs. auffielen, an beliebigen stellen der abschrift eingeschaltet worden zu sein.

Die hs., cod. 5 *plut.* XVI *der Laurentiana, in quart, besteht aus zwei ursprünglich sich fremden bestandteilen. der erste (bl.* 1—86) *enthält* 1) *fol.* 1—42ª Bedae super Donati grammaticam 2) *fol.* 42ᵇ—73 Aymerici ars lectoria ad episcopum Ademarum 3) *fol.* 74—82 Servioli de primis syllabis in cunctis partibus 4) *fol.* 83—86 Prisciani de accentibus. *der zweite (blatt* 87—142, 7 *quaternionen — das letzte blatt ist fälschlich mit* 144 *bezeichnet —) zweispaltig geschrieben, aus dem anfange des* 13 *jhs. birgt unsere glossen. dieselben sind aus einem ältern exemplare abgeschrieben und später nachcorrigiert worden; in der vorlage hatte das* z *die bekannte dem* h *ähnliche gestalt, daher der abschreiber öfters den letztern buchstaben schrieb, ein fehler, den der corrector meist aber nicht immer, durch zusatz eines häkchens befserte. die vorlage entstammte Oberdeutsch-*

land, der abschreiber scheint aber seine heimat in Niederdeutschland gehabt zu haben. was mein verfahren anlangt so habe ich der übersichtlichkeit und kürze halber die deutschen worte cursiv drucken lassen; ebenso alle erst von mir zugesetzten überschriften; dagegen sind die schon in der hs. vorfindlichen mit versalien gegeben. die rein lateinischen gll. habe ich, soweit sie in die mir vorliegende abschrift aufgenommen waren, da beibehalten, wo sie von Eckhard aufgeführt wurden; nur bei der schrift de fide catholica *habe ich sie ohne ausnahme widergegeben, da vielleicht die eine oder andere zur auffindung der schrift, zu der sie gehören, beitragen kann. die zahlreichen abkürzungen sind, wo es mit sicherheit geschehen konnte, aufgelöst worden. punkte innerhalb der worte bezeichnen rasuren. die erste zahl hinter einer glosse verweist auf die folge in Graffs abdruck, die zweite, cursive, auf Eckhard.*

Eine ganz ähnliche sammlung scheint der Clm 19440 (*Graffs Tg* 5) *zu enthalten. da ich aber eine abschrift dieser und anderer zu einer genaueren untersuchung nötigen hss. zur zeit nicht besitze — besonders würden dabei auch die Salomonischen gl. in betracht kommen — so mufs ich für jetzt auf weiteres verzichten und begnüge mich mit angabe der teile aus denen unsere hs. besteht, indem ich zugleich verweisungen auf die wichtigeren parallelen aus der glossenlitteratur beifüge.*

1—1002, *das neunte buch des* summarium Heinrici, *vgl. den Admonter vocabular, die Lindenbrog. gll., die Prager und Engelberger gll.* (*zs.* 3, 468 *und* 125), *Diutisca* 3, 187, *Sumerl.* I (*vgl. Diut.* 3, 260*ff*), *Diut.* 3, 144, *Hoffmann, ahd. gll. s.* 61. — *es folgen glossen zu der schrift* de fide catholica eiusque ministris. *ich habe dieselbe nicht ausfindig machen können; die bekannte des Isidor ist es nicht. nach den glossen zu urteilen ist sie wol eine art passional. auch die dann folgenden* 5 *worte* 1028—1032 *unter der überschrift* glose de canone apostolorum *habe ich mit ausnahme von* examen *und* conciabolo (*nicht* -a) *in den* canones, concilia *und* decreta pontt. *nicht aufzufinden vermocht. sie können auch leicht zu einer anderen schrift gehören, denn jene überschrift steht auf blatt* 123[b], *die gll. aber erst auf bl.* 126[b] *und* 127[a]. *sie sind jedoch so wenig significant, dafs ohne einsicht der hs. ihre zurückführung auf ein bestimmtes werk nicht möglich sein dürfte. es schliefsen sich hieran gll. zu den werken des Prudentius von denen ich* 1168, 1250 *und* 1258 *trotz aller angewandten mühe weder im Prudentius noch in den scholien des Iso habe* *auftreiben können.* 1259—1264 *sind ein einschub vgl. Hoffm. ahd. gll. s.*58. *woher* 1265—1271 *entnommen sind weifs ich nicht. zu den sodann sich anreihenden gll. zu Aldhelms werken wolle man die SGaller hs.* 242 *bei Hattemer* 1, 278*ff vergleichen. zur angabe der stellen habe ich leider die höchst ungenügende ausgabe von Giles da sie die einzige handliche, welche ich kenne, ist, benutzen müfsen. sie leidet unter andern an dem mangel jeglicher zählung. die unregelmäfsige folge der glossen in den rätseln ist nur eine scheinbare: denn in den hss. ist die reihenfolge derselben eine andere als in Giles ausgabe wie man dies aus den oben angeführten SGaller gll. erkennen kann.* 1309—1313 *sind vielleicht glossen zu* thuribulum 147, 14.— 1360*f könnten zu* pepli velamina 206, 17 *gehören, doch ist zu beachten dafs beide auch in den die überschrift* de ornatu ecclesie *tragenden gll. bei Hattemer* 1, 311 *hintereinander vorkommen.* — 1371 *mag eine glosse etwa zu* virgo *sein.* — 1372—1376 *gehören einem tractat über die glieder des menschen, wol aus Isidor an.* — *zu* 1377—1389 *vergleiche man Hoffmann s.*58, *Hattemer* 1, 293, *Schl. gll.* 32*ff, gll. Jun. D* 272*ff, zu* 1392—1440 *Hoffm. s.* 58*f, Hatt.* 1, 310, *Schl. gll.* 39, 136*ff, gll. Jun. D* 293, 296. *aus letztern ergiebt sich durch die bemerkung s.* 293 *bei* lena: et paulo post ibidem *dafs die glossen irgend einer schrift müfsen entnommen sein.* — 1441—1482 *s. Schl. gll.* 39, 178*ff, Sumerl.* 35*f*, 42, 48, *Hatt.* 1, 308*ff, auch gll. Jun. D* 276, 289. — 1486*f gll. Jun. D* 306, 1491—1505 *daselbst s.* 318. — 1506—1512 *gehören demselben glossar wie oben* 1377*ff an.* — 1513—1567 *sind verwandtschafts- und standesbezeichnungen, vgl. Sum.* 41, 47, *Hatt.* 1, 303, *gll. Jun. D* 264*ff, Schl. gll.* 29. — *es folgt ein abschnitt über waffen, vgl. Sum.* 35, 51, *Hatt.* 1, 309, *dann tiernamen* (*Hatt.* 1, 290, *s. auch das oben s.* 48*f herausgegebene bl.* 42 *der Pariser Virgilhs.*), *ferner krankheitsbezeichnungen. für das folgende ist von* 1618 *bis* 1685 *die SGaller hs.* 242 *bei Hatt.* 1, 295 *zu vergleichen.* — 1686—1700 *s. Schl. gll.* 39, 312*ff, Hatt.* 1, 294, *gll. Jun. D* 304*f.* — *die daran sich anschliefsenden baumnamen finden sich glossiert auch bei Hattemer* 1, 289, 291, *Sum.* 45, *Schl. gll.* 39, 238*ff, fol.* 42, 69*ff, gll. Jun. D* 325*f.* — 1758—1762 *vgl. Sum.* 47, 1764*f Gerbert, iter al. anhang s.* 82, 102. *der schlufs von* 1766 *an begegnet sonst in dieser aufeinanderfolge nicht.*

Berlin, februar 1871.

ELIAS STEINMEYER.

GLOSSEN ZU ALDHELM.

Bekanntlich hat Aldhelm zwei verschiedene bücher de virginitate *verfafst, eins in versen und das andere in prosa; genauer lautet der titel des ersten* de laudibus virginum, *der des andern* de laudibus virginitatis sive de virginitate sanctorum. *beide sind deutsch glossiert worden und zwar verteilen sich die glossen, welche Graff und nach ihm Raumer nicht geschieden haben, so dafs der poetischen schrift Ald.* 1. 3. 4. 5 *und die in der Florentiner sowie der Tegernseer sammlung enthaltenen gll. angehören, der prosaischen dagegen aufser den von Mone und dann von Bouterweck zs.* 9,401 *ff herausgegebenen ags. gll. Ald.* 2 *und* 6. *von den letzteren ist Ald.* 6 (*hs. der Wirzburger dombibl.*) *von Dümmler in dieser zs.* 14,190 *f von neuem herausgegeben worden, Ald.* 2 *von Hoffmann in seinem büchlein Altdeutsches aus Wolfenbütteler hss. s.* XXII *f. da daselbst einige glossen fehlen oder nicht ganz genau abgedruckt sind, widerhole ich hier nach eigener collation unter angabe der stellen nach Giles ausgabe die wenigen worte.*

5, 8. [3ᵃ] concr&tione uuahsamo. [4ᵇ]
8,22. forficis cluft. [6ᵃ]
11,19. balista balastar. [12ᵇ]
23, 4. persultans uerit. [13ᵃ]
„ 37. glaucoma starablint.
24, 4. scotomaticorum gihtot fotoro.
„ 18. paranymphus truhti gomo. [14ᵇ]
26,31. cata .. plasma fasca. [15ᵃ]
28,10. (sin&ricarum) trico uuidarfart. [17ᵇ]
33,10. fatescunt muodant.
„ 13. plecta fluctira. [20ᵃ]
37,25. seuo unslit.
38, 2. eliderc̄t zisbeogi. [20ᵇ]
38,21. clientella gidiginu.
„ „ contribulibus cunnin. [21ᵇ]
40,31. dispendium zurgengium. [22ᵇ]
42, 4. scotomaticos zoranouga.
„ 5. reuocando erquiccento. [24ᵃ]
44,36. nidoribus stanch.
45,11. putamina fulaz uuerc. [24ᵇ]
46,22. ad thitedas thalami zibrut b&tin.
„ 29. pertinaciter duruhstritigo. [25ᵇ]
48,25. abolisci In di uuonan.
„ 32. liciis heiluuim. [26ᵃ]

1 uuahsamo *über einer rasur* 4 *in* persultans *über der ersten silbe* incon 21 *von* thalami *an überg. auf rasur* 24 *misverständnis des wortes* obelisci

49, 5. roderentur bignagana. [26^{b}]
50,11. molosi rûden. [27^{a}]
51, 2. exorbitans auuig gonti. orbita stiga.
„ 9. ad solum cernuas enti framhalt.
51,25. radiis hrahun. [28^{a}]
53,10. exenium hantcunni euloia. [29^{a}]
54,34. pellexerint bitriogant.

28 *am rande zur vorigen glosse*

Die hs. cod. Helmst. 365 *fol. enthält bis bl.* 43^{a} *die schrift* de laudibus virg., *von* 44^{a} *an das* concilium Aquisgranense. *am schlufse steht auf blatt* 62^{b} *abschriftlich das fragment einer urkunde mittelst der erzbischof Bardo* (*von Mainz,* 1031—1051) *dem kloster SAlbani einen abt namens Egbert giebt. die hs. stammt demnach aus Mainz und die gll. scheinen aus der Wirzburger hs. abgeschrieben zu sein. ich möchte aber fast glauben, dafs auch die letztere eine abschrift ist und dafs sowol* starablint *als* gibot fotoro *nicht ursprünglich zu* glaucoma *und* scotomaticorum *gehörten sondern ersteres zu* scotomaticorum *(vgl. ags. gll. zs.* 9, 447^{a}*) und letzteres zu dem unmittelbar folgenden* obscurantur *oder* obturantur. *dann wäre die erklärung folgende: das original war ags., und die gl. lautete* beód (ge) feotorod *(vgl. ahd.* kafezarôt *Graff* 3,737*).* beod *wurde, da die partikel* ge *fehlte oder übergeschrieben stand, fälschlich in das wort hineingezogen. es mufs dann freilich angenommen werden, dafs der abfall des letzten* t *auf einem schreibfehler beruht.*

ST.

BISCHOFSREIHEN VON TULL UND TRIER.

Nomina pontificum Tullensis sedis et ordo.

Mansuetus. Amon. Alcha. Celsinus. Auspicius. Vrsus. Aper. Albinus. Trisoricus. Dulcjcius. Premon. Autmundus. Cutlanus. Teutfridus. Leutdinus. Ehorinus. Ermenteus. Magnauldus. Dodo. Girbaldus. Godo. Bodo. Iacob. Borno. Vuanimeus. Frotharius. Arnauldus. Ludelmus. Drogo. Gauzlinus. Gerardus. Stephanus. Bertoldus. Herimannus. Bruno. Vdo. Pibo. Richuuinus (1108—1126).

Dabei steht als fortsetzung in der zeile folgendes bruchstück: cum sit uere dilectionis proximorum profectibus conletari, videtur asimili eorum necessitatibus non minus compaciendum esse. Sunt igitur duo, familiaritatis applausus caritatisque feruor, que nostram uobis inopiam intimare suadent. egemus annona quam a uobis mutuo accipere querimus, eam si deo placuerit in proxima messe reddituri. —

Nomina pontificum Treuerensis sedis et ordo.

Maternus. Agricius (*unleserlich*). Bonosius. Britto. Felicius. Mauritius. Seuerus. Cuirillus. Iamnericus. Emericus. Magus. — Miletus. Modestus. Maximianus. Fibitius. Abrunculus. Rusticus. Nicetius. Magnaricus. Gundericus. — Sabaudus. Modoaldus. Numerianus. Bassinus. Liuthwinus. Milo. Hidulfus. Vueomadus. Richbodus. Vuizzo. Hethti. Tietgaudus. Bertolfus. Ratbodus. Ruotkerus. Ruotpertus. Heinricus. Theoricus. Ekibertus. Liudolfus. Megaudus. Poppo. Ebrehardus. Vdo. Egilbertus. Bruno (1102—1124).

Diese zwei bischofsreihen stehen auf einem dem XII jh. angehörigen pergamentblatte, das ich von dem rückdeckel der incunabel Rabani Poenitentiale et flores SBernardi (*s. Panzer* 290) *ablöste. sie gehörte ehedem der abtei Altenberg, jetzt der Düsseldorfer landesbibliothek. Altenberg war eine Cisterzienserabtei im kreifse Mülheim am Rhein. sowohl in der reihenfolge als in den namenformen steht dieses verzeichnis weit ab von den bisher bekannten, zb. bei Potthast Suppl. verzeichneten.* A. BIRLINGER.

ZU DEN VIRGILGLOSSEN.

1. *Brit. Mus. Add.* 21910. *sec.* XII.

Virg. Aen. I—VIIII.

3ª uortex werbo *Aen.* I, 117.

9ª signis beileden I, 648.

10ª auleis umbehangen I, 697.

50ᵇ stix helliftuot VI, 439.

60ª gallica tela azgera *als randglosse zu* Teutonico ritu VII, 741.

Die zweite glosse ist von einer jüngern hand geschrieben.

2. *Königl. landesbibl. zu Cassel ms. poet. et Rom. fol.* 6.

Servius I—VI *sec.* IX.

11ª incus anaboz *randglosse des* $\frac{XI}{XII}$ *jahrh. zu* Excudit autem est feriendo elicit, quia cudere est ferire unde et incus dicitur. (*Aen.* I, 174).

3. *Leipziger ratsbibliothek (Naumann catal.. p.* 19*). Servius sec.* X.

3ᵇ (Mesta amarylli) frutecta spreitha

6ᵇ (Uaccinia pingit) calda genus hærbæ i. clea
cidea genus pome quod teutones dicunt
quodana seue persici

8ᵇ (Post carecta loca) spartus i. lisca

10ᵇ Fra. moraque frlitb:re br.mb*f*r: *f aus e corr.*

13ᵇ (Labrusca) uicinia g*f*bxrkthb *f aus e corr.*

21ᵇ (Castaneae hirsutae) echinos .i. acutos folliculos et spinosos in modum ericii factos. ericius enim est animal quod thedisce dicimus kgkl. ad cuius pellis similitudinem echini sunt facti. .i. folles infra quos castanee nascuntur

28ᵇ sanguineis ebuli bacis bdphc

44ᵇ quod dum permeat orbem hister duonouna

72ᵇ EXPLICIT LIBER QUARTUS. AMEN⁝ OTRIRFD. (*nicht* OTRIRI. S.)

SIEVERS.

NIEDERRHEINISCHE PRIAMEL.

Vat doich gelove sonder werck,
Verstentenisse sonder gemirck,
Wysheit ind schatz verborgen,
Genoich haven ind vil sorgen,
Eyn ongeoiffent goed wille,
Bekentenisse sonder minne,
God denen om loff ind danck,
Eyn goed leven sonder vortganck,
Vyl hoeren ind weynich verstaen,
Vyl wissen ind mit sonden om gaen,
Eyn reynne leven sonder oetmoedicheit,
Beden sonder ynnicheit:
Dyt es al verloren arbeit.

Auf einem hinter das erste leere blatt des cod. Vatican. 1427 *(cod. Justinian.) eingeklebten pergamentstreifen von einer hand des* XV *jahrhunderts aufgezeichnet; nach einer abschrift Martins.*

K. M.

PREDIGTEN VON MEISTER ECKART.

I.

In disir predigâde wîsit mêster Eckart der alde den grôzen nutz der zûkunft unsis herren: wan for der zît mûistin alle lûde zû der helle, aber nu gnûgit gode lîchtlîche, wan mit eime reinen herzin ist ez gnûc.

'Ecce dies veniunt' dicit dominus, 'et suscitabo David germen iustum' (*Jer.* 9, 25). Dise wort sprichit Jeremîas 'nemit war, di dage kumint, sprichit der herre, und ich wil irweckin di gerechtin worzelin Dâvîdis [und die frucht sal wîz sîn und sal finden orteil und machen gerechtikeit in ertertîch]'. Salomon sprichit 'ein gût bode von eime verrin lande ist alsô [ein] kalt wazzir einir dorstigin sêle'. nôch der achte der sunde sô ist der mensche verre von gode, dar umme ist (ime) daz himmilrîche alse [ein] verre fremede lant, und disir bode Jeremîas was fon deme himmile. Sente Augustînus sprichit fon ime selbir, dû her noch unbekârt was, daz her sich verre (vant) von gode in eime fremedin lande der unglîchheit. ez ist ein jêmirlich dinc daz ein mensche von deme ist ôn den her nicht sêlic gesîn inmac. nême man di allir schônisten crêatûre dî got geschaffin hât ûz deme gotlîchen lîchte dâ si undir stêin — wan alse verre alse alle dinc under deme gotlîchen lîchte stêin, alse verre sint si lustlich und behegelich — und wêre ez godis wille und gestate her ez daz si worden genomen ûz deme gotlîchen lîchte und worden gewîsit einer [der minsten] sêle, sô enmochte si keine wolust dar ane gehaben, sunder ir mueste dâ fare grûwin. noch jêmirlîcher ist daz daz ein mensche fon deme ist ôn den her kein wesin (ge)habin inmac. allir jêmirlîchis ist daz (daz) her fon deme ist der sîn êwige sêlekeit ist, [und

3 sed di tage sint kommen, spricht god, ich wil irweckent die frucht ader den samen Davides *C* 5 ouch spricht her Salomon daz *C* 9 und waz disser bode vom hymmele *C* 12 dem unglicheenisze *C* daz der *C* 13 deme] gode *C* behegelich mag sin *C* 19 si *fehlt OC;* da keine wol. noch behagunge haben *C* 20 ein] der *C* 21 aber *C*

sô kranc ist worden daz her von aller sîner eigen kraft nicht widder zû gode kommen mag, und ouch nit enweiz wô her widder zû eme kommen sal. daz klaget her Dâvîd und spricht ‘ich bin verre von gode, wan ich in den sunden geboren bin, und bin sô kranc worden daz ich nicht von mîner kraft widder zû gode kan kommen, und habe die ougen vorloren, daz ich nicht enweiz wô ich widder zû eme kommen mag’. ein gûd man sprach in hern Jôhans bûche ‘sprichet ein mensch widder den andern, dâ mag her einen zû vinden der eme daz hilfet bezzern; sprichet aber der mensche widder god, der ist sô hôch und sô unmêzlich daz men keinen menschen dâ zû vinden kan der daz gebezzern moge, man nôch der edelkeit des hern, an dame me messehelt dâ mûz sîn die bezzerunge]. dar umme was daz ein gût botschaft daz der prophête sprichit ‘sehit di tage kumint *etc.*’. dû di altin vedere bekanten daz jâmir dâ si inne wâren, dû schrigiten si mit irre begerunge in den himmil und worden in got gegozzin mit irme geiste und lâsin in gotlicher wisheit daz got geboren solde werden [menschlîcher nâtûre, der uns lôsen solde von alle unser jêmerlichkeit]. dar umme was di botschaft gûde alse [ein] kalt wazzir einer durstigin sêle. wan daz ist wâr daz got gibit sîn himmilriche umme einen kalden drunc wazzers, und an eime gûdin herzin dâ mide ist ez gnûc, und wer einen gûden gedanc opperit in der êwigin minne (dâ got inne mensche ist worden), der wirt behaldin. dar umme indarf der mensche nicht forten den tûfil noch di werlint noch sîn eigin fleis, noch unsin herrin got [endarf he nicht forchten. wan] sente Paulus sprichit ‘der son ist uns gegebin zû einem vorsprechin, dî ein wîsheit ist sînes vaderis, der sal wisliche rede gebin for alle unse tôrheit und missedâit’. sente Paulus sprichit ouch ‘her ist uns gegebin zû einem vorvechtêre, der for uns sige vechten sal in

23 ich worde *C* 30 da god mag *C* 31 binden *C* der] da *C* brichet *C* 33 binden *C* 34 dafs *C* 35 sprach *C* 36 sint kommen sprichet god daz god geborn wolde werden von dem same Davides . daz ist dafs god selber gesprochen hait dafs ist ein grofs ding . mogelicher ist dafs sich die hummel und erden wandel dan die wort unsers herrn gewandelt werden *C* altvetter *C* 37 inne] an *C* 38 daz hummelrich *C* gezogen *C* 39 wulde *C* 42 ouch ist daz war, wer ein trunck kaldez wafsers gibet sinem ebencristen in der ewigen liebe da god mensch inne worden ist, dem werden alle sin sunde vorgeben, und ich meine ez auch uff min sele wer *C* 48 daz uns der sone geben ist *C* 49 des *C* 50 anderswo spricht die schrifft daz her uns ist *C* 51 sige] fele *C*

allir unsir nôit'. wir sullen beiden, der himmillische vadir mûz unse gebeit inphâin odir nicht. wolde der vadir gegin uns vechtin, her informochtis nicht, wan di selbe gewalt und wîsheit dî der vadir hâit, dî hâit [ouch] der son glîch mit ime, der uns genzlich gegebin ist zû eime forvechtêre und hâit uns sô dûre irarnit daz her uns nicht vorlâzin inwil, und der vadir inmac ime nicht forsagin, wan her sîn wîsheit ist. her (in)mac ouch nicht gegin ime gevechtin, wan her sîn kraft ist. dar umme indarf der mensche nicht forten (got), her inmuge mit allin sînen sachen kûnlîche zû gode gêin.

Dû der mensche ûz dem paradîse gestôzin wart, dû forsazte got drîgerleige hûde [vor das paradîse]. daz eine was englîcher nâtûre, daz andere ein fûric swert, daz dritte (ist) daz ez zû beiden enden sneit. englîcher nâtûre bezeichint [alsô vele als] lûtirkeit. [des enhâit der mensch nicht]. dû godis son quam ûf (daz) ertrîche, der ein (lûtir) spîgil was âne allin fleckin [und ein antlitz und ein bilde des hummelischen vatters, an dem men genzlîchen godes willen bekennen mag], der brach di êrsten hûden ûf und brâchte (di) unschult und lûtirkeit in menslîche[r] nâtûre ûf (daz) ertrîche.

Daz fûrige swert bezeichint di gotlichen fûrigin minne, ôn dî der mensche nicht (in)mac zû [dem] himmilrîche komin. dî brâchte Christus mit ume und brach di anderin hûde, wan her hatte mit der selbin minne den menschen lîb êr dan her in geschûf. Jeremîas sprichit 'mit êwigir minne hâit dich got geminnet'.

Di dritte hûde was daz snîdinde swert, daz was menslich jâ-

52 wir sullen—gewalt] wisset er wie der mensch etteswanne gedencket und biden sal her sich . . . . wen her bidden wil mit alle sinen sunden und gebrechen legen in die wunden unsers hern Jesu Cristi und sal sich unwerdig duncken und sal sich beveln der wirdigen martir unsers hern Jesu Cristi und sal sich oppern dem hummelschen vatter und sime heiligen son. antwer der hummelsche vatter der mufs sie beide lup han ader nicht. wulde der vatter legen und enlengen her envormocht nicht wol der selbe gewalt *C* 58 kegen en nicht vechten *C* 62 sante *C* 63 daz ein wasz ein engelischer huder *C* 64 bornīg *C* 67 spigel ist ein blocken *C* 71 Salomon sprichit von christo her ist ein lutir spigil ane fleckin *fügt hier O ein, fehlt in C* 72 bornige *C* liebe *C* 73 kůmin *O* 76 do godes sone quam da bracht her die andern hud ouch uff den der mensch geliebet hatt mit ewiger liebe e her ie geschaffen wart. die godlichen liebe bracht her mit sich uff dit erterich *C*; — geschûf vn̄ i[d] claritate perpetua dilexi te J[s]em *O*

mirkeit. di nam unsir herre ûf sich an deme hôhisten, alse Christus sprichit *vere languores etc.* 'wêrlîche her sal tragin unse sêrde'. dor umme ist her kumen ûf daz ertrîche daz her des menschen sunde ûf sich genomen hâit, daz her si fortiligite und den menschen behilde. abir nu ist daz himmilrîche uffin ôn allirleige hûde. dar umme mac der mensche kûnlîche zû gode gêin.

[Ein wort sollen wir noch merken] daz her (ouch) sprichit 'ich wil irweckin den sâmin Dâvidis' (oder die frucht). [daz mag men prûfen daz] der engil rûrte in einer stunde des dagis daz wazzir. dâ von (sô) gewan ez sô grôze kraft daz ez di lûde gesunt machite von allirleige sûchide. vil grôzir ist daz daz godis son rûrte menslîche nâtûre in unsir vrowin lîbe. dâ fon ist al menslîche nâtûre sêlic wordin. noch grôzir sêlekeit ist daz daz got mit (sîner) eigenen nâtûre rûrte daz wazzir in (deme) Jordâne dô her gedauft wart. dâ mede hâit her kraft gegebin allin wazzirin, (alse) wan der mensche getauft wirt, daz her gereinegit wirt fon allin sînen sunden und wirt ein kint [unsers hern] godis. di allir grôiste sêlekeit (ist daz) daz got geborin und geoffinbârit wirt in der sêle an einer geistlichen einnunge. dâ fon wirdit der mensche sêliger dan der lîp unsis herrin Jêsu Christi ône sîne sêle und ône sîne gotheit, wan ein iclich heilege sêle ist edelir wan der tôtlîche lîp unsis herrin Jêsu Christi [was].

Di innewendige geburt godis an der sêle ist ein follinbrengunge allir ire sêlikeit, und di sêlikeit frumit ir mê dan daz unsir herre mensche wart in unsir frowin sente Merien lîbe und dan daz her daz wazzer rûrte. waz got ie geworchte oder geteit durch den menschin, daz inhulfin nicht alse umme eine bônen, her inworde forênit mit gode an einer geistlîchin foreinunge, dâ got geborin wirdit in der sêle und di sêle geborin wirdit in gode, und hir umme hâit got alle sîne werc geworcht. daz uns daz geschê, des helfe uns got. âmen.

80 alse die schrifft sprichet von eme daz her dorumb kommen ist uffz erterich *C* 81 fortilige — behalde *C* 82 abir] und *C* 85 sâmin] frucht 86 rurte *hinter* wazzir *C* 87 daz wazzer *C* 89 mensl. geslecht nature solche *C* 90 ist der selekeit *C* 95 der liplichen *C* 96 die sele heiliger *C* 97 gotheit— sele *C* 98 ein selich s. *C* 103 waz — âmen] alle die dinge enmochte er nicht gefrommen sie enwurde voreinet mit gode. daß alle dinge an unß geschen dez helff uch und mir der vatter der son etc. amen *C*

II.

In disir predigâde bewisit meister Eckart der alde mit reden und mit glîchnissen daz got geboren wirt in der sêle und di sêle in got geborin wirt.

In illo tempore missus est angelus Gabriel a deo. 'aue gratia plena, dominus tecum' (*Luc.* 1,26). Dise wort beschrîbit sente Lûcas 'in der zît wart gesant ein engil Gabriêl von gode'. in wilchir zît? in den seis mânden dû Jôhannes Baptista was in sîner mûdir lîbe. der mich frâgite 'war umme beiden wir, war umme vasten wir, war umme tûn wir alle unse werc, war umme sîn wir getouft, war umme ist got mensche worden, daz diz hôiste was': ich sprêche: dar umme daz got geborin werde in der sêle und di sêle in got geborin werde. dar umme ist alle di schrift geschriben, dar umme hâit got di werlint geschaffin und alle englische nâtûre, daz got geborin werde in der sêle und di sêle in got geborin werde. allis kornes nâtûre meinet weize und al metal meinet golt und alle geberunge meinet menschen. dar umme sprach ein meister 'sô invindit man kein dier, iz inhabe etwaz glîchiz dem menschin'. in der zît in der dâ diz wort zû dem êrstin inphangin wirt in mînir fornuft, dâ ist ez sô lûtir und sô kleinlich, dâ ist ez ein wâir wort, êr ez gebildit wirdit in mîme gedanke. zû dem drittin wirdit ez gesprochin ûzwendic mit deme munde, und alsô inist ez nicht dan ein offinbârunge des innerin wortis. alsô wirdit daz êwige wort gesprochin innewendic in deme herzin der sêle, in deme innirsten, in deme lûtirsten, in deme heubite der sêle, daz ist in vornuftikeit: dâ geschihit di gebort inne. der nicht dan einen ganzin wôn und eine hoffenunge hî zû hette, der mochte gerne wizzin wî dise gebort geschihit und waz hî zû hilfit. sente Paulus sprichit 'in der fullide der zît sante got sînen son'. sente Augustînus sprichit waz dâ sî fullide der zît. 'dâ nummê zît inist, dâ ist fullide der zît'. dan ist der tac fol alse des tages nummê inist. daz ist ein nôtwârheit: alle zît mûiz dâ abe sîn dâ sich dise gebort hebit, wan nicht inist daz dise gebort alsô sêre hindere alse zît und crêatûre. daz ist ein gewis wârheit, daz zît got noch di sêle fon nâtûre nicht berûren inmac. mochte di sêle fon zît berûrt werdin, si inwêre nicht sêle, und mochte got von zît berûrt werdin, he inwêre nicht got. wêre abir daz di zît di sêle berûren mochte, sô inmochte got nummir in ir geborin werdin. dâ got geboren sal werdin in der sêle, dâ mûiz alle zît abe ge-

14 der] deme

vallin sin, oder si mûiz der zît intphallin sin mit willin oder mit begerunge.

Ein andir sin fon fullide der zît: der di kunst hette und di macht daz he di zît und alliz daz in der zît in seis tûsint jârin ie geschach und daz noch geschehin sal biz an daz ende herwidir gezihen kunde in ein geginwertic nû, daz wêre fullide der zît. daz ist daz nû der êwekeit, dâ di sêle in gode alle dinc nûwe und frisch und geginwertic bekennit, und in der lust alse dî ich îzunt geginwertic habe. ich lais in einem bûchilîne, der ez (er)gronde(n) konde, daz got di werlint îzunt machit alse an deme êrsten tage dû her di werlint geschûf. hî ist got rîche, und daz ist godis rîche. di sêle in der got sal geborin werden, der mûiz di zît intphallin, und si mûiz der zît intphallin und sal sich ûftragin und sal stêin in eime inkaffine in disin rîchtûm godis. dâ ist wîde ône wîde und breide ône breide. dâ bekennit di sêle alle dinc und bekennit si dâ follinkumen. di meistere di dâ beschrîben wî wît der himmil sî: di minniste kraft dî in mîner sêle ist, dî ist wîdir dan der wîde himmil. ich geswîge der fornuftikeit: dî ist wît ône wîde. in deme heubite der sêle, in fornuftikeit, in der bin ich alsô nâhe der stait ubir tûsint mîle geinsît meris alse der stait dâ ich îzunt inne stêin. in dirre wîde und in disme rîchtûme godis dâ bekennit di sêle, aldâ inphellit ir nicht und dâ ist si nichtis wartinde.

'Der engil wart gesant'. di meistere sprechin daz der engile menige ist zal pobin zal. ir menige ist sô grôz daz si kein zal begrîfen inmac; ir zal inmac joch nicht bedôcht werdin. der undirscheit konde genemen ône zal und ône menige, deme wêrin hunderit alse ein. wêrin hunderit persônen in der gotheit, dî undirscheit konde genemen ône zal und ône menige, der inbekente doch nicht dan ein. ez wonderin sich ungeleubege lûde und etliche ungelârte cristine lûde, und joch etliche phaffin wizzin dâ fon alse wênic alse ein stein, dê nemen drî alse drî kûwe oder drî steine abir der undirscheit kan genemen in gode ône zal und ône menige, der bekennit daz drî personen sin ein got.

Der engil ist ouch sô hôch., di beisten meistere sprechin daz îclich engil habe eine ganze nâtûre. glîchirwîs alse ob ein mensche wêre daz alliz daz hette daz alle menschin ie gehattin und nû habin und ummir mê gehabin sullin an gewalt, wîsheit und an allin dingin,

63 ŵnderin etlichte

daz wêre ein wonder, und sô inwêre he doch nicht dan ein mensche und wêre dannoch verre den engilin. alsô hâit îgelich engil eine ganze nâtûre und ist gesunderit von deme anderin alse ein dier fon dem anderen daz einir anderen nâtûre ist. an dirre menige der engile ist got rîche, und der daz bekennit, der bekennit godis rîche. si bewîsit got rîche alse e^in herre bewîsit wirdit fon der menige sînir rittere. dar umme heizit he in uns ein herre der here. alle dise menige der engile, wî hôch si sint, dî habin ein midewirkin und helfin dâ zû, dâ got geborin wirdit in der sêle, daz ist si habin lust und freude und wonne in der geburt, si inwirkin nicht. dâ inist kein werc, wan got der wirkit di geburt alleinę, mêr di engile habin ein dînisthaft werc hî zû. alliz daz dâ zû wirkit daz ist ein dînisthaft werc.

'Der engil was genant Gabrîêl'. he teit ouch swaz he hîz. he hîz alse wênic Gabrîêl alse Cûnrât. nîman inkan wizzin des engilis namen. dâ der engil genant ist, dâ inquam nî meister noch sin î zû. vil lîchte ist he nennelich. di sêle inhâit ouch keinen namen. alse wênic alse man gode eigenen namen vindin mac, alsô wênic mac man der sêle eiginen namen vindin, alleine dâ grôze bûche fon geschriben sîn. abir dâ si ein ûzlûgin hâit zû den werkin, dâ fone gibit man ir namen. ein zimmirman, daz enist sîn name nicht, mêr den namen nimet her fon dem werke des he ein meistir ist. den namen Gabrîêl den nam he von dem werke des he ein bode was, wan Gabrîêl sprichit kraft. in dirre geburt wirkit got kreftlîche oder wirkit kraft. waz meinit alle di kraft der nâtûre? daz si sich selbir wirkin wil. waz meinit alle di nâtûre dî dâ wirkit geberin? daz si sich selbir wirkin wil. di nâtûre mînes vader wolde wirkin in sînir nâtûre einen vadir. dû des nicht gesîn mochte, dû wolde si ein wirkin daz ime allis dingis glîch wêre. dû der kraft gebrach, dû worchte si ein sô si glîchiste mochte, daz was ein son. dâ abir der kraft noch mê gebrichit oder ein andir ungevelle geschihit, dâ wirkit si nôch eime unglîcheren menschen. abir in gode ist volle kraft, dar umme wirkit her sîn glîch in sîner geburt. alliz daz got ist an gewalt und an wârheit und an wîsheit, daz gebirit he alzumâle in dî sêle. sentę Augustînus sprichit 'waz di sêle minnit, deme wirdit si glîch', minnet si irdische dinc, sô wirdit si irdisch, minnit si got, sô mochte man frâgin 'wirdit si dan got?' sprêche ich daz,

85 he teit ouch swaz he teit ouch swaz he hiz alse w. *usw.* 99 gescin 102 gesihit

daz lûdite ungelouplich den dî zû krankin sîn habin und ez nicht fornemen; mêr sente Augustînus sprichit ‘ich inspreche ez nicht, mêr ich wîse ûch an di schrift, dî dâ sprichit: ich habe gesprochin daz ir gode sît’. der etwaz hette des rîchtûmes dâ ich fore fon gesprochin habe, einen blic oder joch eine huffenunge oder eine zûforsicht, der fornême dit wol. ez inwart nie gebort sô sippe noch sô glîch noch sô ein alse di sêle gode wirdit in dirre geburt. ist ez daz ez an ichte gehinderit wirdit, daz si nicht allis dingis glîch inwirdit, daz inist godis schult nicht. alse verre alse ir gebrechin intphallin, alse verre wirkit he si ime glîch. daz der zimmerman nicht ein schône hûs gewirkin inkan ûze wormechtime hulze, daz inist sîn schult nicht, ez gebrichit an deme hulze. alsô ist ez an gotlîchime wirkine in di sêle. mochte sich der minniste engil irbildin oder geborin werdin in der sêle, dâ ingegin inwêre alle dise werlint nicht,· — wan in eime ênigin funkelîne des engilis grûnet, loubit und lûchtit alliz daz in der werlinde ist — mêr dise gebort wirkit got selbir. der engil inmac dâ kein werc gewirkin wan ein dînistaft werc.

‘Ave’. daz ist ‘ône wê’. wer dâ ist ône crêatûre, der ist ône wê und ône helle, und dî allir minnes(t) crêatûre ist und hâit, dî hâit allirminnist wê. ich spreche ettiswanne ein wort ‘dî der werlint allirminnist hâit, der hâit ir allirmeist’. nîmannis ist di werlint alsô eigin alsô der alle di werlint gelâzin hâit. wizzit ir wô fone got got ist? dâ fon ist got got daz he ône crêatûre ist. he innante sich nicht in der zît. in der zît ist crêatûre und tôt. dise habin ein sippesin in eime sinne, und wan di sêle dâ der zît intphallin ist, dar umme inist dâ noch wê noch pîne, joch ungemach wirdit ir dâ ein freude. alliz daz ie bedâcht mochte werdin fon lust, fon freude und fon wonne und fon minlichkeit, hebit man dî gegin der wonne dî dâ ist in dirre geburt, daz inist nicht freude.

‘Gnâden vol’. daz minniste werc der gnâdin ist hôhir dan alle engile in der nâtûre. sente Augustînus sprichit daz ein gnâdinwerc daz got wirkit, alse daz her einen sundêre bekêrit und zû eime gûdin menschin machit, daz ist grôzir dan daz got eine nûwe werlint geschûfe. alsô lîcht ist gode himmil und erde umme zû kêrine alse mir ist ein aphil umme zû kêrne in mînir hant. dâ gnâde inne ist in der sêle, daz ist sô lûtir und ist gode sô glîch und

119 worichechtime

sô sippe, und gnâde ist ône werc, alse in der geburt dâ ich fore von gesprochin habe kein werc inist. gnâde inwirkit kein werc. sente Jôhannes ingeteit nî kein zeichin. daz werc daz der engil in gode hâit, daz ist sô hôch daz nî kein meistir noch sîn dar zû mochte kumen, daz si daz werc begrîfin mochten. abir von dem werke vellit ein spôn, alse dâ ein spôn abevellit von eime hûis, den man abehauwit. ein blîchin daz ist dâ dâ der engil mit sîme nidersten den himmil berûrit. dâ fon grûnit und blûwit und lebit alliz daz in dirre werlinde ist. ich spreche ettiswanne von zwein burnen — alleine ez wonderlîche lûde, wir mûzin sprechin nôch unsime sinne —, ein burne dâ di gnâde ûz inspringit, dâ der vader ûz gebirit sînen eingeborin son: in deme selbin inspringit di gnâde und aldâ gêit di gnâde ûz deme selbin burnen. ein andir burne ist dâ di crêatûre ûz gode vlîzin, der ist sô verre von deme burnen dâ di gnâde ûz intspringit alse der himmil ist von der erdin. gnâde inwirkit nicht. dâ diz fûir ist in sînir nâtûre, dâ inschaditiz noch inburnit nicht; di hitze des fûres dî burnit, joch dâ di hitze ist in der nâtûre des fûris, dâ inburnit si nicht und ist unschedelich, joch dâ di hitze ist in deme fûre, dâ ist si der rechtin nâtûre des fûris alsô verre alse der himmil ist von der erdin. gnâde inwirkit kein werc. si ist zû zart dâ zû. werc ist ir alsô verre alse der himmil ist von der erdin. ein insîn und ein anehaftin und éin mit gode daz ist gnâde und dâ ist got mide, wan daz volgit dar nôch.

'Got mit dir'. dâ geschihit di geburt. ez indarf nîmannen unmogelich dunkin hî zû zû kumene. waz schadit mir daz, wi swêre ez ist, sint he ez wirkit? alle sîne gebot sint mir lîcht zû haldine. he heize mich joch alliz daz he wolle, des inachte ich nichtisnicht, daz ist mir alliz kleine, ob he mir sîne gnâde dâ zû gibit. ez sprechin etlîche, si inhaben es nicht, sô spreche ich: daz ist mir leit. begeris dû ez abir? 'nein'. daz ist mir noch leidir. enmac man es nicht gehabin, sô habe man doch eine begerunge dar zû. Dâvîd sprichit 'ich habe begerit einir begerunge zû dînir gerechtikeit'. daz wir godis alsô begeren daz her in uns geborin werdin wollo, des helf uns *etc.*

III.

Hî lêrit meister Eckart der alde, in wiliche sêle der name Jêsus gesprochin sal werdin, daz mûz geschehen an dem achtin tage.

Post dies octo vocatum est nomen eius Jesus (*Luc.*

2, 21). 'An deme achtin tage wart ime der name Jêsus'. den namen Jêsus insprichit niman, der heilege geist inwirkez dan. ein heiliger meister sprichit 'in wilchir sêle der name Jêsus gesprochin sal werdin, daz mûz geschehin an deme achtin tage'. der êrste tac ist daz he sinen willen gebe in godis willen, und deme lebe. der andere tac ist ein beglîminde beglîmunge gotlîchis fûris. der dritte tac daz ist ein ummeloufinde und ein quelinde sêle nôch gode. der vierde tac ist daz alle di krefte des menschin sîn ûfgerichtit zû gode. ein meister sprichit 'wan di sêle berûrit wirt von êwigin dingin, sô wirdit si bewegit, und fon der bewegunge wirdit si irhitzit und von der irhitzunge sô wirdit si irwîdit, daz si vil godis mac inphâhin'. der funfte tac daz ist ein instarren in got. der seiste tac ist daz di sêle foreinit wirdit mit gode. der sebinde tac ist daz got di sêle zû lêizit. der achte tac ist ein gebrûchin godis, dâ sô wirdit deme kinde der name Jêsus gegebin.

IV.

Hî an disir predigâde bewîsit meister Eckart, wan gode gerûmit wirt und dâ vride ist, sô kumit got zû der sêle.

Angelus domini apparuit *etc.* (*Matth.* 1, 20). 'Der engil offinbârit sich Jôsêbe in deme slâfe und sprach zû eme: nim daz kint *etc.*' ein meistir sprichit daz di schrift ist an irme sinne alse ein vlîzinde wazzir, daz besîtin ûzbrichit und machit tûfe und tîche nuzlîche, und flûzit doch for sich. sente Augustînus sprichit 'di schrift ist nuzlîche virborgin an irme sinne, daz man die êrsten wôrheit zuhant nicht finden enkan'. dar umme vindet man manige nuzlîche rede und lustlîche dî wole bî der êrsten wôrheit bestêit, alse Moyses sprichit, daz wazzere pobin uns und benidere uns sîn. wer kan daz bevindin? di heiligin vrâgin, war umme unse herre got den menschen zû leist schûfe, dû her alle crêatûren geschaffin hatte. daz mac di heimelîchiste sache sîn und ein wôrhaftic sin, daz her aller crêatûre follinkumenheit zumâle hâit geschaffin an deme menschin. dar umme gînc di heilege drîveldekeit zû râde, dû si den menschin schephin wolde, und sprach 'mache wir *etc.* den menschin zû unsin bilde'. dar ane ist bewîsit daz diz bilde der heiligin drîvaldikeit geschaffin ist an der sêle. zû dem anderen mâle: engelische nâtûre, dî si gemeine hâit mit den engilin, und allir

2 heilegeist 15 sephin

crêatûren glîchnisse und vollinkumenheit zumâle ist geschaffin an deme menschen, daz got sîne vollinkumenheit und allir crêatûre beschowin und bespîgilin muge an deme menschin, und hâit bewîsit daz der mensche sî daz beiste undir allin crêatûren. Moyses hatte gemachit vier bûche, dî nuze wârin; dâ nôch machte he daz funfte, daz was daz minniste und diz beiste, und hîz ez di wârheit fon allir der schrift. daz gebôit got und Moyses zû legine in di archin. sente Augustînus machite ouch file bûcher; zû leist machite he ouch ein kleine bûchelîn, in deme was gescribin alliz daz man in den anderen nicht forstên konde. daz hatte he alle zît mit ime und bî ime, und was ime daz lîbiste. alsô ist ez zumâle umme den menschin: den hâit got gemachit alse ein hantbûch dâ he in sihit und dâ he mide spilit und lust ane hâit. dar umme tûit der mensche grôze sunde wan he dise heilege ordenunge zustôrit, wan an deme jungisten tage sullin alle crêatûre wâfin schrîhin uber den der daz tûit.

Nû sulle wir prûfin daz nôch deme tode Herôdes Jôsêph wider sulde kumen in daz lant, dû gode gerûmit was fon den dî in hindirtin. alsô mûiz gode gerûmit werdin von sunden, daz di sêle gerecht sî, ob got mit ir wonin sal. sente Jôhannes sprichit 'daz wâre lîcht quam in di werlint, und di werlint inphînc sîn nicht'. he wil sprechin 'ez invant keine stait dâ ez behaftin mochte, dar umme inwart ez nicht inphangin'. ein meister sprichit 'wiltu got mit eime lûterin herzin inphâin und bekennen, sô fortrîp von dir freude, forthe, hoffenunge'.— Daz ist von deme êrsten, wî man gode rûmen sal. daz andere ist der fride der in deme lande was dâ got inne geborin was. daz prûfit man dâ bî daz alle di werlint eime keisere zûhôrte und undirdênic waz. *hic nota historiam.* ouch prûfi ich ez bî den drin kunigin dî sô verre landis quâmin. alsô sal gantz vride sîn in der sêle. dâ ist recht vride wô daz nidirste deme ubirsten undirtênic ist. bide wir *etc.*

V.

Hî lêrit meister Eckart waz Christus uns lêrit mit den vier kunstin.

Sedebat Jesus docens in templo (*Luc.* 19, 47). Daz ewangelium sprichit daz Christus saiz in deme temple und lârte. daz he saiz, daz meinit rûwe, wan wer dâ sitzit der ist bereitir lûtir dinc fore zû brengine dan der dâ gêit oder stêit. sitzen bedûdit rûwe, stêin

2 lârte

erbeit, gêin unstêdekeit. hir umme sal di sêle sitzin, daz ist in einir fordruckiter ôthmûdikeit under alle crêatûre, dan kumit si in einen gerastiten vride. den vride irwirbit si in eime lichte. daz licht wirt ur gegebin in einir stillekeit dâ si inne sitzit und wonit. Albertus (sprichit) 'daz ist di sache daz di meistere sitzin dî dâ lêrin sullin di kunste, wan wer dâ ligit, deme gêin di grobin geiste, daz ist daz grobe blûit, ûf in daz hirne und vordinsterit daz forstentnisse. wan aber der mensche sitzit, sô sinkit daz grobe blûit, und di lichtin geiste dringin ûf zû deme hirne, sô wirdit di *memoria* irlûchtit. hir umme saz Christus in deme temple, daz ist in der sêle.

Daz andere stucke ist daz 'lârte'. waz lêrit he? he lârte unse forstentnisse wî daz wirkin solde; wan waz lêrin sal, daz lêrit nôch deme daz ez selbir ist. hir umme wan Christus ein forstentnisse ist, sô lêrit he unse forstentnisse.

Christus hatte vierlêge kunst und wisheit. di êrste was gotlich, dâ mide kante he daz dâ ist an der êwigin forsichtikeit, nicht alleine daz dâ ist und werdin sal, mêr ouch alliz daz daz got formochte ob he wolde. mit disir kunst sach he in der lûde herzin, und alle di were di gode zûhôrin worchte he mit dirre kunst. daz formochte Christus mit der kunst dî got ist. — Di andere kunst Christi dî ist crêatûre. daz ist di kunst dî sinir sêle ingegozzin wart dû si geschaffin wart, und dî ist ubernâtûrlich. dar umme gebrûchite si godis und schowite got an sime wesine. an dirre kunst ginc ume nî zû oder abe, mit disir kunst formochte he, daz he irkante alliz daz got ie geschûf und daz he noch schaffin wil, aber nicht daz he sîne une(n)delichkeit ane tridit, daz inkennit si nicht. diz licht ist crêatûre und ist doch sîner sêle ubirnâtûrlich. — Di dritte kunst ist dî he hâit mit den engilen, dî in un habint bilde allir dinge. Dyonisius sprichit 'dû got di engle geschûf, dû gab he un bilde allir dinge, daz habin si nâtûrlichin'. alsô hâit Christi sêle nâtûrliche allir dinge bilde, daz he ur gegebin hâit, und he doch daz selbe bilde nicht inist, alse daz ingesigile deme wasse sîne formen gibit und doch mit ume nicht ein ist. an dirre kunst nam he nicht zû noch abe. hî mide formochte si daz si fornam alle geschehine dinc, und nicht dî geschehin sullin, alse der engil nicht bekennit zûkunftige dinc, ez inwerde umme danne geoffinbârit; fon nâtûre hâit he ez nicht.

7 inw'bit 13 dringit 16 lârte 37 waze

— Di vîrde kunst dî he hatte dî was an der sinlichkeit, wan waz di sinne begrîfin fon bûzin, daz wirdit geistlîche getragin in di bildêrinnen, und dâ sô vazzit iz daz inblickin des forstentnisses. alsô hatte he ein zûnemen alse wir. meister oder brûder Thômas sprichit 'he hatte ein zûnemen fon den kreftin der sinne'.

Nû sal man mirkin waz he uns lêrit mit disin kunstin. di êrste kunst, dî got ist, ûz der geflozzin sint alle dinc, mit der lârte he uns wî wir widirkêrin soldin und sullin und ordenen alle dinc in urin êrstin orsprunc. daz geschihit in deme menschin in deme gesamenet werdin alle manicvaldikeit und alle ûf getragin werdin in got in urin êrstin orsprunc, daz got ist. wan der mensche dâ zû kumit daz he sich ein mit gode vindit, dan allir êrst kêrit der mensche alle dinc zu urin êrstin sachin. hî fon sprichit sente Bernardus 'herre, waz ist der mensche, daz dû un sô sêre geminnit hâist? he ist ein gûit in deme gesaminit werdin alle manicvaldige dinc in ein ênikeit'. — Dit lârte he uns mit der kunst dî got ist. waz lêrit he uns mit der kunst dî ubernâtûrlich ist? daz wir ubergêin alliz daz nâtûrlich ist. zû dem êrstin sullin (wir) ubergêin unse êgine sinne und dar nôch dunkin und wênin. nû schrît, edile sêle, zûch an dîne schritschûwe, daz ist forstentnisse und minne, dâ mide schrît uber di werc dînir krefte, ubir dîn[e] forstentnisse, ubir di drî ierarchîen, di drî himmele und uber daz lîcht daz dich kreftigit, und srinc in daz herze godis, daz ist in sîne forborginkeit, dâ salt dû inne forborgin werdin allen crêatûren. dit lêrit he uns mit der ubernâtûrlîchen kunst. dar umme sprichit sente Paulus 'ir sît tôt und ûwir lebin ist forborgin mit Christo in gode'. — Waz lêrit he uns dan mit der nâtûrlichin kunst, dî he hâit mit den engilen, dî allir dinge bilde in un habin? alsô hâit di sêle eine muglichkeit alle dinc zû begrîfine. hîr umme solde si wonen in ir selbir, wan di wôrheit ist fon binnen und nicht von bûzin. hîr umme sprach sente Augustînus 'ô herre, wî vil ist der dî ûz un selber gegangin habin zû sûchine di wôrheit, dî noch nî zû un selbin inquâmen!' hîr umme inhônt si di wôrheit nicht fundin, wan got ist der sêle innirste innekeit. — Dit lêrit he uns mit der ubernâtûrlîchin kunst. waz lêrit he uns aber mit der zûneminden kunst? daz ist wî wir unse ûzerin menscheit ordenen sullin. di ordenunge wirdit vollinbrâcht mit prûfine der mensche sînes selbis, wan daz sich der mensche selbir bekenne daz ist bezzir dan bekentnisse allir geschaffiner dinge.

'Christus lârte sî'. wî sint dî he lêrit? daz sint di einvaldigin. wer ist recht einvaldic? daz ist der nîmannen betrûbit noch betrûgit mit nichte und ouch fon nîmanne betrogin mac werdin: daz sint di rechtin einveldigin. in di rechtin einvaldikeit helf uns *etc.*

VI.

In disir predigâde lêrit meistir Eckart wî got di sêle ladit zû eme mit deme geschepnusse allir crêatûre, und von deme lône.

Voca operarios et redde illis mercedem suam (*Matth.* 20, 8). Dise wort beschribit sente Mathêus 'rûf den werclûden und gib un ir lôn'. bî disime herrin der di werclûde ladit in sînen wîngardin ist bezêchint unsir herre, der alle lûde zû ume hâit geladin zweigirleige wîs. zû dem êrstin mit deme geschepnisse allir crêatûre, dî he sô schône und sô edil gemachit hâit; zû dem anderen mâle mit deme tôde, der dâ bittirlîche ûf des sundêris herze vellit. fon dem êrstin sprichit ein meistir 'got hâit di werlint und alle di dinc (dî) in der werlinde sint gemachit durch den menschen und den menschin durch sich, und di lîbe hâit got sô gar ubirwondin dî he zû der sêle hâit, daz he alle crêatûre geschaffin hâit durch daz he der sêle geoffinbâre sîne êre, und ist alse sêre dar ûf forstarrit wî he di sêle zû sich gezîhe und gelocke zu sînir minne, alse he allis des forgezzin habe des in himmilrîche und in ertrîche sî, und des alleine lâge in willichime wege he eine iclîche sêle zû sich allirbeist gezîhin muge'. dar umme hâit (he) manichirleige crêatûre gemachit, daz manigirlêge wîs geoffinbârit werde sîn êre, und inhâit doch keine crêatûre gemachit, he inhabe etwaz pînlîchis dar ane gelegit oder ein glîchnisse der helle, wan alle crêatûre sint ein bode und ein winkin zû gode, wan si kundigin alle di êre godis.

Zwei dinc hâit got gelegit an di crêatûre. daz êrste daz ist wollust und gemach, daz he den menschin mide locke, daz he forstê daz ez in gode an deme hôhisten sî; daz andere daz he pîne an di creâtûre hâit geleit, ob der mensche durch êre oder durch wollust inachte nicht godis, daz un doch di pîne slahe und nôchschurge. alsô wonderlich alse di gemûde sin der lûde, alsô wonderlich sint di wege zû gode. den einen mac man lockin mit wollust, den anderen mûiz man slahin mit sûche und mit ungemache, alse sente Pawil wondirlîche bekârt wart. dû he uffe deme wege was und

24 durch] der *beidemal*

cristine lûde anevechtin wolde, dû strêch un got dâ nidir und ummevîng in mit sîme lichte; und sente Augustînus dû he bekôrt wart, an deme tage dû inkonde he nicht gesadit werdin von der wollust dî he hatte fon der wunderlichen lâge dî got der sêle legit, wî he si bekêre. dar umme hâit sich got geteilit, der einvaldic ist, an alle crêatûre, daz di sêle an keinen wec sich gekêrin inmac fon gode an di crêatûre, si invinde godis glîchnisse dar an. ez inmochte nummir sundir wollust gehabin an den sunden, godes glîchnisse inwêre etlîcher wîse dar an alse êre und gemach und wollust. dar umme ist daz daz manic mensche forzîhit gûdis und frûnde, und der êre inmac he nicht forzîhin, dî ist ume allir nêhist belegin, und dar ane volgit he gode allirglîchis, wan got sprichit 'ich inwil mîn êre nîmanne gebin'. ein glôse sprichit ûf den salter 'nîmant ist der sîn êre durch sînes frûndis êre wolle gebin'.

Drû dinc sint dar umme di sêle keine gnûgide gehabin mac an den crêatûren. daz eine ist daz si teilunge habin, wan di gnûgide dez trankis enist nicht gnûgide der spîse noch der kleidir; ir ein wîsit nôch sich ûf diz andere und winkit io furbaz zû gode; dar umme enist kein gnûgide dar ane. — Daz andere, daz di crêatûren lîphaftic sin und vallin ûf ein vorderpnisse und ûf eine fordrozzinheit, dar umme inist dâ kein zûnemin ane. ie ich lengir sehe ûf ein wîz dûch oder in daz lîcht der sunnen, ie mir diz auge stunphir und vinsterre wirt. ez inwart nî crêatûre sô edile oder sô schône, man inmochte si sô lange anesehin, ez inworde fordrozzinlich. abir geistlich bekentnisse hâit ein zûnemen ôn ende. io ich geistlîche dinc baz bekenne, io mîn sin behendir und gefûgir wirt forbaz zû bekennine. — Daz dritte daz unsis herrin gâbe der sêle nicht geschenkit inwirdit ûz den vazze dâ si ûzgeflozzin ist, wan alliz daz got gegebin mochte wollust und gâbe, si inworde geschenkit der sêle ûz dem vazze daz got selber ist, si inmochtin der sêle nummir gesmeckin noch wollust gegebin. got der inist nicht wan ein lûtir wesin, und di crêatûre ist fon nichte und hâit ouch ein wesin fon deme selbin gotlîchin wesine, und insmeckit doch der sêle nicht an der crêatûre dar umme wan si ein ander vaz ist. wî lûter und edile ein tranc ist, gûzit man un in ein snôdc vaz, he wirdit des di unedilir. dar umme ist daz daz alle gôbe und êre dî got gegebin mac, si inwerde ur geschenkit ûz ume selbir, sô inist si nichtis wert.

Ein lêrêre sprichit daz der vader hâit einen son und einen heiligin geist, und durch dî beide hâit he sich genêgit dem menschin. ouch sulle wir prûfin daz der himmil unmâze grôzir ist dan diz ertrîche. alsô vil ist der engle mê in deme himmilrîche dan allir menschin ûf ertrîche. wan di meistere wollin daz di engile allirmeist got offinbârin, dar umme mûz er allirmeist sîn. Danîêl sach daz tûsintstunt tûsint dînitin um und zêntûsint hunderit tûsint wârin bî ume, und tûit got rechte alse he allir dirre herschaft forgezzin habe und kêre sich zû einem menschen alzumâle und lâge sînir minne. dar umme sprichit got ‘wê deme menschin der mîn winkin nimit for nicht. dit ist fon deme êrstin, alse got ledit mit deme geschepnisse allir crêatûre.

Zû dem anderen mâle ledit he mit deme tôde, der dâ bittirlîche und sûrlîche vellit ûf des sundêris herze. dar umme sprichit di schrift ‘ôwê tôit, wî bittir ist dîn gehucnisse allin den dî der werlinde wollust volgint’. abir gûdin lûdin ist he gar frôlich und sûze, wan he inist nicht dan ein ubervart von deme tôde zû deme lebine, und tûit der mensche einen sêligin kouf, wan ein gûit mensche tûit an dem tôde einen sêligin kouf: he gibit pîne umme di êwigin freude. wuste man krûit daz man habin mochte, und wer ez bî ume hette, daz he nummir alt noch sîch inworde, daz krûit mochte man tûre koufin. daz ist der tôit. wer den hâit alle zît an sîme gehucnisse, der inwirdit nummir alt an den sunden. Salomon (sprichit) ‘gedenke an dîn ende, sô intûistu nummir sunde’.

Zû dem drittin mâle sullin wir prûfin daz lôn, daz he sprichit ‘lade di werclûde und gib un daz lôn’. hî fore insal sich nîman irforchtin daz der herre sprichit daz man den werclûden daz lôn sal gebin. ob der mensche kranc oder alt ist, daz he lîphaftiger werke nicht formac, sô halde he sich an di innewendigin geistlîchin werc, dî edilir und grôzir sîn for gode dan di ûzwendigin werc; daz ist gûit wille und minne zû gode, dar ane beheldit man daz lôn. unse herre got hât uns gelockit mit deme lône alse daz schôf mit deme grûnen rîse, wan man ez andirswô habin wil, gelockit wirt. got hâit uns gewîsit daz ein lôn ist, he inhât aber nicht gesprochin waz daz lôn ist: wan solde got sprechin waz daz lôn wêre, he mûiste alle sîne macht dâ zû tûn, wan alliz daz got ist und formac, daz ist daz lôn. ich spreche daz (ob) alle sêle mit allin urin kreftin wêrin ein sêle, si inmochte nicht inphâin noch irlîdin daz lôn daz fon deme minnisten werke gevellit daz got gebodin hâit in der êwigin minne,

73 vn   77 nicht] mich   80 herzin   86 wste   93 herre] he

di sêle inmûiste zuglîdin und forwerdin und zuflîzin. wilich râit hôrit dan dâ zû daz si ez alzumâle inphâhe, daz got ist, wan daz di sêle irhabin mûiz werdin pobin sich selber und pobin alle crêatûre und mûiz gesast werdin in ein gotlich wesin und in daz glîchnisse gotlîcher nâtûre? dâ formac si ez. ouch mochte daz lôn fordrozzinlich werdin fon deme aldere daz ez êwic ist. dâ zû hâit got einen hêmelîchin râit funden und hâit sich selbir fornûwit, dâ mide daz he di êwikeit hâit brâcht in di zît, und mit sich hâit he brâcht di zît in di êwikeit, daz dû sich der son intgôiz in di êwikeit, dû wordin alle crêatûre an ume intgozzin. dar umme ist der son êwiclîche geborn ôn undirlâiz und alzumâle, daz allir crêatûre wollust und vollinkuminheit ist gesamenet zumâle an ume und wirdit alsô der sêle geschenkit ôn underlâiz und nûwe. dar umme ist sîn geburt hûde dissis tagis alsô nûwe alse dû sich ez fon êrst begonde. daz der sêle lôn alsô geschenkit werde ûz eime nûwin vazze unde vrisch und vollinkumen und ez ir alsô lustlich und vollinkumen blîbe ôn ende, bî von inmac ich nicht gesprechin, wan daz ez uns werde. des helf uns got. âmen.

VII.

'Marìa stûnt zû dem grabe und weinete'. In disir predigâde lêrit meister Eckart daz Marìa Magdalêne unsin herrin sûchte, und di sêle dî in vindin sal, dî sal seis stucke an ir habin.[1]

'Marìa stûnt zû deme grabe und weinite' (*Joh.* 20, 11). ez was wonder alsô sêre alse si betrûbit was daz si wênin mochte. minne machite si stênde, leide weininde. dû gînc si forbaz und lûgite in daz grap. si sûchte einin tôtin menschin und vant zwêne lebindige engile. Origenes sprichit 'si stûnt. war umme stûnt si und di apostolin wârin geflogin?' si inhatte nicht zû virlîsine: alliz daz si hatte, daz hatte si an um vorlorn. dû he starp, dû starp si mit ume. dû man un begrûp, dû begrûp man ire sêle (mit) ume, dar umme inhatte si nicht zû forlîsine.

Dû gînc si forbaz. dû begênite he ir. dû wânde si daz he ein gortenêr wêre und sprach 'wâ hâit ir un hine gelegit?' si was alse garç an un forflizzin daz si sînir worte nicht dan ein behaldin inhatte 'wâ hâit ir un hine geleit?' daz sprach si zû ume. dar nâch offinbârite he sich ir alênzilen. hette he sich ir zumâle offinbârit

[1] habin di un vindin sal

dû si an der begerunge was, si wêre gestorbin fon freudin. wiste di sêle wan got in si trêde, si storbe fon freudin; wiste auch si wan he von ir verit, si storbe fon leide. si inweiz wan he kumit oder wan he verit: si intsebit wol wan he bî ir ist. ein meister sprichit 'sîn kumen und sîn varin ist forborgin, sîn geginwertikeit ist nicht forborgin, wan he ist ein licht und des lîchtis nâtûre ist offinbârunge'.

Marîa sûchte got alleine, des vant si un, und si inbegerte nicht dan godis. di sêle di got sûchin sal, alle crêatûre sullen ir ein pîne sîn. ur was ein pîne daz si di engle sach: alsô sullin der sêle dî got sûchin sal alle dinc sîn alse ein nicht. sal di sêle got vindin, sô sal si seis stucke an ir habin: daz êrste, daz ir foire sûzlich was, daz ir daz bittir werde; daz andir, daz ir di sêle zû enge werde, daz si in ir selbir nicht blîbin kunne; daz dritte, daz si nichtis dan godis begere; daz vierde, daz si nîman getröisten muge dan got; daz funfte, daz si kein widirkêrin habe uffe forgencliche dinc; daz seiste, daz si keine innewendige rûwe habe, he inwerde ir widir *etc.*

VIII.

Hi lêrit meister Eckart, wî di sêle geschickit sal sîn dî daz gotliche licht inphâhin sal, und wî got in der sêle wirkit di zwelf fruchte.

Cum sero factum esset etc. (*Joh.* 20, 19). 'Dû der âbin intrait und der tac vil und di jungerin gesament wârin, dû trait got in'. alse der tac lîplicher freude vellit und der âbint forgenclîcher dinge in di sêle tridit und alle ire krefte gesaminit sin und beslozzin, sô lûchtit daz licht der ganzin wârheit in der sêle. dar umme sal der mensche sterbin den sundin und allir orsache der sunde. dar nôch sal he sterbin der nâtûre, alse he sînes selbis nicht insî, daz he sînes an nichte sûche dan lûtirlîche godis êre. dar nôch sal man godis eigin sîn, sô mac got luistlîche gewirkin in der sêle sîn eigin werc. Adâm was sô gar godis eigin ê dan he vîl, daz der wille gefûgit was an got, daz di gotheit lûchte durch den willen in di nidirsten krefte, daz si von nôit nicht mochtin gewirkin wan alse un der wille gebôit: dâ worchte got sîn eigin werc und mochte sich bekêrin in der sêle. dar umme sprichit Christus 'mir ist gegebin alle gewalt in himmilrîche und in ertrîche und zû Jerûsalem', daz

16 in si] in di 19 si 31 daz si] daz he 4 gesaminint 11 nidirste

ist alse vil 'mir ist forhengit zû wirkine in der sêle dî in deme vride wonit, in der ist mir gewalt gegebin mîn eigin werc zû wirkine'.

Waz sîn eigin werc wirkit, daz wirkit luistlîche, alse der hêlige geist in der sêle. waz wirkit he? zwelf fruchte, dî den menschin ordenen zû gode und zû gûdime lebine. di êrsten drî ordenen den menschin zû gode. daz (êrste daz) ist minne, dî irhebit den menschin pobin alle forgencliche dinc und setzit en in got den he minnet, wan di sêle dî ummegriffin ist mit deme fûre der wârin minne, alliz daz ur zûvellit, daz ist schîre forbrant in deme fûre der minne. — di andere frucht daz ist geistlîche freude, dî kumit fon lûtirre sanwizikeit, dî machit den menschin licht zu allin gûdin dingin und irhebit un pobin sich selbin. alse dit geschihit, sô frauwit sich der mensche. — daz dritte daz ist fride des geistes, der machit got wonhaft in der sêle.

Di anderin drî dî ordenen den menschin zû sîme nebincristinen. daz êrste daz ist mildekeit, daz ist daz man fon allime herzin allin lûdin wole gûdis gunne. daz andere ist trûwe, daz ist daz ein mensche sîme nebincristin gunne alse ume selbir. daz dritte ist senftmûdikeit, daz ist daz ein mensche sich alsô zû den lûdin halde daz nîman fon ume betrûbit werde.

Di drittin drî fruchte dî ordenen den menschin gegin zûkunftigir lîdunge. di êrste ist gedult, daz der mensche getwedic sî undir der burdin des lîdinis, daz der mensche nicht dû alse ein phert, daz sich for ergin mûde machit undir der burdin und si doch tragin mûz. daz andere ist lanclîdikeit, daz der mensche keine wege sûche ûze den lîdungin. daz dritte ist swêr gemûde daz kein pîne gevelschin noch gebitiren mac.

Di vîrden drî fruchte dî ordenen den menschin zû ume selbir. daz êrste ist mâze, daz andere inthełtnisse, daz dritte vollinkumenheit, daz man keinis dingis alsô vil neme, man inmugis mê nemen, daz di begerunge io nuchtiren blîbe.

IX.

In disir predigâte lêrit meister Eckart und bewìsit drì wirdikeit unsir vrowin: daz êrste von irre gebort, daz andir von irme heilegin lebine ûf ertrîche, daz dritte von der wirdekeit daz si godis mûdir ist.

Que est ista que ascendit quasi aurora consurgens,

30 sime"ebinen cr. 38 in

pulchra ut luna, electa ut sol (*Cant.* 6, 9)? Dise wort stên gescriben in der minnen bûche 'wer ist dise dî dâ ûfstîgit alse ein ûfstênde morgenrôit, schône alse der mâne, ûzirwelit alse di sonne?' an disin wortin sulle wir mirkin drî edilkeit oder wirdikeit unsir vrauwin: di êrste, ure geburt: dî ist dâ bewîsit dâ her sprichit daz si ûfstîgit alse ein morginrôit. di andere wirdikeit ures hêligin lebines ûf ertrîche ist bewîsit dâ he sprichit 'schône alse der mâne'. di dritte wirdikeit dî si hâit, daz si godis mûdir ist, dî ist bewîsit dâ he sprichit 'ûzirwelit alse di sonne'.

Daz êrste, daz man si glîchit einem morgenrôit, dâ neme ich fone zwei wort, daz eine daz diz morgenrôit beide lîcht und vinstir in sich hâit, daz andere daz ez heizit ein ende der nacht und ein begin des tagis. daz bezeichint di geburt unsir vrauwin, dî was ein ende der jâmirkeit und ein begin der freude der aldin vedere, wan si for der zît nicht des mochten getûn daz si zû himele fûren. aber nû gnûgit unsime herrin lîchteclîche. umme einen trunc kaldis wazzeris gibit he sîn himmilrîche, und an eime reinen herzin, dâ mide ist ez gnûic. dar umme sprichit Christus 'sêlic sint dî dâ reine herzin habin'. nicht insprichit he fon grôzin grobin ûzerin werkin. sente Bernhart sprichit 'wolde got daz wir alse grôze gerunge hetten zû Christô alse di aldin hatten dâ zû daz ez geschehin solde', wan alle lîphaftige dinc grôzir wollust habin alse man ur gerit dan alse si geginwertic sîn. abir geistlîche dinc dî habin grôzir wollust an der geginwertikeit dan alse man ir gerit. bedêchte man rechte der aldin begerunge, man mûiste weinen.

Daz ander ist noch hôhir. dâ mide ist bewîsit di geburt unsir vrauwin. alsô daz diz morginrôit beide lîcht und vinstir in sich hâit, dâ ane ist bewîsit daz unse vrauwe in den sunden wart inphangin und ir lîp und ir sêle foreinit in der erbesunde, und dâ nôch mit der vart wart si fon deme hêligen geiste gereinigit und wart hêlic geborn, und dar umme begêit man ure geburt. dar ane ist uns bewîsit vollinkumene lîbe unsis herren, wan he nî lûtirre crêatûre geschûf dî alsô edil wêre, und inwolde si doch sô vollinkumen nicht machin daz di sêle mit lîbe in ur foreinit wêre oder mochte gesîn. got wil wole daz di sêle sehe und hôre daz got nicht inist, he inwil aber nicht daz si icht lîb habe dan un, wan he hâit si zû sînir einunge geschaffin. alleine hâit he wôrheit an di crêa-

37 si] her

tûre geworfin, doch enist si di wôrheit selber nicht. aber in etlicher wîse ist wârheit an den crêatûren, alse got di wôrheit selber ist, alsô daz seis ir mê ist dan zwê, und deme glîch. funde di sêle keine crêatûre dî an wârheit selber wêre, dâ rûwite si ane. dar umme sprichit unse vrauwe 'ich habe rûwe gesûcht in allin dingin'. auch sante Nôê di tûben ûz der archin, daz meinit eine igilîche fornuftige sêle dî fon rechtir wârheit keine rûwe vindit an den crêatûren. dar umme kêrit si wider zû urme schepphêre alse di tûbe zû der archin, wan di sêle ist genant ein tûbe *in cantico*. Di sêle inminnit auch nicht fon nâtûre dan gûde. ez ist wâr, ein iglich mensche trêde mit fornuftikeit in sîn herze, he vindit daz he nicht minnet dan vollinkumene gûde, und dar um inhâit got keiner crêatûre vollinkumene gûde gegebin. funde si vollinkumene gûde an der crêatûre, dâ foreinite si sich ane. got weiz wol daz di minne ein eininde kraft ist: waz si genzlîche minnet, dâ foreinit si sich ane, des ingan got keinir crêatûre, wan di minne setzit den menschin ûz ume selber und ordenit un in den he minnit. dar umme was sente Marîen Magdalênen sêle mê foreinit deme tôdin lîchamen Jêsu Christi dan urme lîbe. sente Augustînus sprichit 'di sêle ist êginlîcher dâ si minnet dan dâ si daz lebin gît'. sente Paulus sprichit 'ich lebe itzunt, nicht ich, Christus lebit in mir'. alle crêatûre rûfen den menschen ane 'dû sûchis wârheit und gûde, des insîn wir nicht, sûche got, he ist beide wârheit und gûde'. in allin dingin sûchit der mensche ein sêlic lebin und ein freudinlîcht. gnûgide und vollinkuminheit inist an keinir crêatûre, und ein îclich wîsit fon sich ûf di anderin, di spîse ûf den tranc, der tranc ûf di kleider *etc.* an allin disin dingin mugin wir gnûgide vollinkuminlîcher gûde an gode forstêin. Augustînus sprichit 'sûchit ir sô sûchit an gode'. (an gode) ist di vollinkuminheit allir crêatûre, ôn daz sô inmochte di sêle nummir vollinkumene gnûgide an gode gehabin noch rûwe. dar umme wan di sêle alle vollinkumenheit zumâle an gode habin wil, wêre der icht ûz gode, dî wolde si auch habin: sô forgêze si des grôisten durch daz minniste und worde alsô gepînigit. sente Augustînus sprichit 'ez ist ein grôiz tôirheit daz di sêle ôn den ist der allinthalbin ist, und daz si mit deme nicht înist ôn den si nicht gesîn inmac, daz si den nicht inminnet ôn den si nicht geminnen enmac'. ich spreche, und ist wâr, daz sich got der sêle nicht benemen inmac, alsô wênic

60 gnade 67 sele an gode nummir *etc.*

alse he sines selbis forzîhin mac. alsô vil alse si sîn bekennen mac und ume glîch ist zu inphâhine, alsô vil mûiz he sich ur gebin, und joch einir iclîchin crêatûre alse vil alse sîn ein iclich crêatûre inphâhin mac, und des ist glîchnisse. ich stêin hî, und hilde man vile spigile gegin mir, mîn antlitze bildite unde mûiste sich werfin drane; des inmochte ich nicht bewern, alsô wênic alse ich mich mir selber benemin mac. ie der spigil clêrre ist, ie daz glîchnisse vollinkumenir dar ane ist. dar ane mac man wêrliche sîne inwonunge bekennen in allin crêatûren. sente Augustinus sprichit 'alde nûwe gûde, wî habe ich dich so langsom funden. dar umme alt, wan dû êwic bist, dar umme nûwe, wan dû allezît lustlich bist'. he sprichit auch, sente Augustînus, 'ich sûchte dich und vant mich verre fon dir in eine lande des unglîchnisses, nicht alsô verre, wan dû allinthalbin bist, und nicht daz ich dir forborgin wêre, wan dû alle dinc weist, sunder ich hatte mich forborgin in deme unglîchnisse, daz ich dich nicht bekente'.

Daz ist daz êrste, daz unse frauwe ûfgegangin ist alse ein morginrôit; daz andere 'schône alse der mâne'. durch zwei dinc glîchit her unse frauwin deme mâne, daz he de nidirste planête ist und di minniste sunder eine, dî noch minnir ist, dî bekennit Christum, wan he di minniste was an der ôtmûdikeit. dar nâ ist Marîa. sente Bernhart sprichit 'di kûisheit unsir vrauwin behagite gode wol, aber durch di ôthmûdikeit wart si godis mûdir'. daz andere ist daz der mâne grôzir schînit dan andere sterrin, daz ist dâ fon daz he nidirre ist dan andere planêten; dar ane ist bezeichint vollinkumene barmherzikeit unsir vrauwin, wan wanne der mâne zûnimit, sô sint alle crêatûre lîphaftiger und kreftiger dî danne werdin inphangin dan alse he abenimit. alsô ist ez umme di erdin. dî ist di minniste under den elementin und di nidirste, wan ir iclich zên tûsint stunt grôzir ist dan daz andir, daz wazzir und luft und daz fûir. dar umme swebit daz ertriche mittin in deme himmele, wan allir sterrin kraft leufit in di anderen elementin und verit durch si, wan ûf dem ertriche foreinit sich einis iclîchin sterrin kraft sunderlîchin durch di stêdikeit des ertrîchis, daz nicht umme leufit alse di anderin element. dar umme wirkit di kraft des lichtis ungeleupliche dinc ûf deme ertriche. alsô ist ez umme unse frauwin: alle di vollinkumenheit dî got ie gelegin mochte an keine crêatûre, dî hâit si inphangin.

79 ich| ist 96 nâ] ne

alsô sulle wir prûfin mit glîchnissen, mit wilchin menschin unse herre ist. daz mac man prûfin an zwein dingin, alse wâre ôitmûdikeit und barmherzikeit; wan manich mensche wênit daz her ôitmûdic sî, deme si verre ist, wan wer sich di nidirste und snôdiste dunkit undir allin crêatûren, waz unse herre gûdis und vollinkuminheit wirkit an allin crêatûren, daz inphêhit der mensche. daz ander ist an der barmherzikeit, daz sal man prûfin an .... tûit eime anderen daz auge wê, daz intûit mir nicht wê, ob ez mîn nicht inist, wan alsô vil alse ich einunge mit ume habe alsô vile tûit ez mir wê. bin ich abir unsis herrin godis êginre dan mîn selbis, tûit mir mîn auge wê, ez intûit mir doch nicht wê. war umme? ez inist mîn nicht. alsô ist ez umme alliz daz mir gewerrin mac, daz inwirrit mir nicht, wan ich nicht mîn enbin. sente Augustînus sprichit 'unsir herre legit ûf alse ob he grôzir wollust habe um unse sêlikeit dan wir selbir habin kunnen, und grôzir leit umme unse pîne dan wir selber'.

Di dritte wirdekeit unsir vrauwin ist dâ bewîsit dâ her sprichit 'ûzirwelit alse di sonne'. wan di sonne ist ein vaz des lichtis und inist daz licht selber nicht, wan si daz in ur hâit und gûzit ez in alle crêatûre, wan kein crêatûre geborin noch vollinbrâcht mochte werdin ône helfe des lichtis. wol irschînit si des nachtis nicht, sô gûzit si daz licht in di sterren. dar umme heizit si daz êrste vaz des lichtis daz si grôze dinc wirkit an edilen steinen und an manigin dingin ûf ertriche, daz man godelicher werke kraft vindit an den steinen. alsô ist ez umme unse frauwin. dar umme ist si ein vaz des lichtis wan si uns hâit brâcht daz wâre licht in di werlint. bide wir unsin herrin *etc.*

X.

Hî bewîsit meistir Eckart daz zweigirleige lîdin ist. mit dem einin lîdene hî in der zît fordînit man lôn, mit dem anderin lîdine in dem himmilriche nimit man daz lôn in, daz ist mit der lîdinden[1] fornuft.

Non sunt condigne passiones huius temporis ad futuram gloriam que revelabitur in nobis (*Rom.* 8, 18). Sente Paulus sprichit 'alle di lîdunge dirre zît sint nicht wirdic zû der zûkunftigin êre di in uns intacht sal werdin'. sente Augustînus sprichit 'sî sint unwirdic', daz sprichit alse vil alse daz ein zû deme

119 ... delme; *die ersten buchstaben unleserlich.* [1] lîdinen

anderin sprèche 'dù inseist nicht wòr'; spréche he aber 'dù seist virwòr', daz wère forbaz gesprochin. si insint nicht wirdic. di apostolin gingin mit freudin fon deme *concilio* umme daz daz si wirdic wàrin des daz si durch got lidin mùisten. eime gûdin menschin daz dugint hette, deme wère daz ein gròz freude daz ez des wirdic wère daz ez etwaz lidin solde durch got. der mensche der eines godis rechte gesmechte und inprant worde fon dem füre der minne, deme wère alle di werlint alse licht zù làzine alse ein bòne. sente Jòhannes sprichit *in apocalypsi* 'forkeufe alliz daz dû hàist und keufe füric golt', daz ist di minne, wan wer di hàit der hàit alle dinc. ein recht gùit mensche deme dà ist alse ez zû rechte sal, wi lichte und wi frôlich deme ist zû lidene pine, veifùir und alle dinc durch got. daz inkan niman gesehin, wan der ez hàit, der weiz ez. — Christus sprach 'mich durstit' nòch alle sìme lidene. he meinte daz he noch mê lidin mùiste durch mensliche sèlikeit.

Dit ist fon lidunge dirre werlinde: ez ist lidunge einir andirn werlint. unse lebin ist geteilit in zwei, daz eine ist lidin, daz andere ist wirkin. wirkin ist dà mide wir alle unse lòn fordinen, lidin ist ein innemen des lònis. alle di werlint inmochte nicht bekennen wilichin vliz got dar ane legit, wi he di sèle gezihe. unse irarnen lit an wirkine, und daz ist kleine und enge, und dar umme inhàit he unse lòn nicht geleit in wirkin, mèr in lidin. alsò ràmit he alle wege unsis beisten, wan wir wênic mugin getùn und vile gelidin, wênic gegebin und vile genemen. einir mac eine marc genemen de einin pfennic nicht mac gegebin. man mac baz file genemen dan wênic: ie daz dinc gròzir und bezzir ist, ie ez luistlicher wirt genomen. hir umme hàit he unse lòn in lidin geleit, daz he uns file muge gegebin, wan wir dà file mugin genemen. lidin ist zumàle blòz, wirkin hàit etwaz. ich inmac nicht gewirke(n), ich inhabiz, ez insi in mir, aber lidin inhàit nicht, ez ist blòiz. ein meister sprichit 'wà ùz zwein ein sal werdin, dà mùiz ein fon nòit sin selbis ùzgèin und in ume selber forwerdin, sal ez in geniz gewandilt werdin und ein mit ume werdin'. ein iclich sin di icht sal bekennen di mùiz inplòzit sin allis bekentnissis: diz auge in sìme grunde mùiz inplòzit sin fon allir varwe, sal ez varwe bekennen, und daz òre fon stimme, sal iz icht hòrin, und alsò ein iclich sin, und aldà nòch ein iclich sin sin selbis ùzgèit, dà nòch mac he mê inphàhin und ein werdin mit

23 w'din 25 vliez 27 reinit 30 dan] daz 38 ich 42 siim

deme daz he inphêhit. alsô sal di sêle und mûiz uris selbis ûzgêin, sal si got inphâhin, und alsô wirt si mit gode foreinit und wirkit mit ume alle sîne gotlîchin werc. disis lônis begerte Christus nôch allin sînen wirkin und lîdene dû he sprach 'vader, ich bidin dich daz si ein sîn alse wir ein sîn'. noch ingnûgite gode nicht daz lîdin alleine. wêre ein lôn, got wolde baz tûn, und hâit ez uns auch gegebin daz wir (dâ) mide mugin irarnen und lôn fordînen, alse wir ungemach willeclîche und frôlîche durch got lîdin.

Lîdin dirre zît sint nicht wirdic, si sin unwirdic zû der zûkunftigin klârheit dî in uns intacht sal werdin. 'intacht'. sal ez intacht werdin in uns, sô mûiz ez in uns sîn. alle di krefte dî di sêle deckin dî mûzin abe vallin, sal got in uns intacht werdin und geoffinbârit. dû got di sêle geschûf dû planzite he sich in si und wart bedacht: dit ist der wîngarte godis dâ he selbe di planze inne ist. zuhant dû he di nâtûre geschûf, jâ ir dan he si geschûf, dû was her bereit sich dar in zû planzine.

Nîman irkennit got. sente Philippus sprach 'herre, zôge und wîse uns den vader, sô gnûgit uns'. man singit unsir fraûwin 'bewîse dich, daz dû mûder bist; bistû godis mûdir, daz bewîse uns wan sô macht dû uns gehelfin; bewîse daz dû unse mûder bist, wan bist dû unse mûder, sô hilfis dû uns; zôge daz dû mûder sist, daz dû ein kint hâist', wan dî sint mit einandir. sal mûdir sîn, sô mûiz si ein kint habin. 'wîse uns den vader'. sal ein vader sîn, sô mûiz he ein kint habin. dise sin alsô mit einander daz man ein ôn daz ander nicht mac genemen. wer den vader bekennit der bekennit auch den son, wan alliz daz in deme vadere ist geborin daz ist in deme sone geborn. sulle wir un bekennen, sô mûze wir kindere sîn: sîn wir kindir, daz ist gewis, sô sîn wir auch erbin.

Sêlikeit lît dar ane daz man got bekennit, nicht ûzewendic zû, alse daz man anekaffit: alliz daz wir ûz uns bekennen mit undirscheide daz ist got nicht. godis bekentnisse ist ein lebin daz dâ flûzit ûz deme wesine godis und der sêle, wan got und di sêle habin ein wesin und sint ein in deme wesine, wan alle werc alsô ûz gode flîzin daz si doch inne blîbin. dâ bekennit di sêle got dâ si alsô ein ist în deme und mit deme wesine godis, und daz ist wôre

43 unsgein 46 w'kin 47 nocht 53 crefte der sele 62 *hier schiebt die hs nochmals ein* bistû godis mûder daz bewîse uns, wan sô macht dû uns gehelfin; bewîse daz dû unse mûdir sist 68 geberin

sêlikeit dà di sêle hâit lebin und wesin mit gode, und daz ist godis bekentnisse, dà abe vellit al andir bekentnisse und wesin. di sêle inweiz sich noch andere dinc, wan sich in gode und got in ur und in ume alle dinc; alliz daz in gode ist daz weiz si mit ume, und wirkit mit ume alle sine werc. dà inist nicht, dà inweiz si nicht dan sich in gode und got in ur.

Di allir êrste kraft di dà inspringit ùz deme lùterin grunde daz ist blôz bekentlichkeit. kumit di blôz ûf den markit, sô wirdit si aldà (ge)cleidit; si wirt behulsit; alleine si dinne si, si vellit ûf lûtir wesin. aber zuhant zûhit si eine hulsin umme sich, daz ist wôrheit. si bekennit ein wôr wesin. aber wille inwil nicht, ez insî zû ..... gûit oder inschîne gûit.

He sprichit daz in uns intacht werde. 'in uns'. daz wort 'uns' meinit blôz wesin. sulle wir hi zû kumen daz in uns intackit werde dise klârheit, sô mûiz di sêle inplôzit werdin hoffenunge, vorchte, freude, jâmir, allis des daz ane gevallin mac. sô inplôzit sich ir got widir und gibit sich ur mit allem deme daz he geleistin mac. — Daz andere, daz man sûche inne und nicht ûze, wan sente Paulus sprichit 'daz riche godis ist in ûch'. — Daz dritte in deme allirinnigistin, daz he alsò hi etwaz intacht werde daz wir kumen dâ wir un blôizliche irkennen. des helf uns *etc.*

XI.

Meistir Eckart der alde sagit[1] hi von zwêgerleige wîsheit und von zweigerleige sêlekeit di von in kumit, dat ist von gotlicher wisheit und fon forgenclicher und wertlicher wisheit.

Beatus homo qui invenit sapientiam (*Prov.* 15, 13). Ez ist zweigirhande wisheit. alsô ist auch zweigirhande sêlikeit di fon der wisheit kumit: ein wisheit ist forgenclich, di ist daz man sich forstêit und kan sich richtin nôch der zit, alse etliche kunst ist daz man sich kan hûdin vor ungelucke und kan sich richtin nôch der zit. wer daz wole kan der wirdit ein riche mensche und heizit sêlic fon irdischer wisheit. aber irdische wisheit ist ein irretûm êwiger wisheit. dar umme hâit unse herre got der sêle zweigerleige krefte gegebin, daz si mit den nidirstin kreftin dine unsirme herrin gode in der zit und daz si mit den ubirsten dine unsirme herrin gode in der êwikeit. ein meistir sprichit 'di sêle ist ein punc(t) oder

78 lobin 88 ...... *unleserlich* [1] sahit

ein ecke dà sich ane stôzit zît und êwikeit, und di sêle ist doch nicht fon zît noch fon êwikeit gemachit, sunder si ist ein nâtûre gemachit fon nichte schussin un beidin'. wêre si fon der zît gemachit, sô wêre si forgenclich; wêre auch di sêle fon der êwikeit gemachit, sô wêre si unwandilhaftic. Augustînus (sprichit) 'di sêle ist von eime alsô edilin himmelischin nichte daz ez lustlîcher ist daz wir alle unse lebitage dar nôch forschin, dan daz wir ez ummir bevinden'. dar umme ist di sêle edile daz sich an si stôzit beide zît und êwikeit. neigit si sich uffe zîtlîche dinc, sô wirdit si unstêde, heldit si sich an di êwikeit, sô wirdit si stêde und starc, und mit der sterke und stêdikeit uberwindit si wandilhaftige dinc.

Di andere wîsheit ist êwic, und dî wîsheit ist ein gesprinc der gotlîchin klârheit und ein burne gotlîcher wârheit, und fon dirre wîsheit wirt man êwiclîche sêlic. der zû dirre wîsheit kumen wil der mûiz habin ôitmûdikeit und stêdin flîz und ein forschinde swîgin. kein werc ist sô vollinkumen, ez inhindere di innekeit. man mac innecllîcher messe hôrin dan messe sprechin. wolde ein pristir zû vile innekeit sûchin in der messe, he mochte tûn daz schedelich wêre. der beiste râit ist daz man fore und nôch innekeit sûche, und wan man ein tû daz man daz redelîche tû. ermûde hôrit ouch zû godelîchir wîsheit. der ist nutzlîchin arm der sich allir der dinge arm machit dî got nicht insint.

Dà nôch sal man mirkin wilich di lûde sullin sîn an dî gotlîche wîsheit kumit. fon den sprichit Salomôn 'daz ist daz si urin munt ûfteit zû der wîsheit, daz bedûdit iclîche sêlige sêle'. der munt ist di uberste kraft der sêle, dà di sêle gelabit wirdit fon gode. dise kraft sal allewege ûfgerichtit und ûfgetôn werdin gegin godelîchime trôiste, und waz si inphêhit fon gode daz sal si gîzin in di nidirsten krefte. wan wolde si got schephin oder begrîfin mit den nidirsten kreftin, sô worde got gesnôdit und geminnerit an unsime bekentnisse. wan wir got bî keinen dingin bekennen noch begrîfin inmugin dî uns geginwertic sîn. ein meister sprichit 'alliz daz man fon gode gesprechin mac daz ist got'; ein ander meister sprichit 'alliz daz man gesprechin mac daz ist got nicht', und habin beide wôr. Augustînus sprichit 'got ist gewalt, wîsheit und gûde', Dyonisius 'got ist uber wîsheit und uber gûde und uber alliz daz man gesprechin mac'. dar umme gibit man unsime herrin sô manigin namen

26 fliez

in der schrift; daz ist durch zwei dinc: daz eine, daz man sînen adil mit keinen wortin begrîfin inmac, daz he bûzin und pobin allir nâtûre ist und eine ungenâtûrte edilkeit hâit. ettiswanne heizit man un gewalt, ettiswanne ein licht. he ist pobin alle licht. dar umme heizit man un dit und daz, daz ist dâ fon daz he disir dinge kein êginliche ist. mochte man sînen adil mit keinen wortin begrîfin, den namen behilde her stêdecliche. wer fon gode allirmeist kan der forleukint sîn allirmeist, alse man prûfin mac bî eime schiffe. wolde ich eime wîsin ein schif der ez ni gesehin hette, ich sprêche, ez inist nicht fon eime steine noch fon eime halme. izunt hette ich ume etwaz bewîsit fon deme schiffe. zwêne meistere wârin an urme gebeide; der eine rîf unserin herrin ane bî sînir gewalt und bî sînir wîsheit, der andere sprach 'swîc, du lastiris got. got ist sô hôch uber alliz daz wir gesprechin mugin, inwêre got sô ôitmûdic nicht und inhettin iz di heiligin nicht gesprochin und inhette ez got nicht fon un geannâmit, ich intorst un nummir mit wortin geloubin'. fon disime êrwirdigin bekentnisse kumit di sêle in ein êrwirdige forchte, und in der forchte wirdit got gesêwit in di sêle, und irstirbit di sêle in gode. dâ fon sprichit unser herre 'daz wêzinkorn invalle in di erdin und sterbe, sô inmac dâ kein frucht ûz werdin'. diz sterbin sal di sêle habin an deme bekentnisse godis, daz si an ir selber fûle und daz ur alle dinc stinkinde werdin dî got nicht insint: sô irgûzit sich ur got an den gnâdin und worzelit an deme glaubin und wesit an der minne. dit hatte wol geprûfit sente N(icolaus), wî tûre und wî edile ein kauf (daz sî) daz man alle dinc gibit umme di wîsheit. dar umme forzêch sente Elizabeth frôliche uris forstinlandes und wart ein arm mensche. di schrift sprichit fon ur 'ir licht forlasch des nachtis nicht', daz ist, si wart in betrûpnisse recht funden. dar um sal ir licht schînen in deme êwigin lebine. wî vollinkumen ein mensche ist, forlûsit he icht forgenclîchis gûdis, sîn herze wil sich wandelin und betrûbin. daz ist ein gewis dinc, waz der mensche forlûsit wider sînen willin, und lidit he ez geduldecliche, he fordînit grôzir lôn wan ob he ez mit willin unsirme herrin gode gêbe, wan dâ hette he sînen willin an. aber an der gedult gibit he beide willin unde gûit unsirme herrin gode. wilich mensche wirdit in ungemache ungeduldic fundin, dî bôisheit wirdit geoffinbârit in der pîne, und geschihit deme menschin alse deme kupperen phennige: di wîle daz he in deme fûre nicht inlît, sô schînit he clâir silberîn. kumit he abir in daz fûir, sô wirdit geoffinbârit daz he kupperen was. dar umme hatte unse herre got di heiligin forsûcht hî in der pîne, daz sî gerecht sîn fundin an allin tuginden und lûchtin hî in der nacht und in deme êwigin lebine êwiclîche.

Daz dritte ist, wî man sal smeckin gotlîcher êwigir wîsheit. dâ helfen vîre dinc zû. daz êrste daz ist glîchnisse, daz man sich gode glîch mache an lûterkeit, alse daz glais oder durchschînige dinc sint der sonnen. daz andere ist gotlich lîcht, daz dâ durchschînet in der lûterkeit der sêle alse di sonne durch daz glas oder wazzir. daz dritte ist einunge, dî kumit fon glîchnisse, alse lîcht fon lîchte. daz vierde ist mâze, daz got der sêle gemêzigit wirt. aber got inmac noch geminnerit noch gemêrit werdin, wan he unmêzic und unwandilhaftic ist. mêr di sêle mûiz irhabin und gewîdit werdin, wan sî kleine und wandilhaftic ist; dar umme sal si irhabin werdin ubir sich und gewîdit etwaz gegin godis unmêzikeit. bide wir *etc.*

XII.

In disir predigâde bewîsit meistir Eckart wilche wîs der engil sich offinbârit den menschen und der sêle, und wî dì sêle sîn sal in der gnâde wirkin sal.

Elizabeth pariet tibi filium, et vocabis nomen eius Johannem (*Luc.* 1, 13). 'Elizabeth sal gewinnen einen son, und der sal heizin Jôhannes'. dise wort sprach der engil dû he sich offinbârte Zacharîas. zwêgir hande wîs offinbârit sich der engil, alse an eime lîchamen, den he nimit fon den elementin. der engil formac daz fon natûre daz he mache einen baum in einir stunde zû bewîsine der manic jâr wesit fon eime kernen. des menschin natûre formac daz si spîse forwandile zû fleische und zû blûde: sô ist ez muglîcher daz fon gotlîcher kraft wîn und brôit wirdit gewandelit in godis lîchamen. — zû dem anderin mâle offinbârit sich der engil an eime glîchnisse gotlîchis lîchtis, godis willin zû bewîsene der sêle, und bindit godis willin in daz lîcht und druckit den in di sêle. alse daz wort daz ich sprechin wil enist nicht daz dinc dâ fon ich sprechin wil; alse ich mîne wort binde an di luft mit der stimme, und di luft fûrit ez zû ûwirin ôrin, und wirt alsô brâcht in di sêle. alse etlîche geistlîche lûde, dî bewîsin mit den vingirin waz si meinen. alsô offinbârin sich di engle an eime glîchnisse daz geistlich ist und bewîsin alsô godes willin der sêle.

Nu sal man mirkin daz êrste wort daz der engil sprichit 'Elizabeth sal gewinnen ein kint'. bî Elizabeth ist uns genomin in wilcher achte di sêle sîn sal in der godis gnâde geborin sal werdin. Jôhannes tûdit sich alsô vil alse in deme di gnâde ist. 'daz kint sal grôiz werdin und hêlic geborn'. dar umme begêit man drigerleige geburt, daz si gereinigit wordin in urre mûdir lîbe. sente Jôhannes (geburt) wart alsô gereinigit daz he heubitsunde mochte getûn, und unsir frauwin di was alsô irfullit mit der gnâde daz si noch heubitsunde noch tegelich nî geteit; und unsis herrin Jêsu Christi was alzumâle reine, wan fon der he inphangin wart, dî was alsô gereinigit for deme inphenenisse daz nie erbesunde an un gevallin mochte. alse di frauwe unbehaftic was, alsô sal di sêle unbehaftic sîn in der godis gnâde geborin wirdit, daz si nirgin gedenke ane behagunge noch missehagunge der lûde, dan zû gode alleine.

Ein îclich werc flûzit von eime wesine. inwêre kein wesin, sô inwêre kein werc; glîcher wîs alse warme dinc kumen fon deme fûre: inwêre kein fûir, sô inwêre kein werme, und alle kalde dinc kumen fon der erdin, und alle dî der erdin vile habin dî sint tôrecht und mugint vile lîdin und sint kalt. alsô lît alle vollinkuminheit der sêle an der hitze, dî dâ lebindige werc wirkit.

Bî drin dingin muge wir mirkin ob di gnâde in der sêle sî. daz êrste, daz di sêle gotvar sî, wan si fon eime gotlîchin wesine her kumit. daz andere daz di sêle machit gode glîch und druckit godis glîchnisse in di sêle und machit si gotvar, daz si sich den tûfilin irbûdit for einen got, daz ist fon der edilkeit der gnâde. daz dritte, daz der sêle nicht ingnûge, si inhabe alle vollinkumenheit zumâle, wan ein hêdenisch meister sprichit 'alle vollinkumenheit der sêle lît dar ane daz si habe glîchnisse godis engle und allir crêatûre'. glîchnisse und vollinkuminheit allir crêatûre ist geschaffin an den englin geistliche êr si geschaffin wordin an den crêatûren. nu sal di sêle den englin glîch sîn in deme himelrîche. waz di engle bezezzin habin daz ist der sêle gelobit; waz di engle inphangin habin daz sal ur werdin gegebin. dar umme ingnûgit der sêle nummir, si inkume dar dâ allir crêatûre vollinkuminheit ist ungeteilit und ân undirscheit.

Zû dem anderen mâle sulle wir mirkin wilche wîs di gnâde wirkit in der sêle, alse man prûfit bî glîchime, alse bî eime bîhile: daz sol hôn drû dinc an ume: daz êrste, ein recht gesteltnisse und daz ez gesliffin sî. alsô mûiz di sêle gereinigit und gelûterit sîn fon sunden. daz si keine sunde formuge, alse ein sundic mensche nicht

49 den gliu

gûdis formac ôn di gnâde und ône glîchnisse godis, und wî vil he gûdis getûit, daz inkumit ume nummir zû stadin. — daz andere, daz diz blîhil wirke des wercmannes gerunge ûf daz ende. alsô brengit di gnâde di sêle in got und brengit di sêle uber sich selber und beraubit si uris selbis und allis des daz crêatûre ist, und foreinit di sêle mit gode. alsô lange wirkit di gnâde mit der sêle daz si ez selber rûmin mûiz, daz dâ nicht inne blîbit dan got und di sêle. bide wir *etc.*

XIII.

Hî lêrit meister Eckart daz man obirwindin sal vîrleige rîche, daz man unsis herrin Jêsu Christi rîche obirwindin sal mit kraft der minne.

S a n c t i p e r f i d e m v i c e r u n t r e g n a (*Hebr.* 11, 33). Sente Paulus sprichit 'di hêligin habin ubirwonden di rîche mit deme glaubin'. Vier kunicriche habin di hêligin uberwondin, und dî sulle wir auch uberwindin. daz êrste rîche ist di werlint. der werlinde rîche sal man uberwindin mit armûde des geistis. daz andir rîche ist unsis fleischis, daz sulle wir uberwindin mit hungere und mit durste. daz dritte rîche ist des tûfilis, daz sulle wir ubirwindin mit jâmere und mit pîne. daz vîrde rîche ist unsis herrin Jêsu Christi, daz sulle wir ubirwindin mit kraft der minne.

Hette der mensche alle di werlint, sô sal he doch sich dunkin arm und sal alle zît ûzreckin di hant for di ture unsis herrin godis und bidin umme di gnâde godis, umme sîn almûsin, wan di gnâde machit si godis kinder. dar um sprichit Dâvid 'herre, alle mîne gerunge ist fon dir und nôch dir'. sente Paulus sprichit 'alle dinc hôn ich geachtit alse einen phûl, umme daz mir Christus worde'. ez ist unmuglich daz keine sêle ône sunde sî, godis gnâde beware si dan. der gnâdin werc ist daz si di sêle snel machit und gefûge zû allin gotlîchin werkin, wan di gnâde flûzit ûz[e] eime gotlîchin burnen und smeckit alse got und ist ein glîchnisse godis und machit di sêle gotvar. wan sich di selbe gnâde und der smac wirfit in den willin, sô heizit ez ein minne, und wan sich di gnâde und der smac wirfit in di redelîchin kraft, sô heizit ez ein lîcht des glaubin, und wan sich di selbe gnâde und smac wirfit in di zornerinne, daz ist di ûfkrîginde kraft, sô heizit ez ein hoffenunge. dar umme heizin ez gotlîche tugiude daz si gotlîche werc wirkin in der sêle, alse man prûfin mac bî dem lîchte der sonnen, daz si lebindige werc wirkit ûf dem ertrîche, wan si alle dinc lebindic machit und intheldit an urme wesine.

forginge daz licht, sô forgingin alle dinc, alse dû si nicht inwârin. alsô ist ez in der sêle. wô di gnâde ist und di libe, dem menschin sint licht zû tûne alle dinc. daz ist ein gewis zeichin, wilchim menschin swêre sint zû tûne gotliche werc, daz dâ kein gnâde inne ist. dar umme sprichit ein meistir 'ich inorteile di lûde nicht, ob si gûde kleidir tragin oder wol ezzin, (sunder) ob si di libe hôn. ich inhabe mich auch nicht grôzir ob ich ein hart lebin habe, sundir ob ich prûfe daz ich der minne mê habe'. ez ist ein grôiz tôrheit daz ein mensche vile vastit und bedit und grôze werc tûit und alliz eine wîs, und inbezzerit sine side nicht und ist ungerûwic und zornic. he solde prûfin, der mensche, dâ he allir krenkis ane wêre und allir gebrechlichis, dâ solde he sinen fliz zû kêrin, wi he daz ubirwonde. wan der mensche wole geordint ist an sinen sidin, waz he dan tuit, daz behagit gode, und alsô ubirwindit man di riche. *rogemus.*

XIV.

Hî bewîsit meister Eckart wilche wîs di sêle frucht brenge dî dâ wonit in gode und in der got wonit.

Qui manet in me et ego etc. (*Joh.* 6, 57). Christus sprichit 'wer dâ blîbit in mir und ich in ume, der brengit grôze frucht'. dise wort teilin sich in drû. daz êrste ist 'wer in mir blîbit oder wonit'; daz andere ist 'und ich in ume', daz dritte 'der sal grôze frucht brengin'. fon deme êrstin sprichit sente Paulus 'ûwir lebin ist forborgin mit Christô in gode, alsô beschêdinliche ob ir mit ume tôit sit und mit ume irstanden, sô ist ûwer lebin mit Christô forborgin in deme himmelischin vadere. nu sulle wir prûfin wilich di lûde sin di alsus wonint in gode. daz ist ein zeichin an den lûdin daz si warm sin, daz an un kein trâkeit noch unlust joch beswêrnisse insi zû gotlichin werkin. wir habin . . . . daz di wazzere nicht befrisint dâ si intspringint: daz ist dâ fon daz di sonne daz wazzir zûhit ûz dem grunde des bergis und zûhit in daz hôhiste des bergis und zûhit ez ûz dem berge, daz ez flûzit. dar umme daz ez di hitze wirkit, sô ist ez warm und lebindic an sime gespringe, und ie ez verrir flûzit, ie ez unlûterre und keldir wirt. alsô ist ez umme den menschin. ie he gode verrir ist, ie he krenkir und keldir und unsmachaftiger ist. Ambrôsius lêrit in eime bûche, daz heizit fon der flucht der werlinde freude und uris gesteltnisses, wî man sal sû-

39 fliez 3 tru immir 11 des glichnisse *zu ergänzen?* 19 wî man] vü

chin got bî gode. der mensche ist nider und got ist hôch. dar umme mûiz sich der mensche zîhin hôhe pobin di werlint an gotlîcher lîbe: sô brichit di lîbe in got und leidit di sêle umme in gode und machit ur in gode alle dinc uffinbâr. alsô verre alse der sêle muglich ist zû forstêine oder zû begrîfine sô zûhit si der minnen kraft ûf an daz hôhiste daz an gode ist, daz ist di gûde, und mit der gûde flûzit si ûz mit gode an alle gotlîche werc, und in der gûde geschûf got himmil und erdin. dar umme sprichit auch unsir herre ‘wer vindit einen getrûwin und wîsin knecht, der alsô getrûwe sî daz he sînes nutzis nicht insûche, sunder godis êre alleine?’ der dâ knecht blibe in dem dînste an der ôitmûdikeit deme wil ich daz gelobin: allez daz got ist und formac daz inphêhit wêrlîche der mensche.

Daz andere ist daz unser herre sprichit ‘wer in mir wonit und ich in ume’. sente Bernhart wil daz ez file grôzir sî daz got in uns sî, dan daz wir in gode sîn. daz got sîn wesin in uns sezze und sich in uns bewege und lebe daz ist alsô vil (alse) daz di sêle ir lebin setze nôch gode, nôch der êwikeit und unwandilhaftikeit godis und alsô nôch ume wirke und lebe alse got in ur ûzmizzit und ûzgibit. aber ich lege den dritten sin dâ zû, daz got alle der sêle wesin und lebin alzumâle sî, und ur alzumâle nicht insmecke dan got alleine an alle urin bewegungen und werkin. ein gewis zeichin ist daz, daz got in der sêle alsus wone daz di sêle gerûwic sî. ich spreche daz got in allin sînen werkin nicht insûchit dan rûwe: alsô inmac ume ouch di sêle an nichte sô lîbe getûn sô an rûwe. di sêle inmac auch ume an nichte sô glîch werdin sô an rûwe, daz si sich gerûwelîchin halde.

Daz dritte ist daz unsir herre sprichit ‘wer in mir wonit und ich in ume, der brengit grôze frucht’. wolde ich nu sprechin waz di frucht wêre, des inweiz ich nicht: daz ich es nicht inweiz, des weiz ich ez wol. ein meistir sprichit ‘wer got alsô verre bekennit daz he allin crêatûren unbekentlich ist, der bekennit got allirmeist, und wer daz lûterlîche bekennit daz man got nicht bekennin mac, der bekennit got allir genzlîchis. alsô inmac auch nîman di frucht genzlîche irkennen dî got globit hâit, dan bî etlîchin zeichin. seis zeichin mac man dar ane mirkin: daz êrste, daz di sêle nidervellic wirdit an urin untugindin, alse ein alt gebûwe nidervellit alse man ez regit. daz ist ein zeichin daz man ez fon nûwis bûwin wil, ob genir di stat hâit oder di kost der ez zubrichit. alsô irgibit sich di sêle genzliche gode mit allen uriu kreftin zû sînen werkin. — daz andir zeichin ist, daz wâre tugindin beginnen an der sêle, dâ stêdikeit und sichirkeit und frîeheit der sanwizikeit nôch volgit. — daz dritte zeichin ist daz di worzele gotlîchir dinge tridit in daz herze mit kraft, alse daz der mensche intsebit daz ume nicht insmeckit noch wollust engibit dan gotlich dinc. — daz vierde zeichin ist, daz alliz daz fordorrit was fon sunden und fon gebrechin, daz wirdit fûchte und grûninde und wasinde fon der gnâde. — daz funfte zeichin ist, daz alle di krefte der sêle irlûchtit werdin, daz dâ kein flecke der sunde noch der unwizzintheit inblîbit, di sêle inwerde alzumâle ein lîcht. aber gotlich lîcht intridit nicht mit offiner ture in di sêle, sundir hêmelîche und bewonden, daz ez di sêle kûme weiz wan got kumit oder wan he fon ur ferit, und daz hâit got durch sîne gûde getân, daz he sîne geginwertikeit sô hêmelich und also bewonden hât gemachit. trêde got offinlich in di sêle, si inmochtis nicht gelîdin, si mûiste fon lîbe und fon freudin alliz zuglîdin und forwerdin. enzoge sich ir got auch offinlîche, des inmochte si auch nicht gelîdin, si mûiste for leidin alsô mêr zuglîdin und forwerdin, wan gotlich lîcht und wollust ist sô uberkreftic daz di sêle dise beide nicht gelîdin inmochte, si inworde widergeslagin, alse daz auge der sonnen lîcht nicht gelîdin inmac, ez inwerde bewondin in der luft. — daz seiste zeichin ist daz alliz daz zustôrit was und forkaldit an der sêle und an lîbe, daz wirdit gesamenit in got und alzumâle inprant an gotlîcher minne. bide wir *etc.*

XV.

Meister Eckart lêrit hi daz di sêle ûfstîgin sal pobin ir nâtûre, dî godis lêre inphâhin wil und di hôhe gotlîcher nâtûre schauwin wil und der godelichin sûzzikeit smeckin wil.

Dimissa turba ascendit in montem (*Matth.* 14, 23). Der ewangelista sprichit 'unse herre liez di schar und steic ûf den berc und teit sînen munt ûf und lârte fon deme rîche godis'. 'got lârte'. Augustinus (sprichit) 'der dâ lêrit der hâit sînen stûl in deme himmele'. wer godis lêre inphâhin wil der mûiz ûfgêin und ubergêin alle crêatûre und ur forzîhin. wer godis lêre

67 irluchtin 74 allin forwerdin. enzoge he auch sich vr offinliche des inmochte si auch nicht gelidin si muiste for leidin alse mer alse zuglidin vñ sterbin wan

inphàhin wil der mùiz sich samenen und inslizin in sich selbir fon allin sorgin und kummirnissin und gewerb nidirre dinge. di sêle dî hàit krefte, der alsò vile ist und sich alsò wide zuteilin; dî sal he ubergêin, dannoch dâ si sin in den gedenkin. der joch wonder wirkit, dà he in sich selber ist, disin gedanc sal man ubergêin, sal got sprechin in den kreftin dî nicht geteilit insin.

Daz andere, daz he gêit ûf den berc, daz meinit daz got dâ wîsit di hôhe und di sûzikeit sîner nâtûre, in deme abe vellit fon nôit alliz daz kranc ist. dâ inweiz di sêle nicht wan got und sich und alse godis bilde ist.

Daz dritte, he ginc ûf, he zôgite sîne hôhe. daz hôch ist daz ist gode nâhe und meinit di krefte der sêle, dî gode sô nâhe sint. unse herre nam zû einem màle drî sîner jungerin und fûrte si ûf einen berc und irschein for un (in) glîcher klârheit an dem lîchamen alse wir sullin habin in deme êwigin lebine. unse herre sprach 'gedenket des, dû ich zû ûch sprach dû insâhit ur bilde noch glîchnisse'. sente Augustînus sprichit fon drîgirleige bekentnisse. daz eine ist lîplich, daz nimit bilde, alse daz auge, daz sihit unde nimit bilde. daz andere ist geistlîche und nimit doch bilde fon lîplîchin dingin. daz dritte bekentnisse ist alse ez innewendic ist in deme geiste, daz kennit sundir bilde und glîchnisse, und daz bekentnisse glîchit sich den englin, der herschaft ist geteilit in drû. ein meistir sprichit 'di sêle inbekennit sich nicht sunder glîchnisse, aber der engil bekennit sich sunder glîchnisse und got'. he wil sprechin 'got gibit sich in der hôhe in di sêle sunder bilde und glîchnisse'.

'He ginc ûf in den berc und wart widerbildit for un'. di sêle sal widirbildit sîn und ingedruckit in daz bilde daz godis son ist. di sêle ist gebildit nôch gode. der son ist ein bilde godis. in deme selbin dâ der son nimit, dâ nimit auch di sêle, dâ he ûzflîzinde ist. dannoch dâ der son ûzflîzinde ist fon deme vadere, dâ inbehangit di sêle nicht, si ist pobin bilde. fûir und hitze ist ein und ist doch verre fon ein. smac und varwe an dem aphile ist ein und ist doch verre fon ein: der munt nimit den smac, dar zû inkan daz auge nicht getûn. daz auge nimit di varwe, dâ inweiz der munt nicht umme. daz auge wil lîcht habin, dannoch ist der smac wol in der nacht. di sêle wil lîcht habin, di sêle inweiz nicht dan umme ein. si ist pobin bilde. der prophête sprichit 'got wil fûren sîne schâf an ein grûne

13 daz] vñ 16 *zwischen* godis *und* bilde *ist* bildis *nachgetragen* 27 daz] d

veld'. ein meistir sprichit 'des himmilis lauf irkennit man nirgin alse wol alse an einvaldigin tîrin. dî inphâhin einvaldic des himmelis influz: aber di lûde dî wise sin und vil sinne habin, dî werdin alliz ûzgetragin in manicvaldigin dingin. daz gelobite unse herre daz he sîne schâf labin wolde ûf dem berge an eime grûnen grase. alle crêatûre grûnen in gode. alle crêatûre vallin zû dem êrstin ûz gode, dar nôch durch di engle. waz keiner crêatûre nâtûre hâit daz hâit indruc allir crêatûre. waz des englis nâtûre inphâhin mac daz hâit he alzumâle in ume. waz got gescheppin mac daz treit der engil in sich, dar umme daz si nicht beraubit insin vollinkuminheit dî andere crêatûre habin. wâ fon hâit daz der engil? dâ ist he gode nâhe. Augustinus sprichit 'waz got schepphit daz hâit einen durchfluz durch di engle'. in der hôhe dâ sint grûne alle dinc. in der hôhe des bergis dâ sint alle dinc nûwe und grûne: dâ si vallin in zîtheit dâ blîchin si und aldint. dâ wil unse herre spîsen sîne schâf in der grûne allir crêatûren, dî dâ sint in der hôhe, alse si in den englin sîn. di grûne wêre der sêle luistlîcher dan alliz daz in dirre werlinde ist. alse unglîch alse di sonne ist wider der nacht, alse unglîch ist di minniste crêatûre dî dâ ist wider allir der werlinde. wer godis lêre inphâhin wil der mûiz kumen ûf sînen berc. dâ wil un got vollinbrengin in deme tage der êwikeit, dâ ein ganz lîcht ist. waz ich in got bekenne daz ist lîcht. waz crêatûre rûrit daz ist nacht. waz man bekennit daz mûiz lîcht sîn. Jôhannes (sprichit) 'got ist ein wôr licht, daz dâ lûchtit in daz vinstirnisse'. waz ist vinstirnisse? daz der mensche nirgin hafte noch hange und blint sî und nicht wizze fon crêatûre. wer got sehin wil der mûiz blint sîn alse sente Paulus: dû he in sich sach, dû sach he got. bide wir *etc.*

XVI.

In disir predigâde lêrit meistir Eckart wî di sêle ir selbir intwerdin sal und allin crêatûren, ob si inphenclich sal werdin gotliches wesines und gotliches lebines.

Nisi granum frumenti cadens in terram mortuum fuerit, ipsum solum manet (*Joh.* 12, 24). Di meistere sprechin daz diz wêzinkorn alsô gar sterbe daz ez forlîse sîn gesteltnisse, sîn varwe und sîn wesin. alsô vil ist dâ kornes nâtûre

59 sint in der grune allir creaturen di da sint in der grune in der hohe

alse steinis nâtûre. dâ inblîbit nicht dan eine inphenclichkeit. alsô mûiz di sêle sterbin, sal si inphenclich werdin einis anderin wesines. daz mûiz fon nôit sîn, daz man sich halde zû allin dingin, dî geschehin rechte alse man tôit sî. got der inwirdit anderis nummir genzlîche dîn wesin. he gibit wol etlîche gâbe und lîcht und trôist, dî man grôiz achtit, dî auch grôiz sin, abir got der ingibit sich dir nummer alzumâle, dû inbegebis dich dan zumâle. alsô vil alse di sêle genzlîche stirbit in ur selber, alsô vil wirdit got genzlîche ur wesin und alsô daz dâ nicht inblîbit dan ein wesin, alse mîn lîp und mîn sêle nicht mê ist dan ein wesin. nu sprichit unsir herre 'wer sîne sêle hazzit der behûdit si'. daz wort s ê l e daz inhôrit nicht zû der nâtûre der sêle: der nâtûrin der sêle mac man alse wênic namen vindin alse gode. di sêle inaldit auch nicht, mêr dâ si ein ûzlûgin hâit zû deme lîbe und ein insehin, daz sal man hazzin, wan dâ ist si heizlich. dar umme sprichit di sêle *in cantico* 'tochtere fon Jerûsalem, mirkit mich nicht, daz ich brûn sî: daz hânt mir zwei dinc getân: daz eine, di sonne hâit mich beschinen, daz andir, mînir mûdir kint hôn widir mich gefochtin'. alliz daz zîtlich ist und daz di sonne ie beschein, dâ hôn ich unordenlîche minne zû gehâit. dannen sint mînir mûdir kint dî widir mich vechtin, und nicht mînes vader, wan dî sint gar orde(n)lich. 'dar umme ensprechit nicht daz ich brûn sî. ich bin schône und edile in mîner nâtûre und bin gar lûitsêlic'. der sîne sêle hazzit in dirre werlinde der behûdit si. Augustînus sprichit fon zweiger hande werlint und heizit di sêle eine werlint, und in eime îclîchin engle ist ein werlint geistlîche, wan alliz daz got geschaffin hâit daz ist in eime îclîchin engile erbildit vil edilre wan ez sî an ume selbin, wan ez ist in un ône materien. des ist ez dâ wôrheit, wan in den englin ist wôrheit, doch kûme gein einir nâldin spitzin wider der êrstin wôrheit.

Nu sprichit unsir herre 'wer mir dînin wolle der volge mir'. nicht mê fon deme volgine. wan etlîche lûde volgin di wîle ez un wole gêit. nu mochte man sprechin: unser herre wil gar vil. he inwil nicht mê wan daz he sich uns gemeinen muge, wan nôch der minne ist di gâbe. wan dan got di minne ist, sô gibit he sich alzumâle. des hâit di sêle ein nâtûrlich bilde in ir, daz si ist in allin gelidin und in eime îclîchin alzumâle. wan alse di sêle geschaffin ist,

10 dir] dar 15 hazzint

sô wirdit si gegebin in den grunt des wesines. des mac si gewirkin in allin gelidin alzumâle und in eime iclichin sundirlîchin.

Nu mochte man frâgin: waz meinit unse herre daz he sprichit ʻdâ ich bin dâ sal *etc.*'? vil lîchte meinit he daz got gode etwaz wolde forstelin daz he der sêle wolde gemeinen. in deme êrstin ûzbruche. dâ der son ûzblickit fon dem vadere, und doch inne blîbinde dâ inne, êr dan he, der son, geborin worde, dâ wil he sich ur gemeinen dâ inne blîbinde, dâ her noch nirgin ûzblickit, dâ gewirt si mitme sone. gebern ist 'alsô vil alse gewerdin. ur gewerdin ist in der êwigin geburt, dâ wirdit si sô lûterlîchen ein, daz si kein ander wesin inhâit dan daz selbe wesin daz sîn ist, daz ist der sêle wesin. dit wesin ist ein begin allis des werkis daz got wirkit in himmilrîche und in ertrîche. ez ist ein orhap und ein grunt allir sînir gotlîchin werke. di sêle intgêit urre nâtûre und irme wesine und irme lebine und wirt geborn in der gotheit. aldâ ist ur gewerdin. si wirdit sô gar ein wesin daz dâ kein undirscheit ist, dan daz he got blîbit und si sêle. bide wir *etc.*

XVII.

Puella surge. Hì ûf dit wort lêrit meistir Eckart di sêle ûfstêin und sich richtin in got mit iren kreftin durch viere edilkeit dì si vindit in gode.

Puella surge (*Luc.* 8, 54). Mit deme einigin worte lôrte got di sêle daz si sal ûfstêin fon allin lîplîchin dingin, und alse der son ist ein wort des vader alsô lârte he mit eime worte wî di sêle sal ûfstêin und sich irhebin pobin sich selbir und wanen pobin ir selbir. wan der vader sprach ein wort, daz was sîn son. in deme einigin worte sprach he alle dinc. war umme insprach he nicht dan ein wort? dar umme wan ume alle dinc geginwertic sîn. mochte ich alle mîne gedenke, di (ich) ie gedôchte oder ummir mê gedenkin sal, in eime gedanke begrîfin, sô inhette ich nicht dan ein wort, wan der munt brengit fore daz in deme herzin ist. nicht mê fon deme.

Durch vier dinc sal di sêle wonen pobin ir selbir. daz êrste, durch di manicvaldikeit der wollust dî si in gode vindit, wan di vollinkumenheit godis inmochte sich nicht inthaldin, he inlieze ûz ume flîzin crêatûre, den he sich gemeinen mochte, dî sîn glîchnisse inphâhin mochtin, alse mêr alse ob he geledigit worde, und sint alsô unmêzilich ûzgeflozin daz mê engle ist danne grîzis oder laubis oder

51 der] daz

grasis. durch dî alle flûzit uns licht und gnâde und gâbe. daz durch dise nâtûre flûzit daz bûdit got der sêle, und wêre alse ein nicht, ingêbe he sich selbir nicht in den gâbin.

Daz andere, daz di sêle ûfstêin sal durch di lûtirkeit dî si in gode vindit, wan alle crêatûre sint lûtir in gode. alse schîre alse si ûzgeflîzin sô sint (si) gode alse glîch alse icht und nicht. in gode ist licht und wesin, daz ist unse vinstirnisse, und nicht daz in gode ist licht daz ist vinstirnisse.

Daz dritte, daz di sêle ûf sal stêin durch di samintheit dî si in gode vindit, wan dâ inist kein underscheit. wîsheit und gûde ist ein in gode. daz selbe daz wîsheit ist daz ist gûde *etc.* wêre in ume wîsheit daz eine und gûde daz andere, sô inmochte der sêle nummir gnûgin an gode, wan di sêle ist fon nâtûre geneigit zû gode, und alle crêatûre begerint wîsheit fon nâtûre. alse sich di sêle irgûzit in di gûde, wêre dan gûde ein und wîsheit daz ander, sô mûiste si di gûde mit pîne lâzin alse si sich in di gûde wolde irgîzin. dar umme sprach Augustinus 'di sêle dî in deme himmilrîche sint insint nicht vollin sêlic, wan si noch nêgunge habin zû den lîben'. dar umme gnûgit der sêle an nichte dan an gode, wan si alle gûde saminthaft vindit in gode. di sêle mûiz auch pobin ir selber wanen, sal si got begrîfin, wan alle dinc wirkint sich selber, ein îclich sîne nâtûre. war um inwirkit di nâtûre des aphilbaumis nicht wîn *et e contrario*? wan ez sîn nâtûre nicht inist. daz fûir wirkit fûir. mochte ez alliz daz begrîfin daz bî ume wêre, ez dêdiz. alsô sêre minnit di crêatûre ir eigin wesin, daz (ob) alle di pîne dî ie gewart zumâle vile ûf eine sêle, si inwolde doch uris wesines nicht forzîhin daz si unmittillîche fon gode inphangin hâit. di sêle mûiz auch pobin ir selber wonin, sal si got begrîfin; wan wî file si wirkit, mit der kraft dâ si alliz daz wole mide begrîfit daz geschaffin ist: hette got tûsint himmilrîche und tûsint ertrîche geschaffin, dî begriffe si alle wol mit der kraft: noch dan inmac si got nicht begrîfin. der unmêzlîche got der in der sêle ist der begrîfit den got der unmêzlich ist. dâ begrîfit got got, dâ wirkit sich got selber in der sêle und bildit si nâch ume.

Daz vierde durch daz di sêle ûf sal stêin, durch di unmêzlichkeit dî si in gode vindit, wan alle dinc sint in gode sunder nû und zît. *apocalypsis* 'alle dinc mache ich nûwe', daz ist in der êwigin geburt, wan he wirdit hûde geborn, und alsô flûzit he in di sêle und

31 gûde] got 38 wien

alsô flûzit si wider in got, und alsô alse man sterbin mac for deme slage fon forchtin, alsô mac man auch sterbin fon freudin. alsô stirbit di sêle ir selber ê̂r si in got schrîde. mit vier schridin schrîdit si in got. der ê̂rste schrit ist, daz vorchte und hoffenunge und begerunge in ur wasin. der andir schrit: sô wirdit vorchte, hoffenunge, begerunge und di anderen zumâle abegebrochin. der dritte schrit, daz si ur kumit in eine forgezzinheit. der vierde schrit, daz si es alsô kumit in eine forgezzinheit daz si es nummir gedenkit.

XVIII.

Puella surge. Ûf dit wort lêrit meistir Eckart wî got mit sînre geistlichkeit wirkit in sich der sêle geistlichkeit, und bewîsit daz mit glîchnissen und lêrit waz dâ zû forderit und ouch hinderit.

Puella surge (*Luc.* 8, 54). 'Stant ûf!' unsir herre lêde sîne hant ûf di juncfrauwin und sprach 'stant ûf!' di hant godis daz ist der hêlige geist. alle dinc werdin geworcht in hitze. wan di fûrige minne zû gode irkaldit an der sêle, sô stirbit si, und sal got in der sêle wirkin, sô mûiz got in der sêle foreinit sîn. sal dan di sêle mit gode foreinit sîn oder werdin, sô mûiz si fon allin dingin geschêdin sîn und mûiz alleine sîn alse got alleine ist, wan ein werc daz got in einir ledigin sêle wirkit daz ist bezzir dan himmilrîche und ertrîche. dar zû hâit got di sêle geschaffin daz si mit ume foreinit werde. ein hêlige sprichit 'di sêle ist gemachit fon nichte und he hâit si alleine gemachit und nîman mit ume'. hette si îman mit ume gemachit, sô hette he alse mêr alse angist daz sich di sêle dar ûf neigite. dar umme mûiz di sêle alleine sîn alse got alleine ist. geistliche dinc und lîpliche dinc dî inmugint nicht foreinit sîn. sal gotliche vollinkumenheit wirkin in der sêle, sô mûiz di sêle ein geist sîn alse got ein geist ist, und gêbe got der sêle in der sêle, sô mûiste he ir mit mâze gebin. dar umme zûhit he si in sich selber in ume selbin: alsô wirt si mit ume foreinit. des ist ein glîchnisse: alse daz fûir und der stein foreinen sich, doch wan si beide lîplich sin, sô blîbit der stein dicke kalt fon binnen durch di gropheit des steines, und alse di luft und daz licht. alliz daz dû sihist in der luft daz sihis dû in der sonnen. mêr doch, wan si beide lîplich sin, sô ist in einir mîle mê lichtis dan in einir halbin und in einir halbin mê dan in eime hûs. daz nêhiste glîchnisse daz man vindin kan daz ist lîp und sêle. dî sint alsô foreinit daz der lîp inmac nicht gewirkin ôn di sêle und di sêle nicht ôn den lîp, und alse sich di sêle heldit zû dem lîbe, alsô heldit sich got zû der sêle, und alse sich di sêle scheidit fon deme lîbe, daz ist des lîbis tôt. alsô stirbit di sêle sô sich got fon ir scheidit.

Ḍrû hindirnisse sint daz di sêle nicht foreinit sich mit gode. daz êrste, daz si zû file geteilit ist, daz si nicht einvaldic inist. wan alse di sêle genêgit ist zû den crêatûren, sô inist si nicht einvaldic. daz andere daz si mit zîtlîchin dingin foreinit ist. daz dritte daz si neigunge hâit zû dem lîbe, sô inmac si sich mit gode nicht foreinen.

Alsô sint drû fordirnisse zû der einunge godis in der sêle. daz eine, daz di sêle einvaldic sî und ungeteilit; wan sal si mit gode foreinit sîn, sô mûiz si einvaldic sîn alse got einvaldic ist. daz andir, daz si pobin ir selbir wone und pobin allin forgenclîchin dingin und hafte an gode. daz dritte, daz si gescheidin sî fon allin lîplîchin dingin und wirke nôch der êrstin lûtirkeit. Augustînus sprichit fon der frîen sêle 'wan dû (mich) nicht inwilt, sô wil ich dich, wan ich dich wil, sô inwilt dû mich nicht; wan ich dich jage, sô flûis dû mich'. in der widerwende laufint einen lauf di lûterin geiste zû der blôzheit godis.

XIX.

Hî sagit meister Eckart fon gotlîcher herschaft und war ane dì lige, und wî daz ubirste gût ist geordinit zû der sêle und wî di sêle sînen influiz inphêhit und wî di sêle mit ime minnit und kennit.

Domine rex omnipotens, in dicione tua cuncta sunt posita (*Esth.* 13, 9). Gewalt und herschaft lît an zwein dingin, an vrîheit und an vil gûdir und schônir dinge, daz man dî besitze in vride. waz ist vrîheit? phc̄ (sprichit) 'daz dinc ist vrî daz an nichte hangit noch an daz nicht inhangit'. hîr umme inist nicht vrî dan di êrste sache, dî dâ ein sache ist allir sache. zû der herschaft hôrit auch daz man dise zwei habe, daz ist vrîheit und vile gûdir und schônir dinge in vride. got ist alliz gût in allin, dar umme besitzit he sich in allin, wan waz got ist daz ist he in allin. daz man sprichit daz he minne habe und willin und wîsheit und gûde, daz ist he, wan daz got ist. hîr umme inist got nicht nicht, wan got was êr dan nicht. got der inhâit kein fore noch kein nôch: nicht hâit volgin, sîn volgin ist icht. des nichtis fore ist got, wan he ist êr dan nicht, und des nichtis volgin ist icht. alsô hâit got kein foregêin noch kein volgin. eiâ di sache allir dinge, dî in ir selber swebit in eime ungesichtlichin lichte, daz he selber ist! got ist ein licht in ime selbir swebinde in einir stillin stille. daz ist daz einige licht, daz einige wesin sîn selbis, daz sich selbin forstêit und irkennit. daz forstentnisse des êwigin lichtis daz ist licht fon deme lichte, daz ist di persône des sonis. der vader sprach ein wort, daz was sîn son. an deme einigin worte sprach he alle dinc. daz wort des vadir inist nicht anderis dan sîn selbis forstentnisse. daz vorstentnisse des vader inist nicht anderis dan der son und forstêit di forstentnisse, und daz daz forstentnisse forstêit daz ist daz selbe daz si forstêit, daz ist daz licht fon deme lichte. Jôhannes (sprichit) 'got sprach ein wort', daz was daz êwige forstentnisse sîn selbis, daz was sîn son. an deme einigin forstentnisse forstûnt he alle dinc und forstûnt si (zû) schephinde fon nichte, daz sint si an un selbin. abir daz si êwicliche gewesit sint, daz was he selbir, wan in gode inist nicht, ez insî got, wan got ist ôn andir. alsô sint alle crêatûre ein licht, wan si in deme lichte forstandin sin. dar umme flîzint alle dinc ûz ume alse ein licht zû offinbârne daz forborgine licht. Jacobus (sprichit) '*omne datum optimum etc*'. hî bî ist zu prûfine daz alle dinc ein licht sint, wan si der vadir ûzgegozzin hâit zû offinbârne sîne forborginheit, alsô alse alle dinc ein licht sint geweist wider in zû kumine, dî sich mit urin willin dâ fon nicht inkêrin. eiâ dî dâ stêde blîbin sundir manicvaldikeit, waz lichtis und waz gnâdin den geoffinbârit wirt! wan daz ubirste gûit ist alsô geordinit zû der sêle daz si es nicht inphêhit sundir daz mittil, alse Dyonisius sprichit 'daz mittil ist licht und gnâde, dî irlûchtin daz forstentnisse der sêle'. waz ist forstentnisse? daz man forstêit ein iclich dinc alse ez ist lûtir unformengit und ist gewis ôn irrunge. Dyonisius (sprichit) 'mûzigit ûch fon allin dingin zu bekennine daz ubirste gût, daz got ist'. waz sulle wir forstêin an gode? daz he ist ein kraft. alsô sulle wir uns einigin, daz di einige kraft an uns gewirkin muge. he ist auch ein gût daz alle dinc bewegit zû irme gûde, daz he selbe ist, und he blîbit doch selbe unbewegit. he ist auch ein lûtir einvaldikeit, und ie dû einvaldigir bist, ie dû di einvaldikeit baz forstêist; und wir sullin rechte einvaldic werdin, daz ist daz wir gescheidin sîn fon allin dingin und fon uns selbin, ime zû bekenninde unse sinne und alle di werc der krefte der sêle, wan alleine di ubirste kraft, daz forstentnisse, di lêzit alleine got wirkin mit gode. sô wirkit he vollinkumelîche sine glicheit an ir und wirkit si an sich. sô forstêit si mit ime, sô minnit si mit ime, sô bekennit si mit ime. bide wir *etc.*

XX.

Hi bewîsit meistir Eckart wî di sêle glîchit sich Jerûsalem und wô fon si hêlic wirdit, und wî daz gotlîche lîcht funfleige lûdin irschînit.

Vidi civitatem sanctam Jerusalem (*Apoc.* 21, 2.) Sente Jôhannes sach ein stat, dî stat bezeichint zwei dinc: daz eine, daz si veste ist, daz ir nieman geschadin inmac, daz andere, di eintracht der lûde. dise stat inhatte kein bedehûis; got was selber der tempil. man inbedarf keines lîchtis, sonnen noch mâne(n), di klâirheit unsis herrin irlûchtit si. dise stat bezeichint ein iclîche sêle. sente Paulus sprichit 'di sêle ist ein tempil godis'. sente Augustinus 'di sêle ist sô starc daz ir nîman geschadin inmac, si inwolliz dan selbir'.

Zû dem êrstin sal man mirkin den vride der in der sêle sîn sal. dar umme ist si genant Jerûsalem. Dyonisius (sprichit) 'der gotlîche vride durchverit und ordenit und endit alle dinc, und intêde der vride, sô zufluzzin alle dinc und inhettin keine ordenunge. — zû dem anderin mâle machit der vride di crêatûre sich intgîzinde und flîzinde in der minne und nicht zû schadine. — zû dem drittin mâle machit he di crêatûre dînsthaft under einander, daz si ein bestêin hôn ir ein an dem anderin. daz ir ein nicht gehabin inmac an ime selbir, daz beheldit ez an dem anderin. dar umme kumit ir eine fon der anderin. zû dem vierdin mâle machit he si widirbeugic in iren êrstin ursprunc, daz ist in got.

Daz andere, daz he sprichit daz di stat hêlic si. sente Dyonîsius sprichit daz heilikeit ganze lûtirkeit si, vrîheit und vollinkuminheit. lûtirkeit ist daz der mensche gesundirt ist fon sundin, daz machit di sêle vrîe. glîchnisse ist di gröiste wollust und freude di in deme himmilrîche ist; und quême got in di sêle und inwêre si ime nicht glîch, si worde dâ fon gepînigit. sente Jôhannes sprichit 'wer sunde tûit der ist ein knecht der sunde'. fon den englin und fon den heiligin muge wir sprechin daz si vollinkumen sîn, doch fon den heiligin nicht genzlîche, wan si noch lîbe tragin zû den lîchamen dî noch in der aschin ligin. aber in gode ist alleine ganze vollinkuminheit. mich wonderit daz sente Jôhannes ie gedorste sprechin, inhette he ez in deme geiste nicht gesehin, daz drî persônen sîn, wî der vader sich irgûzit mit allir vollinkuminheit in di geburt alse in den son und sich irgûzit in den heiligen geist mit einir gûde als in einir minne.

Zû dem anderin mâle sprichit heilikeit alsô vil alse daz fon der erdin genumin ist. got ist icht und ein lûtir wesin, und di sunde ist nicht und verre fon gode. got geschûf di engle und di sêle bî ichte, daz ist bî gode. di sêle ist geschaffin alse mêr alse under deme schatiwin des englis, und habin doch eine gemeine nâtûre; und alle lîphaftige dinc sin geschaffin bî nichte und verre von gode. dar umme daz sich di sêle gûzit ûffe lîchamen, sô wirdit si fordinsterit und mûiz wider ûfgetragin werdin mit dem lîchamen zû gode. wan di sêle ône irdische dinc ist, sô ist si hêlic. Zachêus di wîle he ûf der erdin was, sô inmochte he unsis herrin nicht gesehin. Augustînus (sprichit) 'wil der mensche lûtir werdin, sô lâze he fon irdischin dingin'. ez ist dicke gesprochin daz di sêle inmac nicht lûtir werdin, si inwerde widir getribin in ur êrste lûtirkeit, alse si got geschaffin hâit; alse man fon kuppere nicht gult gemachin inkan, daz man zwirrunt oder dristunt burnit, man intrîbiz wider ûf sîn êrste nâtûre. wan alle dinc dî fon hitze smelzin und fon kaldime hart werdin, dî sint genzlîche fon wazziriger nâtûre. dar umme mûzin si genzlîche widir getribin werdin ûf wazzir und beraubit genzlîche der nâtûre dâ si nu an sin. sô hilfit der himmil und di kunst dâ zû daz ez genzlîche forwandilit wirdit zû golde. man glîchit wol îsin silbere und kupphir golde: ie man ez mê glîchit und nicht beraubit, ie ez velscher ist. alsô ist ez an der sêle. lîchtlich sint tugint zû bewîsine oder dâ fon zû sprechine, abir in der wôrheit zû habine sint si gar seltsêne.

Zû dem drittin mâle sprichit he daz dise stat nûwe sî. nûwe heizit daz ungeûbit ist oder daz sîme beginne nâhe ist. got ist unse begin; wan mir bit ume foreinit sîn, sô werde wir nûwe. etlîche lûde wênint tôrlîche, alse ob got di dinc êwiclîche gemachit habe oder behaldin dî wir nu sehin, und si in der zît got un gebe. gotlich werc sulle wir forstêin ôn erbit, alse ich ûch sagin wil. ich stê hî, und hette ich for drîzic jârin hî gestandin und wêre mîn antlitze offinbâr und inhette ez nîman gesehin, ich hette doch hî gestandin, und worde ein spîgil bereit und hilde man un gegin mîme antlitze, mîn antlitze worfe und bildite sich dar an ôn mîn erbeit, und geschêhe daz geisterin, sô wêriz nûwe, und aber hûde,

48 widir] vudir 66 min] mit 67 ich] hi

sô wêre ez noch nûwir, und alsô ubir drîzic jâr oder êwiclich, sô wêre ez êwic geweist, und ob der spîgile tûsint wêrin, daz wêre ôn mîn erbeit. alsô hâit got êwiclîche an ime alle bilde, nicht alse sêle und andir crêatûre, sundir alse got. an ime inist nicht nûwe noch alt, sundir alse ich gesagit habe fon deme spîgile, alsô ist an uns beide alt und êwic. wan der lîchame bereit ist, sô gûzit got ein sêle dar în und bildit si nôch deme lîchamen und hâit ein glîchnisse mit ime und fon deme glîchnisse eine minne. dar umme inist nîman, he inhabe sich selbin lîp: si trîgin sich dî dâ wênin daz si sich selbir nicht lîp habin. wir mûzin di dinc wol lîp habin dî uns zû gode furderin, daz ist alleine lîbe mit godis lîbe. habe ich di lîbe daz ich uber mer wil, und hette ich gerne ein schif, daz wêre allein daz ich gerne uber mer wêre, und alse ich uber mer kume, sô inbedarf ich des schiffis nicht. Plâtô sprichit 'waz got ist des inweiz ich nicht' und wil sprechin 'di wîle di sêle in deme lîbe bewondin ist sô inmac si got nicht bekennen'. 'aber waz he nicht inist daz weiz ich wol', alse man mirkin mac bî der sonnen, der schîn nîman gelîdin mac, he inwerde fon êrst bewonden in der luft. Dyonisius (sprichit) 'ist daz daz gotlîche lîcht in mich schînit, sô mûiz ez bewondin sîn alse mîn sêle bewondin ist'. he sprichit auch 'daz gotlîche lîcht irschînit funfleige lûdin'. di êrstin inphâhin sîn nicht. si sin alse daz vehe ist unglîch zu inphâhine alse (man mirkin mac) bî glîchime: gînge ich uber ein wazzir, und wêre ez gemengit und trûbe, sô inmochte ich mîn antlitze dar inne nicht gesehin durch daz unglîchnisse. den anderin irschînit wênic lîchtis alse ein blic fon eime swerte der ez wirfit. di drittin inphâhinis mê alse einen grôzin blic der lîcht ist und aber dinster. daz sin alle dî dâ abe vallin fôn godelîcheme lîchte in di sunde. di vierdin inphâhin es noch mê. aber bî wîlin inzûhit he sich durch nicht wan daz he si reize und wît mache an der begerunge. ez ist gewis, der unsir îclîchime sînen schôiz wolde vollin, unsir îclich machite dar umme sînen schôiz wît, daz he vile inphâhin mochte. Augustînus (sprichit) 'wer fîle inphâhin wolle der wîde di begerunge'. di funftin inphâhin ein grôiz lîcht alse ob ez tac sî, und doch gemachit alse durch einen schranz. dâ fon sprichit di sêle in der minnen bûche 'mîn lieb hâit mich ane gesehin durch einen schranz. sîn antlitze daz was luistlich'. Augustînus sprach 'herre, du gibis mir

75 alt] bilde 96 wirfit] w'fitkit 105 scranc 106 schranc

undir wilin sô grôze sûzikeit, ob si vollinquême, ist daz nicht himmilriche, sô inweiz ich waz himmilriche ist'. ein meister sprichit 'wer got irkennen wil, ist he nicht gezirit mit gotlichin werkin, he wirdit widir geslagin uffe bôse dinc'. gehôrit hî aber kein râit zû daz man got vollincumelich bekenne? jâ. hî fon sprichit di sêle *in cantico* 'mîn lieb sach mich an durch ein venstir', daz ist âne hindirnisse, 'und ich ward es gewar, he stûnt bî der want', daz ist bî deme lîchamen der nidirvellic ist, 'und sprach 'tû mir ûf, mîn frûndinne', daz ist wan si ist zumâle mîn an der lîbe, wan he ist mir und ich bin ime alleine, 'mîn tûbe', daz ist an der begerunge, 'mîn schône', daz ist an den werkin. 'stant ûf snellîche und kume zû mir. daz kalde ist forgangin', dâ alle dinc fon sterbin: alsô lebint alle dinc fon dem warmin; 'der regin ist intwichin', daz ist wollust forgenclicher dinge; 'di blûmen sint insprungin in unsime lande', daz ist ein forsmac des êwigin lebines. 'var hine, nordinwint, der dâ derrit': dâ gebûdit got der bekorunge daz si nicht di sêle mê hindere. 'kum, wint fon sûdin, und durchwê mînen gartin, daz mine worze flîzin': dâ gebûdit got alle vollinkuminheit zû kumine in di sêle.

XXI.

Beatus vir qui inventus est sine macula (*Eccl.* 31, 8). 'Sêlig ist der mensch der dâ funden ist ân flecken und der dâ nicht enfolget dem gelde und sîn hoffenunge nicht enleget ûf vorgenclich rîchtûm'. unse herre sprichet ein ander wort in dem êwangeliô 'waz lôsunge ader widdergeldes mag ein mensch gegeben vor sîn sêle?' an dissen worten mag man merken drî edelkeit der sêle. daz die sêle edele tû ist allez daz ein mensche tûn oder gegeben mag, und scadet her sîner sêle, sô enhat (er) als zumâle nicht getân. daz ander ist, wilch sin die edelkeit der sêle. daz ist dâ her spricht 'sêlig ist der mensche'. daz dritte ist, wâ an er lid, der adel der sêle. daz ist daz men die hoffenunge nicht enleget an vorgenglich rîchtûm. ein meister sprichet, daz des menschen sêlikeit lige an vîr dingen. daz êrste, daz der mensch habe gnûg vorgenglîches gûdes. der vollinkommen ist an rîchtumme und an êre der heizet in disser werlde under den lûden ein sêlig mensche. und daz ist die minste sêlikeit, wan sie von gode nicht gewis enist. die andere

6 drî] de 7 tû] thun tûn] thut 9 wilch wafs sin 10 wâ] wafs 12 ligen 16 meste

sêlikeit ist noch hôger, daz der mensch gesunt lîp und ganze gledemêzer (habe). die dritte sêlikeit ist noch hôcher, daz der mensche habe gûde und wole geordente sede. die vîrde sêlikeit ist allervolnkommenst, daz der mensch volnkommen sî an wîsheit und an lîbe. mag disse rede wôr sîn, dar umb daz sie ein heidensch meinster sprichet? jô sô genzlich. ein meister wil auch, daz god nîmant lîp hât noch enzwîdet wan den der mit der êwigen wîsheit innewonet und er hûsgenôz ist. ein heilige sprichet daz alle menschlich liebe die ist krum, wan sie alle zît eren eigen notz sûchet. sûchet ein mensch den andern, daz tûd her dor um daz her sîn genîze, und genoz he sîn nicht, sô enwulde he eme nicht dienen. dor umb dienet nîmant dem andern, sundern ein iglich sich selber, daz tûn beide hern und undertân. ein heilige sprichet, daz god allein lûterlich milde ist, wan an allen sînen gâben sûcht her nicht eigens notzes, sunder lûterlichen (durch) sîn gûde und mildikeit gibet her alle sîn gâbe. ist daz ein mensch gebrechen hâit, daz her sîn eigen notz sûchet — wan ez ist eins nôit, wan her ist arme und enmag nicht gûdes an em selber geleisten — dor umb sprichet sanctus Augustinus 'sûchit daz ir sûchit'. wan an alle sînen werken sûchet der mensche zwei dinge, daz her ettewaz zû sich geziege dar her an rûwen moge, ader daz her etwaz von sich e(n)twerf daz en an sîner rûwe hindert, ab he sie hâit, und daz ist ein geistliche glîchenisse der êwigen rûwe. dar umb sprichet he 'sûchet daz ir sûchet', daz ist die êwigen sêlikeit an allen ûwern werken, und nicht 'daz ir sûchet daz ist in disser vinsternisse der werlde'. ich wil aber mê sprechen: sûchit daz ir sûchit und alle daz ir gesûcht daz ist an der crêatûre. quême de minneste wollust de an der crêatûren ist alsô (offen) und blôz und unbewunden, alsô sie in godlicher wollust stêt und geplanzet und ensprungen ist in godlîchem lîchte êwigliche: quêm die wollust ân hinderniss als in die sêle, se irfullete sie alzumâl und machte sie oberswenke und sô unlîdelich als der sonnen schîn unlîdelich wêre den ougen, he enwurde bewunden in der loft. daz ouge enmocht es nicht enphân von grôzer oberklârheit des lîchtes, ez enworde under geslagen und vordûstert. dor umb sprech ich: sûchet daz ir sûchet, ez glîchenisse godlîches lîchtes und wollust an aller crêatûre, aber nicht in der wîs als i(r) ez sûchet an der crêatûre zû bekennende und wolust dor an

42 alle da^{s} gesucht 46 inj au

zû habende. daz ist orsach aller sunde, daz sich der mensch bekère mit bekentniss von gode ûf die crêatûre und er gebrûche mit wolust und mit gnâde.

Ist daz ein gebrechen des menschen daz her sîn eigen notz sûchet, sô hâd god vil lîchte den selben gebrechen an sich, wan her meint sich selber in allen dingen und sûchet sînes selbes êre. dor umb hât her mancherlei crêatûre geschaffen, daz er îglich bewîse (sîn) êre, wan éin crêatûre mochte sîn êre nicht bewîsen. dor umb sprichet der meinster daz her mancherlei crêatûren geschûf, und die en aller lûterlîches bewîsen mogen, der hât he allermeist geschaffen, daz sint die engel. dor um hât god von der oberflozzigen wollust die he in sich selben nicht enhalden mochte, her entworf sie von sich . . . . und ergôz sich an alle crêatûre dô her sie geschûf und sach sie vor sîn ougen und brâcht sîn êre dar ane. ich sprech ez mit dem orleube der heiligen, daz der eingeborn godes son nî geborne wêre worden wen von dem storme godlîcher liebe und wollust, daz her sich ingoz an der êwigen liebe unde wollust und daz sîn godlich êre genzlîchen dar ane geoffenbârt wurde, und daz god nicht liebe dan sich selber. dor umbe hat her sîn wollust ûz geworfen [an] allen crêatûren, bewunden als ein angel: waz wollust der mensch sach an der crêatûren, daz her dâ enphâ den angel godlîcher wollust und dar an behange und alsô in god getragen werde. god vorzeret alle ding an sîner liebe. sie ist unmêzig und êwig und unbegrîflich; her enmag sie nicht vollenbringen in der êwikeit, wan sie ist ân ende: her enmag sie nicht gehôhen, wan nicht hôger enist wan sîn liebe: her enmag sie nicht begrîfen an der wîde, wan her nicht edelers bûzen sich wurde lîbende. sie ist ungruntlich an der tûfe, wan god nicht ben(e)den sich gelîben mag, her enwerde unedele. lîbete her boven sich, sô wurde he etwaz hôcher dan her. dor umb enmag god nicht lieben wan sich selben, und alsô verre her die crêatûre vindet in sich und sich in der crêatûre. daz her von sich enworfen hâit in die crêatûre daz ist ein glîchenisse der sîner liebe und wolust die mit unmâize in eme selber (ist). griff ich mit beiden henden zû als dick als ich mit der einen hant griffe, sô griffe ich io hundert marg zumâle und mit der andern hant nicht dan einen phenning. die wîle ich mit der einen hant hundert marg grîfen mochte, und vorzege ich

61 êre] creature 72 lieben 73 engē 75 engel 82 soch wirt

der hant und griffe mit der andern einen phenning, sô tède ich tôrlichen. dor umb vorzeret god alle ding an siner liebe wan sie unmèzlich ist. alsò tùd der mensch tôrlich, daz her liebe und wollust sûcht an der crêatûre, die kleine ader nicht enist widder dem richtumme der godlichen liebe. dar umb lit der adel und richtûm der sêle an godlicher wisheit, dà midde sie teilhaftig wirt aller godlicher sêlikeit, daz sie sich einen schatz kan samnen von allen dingen, als ich wol mê habe gesprochen. wir lesen daz (ob) ein mensch (gibet) ein ding daz eme nicht widder enwirt, dor mag her grôzer lôn mit erwerben dan daz her mit siner hant opphert ùf ein altar, wan dà gibet her sin gût durch god und beheldet sinen willen, und lidet (her) sinen schaden mit gedult, sô gibet her beide schaden und willen unsem hern gode. stirbet mir min frùnt, den enwulde ich nicht geben umb hundert marg, und gèbe ich en mit willen unsem hern gode, ader ich enwulde en nicht geben umb ein ganz lant, sô habe ich ein ganz lant mit gode, ummàzen mêr den min frùnt ummer gefrommen mochte ûf ertorich. der hiz ein rich mensch der tûsent marg geldes hette und hette die ligende daz sie eme nimant genemen mochte. aber der sêle richtûm ist noch bezzer gelegen, dà en wedder tûfel noch mensch noch god genemen mag. god der enwil es nicht tùn: ab her joch wolde, her enmochte. ich gebis gode alsò gût orloub als dem snôdesten menschen daz her mir schade abe her moge. nimet her mir min jogent ân minen dang, sô enhabe ich es kein sunde. nimmet her sie mir mit mim willen, sô enhât her widder mich nicht getân. ich bin des gewisse daz mir nimant geschaden mag wan die sunde allein. der mensch ist allein wêrlichen edel der dà widder geschaffen wirt, zû dem hette ich godlicher liebe, und wirt von eim unrechten menschen gerecht gemacht an heiligen geist und wirt gode geboren an rechter rûwe. dà gehôrt ràid zù daz sich god selber allein liebet, wan daz die sele betragen werde zù gode mit der ungeschaffen godlichen wisheit, dà midde wirt die sèle teilhaftig godlicher sèlde, und daz god getragen werde mit der liebe zù der sèle. ich bin des gewis, wilch menschen minne ich habe, allez daz her hàit daz ist min und des bin ich geweldig. dor um hàit god den heiligen geist, der sin liebe ist baben allez daz god gegeben mag, dor umb hàt he alle(n) gegeben

106 mêr den] der dem 113 schaden nymât 121 zû] an 123 werden 124 minnen

sinen heiligen geist. sanctus Jôhannes spricht in eim êwangeliô 'god ist die liebe. wer in der liebe wonet der wonet in gode und god in eme'. Boêcius ein meister spricht 'daz ist allein ein sêlig leben der alle gûde ding gesammen kan in ein ganzen frede und ân wandelunge'. daz alle ding an uns geschên des helf ûch und mî de *etc.*

XXII.

Domus mea domus orationis vocabitur etc. (*Matth.* 21, 13) 'Mîn hûs sal heizen ein bedehûs'. die gewîhete kirche heizet ein bedehûs, dar inne nimet man die arzedîge der sêle an den siben sacramenten. die heilige cristenheit heizet auch ein bedehûs unsers hern godes, dor inne wirt unser herre gespîset an sîme heiligen lichnam und wesset und nimmet zû an sînen ledemêzen, daz ist an cristenlûden. daz hummelrîch heizet ouch ein bedehûs, dor in rûwet unser herre und gebrûcht sîner herschaf. daz vierde godes hûs ist die sêle, dar inne wirket unser herre sîn werc mit sîner gnâde.

Zû dem êrsten mâle sollen wir merken wer der ist den men anbeden sal. zû dem andern mâle wî (ge)tân wîs men beden sal. zû dem dritten mâle waz man beden sal. zû dem vîrden mâle welch nutz dâ von kommen mag.

Zû dem êrsten mâle soln wir merken und prûben daz men god allein anbeden sal. daz bewîset unser herre selber, dâ her mit einre frauwen sprach bî eim borne. 'er bedet, er enwizzet wô ader weme ir bedet ader waz ir bedet; sundern die zît sal kommen daz men god nicht allein anbeden sal ûf den bergen und ûf den tempeln. sundern men sal god anbeden in em geist und in wârheit. wan mîn vatter ist ein geist und men sal en anbeden inme geist, und die wôren anbeden sûchet mîn hummelscher vatter'.

Daz andere, wilch wîs men beden sal. wizzet er wô bî ich ein gûden menschen bekennen sal ader mag? des entû(n ich) nicht bî fasten noch bî almûsen noch bî andern kastigungen, sundern bî gebede. der sich an sîme gebede aller best fûgen kan zû gode, den heiz ich den allerbesten menschen. und der getôdet ist an hemesch ader an zorne und anme geslecht der sunde. der sich

127 sinen] eyme 10 *hiernach noch* czu dem andern mal soln wir mercken daz dit hufs heisset ein bedehufs 18 dafs 22 men hummelschen 27 an] ain

allermeist tôdet an dissen dingen der bedet allermeist. gêbe ein mensch ein ganz lant durch god und tête nicht mê, ... der enbette nicht getân, und sprêch ein mensch ein einig ave Marîâ und têde mê daz geslecht der sunde an sich, der hette mê getân. dor umb sprichet unser herre daz 'daz weizkorn (en)valle zû der erden und sterbe, sô mag dâ kein frucht werden. [dâ von] vellet ez aber zû der erden und stirbet [nicht], sô bringet ez vil frucht'. der mensch vellet von den sunden in den fruchten und stirbet in der leide und ergûzet sich an der gnâde und zwîfelt in dem glauben und vellet an der liebe. ouch wil die schrift daz alle gûde werc sîn ein gebet. ich wil ez ouch alsô, als sie in bêder wîs getân werden. vastet ein mensch und gibet almûsen und wirt her dâ midde ûf getragen zû gode . . . . Thômas spricht daz daz gebete nicht ensî dan ein ûfstîgen zû gode. god spricht daz der ist hôch, der mensch ist neder; und sal dan der mensch ûf stîgen zû gode, sô mûz her etwaz under sich legen dâ midde her gehôget werde. her sal under sich legen daz god geschaffen hâit und joch die sêle in kreft der werc (die) ân den lîchnam nicht volnbrâcht moge(n) werden, als hôren und sehen und die fünf sinne, dar midde die sêle an den lîchnam vorbunden ist. die sêle mûz sich ziehen an die kreft der werc die ân den lîchnam vollenbrâcht mogen werden, daz ist bekentenisse und liebe. an den zwein kreften ist die sêle gegozzen von der werlt. sal ich god bekennen, dâ endarf ich weder augen zû (noch ôren): ez mûz ein ander geistlich bekentenisse sîn. sal ich mit gode voreinet werden an der liebe, dâ endarf ich hende noch fûze zû noch keinerlei ledemêzer: sundern daz sich der mensche vorstelt in allen geschaffenen dingen und vorslecht sich an sîme geist allein vor gode und voreint sîn geist mit godis geist und werde ein geist mit god, daz ist allein ein wâr gebet, und wirt in dem gebede allein god beweget zû zwîdende alle des menschen begerunge und zû hôrende alsô sîn gebet, wan boven (zît) und staid wirket god sîne godlîche werg allein in mir.

'Geist'. in disser wîs sal er beden, nicht mit menige der wort noch mit vel sêne der bûcher, sundern dâ dir wort gebrichet an dem gebede, daz gebet ist vollenkommen. als ich sehe daz die lûde lesen mit dem munde, sô sehe ich wol daz sie nicht wol lesen enkunnen. sihet ein schûler in daz bûch al swîgen(d)e, sô sehe ich wol daz her

30 *unleserlich* 41 Thomest 46 dem 55 geschaffende 64 enkunde

lernet. durch zwei dinge allein bedet men mit worten, daz sint prister und gelârte lûde die zû godes dinst getermet sin, daz sie singen und lesen zû kôre und dâ mit erwecken und reizen alle ander lûde zû innike(i)t. zû dem andern mâle abe des menschen herz zû stran . . . ist, daz sich die andâcht samen zû den worten, unde komme(n)t alsô mit der andâcht und innikeit vor die wort. solde ich einen menschen râiden den kortesten und den sichersten und den smaghaftig(st)en weg, den god allerschirst und allergernst . . . . . gezwidet, sô wulde ich eme dit gebet râiden.

Ûf si(be)n sach mochten we ez bringen wor um daz irlaubt ist daz men die heiligen anbeden solle. der ennenne ich ûch nicht mêr wan drî. daz êrste ist, wan die sêle bekennet daz der ûzfloiz godliches lichtes und wolust alsô ubirklâr und kreftig (ist) an sîme gespringe, und wan her flûzet ûf die obersten kreft der sêle vorbaz gegeben wirt den nedersten kreften, die dâ vorbunden sint (mit dem) lichame, und vorbaz durchgûzet alle de gledemêze des menschen und machet den licham durchschinic — als die schrift spricht daz der gerechten lîp sollen lûchten an deme jungsten tage als die sonne — und die sêle daz bekennet daz ez godliche licht und wollust vorblibet an den obersten kreften, und an den nedersten vorleschet ez, und als mêr als ein unreinikeit widder godlicher klârheit: sô endar sie sich (von) gode ân underscheit nicht erbidden von ôitmûdikeit und biddet die heiligen daz sie er gebet opphern gode und vor sie bidden. daz ist ein gût gebet, wan van der ôitmûdikeit hôchit sich god.

Die ander sach ist daz der ûzfloiz godliches lichtes und siner sûzikeit alsô oberklâr und kreftig ist daz ez nî kein crêatûr inthalden mag. als engel und sêle und alle crêatûr gesmelzet wêr ûf einen engel ader ûf ein sêle, sie enmochte widder geziehen mit lobe in god. dor umb heizen die engel hummelsche vogel daz sie god ân underlâz loben mit einr grôzen godlicher wollust in god. alsô her Moyses schribet daz alle wazzer fliezen ûz dem mere und fliezen widder in daz mere, alsô flûzet alle godliche lust ûf alle crêatûre und flûzet mit gode widder an god. alsô ez die sêle lûterlichen bekennet, sô bekennet sie dâ entgegen ir krankeit und entar sich (nicht von) gode bidden und neiget sich zû den heiligen, dâ

73 weng . . . . . *unleserlich* 76 worum 82 durchscherach 96 gfsene

etwaz mechtiges an ist, die auch menschen gewest sin, und biddet sie er zû helfen. ez wêre anders unmogelich daz der mensche ummer torste hulf gesûchen an den heiligen, wan god allein lûterlich milde ist und brêtiste barmherzikeit hâd und eme vor gâd des menschen leit dan den menschen selben und sich mêr frauwet sîner sêlikeit dan der mensche selber.

Daz dritte ist daz god der êwikeit hât geleget an den menschen. daz ein mensch gein den andern ûfstêt und eme neiget, dâ midde êrt man god. der mensch wizzez ader nicht, sô êret he doch god, und nichein der ez bekennet ennimet sich die êre an, sunder gibet sie gode. daz dit gebet an uns vollenbrâcht werde des helf ûch und mir *etc.*

XXIII.

Justorum autem animae in manu dei sunt etc. (*Sap.* 3, 1). 'Rechter lûde sêle sint in der hant godes'. wor um spricht her 'in der hant', sô eme die sêle nêger ist? den daz mer inme herzen ist ader daz mir in der sêle ist . . . . durch drî dinge spricht (her) daz rechter lûde (sêle) sint in der hant godis: daz men daz ding allerbest anesehen mac daz men in der hant hâit, dô sich god inne beschauwet und (dô) mit er spelen moge; daz ander, daz her geschaffen hâit die sêle selber ân helf aller crêatûre; daz dritte, daz men mit der hant aller kleinlîchest vollen(werken) mag und (mit) den vordersten vingern aller kleinlîchest getasten mag waz hart ader weich ist. ez sprichet ein krîscher meister daz ein borne der wîsheit (sî) in dissem elende, daz die sêle bekennet von weme sie gemacht ist. men frâgete en wie men zû gode mochte kommen. dâ sprach her 'bekenne dich selber, sô kommest dû zû gode'. daz wort quam alsô witmêre daz men ez vor daz godeshûs schreip. disse bekentenisse hatte vollenkommelichen sente Dyonisius, den men hîz ein wîsheit und ein vogel des hummels. her bekant, dô er doch ein heide was, alle den louft der sterne und des hummels, und her bekant an den sternen dô men unsern hern martirt. dô spricht her 'der ein mûz sin, antwer der martir und der werlde zugên ader dem der die natûre gemacht hâit werret etwaz'. daz

106 dan den deſs menschen selben und sich mit mir frauwet 8 hait her selber an sele helff 9 clenckliche 11 keiser 13 eyn 15 ward? 16 den] daſs 19 am 21 sal zugen

sach her an der sunnen. dâ her eren schîn hatte undergezogen und der mân was XV tage alt und was ful und stûnt bî der sonnen, und dor umb was daz ein zeichen daz die sonne eren schîn hât weddergezogen. als unmogelîchen als daz ein mensch wîs hîze ân wîsheit ader daz he sô sî an den êrsten und an den lesten zumâle, dor umb mûst daz wôr sîn daz unser herre zû dem mâle gemartirt wart, und der nâtûrlich loube was sanctus Dionisius ein orsach sîner begerunge zû dem rechten glouben. her hâit ouch mêr gescrieben von der ordenunge der engele wan kein heilige.

Daz ander, daz man mit der hant aller kleinlîchest vollenwerken mag, (daz ist) daz god die sêle trûteled an der hant und mit er spelet und daz her sie sô nâhe zû sich genommen hâit daz sie eme nîmant genemmen mag. dor umb spricht unser lieber herre selber zû gûden lûden 'wer ûch rûret der rûret den schîn mîner augen'. anderswô spricht her 'waz ir mîm minsten tût daz hâit ir mir getân'. wan men daz haubt slêd, daz erbillet zuhant in alle die gliede. daz ist auch daz gewisseste zeichen an dem menschen daz her mit gode voreinit ist. waz gode smâcheit geschiet, daz sîn herz dâ midde gerûret wirt von leide als ob her ez selber getân hette, von wem ez geschiet, und daz sîn herz alsô sêre gerûrt wirt mit frouden umb allez daz gode zû êren geschiet als ab ez eme selber geschên sî und alsô vele mê. (daz der) lûde sêle sîn in der hant godes und nicht er lîp, daz ist daz her die sêle ân underschêt gemacht hâit als mit der hant und daz her sie ledige von dissem elende und ere schirmer sî.

Daz dritte, daz he selber er lôn wil sîn alsô her (sie) brâcht hât ûz dissem elende in daz êwige leben.

Drî dinge mag men prûfen wor um god die sêle gemacht hâit ân underscheit und ân hülf der crêatûre. nicht enhâit (her) sie gemacht daz sie ein teil sîner nâtûre (sî), sunder ein nâtûre von (godlîchem adel. wan enwêre sie) nicht von godlîchem adel, (sô) wêre daz al zû snôde daz her sich entwerf an ein alsô getân crêatûre die sich gewandelt, dâ sîn godlich lîcht an blîben mocht ader zumâle vorleschen: daz enfûgit gode nicht. die êrst sach wor um god die sêle selber gemacht hâit daz ist die vollenkommelicheit sîner lûter(n) liebe; daz ander ist daz adel der sêle, daz dritte die snôdi-

25 als dafs efs 26 so se 35 schen 36 min 38 erkellet 43 die 45 so ledig in 47 en 48 hatte

keit der crêatûren: die drî loufe(n)t alle zumâle in einen grunt. hette god kein engel zû hulf genommen zû scheffen die sêle, sô mûst her etwaz des engels gebildet haben in der sêle, alse nî kein meinster [der]ein bilde machet ader snîdet ader bûchstaben schrîbet, her enmoze (ez) nôch der schrift machen die in sîner sêle begriffen ist; alsô enmocht nî kein crêatûre gode helfen scheffen die sêle, sie enmûst etlicher wîs er bilde lâizen in der sêle. und dô midde ward die sêle gebunden daz sie nommer grôzer liebe mochte tragen zû der crêatûre dan zû der andern und mûst rûwe an er sûchen und behagunge eres selbes; wan dâ von worde die sele unedele und gemenget mit der crêatûren. daz die sêle ouch gebunden sî zû sîner liebe, dor umb hât sie god nôch sînes selbes bilde gemacht, daz ist nôch sîner êwigkeit anme . . . . . . nisse und nôch sîner wîsheit an der vornunft und nôch sîner gûde anme willen. als her sie êwiglichen bekant hâit an sîner gewalt zû scheffene und an sîner wîsheit wilch wîs her sie scheffen wulde und zû welcher sêlikeit, daz ist zû sîner unmêzigen gûde, alsô hât her ez vollenbrâcht an der zît. als ich einen bûstabe begriffen habe in mîner kunst, alsô schriebe ich ein wort in daz blat, doch engizen ich (mich) nicht selber in dên bûchstaben, sundern ich schrîbe en nôch dem bilde daz ich an mîm herzen bekenne. dor umb enist die sêle nicht gemacht von godlicher nâtûre, sundern nôch dem bilde der heiligen drîvaldikeit, daz sie allein zû gode gebunden sî, mit lîbe an eme allein rûwe und behagunge sôch. wan von glîchenisse enspringet die grôzeste wollust und liebe und behagunge die men an keinen togenden ader werken gehaben mocht in hummelrîche ader in erterîch. von den andern zwei wie god die sêle leidet und wie her er lôn ist, daz ist anderswô geschriben. daz alle disse dinge an uns geschehen des helf ûch und mir der vatter der son *etc.* âmen.

XXIV.

'Daz hummelrîche ist glîch eim konnige etc. der sîme sone ein wirtschaf machte'. (*Matth.* 22, 2). Bî disser wirtschaf ist uns bezeichent die êwige sêlikeit, und sêlikeit ist froude, wan sich die lûde allermeist frauwen an eim dinge, daz (ist) wirtschaf: dor umb ist die êwige fraude und sêlikeit bezeichent bî der wirtschaft.

60 etwafs dafs men 67 wan] vñ 69 erer 70 *unleserlich* 75 bufs stabe 3 ewigen 5 ewigen

disse froude loufet zusammen an vier dingen. daz ein ist wâr bekentnisse, daz sich d(i)e wêrlichen bekennen die zusammen gehôren; daz ander ist eintreichtikeit des willen; daz dritte ist ein ordenunge, daz men iglichen setze nôch siner wirdikeit; daz virde genûge der spise, daz men iglichem gebe des sin herz geret. daz sprichet unser herre selber 'alle dinge sin bereit, heizet sie kommen zû der hôchzit'. god ist selber die spise. dâ von spricht die schrift 'an der offenbâronge diner êre sô werde ich gesadet'. daz ouch die stede wit si, daz nimant zû spâde kommen moge, dâ von sprechen die knecht des konniges 'als dû wilt, her, daz ist geschên, sundern dô sint noch stede'. daz himmelrich ist als wit daz dâ nimant zû spâde kommen mag, her envinde stede gnûg. des enist ûf ertertich nicht. dâ begeret ein iglicher mêr zû enphân dan her vortienet habe. daz ist durch der êren rûm unser unbescheidenheit. aber in dem hummelrich engert men des nicht, dâ wêr eim menschen ein pine daz her mêre enphing dan her wert ist, daz ist durch die wârheit der bekentenisse. hêr eneischet ouch nimant daz von eme ist, wan hêr rechent iclich sich sines (frûndes) froude de(i)z sin selbes froude sin, daz ist durch die einunge der liebe.

Zum andern mâle sollen wir prûfen in wilcher acht die sollen sin die zû der godlichen êre sollen kommen. daz êrste ist daz her schône solle sin, daz andere daz her edel si, daz dritte daz her riche si, daz virde daz her wise si. das funfte daz her starg si, daz seste daz her von eim gûden gemûte si, daz siebende daz he lange lebe und gesunt si. alle disse sieben dinge sint vollenkommelichen an dem brûdegamme, unsem hern Jêsu Cristô. dâ zû jegen sal sin brûd die sêle ouch sieben dinge haben. unser herre Jêsus Cristus ist alsô schône daz sich sonne und mân an siner schôn vorwundern. dar zûjegen sal sin brûd (sin) rein an gedanken an worten und an werken. an sich selben mag sie nicht klâr sin, sundern sie ist lûter und er lûchtikeit wirt erlûchtet von unsers hern klârheit, alsô die sonne erlûchtet die tûfe. — Zum andern mâle ist unser herre edel: her hâit einen vatter in dem hummelrich ân mutter und ûf dem erterich hâd her ein mutter ân vatter, und dor umb ist sin adel alsô wunderlichen daz sin ni kein mensche begrifen mochte, alsô

16 zû] sô? 17 kommet ervindet 20 nichte 22 enheisset
23 froudes 24 durch dafs ist 30 allen dissen sieben dingen 31 unses
34 und an worten an werken 37 touffe

der prophête sprichet 'wer kan sin gebed wol gereden?' dar zûjegen sal sin brûd haben êrwirdikeit, daz sie sich zihe mit ere wirdikeit poben allez daz daz minner ist dan god, daz sie god êren moge als (en) alle êren (mit) tûn und lâizen und lidene, alsô god sines selbes êre sûchet an alle sinen werken, daz sie alsô godes êre sûche an alle eren werken. — Zum dritten mâle ist unser herre rich, als die schrift von eme sprichet, daz hummel und erde ist sin und allen crêatûren gibet her wesen und leben. dar zûjegen sal sin brûd haben friheit, daz sie alle eres herzen sorge sal legen an en, wan daz ist grôze missedrûwe eines menschen der sich zû gode lêzet, daz her fochte daz her vorterbe, daz her god nicht entrûwet, der alsô oberflozlichen milde ist und riche daz her bereider ist zû geben dan wir bereide sin zû nemen. — Daz virde ist sin wisheit, die ist sô klâr daz sie dorchlûchtet aller herzen grunt, und nicht enist vor sinen ougen vorborgen. dar zûjegen sal sin brût alle zit und an allen steden an er zucht und an er hûde (sin). wêr ein man ober hundert mile und wuste wol allez daz sin frauwe têde, si dorfte wol daz sie sich alsô hûde daz sie sunder schemede dorft vor sin angesicht gên. — Zum funften mâle ist unser herre starc, wan von eme sin alle dinge und her hâit auch alle werg volnbrâcht und alle unse sunde gebezzert und uns behûdet ân unser wirdikeit. [sêlikeit ist an em.] dâ zûjegen sal sin brût grôz hoffenunge haben. sie ensal kein anvechtunge haben ader forchte noch krankheit. allez daz sie nicht envormag daz vormag her vollenkommelichen, als die schrift sprichet 'daz dem menschen unmogelich ist daz ist gode mogelich'. — Daz seste, daz her von eim gûden gemûde ist. dor umb heizet en die schrift ein lam an den ni flecken funden wart nikeines zornes noch râiche. her ist eim iglichen herzen nôch siner acht, her kan einen iglichen menschen gehalden nôch sinen seden. dar zûjegen sal sin brût sin senftmûdig und geduldig, daz sie allez daz virtragen kunne dorch en (daz er hinz ir verhenget). — Daz sibende und daz leste, daz unser herre untôitlich ist, wen anders alle ding pinlich (sint) dorch die forchte des tôides. dar zûjegen sal sin brût haben frilich und frôlich vorzîunge aller dinge die wandelhaftig sin und vorgenglich sin. wan volnkommelicheit der sêle lit an vier dingen. daz êrste, daz

44 mogen 46 suchen 47 ene 61 uns] es 63 noch noch 64 vormag her] her vor 68 raide 72 beste 73 untoitlichen 76 wan] vor

sie nommer sô libes nicht enhabe, ez ensi er alsô lip zû lâzene als zû halden. dar an lit vorzigunge allerleigen wollust. daz ander, daz er nommer kein pine sô grôze zûkommen enmag die god an sie geleget hâit, sie ensi er alsô liep alle zû liden alsô zû vormiden dorch daz i(n)necliche widdergolt siner pine. daz dritte, daz godes gerechtikeit alsô sûze si als sin barmherzikeit an er selber alsô (an) ander(n) lûde(n). wan vil lûde lieben und minnen godes recht an andern lûden, und an en selber ist (ez) bitter und swâr, unde enbekennen daz nicht, daz god alsô volnkommen ist an siner gerechtikeit als an siner barmherzikeit. dit smecket wol der prophête dâ her spricht 'herre, din orteil sin sûze ober alle honing'. dem die orteil und gerecht unsers hern godis nicht ensmeckete(n), der enhâit ouch keinen dang zû dem ungemache und zû dem widdermûde. wer willichen iz vorhengenisse god(es) lidet, der hâit vorziegen sines eigens willen. zû dem virden mâle frauwet sich die vollenkommelich sê(le) aller godes gâbe alsô sêr an andern lûden als an er selber. daz kommet von lûter liebe und von vorzerunge eres eigen nutzes. von dissen virn dingen wirt die sêle alzumâl getragen ûz er selber und wirt bestêdiget in gode. des helf ûch und mir der vatter, son, heiliger geist. âmen.

XXV.

Misericordia domini plena est terra etc. (*Ps.* 32, 6.) Der konnigk Dâvid spricht 'daz ertrich ist vol barmherzikeit uns(es) hern Jêsu Christi'. dor ûf spricht sanctus Augustinus 'dor umb ist daz ertrich vol barmherzikeit daz (ez) ist vol jâmers und pine. aber in hummelrich enist nicht barmherzikeit dar umb daz dâ kein pine ist. dor umb spricht ouch konnig Dâvid ein ander wort '*verbo domini celi firmati sunt et spiritu ore eius omnis virtus eorum*' (*ibid.*) 'die hummel sint gestêdiget von der kraft des wortes uns(e)s hern Jêsu Christi. von dem geist sines mundes ist der heilige geist'. dor umb kommen disse wort abir zû der hôchzit der heiligen drivaldikeit. wan an dissen worten mag man vorstên die heiligen drivallikeit: die gewalt des vatters an dem dâ her spricht daz die hummel gestêdiget sin. die wisheit des sons dô her spricht 'au dem wort des vatters'. die gûde des heiligen geistes dô her spricht 'von dem geist sines mundes ist alle er kraft'. dit be-

83 wan — minnen] volkommener lude leben vñ mỹ 90 ir 4 wol 5 ader 10 alle er kraft?

kant sant Paul wol. dô her gezucket wart in den dritten hummel und sach sô getân dinge die men nicht vollensprechen mag. und rîf mit lûder stimme '*o altitudo diviciarum*, ô dû hôige des richtûms, der wîsheit und der kunst godes, wie unbegrîfelich sin dîne urteil und wie gar (un)gruntlich dîn wege'. disse rede bezeichent sanctus Augustinus und sprichet 'daz sente Paul gezucket wart in den dritten hummel, daz enbedûdet nicht mê wan dri hande bekentenisse an der sêle'. daz êrste ist bekentenisse der crêatûre, die men mit den funf sinnen begrîfen mag, und alle die dinge die dem menschen kegenwortig sin. dar-bekent men god nicht alzumâle an, wan s(în)e grôzen. daz ander bekentenisse ist geistlîcher, daz men hâit ân keinwartikeit. als daz ich einen frûnt bekennen ober tûsent mîle den ich vor gesehen hette. ich mûz en aber begrîfen mit glîchenisse, daz ist an den kleidern und an gesteltenisse und an der staid und an der zît, daz ist auch nâtûre. an dissem bekentenisse enmag men en nicht bekennen. men enmag en mit der zît noch mit staid noch mit varbe nicht begrîfen. der dritte hummel ist ein lûter geistlich bekentenisse, dâ die sêle in gezucket wirt von allen keinwortigen lîphaftigen dingen. dâ hôret men sunder mittel und bekennet sunder materien, wan dô ein rôd, daz ist wîz noch swarz noch blâ. in dissem lûtern bekentenisse bekennet die sêle god genzlich wie her einvaldig ist an der nâtûre und drîvaldig an den persônen. von dissem bekentenisse sprichet ouch sanctus Jôhannes *in apocalypsi* 'daz licht irlûchtet alle dî die in disse werlt kommen', dâ meinde her die bekentenisse dâ her zû dem mâle an was. daz wort sal men blôiz vorstên, daz nicht god bekennet und alle godlîche ding wan alle die die in daz bekentenisse kommen. die werden wirdiglîchen erlûchtet, und an nikein ander bekentenisse. dor umb spricht her 'alle die in disse werlt kommen'. hetter desse groben wer(l)t gemeint, sô enmocht dit wort nicht wôr sin, wan hie ist grôz blinde blôz, sundern her meinet die lûter bekentenisse, dô her bekante die heiligen drivallikeit, dô god daz wort ist an dem beginne und daz wort ist bî gode und god ist daz wort. dâ von sprichet Augustinus 'hette her icht vorbaz gesprochen, ez enkunde nimant vornemen noch begrîfen'. dor umb spricht her ouch daz die hummele gestêdiget sin von dem

34 gezuhet 35 mittel] nit 37 her ein ist 42 bekennet — wan] bekente vñ alle ding godlichen vñ 45 hetten 46 wer blint

wort unsers hern. ouch sprichet her Jôb daz die hummele gestêdiget sin ab si von êre gegozzen sin.

Die dinge sal men verstên an dem hummel. daz her stêde und veste ist und rein und behildet alle ding in eme und daz her fruchtsam ist. diss dinge solln sin an dem menschen. der ein hummel sin sal dâ got in wonet. daz her si stêde als der hummel stêde ist: die schrift sprichet 'waz in den gûden menschen kommet daz enwandelt sich nicht. und frûndes wille mit frûnde ist ein wille mit gode'. got hât obel und gût. lip und leit ist eme al ein. dor umb spricht unser herre 'wilch hûs ist gebûwet ûf einen vasten stein daz envillet nicht'. die schrift wil daz zwô mile oder mêr von dem erterich si weder regen ader slôze noch wint, wan ez ist sô stille daz men dô schribe bûchstaben in stôp ader in sant, sie bleben ganz. dâ bi mag der mensch merken wi verre her kommen ist von den sunden von gode. der sich noch sô lichtlich wandelt und bedrûbet, wan ez unmêzlichen hôch (ist) von dem erterich an den hummel.

Zum andern mâle vinden wir dâ reinikeit und lûterheit im hummele. als man merken mag an dem wazzer. wan ez drûwe ist. waz men dan dar ober heldet daz enbildet sich nicht, wan ez mit dem erterich ist gemenget. aber wan ez lûter ist, waz man dan dar ober hildet daz bildet sich. alsô ist ez an dem menschen: die wîle her mit erdeschen dingen gemischet ist sô enkan her sin reinikeit noch godes lûterkeit nicht erkennen. aber unse reinikeit ist alsô ein unreinikeit jegen godes lûterheit, als der prophête spricht. hir von spricht sente Bernhart 'wor um bekennet die hant die sonne nicht als die augen, sô die sêle in allen geleden vollenkommen ist? daz ist dor umb daz die hant nicht alsô lûter enist als daz ouge. mochte die hant ader (fûz) die sonnen in sich geziegen als daz ouge tût. sô bekent die hant ader fûze der sonnen als wol als daz ouge. wor umb ensmeckent den ôren nicht sûze dinge als wol als dem munt, noch dem munde sûze gesangk und sûze stimme als den ôren? dor umb daz er dar zû nicht gefûget enist. wor um enkennet en fleschlich mensche nicht als geistliche ding als ein geistlich mensche tûd?' alsô ist ez zumâle, wer geistlich dinge bekennen und smecken wil mit fleischlichen sinnen, der wirt dick

63 jegen vint wan] mêr? 64 schop 66 tzu gode 67 vnzelichen (?) vom 73 ez ist 77 wor men 82 die 83 der 87 der] vñ

betrogen. hîr vone enwil ich nicht mêr sagen, wan ein hêdenscher meister spricht daz der gûde mensch an halbir zît mit den sunden befangen ist, daz ist in dem slâfe: sô ensundet die bôse mensch noch entûd nicht gûdes. alsô tûd der gûde mensche, wan ein ding hât her zû vorne, daz ime gûde dinge trômen, daz ist ein grôiz zeichen. ein gûd mensche, kommet eme aber icht obels vor, dô schrîget her midde an dem slâfe, daz ist ein zeichen daz er wachet. wor umb ist eme aber die liebe dar zû? ime slâfe sô ist her des unverwunden.

Zû dem dritten mâle sô begrîfet her den hummel und alle ding und behildet sie an em. daz mag der mensch haben von der liebe daz her alle ding an eme entheldet, daz ist frûnt und vîgent. frûnde hât her lîp in gode, fîgende dorch god, und allez daz got geschaffen hâit daz hâit her liep zû gode unserm hern, alsô vil ez god gehôret.

Zû dem vîrden mâle, daz der hummel fruchtbêr ist, (daz ist) daz her hilfet zû allen werken. der hummel wirket mê dan der zimmerman der ein hûs bûwet.

Zû dem funften mâle ist der hummel ein stûl unsers hern. dâ von spricht die schrift daz der hummel ist sîn stûl und die erde ist sîn fûzeschemel. ein heindensch meinster spricht, Aristotiles 'enwêr kein hûs noch staid noch materien, sô wêr ez alz ein wesen.

XXVI.

Vere dominus iste est in loco isto etc. (*Gen.* 28, 16). 'Got ist wêrlîchen an disser staid'. daz sprichet Jâcob. 'ist daz uns sone nimmet ein frauwen van dissem lande, sô vordrûzet mich des lebens'. und mit dissem wort gap he râid daz men Jâcob sant in daz lant dô sie ûz geborn was. durch zwô sache. die êrste ist daz her dô ein hûsfrauwen nemen solde, die ander, daz sîn brûder Esau sîn vîgent was und wulde en irslahen; dem solde her enfliehen.

Egressus Jacob. dô her wandert ûz dem lande Bersabee und hatte geeirbêdet daz her mûde was, dô leide her einen stein zû sînem houbete und rûwete. dô sach her in sîme slâfe wû ein leiter stûnde ûf der erden und rêchete an den hummel, und die

88 envil 94 schridet 101 wil 107 ein 109 *der rest mir unverständlich:* Eyn materien vñ scheidet ein wesen daz glich ist ander sele. hier von spricht die sele in dem mynne buche druck nicht in dich also ein wafs als ein ingesigel. defs helff vns got mit einander. amen. 11 rechtete

engel stiegen ûf und abe, und god hatte sich geneiget ûf die leiter und he sprach eme zû alsô 'Jâcob, dit lant gebe ich dir zû eim erbe, und wil dîn geslechte mêren alsô den stôip der erden und mannigfaldigen alsô die sternen des hummels unde wil dich b[e]reiden ûf daz ôsten und westen, ûf daz sûden und norden. *cum vigilasset Jacob.* dâ Jâcob enwacht dâ sprach he 'god ist wêrlîchen an der staid, und sie ist geheiliget und ist ein porte des hummels und ist wunderlich'. disse rede wil ich geistlichen [be-]dûden.

Die zwêne die bezeichent lîb und sêle, die ein mensch sin und werde(n) zumâle geboren. als jene zwêne Esau und Jâcob wâren zusammen geboren und streden widder einander. Esau bezeichent alsô vele als îtelkeit, daz ist der sich bekommert mit îdelen und vorgenglîchen dingen. Jâcob bedûdet alsô vele alsô ein strîder und ein segefechter. Bersabee bedûdet alsô vil als unstêdikeit disser werlde. durch disse dinge flôch Jâcob sînen brûder und daz lant. alsô ist ez an der sêle, die ist von dem hummel kommen und der lîp von der erden, daz ist von vatter und mutter, und strîden under einander. der lîchnam viehtet widder die sêle an und die sêle den lîchnam, als sente Pauel spricht daz ein strît mûz sîn zuschen der sêle und dem lîbe. die sêle begeret êwige dinge und der lîp vorgenglich ding. dor umb mûz die sêle flîhen von allen vorgenglîchen dingen und von wollust, wan Basilius spricht 'daz ist vollenkommenheit daz ein mensche aller dinge nicht enachtet die god nicht ensin'. daz sal he leren an vier dingen: daz êrste, daz her nicht enachtet aller vorgenglîchen dinge; daz ander îdeler êre, daz her sîner êre nicht mê enachtet dan eines andern; daz dritte ist wollust. bî dissen drin leret men daz men kommet zû dem vierden, daz her sînes selbes nicht enachtet. als kommet die sêle zû einer rûwe und slêfet ûf dem steine und sihet die leitern stên ûf der erde mit eime ende, und mit dem andern ende rûret sie den hummel, und sihet dan den hummel uffen und god geneiget ûf die leitern und sihet die engel ûf und abe.

Die leiter bezeichent genzlich die sêle, die mit den nedersten kreften rûret daz ertertch -- daz ist in den kreften die voreinet sint mit den funf sinnen und dem lîbe daz leben geben, dar midde wirt sie unedele und mit den obersten kreften rûret sie den

16 osten und westen] erste 21 libe 39 dren 42 hummele 43 die] der

hummel, dâ von bekennet si hummelsche ding. hîr von spricht ein meister daz die sêle ein mittel ist zuschen gode und den crêatûren, wan sie ist besatzt an dem beginnen und an dem ende des obersten und rûret daz niderste. dor umb loufen die engel ûf und abe, die sie bewaren, wan sie noch ist alsô an eime (slâfe). alz daz god wirket an den nedersten dingen daz hât her zû dem êrsten gebrôcht an die obersten. daz sprichet Dyonisius ʻalle bilde ader glîchenisse hât her êrst gebrôcht und gedrucket an die nedersten engele, und werden alsô gebrôcht und gedrucket an die crêatûre, alsô ein gût meinster sîn kunst die her am herzen begrîfet, und snîdet an ein hulz ader mâlet an ein tûch ader an ein want, alsô drucken die engel godes licht und sînen trôst an die sêle, und die sêle sihet den hummel uffen und sihet wi sich god an die leitern geneiget hâid. daz ich nû sprechen wil, daz ist wêrlich wâre und ist ein wunderlich wort, und enweiz nicht vele lûde, daz nommer crêatûre der sêle smecket noch wollust gibet. daz (ein) mensche ez ader nicht ez ist doch wêrlichen wâr. ez ensach mannig mensche nî Rôme und ist doch Rôme, und vil wonders ist zû Paris daz mannig mensch noch nî gesach und ist doch dô. dor umb hatte sich god geneiget an die leitern daz alle die wollust die die sêle hâit an den crêatûren die ensmecken (er) nommer, inwêr (god) da(r) in. wanne die sêle dit wêrlichen erkennet, sô entfallen und vornichtigen ir alle crêatûren. dor umb spricht auch her Jâcob dô her entwachete von dem slâife ʻgot ist wêrlichen an disser staidt und ich enwuste es nicht'. dô her Jâcob entwacht, dô entfielen eme alle sîn crêatûren, und bekente god allein. alsô ist ez genzlîchen an der sêle. die wîle sie ist an dem slâfe sô dînen er die engel und sie bedarf der crêatûre hulf nicht. wan sie aber entwachet und zû dem wâren bekentenisse godes kommet, sô trîbet sie die engel von ir und enmag der crêatûren dînst nicht mê gelîden und begrîfet sich mit gode allein. dor um sprichet her daz man den nuz besehe durch die schalen biz ûf den kern. daz wir god bekennen vor allen dingen des helf ûch und mir der vatter, der son und der heilige geist. âmen.

55 den 57 der 58 im? 61 suchet wy 64 die 73 entfielen] entwachten 80 nutz

Die vorstehenden predigten des meister Eckart sind folgenden zwei bisher unbenutzten sammlungen entnommen:

1) *O, die pergamenths. Laud. Misc.* 479 *in octav der Bodleiana aus dem ende des* 14 *jhs. enthält auf bl.* 5ª — 114ª *unter der überschrift* 'dit buchelin heizit ein paradis der fornuftigin sele' *eine in zwei bücher zu* 31 *und* 33 *predigten geteilte sammlung von* 64 *deutschen predigten, deren verfaſser in einer auf bl.* 1ª — 5ª *vorausgehenden kurzen inhaltsübersicht des ganzen genannt werden. das ganze ist von einer hand geschrieben. die hs. entstammt, wie viele andere manuscripte der Laudschen bibliothek, dem Carthäuserkloster bei Mainz*[1]. *es dürfte der anordnung der sammlung, deren entstehung auf Erfurt hinzuweisen scheint und die wir wol dem anregenden einfluſse der dortigen würksamkeit Eckarts verdanken, ein sachliches princip zu grunde liegen, da eine scheidung der predigten nach den einzelnen verfaſsern nicht statt hat.*

Die hs. bietet von den oben abgedruckten predigten nr I—XX, *die sich in folgender weise in der hs. verteilt finden:*

I = *nr* I, 1, *fol.*	5ª		XI = *nr* II,15, *fol.*	85ª
II = „ 4 „	10ª		XII = „ 16 „	87ª
III = „ 8 „	17ª		XIII = „ 18 „	90ª
IV = „ 10 „	20ª		XIV = „ 19 „	91ª
V = „ 15 „	28ᵇ		XV = „ 20 „	92ᵇ
VI = „ 16 „	30ᵇ		XVI = „ 24 „	98ª
VII = „ 26 „	49ª		XVII = „ 26 „	100ª
VIII = „ 27 „	50ª		XVIII = „ 27 „	101ª
IX = II, 6 „	68ᵇ		XIX = „ 29 „	102ª
X = „ 11 „	76ª		XX = „ 30 „	104ª

außerdem enthält die hs. noch 11 *weitere, bereits bekannte predigten Eckarts. es fallen nämlich zusammen*

nr I, 19 *und Pfeiffer*	72	II, 2 *und Pfeiffer*	84
„ 20 „ „	35	„ 3 „ „	52
„ 21 „ „	31	„ 5 „ „	45
„ 22 „ „	79	„ 17 „ „	62
„ 24 „ „	32	„ 28 „ „	97.
„ 28 „ „	41		

ein abdruck aller dieser stücke erschien nicht gerechtfertigt, obschon

[1] *fol.* 65ª *am rande* 'dieſs buche ist der Carthuser by Mentz'. *fol.* 114ᵇ 'iste liber pertinet ad domum montis sancti Michaelis prope Maguneiam ordinis carthusiensium'.

die abweichungen von dem bei Pfeiffer gedruckten texte durchgängig nicht unbedeutend sind, indem einige predigten ganz umgearbeitet, teils verkürzt, teils erweitert auftreten, so namentlich nr I, 19. II, 3 *und* 17. *nr* I, 28 *gibt sich selbst durch die einführung eines neuen absatzes mit* 'ein phaphe sprach zu meister Eckarde' etc. *als überarbeitung zu erkennen. als probe, wie sehr die predigten in den verschiedenen recensionen im umfang differieren, kann das zweite stück unserer sammlung dienen, dessen anfang sich mit Pf.* 29 *deckt, während der gröste teil der predigt hier neu erscheint. anderwärts geht die verschiedenheit bis zu völliger zerstörung der ursprünglichen disposition, so dafs kaum noch das alte gerippe bestehen bleibt. welche von beiden recensionen im einzelnen den vorzug verdiene ist mit unsern kritischen hülfsmitteln nicht zu entscheiden. im allgemeinen ist unserer hs. was behandlung des textes anlangt kein grofses lob zu spenden: sie gibt vielfach, wie der erste blick beim lesen zeigt und die vergleichung der Pfeifferschen texte oft bestätigt, mehr auszüge als würkliche ausführung, sie zieht nur die wichtigsten grundgedanken mit übergehung der mittelglieder aus oder geht gar wie in nr* VIII *so weit nur die äufsersten umrifse, die disposition des ganzen zu zeichnen.*

Die übrigen 33 *predigten der hs. verteilen sich auf folgende zwölf verfafser, von denen nur wenige uns bereits bekannt sind:*

Florencius von Utrecht der lesemeister I, 2. 31. II, 32.
Meister Hane der carmellita I, 3. 30. II, 23.
Johann Franke I, 5. 7. 18. 29. II, 4.
Thomas von Apolda I, 6.
Eckart Rube der lesemeister in prediger ordine I, 9. 23. II, 1. 13. 14. 33.
Bruder Erbe der prediger und lesemeister I, 11.
Gisilher von Slatheim lector I, 12. 14. 25. II, 8. 10.
Hermann von Loveia lector I, 13. 17. II, 9.
Albracht von Driforte der lesemeister II, 7. 22.
Helwic von Germar, der lesemeister was zu Erforte II, 12. 21.
Sente Dyonisius (!) II, 25.
Ein barfuzzin lesemeister II, 31.

Die verfafser der predigten schliefsen sich in ihrer ganzen darstellung eng an Eckart an, und sind wenn nicht alle doch grofsenteils als unmittelbare schüler dieses letztern zu betrachten. näher kann auf diesen punkt hier nicht eingegangen werden.

2) *C, die papierhs. MS. theol.* 4°. 94 *der königl. landesbibliothek zu Cassel vom jahre* 1470 *enthält:*

1. *bl.* 1ª — 60ᵇ *eine sammlung lateinischer predigtentwürfe und den anfang einer deutschen bearbeitung eines solchen; am schlufs:* 'Et sic est finis per Hinricum Eymbich'.

2. *bl.* 64ª — 293ª *eine umfängliche sammlung deutscher predigten ohne besondern wert und erst späterer zeit entstammend; als verfaſser (oder nur schreiber?) nennt sich am ende Philipp Babinhusen, der wie eine der hs. beigelegte notiz eines herrn RCruel bemerkt, wahrscheinlich das pfarramt an der Peterskirche zu Fritzlar bekleidete, aus welcher das ms. herstammt.*

3. *bl.* 293ª — 308ᵇ *folgen von derselben hand wie die vorigen geschrieben noch zehn predigten ohne überschrift oder nennung des verfaſsers. doch trage ich kein bedenken dieselben mit hrn Cruel sämmtlich meister Eckart in dessen leicht kenntlicher manier sie geschrieben sind, beizulegen, da drei derselben, die erste, vierte und sechste, auch bei Pfeiffer unter nr* 75. 108 *und* 45 *erscheinen, die dritte aber mit der durch die Oxforder hs. als Eckardisch beglaubigten predigt nr* I *unserer sammlung übereinkommt. die hier mitgeteilten sechs predigten stehn auf bl.* 293ª. 296ᵇ. 301ᵇ. 304ᵇ. 306ª. 307ᵇ *der hs. sie gewinnen ein besonderes interesse für die geschichte der überlieferung Eckardischer werke in späterer zeit dadurch, daſs wir in ihnen ohne zweifel einen teil des originals des tractats* von der sêle werdikeit und eigenschaft *bei Pfeiffer* 394*ff zu erkennen haben, in welchem eine ganze reihe von gedanken, ja zum teil längere stellen, besonders aus nr* XXII, XXIV, XXVI, *in wörtlicher übereinstimmung wiederkehren, indem auch dieser tractat, der nur in der späten Melker papierhs.* g *enthalten ist, wie sicher noch eine menge anderer durch zusammenstellung von auszügen aus ältern predigten seine entstehung fand. die texte dieser hs. haben im ganzen weniger durch verkürzung gelitten als die von O; dagegen ist der zusammenhang öfter durch sinnlose schreibfehler gestört.*

Was den hier gebotenen text anbetrifft, so beschränken sich die abweichungen von den hss. auf die entfernung der störenden auswüchse der spätern orthographie, dh. die regelung der schreibung in bezug auf z *und* s, c *und* k, f *und* ff *usw. gröſsere abweichungen sind unter dem texte angezeigt. ergänzungen sind (mit ausnahme von nr* I, *wo* (—) *die nur in O,* [—] *die nur in C vorhandenen stücke bezeichnet) durch* r u n d e, *zu tilgende worte oder buchstaben durch* e c k i g e *klammern angedeutet worden. die überschriften der predigten* I—XX *sind dem in O vorausgehenden inhaltsverzeichnis entlehnt.*

Leipzig. E. SIEVERS.

PREDIGTENTWÜRFE.

I.

[*bl.* 1^a] Daz heilige gotiſ*wort* da mit di zuelſboten bih^{s}cten di heidin | uñ di iudin daz . . . ^{s}what uñ whſcirnd an den ſeligin . daz *hat* | di c^{r}at ſwa ez irhillit zu gihorde d^{s}leute daz ez den ſunde^s | ſcrechit von d^s ewigin wize di ez ĩ kundit . dar an manit unſ. *ſ.* | iacob vñ ſp^{i}hc⁊ Eſtote facto ^{s}v ⁊ ñ au.$^{-a-}$ ſwer dar an wndin wirt | uirſehe ſihc deſ loneſ deſ ſihc rūde . ſ. pau do er ſp^{a}h. Repōita *eſt mihi* | co i^s q^a r m d ĩ il d. iui. Nu m^{s}chit er nennit einin rehtin rihte^s | uñ ſinen tac . daz iſt d^s dac ſo unſ^s h^{s}re zu girihte cumit wr | alle di . di d^s w^{s}lit girde volle heihent mit ir willen uñ mit *ir* | w^{s}kin vñ sineu gibot uirſmehint ſo ſi ſoldin got horin . . . . | dan von₋ dē da. ſp^{i}hcet deu ſcrift . dieſ illa. d. ire di Mer von *dem* | rihte^s ſp^{i}hc⁊ Ewanglm̄ Cui^s uentilab^{v}m ĩ manu ei^s ⁊ p̄gabit ar*eam* | ſuã ⁊ c̄ggabit t^{s}icū ĩ horreū ſuum paleaſ ɔbu ig iex . di tage *di* | wir nu lebin hat unſ got zu uriger walunge geben daz w*ir* | virdinen di helle od^s daz hĩmilrihce . dar ūbe ſp^{i}hc⁊ . ſ. pau | Ecce n̄c tp' ac ec n̄c .d. ſal. un ſp'hcet d^s wiſſag Eſſayaſ q̄rite dm̄n *dum* | ĩueniri poteſ ĩuo e .d. ppe ē. Suvenne wir danne gilovſſ*in* | an unſ^e zil uñ unſ d^s tot hin houhit ſo nimet got in ſi | ne giwalt ob er unſ wolle uirliſen od^s behalten . Want d*a* | er rehtir rihter iſt . ſo tut er niht giwalt dē tieuil an d*e* | heinem dē ſineu boſin w^{s}hc uirdāp-nit . er let ovhc niman vz | d^s in hat giminn⁊ uñ giwrhtit . Nu ſint trig^s hande ſu*n* | de di ſint an unſ^{s}n gidancin an worten vñ

I 5 Estote autem factores verbi et non auditores tantum Jac. 1,22 6 Reposita est mihi corona iustitiae, quam reddet mihi dominus in illa die iustus iudex 2 Tim. 4,8 12 Cuius ventilabrum in manu eius, et purgabit aream suam et congregabit triticum in horreum suum, paleas autem comburet igni inextinguibili Luc. 3,17 15 Ecce nunc tempus acceptabile, ecce nunc dies salutis 2 Cor. 6,2 16 Quaerite dominum dum inveniri potest, invocate eum dum prope est Isai. 55,6

ẘchin . von | den gidancin ſp̄hc⁊ . D. Iniq̄tatē . ſ. a . ī . c. von dē ẘten | ſp̄h⁊ got . dē oi ubo oc. von dē ẘhcin . Diſcedite a me | ōēſ oparii iiqi . Itē diabol⁹ Ecce hō ⁊ opa ei⁹ cū eo . Nu iſt | dˢ uil leidir di nit bignugit ſundin von gi gidan*cin* | vn̄ worten . ſi breſtin vz an deu ẘhc un̄ zihint mit *in* | di wolgiſtundin obe ſi von boſin bilde niht wrden virkerit . von *den* . quid got qui ſcandalizaůit un⁹ . de puſilliſ iſtiſ q ī me credt . ⁊ cetā

II.

[*bl.* 1ᵃ] *Plē* mē q. f. t̄. a. ī q̄ ot. te. reſpōde m̄. Liebe bʳdˢe diu irbarmede vnſerſ hˢrin hat | vil lange vertʳagen . vn̄ uſgihab⁊ dē ſlac den wir nu alliwil mit den meintē | gwn⁊ haben . Nu ſpⁱhtet er ūſ zu dur dē mūt ſieneſ wiſſagen Mihcee. Plē | Min . . . . . waz han ich dir gidan . An dē angengi dˢ ſuni hezit ᵒʳ unſ ſin leut. vn̄ | q̄t ūſ damid daz er niht ungnediclihce mit unſ degidingin wil obe wir wollen | . . . n. Er sp̄hcit alſo Qⁱd fe tⁱ. Waz ih dir gidan. warūbe haſt du mih uirlahzin . waz | . . . ſt du mir ungihorſā . Responde m̄ . vil liben da iſt unſ gibreſten . da iſt un | . . . . w Gᵒzer gnad manit er manet unſ mit diſem wort . Qⁱa eduxi *te* | *de* tˢra egip. vz der vinſter dirre werlt von dˢ giuancniſſe deſ diuvelſ. damitē | hat er unſ irlozt . un̄ hat ūſ braht ī admirabile lum̄ ſuū. q ē miniſtiiſ hiſ q̄ p . . fˢut ī agone ētaminiſ. vil liben vnſˢ hˢre hat ūſ giwarnot. ē. er ziungiſt mit unſ zi | ge . Nu ſeh iver iglih waz er danne zu antwrtenne haben muge . ſo wir de | *einiſt* uor godᵉ giſtan. Deſ enſih ih zu meinē teil ī minē hˢcen niht waz daz ſin | . . . . . hat unſ ſo manlıc gut beſceinit . daz wir neheine giuellege antwrd | *haben* mogen vnd in . ſolē ſuū fac oriri ſr̄ bo ⁊ ma. ⁊ plū ſr̄ ītoſ ⁊ ī iˢtoſ. ⁊ det nob | *eſcam in tempore* oportuno . In alleme ſinē rihtū giruht giruht ᵉʳ durhc unſ zi werden paup | . . . .

23 [David] Iniquitatem si aspexi in corde meo, non exaudiet dominus Ps. 65,18 24 Omne verbum otiosum, quod locuti fuerint homines, reddent rationem de eo in die iudicii Matth. 12,36 24 Discedite a me, qui operamini iniquitatem Matth. 7,23 28 Qui autem scandalizaverit unum de pusillis istis, qui in me credunt etc. Matth. 18,6

II 1 Popule meus, quid feci tibi, aut quid molestus fui tibi [aut in quo contristavi te]? responde mihi Mich. 6,3 10 Quia eduxi te de terra Aegypti Mich. 6,4 12 Qui de tenebris vos vocavit in admirabile lumen suum 1 Petr. 2,9 18 Qui solem suum oriri facit super bonos et malos, et pluit super iustos et iniustos Matth. 5,45 Et tu das escam illorum in tempore opportuno Ps. 144,5

. . der gůte hirt . vns̄ h̄ro kō ī dirre werlte . wfe cu roufene daz fcafp daz | di wolve gezaccit hedtin . daz uant er uñ drug es widis uf sienen afc | zu ds gnozfcaft ds heiligin engele mit den arbeitin finef dodif an dē | . . . . er def heiligin c̃cif. Oblat⁹ ē q̇a ip̄e uoluit ꝛ p̊cata nr̄a ip̄e por. Luit q hō | . . . . . n̄ rapuit it exfoluebat. Mit allen fienen ᵃʳᵇᵉⁱᵈᵉⁿ cōfde er niht uvan daz er ūf | daz irwrbe daz wir gotef fiñ obe wir felb wollen alfo da gefcribin ftet | . . . . vnd andirfwa. Narrabo bon frib⁹ eritif f. dar zu fp̍hcit | .f. iohannef. Q°d q ᵃᵘᵗᵉ receput ded̄ eif p̊ .f. d. fieri. Da wider ful wir | . . . . alle gilihc q̇d retbuā dn̄ō p o q̄ .r. m. calicē fal. ac. vil liben ir | [*bl.* 2ᵃ] *fullen fin gih*orfā daz er fine gnade uon eu niht ker. Alfo ds | *wiffage gifpro*hcin hat. Abfcondā faciē meā ab eif ꝛ ō fu . . | .o. . . fubt . . . anciā ḡcie mee ꝛ aparruit atq exitū opaeop p | ducet . Nu habit ir u. augen deu zehhen g. got vnfers h̄rin die a*ht* | felicheit deu .vi. werh de heiligin irbarmh . . . Nu uolgꝛ de radte def | dauid da *er* iv zu fp̍hcit . Jntīte .p. ei⁹ ī ɔfef. Alfā er fprehce . Ir | ften vor dē burgidor def hīlifcin kungef. nu ftet nit lengir dauor. ds di*e* | uil uñ di fynen werbint dar umb daz fi eu zu gifp'ngin . vn iu in ds g . . . | flahin vor dē burgidor. Nu mvgit ir fp̄hcin daz burgidor ift bifpan . . . | wa fvlin wir komen in. Daz fagin wir eu. Diu furburge flizzent fih uf | *fwe*nne ir wolt. Durh. deu uurburg folin wir chom at portā q̄ refpicit *ad* | orientē . ꝛ ē intelligencia ꝛ agnicio dei . Er q̇t Intīte portaf welhiz | deu mangen dor . da man hin durh fol at ianuā regni Daz ift ds funder | wa . uolletan bihte . vū euvig intebede von den funden. Reht gloube rehten s̊hcin . deu heilige zuuerficht div wareu gotef minne. Haf por*taf* | diligit . diligit dn̄f fr̄ oīa tab iacob. Der dahin cumit der mag urolih | cin. Et ecce uenio at te q̄ amaui q̄ q̄fiuiq̄ fep̄ optaui Peccā ft | ftut aditū ab hif portif. Nu mogit ir ane zwiuel fin obe ir iuhc wolt | bikeren. Ds heilige wiffag gibit fih felben . iv zv bild an ds ftat da er q*uit* | Dixi ɔfitebor aduerfū me ī *juftitiam* m. dn̄ō t. re ip̄tē .p. mei *pro hac orabit* ad *te* | oīf fcf ī tp̄e opor Cᵛm magna

24 Oblatus est quia ipse voluit . . . et peccata nostra ipse portavit Isai. 53,7 29 Quotquot autem receperunt eum, dedit eis potestatem filios dei fieri Joh. 1,12 30 Quid retribuam domino pro omnibus quae retribuit mihi: calicem salutaris accipiam Ps. 115,3.4 32 Abscondam faciem meam ab eis Deut. 32,20 36 Introite portas eius in confessione Ps. 99,4 47 Diligit dominus super omnia tabernacula Jacob Ps. 86,2 51 Dixi confitebor adversum me iniustitiam meam domino: et tu remisisti impietatem peccati mei. pro hac orabit ad te omnis sanctus in tempore opportuno Ps. 31,5. 6

mltidudo dī oi Daz nieman ſo ubil tuot | [zi iung] iſdc wde geheiligit . vil lieb lute nu get Zubihte deu biht iſt daz uū . . . . . . | dˢ ſunden mit dē heildrance war ĝnert uon dē dode. S. Maria magdalena | vñ S. petš vñ dˢ ſcahher . vñ wer niheiner miſtē godᵉ. ſwi ſundec . . | Poſt ōnef abhōmaciōēſ tuaſ reuťˢe ad me dicit dñſ. Feſtinate. q̇a ſe curis | at radicē arboris poſita eſt.

III.

[*bl.* 2ᵇ] Venite filii au. me timorem domini docebq vos. Nu horet uil liben Mit wi | ſvzer ſtīme . vñ willen vñ welhcer lidunge . vnſ widˢ ladꝛ | in ſin rihce unſˢ himiliſcer uater. welhe zuferſicht er | unſ gibit an ſinen gnaden. obe wir unſ nienen ſumen an | dˢ riwe. Virſumen abˢ wir unſ in diſem curcen zite daz wir | di ſunden niht giruvin ſo virdāpnet er unſ ziiungiſt | an dˢ uorhtlihcer uirdeilunge deſ iungiſtin urteileſ | ſo er zū ſprihcet alſuſ. Neſcio q̇ ſitiſ . diſcedite a me q̇ opamini | iniquitatē Swer in einī carcher giuangin lit . der ſpait da . . . | niht ſieniſ gůtiſ ernloſe den lip von den engiſtlihcim ungi | mahce. Alſ iſt ovhc . ſo ez an den dot get . ſo gebe dˢ man uilgˢne | uñ lehin vñ alliz ſin . . . . . gut daz er ſihc irloſte . . . . . | dem dode iſt daz alſo N . . . . wleher alſo. Nu ſwhowent wi to | riht daz iſt dˢ da nor iht gihaltit erne gebe ez ane . . . . de vmbe di wnne deſ ewigyn tagyſ . dˢ niem mit dehei . . . . . | . . . . virſalwet wirt von dē da giſphein hat M . . . . de . . . . | .ſ. . . . . Danc mahc nehein naht ſin . da d ware Got | giſehin wirt alſolihc er iſt ī tˢra uiuentiū . vil . . . .

57 Post omnes abominationes tuas Ez. 16, 32 Revertere ad me, dicit dominus Jer. 3,1 — Jam enim securis ad radicem arborum posita est Matth. 3,10 Luc. 3,9

III 1 Venite filii, audite me: timorem domini docebo vos Ps. 33,12 8 Nunquam novi vos: discedite a me qui operamini iniquitatem Matth. 7,23

Zwei pergamentblätter von einer hand des angehenden 12 *jahrhunderts am schlufse der Klosterneuburger hs. nr* 1118, 8⁰ *saec* XI. *sie enthält die predigten des heil. Augustinus.*

Das cursiv gedruckte ist ergänzung von abgeriebenen nahezu unleserlich gewordenen stellen.

Wien, 20 december 1869.

J. M. WAGNER.

DE PROCINCTV ROMANAE MILICIAE.

Quoniam, ut in initio fatus sum, neminem plura conuenit scire quam regem, post hęc pauca scripta quę licet non luculento fideli tamen sermone prolata sunt, addidi etiam quędam capitula excerpta de cuiusdam Flauii Vegeti Renati opusculo de procinctu militię Romanę, qualiter apud eos tyrones exercebantur, ut euidenter patescat non multitudine multorum populorum sed ingenio et exercitio fortium et electorum uirorum dei auxilio uictoriam ministrari. Explicit prologus. Incipit liber.

I.

Quod Romani exercitio armorum numerosiores et fortiores se superauerint. Romani uniuersum pene orbem sibi subicientes non multitudine populorum exercitusque plurimi sed ingenio et exercitio pugnandi quo cotidie exercebantur uictores extiterunt. Nam ad multitudinem Gallorum comparati paucissimi uisi sunt, ad proceritatem quoque Germanorum pusilli et modici sunt estimati, Hispani uero et numerositate et corporis enormitate uiribusque pręstantiores semper fuere. Quid uero de Affrorum dolositate et diuitiarum potentia, quibus semper inferiores fuere? quid etiam de prudentia Grecorum artibusque dicendum est, quibus semper impares extiterunt? Sed hęc omnia uicit usus et assiduitas exercitii militum sollertium, qui cotidiano exercitio instituebantur. Quod enim bene discitur felicius leuiusque peragitur, nam paucitas bellantium exercitata ad pugnam proficit ad uictoriam, multitudo uero indocta eneruiter cadit in mortem. Ideoque probati et docti dirigebantur ad pugnam et quibus pudoris erat terga dare hostibus et uictoriam laudabiliter adquirebant.

II.

De quibus plagis mundi milites colligebant. Sed quoniam et gens gentem bello et prudentia precedit, dicendum est,

1 inmitis factus *cod.* initio fatus *verb. Marx* 8 *hieran schliefsen sich durch* Capitula *eingeleitet die überschriften der absätze die ich hier fortlafse* 10 *Vegeti epit. rei milit.* I c. 1 28 maxime legere solebant *heifst es dafür in den capiteln. Veget. epit.* I c. 2

unde optimi milites legebantur. Gentes namque uicine solis ardoribus sapientia callent minusque sanguinis habent et ideo timidiores existunt. At contra qui septentrionem incolunt minus sapiunt sed fortiores sunt animo. Ideoque optimi milites ex temperatis regionibus delegebantur, quia pericula per prudentiam deuitarent et per audatiam in hostes insilirent.

III.

C u i u s a e t a t i s t y r o n e s e l i g e b a n t u r. Legebantur autem et assignabantur apud antiquos milites incipiente pubertate: quod et hodie seruatur, ut uidelicet pueri et adholescentes in domibus principum nutriantur, quatinus dura et aduersa tollerare discant, famesque et frigora caloresque solis sufferre. Nam si hęc aetas absque exercitio et disciplina preterierit, statim corpus pigrescit. Vnde et uulgaricum prouerbium ac nostris familiare est quod dicitur: in pube posse fieri equitem, maioris uero aetatis aut uix aut numquam. Omnis namque disciplina que ab ineunte aętate discitur fortius tenetur, quoniam quasi naturaliter cum ipsa ętate crescit, simulque quod in talibus aętatibus uoluptas delectationi adest. Melius quippe est ut exercitatus adolescens aętatem nondum aduenisse pugnandi causetur, quam doleat preterisse. Ideoque antiqui tyrones omnimodis instituebantur, ut quod bene nossent magis delectarentur efficere, quam terrerentur arripere.

IV.

Q u o d m u l t i e x u u l t u e t p o s i t i o n e c o r p o r i s e l i g e b a n t u r. Ex ipsa etiam forma corporis et uultu eligebantur magis quam proceritate, quod non tantum in hominibus uerum etiam in ęquis canibus et accipitribus diuersi generis consideratur. Adtenduntur namque a gnaris singula menbra oculi caput ceruix uenter crura pedes et reliqua menbra. Et si in mutis animantibus ea considerantur, quanto magis in homine id perpendendum est, qui pro libertate pro uita regis pro patrie defensione contra inimicos certare debet? Adolescens ergo qui duellio disponendus est eligi debet uigilantibus oculis et uegetis erecta ceruice lato pectore

8 *Veget. epit.* I c. 4 14 pigressit c a nostris c 20 pugnandi *fehlt, aus Vegetius ergänzt* 24 magis quam ex proceritate *wird in den capiteln hinzugefügt. Veget. epit.* I c. 5—7 32 debetur c

humeris musculosis brachiis longioribus uentre modico ualentibus digitis cruribus exilioribus pedibus non nimia carne obsessis sed neruorum duritia solidis. Quod si et magnitudo affuerit his congruens electum militem demonstrabunt. Si autem supra dicta signa habuerit, de magnitudine magnopere non curabitur. Nam Tydeus minor quidem corporis exiguitate fortiorque armis fuisse dicitur. Sed et Dauid modicus Goliath gigantem peremit. Eligebantur etiam quarumdam artium sectatores et quarumdam repudiabantur. Nam piscatores et aucupes et hos qui opera ginyecea sectabantur longe a militia propellendos censebant. Venatores uero ceruorum aprorumque et ursorum necnon et fabros ferrarios carpentarios etiam et macellarios militię asscribebant, quoniam his maior duritia et firmitas corporis exercitiumque durius inesse uidetur.

V.

Qualiter ad gradum et cursum exercebantur. Exercebantur etiam tyrones ad gradum militarem ut ordinem seruarent gradientes celeriter que et ęqualiter incedere discerent. Nam si passim dispersus et diuisus pergit exercitus periculum sepe incurrit grauissimum. Vnde necesse est ut aęqualiter incedere discentes uno parique impetu in hostem irruant. Ad cursum etiam exercebantur tyrones ut maiore impetu in aduersarios insilientes ipso rapido cursu eos terrerent, loca etiam oportuna citius preoccuparent, hostesque id facere nitentes preuenirent. Cum uero necessitas exegisset, quod in euentu belli frequentius fit, aduersariorum castra citius explorarent uelociusque redeuntes renuntiarent. Necnon ut fugientium hostium terga celerrimę insequentes eos morti uel captiuitati addicerent. Ad saltum etiam instituebantur, quo facilius fossas uel quicquid impedimenti euenire possit transilientes excederent. Sed et hostibus saltu magnum terrorem incutiebant, quos ipso impetu ante precipites dabant, quam se cauere ab ictibus possent.

VI.

Qualiter ad usum natandi exercebantur. Ad usum quoque natandi milites instituebantur. Nam campum Martium qui

3 solidos c   4 congrueris c   8 repudiebantur c   15 *Veget. epit.* I c. 9   27 saltu c   33 *Veget. epit.* I c. 10

proximus est fluuio Tyberi ad exercitia bellica delegerunt, in quo iuuenes exercitium armorum discerent. Post exercitia uero uaria quibus se sudoribus et puluere inficiebant in flumine Tyberi aestiuo tempore lauabantur in quo et puluerem et sudores lauantes etiam labores et lassitudines aquę commoditate temperabant, sicque assiduitate lauandi usum etiam natandi discebant. Nam quod usus natandi sit pernecessarius frequentibus indiciis experimur. Nam et fugiens exercitus et insequens natare sepius compellitur. Neque enim flumina semper pontibus transeuntur. Solent etiam torrentes subitis imbribus nimium excrescere. Ideoque Romani talia pericula precauentes exercitio militari milites instituebant.

VI.

Q u a l i t e r c u m s c u t i s u i m i n e i s e t c l a u a e x e r c e b a n t u r. Solebant etiam singuli milites singulos palos in terram figere, ita ut nutare non possent et eminerent senis pedibus id est staturam hominis mediocri. Contra hunc palum ueniebat tyro quasi contra hostem cum crate ad similitudinem scuti rotunda ex uimine facta que habebat duplum ponderis quam scutum puplicum, tenens manu dextera clauam ligneam similiter maioris ponderis quam gladius uerus haberet. Sicque contra ipsum palum quasi contra inimicum consurgebat nunc caput nunc faciem uulnerando, nunc uero uentrem lateraque pungendo nunc poplites aut crura succidendo. Et ita assultans insiliebat resiliebat subsiliebat. In qua exercitatione illud permaxime obseruabatur, ne miles inferens plagam aut insiliens uel resiliens siue subsiliens ipse in parte aliqua pateret ad uulnus. Idcirco autem cratis et claua maioris erant ponderis, ut in grauibus et lusoriis armis assuescerent leuia et uera arma delectabilius adtractare.

VII.

Q u o d n o n c e s i m s e d p u n c t i m f e r i r e d o c e b a n t u r. Docebantur etiam non cęsim sed punctim ferire: quodque ideo faciebant, quia periculosiorem infert plagam punctio quam cęsio Simulque qui cęsim ferit non adeo ossuum duritiam uel loricę soliditatem penetrat, at uero punctio duabus untiis adacta sepe mor-

9 transeuntes *verb.* transeuntur *c* 13 ad palos *fügen die capitel hinzu. Veget. epit.* I c. 11 30 *Veget. epit.* I c. 12 31 ponctim *verb.* punctim *c* 32 infret *c* 34 Aut *c*

talis efficitur. Punctio etiam toto nisu corporis infertur, caesio uero elaeuatione solius dexterae fit et latus ferientis denudat inimicoque ad perfodiendum patescit,

VIII.

Qualiter ad missilia iacienda exercebantur. Instituebantur etiam tyrones ad missibilia iacienda. Nam hastilia maioris ponderis quam uera futura essent iacula in eundem palum a tyronibus dirigebantur. In quo illud maxime campidoctor adtendebat, ut fortiter hastile dirigeretur crispanti hasta, quod indicium est uirium et aut ipsum palum infigeret aut iuxta ipsum. Tali namque exercitio et uirtus lacertis accrescit et iaculandi peritia adquiritur.

IX.

Qualiter ad sagittas iaciendas tyrones exercebantur. Similiter quos aptiores et industriores nouerant arcubus et sagittis lusoriis ad ipsos exercebant palos. In qua exercitatione id magistri adtendebant, ut arcum scienter ac et pleniter tenerent ut sinistra fixa esset, ut dextera cum ratione duceretur, ut oculus et animus pariter adintenderent quod feriendum erat rectumque sagittarent. Quantum autem sagittarii utilitatis in prelio faciant probatur plurimis exemplis.

X.

Qualiter ad fundibala exercebantur. Ad lapides etiam e fundis iaciendos instituendos tyrones optimum iudicabant. Qui uidelicet ictus quam sit utilis dirigentibus quantumque periculosus quibus dirigitur et Dauid expertus est et Goliath quem uno lapide deiecit. Et certe fundam portare nullius est ponderis et sepe exercitus in saxosis deueniens locis si funditores peritos habeat magnam stragem de hostibus facere potest, presertim cum neque cassis neque lorica uim uenientis lapidis differre queat et ante prostratus iaceat inimicus quam sanguis uideatur effusus.

2 dextera c 5 missibilia *in den capiteln. Veget. epit.* I c. 14 9 hasti c 14 docebantur *in den capiteln. Veget. epit.* I c. 15 18 aut c ut *Veget* curatione c cum ratione *Veget.* 20 imprelio c 23 *Veget. epit.* I c. 16 25 quansit c 28 exercus c

XI.

Qualiter ad plumbatas exercebantur. Plumbatis etiam utebantur quas quinas singulis scutis adiungentes ut oportunitas aduenisset in aduersarios dirigebant. Quarum usus adeo utilis est probatus, ut ab his aliqua prelia strenuissime sint peracta, in tantum ut illas legiones que his utebantur Dioclitianus et Maximianus Iouianos et Herculianos nominarent. Hii etiam a sotiis Mattiobarbuli dicebantur. In tantum harum usus in prelio ualebat, ut prope sagittariorum usum scutati tenerent, cum illuc plumbata directa fortiter perueniret, quo missile peruenire nequiret et aut hostem aut aequum graui uulnere cruentaret.

XII.

Quem ad modum ad adscendendos aequos instituebantur. Ad ascendendos etiam aequos ita instituebantur. In hyeme sub tecto in estate in campo aequi lignei ponebantur et supra hos tyrones primo inhermes deinde scutati et galeati adhuc etiam et contos premagnos in manibus tenentes ascendere conabantur. Tantaque cura erat ut non solum ad dexteram uerum et a sinistra et a retro insilire et desilire cogerentur cum gladiis euaginatis multisque modis ipsos saltus addiscebant. Quod uidelicet exercitium saliendi in Francorum populis optime uiget.

XIII.

Recapitulatio. His ita digestis breuiter singula recapitulentur. Exercitus ab exercitio nomen accepit. Iuniores igitur et tyrones id est noui milites mane et post meridiem exercebantur ad omne armorum genus. Veterani uero et qui iam eruditi erant semel tantum in die exercebantur armis. Et hoc ideo ne aliquo modo ars belli oblitui daretur, ut ipso usu et uelocitas adquireretur et fortitudo lacertis tribueretur et scientia hostem feriendi et se protegendi seruaretur. Omne enim quod usu frequenti agitur melius et facilius peragitur. Vnde Romani diuersis exercitiis cottidie

2 *Veget. epit.* I c. 17 8 earum *verb.* harum c imprelio c 13 adscendodos c 14 exercebantur *in den capiteln. Veget. epit.* I c 18 15 in campo *fehlt, aus Veget. ergänzt* 17 cunctos c gladios uel contos *Veget.* conebantur c 20 altus c 23 *Veget. epit.* II c. 23 28 et *verb.* ut c

exercebantur, maximeque ut ordines seruare scirent et uexilla sua in permixtione bellica custodirent. Ad palos etiam exercebantur, ut iam dictum est, ut latera uel pedes aut caput petere punctim condiscerent. Similiter cum saltu ictum pariter facere assuescerent et insurgere trepiditantes in clyppeum rursumque subsidere nossent. Nunc igitur prouolare cum saltu, nunc cędentes in terga resilire, missilibus etiam ipsos palos configere discebant. Vnde et ars feriendi et uirtus dextere concrescebat. Ipsi etiam sagittarii fasces fruticum uel straminum pro signo ponentes, ita ut sexcentis pedibus elongati ipsa sepius aut sagitta aut lapide e funda percuterent. Hoc etiam assuescebant, ut semel funda cirça caput rotaretur ad lapides mittendos. Saxa etiam libraria meditabantur manu sola iactare, quia paratior est talis usus quam funda. Haec autem omnia ideo cotidiano meditabantur exercitio, ne intermissa consuetudo et animos debilitaret et corpora pigrescerent. Vsus namque frequens et meditatio exercitii quasi naturaliter et scientiam preliandi et uelocitatem roburque ministrat.

XIV.

Exortatio rei militaris de aliis artibus sumpta.

Omnes artes exercitio crescunt. Nam athleta id est luctator sepe se exercet et hoc propter uulgi fauorem captandum. Venator etiam propter exiguam mercedem semet cotidie exercet. Auriga etiam uel gubernator similiter propter exiguam mercedem se exercere uidentur. Et si harum artium et aliarum sectatores propter tam paruum premium tot exercitiis totque laboribus se confitiunt, quid miles agere debet sacramento lectus cui restat non solum gloriosa uictoria sed etiam grandis preda? Quem pro talibus actis ad opes ad dignitates regis iuditium promouere consueuit? Quod enim ceteri artifices, ut diximus, causa exigue mercedis et fame faciunt miles propria libertate pro uita regis pro defendenda patria fideque principis seruanda et quod his omnibus maius est pro uita ęterna percipienda facere omnino debet. Qui enim fidem quam principi promiserit inuiolabilem seruauerit animamque id est presentem uitam perdere magis quam fidem perdere maluerit, uitam sine

3 punctum c 5 tripudiantes *al.* trepidantes *Veg.* 6 prouocare c prouolare *Veg.* 9 fruticum *fehlt im* c 11 effunda c 15 militaret c debilitaret *Veg.* 19 *Veget. epit.* II c. 24 25 exerciis c

dubio percipiet sempiternam ab ipso qui iura constituit et seruari illibata precepit. finit.

In der widmung seines tractats de anima *an könig Lothar sagt Rabanus Maurus:* sed quia excellentiam vestram multa decet cognoscere annexui quaedam capitula de disciplina Romanae militiae, qualiter antiqui tirones institui solebant. quod ideo feci, quia necessarium fore id aestimavi propter frequentissimas barbarorum incursiones. quae scilicet ex cuiusdam Flavii Vegetii Renati libello, quem de antiquissimis scripsit Romanis excerpsi atque compegi breviusque annotare studui, cavens scilicet prolixitatem et ne forte ea scribere viderer quae tempore moderno in usu non sunt. illud etiam praevidens, ne si nimius fierem fastidio potius quam delectationi inservirem. *diesen früher verloren geglaubten anhang entdeckte neuerdings hr domcapitular Marx und gab darüber eine kurze nachricht in den mitteilungen aus dem gebiete der kirchlichen archäologie der dioecese Trier* 1, 84—86 (*Trier* 1856).

Die schrift Rabans ist ohne den namen des verfafsers in einer handschrift des 12 *jhs. erhalten, jetzt auf der Trierer dombibliothek als nr* 133ᶜ *in quarto. sie folgt dort auf p.* 48—55 *der* epistola b. Augustini ad quendam comitem, *worauf sich p.* 55—240 *der* ymnus funebrius de Karolo rege (A solis ortu, *hier mit dem refrain:* Heu mihi misero sic lugebam Karolo). *das gedicht*[1] Audax es uir iuuenis *und verschiedene theologische abhandlungen anschliefsen. dafs hr professor Marx mit recht diese kleine schrift Raban beigemefsen, lehrt die deutliche beziehung ihres einganges auf die oben citierte vorrede sowie der umstand dafs sie der ankündigung der letzteren vollständig entspricht. wir haben es in der tat mit einem verkürzenden auszuge*

[1] *Nur die ersten* 12 *strophen dieses mit der überschrift* Admonitio *von Jaffé zuerst* (*zs.* 14, 484) *herausgegebenen gedichtes hat unser codex. ich bemerke folgende abweichungen von dieser ausgabe:* 1, 4 coinquinans (*v.* 3 *ist* perperam *wol mit* agis *zu verbinden*); 2, 3 uenitque 4 florem optimum; 3, 2—4 animam tuam decipis; dum flecteris ad libidinem male deceptus remanes; 4, 1 fremitant 2 et labia 3 et lingua male 4 in tua fide tepida; 5, 3 et flectitur 4 menbrum ad malum erigis; 6, 3 quia multum 4 amorem et libidinem; 7, 1 queris impopulo 3 placere non curas 4 qui te de celo conspicit; 8, 1 transitoriam 3 sed maior pena 4 maiora creduntur; 9, 1 terra 3 sed hic relinques omnia; 10, 1 trahit 2 male moriaris 4 priusquam finis ueniat; 11, 1 tempus est 3 ubi nec ullus finis est 4 nec ualet; 12, 2 tempore *verb.* corpore 4 in iudicium

aus dem ersten und zum teil dem zweiten buche des Vegetius zu tun, dessen wortlaut jedoch selten ganz genau beibehalten wird. von interesse ist diese in der handschrift nicht ohne manche fehler überlieferte bearbeitung einerseits, weil man daraus ersieht, was um die mitte des 9 jhs. von römischer heereszucht noch fortlebte oder mindestens was man davon noch für anwendbar hielt, andrerseits wegen einiger selbständiger einschiebsel. dahin gehört c. 3 die bemerkung über die erziehung der Franken und c. 12 über ihre gewandtheit zu rosse sowie c. 4 die einfügung der bärenjäger. dafs Vegetius damals ein sehr geschätzter autor war, erhellt auch aus andern beispielen, wie wenn bischof Hartgar von Lüttich (†854) ihn dem markgrafen Eberhard von Friaul überreicht oder wenn einem carolingischen könige ein ungenannter geschichtsschreiber (Frechulf?) das gleiche werk darbringt.[1]

Unter dem Lothar, welchem Raban die schrift über die seele und mithin auch die 14 capitel aus Vegetius widmete, darf man schwerlich den kaiser verstehen, der seit 817 mit diesem titel zu bezeichnen gewesen wäre, sondern vielmehr seinen sohn und nachfolger Lothar II, zu dessen zeiten man auch bereits viel eher von den einfällen der barbaren dh. der Normannen reden konnte als vor 817. ist diese voraussetzung richtig, so müste die schrift in das letzte lebensjahr ihres verfafsers fallen, denn erzbischof Raban von Mainz starb am 4 februar 856, während Lothar I wenige tage vor seinem am 29 september 855 erfolgenden tode sein reich unter seine söhne geteilt hatte. jedesfalls hoffte der dem Lotharischen hause treu anhängliche erzbischof durch seine guten lehren die sinkende heereskraft der Franken wider aufzufrischen, freilich mit geringem erfolge.

[1] *Fr. Haase, dem sich der neueste herausgeber des Vegetius Car. Lang anschliefst (s. seine praefatio p. XXII), wollte auch diese widmung auf Raban und Lothar zurückführen, aber gewis mit unrecht. Wattenbach (geschichtsquell. s. 147) erinnert daher mit grofser wahrscheinlichkeit an den bischof Frechulf von Lisieux und an könig Karl den kahlen. die verse Hartgars in dem (Wiener) jahrbuche für vaterländ. gesch. 1, 184.*

Halle im october 1871.

ERNST DÜMMLER.

ZUM SACERDOS ET LUPUS.

In demselben sammelbande der bibliothek zu Fulda C 11 *fol. chart. saec.* XV, *aus welchem Weiland*[1] *in dieser zs.* 14, 497 *eine tierfabel mitgeteilt hat, findet sich f.* 73—74 *eine ziemlich schlechte und wertlose abschrift des Luparius*: Sepe lupus quidam per pascua — delusum comperit opilio. Explicit de lupo *und hierauf ohne überschrift f.* 74ᵛ Quibus ludus est animo. *mit übergehung unbedeutender schreibfehler gebe ich nachstehend die abweichungen des codex von der ausgabe des gedichtes in Müllenhoffs und Scherers denkmälern nr* 25. 1, 4 est verum non fictitium; 2, 4 sic enim; 3, 2 patebat; 4, 1 Inminuentes, 2 peccus deuorant tenerum; 5, 1 sui, 4 parat hostibus; 6, 4 superna; 7, 3 dum lupus, 4 caput; 8, 3 processit baculo, 4 minatque; 9, 1 heu inquid, 2 merita, 3 *und* 4 *umgestellt*; 10, 2 sed dicto, 3 seruat; 11, 4 extitit; 13, 2 septemque; 14, 2 tribuunt mihi populi, 3 *und* 4 *umgestellt*, 3 quoad comedi decimas; 16, 2 humanum prestat; 17, 1 Nondum aclinis, 2 finierat, 3 ac proclamat a; 18, 1 hinc dorso, 2 saltuque, 4 ipse pro; 19, 1 ille gaudens, 3 ac promittit; 20, 1 hic a, 3 nunquam post.

[1] *Die von demselben aao. erwähnten gedichte*: Casibus innumeris; Suscipe sethe libens; Accipe quaeso *gehören dem h. Columban an und bilden, da sie auch in dem SGaller codex* 899 *p.* 109—111 *stehen, einen weiteren beweis für den zusammenhang dieses mit dem fuldischen.*

E. DÜMMLER.

DREI DEUTSCHE SEGENSSPRÜCHE.

I.

Item eadem Benedictio ritmizata theutonice secundum Gotefridum.

In nomine patris et filii et spiritus sancti
Dirre segen gesprochen si.
Dri guote bruoder giengen,
Einen wec sie geviengen.
Crist der widergienc in,

Er sprach 'ir drî, wâ gêt ir hin?'
'Ze disem berge wir gên,
Ob wir dâ vinden wurze stên
Für aller slahte wunden.'
Er sprach 'die hât ir funden.
Nu swert per crucifixum,
Des vil guoten gotes sun,
Unt bî der milche der frîen,
Sîner muoter sante Merîen,
Daz irz inhelt noch intuot
Umme keiner slahte guot.
Ich gebiute iu, daz ir gêt
Hin ze Montolivêt.
Dâ nemt des boumoles sân.
Ir sult der schâfeswollen hân,
Die ich dar zuo hân irkorn:
Sie sol wesen niweschorn.
Daz olei troufet in die wunden,
Diu wolle sî dar ûf gebunden.
Unde sprechet alsus:
Rehte alse, dô Longînus
Cristum in die sîten stach,
Dô er in ame crûce sach,
Des al diu cristenheit genôz,
Lützel bluotes dar ûz flôz,
Unt daz infûlte noch inswar
Noch geschôz quam dar,
Alse intuo disiu wunde,
Diu von mînem munde
Mit disen worten ist beschrît:
Unt daz urkunde gît,
Daz sie hie mite besworn ist.
Des helfe uns der heilige Crist.
Âmen die ze himele sint
Sprechen alliu gotes kint.
Kyriel . xpel . kyriel . Pater noster.

[*s. Germ.* 13,186 *und denkmäler s.* 414. *der daselbst erwähnte wundsegen der Münchener hs. welcher sich aufs nächste mit dem oben veröffentlichten berührt lautet*: In dem namen des vater und des suns und des hæiligen geistes. âmen. Drî guot pruoder giengen ainen wech: dâ bechom in unser hêrre Jhêsus Christus und sprach 'wanne vart ir drî guot pruoder?' 'Hêrre wir varn zæinem perge und suochen æin chrût des gewaltes daz iz guot sî zaller slath wnden, si sî geslagen oder gestochen oder swâ von si sî.' dô sprach unser hêrre Jhêsus Christ 'chomet zuo mir, ir drî guot pruoder, und swert mir bî dem crûce guoten (*l.* crûcegoten), und bî der milch der maide sanct Marîen, daz irz enhelt noch lôn emphâhet, und vart hinz zuo dem mont Olivêt und nemt ole des olepoumes und scâphwolle, und leget die uber die wndin und sprechet alsô 'De Jud Longînus der (*l.* sprechet 'Alsô der Jud Longînus) unsern hêrren Jhêsum Christum stæch in die sîten mit dem sper, — daz eneitert nith, noch gewan hitze, noch enswar, noch enbluotet zevil, noch enfuelt (*l.* enfûlte): alsô tuo disiu wnde, diu enbluot nith zevil, noch engewinne hitze, noch enswær, noch enhatter (*l.* eneiter), noch enfuoel (*l.* enfûle), die ich gesent (*dh.* gesegent) hab. In dem namen des vaters und des suns und des hæiligen gaist. Âmen.' Sprich den segen drîstunt und alsô manigen pâternoster, und tuo nith mêr, wan als hie gescriben sî. *für den letzten teil vergl. anz. f. kunde der deutschen vorzeit* 1865 *s.* 351: daz du mûfsest hailen von undenan bis obnan ufs als die wund tet, die Longinus unserm Herrn Jesu Christi stach, die enhitzet noch enswitzet noch enhar noch enschwar noch enswal. K. M.]

II.

Cum aliquis longa egritudine fuerit detentus et uelis experiri si conualescat an non . accipe in aliquo uase aquam fontanam actualiter frigidam et accipe lapidem de torrente actualiter frigidum et tenens lapidem in manu dextra dic hec uerba coniurationem faciendo.

In des Jordânes flûm
Wart gebadet Crist gotes sun:
Des enist kein lougen.
Dar inne badete er sîn ougen,
Sîn houbet, brust unde fuoz.
Alse wærlich er uns abewuosch

4 da 5 fûze

In dem Jordâne unsere sünde,
Alse müeze uns diz wazzer künde,
Waz disme siechen künftec sî.
Des beswere ich dih, wazzer, in nomine patris et filii.
Ich spîe an die erden:
Sule es ime iemer buoz werden,
Stein, sô siuse dû lûte.
Des beswere ich dich hiute
Bî den zehern der frîen,
Mîner frouwen sante Marîen,
Die dâ giengen über ir wangen
Dô sie ir trût kint sach irhangen.
Sule er der sieche in algeriht
Sterben, stein, son siuse niht.

Domine deus omnipotens qui dixisti discipulis tuis: amen dico uobis: quicunque dixerit huic monti: tollere et mittere in mare, et non hesitauerit in corde suo et crediderit fieri ei, et qui nunquam dimittis sperantes in te (*mehrere zeilen unleserlich*) fac silentium huic lapidi, si uero tua donante gratia sanitas illi pollicetur, fac ipsum tanquam ignitum in hac aqua . . . . perceptibili sonitu ad . . . .

III.

In des Jordânes wazzer der heilige Crist wart gebadet: er badete sîniu gelider, sîn ougen, sîn houbet, sîne brust, sîniu knie, sînen lîp allentsament. Ich spîe an die erden. daz mirs hiute unt iemer mêr buoz werde unt dir siechen .N. alsame, Stein dû siuse. unt alse wærlîche sô dû niht wüechse sît Crist geborn wart, alse wærlîche irzôge mir hiute bî der wîhe unserre frôwen sante Marîen, weder dirre sieche genesen sule oder sterben. ob er von dirre siuche sol genesen sô siuse dû stein âne zwîvel dichein. Ter dicas. tenendo lapidem fluuialem in manu postea proice ipsum frigidum in aquam frigidam. et si stridebit uiuet. si non, non. et quanto diutius stridebit tanto diutius uiuet. quanto minus. minus.

Die drei vorstehenden segenssprüche sind der handschrift Arund. 295 *in klein octav des Britischen museums entnommen, welche eine sammlung verschiedener medicinischer stücke in lateinischer sprache enthält, und der hauptsache nach noch dem* 13 *jahrhundert angehört. der wundensegen nr* I (*fol.* 117^{a}) *begleitet, wie es scheint als über-*

setzung, eine unmittelbar vorausgehende lateinische fafsung in prosa, die den den hauptinhalt des bandes bildenden flores medicinae *des* magister Gotefridus *eingereiht ist. nr* II *und* III *sind auf fol.* 255ᵃ *und* 254ᵃ, *zwei ursprünglich leeren blättern eingetragen, und zwar* III *von derselben hand wie nr* I, *während* II *etwas jünger ist. aufser diesen deutschen stücken enthält die hs. noch ein ziemlich umfängliches lateinisch-deutsches alphabetisch geordnetes vocabular von pflanzen- und steinnamen dem ein deutsch-lateinisches register beigegeben ist, beides noch aus dem* 13 *jahrhundert.*

In dem gegenwärtigen abdruck der sprüche habe ich die wenig zahlreichen abkürzungen der hs. aufgelöst und die übliche mhd. schreibung eingeführt.

Cafsel, 8 *märz* 1871.

E. SIEVERS.

COLLATIONEN ANGELSÄCHSISCHER GEDICHTE.

Die nachfolgenden collationen werden den freunden des Angelsächsischen hoffentlich eine nicht unwillkommene gabe sein. sie umfafsen mit ausnahme der vergleichung des Beovulf, von deren mitteilung hier abgestanden werden muste, alles was mir von originalhandschriften ags. dichtungen in London und Oxford zugänglich war. das original des Runenliedes das nach den bisherigen angaben noch vorhanden zu sein schien (vgl. Grein bibl. II, 413), *ist durch den bibliotheksbrand von* 1731, *der die hs. (Cott. Otho B.* X) *bis auf einen geringen rest zerstörte, mit untergegangen.*

Die hs. des Cädmon ist nicht wie bisher allgemein angegeben wurde von zwei händen geschrieben, sondern von vier, deren drei auf den sogenannten zweiten teil, das gedicht von Christ und dem Satan entfallen. von diesen letzteren schrieb die erste v. 1—124, *die zweite v.* 125—710, *die dritte den schlufs. eine fünfte ziemlich gleichzeitige hand hat endlich die ganze hs. durchcorrigiert. ihre änderungen sind durch* * *angedeutet. einzelne correcturen jüngerer hände habe ich besonders aufgeführt. die vergleichung des Cädmon ist nach dem Thorpeschen texte gefertigt und es sind daher im folgenden nur abweichungen von diesem angeführt. wo also Grein handschriftliche lesarten aus*

Thorpe oder Junius angibt, ist stets die lesart Thorpes die richtige, wenn nicht das gegenteil angeführt wird. leider ist es mir nicht möglich gewesen eine vergleichung von Thorpes text mit dem von Grein anzustellen um etwaige versehen des letztern berichtigen zu können. bei den übrigen stücken ist dagegen der deutlichkeit wegen die einrichtung getroffen dafs alle abweichungen der hss. vom t e x t e *Greins aufgeführt werden. die* v a r i a n t e n *Greins sind also nur dann als richtig anzusehen wenn sie ausdrücklich bestätigt werden: in allen übrigen fällen ist die lesart des textes auch die der hs.*

Das gedicht von der Judith schliefst sich bekanntlich in der hs. unmittelbar an den Beovulf an und ist von derselben hand geschrieben wie die zweite hälfte desselben. die schrift ist, wie im Beovulf, grofs und deutlich, zum teil noch glänzend schwarz, sodafs unleserliche stellen fast gar nicht vorkommen. die zahlreichen lücken im texte des Beovulf und der Judith sind vielmehr fast ausschliefslich durch die verstümmelungen entstanden welche die aufsenränder des ms. durch feuer erlitten haben. das pergament ist im allgemeinen noch ziemlich fest, und die ganze hs. jüngst durch neuen sorgfältigen einband vor allen weitern beschädigungen geschützt.

Rasuren sind durch: , anfang oder ende einer zeile des ms. durch | bezeichnet.

GENESIS. 14 beor[h],te 42 synnihte 50 heofona 100 gesetet; *an den beiden letzten buchstaben spuren einer rasur* 16 gyt: , a *ausradiert* 19 vęgas 55 metod˙, gyt:, a *ausradiert* 72 healdend 84 in[ge]dyde* 85 saula* glic . e , *das* e *vom corr. angehängt* 90 don[ne]ꝥ* 218 adæle[d]:c , t *ausradiert* 29 llod* 32 assirię 38 togenes 45 *zu* denden *die randglosse* .i. þa hvile *von jüngerer hand* 46 ˙,alvalda* 48 tę[y]ne* getrymede *aus* i* 50 hį[eo]m* 59 he˙,vende up˙,hebban 60 v˙,aldend* 61 urę* vę[y]ordan* 63 he˙,rran 66 hiov *auf rasur vom schreiber* 67 þät[he], 74 heah:ran, o *ausradiert, das zweite* h *aus* n *gemacht* speoṇne 77 veord.[an] *vom schr.* 94 healic 301 hyldo 2 :se geseccan 6 feollon *aus* f *radiert* 17 gevrinc 22 lagon *aus* a 26 þystro *aus* e 28 alv˙,aldan* 30 værö* 30 hvi[t]tost* heofnon *aus* c 43 þät *übergeschrieben** 49 gię[y]man* 50 heofnon *aus* e* 56 þes *aus* æ æn[l],ga stẏde* 58 on *nachgetragen** 59 alv˙,aldan* 61 befælled* 71 :irenbenda˙,* 82 ymb:[utan], e *ausradiert* 98 if 401 hỵm* nịotan* 17 feder *aus* æ *radiert* 25 ́on mode minum 30 gif hie 31 geg ̓arvod* 44 full; *das zweite* l *sowie mehrere correcturen (im folgenden mit* ** *bezeichnet) und eine grofse menge von accenten auf dieser seite des ms. und an einigen andern stellen desselben von einer jüngern hand mit einer bräunlich metallisch glänzenden tinte geschrieben* 51 men** 53 gefer:de, e *ausradiert* 60 tvegln** 66*ff die durch flecken undeutlich gewordenen schlufsworte zweier zeilen des ms.*, velan and vavan *und* vlitig and scene *von jüngerer hand am rande des ms. widerholt* 68 lide 73 agan *aus* o* 75 vitod ̓* geþing þ°, *das* þ° *auf rasur* 81 gevaṅd** 509 þs *vom schr.* 19 byrige 40 me ne odievdest 44 þā:, n *ausradiert* 46 geofian* 603 þuht:e 10 feon ̓scipe *vom schr.* 31 sceoldon *aus* e *vom schr.* 61 gesprece 67 hær *vom schr.* suđ and east 96 geþin:, g *ausradiert* 725 gehugod; *der zweite zug des* u *ausradiert* 61 se:can hie ̓; *das* e *von* hie *auf rasur für* s 800 þis siđe 26 þinu 28 gif ̓ *vom schr.* 71 eall *zweimal* 72 andsvarede 80 byrgde ̓* 85 nu ̓ *vom schr.* 87 frægn 908 feo ̓h 53 Adame 55 frofre 59 gehilcre 1011 værfæsne 66 mægburg 69 mat ̓usal 89 burh sittende 1120 ·XXX· v C. (*angelsächs.* v) 33 sedes 42 þät he 48 þur 55 cain::, an *ausradiert* 1219 lichoman 35 noe 62 væron 64 bisgodon* 70 sigoro 1306 gescype *aus* i *vom schr.* 19 :ne, g *ausradiert* 38 ode:ra, r *ausradiert* 49 ofor 58 vegþel *aus* æ *radiert* 1451 hea ̓ 1511 vuldres aldor 17 feoh, *das* r *sehr jung* 28 monn 79 fer ̓de *vom schr.* 96 cvyde 1606 sunu 1703 mægburh 22 fæmne ̓ *vom schr.* 64 segle *vom schr.* 1809 hnea:lice 36 feorren *aus* m 65 egesū gedreadne 1924 neoxna 2040 ofon *vom schr.* 67 secgas 71 suhtrigan 2135*f* mid—abraham *vom schr. zwischen den zeilen nachgetragen* 61 *healdend aus* v* 65 *am rande steht* healf trym ̓t; *die obere hälfte der folgenden seite ist leer gelafsen; desgleichen steht bei* 2213 *die randbemerkung* healf t ̓mt, *wonach ebenfalls freier raum von einer halben seite folgt* 2173 frægn *aus* a 95 æsæled 2217 ongann 23 ::æfre 53 tvig *vom schr.* 57 lease *aus* æ 91 avæcniađ *auf rasur* 2304 *hierneben am rande* lyfa* 15 hyrad *aus* e 35 mære 44 rimes. he *auf rasur vom schr.* 69 tacen 2416 hat:, *e ausradiert* 18 veallum and heora 31 cum ̓ *vom schr.* 8 *nach* forlæt *rasur von dem umfange fast einer ganzen zeile*

45 : edoras, t *ausradiert* 72 gode 2526 spryst 71 hvone *vom schr.* 2609 modor 19 ammon,tare *vom schr.* 23 his,veostor *vom schr.* 25 viste 30 abrames 44 beheopan 60 vyrnest 75 *gevorhte auf rasur vom schr.* 84 þur, *vom schr.* 88 leanast 2701 el,þeodigne *vom schr.* 7 þisse 20 andveorc feos, *das* s *aus* h *vom schr.* spræc *zweimal* 26 eft:: 31 him *auf rasur* 56 æhta *auf rasur* 73 hunteontig 92 selfes: 2842 þam 75 deop *aus* a 2934 þe he him.

EXODUS. 11 forgeaf 34 gedrenced *auf rasur von späterer hand* 43 handa: 63 EHT, *für das initial-*H *ist raum gelafsen, ebenso* 107 bei (H)LVD, 142 (Þ)A 66 æt,anes *vom schr.* 107 heriges 46 heo *zweimal* 61 hreopan 68 mid,um 77 hel 78 syrdgetrum 249 beorhtost 53 up,hof; hof *auf rasur vom schr.* 371 gehæs 81 f,or *vom schr.* 84 gelæd,e *aus* gelifde 99 fæg:ra, e *ausradiert* 427 viddra *auf rasur* 70 æsæled 532 virecum; *der unter die zeile herabsteigende schenkel des* r *ist durch einen rifs im pergament lädiert* 37 gehylces 79 afrisc *aus* f *radiert.*

DANIEL. 22 ged*volan auf rasur vom schr.* 52 gesamnode *auf rasur für* on. 71 dema*n aus* m *radiert* 91 annanias 99 be:bead 107 ægh,æs *vom schr.* 66 fyrenū 96 gedydo*n aus* e *vom schr.* 219 gelæs*te auf rasur für* on. 27 þa 28 *he aus* þ 48 æfæste 49 leofum *auf rasur* 66 þæt þam veđa 69 cynig 92 scyppend 99 nu, *vom schr.* 353 hvatan *aus* e *vom schr.* 407 gevurdad 43 þegn 83 o*d*stod *aus* æt 89 tacen 99 *v*æs *aus* þ 501 hlfode 12 on *auf rasur* 16 vyrtrumam 98 heortan *aus* o* 609 eart 12 vylle 24 vilddeora 76 đeode 701 symble *aus* o sidestan 4 þā 12 gulpon *aus* u 13 đ, 25 sennera 49 halgu *vom schr.*

SATAN. 1 vear*d auf rasur für* þ eorđ: buendum, e *ausradiert* 6 volc,n *vom schr.* 7 ybmlyt; *deutlich so, ohne eine correctur oder rasur* 9 se *von später hand in* æ *corrigiert* 10 heofeno*n aus* e 17 he,nne *vom schr.* 18 clene *corr. in* æ* *über* nymde *steht* .i. buton* ; gedelde* 21 forv,ard* 22 him* 23 væron *aus* e* 24 vise 27 sceo,den* 28 svc:gles 29 haban* 31 under 32 gredige* 33 scyldi,* hefde 34 se,alda *vom schr.?* 35 vord *nachgetragen vom schr.* 38 :: deostræ, þe *ausradiert* 42 nelles* 46 ecan *aus* æ 47 ym 48 vercum* 49 : ættran, b *ausradiert vor* ham *steht ein durchstrichenes* for 52 sv,arte* 54 hêlende* sceâldon* 57 earm: 58 :: :::in fyrl 63 **sægdest** *aus* e* 68 bed:lde* liht* 69 forlæten *aus* e* 71 hv,orfon* 74 ,medlan* 77 d:s, e *ausradiert** 79 âtre* *ne aus* h 82 dryhtęne, *das* e *vom corr. hinzugeschrieben* 85 ::: volde toverpan* 86 hêlendes* gevâld* 88 gelædde *aus* e* 89 ge *nachtrag des corr.* 91 nessas* do:ne, n *ausradiert* 92 gefer,de *aus* æ* 93 ,alle* 94 vinsela *aus* e* 95 engla *aus* æ *radiert* ne up heofon* 96 agan* 97 fyre *nachgetragen** 98 ece *aus* æ *radiert* 99 heo* 100 des *aus* æ *radiert* 4 fæste *aus* e* 5 lyh, *vom schr.* 7 ahte,* 8 edele *aus* æ *radiert* 9 ville* 14 onstâldon* 16 alefan* 17 edel *aus* æ *radiert* 18 ec,e onv,ald* ,alles gev,ald* 19 vulres *vom schr.* v,aldendes* 20 sceal *nachgetragen** ma (*unterstrichen*) hvęorfan dy vidor* 23 englum *aus* æ *radiert* 22 þęs *aus* e* 24 svegles *aus* æ 25 vihta vealdend *auf rasur von der mit der folgenden seite des ms. beginnenden zweiten hand* gelomp* 32 hvæther 34 gnorn'ende* 36 ymb,* 60 *über* cvide *steht* ł dum* 63 þorhdraf* 67 upheofen 72 beman* 82 ęcan 91 *über* sva *steht* ł some* 92 he* 98 neoman* 208 hnigan, *das* h *vom corr.* 9 anvaldan* aræ *aus* a 13 fægre* folde. seo is 16 hyhtlicra:, n *ausradiert* 17 ut,* 20 ymbe, *das* e *vom corr.* 22 halig:e 29 odre vorde* syngodon* 33 ,vuldres* 37 vunodon* 46 gelefde* 51 mire *vom schr.* mihta *vom schr.* 52 uta *vom schr.* 62 sc,acan* 67 ge,rinan* 75 sic* 91 gelefad *vom schr.?* 309 seolf::: 10 cyn *vom schr.* 16 a la; *raum für ein initial-*E *freigelafsen* 20 vin,sele *vom schr.?* 31 lease; *das* e *vom corr.* 40 ,lude* 55 ::seolfa, se *ausradiert* 58 vyrta *aus* e 63 byrhtne burh styde* 64 heran* 69 vrohte *vom schr. nachgetragen* onst,alde* 86 vin,sele *vom schr.?* 89 fægere; *das* e *vom corr. angehängt* 400 þa *vom schr.* 7 savla *aus* e* 9 heo *nachgetragen* 23 hider *auf rasur vom schr.* 37 rihte* 41 god god:, ⁊ *ausradiert* 42 gesceafta 63 feond:::: geflemed *vom schr. nachgetragen* 76 middangeardę *nachgetragen** onvęocon 504 mi,nan* 8 vuldres 11 g,algum* 14 va; *der raum für das initial-*S *frei gelafsen* 16 þe *vom schr. nachgetragen* 20 ah* 21 þæ 25 trumne 34 þät hit *zweimal* 37 gevurdad 50 g,algan* 58 a, *raum für* *einen initialbuchstaben frei gelafsen* 88 b^{he}e:alten, *t *ausradiert* 89 l:adad 92 ^{h},is *vom schr.* 99 god on | on 601 he$^{\cdot}$,h* 2 bėman* 4 onvecn$^{\prime}$,ad* 7 gehėred* 13 þe *über* þa* 14 gangan *aus* o* 19 ręste *aus* e* 22 *hv*onne *aus* þ *vom schr.* 26 reódi:: de::* 27 gecvæd* 29 ofostū 30 þǣ 32 and::, þe *ausradiert* lę:dad *aus* ead*; *vgl. zu* 589 43 þo:ne^{þ}, hie *vom schr.*, n *ausradiert* 45 hėran* 48 sėlfe* 49 gylden::, ne *ausradiert* 59 ordfruma:, n *ausradiert* 64 $^{\cdot}$,a$^{\prime}$dor* 70 he *vom schr. nachgetragen* 81 e^{h},sle* 82 her^{m},* 84 b^{n};vende*, *das* v *durchstrichen* 87 to *übergeschrieben** 93 gearå* 98 cėr* 709 seond^{on},* 11 ver$^{\prime}$,ga^{n},* vracę *aus* e* 12 ra^{n},* 13 æglęce 15 leg *aus* æ *radiert* 17 ^{h},ream astağ* 18 he 21 bealovė *vom schr.* þæt he.

JUDITH[1]. 1 | :: eode 2 gr :: d | 7 dam holofern9 13 iudith 15 hie 17 -viggende ; *ein stück des* e *fehlt* 18 svylce and *hier wie immer durch die abkürzung* ┐ *gegeben* 21 dryhť 23 hloh and 30. 31 hie 32 : aldor (b *ausradiert*) 34 nea- | æhte 40 iudithde 54 hie gebrohtęn 55 | .. ude ste .... | ferhde 60 gedafian 61 gevat da se 63 bealofull his beddes 75 mihte 77 vomfull 84 vylle 85 þearf | fendre 90 geunne^{me} 91 naht. | 99 mid *steht nicht in der hs.* 108 eornoste 9 | .. re 13 neovelne næs 27 foregenga 28 hyra 30 ageaf .... | doncolre 32 gingr .. | 34 hie hie 38 hie 39 onettan 41 veal *ist übergeschrieben* 42 heo*l*don *aus* r *corrigiert* 44 iudithe 50 and hi ofostl. in forlęton 61 heanne veall 65 þeodnes 68. 70 hie 72 þancol mode 76 |.. ..llu þa; *die abkürzungszeichen über* u *und* a *sind ebenfalls fortgefallen, indem mit diesen worten* (to eallū þā) *eine neue seite beginnt* 77 | .. gerofe 82 and þāt svydor 87 burg leoda 98 | . and 99 g. |gearevod 203 haligan 9 last 22 | ..... nætran 23 st ... | .. arde styrmdon 25 | . rre 34 rice 41 ebrisce 43 vrehton 47 tobredon 49 veras ferhde 50 ho .. | fernus 51 hyldo 65 ealde æfdoncan assyria 73 | .. des 74 avecc .. | .. ra vinadryhť 75 | . id 77 hyne 78 licg .. |

[1] *ich bezeichne hier durch punkte die mutmafsliche anzahl der durch die verstümmelung der aufsenränder des ms. fortgefallenen buchstaben, durch* :: *unleserliche stellen.*

81 foldan 85 ḡsvutelod 88 þe .. | sculon 93 -ècen 97 lyfdo . | 98 lindeg — | 99 sigore *übergeschrieben* 300 dom. | 301 fultu . | 3 herpad 5 scær .. | 10 assiria 14 reocende 15 londbuendū 19 madmas 20 fynd 22 hie 24 | . vicera eall 25 | . ærost 26 vlanc | . agon 30 madma 36 sylfre 45 *mit* sigorlean *hört bl.* 206[b] *auf, der rest, jetzt grofsenteils unleserlich, ist auf dem untern rande des blattes von einer hand des* 17 *oder* 18 *jhs. ergänzt* 45 vuldore

GEDICHTE DER SACHSENCHRONIK. *A* = *cod. Cott. Tib. A. VI. B* = *cod. Cott. Tib. B. I. C* = *cod. Cott. Tib. B. IV.*

1. ÆTHELSTAN. 1 Her æþelstan (æþestan *A*) cing (cyning *C*) *ABC* 2 beaggifa *A*, beahgifa *C* and *stets abgekürzt wenn nicht anders bemerkt* 3 ealdorlagne *B* tir *AB* 4 geslogan *A* sake *A*, secce *C* svurda *B* ecggum *A* 5 embe *AB* brunnanburh *B* heordveal *C* clufan *AC* 6 heovan *AC* headolina *A*, -linda *B*, -linga (d übergeschrieben) *C* hamora *AB* 7 aforan *B*, eaforan *corr. aus* o *C* eadveardæs *C* 8 fram *ABC* cneomagum *A* hi *BC* 9 gehvane *A* ealgodan *A*, gealgodon *C* 10 heted *C* crungon *ABC* 11 scotta *ABC* scyp- *B* 12 feollan *AB* dennode *C* 13 upp *AB* 15 candel *ABC* 16 drihtnes *ABC* þät seo *A*, oþ seo *B*, od se *C* 17 sętle *C* manig *A*, monig *BC* 18 garum forgrunden guman norderne *A* guma norderne *B*, guman norþærne *C* 16 sceoten svylce *AC* 20 vigges *AB* ræd *C* vestsexe *A*, and vessexe *B*, vesseaxe *C* 21 andlangne *ABC* eored- *ABC* 22 legdon *AB*, lægdon *C* deodon *B* 23 heovan *AC* hereflymon *B*, heora flyman *C* 24 mycelscearpum *C* 25 hand- *ABC* nanū *rad. aus* m *B* 26 þæra *C* -gebland *ABC* 27 gesohtan *A*, gesohton *BC* 28 feohte *C* 29 dæm *A* ciningas *A*, cingas *B* iunga *C* 30 svylce *C* seofone *A*, VII. *B* 31 and *fehlt AC* herges *ABC* 32 scotta *ABC* geflymed *ABC* 33 brego nede *A*, brego neade *BC* 34 stæfne *C* lytle *BC* veorode *AC*, verode *B* 34 creat *C* flot—fealone *fehlt C* cing *A*, cining *B* 36 generode *BC* 37 svylce *AC* 39 hal hylderinc hryman *C* 40 mecca *A*, meca *B* her væs his maga *AB* 41 on his folest *B* 42 forslegen *A*, beslegen *B*, beslægen *C* sace *A*, sęcge *C* 44 geongne *ABC* 45 -fex *AB* billgeslyhtes *A*, billgeslihtes *BC* 46 invitta *AB*, in-

vuda *C* þe *AC* 47 hyra *BC* hereleafum hlybban *C* đorftun *B* 48 hie *A* beado- *ABC* vurdan *A* 49 cumbol- *ABC* 50 garmittunge *C* 51 þe *fehlt AB* hi *BC* 52 aforan *B*, afaran *C* plegodan *A* 53 geviton *BC* hym *B* norđmenn *AB* negled cnearrum *B*, dæg gled on garum *C* 54 dreori *B* darođa *A* dynges *A*, dinges *B*, dyniges *C* 55 deopne *C* dyflen *A*, dyflig *C* secean *A* 56 yra *BC* 57 svylce *AC* gebrođor *AC*, brođor *B* æt somne *AB*, æt runne *C* 58 cing *AB* eađeling *C* sohtan *A* 59 vessexena *B* vigges *AB* 60 letan *A*, læton *C* hym behindon *B* hrav *A* bryttigean *A*, brittigan *B*, bryttinga *C* 61 and *fehlt ABC* hræfn *AC* 62 hyrnet- *C* haso- *A* 64 cuđ heafoc *C* grege *C* 66 þisne *C* eglande *A* gyta *AB* 67 afylled *A* þyssum *ABC* 68 svurdes *B* secggeaþ *A* 69 syþþan *A* 70 sexan *A*, sexe *A* upp *AB* becoman *A* 71 bretene *B*, britene *C* sohtan *A* 72 -coman *A* 73 arhvæte *C*

2. EADMUND. 1 cing *AB* 2 mæcgea *A*, mecga *B*, mægþa *C* 3 sceadeþ *AB*, sceadæđ *C* 4 himbran *C* 5 brim- *AB* gife *C* 6 ligera *AB*, ligere *C* cester *B* lindkylne *A*, lincolne *C* 7 and *fehlt AB* svilce *B* 8 dene *B*, dæne *C* 9 nede *A* gebæded *ABC* 10 hæþenum hæfte clammum *A* 11 þe *fehlt ABC* hie *A*, hy *C* 12 -scipe *AC* vigendra *C* 13 afora *BC* eadmundes *C* cining *A*, cing *B*

3. EADGAR. I. 1 eadgar væs *B* 2 mycclum to kinge *B* 5 baþå nemned *B* bliss *B* 6 eadgan *B* 9 mycel *B* 10 gegadorod *B* 11 geteled *B* 12 cinges *B* 13 hirdes butan *B* 15 seofan and XX. *B* 18 nigen and XX. *B* 19 vurulde *B* 20 drittigeþan *B*

II. 22 angla cing *B* 23 vlytig *B* 25 menn *B* þone *B* 26 þysse *B* 28 monþ *B* 30 beahgifa feng *B* 31 unvexen *B* 32 aldor *B* 33 tyr- *B* X. *B* 34 britene *B* bisceop *B* 38 todræfed *B* 41 meotodes *B* 42 forsaven *B* 45 gevalc *B* 46 gomol- *B* 52 menn *B*

4. ÄLFRED. *α* æþelrædes *B* *β* cinges *B* meder *B* *γ* þa *fehlt B* ac þät ne geþafodon þa þe micel *C* éc *B* *δ* þe mycel mihton vealdan fordan hit hleođrode sviđe tovard Haraldes þeh *B*

1 Đa let he hine on hæft settan *C* 2 he todraf *B*, he eac fordraf *C* 4ᵇ*f* and eac sume blende and heanlice hættode *C* 5 sume hamelode sume hættode *B* 6 dreorilicre *C* þison *B*

7 syþþan *B* coman *C* frid *B* naman *C* 8 gelyfenne *B* 9 xpē *B* 10 sva earml. *B* acvealde *BC* 11 lyfode *B* gyt *BC* gehet *B* 13 elibyrig *C* eal *fehlt B* 15 blindē *C* muneců *C* 16 þar *B* lyfode *B* 18 þät väs *fehlt B* fulvurdlice *B* vyrde væs *BC* 19 styple *B* 20 saul *B* xpē *B*

5. EADVEARD. 1 eadvard *BC* kingc *B* englene *C* 2 sodfeste saule to kriste *C* 3 vera *C* 4 veorolda *C* vunodæ þragæ *C* 5 kyne- *B*, kine- *C* creftig *C* 6 XXIIII. *BC* vealdand *C* 7 ::rimes *C* veolm *B* brytnode *corr. in* on *B*, britnode *C* 8 healfe *B*, hæ *C* hęleđa *C* gedungan *corr. in* æ *C* 11 sexū oretmægcū *B*, sæxum orec mægcum *C* 12 ymbclypaþ *C*, *das* þ *aus* d *corr.* ceald *B* 13 eadvarde *B*, eadvardæ *C* kinge *BC* 14 hyrdan hodelice *C* hagestealde *B*, -stalde *C* 15 bealeleas *C* kyng *B*, king *C* 16 þah he langa ær landes *C* 17 vunoda vrec- *C* 18 syđđan *B*, seoþan *C* knut *C* kynn *B* 19 deona *C* 20 XXVIII. *BC* 21 velan brynodan *B* 22 siđđan *C* freolice *B* 23 kyningc *B*, kinigc *C* kystū *B* clęne *C* 24 eadvard *BC* ædele *C* bevarede *C* 25 leodan *C* lunger *BC* 26 bytere *corr. in* a *C* 28 -feste *C* inne *C* 29 befęste *C* 30 -đungna *C* 31 ealne tid herdæ *C* 32 holdlice *B*, hodelice *C* hærran *B* synum *C* 33 dędum *C* vihte ne *BC* agęlde *C* 34 đearfe *C* þeod kyninges *B*, -kyngces *C*.

MENOLOGIUM. 1 acennyd 5 tiid 9 hine 10 gerum 11 tiid 15 emb: (e) 19 þæs 23 emb 24 and *immer abgekürzt wenn nicht anders angegeben* 25 svylc *rad. aus* t 30 .III. 32 þænū 33 þænū he 41 sohte 44 regol- rim-45 tiid 52 kyninga 57 tiid 65 heofenas he áá 74 halige 75 beutiid 90 gevyderu 91 blis'; *das übergeschriebene* s *jünger* 95 eahta 101 guman avyrn 7 tiida 14 lohta; *das* e *jünger* 17 in 18 nihtū 24 midne sumor miccle 27 vær þeoda 28 hy 36 scriþ 42 geyved 51 -vange 54 tiid 55 bartholomeus 56 vyrd 61 mærra 62 betux 63 ond 64 heleþu 71 gleav 77 tiid 78 michaheles menigo 80 geyved 81 And þæs embe 84 cigd 86 tiid 90 hy 93 úp veg 94 folce 96 nouembris 97 eadignesse 99 and 200 sid 2 syþþan 6 mot 10 embe 12 besenctun 13 þe iu beorna felda 15 lof 21 emb 27 sidan 29 tiid þe 31 tiid.

PSALM L. COTTON. 1 dauid *immer* 2 brega and *immer abgekürzt* 4 gefrigen 7 þidum 11 creaftig þonn cubur gebrec 12 scoldan 13 hvedere geded 14 þte gefræmmad 16 saula 17 dns *statt* drihten 19 vomdeda dóom 23 and him bezabe. 25 anfunde 27 dryhtne 30 spæc *statt* cvæd 31 milsa valden 34 mildhior ; nesse 35 ond milsa 36 dryhten 38 se, nu 42 oncvave 43 æt eagan 45 sceppen 46 lioht- 47 gefræmede 52 fordgefene 57 lansum begeton svilce 58 ofersviddes 64 dæ 67 selua sod anlufast 68 ville 74 þonn 77 elmehtig 80 valdend 81 bilvit dns 88 Æc þu clene 91 to doliennu healdenne 99 blidse dns 109 seocan scodan 22 þ 23 dæt ic bregan 26 liicvede 29 ælmæhtig 30 gedoo 33 vynfeste 36 þine 40 dns 42 I *statt* odde 43 flæchaman gefremed 45 gastæ forgeofene glid | mote 46 svæ 48 mehtig 53 gefremed ::::: hæfde (hebbe *ausradiert*) 54 mæahtig.

HYMNEN. I. 1 æla *immer in* I—III. 4 heofena 5 and *stets abgekürzt* 7 side odde vyde.

II. 1 beorhta 2 gemilsa þyn 3 þyne are þyne 4 þeo on 5 dæiges deoflon 6 hys 8 gesvyce 10 dæiges and nyhtes hyræd 13 gyf.

III. 1 lyfes 2 kyning 3 bydde 7 syddra meotod 8 -bugende 9 svilce 13 mage sode 15 heofenum 17 vytan 20 sylf | avast 26 femnena 29 lyfiendne 31 þyn ys 32 -buende 38 -stranga 45 scyldi 47 ac ic þe halsige 49 gemilsige 53 hlænan lyfe 55 getyþa tyr- 59 butan.

VI. 1 manncynnes 3 sy 5 fæste 13 gevlitegod 15 heofena 18 clæna 19 forgyf 20 alet 22 abylgeat 25 vomdæde þenced 28 nerigende 31 yfele.

VIII. 3 lifes 4 sigefest 5 ænlum 6 gehilcum godes 8 blætsiad feder 9 and de þanciad valden 10 veordlican *übergeschrieben* 11 dare miclan 12 mæhtum 14 feder 15 cynige 16 helend 17 gesceft anla 22 heofenlic 24 arfestnesse 25 foll' 26 is la 27 triov 28 drovuga 29

Þ đu on hæahsetle 30 -hræmig 33 of leahtrū gescęft 34 sceppęd 37 ana *übergeschrieben* æce 42 heahcynic 43 fæder.

IX. 1 sy 2 vylla 7 volcna eall onriht 12 beald 13 hige- 15 frofre 16 gecyddest 17 gevrohtest 20 svyđe 21 tosyndrodost syđđon 22 gevrohtest 23 syx 27 heahan 29 haligne 30 drihtnes namon 32 svytelađ 43 heahþrynnesse haliges gastes 44 -gyfe 45 þangung 47 halig 48 vord *fehlt* 50 hy 53 gecyddest 54 þa đu 57 cyddest.

X. 8 and đa þu manega canst 9 sunu 10 asendne 13 scā sylfre 17 gefremmed 18 -gyft 21 scyppend 23 ymbe bodedan 28 stah 29 ioseph 32 uplicne 34 recen 35 ·XL· 39 fylian 40 him *fehlt* 41 hihte 44 synd 46 þry 48 -gyfa 49 syn 52 mærne 55 ærest 57 dældest.

GNOMICA COTTONIANA. 2 þysse 4 þunar 5ᵇ byđ 7 svegel 9 geres him; *die correcturen von späterer hand* 10 sinc byđ 12 feala 14 geongne 16 hellme 19 earn eofor 31 flodgræg 34 beorh 28 cynren cennan 40 scrđan 42 in *fehlt* 44 fæmne gesecean 45 gebicge sealte 50 yldo 56 fægere 63 næni 66 gesetu.

PSALMI BODLEIANI. V. 1, 2 drihten 3 ongyt 2, 1 drihten 3 gehvylce 3, 2 sylfne 3 drihten XIX. 9, 1 drihten god; *über* god *steht* cyng 3 svylce drihten XXIV. 3, 1 drihten 2 stapa 4, 2 -nysse simble lyfige 5, 2 drihτ̄ syđđan 6, 1 fyrena 4 -nysse 5 drihten XXVII. 10, 1 drihten 2 yrre eal 3 rece þu heo svylce and on riht ahefe þät hi 4 synnum. XX. 18, 1 -nys drihten *und so immer* 2 vel XXXIV. 2, 1 scyld georne gestand 3, 3 syndon 4 syđđan XL. 4, 3 fremede XLIII. 27, 2 ahrede 3 nyde L. 1, 1 þinc 2 fyrenum 11, 3 gehigde huru mi dri | 13, 3 đinre LIII. 1, 1 halgan LVIII. 1, 1 ahrede hefiges 3 luge 4 gife LX. 6, 3 ic *fehlt* LXIV. 6, 1 hiht 2 đisse 3 syndon LXX. 7, 1 mægne 3 vuldor 4 æghvær LXXXVII. 13, 1 ic meto 2 mægne clypode LXXXIX. 15, 1 hvæthvyggu 2 eadbene 18, 1 geseoh þine 3 bliđum 19, 1 beorhtnys CI. 1, 2 heofonas CII. 1, 2 inneran þone ecan 2, 2 vilt ofergeotul 4, 1 se 5, 1 mildse 3 ednive gelicost 4 gleav CXVIII. 175, 1 savul 176, 2 Þ đe forvurđan 178 sec CXXI. 7, 1 sy mægne CXXXIX. 1, 2 men CXL. 2, 1 full ricene recels biđ 3 þonne bit gifre!

Leipzig, october 1871.

E. SIEVERS.

ÄHRENLESE.

51. In der erzählung von dem übelen weibe 132 ist wahrscheinlich zu setzen was in Wolframs Wilhelm 281, 13 steht, *neben, hinden, für, zen wenden.*

52. Walthers spruch *Man hôchgemdc, an friunden kranc* (79, 17) ist erweiterung eines sprichwortes. Iwein 2702 *als ouch die wîsen wellen, ezn habe deheiniu grœzer kraft danne unsippiu selleschaft, gerdte ez ze guote; und sint sî in ir muote getriuwe undr in beiden, sô sich gebruoder scheiden.* Ulrich von Türheim Wilh. 169[b] *diu triuwe hdt vil grôze kraft under unsippen gesellen.*

53. Die Erbacher handschrift des Wälschen gastes wird in das jahr 1248 gesetzt. allerdings hat die handschrift diese jahrzahl, aber sie ist, wie dies oft vorkommt, aus der vorlage abgeschrieben. ich habe die handschrift vor jahren in den händen gehabt und darf versichern, dafs sie dem vierzehnten jahrhunderte gehört.

54. Hartmann im Gregorius 751 *nû lâzen dise rede hie, und sagen iu wie ez ergie dirre vrowen kinde.* das bruchstück einer lateinischen übersetzung hat *ut procedamus, nunc his finem faciamus. Urentis acta damus, sic ad puerum redeamus.* Jacob Grimm Lat. ged. s. XLV hat für *huius*, wie Leo gelesen hatte, richtig *his* gesetzt; was er aber dann geschrieben hat, *Mente attendamus,* ist verfehlt, und nicht weniger ein zweiter einfall, *Ventis attendamus.* sichere verbefserung ist *Ventis vela damus.* der bekannte ausdruck ist hier nicht sonderlich geschickt, aber deutlich. es folgt bei Hartmann 757 *unser herre got der guote underwant sich sîn ze huote, von des gnâden Jônas in dem wilden mere gnas, der drîe tage und drîe naht mit dem wâge was bedaht in eines visches*

wamme. in der biblischen erzählung *et erat Jonas in ventre piscis tribus diebus et tribus noctibus.* die lateinische übersetzung ist entstellt, *est conservatus ut erat Jonas quadru In ceti ventre, sensu typice famulante,* worauf etwas fehlt. zu schreiben ist *ut erat Jonas triduanus.* der prosodische fehler verschlägt hier nichts.

55. Im sommer des jahres 1225 zog Ulrich von Liechtenstein zu einem turniere vor Brixen, Frauend. 107,9 *der turnei wart geteilet zuo. wir zogten ûz des morgens fruo. ein velt diu Merre ist genant: dâ zogt wir ûf gar sâ zehant.* die *Merre* kommt in alten urkunden vor, zb. bei Sinnacher Beitr. zur gesch. der bischöfl. kirche Säben und Brixen 3,178 in einer urkunde vom j. 1212, *in prato post ecclesiam s. Jacobi sitam super Merre,* wozu Sinnacher s. 63 bemerkt '*Merre* (Mahr), eine zerstreute gemeinde an fuſse des Pfefferberges in der pfarre und im landgericht Brixen, an der landstraſse von Brixen nach Klausen, mit der noch bestehenden kirche des h. Jacob des gröſseren'. vergl. Steub Drei sommer in Tirol 3,12.

56. Konrad von Heimesfurt sagt in der Himmelsfahrt Mariens 20 *ich armer pfaffe Kuonrât, geborn von Heimesfürte.* dadurch ist adelliche geburt noch nicht ausgeschloſsen. Karl Ferdinand Jung in seinem Miscellaneorum tomus I (Frankfurt 1739) s. 5. giebt in einer Matricula nobilium unter dem jahre 1204 *Cunradus de Heinsfurt.* der zeit nach könnte dies der dichter sein. — Himmelsf. 1056 ist *sûmunge* zu schreiben.

57. Der verfaſser des nur in den Königsberger blättern einer handschrift altdeutscher erzählungen enthaltenen schwankes *von zwein gesellen* nennt sich selbst 1426 ff., *iu schadet sîn geberde noch mê danne ein dunre. Rüedegêr von Munre an disen rât iuch kêret.* die hs. hat *dunir* und *Rudier von Munir:* Hagen Gesammtab. 3 s. 81 hat das richtige gesetzt. arg aber ist was er s. XXV sagt, 'der sonst nicht bekannte dichter nennt sich selbst am ende Rüdiger von Müner, d. i. Münerstadt am Röngebirge'. Müner ist rein erfunden und daſs der name der alten *Munirthhes stat* jemals so verkürzt worden unglaublich. in Rüdegers hochdeutscher erzählung finden sich mancherlei durch den reim gesicherte niederdeutsche formen die es nicht bezweifeln laſsen daſs in seiner heimat sich oberdeutsch und niederdeutsch berührten. *Munre* ist Ostermonra (Monnern) im Eckartsberger kreiſse in Thüringen. in dem verzeichnisse der frühesten er-

werbungen des klosters Altenzelle in dem Berichte der deutschen gesellschaft zu Leipzig vom j. 1840 s. 32ff. steht *a Wernero de Mûnre;* vergl. s. 54f. *Meinhardus de Munre* in einer urkunde von 1289 bei Müldener Hist. dipl. nachr. von einigen bergschlöfsern in Thüringen s. 126, *Heinrich von Munre* 1329 s. 127.

58. *Diz ungelogen mære macht uns der Vriolsheimære.* so schliefst eine kleine in Hagens Gesammtab. 2, 149ff. abgedruckte erzählung. thöricht wird s. XVI an Friaul gedacht. Friolsheim oder Friolzheim ist ein dorf im wirtembergischen oberamte Leonberg.

59. Meister Walther von Breisach. *meister Walther der schulmeister* zeuge in einer urkunde Rudolfs von *Racenhusen* (Rathsamhausen) für das kloster Marienau zu Breisach, vom 24n juni 1266, Archiv für gesch. des Oberrheins 13,50.

60. Burckhardt von Hohenfels MS. 1, 89ª

Seite si mich zeinem mâle
hin zuo z'ir gedanken fiure.

Hagen setzt nach seiner unnützen gewohnheit *zuo z'ir,* das unsinnige *Seite* läfst er ruhig stehen und auch das Mhd. wb. 3,332ª hat daran kein arges. zu schreiben ist *Leite,* führte.

M. H.

DIE ANFÄNGE LATEINISCHER PROFANER RYTHMEN DES MITTELALTERS

VON W. WATTENBACH.

Die lateinischen rythmen des mittelalters sind teilweise nicht ohne dichterischen wert; sie nehmen aber aufserdem unsere aufmerksamkeit in anspruch durch ihre form sowol wie durch ihren inhalt, welcher über manche seiten des damaligen lebens allein auskunft gewährt. gröfsere sammlungen derselben sind in älterer zeit durch Flacius Illyricus, in neuerer durch Edélestand du Méril, Thomas Wright, Jacob Grimm, Mone, Müldener veröffentlicht, aufserdem aber sehr viele ganz vereinzelt. oft ist es fast unmöglich zu wifsen, ob was in einer handschrift uns begegnet, schon bekannt ist oder nicht. nicht minder schwierig ist es, die verschiedenen drucke oder handschriftlichen fundorte desselben gedichtes zu übersehen, und doch ist es nirgends wichtiger, als hier, wo nicht nur die einzelnen abschriften oft sehr fehlerhaft, abdrücke nicht selten noch schlechter sind, sondern wo auch in folge nur mündlicher überlieferung die an verschiedenen orten gemachten aufzeichnungen in erstaunlicher weise auseinander gehen, wie das kürzlich herr Oscar Hubatsch in seiner schrift über die lateinischen vagantenlieder des mittelalters (Görlitz 1870) recht anschaulich dargelegt hat. auch die anfänge sind dieser willkür unterworfen, und ein register derselben reicht deshalb zu sicherer bestimmung eines rythmus nicht aus, allein es bietet doch ein wichtiges hülfsmittel dar.

Bei einem solchen unternehmen begegnen aber verschiedene schwierigkeiten. auszuschliefsen sind naturgemäfs die kirchlichen hymnen, von welchen J Mone eine reiche sammlung veröffentlicht hat, die um so mehr zur vergleichung herbeizuziehen ist, da sehr viele profane und frivole rythmen parodien der kirchlichen hymnen sind, ihre ausdrucksweise überall durchklingt. auch ascetisch fromme dichtung gehört nicht hierher, wol aber recht eigentlich die satirische, die klage über die entartung der welt und vorzüglich des geistlichen standes. hier ist häufig der grundgedanke ein sehr ernster, und nicht immer ist die grenze leicht zu ziehen; bei den kurzen anführungen in beschreibungen von handschriften ist auch die natur des gedichtes oft zweifelhaft.

Auszuschliefsen ist ferner die eigentliche kunstpoesie in hexametern und distichen, aber auch diese grenze läfst sich nicht scharf einhalten. der in sich gereimte hexameter geht ganz unmerklich in die rythmische form über. dazu aber tritt auch noch ein anderes moment. es sind nämlich ganz vorzüglich die vaganten oder goliarden, von denen ein grofser teil dieser rythmen herrührt, welche sorgsame beachtung verdienen; J Grimm, W Giesebrecht und nun auch O Hubatsch haben ihr treiben geschildert. stücke, die dem Archipoeta, dem Primas oder Golias zugeschrieben werden, und welche ihres inhalts wegen diesem kreifse angehören, dürfen hier nicht fehlen, wenn auch ihre form nicht rythmisch ist, und dazu gehören zb. einige gedichte des Walther von Châtillon. ferner werden auch einzelne ganz kurze sprüche ausdrücklich dem Primas zugeschrieben, beziehen sich zum teil auf geschichtchen, wie sie Salimbene von ihm erzählt, oder drücken dieselben gedanken aus, welche in den liedern der vaganten begegnen. die weite verbreitung auch solcher sprüche ist merkwürdig, sie finden sich bald hier bald da in immer wechselnder form, und wenn man ihnen begegnet ist es angenehm, die parallelstellen zur vergleichung finden zu können. ich habe deshalb auch eine anzahl solcher sprüche von wenigen, oder auch nur von einer zeile, durch einen zusatz als solche kenntlich gemacht, ebenfalls aufgenommen, um so mehr, da sie sich vorzugsweise in denselben handschriften mit jenen liedern finden.

Endlich bietet auch die zeitgrenze einige schwierigkeit. die vereinzelten stücke aus älterer zeit habe ich nicht aufgenommen, auch nicht die SGaller begrüfsungen und die lieder der Cambridger handschrift. die lebhaftere entwickelung dieser art von poesie beginnt mit dem ausgang des elften jahrhunderts, und damit habe ich deshalb auch hier begonnen; das ende aber giebt erst die reformationszeit und nachklänge reichen noch weiter. auch die roheren producte der späteren zeit, wenn sie nur einigermafsen den character der vagantenpoesie noch an sich tragen, waren um so weniger auszuschliefsen, da sie oft auf älterer grundlage beruhen.

Hoffentlich gelingt es mir, durch diese zusammenstellung auf die vielen noch ungehobenen schätze in diesem gebiet aufmerksam zu machen, und zu einer bereicherung des vorrats anlafs zu geben.

Der gleichförmigkeit wegen erschien es zweckmäfsig, die gewöhnliche lateinische orthographie der anfänge herzustellen.

Verzeichnis der abkürzungen.

Anz. Anzeiger für kunde der deutschen vorzeit. neue folge. organ des germanischen museums. 1—18. 1853—1871.

Arch. Archiv der gesellschaft für ältere deutsche geschichtskunde. 1—11. 1820—1858.

Bur. Carmina Burana. lateinische und deutsche lieder und gedichte einer handschrift des XIII jahrhunderts aus Benedictbeuern auf der k. bibliothek zu München. Stuttgart 1847. bibliothek des litterarischen vereins XVI. neben dieser vollständigen ausgabe von Schmeller sind ältere abdrücke einzelner stücke daraus, die Schmeller alle anführt, nicht berücksichtigt. dieselbe handschrift wird von Du Méril als MS. de Tegernsee oder MS. Endlicher bezeichnet.

Christ. 344. der in der vorrede zum 15 band der histoire littéraire de la France beschriebene Vaticanische Cod. Christinae; nur die anfänge sind bekannt.

Clm. Codex latinus Monacensis 1 — 2329 beschrieben in: Catalogus codicum latinorum bibliothecae regiae Monacensis. composuerunt Carolus Halm et Georgius Laubmann. I. 1. Mon. 1868. ein sehr umfafsendes register von anfängen aus Münchener handschriften, von Schmeller, handschriftlich in München vorhanden, auf welches herr director Halm mich aufmerksam zu machen die güte hatte, ist späterer benutzung vorbehalten.

Cod. Vind. Wiener handschriften, 1—6500 beschrieben in: Tabulae codicum manu scriptorum praeter graecos et orientales in bibliotheca palatina Vindobonensi asservatorum. edidit academia Caesarea Vindobonensis. 1—4. 1864—1870. dagegen sind die citate aus Denis weggelafsen, weil sie dort zu finden sind.

Ed. du M. (1843). Poésies populaires latines antérieures au douzième siècle. par M. Edélestand du Méril. Paris 1843.

Ed. du M. (1847). Poésies populaires latines du Moyen Âge. par M. Edélestand du Méril. Paris 1847.

Ed. du M. (1854). Poésies inédites du Moyen Âge, précédées d'une histoire de la fable Ésopique. par M. Edélestand du Méril. Paris 1854.

Feif. Studien zur geschichte der altböhmischen literatur von Julius Feifalik. sitzungsberichte der phil. hist. classe der Wiener akademie (1861) 36, 119—191.

Flac. Varia doctorum piorumque virorum de corrupto ecclesiae statu poemata cum praefatione Mathiae Flacii Illyrici. Basileae 1556. hierin ist vollständig enthalten: Carmina vetusta ante trecentos annos scripta. Vitebergae 1548. die stücke p. 41—88 von einfach frommem inhalt sind nicht berücksichtigt. nach der vermutung von ThWright, Pol. Songs p. 350 erhielt Flacius abschriften von Bale.

Husem. Clm. 10751, von Anton Husemann 1575 in Liesborn gesammelt, s. Anz. 15, 38.

JGrimm, kleinere schriften III. 1866. hierin ist die akademische abhandlung von 1843 wiederholt: gedichte des mittelalters auf könig Friedrich I den Staufer und aus seiner so wie der nächstfolgenden zeit. die seitenzahlen derselben sind in klammern beigefügt.

Lub. Cod. Lubecensis 152. chart. saec. XV. eine briefsammlung mit allerlei später eingetragenen versen am schlufs.

Mon. Lub. Monumenta Lubensia, herausgegeben von W Wattenbach. Breslau 1861.

Mone Anz. Anzeiger für kunde der teutschen vorzeit. herausgegeben von Franz Joseph Mone (begonnen von Aufsefs). 1—8. 1832—1839. im 7 jahrgang lat. lieder aus einer handschrift des 12. jahrh. in der stadtbibliothek von Saint-Omer.

Mōld. Die zehn gedichte des Walther von Lille, genannt von Châtillon. nach der Pariser handschrift berichtigt und zum ersten male vollständig herausgegeben von dr W Müldener. Hannover 1859. die handschrift ist nicht 8359, sondern 3245, früher 5333.

Palm. Lateinische lieder und gedichte aus schlesischen klosterbibliotheken. von oberlehrer H Palm. abhandlungen der schlesischen gesellschaft für vaterländische cultur. phil. hist. abteilung 1862. heft 2 s. 74—97.

Salimbene. Chronica fratris Salimbene Parmensis. Parmae 1847. Monumenta historica ad provincias Parmensem et Placentinam pertinentia. tomus III.

Wr. Anecd. Anecdota literaria, edited by Thomas Wright. London 1844.

Wr. Map. The latin poems commonly attributed to Walter Mapes, collected and edited by Thomas Wright. London, printed for the Camden society. 1841.

Wr. Myst. Early mysteries and other latin poems, edited by Thomas Wright. London 1838.

Wr. Pol. Songs. The political songs of England from the reign of John to that of Edward II. edited and translated by Thomas Wright. London 1834.

Wr. and Halliwell. Reliquiae antiquae. scraps of ancient manuscripts, illustrating chiefly early English literature and the English language. edited by Thomas Wright and James Orchard Halliwell. two volumes. London 1845.

Zing. Bericht über die Sterzinger miscellaneen-handschrift, von dr Ignaz V. Zingerle. sitzungsberichte der phil. hist. classe der Wiener akademie (1866) 54, 293—340.

Nicht zugänglich war mir: Hilarii versus et ludi, herausgegeben von Champollion-Figeac, Paris 1838. der inhalt scheint aber unserer aufgabe ferner zu liegen.

---

a globo veteri, *s.* e globo veteri.

a la feste sui venue et ostendam quare. *Wr. Anecd.* 43 *e cod. Bodl. Digby* 4.

a legis doctoribus lex evacuatur (*Sermo Goliae ad praelatos*). *Flac.* 152. *daraus Wr. Map.* 43.

a tauro torrida lampade Cynthii (*Apocalypsis Goliae*). *Flac.* 133. *Eccard e cod. Berol. Corp.* 2, 1851. *Wr. Map.* 1 *e multis codd. Müld.* 19 *e cod. Paris. Christ.* 344 *f.* 32. *Clm.* 416: in tauro fervida, *mit der unterschrift: Apocalipsis Alani.*

ab aetatis floribus amor nos salutat. *Bur.* 91.

abbas Lubensis vix est aliquis puto mensis. *Mon. Lub.* 31. *vgl. zeitschrift des vereins f. gesch. u. altertum Schlesiens* 5, 116. *entnommen aus dem Occultus des Nicolaus de Bibera.*

abbas noster tritus est scyphos evacuare (*Regula beati Libertini*). *Flac.* 488.

abbatia quandam quercum. *Cod. Vind.* 4120 *f.* 43.

absente Petro datur possessio Paulo (*spruch*). *Zing.* 307.

absque statu (*De priore defuncto*). *Christ.* 344 *f.* 36.

accipe, sume, cape, tria verba placentia papae (*spruch*). *Bur.* 23. *Zing.* 315.

accusative si Romam coeperis ire (*spruch*). *Zing.* 315.

ach quid agam, quia fortunam mihi cerno novercam. *Cod. Berol. Arch.* 8, 824.

Actaeon, Lampas, Erichtheus et Philogaeus. *Bur.* 129.

ad cor tuum revertere conditionis miserae. *Flac.* 77. *Bur.* 6.

ad errorem omnium surgam locuturus. *Feif.* 154.

ad fontem philosophiae sitientes currite. *Bur.* 92.

ad honorem summi regis (*De Thoma Cant.*) *Pasini, codd. Taurin.* 2, 216. *daraus Ed. du M.* (1843) *p.* 421.

ad occasum cuncta ruunt, sed et ipsa studia. *Pasquillorum tomi duo* (1544) 113 *aus einer Schweizer handschrift. Sudendorf, registrum* 2, 3 (*unvollständig*). *Weifs, könig Alfred, app. p.* 40 *e cod. Brux.* 5446.

ad scribendum equidem hebes. *Gilleberti carmina ed. Tross p.* 3.

aegre fero quod aegroto. *Bur.* 219.

aes ego campana nunquam pronuntio vana (*spruch*). *Zing.* 318.

aestas in exilium iam peregrinatur. *Bur.* 131.

aestas non apparuit praeteritis temporibus. *Bur.* 190.

aestatis florigero tempore. *Bur.* 132.

aestivali gaudio tellus renovatur. *Bur.* 146.

aestivali sub fervore, quando cuncta sunt in flore. *Bur.* 145.

aestuans intrinsecus ira vehementi. *Salimbene* 42 (*auct. primate can. Coloniensi*). *Bur.* 67. *Wr. Map.* 71 (*Confessio Goliae*) *aus* 6 *engl. handschriften. Reiffenberg im Bull. de l'acad. de Brux.* IX. 1, 478 *e cod. Brux.* 2071. *daraus J Grimm, kl. schr.* 3, 70 (207); *aufser seinen emendationen ist nach der hs. zu befsern*: 2, 1 viro. (4, 2 *gegen die hs.* iocus). 4, 4 quae. 5, 4 anima. 16, 4 post. 18, 2 latebrarum. 20, 4 seculoque. — *W Wackernagel e cod. Turic. in Haupts zs.* 5, 293. *Christ.* 344 *f.* 31 (*Rithmus episcopi Guliae*). *hs. des domcap. zu Ivrea nach Arch.* 9, 614.

aetas nostri temporis brevis non senescit. *B Pez. Thes.* VI. 2, 28 *ex cod. Claustroneoburgensi.*
alias dum synodum clerus celebraret (*Capitulum quindecim mulierum*). *Clm.* 215 *f.* 60.
alte clamat Epicurus. *Bur.* 72.
altitonans caelicola. *Cod. Vind.* 4134 *f.* 193.
amabilis puella per omnia tenella. *Fichard im Frankf. archiv* 3, 205 *aus einer hs. in seinem besitz.*
amari luctus mersitor moestus suspiriis (*a Boemo saec.* XV). *Flac.* 379.
amaris stupens casibus vox exultationis. *Bur.* 38.
amor telum est in signis Veneris. *Bur.* 201.
amor tenet omnia, mutat cordis intima. *Bur.* 150.
amor verus omnia potest superare (*De incarnatione Christi alphabetum*). *Zing.* 320 *anfang.*
anglicus angelus *s.* status terrarum.
anni novi rediit novitas. *Bur.* 145.
anni parte florida caelo puriore (*De Phyllide et Flora*). *Bur.* 155. *Wr. Map.* 258 *ex Harl.* 978. *vgl. Grimm, kl. schriften* 3, 76. *Christ.* 344 *f.* 34. *cod. Berol. Arch.* 8, 854. (*Denis* 1, 2318 *angef. aus cod. Vind.* 883 *mit dem anfang* quadam vice medii Maii sub virore).
anno Christi incarnationis, anno nostrae reparationis millesimo centesimo septuagesimo septimo. *Bur.* 34.
anno novali mea sospes sit et gaudeat. *Bur.* 203.
anno revirente virentis et virente. *Mone Anz.* 7, 293.
ante chaos iurgium indigestae molis (*De Thoma Cant.*). *Ed. du M.* (1847) 70 *e cod. Ebroic.*
ante finem termini baculus portamus (*weihnachtslied der schüler*). *Wright and Halliwell, Rell. antt.* 1, 116 *aus Sloane* 1584.
ante legum dominos et magistros artium. *Wr. Anecd.* 44 *e cod. Bodl. Digby* 166. *cf.* ut membra.
antequam iudicii dies metuenda (*Signa iudicii*). *Mone, schauspiele des mittelalters* 1, 320 *e cod. Augiensi.* 15 *strophen* (*anf.* Prima dies) *Sommer e cod. Wrat. in Haupts zs.* 3, 523. *anf. u. ende bei Grimm kl. schr.* 3, 79 (298) *e cod. Ven. SMarci. Zing.* 313 (*anfang*). *cod. Vind.* 883 *f.* 63. *Berol. Arch.* 8, 833.
aqua ardens solet dici. *Cod. Vind.* 4062.
archicancellarie, vir discretae mentis (*archipoeta*). *Grimm, kl. schriften* 3, 57 (194) *e. cod. Gott.*

archicancellarie, viris maior ceteris (*archipoeta*). *Grimm kl. schr.* 3, 65 (202) *e cod. Gott. der anfang auch im cod. Brux.* 2071 *u. daraus im Bull. de l'acad. de Brux.* IX. 1, 455.

Aristippe quamvis sero. *Flac.* 39. *Bur.* 65.

artifex qui condidit hominem ex luto. *Bur.* 76.

artium dignitas quae primum viguit. *Flac.* 37.

ascendit Walter, veniat bos unus et alter (*spruch*). *Zeibig im notizblatt der Wiener ak.* 1852 *p.* 26. *cf. Anz.* 15, 287.

asellulus de mola. *Cod. Vind.* 4459 *nach Denis* 1, 2339.

Astaroth obmutuit dum sensit Bartholomeum (*spruch*). *Zing.* 307.

audiat auribus interioribus. *Ed. du M.* (1847) 127 *e codd. Paris.* 2319 *et* 2320.

audientes audiant, diu schande vert al über daz lant. *e cod. Bur. vdHagen, MS* 3, 448. *Ed. du M.* (1843) 101, *Bur.* 73.

audite alphabetica cantica sophistica (*Contra mulieres*). *Feif.* 164. *Palm* 94 *ex eodem cod. Wrat. Clm.* 641. *cod. Vind.* 4118 *f.* 111.

audite insulae et attendite populi (*De excidio urbis Acconis*). *Martene, coll. ampl.* 5, 757.

aurea lux oritur (*fragm.*) *Flac.* 416.

aurea personet lyra clara modulamina. *Bock bei Weifs, könig Alfred, p.* 38 *aus der Brüsseler hs.* 5446. *unvollständig in den werken Fulberts von Chartres, bibl. max. Patr. Lugd.* 18, 51.

autumnali frigore marcescente lilio. *Mone Anz.* 7, 290.

ave color vini clari (*Sequentia vini*). *Wr. Myst.* 120 *aus Arundel* 384. *daraus Ed. du M.* (1847) 204. *Mone Anz.* 2, 190 *e cod. Heidelb. u. daraus Ed. du M. l.* c. *cf.* vinum bonum.

axe Phoebus aureo celsiora lustrat. *Bur.* 134.

Bacche bene venies gratus et optatus. *Bur.* 238. *Ed. du M.* (1847) 202 *ex eodem.*

baculare sacramentum nec recenter est inventum. *Wr. Anecd.* 40 *e cod. Bodl. Digby* 94 *fehlerhaft mit* bacissare. *vgl. dieselbe strophe bei Mone Anz.* 7, 108.

beati qui esuriunt (*De corruptione iudicum*). *Wr. Pol. Songs* 224 *aus Harl.* 913; *p.* 382 *varianten aus Reg.* 12, *C.* XII.

bellatorum fortissimus (*De morte Willelmi conquistoris*). *Bouquet* 12, 479. *Ed. du M.* (1843) 296.

bis sex credatis species sunt ebrietatis. *Zing.* 318.

bonum est confidere in dominorum domino. *Bur.* 6.
bruma veris aemula sua iam repagula. *Bur.* 116.
caelum non animum mutat stabilitas. *Bur.* 46.
calamus velociter scribe sic scribentis (*auf die schlacht bei Lewes* 1264). *Wr. Pol. Songs* 72 *aus Harl.* 978.
captivata largitas longe relegatur. *Wr. Map.* 151 *e cod. Sloane* 1580. *W Wackernagel e cod. Turic. in Haupts zs.* 5, 296.
captus amore gravi me parem rebar avi. *Bur.* 119.
caput in caudam vertitur. *Flac.* 37.
cari fratres, *variante zu* viri fratres.
causidicus medicus meretrix semper meditantur (*spruch*). *Zing.* 310.
cedit hiems tua durities. *Bur.* 177.
centum vel mille vellem tibi quod daret ille (*spruch*). *Zing.* 306.
Christi fratres, *fehlerhaft für* viri fratres.
Christiani nominis corruit insigne (*Conductus de itinere Jerosolimorum* 1187). *Riant de Haymaro mon.* 125 *e cod. Vind.* 883.
Christus nobis tradidit formam hanc vivendi (35 *strophen*). *Cod. Vind.* 4121. *Clm.* 641 *fol.* 4. *cod. Valentian.* 224 *aus Spanheim, mit der überschrift: via religiosorum. Mangeard p.* 218. *angeführt Anz.* 18, 233.
Christus qui flagitia. *Anz.* 17, 149 *e cod. Vind.* 883.
circa partum virginis (*De incarnatione*). *Wr. Map.* 212 *ex cod. Harl.* 978.
circumdederunt me lusores et bibuli. *Feif.* 174.
clausus Chronos et serato. *Bur.* 135.
clerus et presbyteri nuper consedere. *Wr. Map.* 174 *aus Flac.* 371. *erweiterung von* quindecim presbyteri.
collationis gratia pertractaturus aliqua (*Planctus Bernhardi Westerrodis*). *Flac.* 101.
complange tui Anglia melos suspendens organi (*Planctus super episcopis, Johanne regnante*). *Flac.* 161. *daraus Wr. Pol. Songs* 6. *varianten aus Reg.* 7, *F.* V. *pag.* 348.
concinamus o sodales (*pfingstlied aus Cambridge*). *Ed. du M.* (1847) 213 *aus Brand, popular antiquities.*
congaudentes exultemus (*Noël des écoliers*). *Ed. du M.* (1854) *aus suppl. lat.* 1219.
congaudentes ludite, choros simul ducite. *Bur.* 166.
corda puellarum (*Problemata*). *Christ.* 344 *f.* 41.

corpus Christi hodie parum veneratur. *Mangeard, catal. de Valenciennes p.* 117.
corruit ecclesia stipulae suffulta columna. *Flac.* 112.
cotocii (*De clericis et de rustico*). *Christ.* 344 *f.* 37.
creditor hoc credit quod tarde transeat annus (*spruch*). *Zing.* 310.
crevit in ecclesia monstrum genitore Losinga. *Flac.* 234.
crucifigat omnes domini crux altera. *Bur.* 25.
crux est denarii potens in saeculo. *Wr. Map.* 223.
cum animadverterem, dicit Cato. *Bur.* 253.
cum animadverterem plurimos errare. *Cato ed. Zarncke in den berichten der k. sächs. ges. d. wiss.* 15, 52.
cum declinent homines a tenore veri. *Wr. Map.* 163 *ex Harl.* 978.
cum deus in principio cuncta creaverat (*religiös*). *Zing.* 311 (*anfang*).
cum folio koli tu culum tergere noli (*spruch*). *Zing.* 294.
cum Gualterus *s.* dum G.
cum in orbem universum decantatur: ite (*De ordine vagorum*). *Bur.* 251. *Uhland, volkslieder* 2, 959. *vgl.* plenitudo temporis.
cum Jesu Judas (*spruch*). *Flac.* 240. *vgl.* in claustro.
cum sim modo moriturus. *gedruckt im Anz.* 18, 263 *aus Clm.* 641 *f.* 45. *mit der überschrift: Bernhardus cod. Marburg. D.* 38 *nach CFHermann, analecta catalogi* (1841) *p.* 35. *fragment im cod. Vind.* 5160 *f.* 186ᵛ.
cum sint plures ordines atque dignitates (*Versus Goliae de praelatis*). *Wr. Map.* 44 *ex cod. Cott. Vespas. A.* XIX.
cum sit omnis homo foenum et post foenum fiat coenum. *SBernardi opera* 5, 421.
cum tenerent omnia medium tumultum (*Goliae dial. inter aquam et vinum*). *Wr. Map.* 87 *aus* 6 *engl. hss. Grimm kl. schr.* 3, 78 (237) *mit* dum tenerent *angef. e cod. Veneto SMarci* (*Versus primatis presbiteri*). *abweichend, anf.* factum est convivium *Husem. nach Anz.* 15, 285. *vgl.* denudata veritate.
cum tibi sint sero perfusa viscera mero. *Zing.* 318 (*anfang*).
cuncta rotat casus (*De Actaeone*). *Christ.* 344 *f.* 39.
cur mundus militat sub vana gloria (*De mundi vanitate*). *opera Bernh. Clarevall.* 5, 421. *Wr. Map.* 147 *e codd. Anglicis. cod. Vind.* 883 *f.* 75. 4459 *f.* 110. *cod. Helmstad. nach Leyser* 2004.

cur suspectum me tenet domina. *F Wolf über die lais* 433. *Bur.* 167. *Ed. du M.* (1843) 123, *omnes ex eodem codice.*
cur ultra studeam probus esse. *Flac.* 349.
curia Romana non quaerit ovem sine laua. (*spruch*). *Bur.* 23. *Zing.* 314. *cod. Berol. Arch.* 8, 838.
cursus asellorum celer atque fides monachorum (*spruch*). *Zing.* 307.
dare nunquam deficit. *Cod. Berol. Arch.* 8, 833.
Daventria laudabilis. *Otto, commentt. in codd. bibl. Giss.* 159.
de pollicito mea mens elata. *Bur.* 206.
de ramis cadunt folia, nam viror totus periit. *Ed. du M.* (1847) 235 *ex cod. Paris.* 3719.
de rupta rupecula grata fluunt pocula. *Bandini, codd. latini* 2, 1 *e cod. Laur.* XXIX. 1.
de Stephani roseo sanguine martyrii. *Flac.* 31.
de terrae gremio rerum praegnatio. *Ed. du M.* (1847) 232 *e cod. Paris.* 3719.
debacchatur mundus pomo quod comedit primus homo. *Bur.* 32.
declinante frigore, picto terrae corpore. *Mone Anz.* 7, 287. *daraus Ed. du M.* (1847) 226.
deduc Sion uberrimas. *Flac.* 29. *Bur.* 11.
denudata veritate (*Disputatio vini et aquae*). *Bur.* 232. *Ed. du M.* (1854) 303 *aus fonds de Saint-Germain lat.* 376. *Salimbene* 218 (*auct. primate, nur der anfang*). *cod. Vind.* 5371: *iocunda carmina, videlicet disputatio aquae et vini, violae et rosae, tabb.* 4, 111. *vgl. Feif.* 119 *und* cum tenerent.
det vobis piscem Normandia terra marinum (*spruch*). *Salimbene* 93.
deus in adiutorium meum intende, sprach ein hubsches nunnelin. *Fichard im Frankf. archiv* 3, 203 *aus einer hs. in seinem besitz* (*str.* 5, 4 *der lesefehler* dilacero *st.* dilectio). *daraus Ed. du M.* (1843) 97. *anfang einer anderen version in Mones Anz.* 8, 211 *aus einer hs. von Kuppitsch.*
dic Christi veritas, dic cara raritas. *Flac.* 30. *Bur.* 51.
dic homo, cur abuteris discretionis gratia. *S Bernardi opp.* (1765) 5, 421.
dilatatur impii regnum Pharaonis (*Sermo Goliae ad praelatos impios*). *Flac.* 149. *Wr. Map.* 40 *e cod. Sloane* 1580.
diligitur, colitur, quem sors illuminat aeris (*spruch*). *Bur.* 65.
dira vi amoris teror. *Bur.* 223.

diri patris infausta pignora (*klage des Oedipus*). *Ed. du M.* (1854) *aus d. Berl. cod. lat. fol.* 34. *angef. Arch.* 8, 823.

dirigit ad caelum lapis hunc, rogus hunc, thorus illum (*spruch*). *Zeibig im notizenbl. d. Wiener ak.* 1852 *p.* 26.

disce bone clerice virgines amare. *Zarncke, die deutschen universitäten im mittelalter* (1857) 1, 87.

discretis ad litteras viris et honorem. *bruchstück bei Feif.* 151 *ex cod. cap. Pragensis.*

dives eram et electus (*Goliae*). *Wr. Map.* 64 *e cod. Harl.* 978.

divitiae (*Hic monet contemnere divitias*). *Christ.* 344 *f.* 36.

doctorum speculum, doctor amande (*De morte Huberti Magdunensis*). *Duchesne SS* 4, 268. *daraus Ed. du M.* (1843) 292.

doleo quod nimium patior exilium. *Bur.* 231 (*fragment*).

domum sapientia sic aedificavit. *Zing.* 309 (*anfang*).

dudum voveram recta sapere. *Bur.* 226.

dulce solum natalis patriae. *Bur.* 168.

dulcis aurae temperies. *Mone Anz.* 7, 292. *daraus Ed. du M.* (1847) 224.

dum aestas inchoatur amoeno tempore. *Bur.* 196.

dum caupona verterem vino debacchatus. *Bur.* 138.

dum contemplor animo saeculi tenorem (*De adventu antichristi*). *Müld.* 40.

dum Dianae vitrea sero lampas oritur. *Bur.* 124.

dum domus lapidea foro sita cernitur. *Bur.* 236.

dum Fernandus Hispaniae rex. *Bandini, codd. latini* 2, 3 *ex cod. Laur.* XXIX. 1.

dum flosculum tenera lactant veris ubera. *Mone Anz.* 7, 291.

dum Gualtherus aegrotaret (*Oratio Gualtheri de insula morientis*). *Müld.* 59 *e cod. Paris. cod. Rehdiger.* I. 42 *mit* cum Gualtherus.

dum Henricus aegrotaret et aegrotus cogitaret. *Cod. Vind.* 4459 *f.* 109 *nach Denis* 1, 2342.

dum in nocte video, *s.* in nocte.

dum iuventus floruit, licuit et libuit. *Bur.* 8.

dum pater abbas filiam (*De visitatione abbatis*). *Wr. Map.* 184. *e cod. Arundel.* 139.

dum Philippus moritur palatini gladio (1208). *Bur.* 50. *O Abel, k. Philipp* 392.

dum prius inculta coleret virgulta. *Bur.* 149. *cf. seq.*

dum prius ioca colerem (*De rapta virginitate*). *Christ.* 344 *f.* 36.
dum quaeritur mihi remedium. *Mone Anz.* 7, 290.
dum quiete vegetarem. *Bur.* 220.
dum Romanus pontifex degeret Veronae (*Haymarus monachus de capta Accone* 1191). *J Grimm, kl. schriften* 3, 37 *anf. u. ende e cod. Bamb. vollständig nach* 3 *hss. u. der ausg. von Herold: PRiant de Haymaro monacho, Paris.* 1865, 73—117.
dum Saturno coniuge partus parit Rhea (*De Clarevallensibus et Cluniacensibus*). *Wr. Map.* 237 *e cod. Sloane* 1580.
dum tenerent omnia, *s.* cum tenerent.
dum transirem Danubium. *Mone Anz.* 5, 448 *e cod. Leod.* 77.
e globo veteri cum rerum faciem. *Bur.* 129. *Wr. Myst.* 111 (a globo) *aus Arundel.* 384.
ebrius atque satur his ecce modis variatur. *Zing.* 318 *anf. cod. Vind.* 4012.
ecce chorus virginum tempore vernali. *Bur.* 118.
ecce dolet Anglia luctibus imbuta. *Wr. Pol. Songs* 400 *aus einer hs. in Cambridge.*
ecce gratum et optatum ver reducit gaudia. *Bur.* 183.
ecce laetantur omnia. *Ed. du M.* (1847) 234 *e cod. Paris.* 3719.
ecce mundus moritur vitiis sepultus (*De mundi miseria*). *Flac.* 238. *Wr. Map.* 149. *cod. Vind.* 4493 *f.* 132. *Zing.* 308 (*anfang*). *cod. Berol. Arch.* 8, 833. *vgl. F Zarncke in den berichten d. k. sächs. ges. d. wiſs.* 15, 22.
ecce non paulizat Paulus, sed saulizat. *Mone Anz.* 8, 598 *e cod. Brux.* 411. *Ed. du M.* (1843) 142 *e cod. Brux.* 10051.
ecce sonat in aperto (*Thomae Cant. tributum, contra simoniacos*). *Bur.* 43. *Ed. du M.* (1843) 177 *e cod. Paris.* 4880.
ecce torpet probitas, virtus sepelitur. *Bur.* 37. *Mone Anz.* 7, 294.
ecclesiae navis titubat, Petri quoque clavis (*spruch*). *cod. Marb. bei CF Hermann, analecta catalogi* (1841) *p.* 12.
ecclesiastica Roma negotia cum moderetur. *Flac.* 415.
edictum fingitur factum (*Vindicatio Norfolchiae auct. Joh. de S Omero*). *Wr. Myst.* 99.
ego dixi: dii estis (*De mutatione vestium*). *Wr. Pol. Songs* 51 *aus Harl.* 978.
ego quondam filius mundi specialis. *W Wackernagel e cod. Turic. in Haupts zs.* 5, 297.

eheu ploret Anglia, *s.* heu heu.

eheu voce flebili (*Planctus de amissione terrae sanctae* 1187). *e cod. Bur. Ed. du M.* (1843) 411. *Bur.* 29. *Riant de Haymaro mon.* 119.

eia dolor, nunc me solor. *Bur.* 217.

eia pervenusta puella. *Cod. Berol. Arch.* 8, 824.

en habeo versus te praecipiente reversus (*archipoeta*). *J Grimm, kl. schriften* 3, 64 (201) *e cod. Gott.*

en quamvis honorabilis sit status rectoratus. *Lub. f.* 264.

en iuventus per eventus. *prolog zum Renner p.* 7. *Otto, commentt. in codd. bibl. Giss.* 158.

episcopi attendite, dei verba discernite. *Petr. Dam. de omnibus ordinibus. opp.* 4, 57.

erat quidam monachus corpore non validus. *Arch.* 8, 482 *angeführt e cod. Lovaniensi.*

erat quondam dies festus. *Palm* 96.

ergo plange pium (*De morte Constantini Luxoviensis*). *Ed. du M.* (1843) 280 *e cod. Paris.* 1772.

est Amor alatus puer et levis, est pharetratus. *Bur.* 192.

est modus in verbis, duo sunt contraria verba. *Bur.* 3.

est sine virtute (*spruch*). *Anz.* 18 *aus Clm.* 641.

est tibi Saturne domus (*Domicilia*). *Christ.* 344 *f.* 37.

excitare somno Musa (*De Hugone cancellario*). *Christ.* 344 *f.* 38.

exiit diluculo rustica puella. *Bur.* 155.

exiit edictum quondam a Caesare (*Descriptio Norfolcensium*). *Wr. Myst.* 93.

experrectus medium circa noctis gravi. *Lub. f.* 259.

exspirante primitivo probitatis fomite. *Bur.* 47.

exul ego clericus ad laborem natus. *Bur.* 50.

exultemus et cantemus (*De capta Jerusalem*). *Bur.* 33.

factum est convivium, *s.* cum tenerent.

fallax est et mobilis lex humanae sortis (*Waltherus de Castil. contra praelatos*). *Ed. du M.* (1847) 160 *ex cod. Paris.* 3245. *Mild.* 16.

fama tuba dante sonum (*archipoeta*). *J Grimm, kl. schriften* 3, 54 (192) *e cod. Gott.*

fas et nefas ambulant passu fere pari. *Flac.* 33. *Bur.* 2.

fata monent stellaeque docent. *häufig vorkommende verse aus* regis vexilla timens.

femina formosa scelus est, pestis vitiosa. *Zing.* 312 (*anfang*).

femina vas demonum (*anfang einer reihe von schmähversen*). *Anz.* 18, 306 *aus Clm.* 641.

feminea lingua non succus amarior ullus. *Anz.* 17, 124 *e cod. Vind.* 883.

fert pira trina pirus, puerorum stat quoque subtus (*rätsel*). *Zing.* 319.

fertur in convivio vinus vina vinum. *Salimbene* 42 (*auct. primate*). *Anz.* 15, 163 *aus Husemann. auch als strophe in* meum est propositum.

fervet amore Paris. *Bur.* 63.

fides cum idolatria pugnavit teste gratia (*De crucesignatis*). *Bur.* 24.

fides hodie sopitur vigilatque pravitas. *Wr. Aned.* 92 *e cod. Bodl. Digby* 86.

filia si vox tua. *Feif.* 169.

filium offendere talus facit patrem. *Anz.* 15, 164 *aus Husemann.*

flete perhorrete lugete. *Bur.* 38. *Clm.* 19488 *fol.* 120. *angeführt Mon. Germ. SS* XX. 106 *n.* 83 *e cod. Rom. Casanatensi.*

flete viri, lugete proceres (*De morte Guilelmi conquistoris* 1087). *Ed. du M.* (1843) 294 *e cod. Paris.* 2286.

flevit lepus parvulus. *Mafsmann in Mones Anz.* 4, 184 *aus Husemann.*

florebat olim studium, nunc vertitur in taedium. *Bur.* 40.

florent omnes arbores. *Bur.* 182.

floret silva nobilis floribus et foliis. *Bur.* 188.

floret tellus floribus, variis coloribus. *Bur.* 187.

fontis in rivulum sapor ut defluit. *Flac.* 38.

fortuna si alluseris. *Zing.* 311 (*anfang*).

fortunae plango vulnera. *Bur.* 47.

fratres minores pervertunt mores. *Zimmerische chronik ed. Barack* 3, 67.

fratres mundum qui transitis (*Sermones nulli parcentes*). *vKarajan in Haupts zs.* 2, 16.

frequenter cogitans de factis hominum (*De diversis ordinibus hominum*). *Ed. du M.* (1847) 128 *aus fonds de Notre-Dame* 133. *Ed. du M.* (1854) 313 *aus Douai* 702.

Fridericus imperator (*De Frid. III. imp.*). *Cod. Vind.* 4119 *f.* 46.

frigescente caritatis in terris igniculo. *Mone Anz.* 7, 110. *cod. Vind.* 883 *f.* 62.

frigus hinc est horridum, tempus adest floridum. *Bur.* 147.
fuge coetus feminarum. *Anz.* 17, 10 *e codd. Vind.* 883 *et* 2924 *et Husemanno. cod. Berol. Arch.* 8, 824. *Lub. f.* 259.
fuit quidam monachus in physica peritus. *aus Clm.* 641 *f.* 23 *gedruckt im Anz.* 18, 234.
fuit una domina, valde pulcra femina. *Feif.* 166.
fundamentum artium (*Marneri*). *vdHagen, MS* 2, 257 *aus d. Manefs. hs. Zing.* 309 (*anfang*).
gaude, cur gaudeas vide. *Bur.* 4.
gaude mater nostra Roma. *Flac.* 88 *ex abb. Urspergensi.*
gens Romanorum subdola antiqua colit idola. *Mone Anz.* 8, 597 *e cod. Brux.* 629. *Ed. du M.* (1843) 231 *e codd. Brux.* 9802 *et* 10674. *nach Bethmann im Arch.* 7, 1005 *von Hunald.*
gens sine capite mag keinen rath geschaffen. *C Barthii Adversaria p.* 1575 *aus einem* 1259 *in einem kloster bei Strafsburg geschriebenen codex.*
gloria Graecorum, invidia Romanorum. *Cod. Vind.* 4117.
grata deo castitas. *Gilleberti carmina ed. Tross p.* 60. *cod. Vind.* 4547 *f.* 170.
grates ago Veneri. *Bur.* 135.
gratuletur omnis mundus (*Noël des écoliers*). *Ed. du M.* (1854) *aus suppl. lat.* 1219.
graves nobis admodum dies effluxere (*Crucesignatio* 1189). *Ed. du M.* (1843) 414 *aus Roger v. Hoveden bei Savile, rer. angl. scriptores p.* 666. *Riant de Haymaro monacho* 124 *aus demselben.*
haec domus est alta: si non vis credere salta (*spruch*). *Anz.* 15, 163 *aus Husemann.*
haec est disputatio nova rusticorum (*Altercatio rusticorum et clericorum mota per eos coram d. papa tanquam iudice assumpto*). *Clm.* 443 *f.* 160.
haereticorum pravitas surgit in apertum (*Contra Hussitas*). *Lub. f.* 261ᵛ.
haec via non pia, nam quia vos tria (*spruch*). *Zing.* 307.
hebet sidus laeti visus. *Bur.* 204.
Heliconis rivulo modice potatus. *Wr. Map.* 159 *aus Harl.* 978. *Sloane* 1580. *fehlende strophen aus Oxf. Digby* 4. *Anecd.* 38. *Mild.* 37 *e cod. Paris.* 3859.

heu heu mundi vita, quare me delectas ita? *Ed. du M.* (1847) 108 *e cod. Paris.* 2389. *Mone, lat. hymnen* 1, 411 *e cod. Aug. anf. bei Salimbene* 357 (*Primas de vita huius mundi*). *cod. Vind.* 3121 *f.* 136.

heu heu ploret Anglia (*De morte Lanfranci* 1089). *Ed. du M.* (1847) 251 *e cod. Duacensi.*

heu o mi dulcis Jesule (*weihnachtslied polnischer schüler*). *Palm* 84.

heu quam vana vanitas, quam fallax inanitas (*Cursus mundi*). *Cod. Vind.* 883 *f.* 60.

heu soror Astraea caelesti de Galilea. *Flac.* 15.

heu voce flebili, *s.* eheu.

heus frater adiuva, quia mors est proxima. *Bur.* 172.

hic Agrippino mos dicitur esse colono. *Mone Anz.* 3, 52 *e cod. Leod.*

hiemali tempore, dum prata marcent frigore. *Bur.* 241.

hircus quando bibit, quae non sunt debita dicit. *Bur.* 243.

his vaccis parcam (*Dictum primatis*). *Salimbene* 41.

hoc indumentum (*al.* vestimentum). *Otto, commentt. in codd. Giss.* 107 *e cod. Marburg. pessime. Arch.* 10, 628 *e cod. Vorow. anfangend* pontificum spuma, *Ducange s. v.* mantum. *hist. lit. de la France* XI. 10 *e Reg.* 8433 (*erweitert*). *Wr. Map.* 85 *e cod. Cotton. Cleop. B.* IX. *daraus JGrimm, kl. schr.* 3, 83 (242). *anfangend* o bone mantelle *Clm.* 641 *f.* 75.

hoc vas argenti tria confert dona bibenti (*spruch*). *Zeibig im notizenbl. d. Wiener ak.* 1852 *p.* 26.

homo considera, qualis, quam misera sors vitae sit mortalis. *Cod. Paris. ancien fonds lat.* 8433 *nach hist. lit. de la France* 22, 132.

honesta mundi domina. *Flac.* 183.

hora nona sabbati tempore florenti (*De presbytero et logico*). *Wr. Map.* 251 *e cod. Harl.* 978.

hora novissima, tempora pessima sunt, vigilemus (*Bernardi Morlanensis*). *Flac.* 247 *etc.*

hortum habet insula virgo virginalem. *Bur.* 165.

hospes illum amat qui vil trinkt und modice clamat (*spruch*). *Mone Anz.* 2, 191.

hospes laudatur, si abunde datur. *Bur.* 242.

hospita in Gallia nunc me vocant studia. *WWackernagel e cod. Turic. in Haupts zs.* 5, 296.

huc ades Calliope (*De morte Caroli Flandrensis a.* 1127). *Ed. du M.* (1847) 260 *ex chron. Balderici ed. Le Glay.*

humanarum mentium dolos dum pertracto. *Clm.* 209 *f.* 215. *geschichte von* 13 *blinden, lang und witzlos.*

humilitate stringitur aeternitas (*magistri Nicolai de Sweydnitz*). *Zing.* 311 (*anfang*).

humor letalis crebro me vulnerat (*l.* timor). *Bur.* 169.

ich was ein chint so wolgetan, virgo dum florebam. *Bur.* 216; *vdHagen MS* 3, 447 *ex eodem.*

ich wil singen clare matri Christi carae. *Cod. Gud. lat.* 231 *nach Waitz, Jordanus von Osnabrück p.* 30.

ille pastor optimus merito censetur. *Anz.* 17, 321 *e cod. Vind.* 883.

imperio eya Venerio eya. *Mone Anz.* 7, 289.

importuna Veneri redit brumae glacies. *Mone Anz.* 7, 288. *daraus Ed. du M.* (1847) 222.

impudenter circuivi solum quod mare terminat. *Cod. Vind.* 883 *f.* 77.

in anno quo millesimum (*De morte Heinrici* VII *a.* 1313) *Flac.* 470.

in celebri vico quondam vivens eremita. *Anz.* 17, 124 *e. cod. Vind.* 883.

in cella stantes, cur venimus huc memorantes (*De cella metra quae adscribuntur b. Thomae*). *Clm.* 215 *f.* 60.

in claustro Christi sunt semper quattuor isti. *aus Clm.* 641 *f.* 21 *gedruckt Anz.* 18, 234. *vgl.* cum Jesu.

in cratere meo Thetis est sociata Lyaeo (*Dictum primatis*). *Salimbene* 42. *Otto, commentt. in codd. bibl. Giss. p.* 106 *e cod. Marburg. Bur.* 233. *Ed. du M.* (1847) 203 *e cod. Paris.* 1819. *Zeibig im notizenbl. d. Wiener ak.* 1852 *p.* 26 *e cod. Claustroneob. Anz.* 15, 163 *aus Husem. vgl.* 287. *Clm.* 641 *f.* 81 (*fragment*).

in Gedeonis area vellus aret extentum. *Bur.* 13.

in hac terra cernuntur nefanda. *Zing.* 310 (*anfang*).

in huius mundi patria regnat idolatria. *Bur.* 14.

in illis temporibus erat quidam monachus (*Passio cuiusdam nigri monachi secundum luxuriam*). *Feif.* 173. *in Lub. f.* 249v *lautet der anfang* in illo turbine mensibus Aprilis.

in illo tempore cum natus esset Bachus in Waltona (*Initium fallacis evangelii secundum Lupum*). *Wright and Halliwell, Rell. antt.* 2, 49.

in illo tempore (*al.* turbine) dixit papa (*Evangelium secundum marcas argenti*). *Pasquillorum tomi duo* (1544) 302. *Fichard im Frankf. arch.* 3, 215 *aus eigener handschrift. Bur.* 22. *Ed. du M.* (1843) 407 *aus derselben. von Schlesien vor und seit* 1740, 2, 483 *aus Breslauer handschrift. Clm.* 952. *cod. Vind.* 4459 *f.* 106 (*Denis* 1, 2342). *cod. cap. Epored. Arch.* 9, 615. *in Lub. f.* 248: in illo tempore cum sermo esset (*Passio domini nostri papae Romanorum secundum marcam argenti et auri*).

in lacu miseriae et luto luxuriae (*De conversione hominum*). *Bur.* 7.

in me cur dubitas? tua sum dilecta Beatrix (*spruch*). *Zing.* 306.

in mundo degentium multi sunt errores. *Anz.* 17, 36 *e cod. Vind.* 883. *es sind nur einzelne strophen aus* in valle miseriae.

in nocte dum video in choro conventum. *Herschel e cod. Dresd. in Naumanns Serapeum* 17, 285. *mit* dum in nocte *beginnend cod. Vind.* 883 *f.* 74. *Clm.* 641 *f.* 22. *vgl. Anz.* 18, 234.

in paupertatis praedio Franciscus plantat vineam. *Bandini, codd. latini* 2, 3 *ex cod. Laur.* XXIX. 1.

in principio creavit (*Concio iocosa, wertlos*). *Cod. Vind.* 2931.

in quorundam concilio fit annuatim mentio de carnali contagio. *Wr. Map.* 182 *e cod. Arund.* 139.

in re terrena nihil est aliud nisi pena. *Zing.* 311 (*anfang*).

in taberna quando sumus. *Bur.* 235. *vgl. Feif.* 171.

in tauro fervida lampada Cynthii. *Clm.* 416. *s.* a tauro.

in terra summus rex est hoc tempore nummus. *Bur.* 43. *Wr. Map.* 355 *aus Cott. Vespas. A.* XIX *u. Harl.* 3362. *Mone Anz.* 8, 596 *e cod. Claustron.* 160. *cod. Vind.* 3123 *f.* 209. 898 *nach Denis* I. 1, 1107. *Ivrea, Arch.* 9, 615. *Salzb. Arch.* 10, 615. *Clm.* 4408. *cod. Vind.* 400, *Zwetl.* 299. *vgl. Feif.* 175.

in trinitate consistit perfectio. *Zing.* 310 (*anfang*).

in valle miseriae patimur concives. *Leyser p.* 852 *im Laborintus des Eberhard von Bethune. daraus die strophen mit dem anfang* in mundo degentium.

in veritate comperi quod scelere cleri. *Flac.* 32.

in vernalis temporis ortu laetabundo. *NMPetersen, bitrag til den danske literaturs historie* II. 49.

in vestimentis non est contritio mentis. *Flac.* 491.
inclytorum Pisanorum (*De victoria a.* 1088). *Ed. du M.* (1847) 239 *e cod. Brux.* 3912.
indigeo bobus ad rura colenda duobus (*Dictum primatis*). *Salimbene* 41. *vgl. Anz.* 15, 287.
inspecto speculo mortis (*De nece Philippi regis* 1208). *Mone Anz.* 2, 181 *ex cod. Salem.* 257. *daraus OAbel, k. Philipp* 393.
instar solis ave tocius luminis atque. *Cod. Monac. Teg.* 1411 *p.* 142.
institor amabilem obsecravit virginem. *Lub. f.* 243.
intellectu scite sano. *Feif.* 185.
inter convivas est ablatum mihi vi vas (*spruch*). *Zeibig im notizenbl. d. Wiener ak.* 1852 *p.* 26.
introibo ad altare Bacchi (*Missa de potatoribus*). *Wright and Halliwell, Rell. antt.* 2, 208 *aus Harl.* 913 *u. Harl.* 2851 (*Missa Gulonis*); *vgl. Bur.* 248. *Hubatsch, die lat. vagantenlieder p.* 78.
invidia Judaeorum, ira Britonum. *Wright and Halliwell, Rell. antt.* 1, 127.
ipsa quae vivere mihi reddidit. *Wr. Myst.* 110 *aus Arundel.* 384.
iste mundus furibundus falsa praestat gaudia. *Bur.* 5.
Italici quae non sacra sunt et quae sacra vendunt. *Wright and Halliwell, Rell.* 1, 5.
iam dudum aestivalia pertransiere tempora. *Bur.* 174. *vollständig Zing.* 319 *mit* iam pridem aest. *bezeichnet als Carmen Marnarii.*
iam dudum amoris militem. *Bur.* 202.
iam entrena (*sic*) plena stet et metu fletu. *Zing.* 324.
iam iam rident prata. *Bur.* 184.
iam pridem aestivalia, *s.* iam dudum.
iam ver oritur, veris flore variata. *Bur.* 117.
iam vere fere medio. *Wr. Myst.* 115 *aus Arundel.* 384.
iam vernali tempore terra viret gramine (*Voces animalium*). *Cod. Monac. Teg.* 1411 *p.* 15.
Janus annum circinat, ver aestatem nuntiat. *Bur.* 115.
Jerusalem laetare quae flebas tam amare (*De capta Jerusalem*). *Ed. du M.* (1847) 255 *e cod. Paris.* 5132.
Jerusalem mirabilis (*De crucesignatis*). *Ed. du M.* (1843) 297 *e cod. Par.* 1139.
iocundemur socii, sectatores otii. *Bur.* 251.

iocundum pellit hiemis. *Cod. Berol. Arch.* 8, 824.

Judas gehennam meruit. *Bur.* 42.

iuvenes amoriferi, virgines amplexamini. *Bur.* 167.

iuxta threnos Jeremiae (*auct. Bertero de crucesignatis a.* 1188). *Ed. du M.* (1843) 408 *ex Rog. de Hoveden.*

laboris remedium, exulantis gaudium. *Bur.* 203.

laetabundus rediit avium concentus. *Bur.* 136.

lamentatur rusticus (*Testamentum asini*). *Anz.* 15, 136 *ex Husemanno. cf.* rusticus.

lancea Longini, grex albus, ordo nefandus (*Invectio magistri W Bothewald contra Walterum Map.*) *Wr. Map.* XXXV *e cod. Oxon.*

laus et honor pueris solent convenire. *Cod. Berol. Arch.* 8, 833. *cod. senatus Lips. Naumann, catal. p.* 34.

legalis illa civitas Wyenna quae vocatur. *Cod. Vind.* 4134 *f.* 192.

lex datur a summo, quod nullus (*l.* nemo) bibat sine nummo. *Feif.* 175. *vgl.* in terra.

libri cursus nunc Cambriam (*Cambriae epitome*). *Wr. Map.* 131 *e Radulfi Higden polychronica.*

licet aeger cum aegrotis. *Bur.* 41. *Mone Anz.* 7, 293. *Wright, Pol. Songs* 44 *aus Cotton Jul. D.* VII.

lingua balbus, hebes ingenio. *JGrimm, kl. schr.* 3, 49 (189) *e cod. Gott.*

lingua mendax et dolosa. *Bur.* 230.

littera bis bina me dat vel syllaba trina (*rätsel*). *Bur.* 245.

longa spes et dubia. *Bur.* 199.

lucis orto sidere exit virgo propere. *Bur.* 194.

lude, ludas, ludite! iocantes nunc audite. *Bur.* 207.

ludere volentibus ludens paro lyram (*um* 1298). *Wr. Pol. Songs* 160 *aus mehreren handschriften.*

ludis cor appone privata ratione. *Mone Anz.* 7, 293.

ludo cum Caecilia, nihil timeatis. *Bur* 151.

lugeamus omnes in Deum. *Bur.* 248. *Wright and Halliwell, Reliquiae antiquae* 2. 208.

luget plorat lamentatur (*Petrus Dam. de ablatum miseria*), *opp.* 4, 55.

luxuriant animi, [illegible] saepe [illegible]. *Flor.* 33.

magnus maior maximus. *Bur.* 12.

manet ante ostium [illegible] (*De Tartaris. Cod. Salisb. SPetri nach Arch.* [illegible]).

manus ferens munera (*De nummo*). *Wr. Map.* 226 *e codd. Reg.* 8 *B.* VI *et Lansd.* 397.

margarita pedibus calcatur. *Zing.* 312 (*anfang*).

Marte mares Februoque canes, Maio mulieres (*spruch*). *Zing.* 320.

martii recenti frondium. *Wr. Myst.* 118 *aus Arundel.* 384.

martyr, praesul, monachus (*Thomas Cant.*). *Christ.* 344 *f.* 47.

me cordis angustia cogit mira fari (*De morte comitis Gloverniae* 1313). *Wr. Pol. Songs* 262 *aus Cott. Titus A.* XX.

meretrix sic diffinitur. *Lub. f.* 236.

me tibi teque mihi (*Monialis et clericus*). *Feif.* 168. *Christ.* 344 *f.* 30 *mit* te mihi meque tibi.

meum est propositum, gentis imperitae (*über die misachtung der studien*). *Wr. Pol. Songs* 206 *aus* 2 *hss. vgl. p.* 380.

meum est propositum in taberna mori. *Wr. Map.* XLV *e cod. Sloane* 2593. *daraus Ed. du M.* (1847) 206.

mi fili sis malivolus. *Feif.* 176.

mihi est propositum in taberna mori. *Ed. du M.* (1847) 205 *nach Camden p.* 436 *u. Ritson, ancient songs* 1, 3. 6 *strophen aus* aestuans intrinsecus.

miles mercator vates pasticus amator (*spruch*). *Zing.* 317.

militis uxorem chlamydis mercede subegit. *Zing.* 319 (*anfang*).

mille quadringentesimo (*De miraculo Colon. a.* 1434). *Forschungen zur d. geschichte* 11 *aus Clm.* 215 *f.* 50.

missus sum in vineam circa horam nonam. *Flac.* 115. *Wr. Map.* 152 *aus Harl.* 978, *Sloane* 1580. *Oxf. Bodl. Digby* 4. *nachtrag Anecd.* 39. *Ed. du M.* (1847) 155 *e cod. Paris.* 3245. *Müld.* 7 *nach Wright und du Méril.*

mittitur in disco (*Dictum primatis*). *Salimbene* 41. *Zeibig im notizenbl. d. Wiener akad.* (1852) *p.* 26 *aus Klosterneuburg.*

monachus Bohemicus, pons Polonicus. *Anz.* 17, 11 *e cod. Vind.* 2942.

monachus quae pars est? *Clm.* 641 *f.* 56.

mulier est confusio hominis. *Anz.* 18, 339 *aus Clm.* 641.

mulier est tenax lappa. *Zing.* 312.

multa nobis adversantur, quibus mores impinguantur. *Flac.* 35.

multam labem peccatorum. *aus Clm.* 416 *f.* 227 *gedruckt Anz.* 18, 202.

multi mortalium in mundi stadio (*De palpone et assentatore*). *Wr. Map.* 106 *e cod. Cott. Vesp. E.* XII.

multi sunt presbyteri qui ignorant quare (*Comparatio galli cum presbytero*). *Serap.* 1, 107 *aus einer hs. in Öhringen. daraus Ed. du M.* (1847) 13. *kürzer Feif.* 162. *Zing.* 309 (*anfang*). *Clm.* 215 *f.* 60. 641 *f.* 36. *cod. Vind.* 883 *f.* 59. *Berol.* (*Arch.* 8, 833). *fragm. in cod. bibl. senatus Lips. Naumann. catal. p.* 34.

multiformi succendente Veneris scintilla. *Bur.* 224.

multiformis hominum (*vermengt mit* missus sum). *Wr. Map.* 153. *Mūld.* 12 *e cod. Paris.* 8359. *Bandini codd. latini* 2, 239 (*anfang*).

multis a confratribus pridie rogatus (*Praedicatio Goliae*). *Wr. Map.* 31 *e multis codicibus.*

multum dolere possumus (*Contra clerum*). *Ed. du M.* (1854) 326 *e cod. Duac.* 702.

mundi forma veterascit (*De miseria mundi*). *Ed. du M.* (1847) 102 *aus einer hs. in Alençon.*

mundi libet vitia cunctis enarrare. *Wr. Pol. Songs* 46 *aus Harl.* 978.

mundi turba turbulenta (*Adv. simoniacos*). *Petri Damiani opp.* 4, 52.

mundus a munditia dictus per contraria. *Flac.* 40.

mundus abit, res nota satis. *Christ.* 344 *f.* 37.

mundus errat ut apparet. *Cod. Vind.* 883 *f.* 61.

mundus est in varium saepe variatus. *Bur.* 77.

mundus falso dictus mundus. *Flac.* 90.

mundus fide iam frigescit. *Zing.* 308 (*anfang*).

mundus vergens in defectum. *Flac.* 33. *Bandini, codd. latini* 2, 1 *ex cod. Laur.* XXIX. 1.

musa venit carmine, dulci modulamine. *Bur.* 185.

musi convenite. *Zing.* 308. *l.* universi.

Mutina quid speras, dum tecum iurgia quaeras (*auct. Joh. Maloitio* 1284). *Salimbene* 311.

naturam deus regulis. *Flac.* 42.

ne spernas munus, si desit apostolus unus (*spruch des primas*). *Salimbene* 41.

nemo potens est (*De Salomone et Micoll.*). *Christ.* 344 *f.* 39.

nemo valet congruis verbis explicare. *gedruckt Anz.* 18, 47 *aus Clm.* 237. *vgl. die berichtigungen p.* 104 *aus Clm.* 14529.

nigra vestis, lata corona, bota rotunda (*spruch*). *Anz.* 14, 111 *e cod. Salem.* IX. 15.

nobilibus quondam fueras constructa patronis (*Versus de Roma*). *Flac.* 418. *Jaffé bibl.* 5, 457 *in cod. Udalrici.*

nobilis mei miserere precor. *Bur.* 228.

nocte quadam sabbati somno iam refectus (*archipoeta*). *Grimm kl. schr.* 3, 60 (198) *e cod. Gott.*

noctis crepusculo brumali tempore (*De malis monachorum*). *Wr. Map.* 187 *e* 3 *codd. Lond.*

noctis sub silentio, tempore brumali, *s.* vir quidam extiterat.

nomen a solemnibus trahit Solemniacum. *Bur.* 33.

non contrecto quam affecto. *Bur.* 150.

non gignit taxus oleum nec oliva venenum (*spruch*). *Zing.* 311.

non invitatus venio prandere paratus (*Goliardus et episcopus*). *Wr. Map.* 86 *aus* 3 *Lond. hss. daraus Grimm kl. schr.* 3, 83 (242).

non pro iustitia multi discunt modo iura (*spruch*). *Zing.* 310.

non sunt vobis cassa haec audire vasa. *Cod. Vind.* 3533 *f.* 1.

non te lusisse pudeat (*De ammonitione praelatorum*). *Bur.* 10.

nos duo boni sub aere tetro. *Bur.* 153.

nos expertes fere labe (*halb böhmisch von* 1451). *Feif.* 154 (*anfang*).

nos sumus schumatores. *Palm* 86.

nos vagabunduli laeti incunduli. *Wright and Halliwell, Rell. antt.* 1, 237 *aus Harl.* 7371.

noscere si quaeris, quantum sciat ars mulieris. *Clm.* 641. *Lub. f.* 236.

nostri moris solet esse (*vollere form von:* tanto viro locuturi). *Wr. Map.* 57 *aus Harl.* 978 *und Digby* 4. *nachtrag Wr. Anecd.* 40.

nulli beneficium iustae poenitudinis. *Bur.* 12.

nullum laedat me humana tetigisse vitia. *Pasquillorum tomi duo* (1544) 120. *Bock bei Weiſs, k. Alfred, p.* 42 *e cod. Brux.* 5446.

nummus quae pars est? *Anz.* 18, 340 *aus Clm.* 641. *Lub. f.* 250ᵛ.

nunc incipiendum est magnum gaudium (*Ratperti hymnus de SGallo*). *Grimm u. Schmeller, lat. gedichte p.* XXXI. *daraus Ed. du M.* (1843) 156.

nuper ductu serio (*De Mauro et Zoilo*). *Wr. Map.* 243 *e cod. Harl.* 978.

o admirabile Veneris idolum. *Niebuhr im Rhein. mus.* 3, 8. *daraus Ed. du M.* (1843) 240.

o bone Calixte. *Flac.* 392. *Clm.* 641 *f.* 66. *Lub.* 23. *Husem. f.* 20.
o bone frater Lupambule (*Versus ludicri fr. Johannis Vulpeculi ad fr. Lupambulum*). *Cod. Vind.* 3853 *f.* 43.
o bone mantelle. *Clm.* 641 *f.* 75, *s.* hoc indumentum.
o caecitas harpyae, o faex hypocrisiae. *Flac.* 30.
o Christi longanimitas et longa expectatio. *Bern. Clarevall. opera* (1765) 5, 421.
o cleri collectio, quare non attendis. *Zing.* 310 (*anfang*).
o comes amoris dolor. *Bur.* 225.
o consocii, quid vobis videtur? *Bur.* 198.
o curas hominum quos curat curia. *Bur.* 65.
o custodes animarum, pastores ecclesiarum. *Zing.* 311.
o de profundis. *Zing.* 316 (*anfang*).
o decus o Libyae regnum, Carthaginis urbem. *Bur.* 59. *Clm.* 4598.
o dulcis Parisius, decor omnis villae. *Cocheris in seiner ausgabe von Richardi de Bury Philobiblion p.* 83 *aus hist. lit. de la France* 22, 104. *ist ein stück aus* somnium cuiusdam clerici.
o fortuna levis, cuivis das omnia quae vis (*spruch*). *Bur.* 47.
o fortuna velut luna. *Bur.* 1.
o mi dilectissima, vultu serenissima. *Bur.* 212.
o miranda vanitas, o divitiarum (*De contemptu mundi*, *SBernardo tributum*). *Opera SBern.* (1765) 5, 421.
o monachi, vestri stomachi (*spruch*). *Flac.* 485. *Clm.* 641 *f.* 57 *mit anderen ähnlichen sprüchen.*
o natio nefandi generis (*Contra Judaeos*). *Ed. du M.* (1847) 222 *e cod. Montepessul. Medic.* 196.
o quam fortis armatura (*De sacerdotibus*). *Bur.* 36.
o quam sacerdotium regale et perfectum. *Zing.* 316 (*anfang*).
o Roma nobilis, orbis et domina. *Niebuhr im Rhein. mus.* 3, 7. *daraus Ed. du M.* (1843) 239.
o runcine trotans, cum his comedens, ego potans. *Zing.* 306.
o spina noxia latens in lilio (*De falsis fratribus*). *Wr. Map. e cod. Harl.* 978.
o tu gemma pontificum. *Wr. Myst.* XXV *aus Arundel.* 384 (*anfang*).
o tu qui transis, qui nescis crastinus an sis. *Cod. Vind.* 4459 *f.* 105.
o varium fortunae lubricum. *Bur.* 45.
o vos quos antiquus hostes. *Anz.* 17, 35 *e cod. Vind.* 883 (*anfang*).
ob amoris pressuram medentis gero curam. *Bur.* 200.

occidi neque virgo est usquam. *Ed. du M.* (1854) *aus einer hs. in Valenciennes. Mangeard, catal. des manuscrits de Val. p.* 416.
olim litus colueram (*De cygno assato*). *Bur.* 173.
olim mares exemplares. *Lub. f.* 259ᵛ.
olim militaveram pompis huius saeculi (*Cantilena de lucta carnis et spiritus*). *Petr. Bles. ed. Giles* 4, 337.
olim nostrum ordinem principes amabant (*Planctus SBernardi*). *notizenblatt d. Wiener akad.* 1854 *p.* 469 *ex copia recenti. Mon. Lub.* 29. *Hoefler, scriptt. Huss.* 2, 58 *e cod. Pragensi. cod. Vind.* 883 *f.* 75. *cod. Helmstad. nach Leyser* 2125. *in Lub. f.* 244ᵛ *umgestellt.*
olim sudor Herculis (*De gestis Herculis*). *Bur.* 125. *Christ.* 344 *f.* 36.
omittamus studia, dulce est desipere. *Bur.* 137.
omne cor moerens hodie. *Flac.* 33.
omne genus daemoniorum. *Bur.* 35.
omnes attendite animadvertite. *Feif.* 158. *Palm* 88 *ex eodem cod. Wrat.*
omnes iuristae confundantur rogo Christe (*spruch*). *Zing.* 310.
omni paene curiae praesident iniuriae. *Flac.* 32.
omnia sol temperat purus et subtilis. *Bur.* 177.
omnia tempus habent et ego breve postulo tempus (*archipoeta*). *Grimm, kl. schr.* 3, 56 (193) *e cod. Gott.*
omnibus in Gallia Anglus goliardus. *Wr. Map.* 69 *e cod. Harl.* 978.
omnipotens Marcus Romanos conterit arcus (*spruch*). *Zing.* 314.
omnis caro peccaverat (*De archa Noe*). *Wr. Map.* 208 *e cod. Cott. Tit. A.* XX. *cod. Paris fonds de N. D.* 273 *bis, nach hist. lit. de la France* 22, 131.
omnis fere clericus invenitur parcus. *Cod. Vind.* 3121. *angef. von Chmel* 2, 12.
omnis in lacrimas uberrimas solvatur oculus. *Bandini, codd. latini* 2, 3 *ex cod. Laur.* XXIX. 1. *unvollständig.*
onus quod nobis alligant. *Flac.* 33.
opto placere bonis, malis invidiosus (*l.* pravis odiosus) haberi (*spruch*). *Zeibig im notizenblatt d. Wiener ak.* 1852 *p.* 26. *vgl. Bur.* 71.
orba suo pontifice tristatur Cantuaria. *Mone Anz.* 7, 113. *daraus Ed. du M.* (1843) 420.

orbata patre patria (*De Thoma Cant.*). *Ed. du M.* (1843) 423 *e cod. Paris.* 2414.
ordo catholicus et apostolicus vergit noster penitus. *Feif.* 155.
ordo monasticus ecclesiasticus esse solebat. *Flac.* 490.
oritur in saeculo nova quaedam secta (*De chorizantibus a.* 1375). *Otto commentt. in codd. bibl. Giss.* 163.
ortus Remensis (*De Gerberto*). *Mone Anz.* 2, 188 *e cod. Salem.* 257.
pange lingua gloriosi comitis martyrium (*De morte Thomae com. Lancastr.* 1322). *Wr. Pol. Songs* 270 *e cod. Regio* 12, *C.* XII.
pange lingua necem Petri qui turbavit Angliam (*De morte Petri de Gaveston* 1312). *Wr. Pol. Songs* 259 *e cod. Cambr.*
pange vox adonis nobilem praelatum de Solio (*Maria-Saal*). *Cod. Bur. mit der beischrift: Marner, s. das facs. bei Grimm, kl. schr.* III. *daraus vdHagen, MS* 3, 333. *Ed. du M.* (1847) 220. *Bur.* 79. *vgl. Anz.* 18, 88.
papa, pater patrum, cur vis intrare baratrum? (*spruch*). *Zing.* 315.
papa premit multos quos Christus mittit inultos (*spruch*). *Zing.* 315.
pater, fili, spiritus (*Carmen episcopi Brunonis invehentis erga papam*). *Flac.* 396. *Zing.* 313.
Pergama flere volo. *Bur.* 60. *Ed. du M.* (1843) 309 *mit nachweis von handschriften und drucken. Clm.* 459. 14544. *cod. Vind.* 883 (*auct. primate*). *Christ.* 344 *f.* 25. *Primat d'Orléans, auteur d'un poëme sur la guerre de Troie, angef. in einem alten catalog v. Amiens, hist. lit. de la France* 23, 712.
peritorum cogit concilium rex Willelmus (*De discordia inter socerum et generum*). *Christ.* 344 *f.* 50.
pertransivit clericus durch einen grünen waldt. *Ed. du M.* (1847) 453. *Zarncke, die deutschen universitäten im mittelalter* 1, 88.
plange plorans Anglia, plena iam dolore (*um* 1264). *Wr. Pol. Songs* 121 *aus Rishanger.*
plange primatus Daciae (*De capto Waldemaro a.* 1223). *Ed. du M.* (1847) 277 *nach Hvitfeld.*
plange Sion et Judaea (*De amissa terra sancta*). *Cod. Salisb. angef. Arch.* 10, 616.
plaude Cantuaria laudans salvatorem. *Flac.* 64.
plaudit humus Boreae fugam ridens exulis. *Wr. Myst.* 113 *aus Arundel.* 384. *daraus Ed. du M.* (1847) 230.
plenitudo temporis venit, exultemus (*De vagorum ordine, cf.* cum in orbem). *Feif.* 176.

pone merum et talos, pereat qui crastina curet (*spruch*). ***Bur.*** **240.**

pone scribentium tot esse millia (*De Maria virgine*). ***Wr. Map.*** 191 *e cod. Cott. Tit. A.* XX.

pone tibi frenum, fugiens muliebre venenum (*spruch*). ***Zing.*** **318.**

pontificalis equus est quodam lumine caecus (*auct. Golia*). ***Wr. Map.*** 85 *e cod. Harl.* 2851. *daraus Grimm kl. schr.* 3, 83 (242).

pontificum spuma, *s.* hoc indumentum.

postquam nobilitas servilia coepit amare (*spruch*). ***Bur.*** 41. ***Denis*** II. 2, 1162 *aus* ***Rec.*** 3284.

postquam Pamphilus. *Christ.* 344 *f.* 56.

potatores exquisiti, licet sitis sine siti. ***Bur.*** 240.

potus noster qui es in scypho. *Anz.* 15, 135 *aus* ***Husemann.***

prae amoris taedio vulneror in medio. ***Bur.*** 209.

praeceptum laqueus, fraus disciplina, furor lex. ***Flac.*** 214.

praeclusi viam floris vis reserat caloris. *Wr. Myst.* 109 *aus Arundel.* 384.

praesul novus emicuit, omnis luctus conticuit, vergangen ist unser clage. *Lub. f.* 242.

praesul urbis Agrippinae (*archipoeta*, *fragment*). ***Grimm kl. schr.*** 3, 66 *e cod. Gott.*

praesulem euphebeatum (*sic*) trabeatum venustemus hodie. ***Lub.*** *f.* 242.

praesulis Albini seu martyris ossa Rufini (*spruch*). ***Zing.*** 314.

prata iam rident omnia. ***Bur.*** 228.

pratum vidi spatiosum. *Zing.* 309 (*anfang*).

prima dies saeculo tale signum dedit. ***ESommer ex cod. Wrat. in Haupts zs.*** 3, 523. *kürzere fassung von* antequam iudicii.

primo veris tempore (*De Jove et Danae*). ***Christ.*** 344 *f.* 34.

Prisciani regula penitus cassatur (*De concubinis sacerdotum*). ***Flac.*** 236. *Wr. Map.* 171 *e cod. Harl.* 3724.

pro lucro avari paras. ***Flac.*** 19.

procurans odium effectu proprio. ***Bur.*** 165.

proh dolor! confusio nascitur antiqua (*De corrupto mundi statu*). ***Anz.*** 15, 230 *aus Husemann.*

proh dolor! in mundo vides miranda quod ipsi. ***Flac.*** 129.

propter Sion non tacebo (*De ruina Romae*). ***Flac.*** 408. ***Bur.*** 16 (*dazu* 173: remigabat naufragus). ***Ed. du M.*** (1843) **231** *aus derselben hs.* *Wr. Map.* 217 *aus* 2 *Oxf. hss.* ***Peiper, Walter*** *v. Chatillon, im progr. d. M. Magd. gymn. in Breslau* 1869 *mit benutzung des cod. Rehd.* I. 42. *Vind.* 4459 *f.* 109 (*Denis* I. 2342). *vgl.* si quis dicit, *wo über denselben* Franco *geklagt wird.*

Proteus huic sapias nomen quod scripto do. *Anz.* 17, 35 *anfang aus cod. Vind.* 883.

puri Bacchi meritum incitat illicitum. *Bur.* 237.

quadam vice medii Maii, *s.* anni parte florida.

quae monachi quaerunt, patrio mea iure fuerunt. *Flac.* 455.

quaelibet succenditur vivens creatura. *Bur.* 205.

quam natura prae ceteris mira praeflorat arte. *Bur.* 213.

quam pulchra nitet facie, quae cordis trahit intima. *Bur.* 192.

quam sit lata scelerum et quam longa tela (*Contra avaros*). *Wr. Pol. Songs* 27 *aus Harl.* 978.

quam velim virginum si detur optio. *Wr. Myst.* 119 *aus Arundel.* 384.

quare fremuerunt gentes et populi? *Flac.* 35.

qui habet aures audiat. *Petrus Bles. contra clericos voluptati deditos. opera ed. Giles* 4, 339.

qui nescit quid sit monachus, mobile vulgus. *Lub. f.* 242.

qui potest capere quod loquor capiat (*De mundi cupiditate*). *Wr. Map.* 167 *e cod. Harl.* 978.

qui rerum considerat omnium eventum. *Cod. Vind.* 883 *f.* 61.

qui vult egregium schachorum noscere ludum. *Bur.* 246. *Maſsmann, gesch. des schachspiels* 128. *Clm.* 14836.

quibus ludus est animo (*De presb. et lupo*). *Grimm u. Schmeller* 340. *daraus Ed. du M.* (1843) 302.

quicunque delectatur tabernam introire. *Feif.* 170.

quicunque velit amare wyber oder junckfrowen. *Zarncke, die deutschen univers. im mittelalter p.* 84.

quicunque vult esse bonus frater (*Exhortatio ad potandum*). *Ed. du M.* (1847) 202. *Anz.* 15, 134 *aus Husemann.*

quicunque vult salvus esse. *gedr. Anz.* 18, 130 *aus Clm.* 416.

quid dicturi miseri. *Ed. du M.* (1847) 122; *s.* tempus acceptabile.

quid est mulier? amicitia inimica. *Wright and Halliwell, Rell. antt.* 1, 168.

quid est mundus? terrarum flebile pondus. *Germania* XII. 61.

quid facis o primas? ligo stramen et obstruo rimas (*spruch*). *Anz.* 15,163 *aus Husem. u. cod. Salem.* 7, CIV.

quid scire proderit nova et vetera. *Flac.* 34.
quid ultra tibi facere, vinea mea, potui. *Cod. Vind.* 883 *f.* 76.
quidam praelati tantum sunt utilitati (*spruch*). *Zing.* 308.
quidam vir officio vivens mercatoris. *Christ.* 344 *f.* 33.
quindecim presbyteri nuper consedere. *Clm.* 215 *f.* 59 *mit dem untergeschriebenen namen* Paulus Flandronus. *eine erweiterung hiervon ist* clerus et presbyteri.
quis aquam tuo capiti (*De captione Richardi regis*). *Petr. Bles. ed. Giles* 4, 343.
quis furor est in amore? *Bur.* 225.
quis recte rex est? se ratione regens. *Otto, commentt. in codd. bibl. Giss.* 157.
quocunque more mota volvuntur tempora. *Bur.* 127.
quod amicus suggerit, fer cum patientia (*Dial. de curia*). *Petr. Bles. ed. Giles* 4, 345.
quod spiritu David praecinuit. *Bur.* 27.
quomodo cantabimus sub iniqua lege. *Flac.* 39.
quondam colla iugo Veneris submiserat Hugo. *Cod. Vind.* 4453 *f.* 322.
quondam duo gladii simul concordabant. *Zing.* 309 (*anfang*). *Anz.* 17, 368 *e cod. Einsidlensi.*
quondam fuit factus festus (*Abb. Glocestriae*). *Wright and Halliwell, Reliquiae antiquae* 1, 140 *aus Harl.* 913. *daraus Ed. du M.* (1847) 214.
raptor mei pilei morte moriatur. *Flac.* 160. *Wr. Map.* 75. *Christ.* 344 *f.* 31.
rara fides a fraudis facie. *Flac.* 36.
recedite recedite, ne mulieri credite. *Feif.* 163. *Anz.* 17, 11 *ex cod. Vind.* 883.
recessit hoc tempore lex a sacerdotibus. *Flac.* 182. *Clm.* 641 *f.* 73.
recognosco quod erravi (*Modus confitendi*). *Cod. Vind.* 883 *f.* 64.
recordari decet, dilecti fratres mei (*De meritis monachorum*). *angeführt von Karajan ex cod. Kuppitschii in Haupts zs.* 2, 8.
redit aestas praeoptata. *Mone Anz.* 7, 295.
redit aetas aurea, mundus renovatur. *Bandini, codd. latini* 2, 2 *ex cod. Laur.* XXIX. 1.
redit idem quod fuerat (*De Thoma Cant.*). *Ed. du M.* (1843) 423 *e cod. Paris.* 2414.

redivivo vernat flore tellus. *Bur.* 188.
referam miraculum quoddam curiale. *Feif.* 172 *ex cod. Vind.* 1652.
reformatur forma iuris. *Mone Anz.* 7, 112.
regis vexilla timens fugiet velamine Brixa (*Prophetia Michaelis Scoti*). *Salimbene* 176.
regula bursalis est omni tempore talis (*spruch*). *Feif.* 175.
remigabat naufragus. *Bur.* 173. *gehört zu* propter Sion.
reminiscens patrati sceleris (*kirchlich*). *Clm.* 675.
respiciat Emanuel, qui solus cuncta percipit. *angef. Mon. Germ. SS* 20, 106 *e cod. Rom. Casanatensi.*
revirescit et florescit cor meum a gaudio. *Bur.* 207.
rex de caelo respice. *Lub. f.* 244ᵛ. *umstellung von* olim nostrum ordinem.
rex Salomon fecit templum (*vergleich mit der kirche in* 9 *strophen*). *gedruckt im Anz.* 18, 263 *aus Clm.* 641 *f.* 33.
rimatus omnes curias. *Wr. Anecd.* 94 *aus Arundel.* 201.
roch, pedes, regina (*spruch*). *Bur.* 246.
rogo corde pertractetur. *Flac.* 214.
Roma caput mundi est, *s.* utar contra vitia.
Roma caput mundi, terrarum summa potestas. *WGiesebrecht, gesch. d. deutschen kaiserzeit* 3, 1223 *e cod. Salisburgensi.*
Roma diu titubans, *oft vorkommender vers aus der weissagung des Michael Scothus bei Salimbene* 176: regis vexilla timens.
Roma manus rodit; si rodere non valet, odit (*spruch*). *Bur.* 23. *Zing.* 312. *cod. Berol. Arch.* 8, 838.
Roma mundi caput est, *s.* utar contra vitia.
Roma potens, *s.* status terrarum.
Roma tenes morem nondum satiata priorem (*spruch*). *Bur.* 23.
Roma tuae oblita mentis sanitate. *Bur.* 21.
Romanorum Caesarum dum gesta perlegendo. *Rythmus Lupoldi de Bebenburg, fontes rerum Germ. ed. Boehmer* 1, 479.
rumor novus Angliae partes pergiravit (*De convocatione sacerdotum*). *Wr. Map.* 180.
rusticus atque schola duo sunt tormenta doloris. *Anz.* 18, 266 *e cod. Marb.*
rusticus cum asinum (*Testamentum asini*). *Lambecii comm. ed. Kollar* 2, 925. rusticus dum asinum, *Feif.* 172. *Lub. f.* 261ᵛ. rusticus dum nimium, *Palm* 95. *vgl.* lamentatur rusticus.
sacerdotes aemuli clerici venales. *Cod. Vind.* 883 *f.* 62.

sacerdotes et levitae, quotquot estis, me audite. *Bur.* 76.
sacerdotes mementote. *Wr. Map.* 48 *e cod. Cott. Vesp. A.* XIX.
sacrilegis monachis emptoribus ecclesiarum. *Flac.* 489.
saepe de miseria meae paupertatis. *Bur.* 74.
saevit aurae spiritus (*De amica cuiusdam clerici*). *Bur.* 148. *Wr. Myst.* 114 *aus Arundel.* 384. *Christ.* 344 *f.* 36.
salve flos florum (*Scolares pauperes supplicantes elemosinam a quodam domino*). *Lub. f.* 79ᵛ.
salve mundi domine, caesar noster ave. *Reiffenberg im Bull. de l' acad. de Brux.* IX. 1, 478 *e cod. Brux.* 2071. *daraus Grimm kl. schr.* 3, 66 (204). *zu verbefsern ist nach der handschrift* 8, 1 domini. 12, 3 debuit. 16, 2 agreditur. 16, 4 census. 17, 3 foret. 18, 2 pro imperio. 19, 1 semper. 26, 1 scriberem.
salve Symon Montis fortis (1265). *Wr. Pol. Songs* 124 *aus Cott. Vesp. A.* VI.
salve ver optatum, amantibus gratum. *Bur.* 193.
salvete candidi hospites. *Ed. du M.* (1847). 453.
sanctus papa Gregorius (*De conversione Angliae*). *Ed. du M.* (1847) 237 *aus Wright, biographia brit. lit.* 1, 18.
satis vobis notum est et res manifesta. *Flac.* 113.
Saturni sidus lividum. *Bur.* 131.
scandala nova cape quia facti sunt duo papae (*halb deutsch*). *Flac.* 395.
scholaris dixit sociis: hic sumus correctus. *Lub. f.* 249.
scholaris qui vis provehi culmen ad honoris. *angef. im archiv f. österr. gesch.* 39, 496 *aus einer Nikolsburger handschrift.*
scire cupis quid sit monachus. *Flac.* 469.
scribere clericulis verisque Christi famulis (*parodie der eingangsworte des doctrinale*). *Feif.* 183.
scribere proposui de contemptu mundi. *Ed. du M.* (1847) 125 *e cod. Paris. fonds de Notre-Dame* 273 *bis.*
scurra, vagus (*Descriptio senilis nequitiae*). *Christ.* 344 *f.* 38.
sede Sion in pulvere. *Flac.* 38.
sederunt inique principes in agmine. *Flac.* 30.
sermo noster audiatis. *Feif.* 179. *Palm* 80 *ex eodem cod. Wrat.*
si affinis sum istius (*fragmentum contra beneficiorum et praebendarum venatores*). *Cod. Vind.* 5160 *f.* 186ᵛ. *fragment aus* cum sim modo moriturus.

si bene perpendi, sunt causae quinque bibendi. *Mone Anz.* 2, 191 *e cod. sem. Leod.*

si de more cum honore laete viverem. *Bur.* 186.

si dederis vestes, quae possunt pellere pestes (*Goliardus et episcopus*). *Wr. Map.* 86.

si gratis gentes essent bona vina bibentes. *Zing.* 318 (*anfang*).

si lacrimae vel opes animas revocare valerent (*spruch*). *Zing.* 311.

si linguis angelicis loquar et humanis. *Bur.* 141.

si mihi das haustum, domino facies holocaustum (*spruch*). *Zing.* 312.

si mundus viveret mundus pecunia. *Flac.* 34.

si praeceptorum superest tibi cura meorum. *Bur.* 73. *Husem. f.* 74 (*v.* 4 *l.* transgrederis. *v.* 9 sit. *nach v.* 11 *steht hier* post haec i lectum, cum legeris ito comestum).

si puer cum puellula moraretur in cellula. *Bur.* 215.

si quem Pieridum ditavit concio. *Bur.* 121.

si quis cordis et oculi non sentit in se iurgia (*Disputatio inter cor et oculum*). *Wr. Map.* 93.

si quis Deciorum dives officio. *Bur.* 233.

si quis dicit: Roma vale. *Wr. Myst. aus Arundel.* 384 *unvollständig. vgl.* propter Sion.

si quis displiceat pravis, non sollicitetur (*spruch*). *Bur.* 71. *cf.* opto placere.

si vinum bibo, tristari non bene quibo. *Anz.* 16, 46.

si vis ad amasiam laetus introire. *Feif.* 167.

si vis bonus fieri moribus et vita (*ermahnung an einen mönch in* 21 *strophen*). *aus Clm.* 641 *f.* 17 *angeführt im Anz.* 18, 233.

si vis esse coenobita. *Flac.* 461. *Fabricii bibl. med. et inf. lat.* 3, 913. *cod. Vind.* 883 *f.* 78. *aus Clm.* 641 *f.* 20 *angeführt im Anz.* 18, 233.

sic mea fata canendo solor. *Bur.* 229. *Ed. du M.* (1847) 237 *e cod. Paris.* 3719.

Simonia obviavit Veritati (*Altercatio Veritatis et Simoniae*). *Zing.* 316 (*anfang*).

simus hic sedentes simul conferentes. *Lub. f.* 242ᵛ.

sit deo gloria, laus, benedictio (*Golias de coniuge non ducenda*). *Wr. Map.* 77 *ex* 8 *codd. Angliae. Grimm kl. schr.* 3, 80 (238) *teilweise e cod. Veneto* (*Consilium primatis*). *Ed. du M.* (1847) 179 *e cod. Paris. fonds de Notre-Dame* 242. *Clm.* 416 *f.*

222. 631 *f.* 72. *cod. Vind.* 3121 *f.* 97. 4453 *f.* 322. *angef. Lambec. ed. Kollar.* 2, 834. *Chmel* 2, 13.

sol solus in stellifero stellas excedit radio. *Bur.* 214.

sol sub nube latuit. *Mone Anz.* 7, 296.

sole post arietem taurum subintrante (*Metamorphosis Goliae episcopi*). *Wr. Map.* 21 *e cod. Harl.* 978.

sole regente lora. *Mone Anz.* 7, 295. *daraus Ed. du M.* (1847) 228.

solis iubar nituit nuntians in mundum. *Bur.* 147.

somno et silentio plus quam satis usa (*Discipulus Goliae contra griseos monachos*). *Wr. Map.* 54 *e cod. Cott. Vesp. A.* XIX.

sponsa Christi et decora (*Oratio contra Turcas*). *Ed. du M.* (1847) 28 *aus Daniel, thes. hymnolog.* 2, 257.

spreto iuris tramite dignus conculcatur. *Cod. Vind.* 4134 *f.* 193.

status terrarum quivis bene noscat earum. *Zing.* 317. *ohne diesen ersten vers Husem. f.* 46 *und daraus Mone Anz.* 7, 507, *aber mit weglafsung des anfangs* Roma potens veneranda verenda, Britannia pauper, fertilis Anglia, nobilis India, Graecia prudens. *cod. Berol. inc.* Roma potens, reverenda Venetia, *Arch.* 8, 823. *vgl.* Suevia *u.* hic Agrippino, *auch* invidia *u.* Italici.

stetit puella rufa tunica. *Bur.* 120; *vdHagen, MS* 3, 446 *ex eodem.*

stude bone clerice virgines amare. *Lub. f.* 242ᵛ.

stulti cum prudentibns (*nebenform von* missus sum). *Wr. Map.* 152.

Suevia promissa percepto munere frangit. *Mon. Lub.* 33. *variation von* status terrarum.

sum vas ex aere, tria nuntio: funera flere (*spruch*). *Zing.* 318.

summates egregii, nobis bene venistis (*Littera clericorum scholipetarum*). *Feif.* 187.

summo sacerdotio Thomas sublimatus (*De Thoma Cant.*). *Ed. du M.* (1843) 426.

sunt detractores inimicis deteriores (*spruch*). *Bur.* 67.

sunt qui rectum non attendunt. *gedr. Anz.* 18, 231 *aus Clm.* 641.

sunt tria quae timeo, quae sunt de iure timenda (*spruch*). *Zing.* 310.

superbi Paridis leve iudicium. *Bur.* 57.

surge miser, quid dormitas? *Flac.* 465. *Clm.* 641 *f.* 19., *darnach angeführt Anz.* 18, 233.

surgens Uranius (*De quodam iuvene*). *Christ.* 344 *f.* 38.

suscipe flos florem, quia flos designat amorem. *Bur.* 217.
suscitavit dominus simplicem et brutum. *Anz.* 15, 164 *ex Husemanno.*
tabescentis tam inmundi fluctuantem huius mundi. *Zing.* 313 (*anfang*).
tange sodes citharam manu laetiore. *Bur.* 170.
tanto viro locuturi (*Domino papae*). *Flac.* 9. *Leyser* 779 *e cod. Lips. Mūld.* 45. *cod. Rehdiger* I. 42. *vgl.* nostri moris.
taurum sol intraverat (*Altercatio Ganymedis et Helenae*). *Cod. Berol. Arch.* 8, 853. *Christ.* 344 *f.* 31.
te mihi meque tibi, s. me tibi.
te ut in memoriam revocem, salvator. *Clm.* 671.
tellus flore vario vestitur. *Bur.* 186.
tempus acceptabile tempus est salutis. *Flac.* 156. *daraus Wr. Map.* 52. *cod. Vind.* 883 *f.* 76. *Ed. du M.* (1847) 122 *e cod. Paris. fonds français* 7011 *von der achten strophe an.*
tempus adest floridum, surgunt namque flores. *Bur.* 183.
tempus est iocundum, o virgines. *Bur.* 211.
tempus hoc laetitiae, dies festus hodie. *Bur.* 250.
tempus instat floridum, cantus crescit avium. *Bur.* 171.
tempus transit gelidum, mundus renovatur. *Bur.* 191.
tempus transit horridum, frigus hiemale. *Bur.* 180.
terra iam pandit gremium. *Bur.* 181.
terram per iniuriam cum terra lucratur. *Wright and Halliwell, Rell. antt.* 2, 216 *aus Harl.* 913.
terram terra tegat (*Primas in agone*). *Clm.* 641 *f.* 48. *mit engl. glosse, ohne beziehung auf den primas, bei Wright and Halliwell, Rell. antt.* 1, 260.
tessera blandita fueras mihi, quando tenebam. *Bur.* 245.
testatur sapiens quod deus omnipotens fundavit physicam (*in medicinische vorschriften übergehend, wertlos*). *Clm.* 251 *f.* 38.
totum regit saeculum papa potestate (*De diversis ordinibus hominum*). *Wr. Map.* 229.
trucidare Saxones soliti Cambrenses. *Wr. Pol. Songs* 56 *e cod. Lugd. Vossiano.*
universa gens laetetur (*Noël des écoliers*). *Ed. du M.* (1854) *aus suppl. lat.* 1219.
usus es in theatris crebro sermonibus atris. *Wr. Anecd.* 100 *aus Arundel.* 201.

ut Judaeis hostia (*nebenform von* missus sum). *Wr. Map.* 152.
ut membra cohaereant invicem cum capite (*Gualtherus ab Insula praedicans scholaribus in reditu suo a curia Romana*). *Mild.* 52 *e cod. Paris.* 8359. *teilweise identisch mit* ante legum dominos.
ut nullus faciliter pravae mulieri. *Cod. Berol. Arch.* 8, 833.
utar contra vitia carmine rebelli (*Golias in Romanam curiam*). *Flac.* 159. *Wr. Pol. Songs* 14 *cf.* 350 *u.* 402, *aus Harl.* 978. *Map.* 36 *aus* 4 *hss. Bur.* 19. Roma caput mundi *daraus abgesondert Flac.* 406. *Wr. Map.* XXXVIII *e Giraldo Cambrensi.*
utinam attenderet et clerum defenderet. *Cod. Vind.* 883 *f.* 62.
uxor erat quaedam cerdonis. *Clm.* 443 *f.* 152.
vacillantis trutinae libramine. *Bur.* 224. *Wr. Myst.* 117 *aus Arundel.* 384.
vehementi nimium commotus dolore (*Petri de Vineis*). *Ed. du M.* (1847) 163 *u. Huillard-Bréholles, vie et corr. de Pierre de la Vigne p.* 402 *aus fonds Notre-Dame* 202. *cod. Laur.* XXIX. 8 *nach Bandini* 2, 25. *Montpellier* 351 *nach Arch.* 7, 1009.
Veneris vincula vinctus sustineo. *Bur.* 223.
veni, veni, venias, ne me mori facias. *Bur.* 208.
venient in mundo (*Versus Merlini*). *Salimbene* 309.
venite cuncti populi qui aulam poli colitis (*De capta Roma a.* 1084). *Sudendorf, registrum* 1, 55.
venite ir lieben gesellen. *Cod. Vind.* 4117 *f.* 205.
venite studentes, adite canentes. *Mone, schausp. d. mittelalters* 2, 372 *aus einer Strafsb. handschrift. daraus Ed. du M.* (1847) 454.
venite uns gesellen. *Cod. Vind.* 4558 *f.* 8.
ventorum multis flatibus pro criminum reatibus (*Laus Lubecae*). *Lub. f.* 267ᵛ.
ver pacis aperit telluris gremium. *Mone Anz.* 7, 295.
ver prodiens in virore. *Mone Anz.* 7, 294.
ver redit optatum cum gaudio. *Bur.* 178.
vere dulci mediante, non in Maio, paulo ante. *Bur.* 195.
veris dulcis in tempore florenti stat sub arbore. *Bur.* 195.
veris in temporibus sub Aprilis idibus (*liebesconcil*). *GWaitz e cod. Trev.* 1081 *in Haupts zs.* 7, 160.
veris laeta facies mundo propinatur. *Bur.* 179.

verna redit temperies. *Mone Anz.* 7, 289.
vernum tempus est amoenum. *Mone Anz.* 5, 447 *e cod. Leod.* 77.
versa est in luctum cithara Waltheri. *Bur.* 49.
versus et versus in me dum confero versus (*Contra mulieres*). *Cod. Vind.* 4453 *f.* 320.
vetus error abiit. *Mone Anz.* 7, 291. *daraus Ed. du M.* (1847) 213.
vexilla regni prodeunt (*De morte Petri de Gaveston* 1312). *Wr. Pol. Songs* 258 *e cod. Cambr.*
vide qui nosti litteras et bene doces vivere. *Bur.* 4.
vinum bonum et suave (*Sequentia vini*). *Mone Anz.* 2, 189 *e cod. seminarii Leod. u. daraus Ed. du M.* (1843) 96. (1847) 204. *Mone Anz.* 3, 293 *ex vet. libro. Anz.* 15, 135 *aus Husemann. cf.* ave color.
vinum de vite det nobis gaudia vitae (*Versus cuiusdam trutanni*). *Salimbene* 334.
vinum dulce gloriosum (*auct. magistro Morando*). *Salimbene* 92.
vir quidam extiterat. *anfang der visio Philiberti de disputatione corporis et animae, vKarajan, frühlingsgabe* 85. *bei Wr. Map.* 95 *ohne die ersten verse, anf.* noctis sub silentio.
virent prata hiemata tersa rabie. *Bur.* 189.
virgo quaedam nobilis, diu gie ze holze. *Bur.* 216; *vdHagen MS* 3, 447 *ex eodem.*
viri beatissimi, sacerdotes dei. *Flac.* 154. *Wr. Map.* 45 *e* 2 *codd. Cantt. Zing.* 308 (*anfang*). *Lub. f.* 236ᵛ (viri venerabiles).
viri fratres (*al.* cari fratres) servi dei (*Dolus mundi*). *Pasquillorum tomi duo* (1544) *als Querela de fide, nuper in Germania reperta, p.* 100. *daraus bei Naogeorgos oder Kirchmeyer etc. u. bei Ed. du M.* (1847) 136. *Otto, comm. in codd. bibl. Giss.* 160 *e cod. Giss. Mon. Lub.* 26. *Hoefler SS Huss.* 2, 51 *e cod. Pragensi. Hutteni opp. ed. Boecking, suppl.* 1, 500 (*fragment*). *Anz.* 17, 191 *mit benutzung von cod. Vind.* 883. *cod. Vind.* 4117 *f.* 86.
viri tres sub arbore quadam quieverunt (*gespräch zwischen heide, jude und christ*). *Cod. Kuppitsch. nach vKarajan in Haupts zs.* 2, 7.
viri venerabiles. *Lub. f.* 236ᵛ, *s.* viri beatissimi.
viro clementissimo. *Feif.* 178. *Palm* 78 *ex eodem cod. Wrat.*
viro invictorioso ac domino favoroso. *Palm* 81.

viro religioso multum gracioso. *Palm* 82.

viro venerabili ac domino honorabili. *Palm* 82.

visionem admirandae ordior historiae. *Boehmer aus einer Frankf. hs. in Haupts zs.* 5, 464.

virtutis arcta semita. *Ed. du M.* (1843) 424 *e cod. Paris.* 2414.

virtutum thronus frangitur. *Bandini, codd. latini* 2, 3 *ex cod. Laur.* XXIX. 1.

vitae meae reminiscens, quam duxi usque modo. *angef. aus d. hs.* 702 *in Douai von Ed. du M.* (1854) 313.

vitae perditae me legi subdideram. *Bur.* 8.

vix nodosum valeo nodum denodare (*Alano tributum*). *Leyser* 1092 *e cod. Helmstad. Clm.* 416 *f.* 220.

vocativos oculos (*spruch*). *Anz.* 18, 339 *aus Clm.* 641.

volo virum vivere viriliter. *Bur.* 210.

vulneratur caritas, amor aegrotatur. *Wr. Pol. Songs* 133 *aus Harl.* 746.

BÜDINGER BRUCHSTÜCKE DER ERLÖSUNG.

Bis jetzt sind drei handschriften der unter der bezeichnung die erlösung *von Bartsch herausgegebenen dichtung bekannt: die Nürnberger, auf der die ausgabe beruht, eine Prager, über welche Kelle Germ.* 3, 465 – 480 *nachricht gibt, und eine Trierer, auf welche Hoffmann von Fallersleben altd. bll.* 1, 325 *hinweist. dazu nimmt Bartsch Germ.* 7, 35 *dann eine vierte an, welche die grundlage eines die dichtung wörtlich ausschreibenden schauspiels gewesen. au/ser diesen handschriften aber gab es noch eine, eine pergamenths., von der leider nur drei dürftige reste übrig sind, die Crecelius mit den zeitschr.* 10, 273 — 291 *angegebenen und bekannt gemachten bruchstücken sechs verschiedener anderer hss. in dem fürstlich ysenburgischen alten archiv des schlo/ses zu Büdingen aufgefunden hat. jene reste bestehn aus einem in zwei stücke zerschnittenen abschnitt eines blattes, durch dessen dritte verszeile, von unten gezählt, die scheere des buchbinders quer durchgieng, so da/s mit der untern hälfte, zum teil auch blo/s den untern enden der buchstaben dieser dritten zeile noch zwei volle verszeilen blieben sammt dem untern breiten rande sowie den rändern zu beiden seiten des blattes, das auf jeder seite zwei spalten hatte. der untere rand zeigt bei den beiden an einander gehörenden stücken, die auf der vorderseite durch den ersten buchstaben der verszeilen der zweiten spalte von einander geschnitten sind, während auf der rückseite der schnitt zwischen den beiden spalten durchgeht, spuren, da/s sie an die rechnungen enthaltenden bände oder hefte, zu denen sie verwandt worden, angenäht waren. das dritte bruchstück ist ein nicht quer, sondern von dem blatt seiner länge nach abgeschnittenes kleineres stückchen, an dem oben ein teil abgeri/sen wurde und unten eine ecke. es schlie/st sich an jene quer durchgeschnittene dritte verszeile der zweiten spalte der vorderseite an und enthält mit den oberen teilen der buchstaben der ersten wörter, die in dieser zeile standen, zugleich die ersten wörter von jedem der sieben vorhergehenden verse. von der rückseite des blattes dagegen bietet dasselbe stückchen die oberen teile der buchstaben am schlu/se der quer durchgeschnittenen dritten zeile der ersten spalte sowie den schlu/s eines jeden der sieben vorhergehenden verse. auf allen drei bruchstücken aber ist manches in der länge der zeit durch abreiben und abblassen kaum oder nicht mehr lesbar. indem ich dieselben hier folgen la/se, gebe ich verletztes, doch sicher lesbares durch cursivschrift, unsicheres aber durch gleiche schrift in klammern. die verszahl setze ich nach der ausgabe von Bartsch bei.*

vorderseite

sp. 1 ot geschicht e 6167
gein dem wunder freisen
den luden mag wol eysen 6169

sp. 2 (*von bl*) 6200
(*daz*) ist *ouch*
Daz seste *d*
alle mur
vñ alliz zy*m*
da mag ma*n* 6205
An deme si*b*
daz alle st (*an*)
zu ein ander einen boz
da wirt vil manig hertter stoz 6209

6167 *die von der scheere kaum verbliebenen untersten spitzen der ersten buchstaben der zeile sind verblasst.* 6168 gein *fast ganz verblast, am meisten* g 6200 *an der zeile ist vorn und hinten etwas abgerifsen* 6206 A *ist fast ganz abgerifsen.*

rückseite

sp. 1 *n tal* 6242
al
*u*nder birt
nuwe wirt 6245
clar
s vffenbar
ſt sich
eime hohen fursten glich
oben an ſon orient 6250
biz nieden an an occident 6251

sp. 2 da wirt barmekeite niet 6291
ſine wunden er uns ougit
da miede er vns erzougit 6293

6242 *die buchstaben vor n sind abgerifsen. es ist dies dieselbe abgerifsene ecke, auf der das nächstfolgende von (von bl) des verses* 6200 *stand.* 6249 *nur die untern teile der buchstaben der zeile sind geblieben, doch so, dafs diese gelesen werden kann. von 'glich' ist der obere teil der buchstaben auf dem dritten bruchstück unten.* 6291 *nur die obern enden der buchstaben sind durch die zeile hin abgeschnitten.*

Aus diesen wenigen resten nun, von welchen das erste abgeschnittene stück auf seiner vorderseite die untersten enden der buchstaben von vers 6167 *und die verse* 6168 *und* 6169, *auf seiner rückseite die verse* 6291—6293, *das zweite stück auf seiner vorderseite die untern enden des verses* 6207 *mit den versen* 6208 *und* 6209 *und auf seiner rückseite die untern enden des verses* 6249 *mit den versen* 6250 *und* 6251, *das dritte stück auf seiner vorderseite kaum noch zwei buchstaben von vers* 6200 *und die anfänge von vers* 6201—6207 *und auf seiner rückseite den schlufs von vers* 6242—6249 *bietet, läfst sich ersehen dafs das format der hs. folio war und jede der zwei spalten, in welche die seite zerfiel,* 42 *abgesetzte verse zählte, wenigstens befanden sich so viele auf jeder spalte der rückseite des blattes, dem die bruchstücke angehören. dagegen ergibt freilich die zweite spalte der vorderseite des blattes nur* 40 *verse, allein es fragt sich, ob diese spalte hier nicht zwei verse mehr hatte, als die herausgegebene Nürnberger hs., oder ob nicht vielleicht eine zwischeneingeschaltete überschrift den raum ein-*

genommen. auch zeigen die beiden untern stücke des blattes, dafs jede spalte durch eine von oben bis unten gehende linie vor dem anfang und eine nach dem schlufse der verse abgegrenzt war, diese selbst aber zwischen quer durchgezogene linien geschrieben waren. ein grofser vorn über zwei zeilen gehender roter buchstabe diente zur bezeichnung dafs ein abschnitt begann, und so findet sich ein solches D *vor vers* 6202 *und* 6203, *sowie vor* 6206 *und* 6207 *ein solches* A, *von welchem ein niederwärts gezogener verzierender strich bis tief in den unteren rand ausläuft. durch den anfangsbuchstaben eines jeden verses geht der länge nach ein roter strich. die schrift ist grofs und deutlich. nach ihr war die hs. im* 14 *jh. geschrieben und zwar wol noch in der ersten hälfte desselben.*

Zwei Jacob Grimm von mir für das deutsche wörterbuch zu bosz *mitgeteilte verse finden sich unter diesem worte und hätten auf die hs. führen müfsen, scheinen aber Bartsch entgangen zu sein. zwei andere an Zarncke für das mhd. wörterbuch gesandte,* 6250 *und* 6251, *finden sich in diesem unter* occident *und* orient.

Wenn Bartsch Germ. 7, 1 *bemerkt dafs nach einer mitteilung von mir* hiute : niute *auch hessisch sei, so beruht dies auf einem misverständnisse wie es in flüchtigem gespräche leicht unterlaufen kann. wetterauisch wie oberhessisch bietet sich in der heutigen sprache* haud *und* naud, *und das ist mitteld.* hûte *und* nût, *oder wie die hs. von Marien himmelfahrt* 9 *hat,* hûde *und v.* 10 nût *in* fon nûde. *diese hs. wurde von der universitätsbibliothek zu Giefsen aus dem nachlafse des* 1837 *verstorbenen professors der kathol. theol. Johann Nepomuk Locherer erworben. s. Adrians catal.* 290 *nr* 876, *wo auch sowie zeitschr.* 9, 166*f. über den weitern inhalt des handschriftenbandes auskunft gegeben ist. wo diesen Locherer, der im herbste* 1830 *von seiner pfarrei Jechtingen im amte Breisach in Baden nach Giefsen überzog, erworben hatte, ist unbekannt, aber merkwürdig bleibt, woher der am* 4 *juni* 1831 *verstorbene prälat und professor Johann Ernst Christian Schmidt zu Giefsen die hs. von Marien himmelfahrt haben konnte, um* 1819 *in seiner gesch. des grofsherzogtums Hessen* 2, 107—109 *aus der dichtung oder, wie er sich ausdrückt, 'aus einer beschreibung von Maria's tode' die verse* 509—533, *dann* 559—594 *und als schlufs* 1813—1831 *zur probe mitzuteilen, wie um die zeit Heinrichs I, des ersten landgrafen von Hessen, ein mönch in einem benachbarten kloster gesungen habe. dafs Schmidt die hs. der dichtung vor sich* *hatte, ist kein zweifel, denn trotz mannigfacher fehler im lesen und abschreiben findet zu sichtliche übereinstimmung statt. sollte er dieselbe selbst besefsen und an Locherer gegeben haben, der als erster professor an die neuerrichtete katholisch-theolog. facultät für kirchengeschichte berufen war, dasselbe fach, das Schmidt an der evangelisch-theolog. facultät lehrte? übrigens hatte dieser richtig die mundart erkannt.*

WEIGAND.

EIN SCHERZHAFTES RECEPT.

Ich tu euch kunt und zu wissen, daz ez gar unrecht tut und hat getan gemainkleichen vnter den lewten über Köln an dem Rein abwartz und aufwartz in derselben gegent über mit gar grofsem pörzel. Nu hat mein fraw von Tenwürk grefyn zu Hohenwerk von krankhait wegen ires leibes nach einem weisen arzt gesant in ein lant haist Holant. Derselb meister der erznei der kom von pet wegen zu diser vorgenanten grefin und half ir zu dem pörczel und andern lewten. Und do er von dannen wolt, do pat in die von Tenwurk, daz er ir gab geschriben iede dink für den pörczel. Er gab irs geschriben gar und genzleichen. Wer ez gehaben mag, daz hernach geschriben stet, der ist genesen gar und genzleichen an allen zweifel und dorumb schenket si im m⁰ gulden. Dise ler hebt sich also an: wenn der pörzel erst an si kumen wolt oder an ander lewt kom, der nem des patschum von einem alten pelz und daz klinglen von einem parfüfsen ermel und die galen von einem paderhut und kupferen mangolt und der hadern von einer alten troyen oder wammas oder hürnein kefs und gahen smalz und von fischzenen ein zentner unslicz und IIII lot eselshusten und IIII wagensmalz und IIII lot von her Neitharz leber und eines hanen krehen auf einem glockhaus und des monschein und des swaifs von einem entenfufs und des sprungs von einem snecken und daz lachen von einem toten kolben und eberleins schüchflo und glockendon und kislingsmalz und des ploben von dem himmel und stofs daz allez zusamen in einem glesrein mörser und gewfs ez in eine stroene pfannen und sez ez auf einen papieren dreifufs und lafs ez wol erwarmen und newfs ez zu cumplet zeit so die sunn aufgat on pöfs gedenk: so pist du genesen von dem tot, ob dich nichtz irt. Helf daz nicht wol und pald an dir, so nim die lebern von einem stadel und der lungen von einem türnagel und des plutz von einem ofenstain und die hicz von einem sne und der linden von einem stahel und das hirn von einer agst oder peihel und II lot peimol und III lot des wassers aus dem Gordan und II lot frawen gedenk und das herz von einer hackpenk und daz krös von einem wetzftein und die füfs von einer ewln und der oren von einem türnagel und V lot der trew die die rosstauscher haben auf dem jarmarkt und II lot des daës, daz der has für sich wurft mit den hindern füfsen und drei alter sprung und VII lot des dons daz der wachter tut vor dem tag und misch ez allez zusammen und tu es in ain krezen, der gemacht sey aus dünen rauch und henk es ze liechtmess an die sunnen die halben nacht und mach daraufs wehslers kügelein und newfs die nüchterling über completzeit und wach die nach an pöfs gedenk und trink darauff kolnsaft aus einem rossnagel getruckt. Dunk dich dann an dir selben das die arznei von dir well gan, daz dein schinpain sol (*sic*) leg dich ruckweis auff den pauch; haifs dir II ruggein dürnagel darüber pinden und XX lot stiglitzfersen gebraten auf dem sne und sei, das ez dich helffen well, daz doch unversehenlicher ist, so haifs dir einen sacktrager gewinnen und heifs dir den die schultern und die schin paine wol pern mit einem eichen dremel und den ruck liderein und gang dar nach in ein holderein pad und sicz auf ein hecklein und solt darauf gar wol erswitzen, so wirstu gesunt. Auch nim ander gemein ėrznei. Ez sprechen die naturleichen meister, daz kain erznei pefser sei für den pürzel und für den plaen husten dann die. Item nim II lot des zitern von den sternen und II lot und ein hand vol des rapengesangs e die sunn aufgat und nim sprüng der die sunn drei tut an dem heiligen ostertag und des monnenscheins III lot und mul daz allez zwsamen, so gewingstu ein dewigen magen; kerstu im daz vnder aufs, so gewinstu ein frölichen anplick.

Datum: die ertznei ist geschriben an dem Rein des jarstag da man zalt nach Eggen gepurt IIII meil von pfingsten an dem nechsten tag nach Rugerstag des totengrabers.

Cgm. 444 *bl.* 8ᵇ *ff aus Wessobrunn, geschrieben* 1422. 4⁰.

221 *bll. abgesehen von den übrigen anspielungen verweise ich bei der gräfin von Tenwürk auf Weinholds bemerkung in Zachers zs.* 1, 22*ff.*

A. BIRLINGER.

BÜCHERVERZEICHNIS DES KLOSTERS PFÄFFERS.

Hic continetur thesaurus Fabariensis ecclesiae, qui inventus est sub abbate Henrico anno M.C.L.V.

IIII libri Augustini super Johannem. Bibliothecae liber I. IIII libri moralium. II libri sermonum. II libri prophetarum. expositio Hieronymi super Essaiam. Ysidorus de summo bono. II libri pastoralis curae. liber Gregorii super XL omelias. I liber exhortacionis monachicae vitae. vita patrum. liber glosarum. liber de vita beati Columbani et Galli et aliorum. expositio Bede super Lucam. liber Salomonis. liber Job. liber Machabeorum. II libri compoti. expositio super Matheum. de sermone Domini habito in monte. liber legum. liber Josephi. liber sermonum et omeliarum de natiuitate domini. expositio super Danielem. vita beati Gangolphi et aliorum cum omeliis quibusdam. vita beati Odalrici. liber martyrologii. Romanus ordo. IIII libri breviariorum. V libri regularum. II libri orationum. primus qui incipit: ad te domine faciem meam, alius qui incipit: miserere mei deus. Exorcismus majoris aquae. II baptisteria in quibus benedictio ferri et aque et alia continentur et in uno obsequium mortuorum. VI libri hymnariorum. IIII libri sequentiarum. cantica canticorum metrice et theutonice composita. IIII officialia. II lectionarii. II evangeliaria cum uno lectionario. VII libri missalium. Smaragdus. Passionale. Alcuinus super Johannem. Gregorius super Ezechielem. III Antiphonarii cum uno graduale.

IIII gradualia. Cronica regum. quinque psalteria. duo libri dialogorum. libri auctorum: Virgilius, Junenalis et Persius in uno volumine. Stacius Thebaidos et quatuor quaterniones ejus-

5 Hieremiae 6 omilias 10 computi

dem operis. liber Terentii. Expositio Seruii super Bucolica, Lucanus, Oratius, Salustius, Saedulius et Ovidius de remediis simul ligati. duo libri aratoris. Ovidius epistolarum et Maximianus in uno volumine. Item Ovidius epistolarum et Statius Achilleidos in uno volumine. Seruius cum exemplis primae sillabae in uno volumine. Cato latine. Cato Avianus in uno volumine. Waltarius. Omerus. Fulgentius et Troiana historia in uno volumine. Editio Donati. Bvcolica theocriti. Beda de metrica arte. item liber de metrica ratione. Topica Tullii. praedicamenta aristotilis et periermininas in uno volumine. duo libri pophyrii cum commentis boecii. liber geometriae. maior donatus et minor. expositio super missam cum quibusdam sermonibus.

32 Cato latine *fehlt*

Das vorstehende verzeichnis, welches zwei gleichzeitige hände (z. 1—23 und z. 24—38) niedergeschrieben haben, ist dem liber viventium *(verbrüderungsbuch) des klosters Pfäffers, einer pergamenths. in klein folio im stiftsarchive zu SGallen entnommen. die einträge rühren von verschiedenen händen her und beginnen im 9 jh. Aegidius Tschudi nahm eine abschrift von dem grösten teile des inhalts die sich jetzt ebenfalls im stiftsarchive befindet. die abweichungen derselben soweit sie das mitgeteilte bücherverzeichnis angehen sind unter dem texte angegeben worden. einige bruchstücke dieses catalogs (z. 20 und z. 25 bis zu ende) wurden bereits von Ildefons von Arx im ersten bande seiner geschichten des cantons SGallen s. 295 veröffentlicht.*

Bonn. BIRLINGER.

LEXIKALISCHE BEITRÄGE.

Die folgende sammlung enthält eine reihe selten belegter worte aus dem im Haag aufbewahrten heberregister des stiftes SVictor zu Xanten. die hs. besteht aus 77 blättern und scheint, dem schriftcharakter nach zu urteilen, dem ende des 13 oder dem anfange des 14 jhs. anzugehören. sie zerfällt in 3 teile, deren erster (bl. 1 bis 18) die einkünfte, der zweite (bl. 19 bis 30) das calendarium und der dritte (bl. 31 bis zum schlufse) die ausgaben des stiftes befafst.

AMBET. *f.* 52ᵃ: preterea sunt IIII officia famulorum curtis Xanten, scilicet bodelli quod vocatur bodelambt. — *f.* 51ᵇ: sunt VIII officia quorum IIII vocantur hovambet sive carpentariorum sive sectorum et IIII lenambet sive infeodatorum. — *f.* 52ᵃ: magistri curtis officium vocatur meierambt. — preterea sunt VI famuli coquine quorum officia vocantur scubambt. — item est officium quod vocatur spikeramt sive custodia granarii. — officium forestarii de Ursula vocatur vorsterambt.

BEIN. *f.* 49ᵇ: scilicet de ovibus halsbên et stertbên; de porcis et bobus halsbên tamen.

BIER. *f.* 38: owestbier, cereuisia que dicitur augustalis.

BROT. *f.* 28ᵇ: et dabit quilibet dominorum vnum richtebrot et vnum hendelynch ceruisie et elemosinariis et officiatis panem qui dicitur spisebrot et pollum ceruisie. — *f.* 6ᵃ: tres autem spisebrot equipollent duobus fercularibus panibus. — *f.* 6ᵇ: datur in V festis principalibus sc. Victoris, Estomihi, Invocavit, Cena domini, Pascha, ad ferculum preter cotidianum panem magnus panis qui dicitur snidebrot, continens 1½ panem fercularem. sed non habentibus fercula datur dictis festis I panis qui dicitur spisebrot.

DAK. *f.* 27ᵃ: item II modios tritici et vimam dakes. *uö. stroh zum decken der bauernhäuser. Bwb.* 1, 192.

DIENST. *f.* 10ᵇ: custodie recipiant cereuisiam que dicitur wekdinest. *uö.*

DING. *f.* 9ᵇ: cerevisia enim augustalis debet equivalere cerevisie que dicitur witgedinc. *vgl.* witzgedinge *bei Kehrein, sammlung alt- und mitteldeutscher wörter aus lateinischen urkunden s.* 7ᵃ, *weistümer* II. 742 *f*, 748.

DRILINCH. *f.* 14ᵃ: item idem modium sextarium et drilinch tritici — et drilinch avene.

HARST. *f.* 50ᵃ: caro que dicitur pelenzharst, quia eam simul prandere solebant in camera que dicitur pelenze. *vgl.* halvenhersten *bei Lacomblet-Harlefs* VI. 117.

HAVER. *f.* 8ᵃ: IIII maldra slethauer — brimhauer — II maldra rûhauer.

HENDELING. *f.* 9ᵇ: notandum autem quod III medemere faciunt II stopos, II stopi I hendelingum, III hendelingi I sextarium et XII sextarii I tinam, et nota quod XXXVI hendelingi faciunt I tinam. — XXI hendelingi faciunt I modium et V vasa faciunt I hendelingum.

HOLZ. *f.* 4ª: duo plaustra lignorum et plaustra ouerhange, plaustrum virgarum, plaustrum tapholt. *vgl.* toupholz *Kehrein s.* 13ᵇ, *weistümer* I. 695 *f*, 701, 761; II. 49, 549 *f*; V. 715; *Lacomblet, niederrh. urkundenbuch* 2 *nr* 984: ligna inutilia et non valentia que vulgariter dicuntur doufhout.

KAMMERLING. *f.* 12ᵇ: ad celerariam tam specialiter pertinent homines qui dicuntur camerlingi, qui carent advocato. *vgl. Kindlinger, gesch. d. deutschen hörigkeit s.* 260: ministeriales seu censuales et homines qui vulgariter kemmerling dicuntur, ad ipsam ecclesiam Herfordensem pertinentes.

KORN. *f.* 14ª: sequitur de censibus de tritico, ordeo, avena et de halsspilliccoren recipiendis. — *f.* 63ᵇ: modius ordei haspelkorn. *vgl. Kehrein s.* 16ª.

LAST. *f.* 14ᵇ: preterea sunt bona que solvunt annuatim annonam que dicitur sciplast.

LIEHT. *f.* 53ᵇ: item X lumina cerea que dicuntur spintlecht. item II candele torte, quorum quelibet continet III spinthert.

MALZ. *f.* 25ª: sequitur de brasio halsspillegmalt. — *f.* 6ᵇ: item solvuntur ibidem XIIII maldra brasii drispel et haspelmalt. — *f.* 9: brasium quod dicitur scultmalt, quod solvunt hiemanni sive mansionarii de mansis curtium.

MUOS. *f.* 31: de ferculo quod dicitur lesemos. — *f.* 54ª: cerevisia que lesemos vocatur. — *f.* 49ª: caro similiter eis habenda que dicitur vestelmôs.

PFENNING. *f.* 47ᵇ: isti denarii dicuntur serviciales vel dienestpenninge. — *f.* 33ᵇ: item in die ascensionis domini unum arietem et unum jûcpennynch. — *f.* 15: eodem die curtis de Didinhoven II solidos qui dicuntur lersepennige. — *f.* 5ª: lutpenninge. — *f.* 4ª: tres libras que dicuntur mastpenninge. — *f.* 3ᵇ: solidos leves qui dicuntur rennepenninge. — *f.* 35: ad mensam dantur VI denarii leves qui dicuntur spisepenninge. — *f.* 26: denarii qui dicuntur wagenpenninc. — *f.* 12ª: solidi leves qui dicuntur ebdomadales sive wekepenninge.

REHT. *f.* 45: carnes que dicuntur conferculares sive metgerichte. — *f.* 57[a]: de festis recipiant carnes circumferculares que dicuntur umbegerihte II carnes.

SAZ. *f.* 36[b]: sciendum quod XV sunt festa de quibus debentur pulli et carnes que dicuntur undersat. — *f.* 37: sciendum quod III dies de undersat faciunt II carnes ferculares.

SCAR. *f.* 27[a]: item II denarii ad swinscar.

SCILLING. *f.* 3[a]: in ascensione domini XX solidos tremonienses qui dicuntur herscillinge.

STERLING. *f.* 11[a]: solvuntur duo denarii sterling.

STUMPEL. *f.* 62[a]: sunt enim earum (candelarum) quedam stumpel, quedam candelae breves.

SWIN. *f.* 4[a]: porci qui dicuntur scoltsvin. — *f.* 13[a]: pullus et I porcus, qui dicitur getwiget svin.

TAG. *f.* 26[b]: dies messis maddach.

TRANC. *f.* 45[b]: item debetur ei quoddam jus cereuisie et vini quod vocatur clepeldranc. *lohn für das läuten, vgl. Nürnberger polizeiordn. s.* 327.

VLEISCH. *f.* 37[a]: canonicis datur quoddam supplementum quod dicitur spisevlesch; in singulis festis, quando plures carnes dantur ad ferculum, datur I spisevlesch, sed Victorii, Estomihi et Pascha dantur II.

VUORE. *f.* 12[a]: VII denarii leves qui dicuntur winvore et corenvore.

WIDER. *f.* 16[b]: summa arietum tam de Durstene quam de Vasuelde LXXVIII, de quibus sunt loseweder.

WOCHE. *f.* 33: similiter in septimana que dicitur guleweke, que est ante Estomihi. — *f.* 5[b]: due septimane que dicuntur ouerwege.

Was bedeutet iusant *und* smalander *in folgender stelle, f.* 43: in vigilia Victoris II carnes porcinas, dimidium pectus vacce, linguam vaccinam, III salsucia iecorina, I iusant, I uder, V smalander?

Bonn.

BIRLINGER.

GLOSSEN ZU PRUDENTIUS.

PRAEFATIO.

39. [1c] [contra] hereses erriſlon.
42. deuoueat Intheize.
44. o utinam vuolavuenk.

H. A. GALLI CANTUM.

6. soporos zagilichon.
13. strepunt kraent. [1d]
28. stertere hrutan.
89. friuola giboſi. [2a]

H. MATUTINUS.

21. uersuta uuitheruuerdiga. callida tumiga.
32. nugator boſeri.
33. (seuerum) crudeliter grimlico.
34. ludicrum ſpót.
35. inepta ungi ogitha.
36. serio nuttimo.
41. forensis thinclic. [2b]
53. lucramur scattemeſ.
81. nutabat uiuhta.
99. subdolum ſehno. [2c]

H. A. CIBUM.

42. pedicis bet ſtricchin. maculis maſcon.
43. inlita bech'enida.
43. glutine lime, chleibe.
48. calamum angul. [2d]
68. [per] coagola girvnnunon.
72. nectare ſeme.
74. thymo biniſuga.
76. nemoris boungardeſ.
79. deciduo nideruellagemo.
94. caueam holi. [3d]

H. P. CIBUM.

44. dicarant bemeindon.
51. rictibus bizzin. [4a]
93. metunt arnont.

H. A. INCENSUM LUC.

14. lichenis quertharon. facibus faclon.
15. fila thradi. fauis bibrod. scyrpea binitinun.
18. linteolo charze.
19. alimoniam zundra.
20. stuppa tou. [4b]
59. hospita gaſt. [4c]
70. irritata arbelgid.
92. axe haluun. [4d]
123. modulis leichin.
142. suffixa [per] ufgeſlegenon.

4 *auf schrift der ersten hand. das* z *sieht wie ein umgestürztes* t *aus,* o *kann auch* e *sein. über dem folgenden* desides *steht* molles *und es ist nicht unmöglich daſs das deutsche wort zu* desides *gehört und nur der raumverhältnisse halber über* soporos *gesetzt ist.* 13 *zwischen* i *und* o *ein oder zwei buchstaben erloschen, vielleicht* ſu. 10 *nur* ſcat *ist sicher.* 33 *vorher* v. 3 *über* ingruit *scheint* anabatut *zu stehen; darin steckt vielleicht eine deutsche glosse.* 38 *darunter von anderer hand vielleicht* liniminta: *deutsch?*

142. laquearia himilizzi.
143. natatibus fluzzen. [5^b]

H. A. SOMNUM.

45. plerumque meſtig.
68. aceruis huſon. [5^c]
115. spiritu sagaci bit clenemo giuuizze. [5^d]

H. JEJUNANTIUM.

9. aruina ſpind.
24. spiritus aduzuſti. [6^a]
49. dispendia freſon.
53. confragosa ſteculun.
63. hispidâ mid vvaſſarv.
hispidâ lanugine mit uuaſſero ruuui.
74. defecauerat and bermida. [6^b]
87. nequiter boſlicho.
100. dicta bemeinda. [6^c]
142. palpitat antſlagada.
148. monilibus vuipgegaridion.
152. setas harun.
157. lenam .i. lothon.
158. sutiles chirigenon. [6^d]
165. papillę tuttili.
parca fregchiu. frechiu.
191. tabidum beſcenten. [7^b]

H. P. JEJUNIUM.

42. uibrat ſtibiht.
lappis .i. cletton. [8^a]

H. O. HORAE.

44. funerabat reoda.
54. prosilit huzſericta. [8^c]
112. crepidines ſtegili.
113. pruina hripo. [8^d]

H. A. EXEQUIAS DEF.

74. cyathos ſceinkiuaz. [9^a]
108. luet indgildit.
118. suspendite inthauent. [9^b]
141. cariosa uuur^{m}betid.
144. pugilli fuſtilineſ.
164. ademerat benā. [9^c]

H. VIII. KAL. JAN.

34. nenias ſeſſpilon.
39. (mancipatam) kiſcalcten. [9^d]
113. fulmen vvraka. [10^a]

H. EPIPHANIAE.

15. (obire) inſethalgan. [10^b]
104. pusio buſicho.
105. suspecta anauuani iſt. anuortid.
107. subtrahat uerthinſe.
116. ingulo briaſt.
121. palpitans zauolunde.
123. artis engen.
124. singultat ſneſlizoda. [10^d]

APOTHEOSEOS PRAEF. I.

1. summa, principalia ſuriſti.

PRAEF. II.

1. secta bigéngitha.
2. [rectam]ne oſthé.
4. et éndi.
9. diuortia kera uuégeſcéth. [11^a]
18. pruriat kitilód.

57 b *ist zweifelhaft.* 85 *das erste* u *ist aus* a *gemacht.* 92 *auf rasur. von derselben hand steht über* est ne *und darüber* áſtud; *deutsch?*

19. lacessunt ſtuckent.
22. (ut quis lingua est nequior) ſó ſórth ſó ſru énig iſ ýurchtára [iſ] an iſ týn-gvn.
24. plectiles gibógſándélievn.
27. tenaces zahe.
28. dissertantibus Cleino rethinonden.
30. sophistica thía vvíſun.
39. fax ſácla. [11ᵇ]
46. auenas durht.
49. culmum hálm.
spiceum áárínón.
50. internecet áſlaha.
53. uentilabro vvínd ſcúſlún.
54. recrementum ſprín.

APOTHEOSIS.

2. prodita fórthbráhta.
3. ille ſúm.
14. temperat tēpérod. [11ᶜ]
17. uis kraht.
30. hospes vuírd. [11ᵈ]
62. suco ſóá.
74. [genitor] thé. [12ᵃ]
93. ructata forthbraht.
95. alapis orſlecon. [12ᵇ]
129. ſare age ſprik vvólnv́.
131. in[adustis] vn.
[fratribus] thém.
144. [transcur]rit níd. [12ᶜ]
145. [metu]it tid.
tiaras hódoſ.
146. [obsorde]scat ríd.
148. sambucas holondar pipun.
161. consortem éuanhlótéri.
adsuescer& gíuuénídi.
162. suum iſ.
163. consanguineo ſibbíon. [12ᵈ]
186. in idolio ánthémo áſgódo húſa.
194. stolida dúmb.
199. exta thérmi.
200. deliramenta dunúnga.
207. [ad]normam hríhtúngú.[13ᵃ]
210. sphera ſeíva.
216. (semifer & cottus) the halſ diarigo cothuſ.
cottus thé ſtud.
cane hóua uuárde.
219. quique éndi huuí. [13ᵇ]
245. [pater] hé.
249. ridiculum hoílik.
248. (siue) aſ ít thó ſó uúari.
253. ex hoc theſamo.
255. tamen ók.
256. unde in utroque operis forma indiscreta huuanana huuari heccor aniro iogiuuetharamo in patre & ſilio indiscreta forma.
263. eminet ofar dripid. [13ᵈ]
313. ni refugis né vvári thát thú ſía giſſíahaſ.
317. si solus óſ thé hé óc éno.
319. [armatam iram] ſia.
320. fulmen vvráka éndigiuuáld.

98 *hinter* quis *ist* q; *ausradiert und von dem schreiber der deutschen glosse* quis *übergeschrieben.* 99 *auf rasur.* 102 *auf rasur.* 109 *der accent mit anderer dinte.* 136 *auf rasur; vorher scheint* ringa *gestanden zu haben.* 143 *das erste* u *in* uuari *nicht ganz deutlich. die verse* 248 *und* 249 *sind in der hs. umgestellt.* 149 *untergeschrieben.*

331. [per] enigmata radiſlon. [14^{a}]
341. cortice hūd.
343. surculus giſprót.
155 349. [caeditur] vvárth.
353. similaginis .i. brénion mélaſ. [14^{b}]
381. scriba ſcríuo.
388. casta vuel giſvrvid.
390. [aemula] ſia.
160 392. ſidibus ſnárion. [14^{d}]
456. soleas fólvn. [15^{a}]
473. (uerbena) .i. iſyrna. [15^{b}]
501. domini hérron.
507. sibi ímo. [16^{a}]
165 609. lancibus midbacvuaion. fercula .i. dona .i. ſcu zilon. [16^{b}]
619. manco [ordine] midgihauideru. [16^{c}]
663. uerrunt kerrent.
664. [per] glauca ualun. [17^{a}]
170 725. rudere aruze. massam .i. mina. ariz. [17^{b}]
765. gleba vváſo. [18^{a}]
860. uola .i. fuſt. [19^{c}]
1051. et fantasma dei est than iſ he ok di ſ.
175 1058. et [redit] & of he thuſ. [19^{d}]
1064. quod credimus hoc est it iſ. alſo vui cred. [20^{a}]

HAMARTIGENIAE PRAEF.

16. sarculo ſpadon.
30. rastris ſpadon. [21^{b}]

HAMARTIGENIA.

114. suco lubbe. [21^{c}]
140. plagis .i. maculis .i. maſcon. [22^{b}] 180
230. medicante lubbiandemo.
233. cicutas ſcerningoſ. [22^{c}]
271. calculus. perula. merigrioz. [22^{d}]
297. puluere .i. muscus deſ&mo. [23^{d}]
439. ambitionis Scazgirithu. [24^{c}] 185
538. medito (ca übergeschrieben) gilubbidemo. [26^{c}]
796. ditibus .i. rihc li chen. [28^{b}]

PSYCHOMACHIAE PRAEF.

31. greges equarum ſtú ot. buculas .i. Sueiga.
33. (bacis) aſ bogis .i. halſthruin. [28^{d}] 190

PSYCHOMACHIA.

31. labefactat bi gledda.
34. commercia gutturis athumtuhti.
37. animarat gibelda. [29^{a}]
45. subfundere fumo bi thempan. [29^{c}]

156 *auf rasur.* 158 *von* ſ *an auf rasur.* 172 *über* uluæ 764 *steht* genus herbę *und daneben ein wort das wie* rutgraſ *aussieht: doch ist die form des* ſ *von der in den deutschen worten angewandten abweichend.* 174 *dh.* dei filius. 176 *dh.* credimus 181 *l.* biſamo. 186 ca *von der hand des glossators übergeschrieben.* 190 *von der hand des glossators ist im texte in* bacis a *unterpunktiert,* c *in* o *verwandelt und ein* i *übergeschrieben.* ſ *in* halſ *ist deutlich.* 194 *auf rasur.*

137. [ad] capulum hilte. [31b]
336. axem Rath.
337. radiorum ſpe cuno. ſpecono.
339. flexura velga. [31d]
414. uertigo uelga.
415. axem raht. [32a]
435. sistro heribocan.
448. redimicula giſagiritha.
449. flammeolum riſil. [36c]

CONTRA SYMMACHUM I.

8. togas thrēbiloſ.
17. pure gund. [37a]
50. procudam chalybem gi ſcerpiu ſtebli.
58. adhinniuit tohnethida.
67. ymbricibus uueluon.
70. catamitum giſlapon.
71. pellice kieuiſ vuenſanderu.
77. cygnum ſuan. [37b]
107. [inter] salicta thē uuilgion. [37c]
114. uineta vuinſtedi.
115. [pudeat] iogi uuena.
117. in transtris anthen thuer ſtolo".
argo ſcipikina.
126. proluit begót. [38a]
195. penatum hegodo.
196. asylum ſtubthuſ.
203. ceris uuahſon. [38b]
222. [adolen]tur vuertha. [39a]
302. cyaneas uuatar.
303. driadas ek magadi.
napheas bergpueſ. [39d]
395. incassum angimedon.
399. egestum utgiuurungana. [41d]
654. sinuamine vuancha.

CONTRA SYMM. II. PRAEF.

4. uesper avent ſterro. [45a]

CONTRA SYMMACHUM II.

364. asciscendo giuuinnandi. [45b]
383. rig& ſuhtia.
399. culminibus ſirſtion. [51a]

P. ROMANI.

12. balbutit ſtámárod. [51b]
53. perduelles vuich man.
56. foederatus getriuvuid.
63. (peruicaci) enſtridige.
64. (obstinate) ſrauilico. [51c]
110. uncis crāpon.
111. apparitores ínknéhtoſ.
suggerunt vndar táldún. [51d]
117. (extuberet) tvber dicitur máſur.
147. farre mid mela.
pullos volon.
152. iaceatis liggiad.
156. lapis nigellus agat.
159. calceis ſcōon. [52a]
182. amasionum ſriuthiló.
184. pelicem kévíſ.
200. spado ṽrſúr. [52b]
233. sigillum aſ guod.
235. leno himakirin.

197 *das erste wort stark verwischt.* 203 *auf rasur.* 210 *l.* vueſanderu. 213 vu *zweifelhaft.* 224 *dh.* puellas. 225 = ingimeiton. 235 *dahinter ein oder zwei buchstaben erloschen.* 250 *von* k *an auf rasur.*

239. fusos rotantem fpinnilvn thráandian.
242. faunos flètton.
fistolarum pipano. [52ᶜ]
245. [diuinitatis] ira..
algis feon. merigrafon.
249. ineptias dūphedi.
256. symiam ápon.
257. aspis nádrá.
260. caepe hallóc.
allium clvtlóc.
261. fuliginosi rókagún.
264. sarculatis gigedenou.
269. forceps tanga.
malleus hámur.
270. celitus himiliko.
274. corimbos thrúfón.
liberi vvíngódaf.
280. thyrso flèngila.
285. clauam cólvón. [52ᵈ]
290. [lapis] seuerà fronte githiganámo ftena.
297. obsonia bịlịuan.
298. ineptus dūbo.
299. trulla thrulla.
peluis lauil.
cantharus béckin.
sartagines fcápon.
303. circulator maleri.
307. perpensa vvégana.
regula rihti.
329. septentriones vvagnof. [53ᵃ]
331. prerupta ftéculi.
332. feras vvildia.
333. subiugales beluas táma ....
lv . mér.
372. nationum héthínano. [53ᵇ]
381. supplicare bédon.
382. uerris béraf.
383. bubulis mid hrithérinón.
391. disserente réthinánthémo.
392. subdolam feknia.
394. bilem gallun.
396. proh áh.
399. perorat réthínod.
414. auspicato helfamo. [53ᶜ]
415. [Roma Joui Statori] debet théf if. té thancóuna. flv fcvldig.
419. procinctus vvíg gigéri.
421. [accingere] vvirth.
428. [fide] thémo.
436. pupilla féo.
441. imperator tuus meusque min. endi thin kiáfur. ifhé.
445. seruiam thianon.
449. nec rimamini né fókiad.
452. (hiulco) ginánthémo.
pensilis hángóthión.
453. tractim fégno. [53ᵈ]
467. catastà . hárpon.
487. febris rido.
exedit frítid.
489. papulas bládárvn.
490. cauteribus bólzón.
494. diuidi té délid vvérthán.
495. artesis. membrorum contractio. cr̄ápón. [54ᵃ]

251 *das erste wort auf rasur.* 283 *zwischen* táma (*dh.* zama) *und* lv *stehen mehrere buchstaben auf rasur, arg verschmiert, sie scheinen* [noti]lv *zu ergeben.* mér *wird auf* beluas, *meerungeheuer, zu beziehen sein.* 294 *die beiden letzten worte mit anderer dinte über den ersten.* 297 *hinter* fide *rasur.* 305 rp *auf rasur.*

500. scalpella thía gráf ifárn.
dum putredo abraditur thán thíu fúlíthá óf giſcórran vvírthíd.
514. aruinam hrúfli.
517. concide fnîht.
carpe óf nít.
. fomitem bánút.
522. hoc thát.
solum éna.
524. senatorum cúmóno.
536. quandoque celum nóh húuan fothé hímil.
538. speram . fcívvn. [54b]
550. fidiculas fnári.
552. scaturrientes vuémánthívn.
553. follibus vvángon.
557. charaxat crázóda.
ungulis scribentibus hrítánthíon crámpon.
579. spiculis fcérpíon. éndi huúeffíon.
582. obcalluit gifuilóda. [54c]
593. remouete lumen dv́ad that liaht hínan.
617. si sit otium óf mí mv́ota if. [54d]
632. antiquitas éldi.
645. in illud án thát.
652. consulamus proxima hvví rádfrágon if thía thé ír naíft fíndvn.
659. infantia kíndv́om.
663. [lacte] depulsum gi fpándan.
668. quid thél. [55a]
670. comprecari bédon.
690. corrupit vvérfóda.
695. ungulę crámpon.
697. nates arfbelli.
700. plus inde lactis quam cruoris defluat thát thár mér vt fliáta mílûkaf thán bluódaf.
703. salix vvílgia.
704. nimina gérdivn.
709. coronam [plebium] fámni. [55b]
713. [corde] thémo.
744. excepit vt a fćeht.
746. docenti mí lerántherv.
747. garrulorum húuŕitolónthíon.
753. uiri thegnof. [55c]
759. sartago fcápo.
762. testa giuillia.
[tegmine] fán.
778. inclyta ftóri.
782. mense bis quino ántúio víf fóldámo mánutha.
784. crepundia. ornamenta. lútharun.
786. uiuere qúikón.
797. exarabant ríttun. [55d]
800. ignauos trága.
822. sectę bígéngíthu. [56a]
845. ądplicauit thúcdád.
846. pyram éd.
848. feni hógiaf.
struem hop.
863. torres brándof.
878. criminosus ménfúllígo.
881. lerna nádára. [56b]
889. medetur lácnó.

316 *auf rasur.* 322 *auf rasur.* 329 *bis* 1 *auf rasur.* 350 *auf rasur.*

899. tractat handloda.
902. scalpellum grafilarn.
907. scat'riens vvėummánthi.
915. abdomina ambon. [56v]
934. dentium de pectine fan théuno tánftúthlia.
949. quam huiu.
957. parum fidelia lucik gilof-lama. [56v]
967. quo huuarod.
969. nundinatum gemeddan.
980. echo galm.
oratio rethi.
983. pollicem thúmon.
984. haustus flúndol.
991. periclum foenunga.
cuiusmodi hvúilic.
992. linguá erutá vt loldaru tungun.
994. [cui] fug. [57r]
1007. bubuli hrithaf.
1014. repexus gikembid.
1015. cinctu gabino und théuno gúrdifla.
1016. pulpita thuathli.
1025. inicit bevuillid.
1034. subiectans vndar uuérpánthi.
1036. supinat vpuuendid.
1038. perluit thuruflotid.
1042. retraxerint withar tíshad. [57r]
1047. piaculi reuúnga.
1053. restagnat vuitharduváid.
1056. macellum marcflada.
puluinarium gódobéddi.
1058. euisceratá vt ge innathridimo éndi vt gifcu.
1063. rotari givvéruidvvérthan.
1066. genitalia makti.
1075. nouaculis fcérfáhffon.
1076. fragitidas precúnga.
1078. hus náthlon. [57r]
1092. tyrannide grimauffi.
1094. sinatis latád.
1103. strangulatrix vvrgarin.
1104. garruli ftróthóndion.
1105. tubam ftrotun.
1113. tragoedię fpellunga.
1115. uiuacibus lasgovuaróndhon.
1117. uirgo felffuhtitha. [57v]
1133. olim nohvvan.
1139. transfer bevvéndi.

P. CALAGURRITAN.

6. hospes vverd. [58r]
19. fonte gi fpringa.
42. defugas flúhtigun endi fréthivn. [58r]
44. ungulas cráupon.
46. bois halfthrvon.
48. crimen fevld.
putatur vvárth gi áhtod.

377 ein *zweifelhaft.* 380 *von* m an *undeutlich.* 381 f *aus* n. 382 *auf rasur.* 383 iiie *ist unsicher.* 384 *zwischen* t *und* l *steht vielleicht noch ein* s. 385 *über* clamor *steht vielleicht ein verloschenes deutsches wort.* 386 *aus* bubulus *radiert.* 387 *auf rasur.* 396 vva *auf rasur.* 398 *hinter* u *ist das blatt beschnitten. l.* gifcu[rftimo]. 402 *das letzte* f *aus einem andern buchstaben corrigiert.*

53. sodalitas ſélſcípi.
55. ad bipennem publicam te théro ſrono acuſ.
65. torques halſgold.
68. infames deos thía míſſíumíandígón go.
72. calips iſárn.
74. [extingui]tur vuárth. [58c]
85. illius théſ énaſ. [59a]

P. VINCENTII.

54. age vuólnu.
62. lamina blád.
66. scitum gí ſétítha.
70. cauis hólon.
follibus bálgon.
73. sumptuosa gez[i]ukháſt[i]un.
105. contumax ſráuólo.
106. [calc]entur vvérthan.
108. senatum cumiſki.
112. crepet bréſta. [59b]
120. ungula krámpo.
124. toros vvrénon.
129. quis vultus iste? huat iſ thiuſ gibaritha.
pro pudor áhlēſ.
142. cicatrix líknáro.
150. recessus dogalnúſſi.
155. obnoxia ſcv́ldiga.
163. fictile thái.
174. [lania]tur vvarth.
uncis hácon.
177. callum ſvíl.
178. obstinatio énſtrídii.
179. puluinar nostrum vſáro gódo ráſtun.
180. abhomineris vt lethitioſ. [59c]
183. secta ériſlo.
186. [misticis] thém.
198. fuligo hrŏt.
quem thic.
199. bitumen hárt.
206. decernit gimarcoda.
207. lamminis bládon.
208. [exerc]eatur vv́rthi.
217. serrata vváſſo.
regula tén.
218. exasperat gí ſcerpta.
219. strues hóp.
220. uaporat thómda.
225. supter thár v́ndar.
226. scintillat raſkitóda.
excussus [salis] thiu ſcúddinga.
227. punctis ſtikion.
stridulis v́tiándíon.
230. cauterem bolz.
232. liquitur ſmalt.
240. altum hóan.
243. fornicis ſuíbogon.
244. strangulant be thv́ngun. [59d]
252. diuaricatis cruribus mid [ki]ſcráncodon bénon.
254. crucis quélmíunga.
255. cognitam cúth.
256. retro thár bé fóran.
257. testarum haúan ſcéruíno.
258. angulis órdon.
259. acuminata thia [ki]ſcerptvn.
informia v́nbílithúngá.

423 *bei diesem verse steht am rande beschnitten* cat *und darunter* há, *also wol* catasta hárſa. 425 *hinter* o *beschnitten.* 444 *auf rasur.*

260. sternerent vl. ſtréidin.
263. subtus thár úndar.
264. mucrone vvéſſi.
268. commenta lugina.
269. carceralis cecitas thiu cárcárlica blindi.
271. stipitis ſtokkeſ.
278. testularum háuánſcéruino.
280. nectar thia [dulcedinem].
283. augustior kiaſárlicára.
285. inclite ó ſtório.
287. [almis] thém.
288. addere vvirth tó gidúan.
290. [poenę minacis] théſ ſilo.
298. compensat vuithar vvigid.
299. collegam théna [socivm].
307. [per] rimas kiniſlón.
nitor ſcimo.
308. [prod]itur vvárth.
312. feralem [domum] that hrélika.
316. conclaue thiu hóla kámára. [60a]
322. stramenta thia ſtréúnga.
323. nexibus bendion.
326. pretoris ſprákmánnaſ.
328. dedecus hónitha.
329. exemptus áſtógán.
332. refectus [prebeat] thát hé gilávod.
342. stillante mid driapánthémo.
362. érutam álóſdan.
366. auleis úmbihángón.
380. [cor] éndi ſia. [60b]
396. inter carices vndar themo hriadgraſa.
406. portitor drágári.
407. hoc [munus] thia.
409. proximus naiſto.
410. infestus ungimak.
412. exegit fárdréf.
415. congredi ſamanféhtan.
418. uolatu ſlugia.
419. fugerat ſló.
420. custodis inbellis theſ unvviclicon vvárdaſ.
minis ſanthém thrégon.
423. spiculis ſcerpion.
435. clemencia thiu ginátha.
439. ignoscit gi náthód.
443. [feret]ur ſcal.
445. fragosis ludónthion.
446. scabri thi ſcarpún.
447. [inter] recessus dogalnuſſion.
449. strenue hórſcó.
451. rudente ſegalſela.
carbaso ſelgal lákana. [60c]
453. palustri cespite anthémo ſenilicon túrua.
455. lembulo ſcipa.
457. sparteus gerdin.
469. funale hrélica.
495. labi glidan.
leniter lihto.
496. aestu ebbiungv.
498. faselo ſcipilina.
503. pulsa [carina] thát fárdriuána.
504. carina ſcip.
506. recessus dogalnuſſi.
515. altar áltari. [60d]
524. proximum naan.

511 *zwischen* ſ *und* d *ist* i *ausradiert.* 513 *gehört zu* et *im* v. 379.

547. efficax orator frémméri. éndi ſuſumí bédari.
552. stipitem kíp. [61ᵃ]

P. LAURENTII.

550 18. prodiga ſpíldi.
20. inpendit gevván.
38. proximi náiſtun.
41. claustris sacrorum preerat ille erat ſigiríſto coſtárárii.
43. clauibus ſlútílon.
555 48. exactor ſöcneri.
49. ui cráhta.
54. exquirit hé éſcoda.
56. monetę théru munita.
57. conqueri clágón.
560 59. cum thán.
61. [atrocioribus] thém.
67. disciplinam léra.
foederis trévuua.
69. cylis nappon. [61ᵇ]
565 72. fixos féſta.
cereos gi . . . úuua kierzívn.
73. tum thán.
74. ut ſóſó.
75. fundis egánon.
570 uetitis ſer kopton.
77. [addicta] thía.
78. foedis hónlícon.
79. exheres ant ervidio.
81. hęc théſa.
575 84. nudare báron.
90. aerarium tráſahúſ.
91. stipendiis thém hériſtívrion.
94. quibusque gívvílikemo.
95. suum nomisma nummis inditum iſ munita theᵐ denariis angiduána.
101. aureos mancuſi. 580
104. a marsupio ſán thémo ſékíla.
105. ſidem trévvva.
111. paratus gárv.
115. opum vvelono.
116. dicior vvélágára. 585
117. is thé.
122. minis anpúndan.
126. induciarum dagethíngo.
127. efficatius érnvſt ſícor.
132. summula tala. [61ᶜ] 590
139. sponsor méldári.
155. arens gi hávid.
165. [prescriptus] thé.
176. structos gi mágóda.
[ordines] thía. 595
190. rudera arutoſ. rudus miſt.
192. excudit vt bliuuuid.
195. terrulentum erthagat.
197. pudor cuſkítha.
203. uerius vvárára. [61ᵈ] 600
208. insolescat ovarmódigo. úuilo gi uuénnia.
209. cum thán.
211. [fortibus] vvéſánthíon.
216. elumbe thát un ſtarka.
uirus éttar. 605
219. fragmenta thía lémi.

553 *das zweite* i *in* costarárii *ist bedeutend kürzer und vielleicht nur ein punktum das ende des wortes anzudeuten.* 566 *vor* gi *ist vielleicht ein, hinter* gi *zwei bis drei buchstaben erloschen.* 570 ueti *auf rasur wol für* uendi *das von der glosse vorausgesetzt wird.*

227. uenusti fróniſka.
231. mancum gíháuidlico.
claudicat háltod.
610 236. pauperum thruhtigeno.
243. unguibus náglon.
245. istum ſúman.
246. scorta hórhuſ.
247. cloacis lánguinon.
615 248. [spurca] thia.
249. quid ille húat than . éht ſúm.
ambitu rikidóma.
251. febribus rídon.
254. prurit iukid. éndi kitilód.
620 255. scalpit hé ſcáuid.
256. scabiem rhúthon éndi ſcá-
uathon.
258. strumas bulu^n. kélachoſ.
259. purulenta éttárága.
liuida blauuon.
625 264. morbo regio thiu géla ſúht.
269. cum thán. [62a]
277. tunc thán.
281. pannis ánháthilínon.
[uideres] than.
630 282. muculentis róttagón.
283. mentum kín.
saliuis ſpecáldron.
uuidum ſúhtan.
288. olet ſuéuid.
635 290. infligitur biheſtid.
301. [cernes] ók.
302. [miraris] ók.
315. [ludi]mur ſindun.
318. cauillo mimico míd ſcérn-
líkemo hóſca.

321. concinna gi lúmplik. 640
322. tractare hándlon.
ludicris ſpót vvórdon.
324. acroma hóſc.
325. adeone ſo forth.
326. censura béthv́vnganuſſi. 645
334. citae [mortis] ſniumon.
337. differam ſpáron.
345. nimis ſilo.
343. occupet geſahe. [62b]
353. constructum gemakad. 650
rogum ſáchéri.
354. decumbe ge ligi.
355. tunc disputa áhto than.
358. tortores vuitnera.
359. amictu ge uuede. 655
362. fulgor ſcimo.
368. detorsit thana kierta.
381. plagę harmſcaro.
383. [Ebreis] thē.
390. afficit he vvítnod. 660
398. decoxit gebred.
399. catastà hárſtvn.
402. crematam ge brand.
iugiter lango.
403. periclum ſócnúnga. 665
405. inuerti bikiert uuerthan.
408. assum gebradan.
409. ludibundus ſpilenter.
410. suspicit upſah. [62c]
419. quirinali togę romaniſcon 670
drémbila.
432. [uno] mit.
446. curiam ſprachuſ.
447. ueneratur erot.

639 *über* furcifer v. 317 *steht* furcam ferens *und darüber ist etwas ausradiert das wie* furga edo *aussieht*. 660 vvítnod *auf rasur*.

448. penates hē goda.
457. obsides gíſlóſ.
474. quandoque no uuanne. [62^d]
493. indoles ánavváni.
494. coegerat nódda.
496. nugas gi bóſi.
497. refrixit acáldoda.
500. curritur thár vvárth tho gi rúnnán.
505. dum thó.
507. perfossus thurſtechan.
517. senatus gúmiſkíaſ.
518. luperci panaſ biſcopoſ, preſtera.
521. illustres máría.
523. pignera vvéddi.
525. vittatus gínéſtilód, uuittoto.
529. o ter quaterque et septies beatus uuola thu ſilu langoſaligo.
530. incola landŏuo.
537. Vasco thé ſpánio líud.
540. ninguidos ſnegigun.
543. urbanum búrklíca. [63^a]
554. municeps múndbóro.
557. uideor uidere mí thúnkíd thát ík gíſſaha.
566. fert geuuinnit.
579. sed per patronos martyres neuan thúru thía hél-pánthivn.
580. [potest] peccator thé ún-vvérthígo.

P. HIPPOLYTI.

3. [tumulis] thém. [63^b]
30. scismata ſkiethúnga.
37. anfractibus vmbi ſérdion.
40. ostia gimundi. [63^c]
55. lorea litharin^a.
65. istum ſúman. [63^d]
91. palpata gíthákólóda.
97. temonis thíſlun.
100. [protendens] thív thíſla.
102. orbita vvágánlíaſa. [64^a]
118. fragosa ſtécula.
119. minutatim kléno.
frusta ſtúkki.
128. uepribus anthém híabrá-mion.
129. uirides ſía grŏnia.
dumos thia thornoſ.
130. roseolam róſoli.
140. crurum beno. [64^b]
153. uallo grauon.
156. anfractus vmbi ſérdi.
164. [arta] thia.
166. fornice ſúibógón.
167. subter terranea vndar théru érthbrúſti.
179. letor blíthon.
reditu anthéru vvítharvérdi.
184. (aedicula) thát iſ thé ſárc. [64^c]
186. speculum ſpiágal.
189. [adorat] thár.
193. [perspicuo] thérv.
206. indigena thé inbúrdígo. livd.
Picens thé líud.
207. Samnitis thé lívd.
218. maiestate héri. [64^d]
221. graciles clénia.
222. exsinuent vt bóſmént.
228. artaque endi nárv.

698 peccator *ist durch die glosse ergänztes subject zu* potest.

231. si bene commemini óf ikít vvél gíhúggív.
232. uocat fágíd.
235. [ueneranti bus] thém.
239. sic alfo thú vvíllíaf.
241. sic alfo thu vvilliaf.
242. agna évvi.
244. [egrotam] mik. [65ª]

P. CYPRIANI.

5. obire ftérvan.
7. liber bóc.
12. ut liquor ambrosius fáma fó gód cvnniklic flúti.
palatum gágal.
14. sic fó te thémo fída.
16. executor fócneri.
18. uoluminibus thém bókíon.
famulata thíanónthi.
20. mystica bétécniándélícun.
28. nitoris fcímón.
31. modesta hértíklíka.
regulam rihtúnga. [65ᵇ]
43. merce mid themo copa.
emi gí cóp vvérthan.
45. et quiete donat endi fo huuat fo that vvari that thiu rafta thef ma fúa-raf.
52. abdicata fia vvíth quuéthána endi [separata].
62. vise fógí uvífo.
66. [mite]scere vvérthan. [65ᶜ]
75. tueri be fcermian.
77. calce cálca.
78. puluis thát if thé cálc.
81. micam grívfnivn.
suis théf fuínaf.
84. [liquor aridus] théf cálcáf.
85. imo dívpi.
86. candor thé cálc.
88. Thascius thé cácle reri.
89. [furori] théru.
97. cultior óflikara.
101. disserit rékíd.
102. in ortum óftar.
103. usque obitum vvéftar.
104. [ultimis] thém.
Hiberis fpáníon.
106. patronus bífcérmiri. [65ᵈ]

P. PETRI ET PAULI.

17. uersus hégívvéndit.
26. resoluor bívn té lófíd. [68ª]
36. colymbo. gi fuémmia.
40. musci gí múfidvn gláfu.
41. cyaneus grvoni.
48. lusit fmíthoda.
53. hialo glafa.
61. pontis brúgkivn. [68ᵇ]

P. CAESARAUGUST.

47. coegit nódda.
55. (uerticem) ge bill. [68ᶜ]
78. clerus hinc thít gípáphi.
82. tremefecit bíuongídeda.
94. cespes vuáfo. endi tvrf.
suus égan.

756 *in drei zeilen sehr undeutlich geschrieben; in zeile* 1 *steht* fo huuat fo thiu rafta *in zeile* 2 that vvari (?) that thef ma (?) *in zeile* 3 fúaraf (?) *doch scheinen punkte die richtige folge anzudeuten. was hinter* thef *steht gehört vielleicht zu* cruoris .i. martyrii *im folgenden verse.* 763 drivfnivn? 786 *hinter* l *ist das blatt abgeschnitten.* 787 *l.* hic.

98. passus thólónthi.
105. celebres bégángándélſcvn.
106. partas gára.
115. morti proprię thinemo eganon dotha.
125. minus mínnéra.
precium vvérth.
129. longuḿ langſamo. [68[d]]
147. conscriptum gibréuid.
senatum gúſmiki.
159. uiuax that lango vveronthia.
160. laus lóf.
173. recolet gihúddigon ſcál.
180. fons giſpring.
183. prouenit beqúā. [66[a]]

P. EULALIAE.

159. obitum dóth.
188. [quam] that. [66[b]]
215. propiciata fouet ſivginâthig gi dv́an.

P. FRUCTUOSI.

2. attollit gihévid.
5. quando quidem hvvanthiv.
8. superbum [ad sedile] gúodlicon.
21. [calore] ſán. [66[c]]
40. damnes si sapias of thv́[th]ſár vvíſtiſ thán farmunidiſ thv́.
48. iam fuisti thát vvari thiv ſv. [66[d]]
124. herili théro hérrilcvn. [67[a]]
157. olim nóh hvván.

P. QUIRINI.

20. fluctu quolibet ſán ſó hvvílicarv v́thívn ſó it ſi.
21. pontis brv́ggivn. [67[b]]
36. ut eminens alſo he v......
49. [saxo] thémo.
[laqueo] thémo.
[uiro] thémo.
65. solo iſ ſlacvn.
67. tortis vorticibus gíbógdón thém ſvólgón. [67[c]]

P. CASSIANI.

12. punctis ſtikion.
15. pugillares vvehſitáſlun.
16. annotantes bréviánthía.
17. edituus thé durvvvárderi.
hospes ó gáſt.
24. punctis nóton.
25. nonnunquam vvél ohto.
27. ephebo ív́nglínga. [67[d]]
50. curue gíbógan.

799 *l.* gúmiſki. 802 *zwischen* o *und* n *rasur;* ſcál *von anderer hand.* 813 *l.* thv. 814 *steht über* filiolę. 818 *das dritte wort stark verblast, vielleicht* vpcapanthi, *darunter* faciem *zu* os *gehörig.* 832 *dahinter zwei buchstaben erloschen, deren erster ein* e *gewesen zu sein scheint.*

Die hier veröffentlichten glossen sind unter benutzung einer von hrn dr Birlinger gefertigten abschrift dem codex F. 1 *saecl.* 9 *in folio der königl. landesbibliothek zu Düsseldorf entnommen. die hs. enthält zur zeit* 69 *bll. und ein vorsatzblatt mit federproben; bis blatt* 64 8 *quaternionen, dann einen ternio. dieser letztere ist verbunden und ihm fehlt ein blatt mit p. Agnetis* 3 *bis p. Eulaliae* 136: *die richtige folge dieser blätter wäre* 65. 68. x. 66. 67. 69. *auch hinter bl.* 69 *das mit Dittoch.* 94 *schliefst fehlt zum mindesten ein blatt. der text welcher bis zum schlufse der fünften lage zweispaltig auf je* 32 *zeilen geschrieben ist, während von da ab je* 34 *zeilen auf der seite stehen, sowol wie die glossen sind von verschiedenen händen aufgezeichnet. auf den ersten zehn blättern rührt der hauptteil der lateinischen und deutschen glossen von einer zierlichen hand her deren charaktere sehr leicht verblasten, daher das lesen derselben sehr schwierig, bei einzelnen unmöglich ist. von* 10[d], *der Apotheosis, an beginnt eine ebenfalls feine hand die aber mit viel dunklerer dinte schrieb, mit bl.* 51 *endlich eine dritte hand, die mit einer andern im letzten teile abwechselt. daneben sind einzelne glossen von verschiedenen händen durch die ganze hs. verstreut.*

Zum schlufse sei noch bemerkt dafs eckige klammern in dieser ausgabe nur zur erleichterung des verständnisses angewandt sind, dafs dagegen mit runden die wenigen fälle bezeichnet wurden in denen die glosse nicht interlinear ist sondern am rande steht.

GLOSSEN ZU WALAFRID STRABUS.

(1[a]) glarea sbntstfkn * 5.
tractu dxnse 5.
cliuo in haldxn 8.
callosas suilothen * 12.
aere duro in ungeuuitere 12.
disponere, iacere (stercora) cetan 14.
squalis fanaren 14.
(1[b]) otia kemeitganga 17.
veris lbngfzfs 21.
zephirosque . phonuo. australis ventus percalidus 27.
atriolum frbflbrrklk * 32.
area gflfnti 33.
urticę nfzzklxn 34.
crates hurdi 38.
vngula huôf 39.
(2[a]) fungos suamma 40.
saturni dente . cum rastro hovun 41.
glebas scorsun 42.
erigo piteta 44.
diruo riutta 45.
lumbricos regenvurma 45.
ne diffluat ni cerfvore 47.
minutatim chleino 49.
rastris rehhvn 49.
stirpibus selppoumen stocchin 52.
interdum sumestunt 53.
graciles de chleinvn 57.
guttatim trophliho * 60.

germinibus chidon * 62.
(2b) pigro eruuortenemo 69.
uires chrefti 74.
caules ceinun 86.
(3a) abrotani kartuvrci 91.
alte uf 91.
frutices selpoum 92.
inspicat spizzot * 92.
crinem zuog. i. si ramum tollas cum foliis 94.
altipetax hohgerniv 99.
arbustiuum (genus) uelud uualdhaft * 106.
tabulata spreiti. tabulata sunt rami effusiones et in plana tendentes. non in altiora crescentes 110.
pampinus rebunplat 111.
(3b) furcas furcun zvvisilun 113.
alnos erilun 114.
fulturam spruzzi * 118.
in fusum spinnila 119.
pensa vuicchili 119.
spirisque. spira est collectio funium in unum . gevuendida * 120.
ammenta lezza * 122.
formata viis kescaffota redon 128.
rasum gebanot 129.
mamfure draisarne*. mamfur est lorum tornatoribus aptum, sed hic pro ipso ferro ponitur 129.
(4a) ardenti sartagine in gluentero fannun 140.
secmenta snitun 141.
torna draisarne * 147.
l 158.
a prop 158.
calathos zeinun 159.
(4b) lomenti sciflodres * 164.
bulla platra 164.
saliuam seiurun 164.
spuma sciflodar * 165.
lentescit haftet 166.
fricantibus ribenden 167.
quo dara 172.
spargens zelegendi * 176.
stupere eriligon * 179.
absinthi uuermotvn 181.
herbarum hermaltun * 182.
uimine selpoume 182.
(5a) uertigo svintilot 188.
iura lab * 190.
fotos kesuedita * 194.
fascia vuintinc 194.
marrubii andornes 198.
sapit smecchit 200.
suspecta sollicita zureuvaren 207.
(5b) umbra stirnilod * 211.
cunctantis i. irrfnton 214.
dissoluere losen 214.
te neque. o gladiola suertella 217.
gladii suertes 218.
fullo vueskil * lauentari 227.
lybistica lubestechel 229.
(6a) restringere streden duuingan 243.
fomenta suedi * 246.
(6b) pistillo ripile 256.
puncti hecches * 259.
nugarum posungon * 262.

65 *zs.* 5, 203a 77 *der zusammenhang ist* hoc oculis quos umbra premit. *vgl. zs.* 15, 39, 303

carbunculus soto 266.
90 ructus roffezunga * 267.
fetum geuaragez 269.
protento fragilique. cum longo mit smalamo 270.
collo stingile 270.
sclarega scaralinga 275.
95 (7ᵃ) hortensis des kartlichin * 281.
latet furestelle * 282.
mentae minzzun 284.
species ketat 285.
ebuli ataches 292.
undique enahalp * 293. 100
haustus zug 294.
indica indiskiu 303.
fotu suedi * 318.
(8ᵇ) rati ahtonta 353.

Die vorstehenden glossen sind der hs. Rep. I. 4. 54 *der Leipziger ratsbibliothek* (*in Naumanns cataloge nr* 62 *s.* 20) *entnommen. die hs. enthält nur Walafrids hortulus und entstammt dem* 9 *jh., während die bis auf die letzte von éiner hand geschriebenen glossen vielleicht schon dem* 10 *jh. angehören. die bei Graff nicht belegten worte sind mit * bezeichnet, die citate nach Reuſs ausgabe* (*Wirzburg* 1834) *gegeben.*

Jena, november 1871.

E. SIEVERS.

GLOSSEN.

I.

Die folgenden glossen sind dem cod. Wissenb. 47 (*bl.* 1ᵃ codex monasterii sanctorum petri et pauli apostolorum in wifsenburg) *der bibliothek zu Wolfenbüttel entnommen. derselbe gehört wol noch dem* 9 *jh. an und enthält auf* 101 *blättern — mitgezählt sind als bl.* 71 *und* 72 *zwei kleine eingeheftete zettel, welche nachträge geben — die Paulinischen und katholischen briefe. die obern und die seitenränder der einzelnen blätter sowie zum groſsen teil auch der raum zwischen den zeilen sind durch einen lateinischen commentar ausgefüllt dessen erläuterungen sich mittelst roter verweisungszeichen auf die textworte beziehen. die deutschen glossen stehen teils zwischen den zeilen über oder unter dem lateinischen worte teils — und das ist im abdrucke durch einklammerung des lateinischen wortes angedeutet am rande mit roten* (*bei* 8. 14. 15) *oder schwarzen verweisungen und sind in diesem falle häufig durch striche ein-*

gegittert. sie wurden von verschiedenen händen geschrieben: der hauptteil aber rührt von den schreibern des lateinischen commentars her. diese glossen, bei denen eine unterscheidung der hände von keinem nutzen wäre, da es für unseren zweck gleichgültig sein kann, ob einer oder mehrere schreiber hinter einander den commentar aufzeichneten, habe ich durch sternchen kenntlich gemacht: sie wird man als den aus der vorlage mit herübergenommenen stamm ansehen dürfen — denn einige gll. wie 3 *stehen mitten in anmerkungen ohne sich irgend wie von der lateinischen umgebung abzuheben — an den sich später die unbesternten gll. anreihten. von den letzteren gehören* 33 *bis* 35 *derselben hand an; der schriftcharakter von* 31 *erinnert lebhaft an den der Prudentiusgll. im Wiss.* 77.

Die hs. enthält von bl. 5 *an bis zum schlufse* 12 *quaternionen — ein einzelnes blatt hinter dem letzten mit dem schlufse des Judasbriefes fehlt jetzt —; dafs der zweite von diesen (bl.* 13—18) *gegenwärtig nur einen ternion bildet rührt daher dafs zwischen bl.* 15 *und* 16 *ein doppelblatt mit Röm.* 11, 26 *bis* 14, 22 *verloren gegangen ist. dazu stimmt die lagenbezeichnung welche am anfange und zum teil auch am schlufse der achten, neunten und zehnten lage sich vorfindet und deren der hs. gleichzeitige entstehung durch den umstand erwiesen wird dafs sie mit der gelben farbe durchzogen ist welche die lectionsabschnitte kenntlich macht. die ersten vier blätter die ein* argumentum *über die Paulinischen briefe im allgemeinen und den Römerbrief im besondern enthalten gehörten also ursprünglich nicht unserer hs. an. nun beginnt aber bl.* 5 *nicht mit dem texte des Römerbriefes sondern bildet die fortsetzung einer glosa zum Jakobusbrief welche ihren anfang auf* 4[b] *nimmt und auf beiden blättern von derselben alten hand geschrieben ist. der Römerbrief selbst hebt erst auf* 7[a] *unten an. die erklärung dieses merkwürdigen verhältnisses giebt folgender umstand an die hand. über dem eingange des Römerbriefes* (7[a]) *steht rot* expliciunt capitula. incipit argumentum. *dem schliefst sich ein wenige zeilen befafsendes* argumentum *an, dann folgt der brief selbst. aber vor jener roten überschrift fehlt die aufzählung der* capitula *dh. der kleinen abschnitte, in welche ein kirchenlehrer des fünften jahrhunderts die kanonischen briefe eingeteilt hatte. dagegen findet sich eine solche kapitelangabe vor dem ersten Korintherbriefe wo sie bl.* 17[b] *mitte bis* 19[a] *oben einnimmt. es sollte also auch die des Rö-*

merbriefes vor dem texte aufgeführt werden und deshalb begann man diesen selbst, wol nach dem muster der vorlage, erst mit bl. 7.

Ich habe diese bemerkungen hier eingefügt weil sie beweisen dafs die rubricierung und die nach dem was ich oben über die roten verweisungszeichen angab durch sie vorausgesetzte glossierung der hs. vor ihrer gänzlichen vollendung — denn so lange zwei leere blätter den anfang bildeten und der text unten auf dem dritten begann war die hs. noch in arbeit —, also wol unmittelbar nachdem der text geschrieben war, eintrat. und die ungleichmäfsigkeit in der rubricirung der capitelangaben am rande des textes dürfte darauf führen dafs sie von verschiedenen händen und zu einer zeit eingetragen wurden als die hs. noch aus einzelnen lagen bestand. denn es sind die capitelzahlen zuerst rot mit gelbem striche; mitten im ersten Korintherbriefe aber beginnen mit der neuen lage bl. 27ᵃ schwarze gelb durchmahlte zahlen, später bl. 84ᵃ werden sie widerum rot-gelb und im allerletzten teile fehlt der gelbe durchstrich.

Weshalb freilich bl. 5ᵃ nicht sofort mit den capitulis *und einem andern stücke, vielleicht der glosa zu den briefen Pauli — denn zwei und ein halbes blatt konnten die kapitel allein nicht in anspruch nehmen — begonnen wurde weifs ich nicht. genug, man erachtete es später für wünschenswert dem buche mehr vorauszuschicken als ursprünglich beabsichtigt war: darum wurde ein binion vorgesetzt. auf diesem und dem leergelafsenen anfang des ersten quaternionen trug man die bereits erwähnten* argumenta *und* glosae *zu den Paulinischen und katholischen briefen nebst versen des pabstes Damasius ein; den schlufs bildete (7ᵃ) die* Commemoratio genealogiae domni Karoli gloriosissimi imperatoris, *bis zum worte* Karoli *von der hand die das nächstvorhergehende niderschrieb, dahinter von einer andern. diese genealogie der Frankenkönige ist nach mehreren hss. in den MG 2, 308 ff herausgegeben; unsere aufzeichnung steht am nächsten der in Canisius lectt. antt. 5, 688 aus dem SGaller codex 899 (ss. 12, 446) mitgeteilten fafsung und weicht nur darin ab dafs die* blithilt — effectus. In — hᵉarisio — domnum arnulfum episcopum — Anschisum — Anschisus *liest und bereits mit* principem nobilissimum Karolum *abschliefst während die SGaller die genealogie bis zum j. 867 fortführt. dieser letzte umstand wird allerdings seinen grund nur im platzmangel haben: denn der schreiber muste in unserer handschrift zuletzt zum rande für die beendung der notiz seine zuflucht nehmen. es ist vielleicht kein zufall dafs auch der Reichenauer codex* LXXXXIII (97) *aus welchem Mone im anz.* 4, 131 *f eine fernere niderschrift der genealogie mitteilte die Paulinischen briefe enthält, obschon die von Mone aao.* 87 *ff diesem ms. entnommenen deutschen gll. keine verwandtschaft mit den hier veröffentlichten bekunden.*

Zum schlufse sei noch einer notiz gedacht welche sich auf dem untern rande von bl. 57ª *vorfindet ohne dafs eine beziehung derselben auf den text ersichtlich wäre. auf diesem blatte steht nämlich ein durch striche gebildetes viereck das durch querlinien in fünf gelb durchzogene felder geteilt ist. jedes dieser felder enthält eine zeile die von derselben hand herrührt welche den commentar dieser seite schrieb. z.* 1. in septuagies septies sunt CCCC. XC, *dahinter aufserhalb des gitters, aber auch eingezäunt* uicibus. *z.* 2. desmata. sunt catena infernalia. *z.* 3. zo&as (*s. Ducange s. v.*) instructas hoc sunt caelestes mansiones. *z.* 4. neutra quina. & femina tria (*l.* trina). in quibus constat omnis latina. *z.* 5. anni ab incarnatione domini sunt DCCC. L. X.

Graff hat die hs. bereits benutzt und ihre glossen (es fehlen bei ihm 1. 2. 3. 5. 13. 15. 17. 18. 19. 20. 33. 34. 35. 38) *im sprachschatze unter Wo.* 3 *aufgeführt.*

9ª trulla cefn. ferrū.

14ª *Röm.* 9,19 (queritur) .i. stóuot.

17ª *Röm.* 16,3 (Priscam et Aquilam) qui erant scenofactoriae artis .i. gifléht.*

21ª *Kor.* I. 4, 13 purgamenta .i. gabiffa. peripsima .i. fpr'iu.

22ª *Kor.* I.6,10 molles irfurtem.*

27ª *Kor.* I.12,13 potati .i. kitrénchit.*

29ª *Kor.* I.14,23 insanitis .i. uuuaten.*

34ª *Kor.* II.4,8 (aporiamur) kiérmit uuerdemef.*

34ᵇ *Kor.* II.5,4 ut absorbeatur daz ferflúntan uuerde.*

Kor. II. 5, 12 commendamus .i. lfubemef.*

38ᵇ *Kor.* II. 11,2 despondi arbórgota.*

39ª *Kor.* II. 11, 17 substantia .i. uuéfini.*

40ª *Kor.* II.12,16 (esto) .i. uulgare prouerbium hoc modo; éggo nú . quasi dixissit sic.*

1 *am untern rande ohne verweisung. wohin die gl. gehört weifs ich nicht. auf der seite steht der anfang von Röm.* 3 4 *in* fpr'iu *ist zwischen* l *und* u *radiert* 6 ki *und der obere teil des* t *mit anderer dinte auf rasur*

40^b *Kor.* II.13,3 (experimentum) biſúNtan. nſſi.*

42^b *Gal.* 3,1 (fascinauit) qui nos impediuit ł bizoborata.*

43^b *Gal.* 4,2 actoribus magazochon.*

46^a *Gal.* 6,17 (stigmata) kiuúiſ ceihant .i. flagella & reliqua.*

50^a *Eph.* 5,27 (rugam) Ruga .i. kizuhhan.

51^a *Phil.* 1,12 (ad profectum .i. augmentum) cikidigi.*

51^b *Phil.* 1,25 profectum kidic.*

52^a *Phil.* 2,6 arbitratus .i. biuuanenti.*

53^a *Phil.* 3,2 concisionem .i. ſNit.* ( ) .i. morsus canum .i. zánunga.

55^a *Thess.* I.2,4 crederetur .i. biuolahan.

55^b *Thess.* I.3,3 ut nemo moueatur niki uúihe.

57^b *Thess.* II.1,10 creditum .i. bifolahan.

58^a *Thess.* II.2,3 discessio .i. apostasia .i. antdrunnida.*

Thess. II.2,4 aduersatur .i. uuidaruuartot * .i. unuuirdit.*

Thess. II.2,5 (retinetis) irhúc g&.* irhung &.*

Thess. II.2,6 quid .i. biuuív.* i z.uuiv.*

Thess. II.2,7 teneat ir huc ge.* ( ) .i. der nu irhucge.*

58^b *Thess.* II.3,8 (gratis) Inkimeitun.

60^a *Kol.* 1,26 mysterium i.kidouhni.

63^a *Tim.* I.3,16 (creditum) .i. giloip.

64^b *Tim.* I.5,21 (testor) .i. bi ſùerru.

67^b *Tim.* II.4,3 (prurientes auribus) .i. scalpentibus .i. iúckenten.

68^b *Tit.* 1,11 redargui .i. arſtôuuon. ł increpare.

74^a *Hebr.* 3,15 (in exacerbatione) inderugreſtti.

75^a *Hebr.* 5,5 genui te i. ki gůaſtota dih.

75^b *Hebr.* 6,6 (ostentui habentes) .i. ſingar ceihan. ł blasfemare.

76^b *Hebr.* 7,22 sponsor burgo.*

Hebr. 7,25 ad interpellandum .i. orandum ł irrúaſit ſih.*

77^b *Hebr.* 8.13 (antiquatur et senescit) irâlt&. intiir uírn&.

16 *das zweite* a *ist unsicher* 17 *l.* ceihan. *vgl. Hoffmanns ahd. gll.* 60, 1 18 *vielleicht von der hand des commentarschreibers obwol die dinte bedeutend dunkler ist* 19 k *durch anhängung von* c *aus* b *gemacht* 20 *hinter* kidic *rasur* 24 *auf rasur* 26 ni *auf rasur* 28 *am rechten und linken rande* 34 *der rechte schenkel des zweiten* u *ist in die umgitterung geraten und daher undeutlich* 37 *es ist zweifelhaft ob* greſlti *oder* greſtti *dasteht; zu lesen ist wol* gremi 41 *die deutsche glosse steht zwei worte dahinter über* eis *eingezäunt; ihre beziehung auf den text ist mir nicht ganz klar*

II.

Lacomblet hat im archiv für die geschichte des Niederrheins 1. 28 *f glossen zu den kanonischen briefen aus einer Werdener hs. mitgeteilt. dieselbe befindet sich jetzt im Berliner archive. sie zählt* 148 *bll. und trägt auf dem vorsatzblatte den auf bl.* 2^{a} *des textes von jüngerer hand widerholten vermerk* liber sancti ludgeri episcopi in werdena. *da Lacomblet eine reihe von worten ausgelafsen und überall die geheimschrift aufgelöst hat so dürfte der widerabdruck dieser glossen nicht unnütz sein. im übrigen bemerke ich nur dafs die glossen zum Jacobusbrief und zum ersten Petrinischen sämmtlich mit ausnahme von* 74 *sich in den Wiener von Hoffmann ahd. gll. s.* 60 *f* (*vgl. Diut.* 3, 142) *herausgegebenen gll. zu den kanonischen briefen widerfinden; ebenso* 90.

RÖMERBRIEF.

5^{b} 1, 3 qui factus est ei the imo uuard.

1,11 impertiar bnbgfdxpf.

6^{b} 1,30 detractores bkfprbchbrb. contumeliosos hpnfrb.

1,31 fide trkxxxb.

8^{a} 3,8 (blasphemamur) kfrfdptpn.

9^{a} 3,27 exclusa. abiecta kfxzptkx.

10^{a} 5, 4 probatio gehebida.

14^{b} 8,23 geminus chxbpn.

8,28 propositum kemeinida.

8,29 prędestinauit kemeinta.

16^{b} 9,28 adbreuians kfdxrfhnptbntf.

18^{a} 11, 2 interpellat rxpchtb.

18^{b} 11,11 delicto miffeburi.

11,12 delictum miffeburi.

11,16 delibatio, particula pruchili.

I KORINTHERBRIEF.

26^{a} 1,11 significatum, latum enbouchinit.

26^{b} 1,16 ceterum uurdor.

27^{a} 1,27 confundat kefcente.

28^{b} 3,10 (architectus) architector zimberman.

30^{a} 4,13 purgamenta axxfrf uilia queque.

34^{a} 7,36 super adulta v'bar zítigiu.

34^{b} 8,13 non niemer.

35^{a} 9, 9 trituranti threfkentemo.

36^{a} 9,26 (pugno) pugillor kaph. pugillor enim est precantium facere.

37^{a} 10,13 prouentum, exitum lbbb.

37^{b} 10,25 macello merkat. uenit xfrkpxfktxxkrdkt.

5 sine affectione sine fide *in der hs. die vulgata hat* sine fide *nicht* 9 chxbrpn? 13 *das* c *könnte auch* t *gelesen werden, aber nicht* e; *zu setzen ist wol* rxpphta 25 *praet. eines verbums* kiphan, *schlagen, wozu* kepfen *zs.* 13, 178?

39^{b} 12,2 ducebamini kngbgbndkx.
41^{a} 13, 2 transferam ffrxxprf.
42^{a} 14,12 emulatores ellenara.
42^{b} 14,16 ceterum dfnnflipxch.
idiotę knbprfnp.
43^{a} 14,27 multum zf mfkft.
45^{a} 15,33 seduci uerleidid uuerdan.
15,34 reverentiam scbmb.

II KORINTHERBRIEF.

53^{a} 6,15 conuentio . concordia gfzxmft.
55^{a} 8,12 secundum en gagendiu.
57^{b} 11,2 dispondi uos bemeinta ih iu.
58^{a} 11,7 gratis enftigo. ána lón.
59^{b} 11,33 dimissus nkdfr !gklbzfnfr.
60^{a} 12,13 iniuriam mkfffdb't.
12,16 esto uuolno.
60^{b} 12,17 circumueni befucihh.

GALATERBRIEF.

63^{a} 2, 5 cessimus geuuichun.
67^{b} 5,20 ueneficia fktfrgfrk.

EPHESERBRIEF.

69^{b} 1,10 dispensationem gimarthida.
74^{b} 5,27 rugam zxchb.
75^{b} 6, 9 remittentes entlazente.

PHILIPPERBRIEF.

79^{a} 2,25 commilitonem hfrk gffflp.

I THESSAL. BRIEF.

82^{a} 1,8 diffamatus kfmbrkt.
84^{b} 4,6 supergrediatur vbar fangelo he.

I TIMOTH. BRIEF.

96^{b} 4, 7 ineptas ungfmbhlkchb.
97^{a} 5, 2 anus bldk uutp.
97^{b} 5, 8 fidem trkxxxb.
5,14 matres familias hxffkgpn.

HEBRÄERBRIEF.

109^{a} 3,3 quanto magis ampliorem blfp mkkilp mfrxn.
109^{b} 3,8 exacerbatione . offensione grfmk.
115^{a} 9,3 post áfter.
9,5 propiciatorium lkht.
118^{a} 11,1 argumentum. chleini. ł coniectura.
120^{a} 12,2 consummatorem erfulláre.
121^{a} 12,18 ad tractabilem, corporalem [ignem] ze demo greifilemo.
122^{b} 13,19 quo celerius hina horfcor.

JAKOBUSBRIEF.

127^{a} 2,8 regalem [legem] richlicha.
2,13 superexaltat uberburit.
127^{b} 2,23 ad insticiam ce guode.
128^{b} 3,8 inquietum ungerauuet.
3,15 a^{ni}malis fielih.
129^{b} 4,12 legislator efago.

29 *gehört zu* ad ... euntes *vgl.* 38   47 *l.* gimarchida *mit Graff* 2, 849

CPSIA information can be obtained
at www.ICGtesting.com
Printed in the USA
LVHW112009030423
743357LV00006B/440

9 783382 010102